edition hochfeld

Er trinkt gerne und viel Wein, und löst trotzdem einen schwierigen Fall. Einen mörderischen Fall. Johannes Bucher, erfahrener Ermittler des Landeskriminalamtes München, wird mit der Aufklärung des grausamen Todes einer jungen Frau beauftragt. Warum gerade das LKA? Das Mordopfer stammt aus einflussreichem Hause. Bucher blickt hinter die Kulissen von Kirche und Wissenschaft. Und der Mörder darf sich zunächst glücklich schätzen ...

Äußerst behutsam, Mosaik um Mosaik rollt Bucher vor dem Auge des Lesers einen Spurenteppich aus, der sich unter die Haut schiebt – und einen nicht mehr loslässt. Wer ist der Mörder? Bucher ist immer wieder damit konfrontiert, das Bewährte hinter sich zu lassen. Das menschlich Unberechenbare macht diesen Krimi zu einem echten Thriller. Im Zuge Buchers Recherche erfährt der Leser alles über sich selbst, denn Bucher ist der Meister der psychologischen Analyse. Blickt der Seele blitzschnell auf den Grund für die letztendliche Lösung. Unterstützt wird er von seinem skurrilen Team: dem freakigen Familienvater Hartmann, dem draufgängerischen Jungkriminalisten Batthuber und der lebensklugen Lara Saiter.

Dieser Roman ist ein Spiegel unserer Zeit, unserer Gesellschaft, der über die Figur Bucher ein Bild reflektiert, dem wir uns mit schnellen Schritten und lautem Getöse im Trubel des Alltags entziehen: die Kälte zwischenmenschlicher Beziehungen, die Vereinsamung des Individuums in einer voll besetzten Großstadt. Wer sich hier wohl fühlt, ist nicht mehr am Leben. Bucher verzweifelt daran mitunter. Gäbe es da nicht die schöne Journalistin mit den unvergleichlich weichen schwarzen Locken. Französisches Essen. Und den Wein.

Novemberfrost ist das erste Werk in der neuen Kriminalromanreihe „Bucher ermittelt“ von *Jakob Maria Soedher*. Während wir Bucher hier nach Augsburg begleiten, führen ihn seine nächsten Fälle in *Auenklang, Weidentau* und *Uferhauch* nach Franken, in das Allgäu und sogar nach Frankreich.

Jakob Maria Soedher

Bucher ermittelt

Novemberfrost

Kriminalroman

edition hochfeld

edition hochfeld

www.edition-hochfeld.de

1. Auflage
Juli 2005
edition hochfeld, Augsburg

Umschlagkonzept: edition hochfeld
Titelbild: U.-J. Schönlein
Lektorat: Asta Hemmerlein, München
Satz und Druck: Druckerei C. H. Beck, Nördlingen
Gesetzt aus der 10/11pt AldusRoman
Printed in Germany

ISBN 3-9810268-0-2

www.novemberfrost.de

pour jutta

I.

Er wachte auf. Verschwitzt, heftig atmend. Es war Zeit, etwas zu tun, denn sie war wieder da. Die Erinnerung an diese lang vergangene Nacht. Damals. Als er auf der alten Korbtruhe stand, in seinem Zimmer, dessen Gitterfenster zum Hof hinaus wies. Zitternd. Draußen tobte der Sturm. Es war irgendwann im Herbst. Spät im Herbst, denn die Bäume waren schon kahl und gaben den Blick auf die Kirche frei. Drüben. Behutsam schob er die Vorhänge auseinander. Nur wenige Zentimeter. Schaute und wartete, wie immer, mit klopfendem Herzen. Heute war wieder so eine Nacht, in der es sicher geschehen würde. Er hatte inzwischen ein Gefühl dafür. Es war stockdunkel, doch ihm entging sie nicht. Er sah die Gestalt, wie sie von der Kirche kommend über die Straße wechselte und im Schatten der Mauer bis zum Hofeingang floss, schnell und mit geschmeidigen Bewegungen. Er sah den Mantel flattern. Das Hoftor war wieder nur angelehnt, obwohl er es doch fest mit der Drahtschlaufe geschlossen hatte. Er musste sein Gesicht jetzt nahe an die Scheibe drücken, um noch sehen zu können, wie die Gestalt bis zur Haustüre eilte. Unten hörte er Klappern. Er hatte Angst, einen trockenen Mund. Barfuß, wie er war, tapste er im Dunkeln zur Türe, drückte ein Ohr dagegen und schloss die Augen. Hörte erst nur sein Herz pochen. Die Angst. Dann Geflüster. Stimmen. Rascheln. Heute auch ein kurzes Kichern. Mutter. Er lauschte. Als Geräusche und Stimmen verklungen waren, entschied er. Heute wollte er es wagen. Langsam drückte er die Klinke nach unten. Von jedem auch noch so leisen Knarren und Knacken dachte er, dass man es bis hinaus in den Hof hören musste. Er schlich den Gang entlang, atmete nur bis zur Kehle. Alles, was darunter kam, spürte er nicht mehr. Er stand vorne im Gang, vor dem großen Zimmer, wie er es nannte. Als die Türe aufging und er im matten Schein der Nachttischlampe hing, war er von der unendlichen Stille gefangen, die er plötzlich wahrnahm. Mit offenem Mund und aufgerissenen Augen sah er ihn an. Ungläubig. Er!? Das ... war doch nicht möglich!? Er!?

Er war nackt, hatte nur den schwarzen Mantel auf den Schultern hängen.

Der Anblick erschreckte ihn. Zur plötzlichen Stille gesellte sich eine wohlige Wärme, die von seinem rechten Oberschenkel zum Fuß hin streute. Er hatte sich nicht mehr im Griff vor Angst. Der Mantel kam auf ihn zu und er hörte die ihm bekannte Stimme:

„Ja, was bist denn du für einer?" Zornig. Wütend.

Dann traf ihn der Schlag. Der Ring, den er immer so bewunderte, riss ihm die Stirn auf. Wieder spürte er Wärme. Dann war Mutter über ihm. Sie schrie. Hysterisch. Er verstand nichts. Gar nichts mehr. Die Tritte und Schläge – er spürte keinen Schmerz. Nur Angst.

„Ja, was bin denn ich für einer?"

II.

Seit Tagen schon war eine düstere graue Wolkendecke alles, was den Menschen in der Stadt an Himmel zuteil wurde. Die grauschwarze Masse hing wie zäher Brei über Dächern und Turmspitzen. Zog nur langsam weiter. Es wurde später Tag und viel zu früh drückte die Dämmerung das wenige trübe Licht aus den Straßen. Böen pfiffen kalt, unwirsch und scharf wie Skalpelle durch die dämmrigen Gassen. Nässe und Kälte füllte die Dunkelheit. Im fahlen Licht der Straßenlaternen bildeten sich leuchtende Höfe in schmutzigem Ocker und gefrorenem Blau. In den Straßen nur wenige Menschen, die mit gesenkten Köpfen und eiligen Schritten im Schutz der Fassaden warmen Wohnungen zueilten. Das alles machte diesen November.

Er hatte einige Zeit im Dunkel der Mauer gestanden und gewartet. Als er die Straße, die er überblicken konnte, verlassen fand, lief er los. Sein Herz schlug heftig. Während er im matten Schatten der Hauswände vorwärts hastete, war er um die Kälte froh, die sich jetzt in seinem Gesicht festkrallte. Ihr Biss trieb ihn. Zwischen Magen und Kehlkopf lastete ein beständiger Druck. Er musste schlucken und ein nicht abreißen wollender Speichelfluss bemächtigte sich seines Rachens. Kontrolle! Er brauchte Kontrolle über seine Gedanken und seinen Körper. Mit äußerster Anstrengung nahm er die schnelle Folge seiner Schritte zurück. Gemessen. Ja. Gemessen lief er nun weiter. Das Wort gefiel ihm und presste mit jedem weiteren Schritt die Hast aus ihm heraus. Konzentration, Ruhe, Gelassenheit. Er ließ die gedachten Worte hinuntergleiten, in Hüfte, Lende und Beine. Es tat gut. Die Wechselduschen am Nachmittag hatten ihn erschöpft. Auch das Rasieren. Schlimmer jedoch hatte er die sich daran anschließende Prozedur empfunden. Seinen Körper mit dieser dichten Schicht widerlich fetter Krem zu belegen. Trotz des Ekels arbeitete er gewissenhaft. Vor allem Gesicht, Haare, Hände und Arme bedachte er mit großer Aufmerksamkeit. Er dachte an seine schönen lockigen Haare. Mutter würde böse sein, könnte sie ihn so sehen. Er grinste hinterhältig bei diesem Gedanken an sie. Doch nichts, was er getan hatte, war unnötig. Unnötiges vermied er.

Eine Böe erfasste seinen Mantel und er brachte den flatternden Stoff mit einem energischen Strich seines Arms zur Ruhe. Der Plastikoverall knisterte. Der lange schwarze Seidenmantel war teuer gewesen, fiel ihm ein. Nach der kurzen heftigen Bewegung streichelte er entschuldigend über den weichen Stoff, der sich in schwingenden Wellen dem Boden zuwandte. Kein Mensch war zu sehen und er glitt zielstrebig dahin. Der weite Mantel hüllte Hass, Wut, auch die stapfenden, mühsam ruhig gehaltenen Schritte in weichen Schwung. Er floss dahin, bedrohlich wie eine einsame Welle schwarzen Wassers inmitten des Meeres. Sein Herz pochte immer heftiger und er verzögerte sein Tempo, dachte über den Mantel nach und was er ihm bedeutete. Schutz. Sicherheit. Alles. Hatte Mutter ihm den Mantel eigentlich gerne gegeben?

Weit hatte er es gebracht. Sie war sicher stolz auf ihn. Er streifte die Gedanken ab, die ihm immer wieder wehtaten, und floss weiter. Er liebte diese Jahreszeit. Die Novembertristesse brachte Kälte und Depression in die Stadt und hatte ihm zudem die Straßen leer gefegt. Am Eingang zum Römischen Museum schaute er sich noch einmal um. Niemand zu sehen. Stille. Perfekte Stille. Die Zeit war gut gewählt. Die schwere Holztüre war noch nicht verschlossen. Letzte Woche war sie verschlossen gewesen, was seine Pläne durcheinander brachte, denn durch den Innenhof konnte er nicht gehen. Zu viele Augen hinter den Fenstern. Er ließ die Türe leise zufallen und wartete. Im Treppenhaus Dunkelheit. Stufe für Stufe schritt er nach oben. Er fühlte die Nässe auf der Haut. Lange hatte er Zwiesprache mit sich gehalten und fand, dass es so, wie er sich entschieden hatte, korrekt war. Korrekt! Sein Herz jammerte heute nicht. Vor einer Woche war es anders. Da schlug es so heftig, dass ihm schlecht wurde. War gar nicht verkehrt, die kleine misslungene Generalprobe, dachte er. Dann sollte die Premiere gut verlaufen. Nun ja. Eine Premiere war es ja nicht. Er schloss die Gedanken. Die Türe war erreicht. Er erschrak vom hellen Ton der Klingel und schloss die Augen, wurde ruhig. Wurde ganz ruhig und blickte nach unten, in das Treppenhaus. Dort blieb alles still. Er sah auf die glatte Fläche der Türe und lächelte. So, wie er es immer und immer wieder vor dem Spiegel geübt hatte. Es hatte lange gedauert, bis er so lächeln konnte, wie es in den Zeitschriften zu sehen war. Lächeln konnte man lernen. Das wusste er jetzt. Er setzte es rücksichtslos ein und war immer wieder von der Wirkung erstaunt. In China war man klüger. „Lächelnd verberge den Dolch". Endlich ein Klappern aus der Wohnung. Plötzlich zuckte einer seiner Backenmuskeln. Zerstörte das Lächeln. Auch sein Herz schlug nun heftig gegen die Rippen und bis hoch an das Kinn. Die Backenzähne malmten und die kräftigen Kiefermuskeln verzerrten das Lächeln zu einer Grimasse.

Panik. Der Unterkiefer zitterte, als sein Hirn die Gesichtsmuskeln zu dem Lächeln zwang. Kontrolle. Es funktionierte. Er schluckte hastig den Speichel hinab. Gerade als sich die Tür öffnete, hatte er es wieder. Das Lächeln. Er fühlte sein Herz nicht mehr schlagen, als er in ihr hübsches Gesicht blickte.

Sie legte gerade das Telefon aus der Hand, als es an der Türe klingelte. Niemand, den sie erwarten würde. Sie war nicht in Stimmung. Gerade hatte sie das Telefonat mit ihrer Mutter beendet. Verabschieden. Eine Fortbildung sollte für Abwechslung sorgen. Die gute Stimmung war mit diesem Telefonat aus der Wohnung verschwunden. Wieder war es kein Gespräch gewesen. Ihre Mutter hatte vielmehr auf sie eingeredet, wie immer. Versteckte Vorwürfe, Erwartungen, Hoffnungen. Versteckt hinter mütterlicher Sorge. Scheinbar achtlos weggeworfenen Sätze, wie nebenbei, doch scharf wie frisch geschliffene Messer. Mütter wussten zu schneiden. Maren ging nicht mehr darauf ein. Das Wochenende war zu schön gewesen und morgen Abend würde sie irgendwo an einem einsamen Ostseestrand spazieren gehen. In dieser Jahreszeit wird es sicher wenige Urlauber geben, dachte sie, noch während ihre Mutter sprach. Sie ließ es über sich ergehen, von ihr besprochen zu werden. Minuten, in denen sie, das Telefon zwischen Schulter und Ohr gepresst, an ihrem Schreibtisch saß und im Internet surfte, oder in der Küche irgendwelche Arbeiten verrichtete. Ab und zu ein »Ahja« oder »Mhm«. Ansonsten Mutter reden lassen. Ihr sagen, dass man sie liebe, einen schönen Tag oder Abend wünschen, das Gespräch nach einer knappen Stunde beenden und danach ein schlechtes Gewissen haben. Der große alte Koffer lag aufgeklappt auf dem Tisch vor dem Schlafsofa. Wäsche, Bücher, Kleider verteilten sich darum und warteten darauf, einsortiert zu werden.

Sie war erstaunt, als sie durch den Spion nach draußen in den dunklen Gang sah. Wieso brannte dort kein Licht? Im Widerschein der Hoflampen, deren Strahlen sich durch die Außenfenster mühten, erkannte sie ihn. Eine Überraschung. Jedoch keine, die sie ausgeglichener werden ließ. Mit ihm hatte sie nicht gerechnet. Als sie die Türe öffnete, lächelte er und entschuldigte sich für die Störung. Sie hatte die Lippen aufeinander gepresst, zuckte mit den Schultern und bedeutete ihm mit einem kurzen Kopfnicken, nach innen einzutreten. Er schloss die Türe und folgte ihr.

Kälteschauer rasten über seinen Rücken. Er zitterte jetzt am ganzen Körper und fast wäre ihm ein tiefes Stöhnen entfahren. Sie ging voran und fragte sich, weshalb er so seltsam aussah. Er war noch nie hier gewesen. Maren entschuldigte sich nicht mit einer der üblichen Phrasen für den chaotischen Zustand in ihrem Wohnzimmer. Stumm bückte sie sich nach vorne, über das Sofa und räumte T-Shirts und Pullis beiseite, um Platz für den unerwarteten Gast zu machen. Sie ärgerte sich gerade noch darüber, dass sie ihn überhaupt hereingelassen hatte.

Der dumpfe Schlag überraschte sie. Was!? Ein Traum!? Sie würde gleich aufwachen. Sicher. Das Telefonat mit Mutter war doch so wahrhaftig gewesen? Wer!?

Tränen liefen. Ein heftiger Schmerz zuckte vom Schädel über ihren Nacken bis hinunter in die Hüfte. Kein Traum! Hastiges Atmen. Sie sah blaues Plastik, verschwommen, versuchte sich aufzurichten. Ihr Kopf war gegen die Wand geschlagen, so heftig war der erste Schlag gewesen. Hinter ihrem linken Ohr brannte es wie Feuer und in ihr rechtes Auge lief warmes Blut. Sie sah nichts. Die Arme. Schützen. Nach vorne. Vor ihr Gesicht, vor ihre Brust. Sie sah ihre Arme sich langsam nach oben bewegen. Jetzt spürte sie zum ersten Mal die Angst, lähmende Angst. Die nächsten Schläge folgten schnell hintereinander. Schreien! Sie vernahm nur ein Gurgeln. Blut. Die Gedanken rasten. Kein Traum. Kein Traum. Er ist es! Er!? An der Wand drückt sie sich nach oben, hatte die Arme endlich nach vorne gebracht und hörte sich wieder atmen. Leben. Kein Schlag mehr. Verschwommen nahm sie wahr, wie er sich auf sie zubewegte. Sie schmeckte ihr Blut. Bittere Süße im trockenen Mund. Übelkeit stieg hoch und ihr wurde schlecht. Schreie!, dachte sie. Ein kurzes helles Blitzen vor der blauen Gestalt ließ sie erstarren. Kälte. Die Klinge war so kalt wie die Novembernacht. Kein Traum!

Sie hatte Furcht und fror. Kurz noch.

III.

Stau. Wie jeden Morgen auf dieser elenden Strecke. Einsame, verirrte Schneeflocken mischten sich zwischen Regentropfen, ihren wärmeren und nasseren Cousins, vielleicht Cousinen, die sich auf der Windschutzscheibe versammelten. Johannes Bucher war auf dem Weg zur Arbeit, saß in seinem alten Kombi und scante gerade das Angebot an Radiosendern, die München heimsuchten. Das ständige Kuppeln, Gasgeben, Bremsen und Wiederauskuppeln nervte ihn und er beschloss sogleich, dass der nächste Wagen ein Automatikgetriebe haben würde. Es war sechs Uhr morgens und B4 Klassik feuerte, wieder einmal, ein Bläserkonzert auf seine Hörer ab. Bucher ärgerte sich. Trompeten, Hörner, Fanfaren! Das war etwas für euphorische Stimmungen. Selten ab Mittag zu genießen. Exzellent, manchmal jedenfalls, an frühen Abenden. Dahinjagen mit Hörnern und Posaunen. Auf Waldboden, bereitet von Bratschen und Celli. Sicher. Aber nicht so früh am Morgen. Er fand nach einigem Suchen den lulligen Sound von Sadé und beließ es dabei. Wieder ging es ein Stück voran, Richtung Mittlerer Ring. Der war schon zu sehen und auch der Stau auf der Donnersberger Brücke. Welch ein Beginn. Nervensache. Später fand er tatsächlich einen Parkplatz in der Tiefgarage des Landeskriminalamtes. Gewöhnlich nahm er die S-Bahn bis zur Hackerbrücke und lief die paar Meter. Seit einigen Wochen befanden sich jedoch Gewöhnlich und Ungewöhnlich in einer Pattsituation.

Seine Stimmung besserte sich, als er im Büro würzigen, dichten Kaffeegeruch erschnupperte. Armin, der Jüngste des Teams, war anscheinend schon da. Auf Buchers Schreibtisch stapelten sich die roten Aktenordner der Staatsanwaltschaften, daneben die mattgrünen, unzählige Male bekritzelten Aktenhefter aus dem LKA. Rot-grünes Chaos, dachte Bucher, als er seine Schlüssel mitten in das Arrangement schmiss.

»Sind die anderen auch schon da?«, wollte er wissen, als Armin Batthuber das Büro betrat. Unter dem Arm zwei

Tüten mit frischen Brezen und Semmeln, die einen belebenden Duft verbreiteten.

»Ich habe noch kein Licht in ihrem Büro gesehen«, antwortete der. »Die müssten aber bald kommen. Die wissen ja, dass wir bis Mittag die Sache abschließen wollen, oder?«

»Mhm«, grummelte Bucher, der sich einem Stapel Akten zuwandte. Die roten waren zuerst dran.

Nach Abschluss des Falles und dem Ende aller Pressekonferenzen war es nun die Aufgabe seiner Ermittlungsgruppe, alle Unterlagen der Staatsanwaltschaft zu übersenden. Niemand im Team mochte diesen Job. Draußen spielte der Wind mit Schneeflocken, unbeachtet von Bucher, der nun konzentriert arbeitete. Erst als Lara Saiter kurz die Türe öffnete und ihn begrüßte, verließ er die Welt der Vermerke und Notizen.

»n'Morgen, Johannes. Ich hole mir einen Kaffee und mache dann die Unterlagen der Kriminaltechnik fertig. Ich bring sie dir danach rüber.«

Bucher lächelte. »Guten Morgen. Du hast ja heute richtig Farbe im Gesicht.«

Sie schnitt eine Grimasse und verschwand. Er rief ihr noch nach, dass sie sich in einer Stunde zur Morgenbesprechung treffen würden. Lara Saiter war die einzige Frau im Team. Intelligent, groß, schlank. Sie bevorzugte Hosenanzüge italienischer Eleganz und hatte ihren glatten schwarzen Haaren vor einigen Tagen einen Kurzhaarschnitt verpasst. Sie würde gut als Italienerin durchgehen. Temperament und Aussehen passten. Lediglich ihr zarter, bleicher Teint und der nur mühsam unter Kontrolle gehaltene oberbayerische Dialekt ließen an der italienischen Story Zweifel aufkommen. Bucher kannte sie seit langem, schätzte und mochte sie. Alex Hartmann war heute, wie immer, der Letzte. Er schaute im Vorübergehen in Buchers Zimmer, nuschelte einen Gruß und fragte müde, wann Besprechung wäre.

»Neun«, antwortete Bucher, ohne aufzusehen.

Ihr Besprechungszimmer war ein heruntergekommenes ehemaliges Büro im alten Trakt des Landeskriminalamtes. Die Wände waren voller dunkelgrauer Schlieren und ein gelber Schleier hatte sich auf den Raufasertapeten ausgebreitet. Nicht gleichmäßig, sondern in Begleitung hässlicher Trocknungsränder. Es sah schlichtweg unappetitlich aus.

Armin Batthuber behauptete, er würde sich in der Rechtsmedizin wohler fühlen. Schon lange hätten sie umziehen können, doch es war Bucher, der sich dagegen sträubte. Gleich gegenüber von ihnen lag das Kriminaltechnische Institut des LKA und er wusste die Nähe zu den Spezialisten zu schätzen. Trotz Handy, E-Mail und SMS brauchte er den direkten persönlichen Kontakt. Jedenfalls war ihm die Nähe zur Kriminaltechnik lieber als die zur Dezernatsleitung, mit der er so seine Probleme hatte.

Der Tisch im Besprechungsraum war inzwischen beladen mit roten und grünen Akten. Paketweise gestapelt und zusammengehalten von Schnüren. Auf jedem Stoß lag ein Blatt Papier mit Inhaltsangabe und Aufgabenlisten, die inzwischen alle erledigt waren. Ein Packen mit Vernehmungen befand sich neben den Untersuchungsberichten des Erkennungsdienstes und den Ergebnissen der Rechtsmedizin. Batthuber hatte einen ganzen Umzugskarton mit Spurenträgern in der hinteren Ecke des Raumes abgestellt.

Die Stimmung war aufgeräumt. Sie hatten nach wochenlanger Ermittlungsarbeit ein freies Wochenende vor sich. Heute sollten lediglich die Akten rausgehen, dann würden sie Überstunden abbauen und im Wechsel freimachen.

Armin Batthuber verschüttete Kaffee.

»So viel Testosteron im Blut, Armin?«, sagte Lara Saiter trocken zur Wand und nahm einen Schluck von der schwarzen Brühe. Batthuber bekam rote Wangen. Immer noch.

»Treffer, versenkt«, kam es ungerührt von Alex Hartmann.

Heute trug er ein giftgrünes Hemd. Die langen Kragenspitzen verschwanden unter dem lila Jackett. Das einzig seriöse Kleidungsstück an ihm war die graue Stoffhose. Er liebte knallige Farben. Allerdings in rücksichtsloser Zusammenstellung und verheerender Kombination mit barocken Mustern. Anfangs regte es Bucher auf, wenn ihm unter einem braunen Jackett ein leuchtend gelbes Hemd mit blauer Krawatte entgegensprang. Doch mit der Zeit gewöhnte er sich an derlei Kombinationen. Im Gegenteil. Er bewunderte die Selbstsicherheit, mit der sich sein Hartmann, derart ausstaffiert, in das öffentliche Leben schmiss. Und gleich wie! Hartmann war dadurch ein echter Hingucker und Bucher hatte sogar feststellen müssen, dass Frauen dieses Erscheinungsbild keineswegs abschreckte.

Bucher richtete sich im Stuhl auf, legte die Ellbogen auf die wellige Resopaltischplatte und beendete die Scharmützel.

»Fangen wir an. Ich möchte heute sehr schnell hier rauskommen.«

Sie arbeiteten konzentriert. Jeder im Team war ein umfassend ausgebildeter Ermittler. Allein Batthuber war erst seit einem knappen Jahr bei ihnen und musste noch Erfahrungen sammeln. Es war bereits Mittag, als sie alle Unterlagen geprüft und geordnet hatten.

»Was sagt denn unsere weitsichtige Führung zu dem Fall hier?«, fragte Armin Batthuber. Lara Saiter und Alex Hartmann grinsten.

Bucher ging nicht darauf ein und machte sich auf den Weg zu Kundermann, dem Dezernatsleiter. Bucher war sich mit nahezu allen Kollegen einig, dass dessen Karriere, die auf einem Berg entzogener Führerscheine infolge Alkoholgenusses oberbayrischer Landbewohner beruhte, nicht nachvollziehbar blieb. Kundermann blieb die Arbeit der Kripo fremd, was immer dann zutage trat, wenn er sich in fachliche Diskussionen einschaltete. Er trug winters wie sommers braune Slipper, grüne oder ockerfarbene Kordbundfalthosen, dazu karierte Hemden und papageienbunte, sehr expressionistische Krawatten. Dazu passend, schor er seine Haare bis auf den Schädel und lispelte leicht. Bucher litt darunter, eine solche Karikatur als Chef akzeptieren zu müssen.

Er klopfte zweimal kräftig an der Bürotüre Kundermanns und blickte dabei auf schwarz-goldene Lettern. LEITER, stand da. LEITER operative Ermittlungen. Die Großbuchstaben schrien einen an. Besonders Bucher. Der lauschte und als von drinnen kein Laut zu hören war, öffnete er einfach die

Türe und trat in das großzügige Büro. Vor der breiten Fensterfront stand ein schwarzer Schreibtisch. Die Wände kalkweiß. Nur ein schmales Regal barg einige Akten und Fachbücher. Am Tisch saß Kundermann, den Kopf tief über ein Schriftstück gebeugt. In der rechten Hand einen Kugelschreiber. Mit Werbeaufdruck.

Ohne Bucher anzusehen, sagte er mit leiser Stimme: »Hatte ich ‚herein' gesagt?«, und las weiter.

Bucher blieb mitten im Raum stehen und schwieg. Diese herablassende Art hatte er inzwischen mehrfach erfahren. Allein, es tat ihm nichts. Er genoss seine eigene Arroganz, mit diesen Situationen umzugehen. Nachdem Kundermann fertig gelesen hatte, schaute er hoch und wies Bucher mit einer kurzen generösen Handbewegung an, auf dem schwarzen Ledersessel vor dem Schreibtisch Platz zu nehmen. Bucher machte es sich bequem und wartete.

»Und, Herr Bucher, ... die Akten ... fertig für die Sta?«, schnarrte Kundermann und lehnte sich im Chefsessel zurück. Er hatte das letzte *A* lange gedehnt. Gerne verwendete er solche Abkürzungen, vielleicht war er der Ansicht, damit als Insider wahrgenommen zu werden. Bucher antwortete in nüchternem Ton.

»Wir sind alles noch mal durchgegangen. Staatsanwältin Berger ist informiert und wird alle Unterlagen morgen früh verfügbar haben. Ich denke, die Anklageschrift wird dann sehr schnell vorliegen«

»Gut.«

Kundermann verzog seine Lippen, schaute auf seine Hände, die er über dem Bauch gefaltet hatte. »Dann haben Sie ja jetzt sozusagen nichts mehr zu tun, oder? Sind mit ihrem Team wieder frei für neue Aufgaben.«

Kundermann schaute Bucher wichtig und ernst an. Bucher hatte schon mit derlei gerechnet.

»Nicht ganz, Herr Kundermann. Sie wissen ja, wie die Überstundensituation sich derzeit darstellt. Wir werden diese Woche nur sporadisch besetzt sein und brauchen nach den langen Ermittlungen wieder etwas Luft zum Atmen. Das Familienleben muss auch wieder zu seinem Recht kommen.«

»Familienleben? Aber Hartmann ist doch der Einzige, der Familie hat. Der hat doch drei Kinder, oder!?« Kundermann beugte sich etwas nach vorne und grinste Bucher an. »Sie sind doch auch solo, soweit ich informiert bin? Oder ist mir da etwas entgangen?«

Bucher ging auf das kumpelhafte Augenzwinkern nicht ein.

»Nein. Ihnen ist da gar nichts entgangen. Familienleben fasse ich nur etwas weiter. Wie auch immer. Wir haben lange Tage und Wochen hinter uns und die Überstunden müssen weg. Diese Erholungsphase muss sein. Wer weiß, wie schnell der nächste Fall auf dem Tisch liegt. In den nächsten Tagen haben wir also nur die kleine Besetzung. Die Abteilung hat das schon genehmigt.«

Kundermann setzte sich ruckartig in seinem Sessel auf.

»Abteilung!?«

»Ja. Der Antrag ging vorgestern in den Postauslauf und ich habe die telefonische Zusage schon erhalten.«

»Davon weiß ich aber nichts!«, rief Kundermann und schüttelte aufgeregt den Kopf.

Bucher antwortete betont beiläufig. »Also uns liegt ein Rücklauf vor. Es ist vom Dezernat abgezeichnet. Müsste also hier im Dezernat durchgegangen sein.«

Natürlich wusste er, dass Kundermann seine Post nur oberflächlich las und vieles, was er als Verwaltungskram bezeichnete, ungelesen abzeichnete.

Kundermann lehnte sich langsam zurück in den Sessel und schwenkte ein.

»Mhm. Ja. Natürlich. Also da brauchen wir ja gar nicht lange zu diskutieren. Ganz klar ... kleine Besetzung ... erholen. Es kommen dann ja auch die Zeugenladungen für die Verhandlung.«

Er nickte sich jetzt selbst zu, schwieg und sah auf sein kleines Bäuchlein.

Bucher hatte wieder mal genug und stand auf. »Gut, Herr Kundermann. Ich bin ja telefonisch erreichbar, falls noch Rückfragen kommen sollten. Auf Wiedersehen dann, bis nächste Woche.«

»Jaja, Herr Bucher. Erholen Sie sich gut. Nächste Woche dann bei der Dezernatsbesprechung, ja?«

»Alles klar«, entgegnete Bucher, gab ihm die Hand, drehte sich um und ging zur Tür. Dann lief er zurück in den Besprechungsraum, wo Alex Hartmann und Lara Saiter bei einer Tasse Kaffee auf ihn warteten.

»Und. Wie wars?«, fragte Lara, diesmal mit einem Klang ehrlichen Mitleids.

Bucher schenkte Kaffee ein und erzählte.

»Er hat den Dienstplan wieder mal abgezeichnet, ohne zu lesen. War richtig schön zu sehen, wie ihm sein Gesicht herunterfiel. Er war der Meinung, wir wären jetzt frei für andere Aufgaben und so.«

»Oh Herr, schnell weg hier«, sagte Alex Hartmann und stand in für ihn ungewohnter Schnelligkeit vom Stuhl auf. »... also, ihr Lieben, spült meine Tasse. Ich pack es jetzt. Claudia wartet schon mit den Kids. Winterklamotten kaufen gehen. Freu mich schon so richtig drauf.« Er stöhnte kurz, ehe er weitersprach »Und ... keine Anrufe, ja!«

»Geht klar«, sagte Bucher und winkte ihm zum Abschied zu. Er setzte sich mit seiner Tasse Kaffee an den hässlichen alten Tisch. An den Ecken war der Pressspan verquollen und aufgerissen. Kaffeebrühe war tief in das Holz eingedrungen. Draußen wurde es schon dämmrig, obwohl es erst Nachmittag war. Eine dünne Schneedecke bedeckte den Innenhof, der auch davon nicht ansehnlicher wurde. Lara Saiter rauchte. Langsam und voller Genuss blies sie den Rauch durch die zu einem kleinen Kreis geformten Lippen und sah dem grauweißen Nebel nach, wie er sich auflöste. Bucher lehnte sich im Stuhl zurück und merkte, wie die Anspannung so langsam von ihm abfiel. Sogar ein wenig Vorfreude auf die kommenden freien Tage stellte sich ein.

Lara Saiter sah einer sich nach oben kräuselnden Nikotinwolke nach.

»Und ... was machst du?«

»Was meinst du damit?«

»Fährst du weg?«

»Nein. Ich muss mal wieder aufräumen. Mein Haushalt hat sehr gelitten in letzter Zeit. Und dann lebe ich ja eigentlich noch in einer Baustelle. Bisher ist nur das Erdgeschoss fertig. Oben muss noch die Innenisolierung ran. Und dann steht ja auch schon wieder Weihnachten an. Geschenke und so. Ich bin dafür noch überhaupt nicht in der richtigen Stimmung. Geschenke!? Noch nicht mal Gedanken habe ich mir darüber gemacht ... und du? Was machst du?«

»Ausschlafen. Haushalt nur in homöopathischen Dosen und dann ... ein paar Tage Venedig«, sagte sie, ohne sich Bucher zuzuwenden, und drückte den Stummel ihrer selbst gedrehten aus.

»Was, glaubst du, machen die mit diesem elenden Kerl?«, fragte sie unvermittelt und nachdenklich.

Bucher zuckte die Schultern und sah in den Innenhof hinaus. Der Kantinenwirt verlud gerade Plastiktonnen mit Essensresten in einen Kleintransporter.

Er sah ihm dabei zu und beantwortete ihre Frage etwas abwesend.

»Keine Ahnung. Es kommt auf die Verteidigungsstrategie und das psychiatrische Gutachten an. Wir haben die Fakten aufgelistet und unsere Schlüsse daraus gezogen. Ich finde, dass die nachvollziehbar sind. Angriffspunkte kann ich da derzeit nicht erkennen ... Nein ... Für ihn gibt es nur zwei Möglichkeiten. Entweder er geht in den Knast und danach folgt Sicherheitsverwahrung oder es gelingt der Verteidigung tatsächlich, auf die Psychotour auszuweichen ... dann eben in eine Anstalt mit all den Freiheiten, die es im Knast nicht gibt. Zudem die einzige Chance, wieder rauszukommen.«

Lara Saiter schüttelte den Kopf und lachte gequält. Sie packte Tabak und Papierchen zusammen und stand auf.

»Wo ist eigentlich der Kleine?«, fragte Bucher und meinte Armin Batthuber.

»Drüben bei der KT.«

»Was macht der denn noch bei der Kriminaltechnik. Es war doch schon alles erledigt? Sonst ist er doch immer der Erste, der verschwindet, oder?«

»Ja schon. Aber du hast die neue CTA noch nicht gesehen. Kannst dir gar nicht vorstellen, wie interessant auf einmal Blut, Speichel, Sperma und Urin sein können.«

»Aha! Daher also der Eifer. Nun gut. Ist ja kein Schaden nicht.«

Bucher stand auf, schüttete den Rest Kaffeebrühe in das Waschbecken und spülte die Tassen aus.

»Braves Männchen«, frotzelte Lara Saiter.

Er sparte sich einen Kommentar. Als beide mit ihren Aufräumarbeiten fertig waren, umarmten sie sich kurz zum Abschied. Sie kannten sich schon seit einigen Jahren und als Bucher das Ermittlungsteam zusammenstellte, wollte er unbedingt, dass Lara Saiter ihm angehörte. Bucher räumte seinen Schreibtisch auf und machte sich schließlich auf den Heimweg. Als er bei Landsberg die Autobahn verließ und dem Lech nach Süden folgte, fühlte er sich unendlich müde. In seinem rechten Bein spürte er wieder dieses Stechen, das ihn seit Wochen plagte. Er musste endlich zu einem Arzt. Irgendwann.

Auf der schmalen Brücke, die ihn wieder an das Ostufer des Lechs brachte, fuhr er sehr vorsichtig. Mit der Dunkelheit waren Kälte und Wind gekommen. Der Schotter knirschte, als er in den Hof einbog und bis vor das alte Stallgebäude fuhr. Aus den Fenstern des Nachbarhauses drang kein Lichtschein. Sind wahrscheinlich in die Stadt gefahren, dachte Bucher, während er die Holztüre zu seinem Bauernhaus aufschloss. Die Türe quietschte. Er hatte noch so viel zu tun, an diesem Haus. Ob er wohl jemals mit den Renovierungen fertig werden würde? Seine Freunde hatten ihn gewarnt. Vor der Arbeit und der Einsamkeit auf dem Lande. Aber er hatte alle Ratschläge in den Wind geschlagen. Hatte einfach keine Lust mehr auf Stadt. Auf Miet- oder Eigentumswohnungen. Neu, frisch, trocken, warm, modern, und langweilig. Er hatte den alten Bauernhof hoch über der Lechschleife gekauft. Die Maklerin konnte ihr Glück gar nicht fassen, die alte Bruchbude tatsächlich losgeworden zu sein. Das war vor knapp zwei Jahren und seither renovierte er schon. Das neue Dach, die Sanierung der Mauern, Holzböden und Heizung hatten ein Vermögen verschlungen. Inzwischen war aus dem Abrisshaus ein Schmuckkästchen geworden – zumindest im Erdgeschoss.

Im Hausgang schlug ihm eisige Kälte entgegen. In der riesigen Wohnküche verteilte der Kachelofen nur noch wenig Wärme. Bucher legte grobe Buchen- und Ahornhölzer auf die Glut. Es loderte und knackte. Bevor er unter die Dusche stieg, holte er noch eine Flasche Wein aus dem Keller. Heute gönnte er sich einen außergewöhnlichen Tropfen. Dann stellte er sich unter den kräftigen heißen Wasserstrahl des Duschkopfes und wusch Dreck, Schweiß und die erste Schicht der Erinnerung an den letzten Fall vom Leib. Die endlosen Stunden in der Rechtsmedizin. Den routinierten Umgang der Wissenschaftler mit den toten Körpern. Lange Tage in muffigen Vernehmungszimmern, mit verwahrlosten Charakteren. Eine Reise, weit hinein in die fremde Welt der Schinder, unterwegs auf einem entfernten fremden Planeten – umgeben von unbekannten Pflanzen und Tieren, von denen einem nicht bekannt ist, welche gefährlich sind und welche nicht. Dann allmählich das Heranschleichen von Vertrautheit. Vertrautheit mit diesen Fremden. Quälende Fragen an sich selbst. Eigene Gedanken, Fragen und Fantasien – die eigenen Abgründe, der Vergleich mit den Kerlen, denen man gegenübersaß. Unmöglich, mit jemandem darüber zu reden. Für Bucher war es jedenfalls unmöglich.

Drei Frauen waren es gewesen. Opfer, die schon jetzt keinen mehr interessierten. Traktiert und geschunden. Der Ansturm der Pressemeute. Angezogen von Geschehnissen, die sich nicht einmal kreative Direktoren nachmittäglicher Talkshows hätten ausdenken können. Die so genannten Medien zerrten an dem Fall herum, am Team, dem Täter und allen die nur irgendetwas damit zu tun haben konnten. Wie eine Hundemeute am erlegten Keiler. Schließlich blieb von dem, was Bucher als Wirklichkeit entdeckt zu haben glaubte, nicht mehr viel übrig. Er hoffte und vertraute auf den Prozess, wenngleich ihm vor den Tagen graute, an welchen er als Zeuge vor Gericht erscheinen musste. Nur eines war ihm ein

Trost. Noch war die Wirklichkeit schlimmer als jede Medieninszenierung. Wie lange wohl noch?

Es dampfte um ihn herum und er erwachte aus einem Gedanken, den rechten Arm an die Wand gelehnt, darauf die Stirn, und fühlte das Wasser seinen Rücken hinablaufen. Immer heißer hatte er die Mischbatterie aufgedreht. Trotz des heißen Wassers schüttelte es ihn. Er drehte sein Gesicht in den Wasserstrahl und kam langsam wieder zu sich selbst. Essen und Trinken.

Es gab italienische Vorspeisen, deren Knoblauchduft sich schon in der Küche verteilt hatte. Ein 86er Château Clerc Milon atmete bereits in der Karaffe. Bucher beschloss, faul zu sein, während er über den rauen Dielenboden in der Küche schlurfte. Herumfaulenzen, schlafen, lesen, fernsehen, essen, trinken, Musik hören. Mutter anrufen. Natürlich. Er hatte sowieso schon ein schlechtes Gewissen. Das hatte er ihr gegenüber grundsätzlich, schon weil er so weit entfernt sein Leben lebte und sie so selten besuchte.

Als Bucher eine Woche später den Besprechungsraum betrat, hörte er gerade noch einige Wortfetzen von Alex Hartmann mit, der Batthuber anscheinend Neuigkeiten zu berichten hatte.

»Wenn das so weitergeht, klären wir demnächst Aufbrüche von Zigarettenautomaten.«

Armin Batthuber sah zu Bucher hoch, der Kaffee eingoss und sich zu den zweien an den Tisch setzte.

»Gut erholt?«, fragte er und ging erst einmal nicht auf die Zigarettenautomaten ein.

Batthuber grinste ihn an und meinte. »Ja schon. Aber wenn das stimmt, was Alex gerade erzählt hat, wird die Erholungsphase sehr schnell beendet sein.«

Bucher sah Hartmann an und zog die Augenbrauen fragend nach oben. »Schlechte Nachrichten, oder was? Es wird dich doch keiner zu Hause angerufen haben, oder?«

»Nein. Das nicht. Es geht um was ganz anderes. Ich war heute Morgen noch kurz drunten beim Dauerdienst. Der Wolfram hat mir gesteckt, wir bekämen einen neuen Fall.

Tote Frau. Aber wohl nichts Besonderes oder so. Was er so gehört habe, handelt es sich um eine ganz normale Tötung.«

Bucher nippte vorsichtig am heißen Kaffee und sah über den Rand der Tasse hinweg zu Hartmann.

»Wenn der Kriminaldauerdienst das sagt, wird schon was dran sein. Hat Kundermann schon was rausgelassen?«, fragte Bucher und dachte währenddessen darüber nach, was Hartmann unter einer „normalen Tötung" verstehen mochte.

»Nein. Der ist noch nicht da. Du weißt doch, dass der am Montag die Gleitzeit immer voll ausschöpft.«

»Na ja. Wir werden es schon erfahren, was da auf uns wartet.«

Bucher grinste Batthuber an und wechselte das Thema. »Wie war der Kurzurlaub?«

»Super!«, preschte Batthuber voller Begeisterung in die Frage von Bucher.

»War drei Tage beim Eisklettern. Super! Und dann beim Tauchen im Kaminsee. Da kannst du unter Wasser von einem Ufer ans andere sehen. Voll klare Sicht. Als wenn da gar kein Wasser wäre.«

»Du gehst also im Winter zum Tauchen, um nichts zu sehen!?«, sagte Hartmann leise stöhnend, sah zu Boden und schüttelte verständnislos den Kopf. Bucher zog die Stirn in Falten und meinte, dass normale Menschen in der Adventszeit Glühwein trinken, die Heizung aufdrehen, sich auf ein warmes Essen freuen und eben nicht in großen Eiszapfen herumklettern und danach in einem zugefrorenen See tauchen, in dem es nicht mal einen Fisch zu sehen gibt. Batthuber winkte mit beiden Händen ab und sagte

»Ihr versteht das eben nicht. Warmduscher!«

Bucher sah zur Tür. »Ist Lara eigentlich schon da?«

Die beiden verneinten. Bucher verzog sich mit seiner Tasse ins Büro. Wenn ein neuer Fall anstünde, würde er es schon noch rechtzeitig erfahren. Außerdem war nun Zeit für den Verwaltungskram und Rundschreiben, alles Dinge, die schon seit längerem auf seinem Schreibtisch geparkt waren. Ein Oberregierungsrat beschrieb auf mehreren Seiten, wie Dienst- und Privatautos in der Tiefgarage zu parken seien.

Welche Schilder neu angebracht worden waren und welche Bedeutung diese für den jeweiligen Benutzerkreis hatten. Was Regierungsräte so alles machten!? Realsatire. »Verwaltungsvorschrift zum Streichen von Butterbroten«, nannte seine Kollegin solche Schreiben. Nach der Verwaltungsparkregelung kamen Rundschreiben, die über Sparmaßnahmen bei der Krankenversicherung informierten. Bucher wurde aus den Prozentzahlen nicht schlau, die da in einer Tabelle aufgeführt waren. Er ging davon aus, dass es in Zukunft wohl teurer werden würde, den Arzt aufzusuchen. Im monatlich erscheinenden Amtsblatt waren Stellen ausgeschrieben, auf die man sich bewerben konnte. In diesem Monat wurden Polizeitaucher gesucht. Bucher graute es. Einige Male musste er auf die Unterstützung dieser Leute zurückgreifen. Ihm fiel ein, wie schlecht ihm geworden war, als sie in einer Kläranlage nach einer Leiche suchten und zwei Polizeitaucher in der dicken, stinkenden Brühe herumtauchten. Eingepackt in dicke Gummianzüge, mehrfach mit Seilen gesichert, entsprach es keineswegs den Vorstellungen, die man sich sonst vom Tauchen macht. Warmes, türkisfarbenes Wasser. Mittendrin Luftblasen, Korallen und prächtig bunte Fische. Buchers Taucher brachten damals keine Korallen mit, sondern ein stinkendes Paket.

Er nahm sich ausführlich Zeit für den Umlaufordner. Las ausführlich die mehrseitige Liste mit Neueinstellungen, Pensionen, Versetzungen und Beförderungen. Er war verwundert über die hohe Zahl der Einstellungen. Überwiegend Verwaltungsleute, kein einziger Kriminalist. Der Apparat wurde also immer größer. Manchmal lief Bucher durch die Gänge, las die Türschilder und fragte sich, was da wohl hinter den Türen gearbeitet wurde. Überall gab es Stellenzuwachs. Nur nicht in den Ermittlungsteams selbst. Sie waren immer noch vier Leute, wie seit Jahren. Und gerade bei ihnen wollte man Stellen kürzen. Vehement hatte sich Bucher dagegen gewehrt, dass ihm Armin Batthuber für irgendeine Arbeitsgruppe abgezogen wurde. Kundermann hatte eine Fülle von Arbeitsgruppen ins Leben gerufen, um seinen Zuständigkeitsbereich besser zu organisieren. In Wirklichkeit lähmte er die eigentliche Arbeit damit. Bucher grübelte gerade, als Lara Saiter ins Büro kam. Bleich und gut gelaunt. »Hallo Chef!«, sagte sie und es klang nicht besonders respektvoll. »Schon wieder mitten in den Akten?«

»Jaja. Habe mir gerade geballtes Verwaltungswissen ... eingeführt ... ist wohl das richtige Wort. Kaum zu glauben, aber die stellen schon wieder Verwaltungsfachleute ein. Wir gehen wieder mal leer aus.«

»Hast du vielleicht etwas anderes erwartet«, entgegnete sie gelassen.

»Wenn wir die Fälle immer wieder erfolgreich vor Gericht bringen, besteht ja kein Grund, irgendetwas zu ändern, oder?. Das geschieht erst, wenns mal nicht so läuft. Dann sind aber auch wir die, die als Erste dran glauben müssen.«

»Sehe ich nicht so. Meinst du vielleicht, dass Kundermann dann Ermittlungen übernimmt?«

»So schlimm muss es ja nicht gleich kommen. Aber was anderes. Alex hat mir erzählt, es ist was im Gespräch für uns. Weißt du da schon was?«, fragte sie und sah ihn neugierig an.

»Nein. Hat sich noch niemand bei mir gemeldet. Ich frage da auch nicht nach. Die werden schon kommen. Aber erzähl du mal erst. Wie war's eigentlich in Venedig?«

Lara Saiter lehnte an der Wand und blickte versonnen an die Decke.

»Kalt, neblig, nass, dämmrig. So herrlich morbide, wie ich mir das vorgestellt hatte. Und kaum Leute unterwegs. Ich war jeden Tag in Murano draußen und habe in dem Fischrestaurant gegessen. Das kennst du ja auch. Mhmm. Zum drin rumschwimmen.«

Ein sehnsüchtiges Stöhnen schloss den kurzen Bericht ab. Bucher bekam Appetit und Lust auf einen Fischteller.

»Und. Bist du alleine drin herumgeschwommen?«, fragte er.

»Nur kurz!«, war die knappe Antwort.

»Tja. Dann einen guten Start in die Woche. Wenn an dem Gerede was dran ist, werden wir sicher noch heute erfahren, was auf uns zukommen wird.«

Aus der Kantine drang ein Appetit anregender Duft. Er kroch durch alte Kabelschächte nach oben. Bucher überlegte gerade, ob er es wieder einmal wagen sollte, dem Kantinenpächter sein Vertrauen zu schenken, als das Telefon klingelte. Im Display stand die Nummer der Gegenstelle und in großen Buchstaben AL. Jetzt wird es wohl ernst, dachte er, als er zum Hörer griff. Am anderen Ende war Hans Weiss. Abteilungsleiter. Der war wie immer kurz angebunden und konnte seine knurrige Art nie abstellen. Bucher kam, im Gegensatz zu vielen anderen, gut mit ihm zurecht.

»Hallo Johannes. Jetzt! Bei mir!«, bellte er in den Hörer. In Weiss' Büro hatte sich in den letzten Jahren nichts verändert. Hässliches Eichenfurnierimitat überzog den Pressspan von Tischen und Aktenschränken. Weiss saß wie immer mit grimmiger Miene in seinem 70er-Jahre-Bürostuhl, mattes Orange, vor einer vorhangfreien Fensterfront, ohne obligatorischen Benjamin. Dazu war er nicht der Typ. Kurz und gut: Der Raum war weit davon entfernt, als Statussymbol gelten zu dürfen.

Kundermann saß bereits vor Weiss' Schreibtisch. Neben ihm ein Mann in feinem schwarzen Anzug, den Bucher nicht kannte. Weiss nickte nur mit dem Kopf, als Bucher das Büro betrat, und wies auf den freien Stuhl neben dem Unbekannten.

»Herr Urban vom Ministerium«, sagte er dabei ohne Umschweife und ohne besondere Freundlichkeit in seine Stimme zu legen.

Bucher war überrascht. Ministerium? Urban drehte sich Bucher zu und neigte den Kopf mit einer sanften Bewegung. Verbunden mit einem wortlosen, feinen Lächeln stellte dies die Begrüßung dar. Kalter Typ, urteilte Bucher. Weiss lehnte sich mit seinem massigen Oberkörper auf den Schreibtisch und faltete seine riesigen Hände.

»Gut, Herr Urban, dies hier ist Herr Bucher. Leiter unseres Ermittlungsteams. Er wird sich um den Fall kümmern. Erläutern Sie ihm bitte die Einzelheiten.«

Urban sprach ruhig und sachlich, zu Bucher gewandt.

»Am Samstag wurde in Augsburg die Leiche einer jungen Frau gefunden. Sie lag erstochen in ihrer Wohnung. Eine Freundin hatte sie entdeckt. An der Arbeitsstelle wurde die Getötete während der Woche nicht vermisst, da sie auf einem Fortbildungskurs sein sollte. Die Mutter rief am letzten Wochenende bei der Freundin ihrer Tochter an, nachdem sie die Woche über keinen Telefonkontakt hatten und sie sich Sorgen machte. Diese Freundin hatte einen Schlüssel für die Wohnung, sah dort nach und fand die Leiche vor. Die Kriminalpolizei in Augsburg hat den Tatort gesichert und ausgewertet. Morgen soll die Obduktion stattfinden. Nach bisherigem Ermittlungsstand ein Tötungsdelikt. Tatwaffe ein Messer.«

Bucher hörte sich die kurze Schilderung an und stellte dann seine Fragen.

»Vielen Dank, Herr Urban. Wie Sie schon erwähnten, sind ja die Kollegen in Augsburg mit der Ermittlungsarbeit betraut. Weshalb wird der Fall in so einem frühen Stadium schon an uns übergeben? Die Zuständigkeiten liegen doch bei den Augsburger Kollegen. Worin besteht also die Besonderheit dieses Falles?«

Urban nickte. »Ja, Herr Bucher. Das sehen Sie richtig. Es gibt nichts Besonderes an diesem Fall. Ich möchte da ganz offen zu Ihnen sein. Bei der Getöteten handelt es sich um die Nichte eines Landtagsabgeordneten. Mitglied des Sicherheitsausschusses. Noch gestern Abend hat er bei uns gefordert, den Fall nicht bei den Augsburger Kollegen zu belassen. Seit dieser bedauerlichen Ermittlungspanne in Zusammenhang mit der Ermordung des kleinen Mädchens, im letzten Jahr, gibt es hier wohl starke Vorbehalte.«

Bucher warf Weiss einen kurzen, fragenden Blick zu. Beide wussten von dem Fall, der intern für lange Diskussionen gesorgt hatte. Der Kripochef hatte sehr unglücklich und unprofessionell in die Ermittlungsarbeit eines seiner Teams eingegriffen. In einem Mordfall verdächtigte er den minderjährigen Bruder des Opfers und setzte ihn unter Druck, ein Geständnis abzulegen. Irgendwie hatte die Presse davon Wind bekommen und vor lauter Auflagengeilheit ein Bild des vermeintlichen Täters gebracht. Bucher fragte sich, weshalb man einen offensichtlich unfähigen Kripochef nicht auf eine andere Stelle bugsieren konnte, wenn im Ministerium schon starke Vorbehalte bestanden.

Kundermann unterbrach Buchers und wohl auch Urbans Gedankengänge mit einem seiner genialen Ermittlungsansätze. Schon als er Luft holte, war Bucher klar, dass es eine Peinlichkeit werden musste. »Nun gut. Herr Bucher. So wie sich das darstellt, dürfte es ja keine Schwierigkeit sein, den Täter schnell zu ermitteln, oder!?. Bei diesen ... äh ... Sachen ... Fällen ... liegt das Motiv des Täters ja meistens im Sexuellen oder Persönlichen.«

Buchers Gesichtsausdruck ließ keinen Zweifel daran, was er von der Wortmeldung hielt. Er fragte mit ernster Stimme. »Wie meinen Sie das, Herr Kundermann?«

Kundermann war auf eine Gegenfrage nicht vorbereitet. »Wie? Was soll ich meinen«, stammelte er.

Bucher ließ ihn leiden und fragte: »... mit ‚im Persönlichen'. Was meinen Sie genau damit. Gibt es da etwas Bestimmtes, was hier noch nicht erörtert wurde?«

Bucher sah unschuldig zu Urban, der den Kopf schüttelte. Dann wendete er sich wieder an seinen Dezernatsleiter. Sachlich und trocken. »Oder meinen Sie ganz allgemein, dass es sich bei Tötungsdelikten in über neunzig Prozent der Fälle um Beziehungstaten handelt.?«

»Ja, Beziehungstaten eben«, sagte Kundermann tonlos und schluckte. Bucher konnte Kundermanns Schweißausbruch riechen. Wieder zu Urban gewandt, fragte er, ob die Kripo in Augsburg und vor allem die zuständige Staatsanwaltschaft von der Sachlage schon informiert seien. Urban bejahte. Hans Weiss beendete die Runde, indem er die gefalteten Hände auseinander nahm, sie nach vorne streckte und sagte, dass alles Wesentliche vorerst besprochen sei. Das Ermittlungsteam würde noch heute den Fall übernehmen und in Augsburg mit der Arbeit beginnen. Er stand auf und auch die anderen erhoben sich. Man verabschiedete sich per Handdruck.

Als sie zur Türe gingen, rief ihn Hans Weiss zurück. »Johannes! Ich brauche dich noch kurz.«

Kundermann und Urban verließen das Büro. Bucher drehte um und ging auf den hinter seinem Schreibtisch stehenden Weiss zu. Der war sichtlich sauer und schüttelte den Kopf.

»Hat das gerade sein müssen. Lass ihn doch einfach reden. Ich mag es nicht, wenn wir uns vor externen Leuten lächerlich machen.«

Bucher gab ihm still Recht und sagte nichts, um sich zu rechtfertigen. Im Grunde wusste er Weiss auf seiner Seite. Der sprach ernst weiter. »Die Sache mit Augsburg war nicht wegzudrücken. Die Sache ist ganz einfach zu erklären. Das Onkelchen will zum einen schnell den Täter und auch noch ein wenig seine Macht zur Geltung bringen. Da lassen die Herren Politiker eben mal schnell die Puppen tanzen. Und das sind in diesem Fall wir. Besser gesagt, du.«

Bucher war ärgerlich und unterdrückte dies auch nicht. »Und die Presse? Was ist los, wenn die Wind davon bekommen, dass wir zu Privatermittlern eines Abgeordneten werden? So wie der Fall sich darstellt, ist das doch ein Totschlag oder Mord, der überhaupt nicht in unsere Zuständigkeit fällt.«

Bucher strich mit beiden Händen einen Balken in die Luft. »Ich sehe schon die Schlagzeilen vor mir. Findest du, dass das so korrekt ist!? Zudem tritt man den Kollegen in Augsburg vors Schienbein, aber kräftig. Die können nichts dafür, dass sie einen unfähigen Chef haben. Der ist das nur geworden, weil er so gute Beziehungen ins Ministerium hat. Vielleicht ein anderer Onkel!«

Hans Weiss schnaufte tief aus.

»Das ist mir auch klar. Das mit der Presse musst schon du erledigen. Ich verlasse mich da auf deine Erfahrung. Aber wie gesagt. Es hilft alles nichts. Nimm deine Leute und leg los. Je schneller die Sache erledigt ist, desto eher sind wir das Problem los.«

»Na hoffentlich ist der Fall so einfach gelagert, wie Kundermann das eben so genial angerissen hat.«

Weiss winkte energisch ab. Von dem Thema wollte er nichts mehr hören.

»Fahrt rüber nach Augsburg zu den Kollegen und holt euch die Informationen und die Akten! Du weißt, wie das läuft. Mache es kurz und schmerzlos. Sicher nicht angenehm, aber es nutzt nichts. Die Entscheidungen sind getroffen. Mehr gibt es nicht zu sagen.«

Bucher sah ihn etwas mürrisch an, nickte und ging zur Tür.

»Du bekommst natürlich alle Unterstützung, die du brauchst. Viel Erfolg!«, rief ihm Hans Weiss nach.

Bucher hob seine rechte Hand zum Abschied. Er wusste, dass er die Wünsche ehrlich meinte.

Er ging durch die dunklen Gänge zurück zum Büro. Die anderen warteten bereits. Er hatte sie vom Anruf Weiss' informiert und berichtete nun detailliert über das Gespräch. Sie waren sich einig, dass es zu großen Schwierigkeiten kommen würde, wenn die Presse erführe, weshalb der Fall an sie übergeben wurde. Keiner konnte sich zudem vorstellen, dass es zu einer sehr fruchtbaren Zusammenarbeit mit den Kollegen kommen konnte. Es wurde vereinbart, betont vorsichtig zu agieren und auf Provokationen nicht einzugehen. Presseauskünfte sollten nur über Bucher laufen. So wie das auch bei anderen Ermittlungen gehandhabt wurde. Die Situation war allen fremd. Eigentlich bestanden Schwierigkeiten bei Ermittlungen in der Ermittlungsarbeit selbst. Die klassischen Fragen: Wer hat wann was warum wie getan? Hier sorgte bereits die Übergabe des Falles für Schwierigkeiten. Keine gute Voraussetzung.

Die anderen hatten sich schon auf den Weg gemacht, um vorab die Örtlichkeiten abzuklären. Tatort, Dienststellen, Staatsanwaltschaft. Er war noch dageblieben und rief den Kripochef in Augsburg an. Wehringer hieß der. Schon nach dem ersten Klingeln hob er ab. Bucher stellte sich kurz vor und teilte mit, dass er in etwa einer Stunde in Augsburg erscheinen würde, um die bisherigen Ermittlungsergebnisse zu übernehmen. Das Telefonat nahm weniger als eine Minute in Anspruch. Vom Gegenüber kam nur ein bejahendes »Mhm.« Es klang wie ein belustigtes „Ach, wirklich".

Hochnebel über München. Ein paar verlorene Schneeflocken legten sich auf der Windschutzscheibe nieder, um sofort zu vergehen. Auf der Donnersberger Brücke staute sich der Verkehr in beide Richtungen. Bucher wählte daher den Weg über die Autobahn in Richtung Stuttgart. Er kam flott und ohne Unterbrechung zu Münchens Westen hinaus. Als er am Botanischen Garten vorbeifuhr, bekam er Lust, durch die Palmenhallen zu schlendern, in heißer, stickiger Luft. Endlich dieser Dauerkälte etwas entkommen. Vielleicht in den nächsten Tagen, wenn es die Geschichte in Augsburg zulässt. Kurz vor Ausfahrt Augsburg-West führte die Autobahn aus dichtem Mischwald hinaus und hinunter auf die weite Ebene des Lechfelds. Das Erste, was er von Augsburg zu sehen bekam, war die gewaltige Müllverbrennungsanlage, hinter deren rauchenden Schloten die Türme des Doms und der unzähligen Kirchen der Stadt nahezu verschwanden. Eine Frage der Perspektive, dachte Bucher. Deutlich hob sich ein hässliches Hochhaus in den trüben Himmel. Wie ein überdimensionaler Maiskolben. Lara Saiter wartete schon mit Armin Batthuber vor dem roten Backsteinbau, in welchem die Augsburger Kripo untergebracht war. Sie hatten bereits herausgefunden, wo die Obduktion stattfinden sollte. Hartmann war noch bei der Staatsanwaltschaft und holte von dort die notwendigen Informationen. Bucher sagte den beiden, dass sie sich schon mal beim Erkennungsdienst melden sollten, um die Spurenlage zu erörtern. Im persönlichen Gespräch konnten mehr Informationen vermittelt werden, als letztendlich aus Akten zu entnehmen war. Meinungen, Gefühle, Vorstellungen von Abläufen, die auf amtlichen Papieren keinen Platz fanden. Er hoffte, dass die Kollegen dazu bereit waren und vertraute auf Lara Saiters Einfühlungsvermögen. Bucher selbst machte sich auf den Weg zu Wehringer. Der residierte im vierten Stock. An seiner Türe messingfarbene Lettern, LEITER. Und kleiner darunter, Kriminalpolizei. Schon wieder ein Leiter, dachte Bucher, klopfte an, wartete jedoch nicht auf eine Aufforderung einzutreten und öffnete die Türe.

Er war beeindruckt. Pracht war das Erste, was ihm in den Sinn kam, als sein Blick den Raum scannte. Hier hatte man nicht gekleckert. Die Wände waren in pastelligem Grün gestrichen, der Parkettboden in Fischgrätenmuster verlegt. Zwei hohe Aktenschränke standen an der langen Wand rechts der Türe. Das Zimmer war fünfeckig und vor der breiten, keilförmig nach außen gerichteten Fensterfront zum Innenhof stand ein großer gläserner Schreibtisch auf schwarzen Säulen. Bucher fragte sich, wer solche Ausstattungen letztendlich genehmigte. Dies hier war feudal, nach außen gerichtetes Blendwerk, nicht dem Zweck angemessen und hatte seinem Verständnis nach wenig mit dem Begriff einer demokratischen Polizei zu tun. Aber wer fragte schon ihn. Hinter dem Schreibtisch saß ein groß gewachsener Mann mit akkurat frisierten, schwarzen Haaren. Die grauen Schläfen strahlten so etwas wie Seriosität aus. Er trug einen grauen Anzug mit einem ockerfarbenen Tuch in der Brusttasche. Wehringer. Angestrengt blickte der auf ein Schriftstück, das vor ihm auf der Glasplatte lag. Es war das einzige Blatt Papier. In der linken Hand hielt er einen voluminösen Montblanc. Schlecht gespielt, sah er überrascht zu Bucher hoch.

»Ich nehme an, Sie sind Herr Bucher?«, hörte der ihn mit lauernder Stimme fragen.

Angesichts des Protzes, der Überheblichkeit und Arroganz Wehringers rückte Kundermann in Buchers Ansehen um einige Stufen nach oben. Weiss blieb unerreicht. Bucher beschloss, es kurz zu machen. »Ja. Und Sie sind Herr Wehringer«, sagte er trocken, fast ein wenig unfreundlich.

»Genau. Leiter der Kriminalpolizei hier. Aber bitte nehmen Sie doch Platz.«

Bucher nahm Platz. Wehringer lehnte sich im schwarzen Ledersessel zurück, stützte die Ellbogen auf die Lehnen und bildete mit den Fingern seiner Hände ein Dach, während er über Bucher hinweg an die Decke starrte und zu sprechen begann.

»Wissen Sie. Wir sind nicht glücklich darüber, dass unser Ermittlungsteam zu Beginn eines so schlimmen Verbrechens durcheinander gewirbelt wird. Ich bin jedoch der Ansicht, dass wir organisatorische Maßnahmen treffen können, um möglichst wenig Reibungsverluste entstehen zu lassen. Ich hatte mir vorgestellt, dass Sie mit Ihren Leuten ...«

Bucher ließ ihn gar nicht weiterreden und fiel ihm mit ruhiger Stimme ins Wort.

»Entschuldigen Sie bitte, Herr Wehringer. Es wird nicht nur wenig Reibungsverluste geben, sondern überhaupt keine. Ich habe den Auftrag, den Fall zu übernehmen. Mit der Staatsanwaltschaft haben wir die organisatorischen Änderungen bereits geregelt. Ich bin hier, um von Ihnen die bisher angefertigten Akten zu übernehmen. Meine Leute werden mit den bisherigen Ermittlern Übergabegespräche führen. Einige davon sind schon im Gange. Die Sachbearbeitung liegt ab sofort allein in den Händen des Landeskriminalamtes. Ich würde Sie bitten, dies innerhalb Ihrer Zuständigkeit zu kommunizieren. Presseauskünfte sind ausschließlich uns vorbehalten. Das ist für uns ein sehr wichtiger Punkt. Sie werden sicher verstehen, dass wir die Ermittlungen zügig aufnehmen müssen.«

Wehringer starrte für einen kurzen Augenblick weiterhin an die Decke. Schließlich beugte er sich nach vorne, zerstörte sein Händedach und sagte: »Selbstverständlich, Herr ...?«

»Bucher«, half ihm der freundlich lächelnd weiter und fragte: »Wo können wir die Akten abholen?«

»Bei Dörner. Das ist der Sachbearbeiter bei unserem K1. Er hatte die Sache am Samstag übernommen und somit alle Informationen für Sie. Er steht ihnen sicher zur Verfügung.«

»Alles klar. Vielen Dank und eine gute Zeit!«

Bucher stand auf, reichte dem sitzen bleibenden Wehringer über die Glasplatte hinweg die Hand, bedankte sich für die Unterstützung und verließ den Glaspalast.

Als er durch die langen blank gewienerten Gänge dem Aufzug entgegenlief, spürte er es. Diese besondere Stimmung. Vielleicht eine leichte Erregtheit? Möglicherweise die letzten Reste eines archaischen Gefühls. Jagdtrieb. Er jedenfalls brauchte das und offensichtlich war die kurze und heftige Begegnung mit Wehringer der Auslöser gewesen. Jetzt konnte es losgehen. Er hatte schon bei früheren Ermittlungen über diese besondere Stimmung nachgedacht. Er dachte an Anselm, einen befreundeten Kollegen aus Würzburg. Anselm hatte nach einigen Flaschen Rotwein, die sie zusammen geleert hatten, von genau diesem Gefühl erzählt. Ihm ging es ähnlich. Beide hatten Angst vor dieser verborgenen Lust der Hatz. Sie gönnten sich nur verstohlene, manchmal vielleicht lüsterne Blicke in ihre eigenen Abgründe.

Bucher fuhr mit dem Aufzug hinunter in das Erdgeschoss, um dort Lara Saiter und Batthuber zu treffen. Die leidigen Aufräumarbeiten waren jetzt getan und die eigentliche Arbeit konnte beginnen. Denjenigen finden, der eine Frau brutal in ihrer Wohnung erstochen hatte. Denjenigen? Wen sonst. Unten angekommen, suchte er das Büro von Dörner. Den Namen hatte er schon mal in Verbindung mit der Aufklärung eines Mordes an einer Prostituierten gehört. Als Bucher in dessen Büro eintrat, fand er Lara Saiter und Batthuber schon im Zimmer. Sie lehnten beide an einem hohen Aktenschrank gegenüber des Schreibtisches. Hinter diesem ordnete Dörner gerade seine langen Beine. Er war wohl Anfang fünfzig. Die kurzen schwarzen Haare waren an den Seiten schon leicht ergraut und verliehen ihm, im Kontrast zu seiner tief gebräunten, faltigen Gesichtshaut und den markant hervorstehenden Backenknochen, ein eindrückliches Erscheinungsbild. Bucher fühlte sich an die Portraits von Indianerhäuptlingen erinnert, die er vor einiger Zeit in einer Ausstellung im Völkerkundemuseum betrachtete. Dieser Indianer da war ihm auf den ersten Blick sympathisch. Die Begrüßung verlief kurz und freundlich.

»Und? Seid ihr schon mittendrin?«, fragte Bucher und sah von einem zum andern.

»Du hast noch nichts verpasst«, entgegnete Dörner, ließ weiterhin seine langen Beine ausgestreckt unter dem Schreibtisch ruhen und seinen Oberkörper weit nach hinten in den Stuhl sinken.

»Wir haben nur ganz allgemein über die Sache gesprochen.«

Bucher nickte und war froh, dass Dörner das kollegiale Du verwendete, wie das unter Kollegen selbstverständlich war. Hier hatten sie Gott sei Dank jemanden, der die Ermittlungen nicht blockieren, sondern unterstützen würde. Dörner erhob sich und packte einen Aktenordner unter seinen Arm.

»Was hat denn unser Wehringer dazu gesagt?«, fragte er.

Bucher erzählte kurz vom Gespräch. Dörner sah skeptisch zu Bucher und zog die Stirn nach oben.

»Das macht dem ganz schön zu schaffen. Der hätte sich den Fall nämlich gerne unter den Nagel gerissen. Ist nur dumm, dass das Ganze auf uns zurückschlägt. Mich würde es aber schon interessieren, wie gerade ihr an den Fall gekommen seid? Es gibt doch keinerlei Erkenntnisse über einen Serienbezug oder sonst etwas Eigentümliches, oder?«

Bucher zuckte nur mit den Schultern und sagte, dass er den Auftrag habe, den Fall zu übernehmen. Dörner gab sich mit der nichts sagenden Auskunft zufrieden. Bucher nahm sich vor, ihm die besonderen Umstände bei passender Gelegenheit zu erzählen. Dörner nahm Stift und Block zur Hand.

»Ich schlage vor, wir gehen rüber in unseren Besprechungsraum. Da können wir es uns gemütlich machen. Außerdem steht da die Kaffeemaschine. Ich denke, wir werden schon eine Weile brauchen, bis wir das durchgearbeitet haben.«

Der Besprechungsraum verblüffte sie. Batthuber konnte sich ein anerkennendes »Boh!« nicht verkneifen, als sie in den Raum traten. Dörner holte Tassen aus einem der Hängeschränke. Im Vergleich zu der altersschwachen Bude im LKA war dies hier schon was anderes. Großzügig und licht. Im Zentrum ein nussfarbener Besprechungstisch. Hier konnte man locker fünfzehn Leute versammeln. Entlang der Wand, gleich links der Eingangstüre, war eine komplette Einbauküche eingepasst worden. Dörner stellte die Tassen auf den Tisch und warf die Kaffeemaschine an. Er erzählte dabei, dass man beim Neubau vergessen hatte, Besprechungsräume einzuplanen. Während er Milch und Zucker zusammensuchte, berichtete er über die Entstehungsgeschichte.

»Das waren hier mal ganz normale Büros. Wir hatten keinerlei Möglichkeiten, uns mal zusammenzusetzen und mit mehreren Leuten eine Ermittlung durchzusprechen. Ihr wisst ja, wie das ist. Da kommen mal die Erkennungsdienstler, dann braucht man die Schicht von der Inspektion oder den Dauerdienst. Immer ein Haufen Leute. Und da hockt man dann in den engen Büros rum, kann nicht schreiben, und so. Na ja. Wir haben dann unsere Tippsen in ein größeres Büro zusammengelegt und ein Büro war sowieso nur mit einem Kollegen besetzt. Den haben wir an die Islamisten abgegeben und so war das Büro auch noch frei.«

»An wen habt ihr den Kollegen abgegeben?«, fragte Batthuber verdutzt.

»An die Islamisten. Ermittler vom Staatsschutz, die sich um kriminelle Ausländer mit islamistischem Hintergrund kümmern. Beobachten, viele Berichte schreiben und so. Kommt aber bisher nicht viel dabei raus. Auf jeden Fall haben wir dann selbst die Wand zwischen den beiden Büros an einem Wochenende herausgehauen. Die Küche hat uns ein Gerichtsvollzieher organisiert. Zwangsversteigerung, oder so. Tja. Und jetzt das hier. Alle anderen sind natürlich neidisch.«

»Kann ich mir vorstellen«, sagte Bucher und sah sich nochmals anerkennend um. Dörner schlug den Aktenordner auf und zog einen Faltbogen aus Karton heraus, wie sie für Bildtafeln verwendet wurden, und schob ihn zu Bucher hinüber.

»Hier. Bevor wir kurz die Details ansprechen, die ersten Tatortbilder vom Erkennungsdienst. Da kann man sich ein besseres Bild machen und ich brauche euch nicht so viel zu erklären.«

Würziger Duft frischen Kaffees schwallte von der Küchenzeile herüber. Während er sich den Fotos zuwendete, holte Dörner die Kaffeekanne herüber und verteilte die dampfende Brühe auf die Tassen. Bucher klappte die Bildtafel auf. Das erste Bild zeigte die Außenansicht einer modernen Wohnanlage. Graugrüner Rauputz außen. Die Dachkanten und Abgrenzungsmauern mit dunklen Blechen überzogen. Ecken und Erker rissen die Frontalansicht auf. Ein altes, mehrstöckiges Bürgerhaus. Die Bildtafel folgte dem klassischen Prinzip – von außen nach innen. Bucher übersprang zwei Falten und fand schließlich das erste Bild des Opfers. Der Blitz, den der Spurensicherer verwendet hatte, schmiss kräftige, grelle Farben auf den Film. Zu sehen war ein Wohnzimmer mit breiter Fensterfront. Das Fensterbrett quoll über mit Grünpflanzen. Was eben so auf Fensterbrettern steht, dachte Bucher. Alpenveilchen, kleine Kakteen, Benjamin, Stachelpalmen und einige andere Pflanzen, die er nicht kannte. Von innen waren hellgelbe Stoffjalousien mit einem türkisfarbenen Wellenmuster vollständig heruntergezogen und versperrten den Blick nach draußen. Nach links führte eine Türe, die halb geöffnet war, in einen anderen Raum. Gegenüber, hinter einem Wandvorsprung, war ein weiterer offener Bogendurchgang zu erkennen, der nach rechts führte. Im Wohnzimmer auf der rechten Seite stand ein Couchtisch. Dahinter die zugehörige dreisitzige Couch, begleitet von einem Sessel. Der Zweisitzer fehlte. Auf dem Sessel und auf der Couch lagen Kleidungsstücke verteilt, ordentlich zusammengelegt. Sie waren gewiss für den Koffer bestimmt, der offen am Boden zwischen Wand und Sessel lag. Einige Kleidungsstücke befanden sich schon im Koffer, wie Bucher erkennen konnte. Die unvermeidlichen Schwedenregale, er tippte auf Billy, dekorierten die Wände. Wo dies nicht möglich war, hingen Bilder, Kalender und ein paar Marionetten. Vor dem Sofa stand ein Glastisch auf dem hellblauen Teppichboden. Das Zimmer sah gemütlich aus. Bucher spürte, dass es ein gefühlvoller Mensch gewesen sein musste, der es so eingerichtet hatte. Der warme Eindruck, den die Übersichtsaufnahme vermittelte, wurde gestört durch den Körper, der so unwirklich am Boden lag. Die Beine lagen angewinkelt und verkeilt zwischen Couch und Tisch. Die Hüfte lehnte noch an der Couch, als suchte sie dort Halt. Der Oberkörper war in die Nische zwischen Couch und Regal gepresst. Der Kopf schlaff nach vorne, auf die linke Brust gelehnt. Es war nicht das Bild einer Schlafenden. Der Körper war unnatürlich verdreht. Aus der Perspektive der Fotografie war das Gesicht nicht zu erkennen. Braune, glatte, schulterlange Haare fielen nach vorne und verdeckten den Blick. Eine junge Frau. Bucher schätzte sie auf Anfang dreißig. Schlanker Körper. Die hellblaue Jeans wies im linken Hüftbereich einen großen schwarzen Flecken auf. Die hellgraue Bluse war nach oben gerutscht. Was an Haut zu sehen war, glänzte braungelb. Die Bluse selbst war zerrissen, in großen Teilen regelrecht zerfetzt und blutgetränkt. Soweit der Blick auf den Oberkörper frei wurde, waren die Einschnitte deutlich zu sehen. An den Riss- und Schnittkanten hatten sich die Hautränder nach oben gestülpt und klafften teils weit auseinander. Von der linken Brustseite zog sich ein breiter schwarzer Streifen über die Hüfte nach unten auf den Teppich und bildete dort einen schwarzen, hässlichen Fleck. Die folgenden Bilder zeigten Details. Auf einem war das Gesicht zu erkennen. Der Fotograf musste auf dem Boden gelegen haben, denn die nach unten hängenden Haare waren aus stehender Position nicht zu erkennen. Ein schönes Gesicht musste es gewesen sein. Jetzt war es von einer Ansammlung dunkelroter und schwarzer Flecken überzogen. Die Zunge steckte schwarz und aufgequollen zwischen den Zahnreihen und drückte die Lippen auseinander. Ein schlimmer Anblick. Bucher warf noch einen Blick auf eine Reihe Fotos, die die einzelnen Räume der Wohnung abbildeten. Dann gab er die Mappe an Lara Saiter und Batthuber weiter. Sie saßen ihm gegenüber am Tisch und wärmten ihre Hände an den Kaffeetassen. Die Fotos hatten ihm einen ersten Eindruck vermittelt. Er sah Dörner fragend an.

»Dann fangen wir mal an«, interpretierte der den Blick richtig und machte es sich auf dem Stuhl bequem.

»Am vergangenen Samstag ging um kurz nach sieben ...«, Dörner blätterte in den vor ihm liegenden Akten, »... die genaue Uhrzeit seht ihr ja dann im Befundbericht ... also kurz nach sieben rief eine Frau Sybille Austen bei der Einsatzzentrale an. Der Anruf kam über die 110, also Notruf ... eine CD mit der Aufzeichnung liegt den Akten übrigens bei. Frau

Austen teilte ziemlich aufgeregt und weinend mit, dass sie gerade in der Wohnung ihrer Freundin sei und diese tot im Wohnzimmer liege. Nach Rückfrage der Kollegen der Einsatzzentrale, nach genauer Adresse und dem ganzen anderen Kram erging Mitteilung an die zuständige Polizeiinspektion. Da die Wohnung der Getöteten im Innenstadtbereich liegt, war die Polizeiinspektion eins zuständig. Die haben natürlich sofort eine Streife hingeschickt. Der Kriminaldauerdienst ist umgehend verständigt worden und war fast zeitgleich mit den Kollegen von der Trachtengruppe am Tatort. Das war so gegen halb acht. Die genauen Zeiten stehen auf dem Ablaufkalender, der in der Einsatzzentrale geführt worden ist. Kurz nach Eintreffen am Tatort bestätigte der Kollege Seidenberg vom Kriminaldauerdienst über Funk die Mitteilung aus dem Notruf und meldete die Übernahme der Sachbearbeitung. Frau Austen wurde mit zur Polizeiinspektion genommen und dort von den Kollegen vernommen. Aber nur ein paar von den allerersten Fragen eben. Keine tiefer gehende Befragung. Am Tatort selbst lief das Programm wie bekannt ab. Spurensicherung, Abklärung im Mietshaus und in den Nachbarhäusern. Die Protokolle liegen alle vor.«

Dörner unterbrach kurz und schenkte etwas Kaffee nach.

»Noch in der Nacht haben wir die Adresse der Mutter ermitteln können. Sie wohnt in einem kleinen Kaff am Bodensee. Die Kollegen aus Lindau haben ihr die Nachricht überbracht. Sie wird morgen kommen. Soweit ich weiß, direkt zur Rechtsmedizin in München. Den Termin haben wir schon ausgemacht. Ich hoffe, es ist euch recht. Wir dachten, dass es besser ist, wenn die Mutter sie nach der Leichenschau sehen kann. Da ist sie gewaschen und ein wenig hergerichtet. Danach dann erst die Obduktion.«

Dörner schaute in die Runde. Bucher und Lara Saiter stimmten zu. Ihnen war diese Regelung durchaus recht.

Dörner nahm es zur Kenntnis und machte weiter. »Nach der Spurensicherung haben wir also die Leiche in die Rechtsmedizin bringen lassen. Am Wochenende ist ja sowieso nichts los mit Obduktion. Leichenschau war noch vor Ort. Am Montag wollten wir dann weitermachen, bekamen aber dann die Nachricht, dass wir nicht mehr zuständig seien und ihr euch darum kümmern werdet ... Zum Opfer möchte ich euch jetzt gar nicht mehr sagen, denn ich gehe davon aus, dass ihr das in eurer internen Fallbesprechung machen wollt, oder?«

Bucher nickte und meinte, dass sie die Details sehr wohl aufbereiten werden. Es klopfte an der Tür und Alex Hartmann trat ein. Er sah sich kurz im Raum um und begrüßte Dörner. Der holte eine weitere Tasse Kaffee und goss Hartmann ein.

»Zucker und Milch stehen da am Tisch. Bedien dich. Warst du schon bei der Staatsanwaltschaft?«, wollte Dörner wissen.

»Ja. Habe die formalen Dinge abgeklärt. Am Donnerstag haben wir den ersten Termin mit der Staatsanwaltschaft. Also noch gute zwei Tage Zeit«, sagte Hartmann.

Dörner fragte in die Runde. »Wer von euch geht morgen in die Rechtsmedizin?«

»Ich«, antwortete Bucher bestimmt und sah dabei zu Lara Saiter und Batthuber.

»Die anderen werden schon mit den ersten Vernehmungen beginnen. Als Todesursache sind wohl die Messerstiche anzunehmen, oder habt ihr da auf den ersten Blick andere Erkenntnisse?«

»Nein. Das waren ganz sicher die Messerstiche«, sagte Dörner, hielt inne und dachte nach. Dann sagte er. »Ich war am Tatort und habe mich da umgesehen. Dieses Routinegaffen. Ihr wisst schon. Was mich beschäftigt, ist die etwas eigentümliche Situation am Tatort. Da hat irgendetwas nicht gepasst. Junge Frau ... tot in der Wohnung ... was denkt man da so unbedarft am Anfang? Doch in dem Fall fiel mir die Brutalität gegen das Opfer auf und die nicht vorhandenen Hinweise auf ein Sexualdelikt. Zumindest nach äußerem Anschein gab es dafür keinerlei Hinweise. Habt es ja auf den Bildern gesehen. Vielleicht gibt es morgen etwas Neues aus der Rechtsmedizin. Aber ... also ich war eigentlich gar nicht so verwundert, als ich heute Morgen gehört habe, dass ihr dafür zuständig seid. Ich weiß nicht, aber so eine einfache

Beziehungsgeschichte wird das in diesem Fall nicht sein. Ist ja auch egal. Ihr habt ja die ganzen Unterlagen. In dem grauen Kuvert befinden sich übrigens die Wohnungsschlüssel. Wir haben die Wohnung natürlich versiegelt. Ihr könnt das ja mit der Mutter klären, wenn die morgen sowieso da ist.«

Bucher hatte Dörner aufmerksam zugehört. Wenn diesem erfahrenen und sachlichen Kollegen etwas seltsam vorkam, dann war das ein Grund, genauer zuzuhören.

»Wo können wir hier eigentlich hin, wenn wir Vernehmungen durchführen müssen?«, fragte Lara Saiter.

»Ich zeige euch später den Vernehmungsraum von der Fahndung. Die brauchen den derzeit nicht, weil sie wieder einmal umstrukturiert werden. Ihr braucht auch noch so eine elektronische Zugangskarte. Dann könnt ihr hinten an der Einfahrt direkt rein und müsst nicht an der Pforte lange herumtun.«

Das Wesentliche war gesagt. Nach einigem Smalltalk löste sich die Runde auf. Batthuber und Hartmann sammelten die Akten ein. Es war schon dunkel, als sie sich auf dem Rückweg nach München befanden. Nur wenige waren unterwegs, jetzt am Abend, und so kamen sie schnell voran. Die Risse in der grauen Hochnebeldecke wurden immer umfänglicher und schon kurz vor München spannte sich ein sternklarer Himmel über die Stadt. Kälte fiel herab. Von den Dächern stiegen Dampfwolken auf. Bucher fröstelte. Die dusteren Gänge im LKA waren jetzt einsam und still. Er mochte diese Lautlosigkeit. Die Abwesenheit der Wichtigtuer, Möchtegern-Manager ihm unbekannter Koordinierungsstellen, die Aktendeckel umhertrugen und von Prozessoptimierung quakten. Er schnappte manchmal Satzfetzen auf, in denen Strukturprozesse analysiert wurden, Geschäftsprozesse in einer Präsentation zugänglich gemacht worden waren und ähnlichem Kauderwelsch. Ihm graute davor und er hätte gerne mal die Prozesse dieser Strukturschwafler unter die Lupe genommen.

Im Moment hatte er das Gefühl, von diesen Veränderungen erdrückt zu werden. Immer näher kamen sie und machten ihm mit ihren endlosen Fragebögen das Leben schwer. Als wenn sich eine so komplexe Sache wie eine Ermittlung in ihre irrsinnigen, betriebswirtschaftlichen Tabellen, Präsentationen oder Flussdiagramme pressen ließe. Diese Leute waren Ritter der Ordnung. Sie analysierten, erfassten, katalogisierten und evaluierten. Entwickelten Fragebögen und Formblätter. Ihre Aufgabe bestand im Ordnen von Handlungsabläufen. So erklärte ihm das mal einer. Bucher hatte den Mut zu fragen, was denn mit Handlungsabläufen sei, die sich nicht ordnen ließen, und erntete mitleidige Blicke. Anscheinend gab es so etwas nicht.

Er selbst brauchte nur an wenigen Stellen Ordnung. Verachtete sie zeitweise und vermisste zunehmend die Anwesenheit von Unordnung. Chaos. Das war einer der Gründe, weshalb er schon jetzt mit Ende dreißig das Gefühl hatte, in diesem Betrieb überflüssig zu sein. Immer mehr Außenseiter zu werden, als er letztlich sein wollte. Dieses Gefühl, es war nicht gut für ihn und seine Arbeit, denn ihm war klar, dass er gerade in seiner Arbeit abhängig war von Stimmungen, Gefühlen und seinen Instinkten. Natürlich waren wissenschaftliche Erkenntnisse die Grundlage für seine Arbeit. Da war Ordnung zwingend erforderlich. Aber schließlich kam es darauf an, diese als Fundament zu verwenden, auf welchem das Gerüst einer Handlungskette entstand. Was ihn zu interessieren hatte, waren aber auch menschliche Schicksale. Schuld, Unschuld, Schwächen und verborgene Wünsche, zutiefst Menschliches eben und nichts, was sich in eine PowerPoint-Präsentation pressen ließ.

Sie trafen sich in ihrer Besprechungsruine. Bucher bat Batthuber, die Akten aus Augsburg zu kopieren, dass alle bis zum nächsten Tag die Möglichkeit hatten, sich in den Fall einzulesen. In den Unterlagen befand sich auch ein Portrait des Opfers. Laut eingestempeltem Datum auf der Rückseite war es vor einem halben Jahr aufgenommen worden und zeigte eine junge attraktive Frau. Schlank, glatte dunkle Haare, Jeans, Bluse und voller Energie. Sie lachte fröhlich in die Kamera. Bucher sah lange auf die Fotografie. Viel wussten sie noch nicht, doch der morgige Tag würde sie sicher ein Stück voranbringen. Er würde an der Obduktion teilnehmen und ein erstes Gespräch mit der Mutter führen. Sie besprachen die Aufgaben, die es zu erledigen galt. Lara Saiter und Batthuber sollten das Umfeld des Opfers ausleuchten und Hartmann die Nachbarn im Haus von Maren Hengersberg befragen. Als die Aufträge für den nächsten Tag abgesprochen waren, nahm Bucher das Foto, klebte es auf ein Blatt Papier und schrieb in großen Druckbuchstaben den Namen Maren Hengersberg über die Aufnahme und heftete es an die Pinnwand.

Er verspürte keine Müdigkeit, als er, spät am Abend, auf dem Weg nach Hause war. Im Radio lief Boccherinis Cellokonzert. Die sanften, unaufdringlichen Melodien ließen genügend Platz, um eigene Gedanken zu entfalten. Er setzte sich oft ins Auto und fuhr einfach los, irgendwohin, wenn er über Dinge nachdenken musste. Niemand wusste davon, dass er beim Autofahren gut nachdenken konnte, und er hatte auch kein Bedürfnis, darüber zu reden. Wieso auch? Wer würde so ein Verhalten schon verstehen – wollen. Politisch unkorrekt. Umwelt und so. Was aber sollte er machen. Es war nun mal so. Außerdem hatte er nie das Gefühl, eine Gefahr für die anderen Verkehrsteilnehmer darzustellen. Zu Hause angekommen, war er froh, dass der alte Kachelofen noch ein wenig Wärme bewahrt hatte. Dean Martin sülzte durch die Wohnung und Bucher ließ ihn gewähren. Ein 94er Labegorce war dem Gesäusel ein guter Begleiter. Müde schlief er auf der Pritsche ein, die seit seinem Einzug in die Baustelle am Kachelofen in der Küche stand.

IV.

Die sternklare Nacht hatte der Kälte weitere Entfaltung gewährt. Alles war in der eisigen Luft erstarrt. Am Lechufer standen Eschen, Buchen und Birken von tiefem Raureif überzogen, und die aufgehende Sonne warf ihre Lichtstrahlen in verschwenderischer Unvernunft auf die winterliche Landschaft. Bucher hielt auf der Brücke an und gönnte sich für kurze Zeit den Blick auf die Szene voller Harmonie und betörender Helligkeit. Novemberfrost. Am Abend wäre der Zauber vorbei. Er setzte seinen Weg fort. Je näher er der Stadt kam, desto geringer wurde die Strahlkraft der Sonne. Über München verdichteten sich einzelne Nebelschwaden zu Schleiern, welche auch die Morgensonne nicht zu durchdringen in der Lage war. Bucher hätte die Sonne gerne noch bei sich gehabt. Licht und frische Luft taten gut. Jetzt, auf einmal war ihm die Kälte einerlei. Er wusste über die Ursache Bescheid. Ein anderes, unangenehmes Gefühl dominierte ihn. Obduktionen! – waren seine Sache nicht. In all den Jahren hatte er sich einfach nicht an diesen, ja nicht unwichtigen Teil seiner Arbeit gewöhnen können. Es war ihm gar nicht recht, dass er trotz des morgendlichen Berufsverkehrs, der sich in die Stadt ergoss, so zügig seinem Ziel entgegenkam. Völlig unerwartet bekam er auch noch einen Parkplatz direkt vor dem Eingang zum rechtsmedizinischen Institut, in der Frauenlobstraße, und war nun viel zu zeitig an Ort und Stelle. Aber auch nicht so früh, dass es für einen Kaffee im Tchiboladen gegenüber gereicht hätte. Schade. Die Kälte vermochte hier, mitten in der Stadt, nicht so aggressiv zu kneifen und zu beißen. Dennoch beeilte er sich, in das Institut zu kommen. Er nahm den kürzeren Weg durch das Haupttor in den Innenhof. Die muffigen Treppenaufgänge aus dem vorletzten Jahrhundert fand er scheußlich und umging sie damit. Zwischen zusammengeschobenen Schneehaufen und den Autos der Beschäftigten parkten Leichenwagen. Aus Kellerfenstern und Abluftanlagen brodelte heiße Luft in den Innenhof. Vor einer zweiflügeligen Holztüre stand wie vergessen ein Rollgestell mit Bahre. Unter weißen Tüchern, die wirr darüberhingen, ragte ein graugelber Ellbogen hervor. Bucher schauderte. Vom Tor her drang Lärm. Ein munterer Haufen Kinder war auf dem Weg zur Schule. Allesamt in grellfarbene Wärmeanzüge gehüllt. Sie hüpften lachend und schreiend draußen am Tor vorbei, unbeschwert und gedankenverloren. Bucher drehte sich um, sah ihnen das kurze Stück nach. Ihr Lachen voller Kraft und Lebensfreude hatte ihm gut getan. Kinder. Es war kurz vor acht. Für neun hatte er sich mit Frau Maren Hengersberg verabredet. In den langen Gängen des Instituts roch es nach Desinfektionsmitteln. Der braune Linoleumboden war uralt und brüchig. Die graugelben Wände korrespondierten mit der Farbgebung des Ellbogens draußen im Hof und erstickten jeden lichten Strahl. Bucher lief die Gänge entlang und dachte über Maren Hengersberg nach, von der er noch so wenig wusste. Gleich würde dieser fremde Mensch nackt und tot vor ihm liegen. Er empfand in diesen Situationen immer ein Gefühl der Scham.

Professor Menger selbst nahm die Obduktion vor und wartete schon. Er lehnte an einem der Edelstahltische, trank gerade Kaffee und unterhielt sich mit seiner Assistentin. Vor den beiden lag, noch von einem Tuch bedeckt, Maren Hengersberg auf der Stahlplatte eines der Obduktionstische. In einer Ecke des nüchternen Saals bereitete ein junger Mann hörbar die Instrumente vor. Bucher begrüßte Menger und seine Assistentin, die ihm als Dr. Reger vorgestellt wurde. Sie hatte lange schwarze Haare die von einem roten Band zusammengehalten wurden. Dunkle, energische, aber fröhliche Augen blickten Bucher an. Volle, lächelnde Lippen, große Nase, brauner Teint. Bucher war sich sicher, dass sie eine italienische Mutter haben würde. Kurz dachte er daran, wie es wohl sein würde. Mit ihr. Ihr Körper fühlte sich sicher äußerst angenehm an. Nur kurz die Gedanken, als ihm Anna wieder in den Sinn kam. Anna war Rechtsmedizinerin hier im Institut. Ein völlig anderer Typ als diese Dottoressa. Sie hatte blondes kurzes Haar, war groß und hatte einen durchtrainierten Körper. Er hatte keine Abscheu vor Obduktionen, in dieser Zeit, und – wenn Anna nur dabei war. Es waren einige Leichenöffnungen nötig, bis er sie endlich hatte. Voller Lust und weniger Liebe war er. Sie waren bei ihm gewesen. Lagen nebeneinander, aufeinander, als Bucher plötzlich Nerven zeigte. Er bekam Angst. Ja, Angst. Jetzt, wo er wieder daran dachte, musste er ein Lächeln unterdrücken. Der Ort war eigentlich nicht angemessen für derlei delikate Erinnerungen. Ihre Berührungen, ihre Küsse. Viele hätten davon geträumt. Doch ihm verursachte es Pein. Diese anderen, ihm unbekannten, hatten auch nie gesehen, wie sie einen Leib ausnahm, Samenstränge abschnitt und Geschlechtsteile für die Präparation abtrennte. Höllisch. Ihre Hände wurden in dieser Nacht zu Skalpellen, auch ihre Küsse halfen ihm nicht weiter. Gleichwo. Gleichwie. Er hatte Mühe, sein Zittern zu kontrollieren. Sie mochte sich an seiner vermeintlichen Erregung freuen. Er spürte blanke Angst. Entsetzen. Wo war sie gerade zugange!? Schweiß auf der Haut. Doch was sagen!? Dunkelheit rettete ihn. Er schlief in dieser Nacht nicht. Nur mit ihr, in größter Angst, im Nachhinein ein wenig stolz, fühlte er sich dabei jämmerlich und schimpfte sich Memme. Memme!, rief er sich selbst zu. Es wurde nichts aus ihnen beiden.

Menger stellt die Kaffeetasse in eine Glasvitrine. Es klirrte kalt. Dann zog er das weiße Tuch vollständig von dem totem Körper herunter. Sie war noch bekleidet. Für Bucher Ende der Flucht in wohlige Tagträume und Erinnerungen. Er ging langsam um den Stahltisch herum und betrachtete zunächst eingehend die Kleidung und die von außen erkennbaren Verletzungen. Menger stand an der Kopfseite und inspizierte Maren Hengersbergs Schädel.

Er las die Daten vom Begleitzettel laut ab, »Maren Hengersberg. Zweiunddreißig Jahre, einhundertfünfundsiebzig Zentimeter achtundfünfzig Kilogramm«, und diktierte in das digitale Aufzeichnungsgerät, das von der Decke hing.

»... Leichenstarre war bei Auffinden schon gelöst.«

Er betastete Marens Kopf. »Auf den ersten Blick ... muss ich sagen ... der Täter ist äußerst brutal vorgegangen. Scheint kein netter Mensch zu sein.«

Er schnaufte zwischen den Satzfragmenten geräuschvoll durch die Nase aus. Es war keineswegs Aufregung, denn Menger hatte schon tausende Leichen seziert. Bucher sah zu ihm hinüber und stellte fest, dass er alt geworden war. Bucher sah jetzt auf die Leiche, fuhr nachdenklich mit seiner linken Hand um sein Kinn und inspizierte intensiv den Bereich des Halses und das Gesicht. Auf den Tatortfotos hatte er die Vielzahl der Schürfungen, Hauteinrisse und Hämatome gar nicht wahrnehmen können.

Während seine Blicke den Körper hinunterwanderten, sagte er: »Ich war noch nicht am Tatort. Gestern habe ich Tatortfotos gesehen. Aber Sie haben Recht. Enorme Brutalität. Eine Frage an Sie. Die Leiche hat ja einige Tage in der Wohnung gelegen. Verstärkt die lange Liegezeit den Eindruck, dass der Täter wie wild gewütet hat?«

»Nein«, antwortete Menger sofort. »Die Todeszeit steht ja noch nicht fest. Die Liegezeit von einigen Tagen verstärkt diesen Eindruck gewiss nicht.«

Menger blätterte in seinen Unterlagen. »Laut Tatortbefund bestand zum Auffindezeitpunkt eine Raumtemperatur von zehn Komma acht Grad in der Wohnung. Das hat die Verwesungsprozesse nicht so rasant fortschreiten lassen. Sie schaut noch recht passabel aus, finde ich. Fast wie eine frische Leiche.«

Er deutete auf den Kopf. »Die Verletzungen sind sehr gut zu erkennen. Sehen Sie. Hier auf der rechten Schädelseite ist die Kopfhaut an zwei Stellen aufgeplatzt. Klare Folge von stumpfer Gewalteinwirkung. Die Schläge sind mit roher Gewalt ausgeführt worden, unter Zuhilfenahme eines Werkzeugs.«

Er nahm den Schädel zwischen seine breiten fleischigen Hände, drehte ihn, um sich einen exakten Eindruck von der Einwirkung der Schläge machen zu können. Dabei drang manchmal ein Glucksen aus dem Leib der Toten. Dr. Reger fotografierte derweil die Details mit einer kleinen Digitalkamera.

Menger winkte. »Sehen Sie her, Bucher. Da geht es weiter nach unten. Mehrere Hämatome auf der rechten Schädelseite. Am Jochbein massive Einwirkung. Die Nase ist sicher gebrochen, aber das werden wir später noch sehen. Beide Augen waren stark unterschwollen. Das hat sich während der Liegezeit wirklich stärker entwickelt. Am linken Kiefer, hier, eine großflächige Abschürfung. Im Übergang von Hals in den Nacken wieder zwei große Abschürfungen. Hämatome und Schürfungen setzen sich bis zu den Schultern und zu den Oberarmen hin fort.«

Menger blickte zu seiner Assistentin und Bucher hoch. »Wenn wir die Bluse ausziehen werden, sehen wir sicher, dass sich das über den ganzen Oberkörper verteilt.«

»Was denken Sie?«, fragte Bucher

Menger stützte sich mit beiden Händen auf dem Stahltisch ab und blickte auf die zerfetzte und verblutete Bluse.

»Wut, Aggression. Die massivsten Verletzungen befinden sich auf der rechten Kopf- und Rumpfseite. Rechtshänder. Er hat nicht mit der Faust zugeschlagen, sondern hatte irgendetwas in der Hand. Die Hämatome auf der linken Seite sind weniger stark. Hier ist es auch nicht zu einem Platzen der Haut gekommen. Da hat er dann wohl mit der blanken Faust zugeschlagen. Abschürfungen oder Risse sind da auch nicht zu erkennen. Habt ihr am Tatort irgendwas gefunden, mit sie geschlagen worden ist? An dem Ding müsste ziemlich viel Blut und Gewebe zu finden sein!?«

Bucher schüttelte den Kopf. »Nein. In der Wohnung ist überhaupt nichts in dieser Richtung gefunden worden.«

»Das Messer auch nicht«, fragte Menger, als er Fetzen der Bluse so zurechtschob, dass die Stoffteile einigermaßen die ursprüngliche Form ergaben und den geschundenen Oberkörper leidlich bedeckten.

»Nein. Das Messer auch nicht. Wie immer eben«, sagte Bucher etwas resigniert und wusste, dass es nicht immer so war.

»Ja gut«, nuschelte Menger, »dann schauen wir uns mal die Stiche und Schnitte genauer an. Hier! Der hier ... der hier war der finale Stich.«

Er deutete auf einen schwarzen Strich, der sich auf einem zwei Handflächen breiten Stoffteil der Bluse befand, das nicht von Rissen beschädigt war.

»Klare Stichführung. Schöne Spurenlage.«

Menger und seine wortlos agierende Assistentin begannen die Leiche vollständig zu entkleiden. Mehrfach schlugen Beine, Arme und Kopf hart auf die Stahlplatte des Obduktionstisches. Bucher empfand Schmerz. Nun dokumentierte der Assistent, der vorher die Instrumente hergerichtet hatte, das Geschehen. Aus dem Leib drang Gurgeln, Blubbern und ein dichter Schwall üblen Gestanks. Bucher meinte diesen üblen Geruch sehen zu können, so physisch schlug er ihm in die Nase. Er saugte an seinem Ricola Holunder.

Dr. Renger maß Länge und Breite der Einstichstellen. Sie sprach nüchtern die Zentimeterangabe in ihr Diktiergerät. »Zweiundzwanzig Millimeter, einundvierzig Millimeter, achtundzwanzig Millimeter ...«

Menger beschäftigte sich mit dem Einstich, durch den Maren Hengersberg getötet worden war. Er probierte einige Leeren aus, bis er die passende fand, und führte sie in den Stichkanal ein.

»Das kommt schon in etwa hin. Messer. Zwei Zentimeter breit. Länge des Stichkanals mindestens sechs Zentimeter. Das war ein Volltreffer«, sagte er zufrieden.

Bucher zuckte bei dem Wort Volltreffer zusammen. Aus dem Stichkanal hing, sanft schwingend, die silbrig glänzende Leere. Mengers Assistentin maß mit einem Bogen aus Edelstahl den Winkel zwischen Bauchdecke und Leere. Der Assistent fotografierte. Menger referierte. »Zweiunddreißig Grad von unten ... aufsteigend ... eingedrungen direkt unter dem Rippenbogen. Das war der tödliche Stich. Kann ich Ihnen schon jetzt sagen. Ob es allerdings der einzige mit dieser Wirkung war, jedoch noch nicht. Aber dieser Stichkanal weist direkt zum Herzen. Aber dazu kommen wir ja später.«

Seine Assistentin maß nochmals die Körpergröße. Alles lief professionell ab. Sicher wartet draußen im Gang schon die nächste Leiche, dachte Bucher.

Menger hantierte mit einem Skalpell und betrachtete den Brustraum, der jetzt gewaschen wurde. Er dachte kurz nach und meinte dann: »So wie sich das bisher darstellt, wurde dieser Stich sehr direkt geführt. Vielleicht ist der Täter dabei noch etwas in die Knie gegangen, wie es der natürliche Bewegungsablauf nahe legt.«

Er machte eine Pause und betrachtete den nackten Leichnam, der vor ihm lag. »Ich würde sagen, der Täter ist zwischen einsachtundsiebzig und einsfünfundachtzig groß.«

Nach dem Säubern waren auf dem Oberkörper viele Stiche und Schnitte zu sehen. Das Wüten des Täters trat immer deutlicher hervor. Menger ging zügig an die Sache. Der gekachelte Raum war erfüllt von Routine. Bucher verfolgte jeden Kommentar, den Dr. Reger auf Band sprach, mit großem Interesse. Oft dauerte es sehr lange, bis die schriftlichen Berichte der Rechtsmedizin endlich vorlagen. Deshalb war es auch so wichtig, anwesend zu sein. Schneller waren die Informationen nicht zu bekommen. Menger unterbrach seine Arbeit.

»Also, das ist irgendwie nicht schlüssig. Bisher habe ich acht Einstiche. Davon sind drei etwa vier Zentimeter tief eingedrungen. Die restlichen vier nur ein bis zwei Zentimeter. Keiner von denen war tödlich. Völlig falsche Stelle. Wie ich schon gesagt habe. Der eingemessene von vorhin war es. Aber die vielen Schnitte kann ich mir nicht recht erklären. Sie gehen nicht tief rein, sondern liegen alle an der Hautoberfläche. Im Gegensatz zu den Schlägen, die so gewalttätig waren, sind diese Schnitte ... ich mag es eigentlich gar nicht auf diese Weise ausdrücken ... aber sie wurden eher zurückhaltend ausgeführt. Nur einige, diese zentral liegenden hier, haben die Rippen verletzt und sind tief eingedrungen. Eigentümlich.«

Menger schüttelte nachdenklich den Kopf.

»Wenn er mit dem Messer ...«, er hob den Zeigefinger seiner rechten Hand und senkte die Stimme »... bis auf den einen Stich, von vorne, schräg nach oben ... genauso brutal vorgegangen wäre wie bei den Schlägen, würde das hier ganz anders aussehen.«

Bucher sah sich den nackten Oberkörper an, mit all den Stichen und Schnitten. Die Haut klaffte an den Schnitträndern hässlich auseinander. Nachdem die Leiche gedreht worden war, stellten sie fest, dass sich am Rücken das gleiche Bild bot. Schnitte überall.

»Wir haben es also mit jemandem zu tun, der sein Opfer erst schlägt. Der Täter führt offensichtlich einen gezielten tödlichen Stich aus. Das andere Zeug hier taugt nicht wirklich, um jemanden tödlich zu verletzen. Wie ich schon sagte, das hätte tiefere Stichkanäle verursacht. Die Schnitte hingegen sind im Vergleich zur sonstigen Gewaltanwendung ... naja ... mit normaler Kraftanstrengung beigebracht worden.«

»Ich kann Ihnen da auch nicht helfen, Bucher. Aber so stellt sich das im Moment dar. Sie sehen ja selbst.«

Menger schien unglücklich zu sein, keine schlüssige Erklärung liefern zu können.

Bucher beschwichtigte. »Jaja. Auch ich kann mir darauf noch keinen Reim machen. Aber Sie haben ja schon viel herausbekommen, was uns weiterhilft«, sagte Bucher zu Menger und sah auf seine Uhr. »Um neun Uhr kommt die Mutter. Ich geh schon mal raus und warte vor dem Eingang auf sie. Ich komme dann mit ihr hier rein. Nur noch eine Frage. Bucher deutete auf Arme und Hände. »Ich sehe da keinerlei Verletzungen.«

»Genau. Kein Schnitt, kein Stich, keine Hämatome«, bestätigte Menger und drehte beide Arme zur Kontrolle ins Licht der Laborleuchten.

»Also keinerlei Abwehrverletzungen. Keine Bewegung gegen die zuschlagende und zustechende Hand des Täters?«, fragte Bucher. Es klang aber wie eine Feststellung.

»Damit können Sie ja schon was anfangen«, bestätigte Menger.

Dr. Reger legte ein frisches Tuch über den Leib, welches den Körper bis zum Hals bedeckte. Die rechte Hand schaute noch unter dem Tuch hervor. Bucher sah die schwarzen Fingerkuppen. Rückstände der Spurensicherung. Ihr Kopf blieb unbedeckt. Dr. Reger richtete ihr noch die Haare. Menger holte frischen Kaffee.

Bucher wartete vor dem Haupteingang und fror mehr von innen als von außen. Es fiel ihm schwer, seine Gedanken zu ordnen. Einerseits beschäftigte ihn das gerade Gesehene. Andererseits plagte ihn das bevorstehende Treffen mit der Mutter. Er hasste diese Szenen. Kam schlecht mit dem Leid anderer Menschen zurecht, auch wenn es nach außen niemals den Anschein hatte. Professionalität wurde dieser Schleier über den eigenen Gefühlen genannt.

Ein Taxi bog in die Frauenlobstraße ein, fuhr langsam bis zum Eingang des pathologischen Instituts und blieb direkt vor dem Hauptportal stehen. Zwei Frauen stiegen aus. Beide in lange, kamelfarbene Wintermäntel gekleidet. Die ältere von ihnen hatte kurze graue Haare. Ihre Begleiterin war schlank, hoch gewachsen, hatte lange braune Haare, deren glatte Strähnen unter der Baskenmütze hervorschauten.

Bucher ging auf die beiden zu. »Frau Hengersberg?«

Die Frau mit den kurzen grauen Haaren blickte ihn an und nickte stumm.

»Sind Sie der Polizist?«, hörte Bucher sie leise fragen, während sie mit ihrer Begleiterin langsam weiterging.

»Ja. Wir hatten gestern Abend noch kurz miteinander telefoniert«, antwortete er und ging voraus. Traurige Menschen in traurigen Gängen. Er öffnete die Türe zum Sektionssaal. Langsam gingen sie auf den Stahltisch zu, auf welchem Maren Hengersberg lag. Das helle Leintuch reichte gerade bis zum Hals. Bucher war von der Arbeit Dr. Regers überrascht. Sie stand gegenüber und grüßte stumm. Sie hatte Marens Gesicht und Haare präpariert. Ihr Mund war geschlossen, die Zunge nicht sichtbar. Marens Mutter stützte sich mit der linken Hand auf den Stahltisch und streichelte ihrer toten Tochter mit der rechten Hand durchs Haar, über Arme und Hände. Kein Schluchzen, kein Wimmern. Nur ab und an ein tiefes, gequältes Atmen. Ihr Oberkörper bewegte sich rhythmisch auf und ab. Tränen füllten den Fliesenboden um die Kopfseite des Tisches. Die Begleiterin stützte Marens Mutter.

So standen sie hier einige Minuten und ließen sie Abschied nehmen. Dr. Reger war erfahren und einfühlsam. Sie erfasste den richtigen Augenblick, ging auf Frau Hengersberg zu, nahm mit ihrer Hand deren Streichelbewegungen auf und führte sie zum Ausgang. Bucher folgte und war froh, so glimpflich davongekommen zu sein. Kein Zusammenbruch, kein Schreien, Toben, Fluchen. Er übernahm die beiden Frauen auf dem Gang und begleitete sie zum Ausgang.

»Frau Hengersberg. Ich möchte Ihnen mein Beileid aussprechen«, hörte er sich sagen und fand, dass es blöde klang. Aber zu spät.

»Danke«, vernahm er leise. Aber nicht schwach oder gehaucht, wie er registrierte. Diese Frau hatte das, was man wohl unter Haltung verstand, dachte er und fragte sie, »Werden Sie hier in München bleiben?«

Die Begleiterin antwortete statt ihrer. »Ja. Frau Hengersberg wohnt im Hotel Adrian. Ich bin eine Freundin der Familie und werde ihr helfen, die weiteren Angelegenheiten zu erledigen. Die Beerdigung und all die Fragen, die damit verbunden sind.«

Bucher nickte ihr zu. Sie ersparte ihm die nächste Frage. »Mein Name ist übrigens Sterr. Magda Sterr. Ich arbeite und wohne hier in München.«

»Vielen Dank, Frau Sterr. Vielleicht komme ich in den nächsten Tagen auf Sie zu, für ein kurzes Gespräch.«

Zu Frau Hengersberg gewandt, sagte er: »Auch mit Ihnen muss ich reden. Ich weiß, dass Ihnen das im Moment sehr schwer fallen wird. Doch wir sollten uns bald treffen. Ginge das bei Ihnen im Hotel, oder ziehen Sie einen anderen Ort vor?«

»Nein. Das geht schon. Kommen Sie nur. Kommen Sie morgen Vormittag«, sagte sie, ohne Bucher dabei anzusehen. Sie drehte sich um und stieg in das Taxi. Ihre Begleiterin sah Bucher traurig an und sagte, dass sie für ein Gespräch jederzeit bereitstünde. Sie reichte ihm eine Visitenkarte und stieg dann ebenfalls in das Taxi. Bucher atmete tief durch, als die beige Limousine an der nächsten Straßenkreuzung um die Ecke verschwand, und machte sich auf den Weg zurück in den Sektionssaal.

Professor Mengers war mit seinem Team inzwischen weit gekommen. Die Kopfhaut war bereits nach vorne, über das Gesicht gezogen. Schädel und Rumpf lagen offen. Geruch und Anblick trafen ihn wie ein Faustschlag. Schwindel waberte in seinem Hirn. Von der Nasenwurzel ausgehend, zog ein Flirren quer durch den Schädel bis in den Nacken. Er war nicht beunruhigt, kannte diese Attacken. Er lehnte sich kurz an eines der Stahlregale und kam erst an den Sektionstisch heran, als es ihm wieder besser ging. Die anderen hatten es gar nicht bemerkt. Er folgte den Ausführungen, die Dr. Reger während der blutigen Arbeit diktierte. Wie Prof. Menger schon prophezeit hatte, stand als Todesursache der eine Stich inzwischen fest, dessen Verlauf er mit der Leere bereits nachgeführt und dokumentiert hatte. Bucher fragte nach, ob Erkenntnisse über einen sexuellen Hintergrund vorlagen.

Menger verneinte. »Absolut keine Hinweise. Sie hatte keinen GV. Oral, anal, vaginal ... keinerlei Sperma. Sie war ja auch angezogen.«

Bucher nahm es zur Kenntnis und blieb noch einige Minuten. Als Menger ihn kopfschüttelnd anblickte, war klar, dass große Neuigkeiten nicht mehr zu erwarten waren. Bucher war froh, als er endlich gehen konnte. Die Ergebnisse der Toxikologen würde er in den nächsten Tagen auf dem Dienstweg erhalten. Für den weiteren Fortgang der Ermittlungsarbeit hatte er erst einmal alle Informationen, die wichtig waren. Von Dr. Reger hatte er sich noch Ausdrucke der für ihn wichtigen Verletzungen mitgeben lassen. Die Qualität der großen Drucke faszinierte ihn. Vor allem die Geschwindigkeit, in der sie verfügbar waren. Gerade noch mit so einer kleinen Kamera fotografiert, und im nächsten Moment kamen die Aufnahmen in bester Qualität aus dem Drucker. Alles wird schneller, dachte er. Immer schneller und schneller. Die Grenze dessen, was denkbar und möglich war, verschob sich beständig und Bucher hatte die dunkle Ahnung, dass sie sich immer weiter von ihm entfernte, diese Grenze, denn er bewegte sich nicht mit. Jedenfalls nicht schnell genug. Er würde das ändern müssen.

Er fuhr geradewegs nach Augsburg, um sich dort zur Tatortbesprechung mit seinem Team zu treffen, und hoffte, auf Neuigkeiten zu stoßen. Während der Fahrt überdachte er die Ergebnisse, die die Obduktion erbracht hatte. Ein Sexualdelikt konnte mit ziemlicher Sicherheit ausgeschlossen werden.

Das war eine der wichtigen Ergebnisse. Das Opfer war auch nicht schwanger ... auch nie gewesen. Er grübelte.

Alex hatte ihm die Adresse und eine Wegbeschreibung auf einen Notizzettel gekritzelt. Bucher kramte den Zettel aus seiner Jackentasche hervor. Er wusste in etwa, wo sich die Wohnung befand. Mitten in der Augsburger Altstadt. Er parkte an der erstbesten Gelegenheit. Es kam ihm nicht darauf an, möglichst nahe an die Wohnung heranzufahren. Zum einen wollte er sich nicht in die eigentümliche Verkehrsführung der Altstadt begeben. Andererseits war es ihm wichtig, zu Fuß die nähere Umgebung des Tatortes kennen zu lernen. Er wollte die gleichen Wege gehen wie das Opfer. Ihren Blicken seine folgen lassen. Versuchen, ihre Umgebung mit seinen Augen wahrzunehmen. Vielleicht kam er ihr dadurch wieder ein Stück weit näher. Die doch nackt und tot vor ihm gelegen hatte. Mit dem oder den Tätern war noch genug Zeit, sich zu befassen, wenn es die ersten Spuren gab, die einen Weg wiesen. In dieser Phase stand noch das Opfer im Mittelpunkt. Es würde sich bald ändern, wusste er. Bucher lief durch die nasskalte Novemberluft. Vorbei an hell leuchtenden Schaufenstern. Die Weihnachtsdekorationen sprangen ihn an, in ihrer unheiligen Grellheit, dem hysterischen Blinken und den Faschingsfarben. Er war eben altmodisch. Vor einem Uhrenladen blieb er stehen und gierte über die Meisterwerke hinweg, die sich im Schneestaub aus Styropor zwischen roten und goldenen Sternen prostituierten. Leider verschlang die Renovierung seines Bauernhauses Unsummen. Glashütte musste warten. Er pendelte zwischen den Straßenseiten, bemerkte die alten Renaissancefassaden, ging kurz in die Buchhandlung Pustet, um sich aufzuwärmen, fand sogleich ein Kochbuch, in dem er blätterte. Coq au Vin. Sein Magen meldete sich. Irgendwann war er schon mal in Augsburg gewesen. Er konnte sich aber nicht erinnern, wann und aus welchem Grund. Es war lange her. Der weitere Weg führte ihn vorbei am Rathaus. Vor ihm öffnete sich der kopfsteingepflasterte Rathausplatz. Italien, dachte er überrascht, und sah sich um. Er stand direkt vor dem Rathaus. Kirchtürme nahm er war, oder zumindest Türme. Eine Stadt der Kirchtürme. Große, kleine. Die meisten zwiebelig. Nur die des Domes hatten Dreiecksgiebel und einen achteckigen Helm auf, wie es sich für Türme, die einen Dom bedeckten, auch gehörte. Den Details der Stadt musste er sich zu einem späteren Zeitpunkt widmen.

Die Wohnung Maren Hengersbergs lag im Süden der Altstadt. Bucher überquerte den Rathausplatz. Warf einen Blick über die Prachtfassade Elias Holls und ging weiter Richtung St. Ulrich. Er folgte der Maximilianstraße nach Süden. Er spürte und sah nichts von dieser Pracht, die er eigentlich erwartet hatte. Auch nicht von vergangener. Er hatte Spektakuläreres erwartet und querte ein Stück Stadtfläche, das mehr den Eindruck eines Parkplatzes vermittelte. Sicher verströmte es nicht den Flair eines Boulevards. Uralte Straßenbahnen schepperten und klapperten zwischen geparkten Blechkisten hindurch. Erst als er den Blick hob, über die blinkenden Autodächer hinweg, nahm er die verspielten Fassaden wahr. Ocker, Bordeauxrot, Blattgrün. Schön. Sie hätten verdient, besser in Szene gesetzt zu werden. Plätze, Straßen und Kirchen hießen hier nach Ulrich, Moritz oder Maximilian. Alle Straßen, die seitlich abzweigten, trugen den Beinamen Gasse oder gar Gässchen. Nur wenige Menschen waren unterwegs, und Bucher ließ sich ein wenig Zeit, die Eindrücke aufzufangen. Die Kulisse erschien ihm nun doch eindrucksvoll, auf den zweiten Blick hin. Die Maximilianstraße öffnete sich im Süden zu einem breiten Platz. Vor der außerordentlichen Kirche St. Ulrich und Afra mit ihrem herrlichen Zwiebelturm blieb er stehen. Aus ihrem Langhaus wuchs eine kleinere Kirche heraus, die auch den Namen St. Ulrich trug, jedoch evangelische Schwester war. Eine ganz besondere Form von Ökumene, fuhr es ihm durch den Kopf. Der Putz leuchtete in tiefem Ocker und stand in Kontrast zu der weißgrauen Fassade der katholischen Schwester. Noch im Schatten von St. Ulrich ging Bucher in die dunkle Durchfahrt, die von der Maximilianstraße aus in einen Innenhof führte. Er zählte drei Autos, die in dem kleinen, runden Hof geparkt waren. Ein schmaler Arkadengang mit schlichten weißen Säulen umfasste den Innenhof. Jenseits des Haupttores führte eine weitere Durchfahrt, jedoch viel zu schmal für ein Auto, unter den fünf Stockwerken des renovierten Bürgerhauses hindurch. Wohl ein Hinterausgang. Hier hatte Maren Hengersberg also gewohnt. Er durchschritt den Innenhof und blickte nach oben. Drehte sich rundherum. Die Hauswand war in munterem Gelb gestrichen, das bei Sonnenlicht sicher herrlich leuchtete, heute jedoch nicht zur Geltung kam. Die Fenster der Wohnungen wiesen alle zum Hof hin. Eigentlich war es unmöglich, sich hier im Hof aufzuhalten, ohne gesehen zu werden. Hinter einem dieser Fenster steht immer jemand und sieht herunter, dachte Bucher. Zwei Läden fanden unter den Arkaden des Innenhofes Raum. Ein Delikatessenladen und gleich daneben ein Antiquitätenhandel. Er durchschritt den Hof und ging in den Durchgang. Dort befand sich auch der Eingang zum Treppenhaus der linken Haushälfte. Auf dieser Seite befand sich die Wohnung im dritten Stock. Bucher wollte die Treppen nach oben. Noch im Hausgang traf er Lara Saiter. Sie stand ernst, voll dunkler Schönheit, an die Wand gelehnt. Lange und genussvoll entließ sie die blauen Rauchschwaden einer Zigarette aus ihren Lungenflügeln. Versonnen schaute sie den von ihr gezeugten Miniwolken nach und begrüßte ihn mit einem langen Blick und dem leichten Anheben der Zigarette. Eine Szene wie in Zeitlupe. Nach einem tiefen, genussvollen Zug erst war Zeit für sie, mit ihm zu sprechen. Erst entschuldigend. »Die hier war noch übrig, von Venedig«, dann mit einem Anklang von Schadenfreude, »Wolfgang hat sich mit dem Auto in der Innenstadt verfranst ... die beiden sollten aber bald hier sein.«

Ein »Mhm« war seine einsilbige Antwort. Ab und zu rauchte sie. Dann wieder für lange Monate überhaupt nicht. Bucher brachte das nicht zustande. Er hatte aufgehört zu rauchen. Genoss aber die Aromareste, die noch in der Luft flatterten.

»Hat die Obduktion etwas gebracht, womit wir arbeiten können?«, fragte sie.

»Ja. Auf alle Fälle. Die Todesursache steht eindeutig fest. Ein gezielter Stich. Der toxikologische Befund kommt noch nach. Von dem erwarte ich jedoch nicht mehr viel Neues. Ein Stich, von vorne, schräg aufwärts, direkt zum Herzen. Kühl und heftig geführt. Die aussagekräftigsten Aufnahmen habe ich schon dabei.«

Er schwenkte die Mappe, in der sich die Ausdrucke von Dr. Reger befanden. Hartmann und Batthuber kamen um die Ecke. Bucher ging hinaus in den Hof und überprüfte den Hintereingang. Eine schwere, alte Holztüre mit dicken Eisenbeschlägen am Ende eines dunklen Ganges. Die Türe führte auf eine kopfsteingepflasterte Straße hinaus. Links und rechts Läden. Bucher registrierte einen Gemüseladen, es folgte eine Kneipe, dahinter ein Antiquariat und weitere Geschäfte. Auf der anderen Straßenseite stand der mächtige Bau des Römischen Museums und auf einem Schild an der Hausmauer stand „Predigerberg". Er ging zurück zu Lara Saiter und meinte im Vorübergehen, dass in dieser Stadt wohl alles mit Kirche zu tun habe. Gemeinsam gingen sie die Treppen nach oben, zur Wohnung in den dritten Stock. Batthuber zerschnitt das Dienstsiegel und schloss die Türe auf. Ein dumpfer, süß-muffiger Geruch hing im Gang. Batthuber musste eine Weile suchen, bis er den Lichtschalter gefunden hatte. Die Kollegen hatten alle Jalousien herabgelassen. Lara Saiter zog sie wieder nach oben. Das trübe Licht eines späten Novembermittags durchdrang die Fenster.

Alle vier standen im Wohnzimmer vor der Couch und dem Tisch. Auf dem Teppich war noch der hässliche Blutfleck zu sehen. Bucher ging noch einmal zurück zur Eingangstüre. Vorbei an zwei Türen auf der rechten und einer auf der linken Seite leitete der Flur direkt durch einen Bogen in das Wohnzimmer. Von dort führte eine kurzer Gang nach rechts zum Schlafzimmer. Ein weiterer Bogendurchgang nach links ermöglichte den Zugang zu einem Zimmer, das als Arbeitszimmer genutzt worden war. Die Regalböden darin waren zweireihig mit Büchern, Papierstapeln und Akten gefüllt. Bucher ging zurück in den Gang und öffnete die Türen. Eine der beiden rechten führte in ein geräumiges Bad. Die daneben in eine kleine Toilette. Die gegenüberliegende Türe brachte ihn in die Küche. Sie war klein aber perfekt ausgestattet.

Bucher bewegte sich ohne Skrupel, öffnete die Küchenschränke. Sie muss gerne gekocht haben. Wie er feststellte, waren Töpfe und Pfannen von hervorragender Qualität und zeigten Gebrauchsspuren. Das war hier also kein Showroom, sondern wurde wirklich zum Kochen genutzt. In der Einbauküche befand sich zudem ein Gasherd. Nicht die übliche Ausstattung. Er ging zurück ins Wohnzimmer und sah hinunter in den Hof. Im Wohn-, Arbeits- und Schlafzimmer wiesen die Fenster zum Innenhof hinaus. Die Küche verfügte nur über ein kleines Kippfenster, durch welches kaum Licht nach innen drang. Es führte den Blick geradewegs auf die Hauswand des Nachbargebäudes und in einen engen Schacht zwischen beiden Häusern. Auch die anderen hatten sich inzwischen umgesehen. Als alle die für sie wichtigen Eindrücke gesammelt hatten, trafen sie sich im Schlafzimmer.

Bucher setzte sich auf die Bettkante. »Also. Was haben wir? Ich denke Armin, du fängst mal an, etwas über Maren Hengersberg zu erzählen.«

Lara Saiter und Hartmann ließen sich in zwei Korbsesseln nieder, die an der Kopfseite des Bettes standen.

»Schön, dass ihr gut sitzt«, murrte Batthuber, für den sich keine Gelegenheit mehr bot, sich irgendwo niederzulassen. Er holte seinen Notizblock hervor, blätterte und begann. »Maren Hengersberg. Zweiunddreißig Jahre alt. Tätig als Cheflektorin im Verlag Enia, hier in Augsburg. Zweites Kind von Martha und Bastian Hengersberg. Beide leben noch, sind jedoch geschieden.«

Lara Saiter und Hartmann sahen sich an. Beide fragten sich, weshalb ein Gegensatz bestehen sollte zwischen am Leben und trotzdem geschieden sein. Sie unterbrachen Batthuber nicht.

»Es gibt noch einen Bruder, der zwei Jahre älter ist als unser Opfer. Er heißt Thomas Hengersberg und lebt in Südafrika. Er arbeitet dort als Maschinenbauingenieur. Die Familie Hengersberg ist sehr wohlhabend. Bastian Hengersberg, der

Vater, hat übrigens auf seinen Titel, Baron von Hengersberg, in der Namensschreibung verzichtet. Ebenso seine Familie, also seine Frau und die Kinder. Sie lassen das „von" weg. In den standesamtlichen Urkunden ist jedoch nach wie vor die Adelsbezeichnung eingetragen. Unser Opfer heißt ... äh hieß ... also korrekt Maren von Hengersberg. Ihr Vater, Bastian von Hengersberg, arbeitet als Anwalt. Er ist Justitiar bei Milenics, einem kleinen, aber feinen Pharmakonzern in den USA. Dort lebt er auch ... in Boston. Er verfügt über riesigen Grundbesitz im Osten Deutschlands, in Brandenburg. Nach dem, was ich bisher rausbekommen habe, soll es sich um mehr als tausend Hektar handeln. Von da drüben stammen die Hengersbergs auch. Nach der Wiedervereinigung erhielten sie große Teile ihres Besitzes zurück. Bastian von Hengersberg ist aber nicht ‚rüberjemacht', sondern hat seinen Grundbesitz an eine ehemalige LPG verpachtet.«

Batthuber blätterte etwas aufgeregt um. »... er hat sich vor zehn Jahren von seiner Frau getrennt. Den Grund habe ich ... noch ... nicht erfahren. Was aus den Zeitungsarchiven zu erfahren war, ist gleich null. Also kein Scheidungskrieg. Die Kinder waren zum Zeitpunkt der Trennung ja schon erwachsen. Die Trennung verlief im gegenseitigen Einvernehmen, wie das wohl so heißt. Kein Streit ums Geld. Anscheinend war das überhaupt kein Thema. Maren Hengersberg hat nach dem Abitur Literaturgeschichte und Medienwissenschaften studiert. Sie war für ein Jahr im Ausland ... und zwar in Montpellier, Frankreich. Sie hat da gearbeitet. Das war aber mehr so ein Rumjobben. Nach ihrer Rückkehr hat sie im Verlag Enia die Stelle in der Redaktion erhalten. Sie hat eine Blitzkarriere hingelegt und war inzwischen Cheflektorin. Soweit ich das verstanden habe, war sie für die ganzen inhaltlichen Sachen im Verlag zuständig. Sie hat, als sie nach Augsburg kam, diese Wohnung hier genommen, ist also seither nicht umgezogen. Einen Zweitwohnsitz gibt es nicht.«

Batthuber blätterte in seinem Notizblock und sah kurz auf. Die anderen sahen ihn aufmerksam an.

»Ganz normal ... Job, Familie und so.«

Niemand kommentierte, oder stellte Fragen, und so machte er weiter.

»An ihrer Arbeitsstelle war sie, soweit wir bis jetzt wissen, geschätzt. Aber das ist noch sehr oberflächlich. Nur so kurze Gespräche nebenbei. Nichts Intensives. Und wer lässt sich da schon aus. Dieser Verlag produziert überwiegend christliche Bücher. Auftragsarbeiten für die Kirche und eigene Sachen. Meditations- und Gebetsheftchen.«

»Welche Kirche?«, fragte Hartmann.

»Die katholische natürlich«, antwortete Batthuber, schüttelte betont den Kopf wegen der unsinnigen Frage und machte unbeirrt weiter. Hartmann grinste wohlwollend.

»Maren war also im Verlag gut gelitten und hatte da auch eine führende Position. Da arbeiten insgesamt vierzehn Leute. Die Druckerei nicht mitgerechnet. Befreundet war sie sehr eng mit Sybille Austen. Die hatte sie hier in der Wohnung ja auch gefunden. Daneben gibt es noch eine Heike Korber. Die drei waren eigentlich ständig zusammen. Haben zusammen Urlaube verbracht. Na, so wie das halt ist. Die Heike Korber war in letzter Zeit etwas seltener mit Sybille Austen und Maren zusammen. Sie heiratet im Frühjahr und daher war wohl weniger Zeit für die beiden Freundinnen übrig. Näheres dazu, wenn wir mit den beiden gesprochen habe. Maren war bis vor einem Jahr mit einem gewissen Frank Wellberg zusammen. Allerdings ohne gemeinsame Wohnung.«

»... schliefen nur miteinander ...«, fiel Hartmann ins Wort

»Genau ... also ... vermutlich ... Vor einem Jahr ging die Beziehung aber auseinander und sie war seitdem solo. Bisher habe ich nichts anderes rausbekommen. Sie ist in ihrem Beruf voll aufgegangen. Hat wahnsinnig reingeklotzt, jedenfalls nach dem zu urteilen, was mir die Leute im Verlag so erzählt haben. Daneben war sie noch sehr aktiv in der Kirchengemeinde hier.«

»In der katholischen, natürlich!?«, fragte Hartmann ironisch.

»Natürlich.«

»Was heißt sehr aktiv?«, fragte Lara Saiter. Batthuber zuckte mit den Schultern.

»Der Pfarrer von St. Blasius, das ist hier gleich um die Ecke, hat gesagt, dass sie oft im Gottesdienst gewesen sei. Was für den oft ist, weiß ich nicht. Sicher mehr, als ich unter oft verstehe. Daneben gab es noch so eine Frauengruppe oder Frauenrunde. An der war sie beteiligt und hat Treffen und Veranstaltungen organisiert ... so Kirchenveranstaltungen halt. Um was es da genau ging, hab ich nicht so genau rausgekriegt. Frauen in der Kirche halt ... so Emanzipationszeug vielleicht ... Rechte von Frauen ... und so. Ihr wisst schon. Keinerlei Hinweise bisher auf Schwierigkeiten oder Probleme im beruflichen Bereich. Ich habe ihr Büro übrigens gesiegelt, als ich heute kurz draußen war. Der Geschäftsführer hat sich zwar etwas aufgeregt, aber es letztendlich akzeptiert. Er hat einige Schriftsätze herausgenommen, die ich mir angesehen habe. Das waren so Psalmenmeditationen. Ihr Notebook habe ich am Schreibtisch stehen lassen und das Kabel zum Netzwerk gezogen. Die wichtigen Daten liegen bei denen auf zentralen Servern. Ich habe schon angekündigt, dass wir da auch nachsehen werden. Ich denke mal an ihr Mailpostfach und so ... ich kümmere mich in den nächsten Tagen darum.«

Bucher nickte anerkennend und führte mit seinen Händen klatschende Bewegungen aus, ohne jedoch das dazugehörende Geräusch dabei entstehen zu lassen. Das wollte er hier in der Wohnung nicht. »Bei Gelegenheit musst du mir mal erzählen, wie du das alles rausgekriegt hast. Die Sache mit dem Büro, draußen im Verlag, geht klar. Kümmere dich darum. Jetzt zur Obduktion.«

Er holte die Fotos aus dem Aktenhefter und gab sie an die anderen weiter.

»Der Menger hat die Sache selbst gemacht, heute früh. Hat gerade eine neue Assistentin. Eine Doktor Reger. Schaut ganz nett aus.« Bucher sah dabei zu Hartmann und erntete ein genervtes und ungeduldiges Schnauben von Lara Saiter. Er verzichtete auf weitere Beschreibungen. »Dann komme ich mal besser zur Sache. Frau Hengersberg, also Marens Mutter, war heute Morgen in der Rechtsmedizin. Ich werde mich morgen mit ihr zu einem Gespräch treffen. Sie war in Begleitung einer Freundin oder Bekannten. Einer Frau Magda Sterr. Dass ihr Exmann und der Sohn nicht dabei waren, wundert mich nicht so sehr. Die haben ja nun eine längere Anreise. Aber aus dem Familienkreis ist sonst niemand dabei gewesen. Da soll es ja einen Onkel geben, dem wir den Fall zu verdanken haben. Na ja. Vielleicht wissen wir da morgen mehr. Zurück zu Mengers Arbeit. Bisher steht fest, dass den Todeseintritt ein einziger Messerstich verursacht hat. Der Einstich ist auf den Bildern gut zu sehen. Schräg von unten, Winkel etwa zweiunddreißig

Grad. Direkt zum Herzen. Tatwaffe war mit ziemlicher Sicherheit ein Messer. Klingenbreite zweieinhalb Zentimeter, einseitig geschliffen, der Todeszeitpunkt steht noch nicht genau fest.«

Bucher sah Hartmann und Lara Saiter an.

»Außergewöhnlich war Folgendes. Der Kopf war übel durch kräftige Schläge zugerichtet. Der gesamte Oberkörper regelrecht übersät von Stichen, Schnitten und Hämatomen. Nur Hände und Arme weisen keine dieser Verletzungen auf. Der Täter ... ich spreche jetzt einfach mal von einem Täter, ja ... der Täter hat mit geradezu irrer Gewalt auf sie eingeschlagen. Er hat einen Gegenstand zum Schlagen verwendet, dass bei seinen Schlägen gegen den Schädel die Haut aufplatzte. Das spricht für Wut, außer Kontrolle geratenen Gewalt. Die Hämatome und Platzwunden befinden sich auf der linken Kopf- und Schulterseite. Wir haben es also wahrscheinlich mit einem Rechtshänder zu tun. Auf dem Rücken und Oberkörper finden sich siebzehn Stiche und Schnitte. Von diesen führte keiner zum Tod. Nur dieser eine ... schaut auf die Fotos ... führte zum Todeseintritt. Aufgrund der Tatortsituation, ich meine hier den Zustand ihrer Kleidung, und den bisherigen Erkenntnissen unserer Freunde in der Rechtsmedizin, liegt keinerlei Hinweis auf eine sexuell motivierte Tat vor.«

Bucher richtete sich an Hartmann. »Ich gehe davon aus, dass auch der Spurenbericht diesbezüglich nichts ergeben hat?«

Der nickte und bestätigte mit einem kurzen »Mhm«.

Bucher fuhr fort. »Also, das passt doch überhaupt nicht zusammen. Kommt. Schauen wir uns mal im Wohnzimmer die Tatsituation an. Vielleicht kriegen wir den Tatablauf einigermaßen schlüssig hin.«

Sie versammelten sich um Couch und Tisch. Bucher ging nochmals zur Eingangstüre und prüfte das Schloss von außen. An Schloss und Klinke waren noch Reste von Kohlestaub und Silberstaub sichtbar. Überreste der Arbeiten der Spurensicherung.

Hartmann rief ihm aus dem Wohnzimmer zu. »Keine Hinweise auf gewaltsames Öffnen der Türe. Die Kollegen hatten sogar das Schloss ausgebaut und genauestens untersucht.«

»Sorry«, antwortete Bucher abwehrend, als er durch den Gang zurück ins Wohnzimmer lief, »... wollte niemandem zu nahe treten.«

Hartmann zog einen der grünen Aktendeckel aus seiner alten Ledertasche hervor und meinte: »Am besten, ich erläutere mal, was die Spurensicherung rausbekommen hat.«

»Fingerabdrücke Eingangstüre – Innenseite und Außenseite. Nach Abgleich mit Vergleichsfingerabdrücken steht eine zweifelsfrei fest ... die Abdrücke sind ausschließlich von Maren Hengersberg. Was die mechanischen Spuren an der Eingangstüre betrifft. Es liegt keine Manipulation an Rahmen, Fassung oder dem Schloss vor. Da konnte nichts festgestellt werden. Der Wohnungsschlüssel steckte nicht von innen. Er lag auf dem Sideboard hier. Wurde sichergestellt und die Spuren daran gesichert. Auch nichts Auffälliges. Den Schlüssel haben wir übrigens hier.« Hartman holte ihn aus seiner Hosentasche.

»Nun zur Spurenlage im Gang. Ich will euch ja nicht frustrieren, aber auch da nichts an Spuren, die man eigentlich erwarten könnte, wenn man sich vor Augen hält, wie das Opfer zugerichtet wurde. Die Kollegen haben ein paar Haare gesichert. Aus dem Teppichboden war auch mit der Elektroinduktion nichts mehr herauszuholen. Zu viele Tappen. Feuchtspuren, negativ. Nur in der Ecke links an der Türe war etwas wirklich Spannendes. Ein kleiner Metallsplitter, einen Zentimeter lang und an der dicksten Stelle zwei Millimeter. Wäre eigentlich nichts Außergewöhnliches. Aber an diesem

Metallsplitter waren Gewebeanhaftungen und Blut. Wir können davon ausgehen, dass diese Blut- und Gewebespuren von Maren Hengersberg stammen. Das exakte Ergebnis steht noch aus. Details zu dem Splitter bekommen wir dann im Abschlussbericht von unserer Kriminaltechnik. Die haben das Ding schon.«

Hartmann ging ein paar Schritte von der Couch in Richtung Fensterfront. Dort standen die Grünpflanzen, die Bucher auf den Tatortbildern gesehen hatte. Matt ließen sie ihre Blätter hängen. Bucher holte sich einen Notizblock hervor und notierte sich „Grünpflanzen!"

Hartmann stand vor dem Fenster, deutete mit der rechten Hand im Kreis und sprach weiter.

»Der Tatortbereich. Hier wird es für uns richtig interessant.«

Er drehte sich zur Wand und zeigte auf ein Regal. »Zum einen lagen hier in diesem Regal, völlig offen, dreihundert Euro herum, und dann noch, gleich daneben, eine Goldkette und eine Geldbörse mit weiteren einhundertsiebenundfünfzig Euro dreiundneunzig. In der Geldbörse befanden sich die EC-Karte und zwei Kreditkarten. Mastercard und Diners.«

Er ließ ein kurzes Schnauben hören. »Also Leute. Einen Raub können wir damit absolut ausschließen.« Jetzt drehte er sich dem Sofa zu. Zwischen dessen Ecke und der Wand lag Maren Hengersberg. Hartmann wies auf den dunklen Blutfleck auf dem Boden. »Direkt am Auffindeort der Leiche wurden Fingerspuren gesichert. Einmal der Handflächenabdruck einer linken Hand. Er befand sich auf der linken Seitenlehne der Couch und er stammt nicht von Maren Hengersberg. Der Größe nach zu urteilen von einem Mann. Ist aber reine Spekulation. Dann haben wir noch die gut verwertbaren Abdrücke von drei mittleren Fingern einer linken Hand. Die Spurensicherer sind der Meinung, dass die Abdrücke relativ frisch sein müssen, weil sie noch viel Fett und Feuchtigkeit aufwiesen. Der Kollege, der die Abdrücke genommen hat, sagte mir, dass schon kleinste Mengen Kohlestaub sofort anhafteten. Wir schließen daraus – jemand war auf dieser Couch gesessen, hat die linke Hand auf dem Leder abgelegt und so mit den drei mittleren Fingern nervös getippt, wie man das unbewusst manchmal macht. Weiter zum Tisch. Auf dem haben wir diese Schmierfingerspuren. Sind noch zu erkennen. Es besteht aber keine Möglichkeit, sie auszuwerten. Sie stammen vermutlich von Maren Hengersberg.«

Hartmann blätterte einige Seiten weiter. »Die Haare übergehe ich mal und mache mit den Blutspuren weiter. Ja ... hier hab ichs. Also. Blutfleck angetrocknet am Liegeort der Leiche, linke Körperseite auf Hüfthöhe. Ovale Ausbildung ... Größe in den Achsendurchmessern fünfundzwanzig auf zweiunddreißig Zentimeter. Ursache war ein starker, nicht pulsierender Blutaustritt. Eine Mengenbestimmung war nicht mehr möglich. Weitere Blutspuren nur im direkten Umfeld des Auf...finde...ortes fest...ge...stellt worden.« Hartmann zerhackte die Silben der letzten Worte, um die Zeit zu überbrücken, die er zum Blättern benötigte.

»Bei diesen Blutspuren handelt es sich um Blutspritzer. Verteilung auf der Wand, an der Regalseite ... einige auf Büchern im Regal und natürlich auf dem Tisch. Aber keine große Menge. Nach bisherigem Befund eindeutig Blut von Maren Hengersberg. Eine atypische Spur gibt es hier aber.« Hartmann ging auf den Tisch zu und deutete auf mehrere dicke schwarze Flecken, die sich auf dem Teppich befanden. Etwa einen Meter von dem großen schwarzen Fleck entfernt.

»Wenn wir uns die Verteilung des Blutes ansehen, ist nachvollziehbar, dass es von den Attacken des Täters und der hohen Krafteinwirkung stammt. Beim Platzen der Kopfhaut infolge der Schläge sind die Spritzer an das Umfeld gelangt, an die Wand, an die Seitenbretter des Regals. Aber nicht die Bluttropfen hier. Ich vermute, die sind vom Messer getropft, das der Täter verwendet hat. Was meint ihr dazu?«

Alle schauten sich die Spurenverteilung an und gaben Hartmann Recht.

Lara Saiter stellte sich vor die Couch den anderen gegenüber.

»Sie hat hier gestanden ... war zwar etwas größer als ich, es kommt aber in etwa hin. Armin, stell dich mal vor hier, vor mich hin, und versuche die Stichführung zum Rippenbogen nachzumachen. Nimm 'nen Kuli oder so.«

Batthuber positionierte sich wie geheißen und stach mit einem Kugelschreiber in Richtung Rippenbogen, zog wieder zurück und hielt den Kuli nach unten gerichtet, sodass die Spitze zu den Blutflecken im Teppich zeigte.

Lara kommentierte. »Maren Hengersberg fällt zu Boden. Erst auf die Seite der Couch, gleitet von dieser ab und kommt zwischen Couch und Regal zum Liegen ... und verblutet hier.«

Bucher schüttelte den Kopf. »Vielleicht ganz am Ende. Die Verteilung der Schlageinwirkungen befand sich überwiegend auf der linken Schädelseite und dem linken Hinterkopfbereich. Das bedeutet, dass sie ihm nicht direkt gegenübergestanden haben kann. Eher seitlich abgewandt. Ich denke, bevor er diesen einen tödlichen Stich setzte, hat er auf sie eingeschlagen.«

Hartmann ergriff wieder das Wort.

»Das passt schon. Schaut euch mal die Wand zwischen Couch und Regal an. Die kleinen Blutspritzer sind in einer Höhe zwischen einsfünfzig und einsachtzig verteilt. Die tiefer liegenden sind nach unten hin verwischt. Am Hinterkopf selbst hatte sie aber keine so große Platzwunde. Das heißt doch, dass erst das Blut an Wand und Regal gespritzt wurde. Dann erst fiel sie nach hinten und verwischte im Niedersinken die Spritzer. Sieht man deutlich.«

Hartmann wies mit einem Kopfheben auf die kaum sichtbaren Blutwischer an der Wand.

»Also noch mal«, sagte Bucher. »Der Täter schlägt erst wie wild auf sie ein. So, dass die Kopfhaut platzt.«

Bucher ging auf Lara Saiter zu, die sich seitlich abgewandt hatte und ihm ihre linke Körperseite präsentierte. Bucher simulierte das Einschlagen auf Kopf und Schulter.

»Wie wild schlägt er. In der rechten Hand hält er etwas Stumpfes und trifft mehrfach rechte Kopfseite, Schulter

Oberarme und Brust. Er schlägt auch mit der blanken linken Faust zu.«

Bucher machte eine Pause und dachte nach.

»Sie war von den Schlägen völlig geschockt und wahrscheinlich durch die Treffer am Kopf auch physisch betäubt. Dann zieht der Täter das Messer und sticht zu. Vorher muss er die rechte Hand freibekommen, denn mit dem Messerknauf hat er sicher nicht zugeschlagen. Er führt den Stich gezielt. Das war kein Zufallstreffer. Die anderen Stiche sind viel zu weit von der Einstichstelle zum Herzen entfernt, als dass man sagen könnte, er hätte mehrfach versucht dort einzustechen. Nein. Dieser tödliche Stich war von ihm gewollt und er führte ihn eiskalt aus.«

Er schaute die anderen appellierend an und machte dann weiter. »... als sie dann tödlich getroffen war und in die Ecke hier glitt, blutete sie schon tief. Er stand wohl hier und sah sie an, sodass Blut vom Messer tropfen kann. Erst dann begann er, ihr diese anderen Stiche und Schnitte beizubringen. Über den Oberkörper und Rücken verteilt?« Buchers letzte Worte klangen nicht sonderlich überzeugend.

»Hier passt doch irgendwas überhaupt nicht!«, platzte Batthuber heraus und schüttelte energisch den Kopf.

»Sie lässt jemanden in ihr Wohnzimmer. Einfach so? Also, ich denke, Sie muss ihn gekannt haben ... das steht für mich außer Frage. Es hat ja auch keinen Kampf gegeben. Nichts. Offensichtlich nur der Angriff auf sie, vermutlich so überraschend, dass sie sich noch nicht mal gewehrt hat. Es gibt keine Abwehrverletzungen an den Händen und Armen.« Er atmete tief aus, bevor er weitersprach. »Also der Besucher rastet plötzlich aus. Schlägt mit brutaler Gewalt auf sie ein, so, dass sogar die Kopfhaut platzt. Zieht dann irgendwo ein Messer raus. Das war auch nicht gerade klein, ja. Sticht gezielt zu. Schräg von unten unter dem Rippenbogen hindurch, mitten ins Herz. Zieht das Messer wieder raus. Wartete einige Sekunden, das Blut tropft in dicken Tropfen vom Messer auf den Boden ... und dann schnippelt er mit dem Messer noch auf ihr rum. Das ist doch schon irgendwie seltsam, oder?«

»Na ja. Vielleicht war seine Wut ja verflogen, als er sie endlich geschlagen und auf sie eingestochen hatte«, meinte Lara Saiter.

Bucher biss nachdenklich auf der Unterlippe herum. »Diese ganzen Schnitte und Stiche hat er ihr erst beigebracht, als sie bereits von dem tödlichen Stich getroffen war. Sonst hätte sie sich gewehrt und wir hätten an ihren Händen oder Armen Abwehrverletzungen gefunden«

Er deutete in den Gang. »Ich war in der Küche. Sie hat wohl gerne gekocht, wenn ich so ihre Ausstattung betrachte. Im Messerblock sind alle Messer noch da. Die Spurensicherer haben die Messer untersucht, die in Betracht kommen könnten. Da geht nichts. Die Breite passt nicht ... also ... die Tatwaffe scheint nicht aus der Wohnung zu stammen. Was haben wir also?« Er schaute in die Runde.

»Eigentlich noch gar nichts, was man Spur nennen könnte. Sicher ist nur, dass der Täter das Messer schon dabeihatte und vermutlich auch wieder mitgenommen hat«, konstatierte Lara Saiter nüchtern. Bucher kam ihr ungeduldig vor. Sie sagte zu ihm. »Wir sammeln doch noch, Johannes. Du bist doch derjenige, der uns immer predigt, wir kämen zu schnell zum *Warum* und zum *Wer*. Bisher haben wir das Wie erst in Fragmenten. Und eine Frage ist noch völlig offen. Wann ist es passiert?«

Sie reckte den Kopf ein wenig nach vorne und sah ihn fragend an. Bucher hob abwehrend beide Hände und ging ein paar Schritte zurück, um sich an eines der Regale zu lehnen. »Okay. Ich bin zu schnell. Zum Todeszeitpunkt haben wir noch keine Auskunft aus der Rechtsmedizin vorliegen. Menger sprach von ein paar Tagen.«

»Wir dürften aber nicht falsch liegen, wenn wir von Sonntagabend ausgehen, oder!?«, sagte Batthuber. Hartmann stimmte ihm zu. Bucher sah die beiden interessiert an, denn er wusste noch nicht, worauf sich ihre Meinung gründete, bis Batthuber erläuterte. »Uns liegt ein Protokoll der Kollegen aus Lindau vor. Die hatten am Wochenende die Mutter zu benachrichtigen. Scheißjob. Jedenfalls hat die Mutter bei diesem Gespräch angegeben, dass sie am letzten Sonntag noch mit ihrer Tochter telefoniert hatte. Am Abend. Vor der Tagesschau, hat sie gesagt. Ihre Tochter wollte für eine Woche an die See fahren. So eine Verbindung von beruflicher Fortbildung und Erholung. Irgendein Kurs halt. Sie hatte dafür eine Woche Urlaub genommen. Die Kollegen in Lindau waren ziemlich fix und haben sich das gleich notiert und zu den Akten gegeben.«

Bucher meinte nachdenklich. »Der Zeitpunkt könnte hinkommen. Sie packte am Sonntagabend die Sachen für den Kurs zusammen. Ihre Mutter ruft sie am Abend nochmals an, um sich zu verabschieden. Sonntagabend. Da ruft man seine Mutter an oder wird angerufen. Klingt plausibel.«

Lara Saiter fragte Hartmann nach den Kleidungsstücken und dem Koffer, die auf den Tatortfotos zu sehen waren. Hartmann erklärte, dass nach der fotografischen Sicherung alles von den Erkennungsdienstlern mitgenommen worden war.

»Nein ... Lara. Wir sind schon sehr weit ... wenn wir alles zusammenfassen«, sagte Bucher, der ganz in Gedanken den Wortwechsel der anderen gar nicht wahrgenommen hatte, und wiederholte noch einmal den Sachstand. »Maren Hengersberg will eine Woche wegfahren. Packt Sonntagabend ihre Sachen, gießt nochmals ihre Grünpflanzen. Die waren auf den Tatortbildern vom Samstag noch nicht ausgetrocknet. Da war noch Saft in den Stängeln. Dann ... Mutter ruft an. Irgendwann danach kommt jemand und klingelt an der Türe. Sie öffnet ihm die Türe und lässt ihn hier herein, ins Wohnzimmer. Der Besucher rastet aus. Warum auch immer. Schlägt auf sie ein und sticht zu. Er hat das Messer schon dabei, und noch irgendeinen anderen Gegenstand mit dem er auf sie einschlug. Maren hat sich nicht gewehrt. Sie war zu überrascht und auch körperlich nicht in der Lage dazu. Der Besucher bringt ihr mit dem Messer weitere Schnitte und Stiche bei. Aber nicht mehr mit der Kraft von Wut und Zorn. Beherrschte vorher Wut, Hass ... ja, Raserei das Bild dieser Tat, dann kommt plötzlich eine Phase der Kontrolle, der Beruhigung in sein Handeln.«

Bucher zögerte einen Augenblick. »Vielleicht eine Phase des Genusses. Auf jeden Fall sehr eigenartig. Für mich steht aufgrund dessen, was wir bisher wissen, jedenfalls fest, dass er hierher gekommen ist, um Maren Hengersberg zu töten. Dieses scheinbare Ausrasten kam nicht aus einer Streitsituation heraus. Er war schon voller Aggression, als er hier in die Wohnung kam, oder er ist in der Lage, explosionsartig solche Gefühle abrufen zu können. Uns ist nichts bekannt, dass sie selbst Streit in ihrem persönlichen Umfeld gehabt hätte, jedenfalls keinen heftigen. Sie hatte keine existenziellen Sorgen, keine häufig wechselnden Sexualkontakte. Zumindest wissen wir bisher darüber noch nichts.«

Bucher wirkte konzentriert und zielstrebig, als er endete und sich vom Regal wegdrehte, um zur Küche zu laufen. Noch im Drehen begriffen, sagte er: »Jetzt schauen wir uns die Wohnung noch mal etwas genauer an und schießen noch ein paar Fotos. Morgen dann ...« Seine Stimme riss ab, er hielt abrupt und erschrocken inne. Die anderen sahen ihn irritiert an. Bucher fasste sich wieder und rief laut in Richtung Gang. »Wer sind Sie! Wie kommen Sie hier rein!«

Gerade als er sich in Richtung Eingang in Bewegung setzte, zuckte ein Blitzlicht von dort kommend durch den Raum. Hartmann und Batthuber machten einige Schritte auf den Durchgang zu und sahen im Flur zwei Frauen stehen. Die vorderste der beiden hielt einen Fotoapparat in der Hand und bewegte sich auf Bucher zu. Ihm fielen die pechschwarzen Haare auf. Sie antwortete nicht auf seine Fragen, blieb vor ihm stehen und versuchte an ihm vorbei einen Blick in das Wohnzimmer zu werfen. Er versperrte ihr mit seinem Körper den Blick.

»Ist sie hier umgebracht worden?«, fragte sie und reckte den Kopf in Richtung Wohnzimmer. Buchers Herz schlug heftig. In seinem rechten Trommelfell flatterte es. Ohne noch einen Ton zu sagen, schob er sie Richtung Türe. Ihm war eigentlich danach, Sie anzubrüllen. Unter großer Beherrschung sagte er sehr bestimmt, aber doch einigermaßen ruhig: »Kripo! Mein Name ist Bucher. Ich will von Ihnen wissen, wer Sie sind und wie Sie hier hereingekommen sind?«

Während er das sagte und die junge Frau dabei weiter zur Türe drängte, versuchte er nach dem Fotoapparat, den sie in ihrer Hand hielt, zu greifen. Hartmann und Batthuber hatten sich inzwischen in den Gang geschoben. Batthuber war flink genug. Mit einer schnellen Bewegung griff er sich den Apparat, den Bucher bislang nicht zu fassen bekommen hatte. Hartmann schob sich rechts an Bucher vorbei in den Türrahmen und blockierte so den Rückzug.

»Fassen Sie mich nicht an. Lass...ssen Sie mich los!« Die Schwarzhaarige schüttelte mit einer heftigen Bewegung Buchers Hände von ihren Schultern und stieß ein kurzes, schrilles »Ah« aus. Ihre lockigen Haare schwangen trotz des Temperamentsausbruchs weich um ihre Schultern. Bucher zog sofort seine Hände zurück. Der kurze schrille Schrei hatte seine Wirkung nicht verfehlt. Er dachte, er hätte ihr wehgetan. Er sah, dass Hartmann inzwischen an der Türe stand und die zwei nicht auskommen konnten. Bucher bebte. Er atmete tief und langsam durch, suchte Beherrschung und Kontrolle. Als er der Meinung war, vernünftig reden zu können, fragte er wieder. »Nochmals! Antworten sie mir! Wer sind Sie, wie kommen Sie hier herein und was wollen Sie hier?«

Als die Schwarzhaarige antwortete, merkte er, dass auch sie nach Luft rang. Wenigstens ging der Auftritt nicht spurlos an ihr vorüber. »Presse! Wir sind von der Presse. Die Türe hier stand offen. Was können wir dazu, wenn Sie nicht in der Lage sind, eine Türe ordentlich zu schließen!«

Bucher ging auf den Vorwurf nicht ein. Sie hatte wahrscheinlich Recht.

»Ihren Ausweis, bitte«, sagte er harsch.

»Finde ich hier im Dunkeln nicht. Gehen wir doch da rein, da brennt helleres Licht.« Sie deutete mit einem leichten Kopfnicken in Richtung Wohnzimmer.

Himmel noch mal, ist die zäh!, dachte er und wurde schroff. »Sie gehen hier nirgends rein! Das Licht hier reicht vollkommen aus. Den Ausweis!«

Die zweite Frau war bisher noch gar nicht in Erscheinung getreten. Sie stand direkt hinter der Türe im Gang und sah entsetzt auf das, was sich vor ihr abspielte. Sie kramte in ihrer Handtasche und reichte Bucher schließlich eine Plastikkarte. CPA stand in großen blauen Lettern auf dem Kärtchen. Die Situation entspannte sich, als Bucher las und keiner der Personen mehr in Bewegung war. Eine Szene, eingefroren wie ein Standbild. Bucher ließ den beiden Eindringlingen etwas mehr Raum. Während die Schwarzhaarige in ihrer Handtasche wühlte, blieb Ihm Zeit, sich die beiden genauer zu betrachten. Sie waren etwa Anfang dreißig, schlank und groß. Die Schwarzhaarige hatte dichtes lockiges Haar und trug unter dem dunkelblauen Wintermantel, den sie gerade aufknöpfte, einen sehr eleganten Hosenanzug. Schwarz mit grauen Streifen. Aus den Augenwinkeln sah er, wie Lara Saiter einen prüfenden Blick darübergleiten ließ. Der Nicht-Reaktion seiner Kollegin entnahm Bucher, dass die Schwarzhaarige bestanden hatte. Sie sah ja auch wirklich gut aus.

Ihre Begleiterin hatte langes welliges blondes Haar, trug Jeans, Rollkragenpullover und ebenfalls einen langen Wintermantel. Zwei sehr attraktive Frauen. Die Schwarzhaarige hatte endlich ihren Ausweis in der geräumigen Handtasche gefunden und reichte ihn Bucher. Auch auf ihm waren die Buchstaben CPA zu lesen. Ihr Name war Miriam Weber. Der ihrer gemäßigteren Begleiterin Julia Bachmann.

»Was machen Sie hier?« Bucher klang genervt. Er reckte Miriam Weber energisch den Kopf entgegen.

»Wir tun hier unsere Arbeit. Das sollten Sie auch tun«, fegte sie ihn schnippisch an.

Bucher entgegnete nichts und schluckte die Attacke zähneknirschend. Inzwischen war ihm klar, dass er es war, der die Türe nicht wieder geschlossen hatte. Er war ärgerlich über sich selbst. Ja, er musste ja das Schloss noch mal selbst ansehen, obwohl das die Kollegen von der Spurensicherung sogar ausgebaut hatten. Ahh. Aber das war nun auch kein Grund für die beiden, einfach hier hereinzuplatzen. Er überlegte, wie er die Situation auflösen konnte. An ätzenden Presseartikeln war ihm wirklich nicht gelegen.

Julia Bachmann meldete sich nun zum ersten Mal zu Wort. Zu seiner Überraschung wandte sie sich zuerst an ihre Kollegin, oder Freundin. »Lass das jetzt sein, Miriam«, und zu Bucher gewandt, »uns beschäftigt der Todesfall von Maren Hengersberg. Deshalb sind wir hier. Die Türe stand offen und so sind wir eben in den Gang gegangen.«

»Wie lange standen Sie da schon und haben uns belauscht?«, fragte Lara Saiter, die an den Torbogen gelehnt stand.

»Wir standen da eine Weile und es war sehr interessant«, antwortete Miriam Weber. »Ich möchte meine Kamera wieder!«, fügte sie bestimmt hinzu.

Bucher schluckte. Am schlimmsten war für ihn, dass er an der Situation nicht unschuldig war.

»Den Film nehmen wir raus«, sagte er bestimmt und gab Batthuber einen Wink.

»Na dann viel Spaß dabei.«, ätzte Miriam Weber. »Das ist eine Digitalkamera. Da gibts keine Filme mehr.«

Bucher biss auf ein virtuelles Stück Holz und wies Batthuber an, das Bild zu löschen. Lara Saiter notierte sich die Personalien der beiden und verglich die Namen auf den Pressekarten mit denen auf den Ausweisen, welche die beiden inzwischen hervorgekramt hatten. Julia Bachmann hatte auch ihr zwei Visitenkarten gegeben, die Lara Saiter behielt. Sie erklärte den beiden Frauen, dass sie die Wohnung nun verlassen sollten. Presseauskünfte würden ausschließlich in den dafür vorgesehenen Pressemitteilungen ausgegeben. Sofern in diesem Fall ein Pressekonferenz geplant sei, würden sie selbstverständlich informiert werden. Widerreden kamen diesmal nicht. Batthuber gab Miriam Weber die Kamera zurück und die beiden verabschiedeten sich mit einem »Auf Wiedersehen«. Es klang wie eine Drohung in Buchers Ohren.

Die beiden verzichteten auf den Lift und gingen zu Fuß. Wortlos liefen sie die Ulrichstraße entlang und bogen bei der ersten Abzweigung in das dustere, menschenleere Kaffeegässchen ein. Nach einigen Metern stoppte Miriam Weber. Sie ließ sich erschöpft mit dem Rücken an die Hauswand fallen und atmete laut stöhnend aus. Aufgeregt suchte sie in ihrer Handtasche nach einem Päckchen Zigaretten. Ihre Hände zitterten. Nach einigem Suchen fand sie es schließlich und zündete den Glimmstängel an. Dem tiefen Inhalieren folgte nach einer lautlosen Sekunde das geräuschvolle Ausatmen des bläulich schimmernden Qualmes. Sie sah den sich zerteilenden Rauchwolken stumm nach. Julia Bachmann stand vor ihr mit ernstem Gesicht und blieb stumm.

»Das hätte ich wirklich nicht gebraucht«, sagte Miriam Weber.

»Wir hätten da nicht reingehen sollen. Ich hatte gleich kein gutes Gefühl. Aber du mit deiner Neugierde ...«, war die wenig mitleidige Antwort Julia Bachmanns.

Julia Bachmann schüttelte den Kopf und presste ihre Lippen aufeinander und schloss kurz die Augen. »Komm, hör damit auf«, erwiderte sie genervt und schaute weiter in den rauchfarbenen Himmel. »Das weiß ich jetzt ja auch. Wenn ich gewusst hätte, was das für einen Auftritt gibt, wäre ich auch draußen geblieben.«

Julia Bachmann sah ihre Freundin an. Die Blässe in Miriam Webers Gesicht wurde durch das kräftige Schwarz ihrer Haare nur noch stärker betont. Julia Bachmann musste lächeln. Sie wiederholte die letzten Worte. »... einen Auftritt gibt. Also alles was recht ist. Aber du warst es doch, der da losgegangen ist ... wie ... fällt mir gar nichts ein ... dazu. Du hast den armen Kerl ganz schön beharkt. Mein Gott, dem ist gleich gar nichts mehr eingefallen.«

»Er war erschrocken«, antwortete Miriam Weber nachdenklich.

»Wie erschrocken ...?«

»Erschrocken. Er hatte gerade mit seinen Leuten gesprochen. Als er sich umdrehte, hat er mir direkt in die Augen gesehen ... und ich habe sehen können, wie er erschrocken ist ... er ist richtig zusammengefahren. Dann kam er auf mich zu und ich wusste ja auch nicht, was ich tun sollte. Und als er mich so in die Ecke drängte, war ich sauer und ... ich war ja auch erschrocken und ... völlig idiotisch, aber zur Verteidigung habe ich auf diese blöde Kamera gedrückt. Der Blitz hat ihn natürlich vollends wütend gemacht. Dann dachte ich eben, dass Angriff wohl die beste Verteidigung sei.«

»Vielleicht«, war die trockene Antwort von Julia Bachmann.

»Was machen wir denn jetzt?«, fragte Miriam Weber einer Rauchwolke nach. »Irgendwie müssen wir ihm es wohl sagen. Allerdings habe ich nicht die geringste Lust, zurück in die Wohnung zu gehen.«

Sie warf die Kippe weg und trat sie aus. Es wirkte unbeholfen, in den eleganten Stiefeln.

»Glaubst du vielleicht, ich!? Nein. Mir ist heute nach überhaupt keinem Abenteuer mehr. Wir gehen hier irgendwo einen Kaffee trinken, oder gleich was essen. Vielleicht rufe ich in den nächsten Tagen an ... bei diesem ... Buhrer?«

»Bucher«, stellte Julia Bachmann richtig. »Johannes Bucher heißt der Typ. Dieser Wehringer hat mir den Namen gegeben. Er hat mir erzählt, dass er mit seinem Team die Ermittlungen übernimmt. Aber warum gerade die in diesem Fall ermitteln und nicht die Leute von Wehringer, das hat er nicht sagen wollen. Die sind doch vom Landeskriminalamt?«

Sie schüttelte nachdenklich den Kopf. »Ich habe schon ein paarmal von diesem Bucher in der Zeitung gelesen. Also mich wundert das schon, denn die sind mit ganz anderen Fällen beschäftigt. Meinst du, das hat was mit unserer Sache zu tun?«

Julia Bachmann zögerte. »Mhm. Weiß ich nicht so recht. Aber woher sollten die denn die Informationen haben. Maren hat es nur mir erzählt. Und auch nur in Bruchstücken. Sie wollte erst noch mit dem Kerl reden. Da war noch gar nichts bekannt. Und außerdem hast du ja auch gehört, dass die noch überhaupt keine heiße Spur haben. Soweit ich das mitbekommen habe, waren die damit beschäftigt, die Tat zu rekonstruieren. Nein. Ich denke nicht, dass sie Informationen haben.«

Miriam Weber stieß sich von der Hauswand ab, die ihr in den letzten Minuten Halt verschafft hatte, fasste ihre Freundin am Mantel und zog sie mit sich.

»Ist mir jetzt auch alles egal. Ich brauche mindestens einen starken heißen Kaffee. Ich überlege mir was.«

»Schei...ße!« Bucher sprach es lange und gedehnt aus.

»Was solls. Wichtiges können die gar nicht mitbekommen haben«, meinte Hartmann beschwichtigend.

»Das schon, aber trotzdem eine blöde Sache. Ich hätte die Türe schließen sollen. Wer weiß schon, was die Pressetanten aus der Sache machen. Mann, Mann, Mann ... Ich habe jetzt keine Lust mehr, Leute. Ich mache jetzt hier Schluss, schaue aber morgen oder übermorgen noch mal die Wohnung an. Den Schlüssel hole ich mir dann vor dir, Alex. Morgen früh bin ich bei Frau Hengersberg. Wie schaut es bei euch aus? Befragung der Nachbarn ... Auszug der Telefonliste ... der Exfreund. Ganz wichtig, die Leute da drüben in den Wohnungen. Die haben noch die beste Möglichkeit, hier einen Blick hereinzuwerfen. Vielleicht springt was dabei raus, auch wenn sie die Stoffjalousien hier zugezogen hatte, wie auf den Tatortfotos zu sehen war. Also, wer macht was?«

Hartmann und Batthuber wollten gleich nach der Wohnungsbesichtigung mit der Befragung der Nachbarn hier im Haus und den Nachbargebäuden beginnen. Das sollte sich dann morgen, soweit notwendig, fortsetzen. Danach planten sie, den Verlag aufzusuchen, um das Büro von Maren Hengersberg nach Informationen zu durchsuchen.

Lara Saiter plante, ein erstes Gespräch mit den beiden Freundinnen Maren Hengersbergs zu führen. Mit Sybille Austen hatte sie schon einen Termin vereinbart. Mit Heike Korber musste erst noch einer gefunden werden. Bucher sagte, dass er versuchen wolle bis zur Teambesprechung mit Frau Hengersberg, ihrer Freundin Magda Sterr und dem Exfreund zu sprechen.

Sie vereinbarten, sich am morgigen Nachmittag im Besprechungsraum zu treffen und das weitere Vorgehen zu planen. Batthuber hatte bei der Telefongesellschaft schon einen Ausdruck aller eingehenden und ausgehenden Anrufe beantragt. Auf dem Anrufbeantworter befanden sich keine aufgezeichneten Gespräche und auf dem Handy keine Textnachrichten. Von der Überprüfung ihres Büros im Verlag erhofften sie sich noch weitere wichtige Informationen. Buchers Herz schlug noch immer schneller, als ihm nötig schien. Er verließ zusammen mit Lara Saiter die Wohnung. Unten, im Innenhof, trennten sie sich.

Dämmerung hing schon wieder über den Dächern. Aus dem Hellgrau des Mittags war inzwischen ein hässliches Schwarzgrau geworden. Bucher war zu sehr mit den Ergebnissen und Ereignissen des Nachmittags beschäftigt, um sich noch für die hell erleuchteten Schaufenster zu interessieren. Er floss im Strom derer mit, die, sich vor der nassen Kälte flüchtend, eng an den Hauswänden entlangschoben. Die Köpfe tief in die hochgestellten Kragen gesenkt, um den Ohren Deckung zu geben. Auf dem Weg nach Süden quälte er sich durch den stauenden Verkehr, wie er in jeder Großstadt zwischen Nachmittag und Abend gang und gäbe war. Aus den Lautsprechern plätscherte Bruchs Violinkonzert. Langsam beruhigte Bucher sich wieder. Der Auftritt der beiden Journalistinnen hatte ihn mehr aufgeregt, als er sich eingestehen wollte. Schon lange war er physisch nicht mehr so erschrocken wie in dem Augenblick, in welchem er die beiden Gestalten im Hausgang entdeckte.

Während er sich im Stop-and-go-Verkehr an eine Ampel herantastete, betrachtete er die Visitenkarte von Miriam Weber. CPA stand für „christian press agency". Nie was gehört von denen. Als Adresse war die Nymphenburger Straße mit einer dreistelligen Zahl als Hausnummer angegeben. Das war gleich um die Ecke. Er dachte über CPA nach. Vielleicht kannten die beiden Maren ja. Angesichts ihres Berufes und dem Engagement in der Kirchengemeinde war dies ja gut möglich. Bucher wollte bei passender Gelegenheit der CPA einen Besuch abstatten. Es konnte nicht schaden, zu erfahren, was sich hinter dem Kürzel genau verbirgt. Die

Adresse schien für Qualität zu sprechen. Nymphenburger Straße!

Einmal aus der Stadt heraus, war er schnell auf der Autobahn nach Süden. Landsberg umfuhr er, um dem Stau wenigstens dort zu entgehen. Er freute sich auf den Abend. Er würde kochen und eine Flasche öffnen. In Gedanken lief er schon durch den Weinkeller und suchte nach einer für den Abend geeigneten Bouteille. Als er Landsberg hinter sich gelassen hatte, war die Entscheidung gefallen. Ein 96er Lamothe Bergeron würde es werden. Ein schmatziger, fruchtiger Wein, wie er es heute brauchte. Etwas Sanftes – wenigstens am Gaumen. Während er in den Hof einbog, stand auch die Menüfolge schon fest. Käsebrot mit Oliven. Im Gang lagen Briefe, die der Postbote durch den Briefschlitz geworfen hatte. Bucher sah die Post durch. Rechnungen, Versicherungen, Kaffeefahrten. Ein Brief von Greenpeace. Er riss ihn auf. Heftig. Nicht schon wieder eine Erhöhung, dachte er. In einem Anflug von Weltverbesserei und schlechtem Gewissen hatte er den Lech Elektrizitätswerken den Rücken gekehrt und bezog seinen Strom nun dreimal so teuer, jedoch Gewissen sedierend, von den Grünfriedlern. Auf dem ökogebleichten Billigpapier stand in Schreibmaschinenlettern der Spontizeit irgendetwas von gestrandeten Walen. Bucher war sauer. Er zerknüllte das Ding und schmiss es in den Holzkorb mit den Scheiten für den Kachelofen und stieb in die Küche. Was sollten diese Betroffenheitstexte? Seit Jahrmillionen strandeten Wale an irgendwelchen Küsten. Verdammt noch mal! Hatte er vielleicht daran Mitschuld!? Wieso schürten sie mit diesen Briefchen immer wieder das schlechte Gewissen? Er dachte nach. Natürlich. Die Tiere taten ihm Leid. Nur, was sollte er tun? Er kaufte schon keinen Thunfisch mehr, wenn er die Befürchtung hatte, ein Schleppnetz wäre im Spiel gewesen, und was er sonst nicht alles nicht tat, worauf er achtete. Mülltrennung, Ökostrom, bewusster Einkauf und was nicht alles. Es machte ihn nicht zufriedener. Heute Abend war es ihm zu viel. Wale strandeten, Männer stachen Frauen zu Tode. Pah! Gott hatte sich schon etwas dabei gedacht, als er diese Welt schuf, Wale stranden und Löwen zierliche Gazellen reißen ließ. Bucher schmiss seine Jacke über den Stuhl. Wie sähe die Welt wohl aus, wäre sie ökologisch gerecht nach deren Vorstellung? Vermutlich gäbe es keine Strände mehr, an denen, gleich wer, stranden konnte. Und keine Löwen. Falls doch, dann sicher keine männlichen.

Ruhe wollte er. Von der Welt. An diesem Abend. Er zürnte mit sich selbst.

Die Akten mit den Berichten und Fotos packte er nicht mehr aus, sondern legte sich ins Bett. Jedoch nicht, um zu schlafen. Er wollte nachdenken über das, was er heute erfahren hatte, und es in eine Reihenfolge bringen. Bis weit nach Mitternacht lag er wach. Als er schließlich einschlief, war es ein flacher Schlaf. Er träumte, wachte, träumte. Mehrfach war er hellwach, dämmerte wieder weg. Irgendwann in später Nacht wurde er wach. Sein Mund war völlig ausgetrocknet. Schlaftrunken wankte er über den kalten Holzboden in das Badezimmer und saugte einige Schluck Wasser aus dem Strahl des Wasserhahns. Müde schlurfte er wieder zurück ins Bett. Bucher kannte diese Nächte und kam mit ihnen halbwegs zurecht. Die Träume, der kalte Schweiß auf dem Körper, Halbschlaf. Er lauschte dem Knacken der Balken. Das Haus arbeitete. Vor allem nachts. Engelbert, sein Nachbar, meinte, diese alten Häuser würden sprechen, in der Nacht. Bucher verstand es nicht.

Wird denn nie mehr die Sonne durch diesen hässlichen Hochnebel dringen? Feiner Nieselregen schlug auf der Windschutzscheibe an. Es war gefährlich auf der Autobahn, denn die Nacht war wieder kalt gewesen. Bucher ließ sich Zeit und fuhr auf der äußerst rechten Spur langsam dahin und lauschte den Nachrichten. Auf der linken Fahrspur tobte der alltägliche Krieg moderner Kampfwagen. Nebelscheinwerfer an und auf ins Getümmel. So flogen sie heran mit kleinen blauen Lichtern, die leuchteten wie die Augen gefährlicher Raubkatzen. Für diese Geschwindigkeiten hatte Gott gewöhnliche Menschen nicht erschaffen. Da brausten Versicherungsangestellte, Key-Account-Manager und Teamassistentinnen zu ihren Arbeitsstellen. So viel Freiraum und Individualismus jeder von ihnen erfocht, so wenig Abstand räumten sie ihren Vorausfahrenden ein. Dann rannten sie durch die U-Bahnschächte und Innenstädte, vorbei an Schaufenstern. Schnell eine Pasta und weiter im Galopp, durch den Gegenwartsirrsinn. Mensch, bin ich schlecht drauf, zurzeit, dachte er und sinnierte, ob er vielleicht wirklich nicht mehr schnell genug war, für ein Leben in der Stadt. In diesem unmenschlichen Rhythmus, dieser hohen Geschwindigkeit des Lebens lag ja auch der Grund, weshalb er aus der Stadt geflüchtet war. Er konnte es nicht mehr genießen, durch Geschäfte zu bummeln und sich Dinge anzusehen, von denen er noch nicht wusste, ob er sie brauchte oder nicht. Um ihn herum Hetze, Lärm und innere Unruhe. Vor einigen Tagen hatte er sich wieder einmal in einen dieser neuen, riesigen Megamärkte gewagt. Er brauchte einen neuen Rasierapparat. Die fußballfeldgroße Halle war erfüllt von Geräuschen vorbeifliegender Flugzeuge, Maschinengewehrfeuer und den Explosionsgeräuschen von Lasergeschossen. Es waren die Zehnjährigen, die an den Videoschirmen hingen und die Hightechspiele über sich kommen ließen. Die Erwachsenen, die sich die verschiedenen Schleuderfunktionen von Waschmaschinen erklären ließen, störten sich nicht am Lärm. Vielleicht meinen sie, dass diese Geräusche zur Waschmaschine gehörten, und kaufen sie gerade deshalb. So dachte Bucher. Nein. Bummeln gab es nicht mehr. Nirgends mehr. Schnell essen, schnell shoppen, schnell sterben. Die Einzigen, die wirklich noch was vom Bummeln verstanden, waren die Menschen bei der Bahn AG. Ausgerechnet da. Er riss sich zusammen. Zu viel trübe Gedanken. Schließlich hatte er nur einen Rasierapparat gekauft. Den kurzen Gedanken, weshalb er ihn in diesem Monstershop geholt hatte und nicht im kleinen Elektroladen in Landsberg, dachte er nicht zu Ende.

Während er so hinter einem Transporter auf der äußersten rechten Spur herzuckelte, fummelte er die Visitenkarte von Magda Sterr hervor. Umständlich tippte er die Nummer in das Handy. Eigentlich hätte er es klüger gefunden, sich erst mit dieser Frau zu unterhalten, bevor er mit der Mutter von Maren Hengersberg sprach. Allem Anschein nach war sie mehr als nur eine gute Bekannte der Familie und konnte ihm sicher einiges Wichtige erzählen.

Sie war schon vor dem zweiten Klingelton mit einem freundlichen »Hallo« am Hörer. Bucher fragte ohne Umschweife, ob es ihr heute Vormittag noch möglich wäre, ihm eine halbe Stunde einzuräumen, in welcher sie sich unterhalten konnten. Sie war einverstanden. Je näher München kam, desto dichter und langsamer wurde der dreispurige Verkehrsfluss. Bucher zappte durch die Radioprogramme. Er hörte eine Weile dem belanglosen Gequassel hysterischer Moderatoren zu, die nach jedem Satz blöde lachten und ein grausiges Gesülze mittels Radiowellen über dem Voralpenland verbreiteten. Bucher hielt diese professionelle Gutlaune nicht lange aus und verzichtete auf den zweifelhaften Service, halbstündlich über zähflüssigen Verkehr oder Stau informiert zu werden. Er suchte servicefreie Sender und der Scanner landete prompt bei einer angenehmen, ruhigen Frauenstimme. Bucher lauschte unwillkürlich ihrer Erzählung. Offensichtlich ging es um die Besteigung eines Berges. Er blickte kurz nach Süden. Dort, wo an schönen Tagen die Gipfel der Alpen im Morgenlicht zu erkennen waren, befand sich heute eine graue, konturlose Nebelwand. Die Frauenstimme zitierte aus einem Brief, der in konstruiert klingender Sprache geschrieben war und seinem Inhalt nach schon vor Jahrhunderten geschrieben sein musste, wenngleich die

Mitteilungen des Schreibers auch heute noch Gültigkeit hatte. Wie jene, dass „Menschengeist die Dinge der Natur nicht aufheben könne und es daher nicht geschehen kann, dass irgendein menschliches Wesen durch Hinabsteigen zur Höhe gelangt". Bucher musste lachen. Es folgte ein Chorstück, unisono gesungen, wohltuend und beruhigend. Die Frauenstimme sagte, der Komponist sei Monteverdi gewesen, ein Zeitgenosse des Dichters. Bucher überlegte, welcher Dichter wohl Zeitgenosse Monteverdis gewesen sein konnte, und hörte weiter, vergaß das Verkehrsgewirr um sich herum. Lauschte und sah anhand ihrer bildhaften Beschreibung die Figuren vor sich aufziehen. Langsam stiegen sie bergan. Es war heiß, unerträglich heiß. Die Wege steinig, die Dornbüsche stachlig. Endlich fiel der Name des Dichters. Francesco Petrarca. In einem Brief berichtete er einem Freund die Gefühle und Erlebnisse anlässlich der Besteigung des Mont Ventoux. Bucher dachte an die kahle weiße Kuppe dieses herrlichen Berges und sehnte sich augenblicklich nach einem Café im Schatten einer provenzalischen Altstadt. Er dachte an Szenen des letzten Sommers, als er einige Etappen der Tour de France im Fernsehen mitverfolgte. Wie die Fahrer jene mörderische Etappe zum Gipfel hin in Angriff nahmen. Petrarca suchte auch die Herausforderung, brachte jedoch anderen Gewinn vom Gipfel mit zurück. Bucher ließ sich von der Frauenstimme und Monteverdis Chorstücken durch das vom Berufsverkehr heimgesuchte München leiten und hoffte auf Stau und Verkehrschaos. Nur um in Ruhe dem Bericht weiter folgen zu können. Als er am Hotel ankam, stellte er sein Auto im Parkverbot ab, wie er das grundsätzlich machte, legte die kleine Holzplakette mit dem Polizeistern auf das Armaturenbrett und folgte den letzten Takten des Chores. Noch mit Monteverdi im Ohr stieg er hinaus in das graukalte Novembermünchen und begann seinen Berg weiter emporzusteigen.

Am Empfangsschalter bat er darum, Frau Hengersberg zu informieren, dass ein Herr Bucher sie sprechen wolle, und wartete auf bequeme Weise, in einem der tiefen Sessel der

Lounge. Das Hotel Adrian gehörte zu den feinen Adressen in München. Entsprechend gediegen war das Ambiente. Kein Protz, keine marktschreierische Moderne machte sich breit. Vornehme Distanz erfüllte die Räume. Die Wände waren gedeckt von türkisfarbenen Stofftapeten und die riesigen Sessel in mattem Mintgrün und mit großflächigen Vogeldarstellungen verziert. Kilometerlange Stoffbahnen in allen Schattierungen zwischen Grün und Blau kleideten die Empfangsräume aus und nahmen jeden Laut, der als solcher in die Hotelwirklichkeit entfliehen wollte, sanft in ihre Hüllen. Bucher saß alleine in der Halle und beobachtete die Hotelgäste, die, allesamt elegant gekleidet, den Tag begannen. Bucher wurde von einem dunklen Männerbass aus seinen Gedanken gerissen. Als er sich im Aufstehen umdrehte, nahm er einen großen schlanken Mann wahr. So um die sechzig, die dunklen, teilweise schon ergrauten Haare waren streng nach hinten gekämmt und waren mit Gel oder einem Haarwasser feucht gehalten. Er trug einen edlen dunklen Anzug mit feinen, nur aus der Nähe zu erkennenden grauen Streifen. Trotz der ja eigentlich modernen Kleidung wirkte die Erscheinung altmodisch. Bucher trat ein Stück nach vorne, reichte seine Hand und stellte sich vor. Sein Gegenüber nannte seinerseits seinen Namen. Es war Theodor von Schwingenstein, der nach kurzer Pause hinzufügte, dass er der Bruder von Martha Hengersberg sei. Bucher nickte und beide blickten sich für einige Sekunden wortlos an. Schwingenstein deutete auf einen der halbhohen chinesischen Tische in der Ecke der Hotelhalle und schlug vor, dass man sich wohl dort am besten unterhalten könne. Wie nebenbei erwähnte er, dass seine Schwester bald erscheinen werde. Bucher nickte stumm, war jedoch irritiert. Er hatte eigentlich mit Frau Hengersberg alleine reden wollen. Andererseits konnte er die Anwesenheit ihres Bruders auch nicht verhindern. Zudem war es für ihn auch interessant, diesen von Schwingenstein kennen zu lernen. Er war es ja schließlich, der ihm diesen Fall aufgedrückt hatte. Sein Aussehen, die Kleidung, seine Bewegungen, sein ganzes Auftreten war verpackt in jene distanzierte Höflichkeit wohl erzogener Menschen, die sich durchaus darüber im Klaren waren, gute Manieren zu besitzen, und Macht. Beides stand in engem Zusammenhang. Bucher fragte sich, ob Schwingenstein wohl auch wusste, wo seine Grenzen lagen. Er war gespannt darauf, wie er sich während des Gesprächs verhalten würde. Frau Hengersberg trat aus dem Lift heraus auf die glatten Marmorfliesen, sah sich kurz um und lief mit kurzen Schritten zu Bucher, der mit ihrem Bruder noch vor den Sesseln stand. Als sie in den Bereich der Lounge trat, fing der blaue Velours das Klacken ihrer Absätze auf. Das fahle, um die Augen gerötete Gesicht passte nicht ganz zu der energischen Art, wie sie sich bewegte, dachte Bucher und beobachtete, wie ihr Bruder sie fürsorglich in Empfang nahm und zur ausgewählten Sitzecke geleitete. Bucher begrüßte sie mit einem Händedruck. Sie hatten kaum Platz genommen, als Schwingenstein nach dem Stand der Ermittlungen fragte. Ruhig, höflich, aber bestimmt. Bucher war von dieser Direktheit überrascht, obschon er damit hätte rechnen können. Es könnte ihn einige Mühe kosten, auf diplomatischem Wege die Gesprächsführung zu erlangen. Einige Zeit wollte er Schwingenstein allerdings geben. Noch während er darüber nachdachte, hörte er sich reden. Dass sie gerade dabei wären, vorhandene Spuren auszuwerten, parallel dazu der Familien- und Freundeskreises befragt werde und dass es derzeit noch keine konkrete Spur gäbe, die verfolgt werde.

Martha Hengersberg versank bleich und still in einem der riesigen Polstersessel. Ihr Bruder machte weder einen erschütterten noch einen traurigen Eindruck. Er führte das Gespräch so, wie er wohl alle unvermeidlichen geschäftlichen Termine erledigte. Er fragte in geschäftsmäßigem Ton, welche Maßnahmen getroffen würden, während er einige störrische Fussel versuchte von seiner Hose zu wischen. Bucher blieb oberflächlich, als er von Routinemaßnahmen sprach, die zu erledigen seien. Er mochte diesen Kerl nicht. Schwingenstein saß aufrecht und hörte Bucher mit ernstem Gesicht zu. Er stellte keine weiteren Fragen. Bucher nahm nun sein Notizbuch aus der Innentasche des Jacketts und wandte sich Frau Hengersberg zu, die am bisherigen Gespräch keinerlei

Anteil genommen hatte. Er registrierte, wie sich Schwingenstein in den Sessel zurücklehnte. Anscheinend hatte er kein weiteres Interesse mehr. Bucher erklärte Martha Hengersberg, dass es noch Fragen gäbe, die für sie sicher schmerzlich, aus Sicht der Ermittlungen aber unerlässlich seien. Dann begann er vorsichtig den Fragenkatalog abzuarbeiten. Jetzt war er es, der geschäftsmäßig agierte, ein unvermeidliches Gespräch führte, welches zu erledigen war. Ihr Bruder verstand das. Da war sich Bucher sicher.

»Ihr ehemaliger Ehemann und Ihr Sohn leben im Ausland, Frau Hengersberg. Sind sie schon von dem Geschehen unterrichtet worden?«

»Das hat mein Bruder veranlasst«, antwortete sie leise und schaute dabei auf die mäandernden Muster der Tischverzierung.

»Werden sie zur Beerdigung kommen?«

»Beide sind schon auf dem Weg. Ich habe hier im Hotel Zimmer reserviert. Mein Mann kommt heute Nacht hier an. Thomas, mein Sohn, fliegt in ein paar Stunden los und wird morgen da sein.« Bucher war verwundert, dass sie von ihrem Mann sprach und nicht von ihrem Exmann oder ehemaligen. Er verzichtete aber vorerst darauf, näher einzugehen.

»Sie leben am Bodensee ...«, er ließ eine konkrete Frage aus und wartete, dass sie den Gesprächsfaden aufnahm, was sie nach einigen Sekunden auch tat.

»Ja. In einer kleinen Gemeinde, direkt am See. Schon seit über zehn Jahren. Ich habe da ein kleines Haus. Es ist sehr schön ... dort.«

»Kam Ihre Tochter sie öfters besuchen?« Martha Hengersberg sah auf.

»Wie soll ich öfters verstehen?« Bucher merkte, dass er auf dem Weg in das unwegsame Gelände von Familienbeziehungen war, und fragte anders.

»Wie würden Sie das Verhältnis zwischen Ihnen beiden beschreiben? Standen Sie in engem Kontakt miteinander?«

Sie musste einen Augenblick überlegen, bevor sie antwortete. Sie kam gar nicht darauf, zu fragen, was denn die Frage eigentlich solle.

»Die Frage kann ich Ihnen so nicht beantworten. Ich weiß es selbst nicht. Wir trafen uns ein paarmal im Jahr. Ansonsten telefonierten wir regelmäßig miteinander. Meistens an den Wochenenden. Sie ist ... war ... sehr beschäftigt und im Beruf erfolgreich. Sie hatte wenig Zeit.« Den letzten Satz sprach sie sehr schnell. So, als hielt sie es nicht für nötig, darüber weiter zu reden. Es klang nicht anklagend oder enttäuscht, wie sie darüber sprach. Eher resigniert.

»Hatte sie Kontakt zu ihrem Exmann?« Bucher wählte absichtlich die drastischer klingende Formulierung Exmann. Es hatte keine Wirkung.

»Meine Tochter und mein Mann standen in engem Kontakt. Sie war jedes Jahr mindestens einmal in den Staaten bei ihm. Und wenn er hier in Europa war, trafen sie sich natürlich auch.«

Bucher nahm es zur Kenntnis.

»Und Ihr Sohn? Soweit ich weiß, lebt er in Südafrika.«

»Ja. Thomas lebt in der Gegend von Johannesburg. Er arbeitet dort als Ingenieur. Er hat Maschinenbau studiert.«

Bucher spürte, wie sie über ihre Antworten nachdachte. Sie antwortete nicht unbefangen, eher vorsichtig. Wie jemand, der auf einer Eisfläche ging und nicht wusste, ob das Eis tragen würde. Was er vermisste, war diese ernsthafte Art von Trauer, tiefer Kummer, der auch Polizisten noch anrühren konnte. Ihr Bruder war einfach kühl wie ein Eisschrank und sie niedergeschlagen. Nicht mehr. Aber vielleicht lag es ja nur an diesem professionell gemütlichen Ort, an welchem das Gespräch stattfand. Er ließ das Thema Familie sein.

»Meine Kollegen, die Sie verständigt haben, teilten mir mit, dass Sie sagten, Sie hätten noch am Sonntagabend mit Ihrer Tochter telefoniert. Wissen Sie noch, zu welcher Zeit Sie das Telefonat geführt haben?«

Sie musste nachdenken. »Es war am späten Sonntagnachmittag. An die genaue Zeit kann ich mich im Moment nicht erinnern. Lange hat das Gespräch nicht gedauert. Etwa zehn Minuten, vielleicht eine Viertelstunde. Nach dem Telefonat machte ich mir etwas zu essen und sah fern. Irgend so ein Reisebericht ... es könnte so gegen halb sechs gewesen sein, dass wir telefonierten. Ich rief sie an, weil ich ja wusste, dass sie für eine Woche an die See fahren wollte.«

Sie fing an zu weinen, zurückhaltend, wohl erzogen, sprach dann wieder stockend weiter.

»Wissen Sie. Es war kein sehr schönes Telefonat. Ich hätte mir gewünscht, dass unser letztes Gespräch etwas versöhnlicher gewesen wäre. Das wäre für mich leichter.«

Bucher sagte nichts dazu. Er äugte nach halbrechts, zu Schwingenstein, der, den Kopf geneigt, im Sessel saß und keinerlei Reaktion zeigte. Beide hatten sich gut im Griff. Ein bisschen Weinen der Mutter. Nun gut. Bereits gestern in der Rechtsmedizin war ihm diese Selbstkontrolle schon aufgefallen. Alleine, das Gespräch hier in der Hotelhalle zu führen, erschien ihm eigentümlich. Zumal es in diesem vornehmen Haus ganz sicher die Möglichkeit gegeben hätte, einen privateren Raum aufzusuchen. Nach einer Weile fuhr Bucher mit seinen Fragen fort. Wirklich entscheidend Neues erwartete er nicht. Aber der erste Einblick in die Familie des Opfers hatte ihm genügt.

»Haben Sie im Laufe der Woche versucht Ihre Tochter zu erreichen?«

»Nein. Ich wusste ja, dass Sie die ganze Woche über an der Ostsee sein würde. Sie hat zwar ein Handy. Ich habe aber die Nummer nicht, da sie es ausschließlich für berufliche Zwecke verwendete. Wir hatten verabredet, dass sie sich bei mir meldet, wenn sie zurück sei. Wir wollten uns dann an einem der nächsten Wochenenden treffen.«

Bucher wunderte sich, dass Maren ihrer Mutter die Nummer ihres Handys nicht gegeben hatte, und konnte sich nur schlecht vorstellen, dass sie das Handy ausschließlich zu beruflichen Zwecken verwendete.

»Sie riefen eine Freundin Ihrer Tochter an. Das war, glaube ich, am Samstag letzter Woche ...?«, fragte er.

»Sybille ... Sybille Austen. Sie ist seit langen Jahren mit meiner Tochter befreundet. Ich rief sie am Samstagabend an und fragte, ob sie wisse, was mit meiner Tochter sei. Sie sagte mir, dass sie auch schon versucht hätte, sie telefonisch zu erreichen. Ich bat sie, doch zur Wohnung meiner Tochter zu fahren ... sie ... sie hatte einen Schlüssel ... und dann ... eben das ...«

Ein paar Tränen mehr flossen über ihre Wange. Sie tupfte sie behutsam mit einem Stofftaschentuch ab. Bucher wartete, innerlich nicht berührt. Es war keine fremde Situation für ihn.

»Lebte Ihre Tochter in einer festen Beziehung?«

Es dauerte einen Augenblick, bis sie antwortete. »Meine Tochter war bis vor ... etwa einem Jahr ... mit Frank zusammen. Frank Wellberg.«

Sie überlegte und sprach die Worte langsam nacheinander aus.

»Er lebt hier in München und arbeitet am Max-Planck-Institut für Neurobiologie. Ein sehr intelligenter, fleißiger junger Mann. Ich war sehr betrübt darüber, als sie Frank verlassen hat. Sie kannten sich seit Beginn des Studiums und waren lange zusammen.«

In ihren Worten lag mehr als nur Enttäuschung. Bucher registrierte so etwas wie Entrüstung und fragte weiter.

»Weiß Herr Wellberg, was geschehen ist?«

»Ja. Ich habe ihn gestern angerufen, als ich von ... von diesem Ort ... zurückgekommen war.«

Cool!, dachte Bucher, ließ sich seine Überraschung nicht anmerken. Nach dem Termin in der Rechtsmedizin also. Da hat sie den Ex-Lover ihrer Tochter angerufen. Cool!

»Hatte Ihre Tochter nach Herrn Wellberg eine andere, feste Beziehung?«

»Nein.« Die Antwort kam ruhig, aber unverzüglich.

Sie sprach nach einer kurzen Pause weiter. »Zumindest ist mir nichts davon bekannt geworden. Meine Tochter hat sehr viel Zeit in die Arbeit investiert. Daneben hat sie in ihrer Kirchengemeinde an verschiedenen Veranstaltungen teilgenommen. War viel unterwegs ... daher haben wir uns auch sehr selten getroffen.«

Familien eben, dachte Bucher und beschloss, das Gespräch zu beenden. Frau Hengersberg machte einen erschöpften Eindruck und ihr Bruder saß teilnahmslos in seinem Sessel. Ein komisches Gespann.

Als sie sich mit einem Taschentuch die Tränen aus dem Gesicht gewischt hatte, bedankte Bucher sich für das Gespräch. Schwingenstein erwachte wieder zum Leben und erklärte ihm, dass er sich zusammen mit einer Freundin seiner Schwester um die Organisation der Beerdigung kümmerte. Er wollte wissen, wann eine Beerdigung stattfinden könne. Bucher sagte, dass er morgen bei der Staatsanwaltschaft sei. Nach Vorliegen des rechtsmedizinischen Befundes würde diese den Leichnam zur Bestattung freigeben. Er nahm die Visitenkarte Schwingensteins entgegen und versprach, ihn telefonisch zu verständigen. Er verabschiedete sich in der Hotelhalle von den beiden und freute sich auf eine Brise frischer, kalter Luft.

Um zum Arbeitsplatz von Magda Sterr zu gelangen, musste er mit dem Auto quer durch die Stadt. Da die Zeit fortgeschritten war, entschloss er sich, mit der U-Bahn zu fahren. Das ging sicher schneller und er brauchte den kleinen Spaziergang auch, um nachdenken zu können. Auf dem Weg in den Keller Münchens fragte er sich, woher das eigentümliche Gefühl rührte, das er aus dem Gespräch mitnahm. Die hektischen Menschen im Untergeschoss des Marienplatzes störten seine Konzentration. Er war vollauf damit beschäftigt, sich einen Weg durch den dynamischen Irrgarten zu suchen. Duft von aufgegossenem Kaffee, Senf und Leberkäse stieg ihm in die Nase. Die Menschenmenge schob ihn ohne Kontakt weiter. Die meisten um ihn herum, befanden sich, was Art und Weise ihrer Fortbewegung anging, an der Stufe von schnellem Gehen zu leichtem Trab. Und er war wieder mal zu langsam, ließ sich ungern von der Geschwindigkeit der Masse anstecken, war ein Hindernis.

Als er unten ankam, fuhr die U5 vor seinen Augen weg. Er war einfach zu langsam. Trotz der vielen Menschen, die unterwegs waren, war der Wagen, in den er Minuten später stieg, nahezu leer. Sein Lieblingsplatz in der hintersten Ecke des Waggons war frei. Nach der Durchsage des Schaffners, »zum Ostbahnhof zurücktreten«, schlossen sich die Türen mit diesem charakteristischen Zischen, so wie in Science-Fiction-Filmen, wenn die außerirdische Kreatur wieder mal eine Schleuse geknackt hat. Er hatte jetzt Zeit zum Nachdenken und kam nicht von dem befremdlichen Gespräch von eben los. Er fand sich in seinem Urteil zu harsch, vielleicht ungerecht. Wie trauerte man richtig? Gab es eine Klassifikation für korrekte Trauer? Nein. Jeder trauerte auf andere Weise und schließlich war er ein Fremder, ein Polizist, dem gegenüber man sich zusammennahm. Aber ein unruhiger, noch unbekannter Gedanke ließ ihn immer wieder zurückkehren in diese Hotelhalle. Was war denn so bizarr? Doch nicht alleine die Figuren!? Der Waggon pfiff, ruckelte, zog an, bremste stark ab. Bucher saß am Fenster, hatte den Kopf an die Glasscheibe gelehnt und die Augen geschlossen. So nahm er die Schwingungen und Stöße des Wagens an einer kleinen Stelle kurz oberhalb der rechten Wimper auf, empfand es wie eine Art Akupressur. Ein leichtes angenehmes Brennen stellte sich am Hinterkopf ein. Die Durchsage »Quiddestraße« riss ihn aus seiner Abwesenheit. Natürlich! Das war es! Sie hatte den Namen ihrer Tochter nicht ausgesprochen. Maren. Nie sprach sie von Maren. Immer nur von »meine Tochter«. Das war der Grund. Deshalb erschienen ihm Intimität, Trauer und Wärme abwesend zu sein. Diese Distanz. Denn im Gegensatz dazu sprach sie von ihrem Sohn Thomas. Sogar den Exfreund Marens nannte sie Frank. Bucher fand es eigenartig, wenngleich er nicht der Meinung war, hier auf eine Spur gestoßen zu sein. Vielmehr auf ein sehr brüchiges und trauriges Verhältnis zwischen Mutter und Tochter. Die Familienverhältnisse bei Hengersbergs waren auf jeden Fall problematisch. Seine Gedanken beschäftigten ihn so, dass er verpasste, an der Haltestelle Therese-Giese-Allee auszusteigen. Er fuhr deshalb bis zur Endhaltestelle Neuperlach-Süd und stieg dort um. Er hatte den Wirrwarr in seinem Kopf ein wenig ordnen können und betrat eines jener charakterlosen Bürogebäude, in denen Magda Sterr arbeitete. Gerade hinsichtlich seiner gerade gemachten Feststellung erhoffte er sich von dem Gespräch mit ihr einige Hinweise. Er sollte den Quader mit Fenstern nicht enttäuscht verlassen.

V.

Hartmann war schlecht gelaunt. Er war früh aufgestanden und hatte Zoff mit seiner Frau, weil er die Kleine heute wieder nicht vom Kindergarten abholen konnte. Während der Fahrt durfte sich Batthuber die ganze Geschichte familiärer Schwierigkeiten anhören. Immer wieder jammerte Hartmann, dass Batthuber in seinem Alter und ungebunden, wie er war, die Tragweite der Schwierigkeiten gar nicht erfassen könne, die mit Ehe und Familie verbunden seien. Der hörte stumm zu und nickte brav, wenn Hartmann herüberblickte. Ab und an ließ er ein verständnisvolles »Mhm« vernehmen. Hartmann erwartete auch nicht mehr, denn im Grunde sprach er zu sich selbst.

Sie fuhren die breite Maximilianstraße hinab. Keiner hatte einen Blick für das prachtvollen Schaezlerpalais oder die ausgewogenen Proportionen der Kirche St. Ulrich und Afra, deren Zwiebelturm sich im Süden erhob und den Straßenverlauf teilte. Sie parkten unweit des Hotels Drei Mohren und gingen die paar Meter zum Wohngebäude. Dort teilten sie die Wohnungen, die abzuklappern waren, untereinander auf. Hartmann übernahm den Hausteil, in welchem sich Marens Wohnung befand, Batthuber die gegenüberliegende Hausseite. Hartmann notierte noch die Kennzeichen der Autos, die im Innenhof geparkt waren, Batthuber fotografierte derweil mit der Digitalkamera die Klingelschilder der Eingangstüren. Routinearbeiten. Das ersparte ihm langwieriges Notieren oder Diktieren von Namen und Stockwerken. Hartmann begann im Delikatessenladen. Die Inhaberin stand selbst hinter dem Verkaufstisch. Sie war immer noch entsetzt, konnte aber jedoch außer ihrem Bedauern und ihrer Abscheu von dem, was geschehen war, nicht viel mehr berichten. Er machte im Haus weiter und klingelte an der ersten Türe im Erdgeschoss. Ein Herr öffnete unverzüglich nach dem ersten Klingeln. Sicher über achtzig Jahre alt. Schon so früh am Morgen trug er einen Anzug, um den Hals eine handgebundene Fliege.

Am Türschild stand in geschwungenen Lettern Dr. Albrecht. Hartmann stellte sich vor, sagte, dass er von der Kriminalpolizei käme und im Falle des Verbrechens an Maren Hengersberg ermittele. Als er ihren Namen aussprach, wies er mit dem Kopf kurz nach oben. Der Doktor musterte ihn einige Zeit und verlangte dann den Dienstausweis. Er bekam ihn zu sehen und bat dann umständlich hereinzukommen. Möblierung und deren Nutzer standen sich im Alter in nichts nach. Hartmann sah sich um. Er hatte keinen Sinn für alte Dinge. Modern und zweckmäßig. In dieser Reihenfolge. Das war sein Ding. Sein erster Blick fiel auf den alten Ohrensessel, der abgewandt vom Sofa mit dem Rücken zum Eingang stand. Wer darin saß, schaute zwangsläufig durch das Fenster auf den Innenhof und zum Hauptdurchgang zur Maximilianstraße hin. Ein Ausguck. Die Wohnung war in perfektem Zustand. Er hatte schon andere Wohnumstände kennen lernen müssen. Besonders, wenn er mit alten Menschen zu tun hatte. Die Gedanken daran, wie er wohl einmal im Alter leben, wohnen würde, verdrängte er erfolgreich.

Dr. Albrecht bot ihm an, Platz zu nehmen. Hartmann entschied sich für einen Polsterstuhl und spürte gleich eine der ausgeleierten Federn in seinem Hintern. Dr. Albrecht saß auf dem Biedermeiersofa, das unter einer zweieinhalb Quadratmeter großen „Heidelandschaft in anziehendem Gewitter" stand, und erzählte, wie furchtbar das alles sei und dass er niemals geglaubt hätte, so etwas hier in diesem Haus erleben zu müssen. Hartmann hörte geduldig zu und stellte dann seine Fragen.

Ob er Frau Hengersberg kannte? Dr. Albrecht kannte sie nicht.

Vom Sehen her, vielleicht? Nein. Dr. Albrecht hatte kein Interesse an den anderen Hausbewohnern. Sagte er.

Hartmann sah zum Ohrensessel. Vorletzter Sonntag. Später Nachmittag bis in die Nacht. Er fragte ihn, ob ihm zu dieser Zeit etwas aufgefallen sei, er etwas gehört oder gesehen habe, was ihm seltsam vorkam. Der alte Herr war fast entrüstet. Wenn ihm etwas aufgefallen wäre, hätte er dies selbstverständlich schon gemeldet. Hartmann ließ nicht locker und bemerkte, dass er von seinem Sessel aus einen guten Blick in den Innenhof habe. Ob er sich erinnern könne, was zur genannten Zeit überhaupt im Hof gewesen sei. Doktor Albrecht war pikiert. Vielleicht fühlte er sich ertappt. Dabei war es doch sein gutes Recht, in diesem Sessel zu sitzen und hinaus in den Hof zu sehen. Wann immer er es wollte. Zu sehen, wie sich die Feinkosthändlerin mit ihrem Geliebten morgens im kleinen Lagerraum herumdrückte. Dieser Ausländer, der Gemüse und Obst lieferte, und sich selbst natürlich. Zu wissen, dass der Gerichtsvollzieher mehrmals im Jahr im Antiquitätenladen vorbeisah. Nicht, um dort nach alten Gemälden oder Besteck für sich zu suchen. Immer wenn er kam, wechselte Bargeld den Besitzer. Dr. Albrecht sagte, er sei an jenem Sonntag bei seinem Sohn in München gewesen und erst spät in der Nacht von seiner Schwiegertochter zurückgefahren worden. Er habe daher nichts bemerken können. Hartmann notierte sich Namen und die Telefonnummer der Schwiegertochter. Vielleicht war ihr ja etwas aufgefallen. Dann verabschiedete er sich. In den drei weiteren Wohnungen im Erdgeschoss konnte keiner der Bewohner eine verwertbare Aussage machen. Hartmann arbeitete sich Stockwerk um Stockwerk nach oben. Eine mühsame Arbeit, die ihm bis jetzt keinen Erfolg gebracht hatte. Eine jüngere Frau benahm sich unangemessen patzig, wie er fand. Er kam gerade noch dazu, sich vorzustellen, schon quäkte sie herum, sich beschweren zu wollen. Er fand ihr Aussehen unappetitlich. Sie war sehr beleibt, trug graue, verdreckte Leggins und ein graues T-Shirt. Vielleicht hatte sie ihm angesehen, was ihr Anblick bei ihm hervorrief. Immerhin erfuhr er, dass sie schon befragt worden sei und jetzt auch nicht mehr wüsste als beim letzten Mal. Im zweiten Stock angelangt, klingelte er an der Wohnung „Hemmer". Sie befand sich direkt unter der von Maren Hengersberg. In den Protokollen hatte er gelesen, dass hier am letzten Samstag und Sonntag niemand angetroffen werden konnte. Er hatte heute mehr Glück. Ein junger Mann öffnete, sichtlich verschlafen, mit dicken schwarzen Ringen unter den Augen. Insgesamt in sehr schlechter körperlicher Verfassung. Die

Trainingshose schlabberte an der dürren Gestalt herum. Das weiße T-Shirt war versifft. Hartmann dachte an die Dicke von vorhin. Die beiden hätten gut zusammengepasst. Er wunderte sich über die Zusammensetzung der Mieter hier. Hartmann erklärte kurz, wer er war, hielt seinen Dienstausweis hoch und sagte, er hätte einige Fragen an ihn. Hemmer nickte mit dem gesamten Oberkörper, grunzte ein »Jaja«, drehte sich um und watschelte den Gang zurück. Hartmann fasste es als Aufforderung auf, ihm zu folgen. Hemmer zog eine Fahne üblen Geruchs hinter sich her. Die ganze Wohnung stank nach einer Mischung aus Schweiß, altem, verbranntem Fett, Tabak und feuchtem Muff. Da lieber das Irisch Moos vom Dottore, dachte Hartmann und betrachtete das Chaos im Wohnzimmer. Hemmer schmiss sich auf einen Berg benutzter Wäsche, der das Sofa bedeckte, und drehte sich eine Zigarette. Auf dem Fensterbrett standen vertrockneten Pflanzen.

Mit einer ausladenden Handbewegung sagte er zu Hartmann: »Setz dich.«

Hartmann nahm diesmal einen ungepolsterten Holzstuhl.

»Kannten Sie Frau Hengersberg, Herr Hemmer?«

»Natürlich kannte ich die.«

Die?, wiederholte Hartmann stumm und fragte weiter. »Wie gut kannten sie sich …?«

»Die Alte hatte 'nen totalen Schuss, sag ich dir«, grunzte Hemmer.

»Ihre Trauer hält sich also in Grenzen?«, entgegnete Hartmann spröde und machte einige Notizen.

»Jaja. Weiß schon. Pietät und so. Wir beißen alle mal ins Gras, also. Nee. Mit der wars echt nicht lustig. Ständig hat sie rumgemosert. Die wollte mich hier raushaben. Hat Briefe geschrieben an die Hausverwaltung und so.«

Hartmann wurde hellhörig. »Briefe? Welche Briefe?«

»Beschwerden, ei. Ich bin DJ, ja. Ich muss irgendwann meine Show vorbereiten, ja. Das mach ich dann hier. Und manchmal ists dann eben etwas lauter gewesen, ja. Die hat sich aufgeführt, sag ich dir, ei. Wahnsinn, ja. Die wollte, dass ich mich hier verpisse. Aber ist scheiße für sie gelaufen.«

Hemmers Lachen erstickte im sich lösenden Schleim. Eine gelbbraune Zahnreihe wurde sichtbar.

»Wie ist das zu verstehen ... dass es scheiße für Frau Hengersberg gelaufen ist?«, fragte Hartmann.

»Na ja. Die Tusse war ja die Einzige, die sich aufgeregt hat. Die andern hat das nicht gestört, wenn ich mal ein bisschen aufgedreht habe, ja.«

»Wie haben Sie denn von der Sache mit Frau Hengersberg erfahren?«

»Der alte Doktor von unten hats mir erzählt, als ich am Montagabend von der Tour zurückgekommen bin. Der hockt doch ständig am Fenster und gafft raus. Weiß alles über die Leute hier.«

»Sie meinen Doktor Albrecht?«

»Ja ... der Fliegendoktor halt.«

»Was war das für eine Tour, von der Sie gerade sprachen?«

»Am Freitag war ich in Freiburg, Samstag in Lörrach und am Sonntag in Mannheim. Da waren Sessions.«

»Sessions ...?«, fragte Hartmann interessiert.

»Ja ... so was Ähnliches wie Ravepartys ... kennst das doch, oder!? Ihr Bullen streunt doch da immer rum ... schnüffel, schnüffel ...«

Er lachte und schmiss sich ins Sofa zurück.

Superwitz!, dachte Hartmann und fragte unbeeindruckt weiter. »Wir gehen davon aus, dass Frau Hengersberg am vorletzten Sonntag getötet worden ist. Infrage kommt die Zeit ab neunzehn Uhr. Waren Sie zu dieser Zeit hier in der Wohnung?«

»Nee. Ich arbeite an den Wochenenden. Bin jedes Weekend auf Tour. Das vorletzte Wochenende auch.«

»Haben Sie da irgendwelche Angaben über die Veranstalter für mich?«

»Ahhh. Willst mein Alibi checken, ei!«, grinste Hemmer. Er nahm vom Couchtisch einen zusammengeknüllten Flyer und reichte ihn Hartmann.

»Da steht alles drauf. Veranstalter und so.« Hartmann nahm den Papierfetzen entgegen, glättete ihn und sah nach, ob ein Veranstalter genannt war. Eine Agentur Backstage war als Konzertveranstalter aufgeführt. Das reichte erst einmal.

»Wann genau sind Sie zurückgekommen?«

»Am Montagabend. Mit dem Zug von Mannheim.«

»Zug? Sind Sie nicht mit dem Auto gefahren?« Hartmann meinte zu bemerken, dass Hemmer bei dieser Frage ein wenig seiner guten Laune verlor.

»Nee. Bin nicht mit dem Auto gefahren. Habe keinen Führerschein.«

»Mhm. Besitzen Sie keinen Führerschein, oder haben Sie nur im Moment keinen Führerschein, oder keine Fahrerlaubnis?«

»Was hat das denn alles damit zu tun, ei?«

»Routinefragen, Herr Hemmer. In einem solchen Fall ...«

»Ihr habt mir doch die Fluppe weggenommen, ja!«

»Ach so«, sagte Hartmann ohne erkennbare Regung, während er Notizen machte.

»Nur noch zwei Fragen, Herr Hemmer. Haben Sie die Zugfahrkarten noch? Wenn ja, könnte ich die bitte haben ... und ... hielt sich in der Zeit Ihrer Abwesenheit vielleicht eine andere Person in Ihrer Wohnung auf?«

»Mann, ei. Du nervst!« Hemmer stand auf, stolperte in den Gang und kam mit einem uralten Mantel zurück, dessen Taschen er durchsuchte. Aus der rechten Innentasche zog er einen Packen Papier. Die Fahrkarten befanden sich noch im Umschlag der Bundesbahn. Im Vorübergehen lies er den Packen in Hartmanns Schoß fallen.

»Vielen Dank, Herr Hemmer. Haben Sie etwas dagegen, wenn ich die Karten mitnehme? Sie erhalten Sie natürlich wieder zurück. Benötigen sie ja sicher für Ihre Steuererklärung.«

»Scheiß drauf. Kannst'se behalten«, war die uninteressierte, schroffe Antwort.

Hartmann stand auf und verabschiedete sich. Inzwischen machte ihm der Gestank nichts mehr aus. Wie war das noch mal, Adaption? Die frische Luft draußen tat ihm trotzdem gut.

Er putzte weiter Klinken. Ein langweiliger und ernüchternder Job. Entweder waren die Leute übers Wochenende verreist, oder sie waren zwar im infrage kommenden Zeitraum hier, konnten jedoch keinerlei Angaben machen. Immerhin gab es einen Negativbefund. Keiner von ihnen hatte Maren Hengersberg nach dem Sonntag gesehen. Eine Frau im vierten Stock traf sie am Sonntag, Mittag, etwa gegen fünfzehn Uhr, als sie Wäsche aus dem Trockenraum im Dachboden holte. Das war die bisher die einzige konkrete Zeitangabe von Zeugen. Hartmann machte sich auf den Weg nach unten, um sich mit Batthuber zu treffen. Vielleicht hatte der mehr herausgebracht. Nachdem er Dachboden und Keller nochmals inspiziert hatte, fuhr er mit dem Aufzug hinunter, lief über den Innenhof und betrat das Nachbarhaus. Dort traf er auf seinen jungen Kollegen. Er verzog die Mundwinkel und zuckte mit den Schultern, als der Hartmann sah.

»Wenig bis nichts ist auch nicht viel. Und bei dir?«

»Bis auf ein paar seltsame Typen auch nichts. Muss noch einen Junkie überprüfen, aber sonst Fehlanzeige. Komm. Wir fahren jetzt raus in den Verlag. Das hier bringt uns nicht weiter.«

Beide fuhren mit dem Lift nach unten. Als sich die Türen öffneten und sie heraustraten, stieg eine ältere Frau in den Lift und drückte auf den Schalter für die zweite Etage. Batthuber stieß Hartmann leicht in die Seite und sprach die Frau an.

»Entschuldigen Sie bitte ... wohnen Sie hier?«

Sie musterte den jungen Kerl in seinen ausgewaschenen Jeans, der schwarzen Lederjacke und den blinkenden Brillis im Ohr. Sie trug eines jener farblos braunen Kostüme aus der Linie Omis Kampfanzug. Die weißen Haare waren sorgfältig zu einem Dutt zusammengebunden und in den Falten ihres Gesichtes hatte sich ein beständiges, feines Lächeln eingegraben. Batthuber schätzte sie so an die achtzig und lächelte sein Herz erweichendes Omas-Lieblingsenkel-Lächeln, dessen Wirkung er sich sicher war. Er landete einen Treffer.

Sie sagte ausgesprochen freundlich. »Jaja ... sicher ... wen suchen Sie denn?«

Hartmann blockierte die Aufzugtüre, die gerade schließen wollte, während Batthuber so behutsam wie möglich seinen Dienstausweis vorzeigte und ihr erklärte, wer sie waren und was ihre Aufgabe hier sei. Das Lächeln in ihrem Gesicht verflog augenblicklich.

»Ach ... mein Gott ... das arme Mädchen. Immer so freundlich und nett gewesen. Wissen Sie ... sie hat mich sogar einmal besucht, als ich wegen meiner Osteoporose wieder mal nicht rausgekommen bin. Hat auch manchmal für mich eingekauft.«

Ihre Stimme wanderte jetzt ins Weinerliche. »Wer tut nur so etwas. Das ist doch furchtbar, oder!?« Batthuber pflichtete ihr mit verständnisvoller Miene bei.

»Könnten wir uns mit Ihnen unterhalten ... Frau ... äh ...?«

»Knoller. Maria Knoller«

Hartmann ließ jetzt die Aufzugtüre schließen und der Lift setzte sich in Bewegung. »Wissen Sie, wir möchten etwas erfahren über die Frau Hengersberg und über den vorletzten Sonntag. Vielleicht haben Sie etwas gesehen, was uns bei unserer Arbeit weiterhilft«, erklärte Batthuber.

Sie sah ihn verwundert an. »Ja. Natürlich. Aber wieso denn noch mal. Ich habe doch schon mit dem jungen Polizisten gesprochen. Am Sonntag, als ich von der Kirche zurückgekommen bin.«

Die beiden sahen sich verwundert an. Batthuber fragte, ob der Polizist denn eine Uniform getragen habe, und Frau Knoller bestätigte dies.

»Ja, sehen Sie, wir sind von der Kriminalpolizei und müssen das eben alles noch mal nachfragen, wissen Sie«, log Batthuber und fragte sich, wer schon hier gewesen war. Eigentlich kamen nur die Kollegen aus Augsburg in Betracht.

Frau Knoller war zufrieden und öffnete die Tür zu ihrer Wohnung. Schlicht und übersichtlich eingerichtet. Sehr gepflegt. Hartmann wunderte sich, wie die alten Leute das noch auf die Reihe kriegten. Vor allem wenn er an sein Haus dachte. Aber hier wüteten ja auch keine drei Kinder herum.

»Möchten Sie etwas trinken?«, fragte Frau Knoller. Beide wollten eigentlich nichts trinken. Ihnen war es wichtig, zu erfahren, was sie denn schon einem der Kollegen gesagt hatte. In den Unterlagen gab es darüber nichts. Sie schlugen das Angebot aber nicht aus und ließen sich stumm und entspannt in die schweren gemütlichen Ledersessel gleiten, während ihre Zeugin draußen in der Küche den Kaffee zubereitete. Als sie schließlich mit ? zurückkam, nahm sie den beiden gegenüber auf dem Ledersofa Platz. Die Kissen links und rechts neben ihr waren exakt gescheitelt. An den weißen Wänden hingen Stiche Augsburgs, Zinnteller und ein großes Relief mit Dürers betenden Händen.

»Ja, Frau Knoller, können Sie uns noch mal erzählen, was Sie unserem Kollegen schon mitgeteilt haben?«, fragte Batthuber.

»Sicher. Es ist ja auch gar nichts so Wichtiges gewesen. Aber nachdem er mich schon fragte ...« Die beiden warteten.

»Das letzte Mal, als ich diese nette junge Frau gesehen habe, das war ... am Sonntag davor ... also das Wochenende vor dem, als ihr Kollege da war.«

Sie sah die beiden fragend an. Hartmann nickte ihr lächelnd zu. Er wusste, welchen Sonntag Sie meinte.

»Also da hatte ich Besuch von einer Bekannten. Wir haben hier, wo wir jetzt auch sitzen, Kaffee getrunken und geratscht. Wie es alte Weiber halt so machen.«

Sie lachte herzlich. Die beiden grinsten mit höflicher, wissender Zurückhaltung und hielten sich zurück, mit den Fragen, die ihnen auf den Nägeln brannten.

»Wissen Sie. Als mein Mann gestorben ist ... das war vor sieben ... nein, mein Gott, das ist nun doch schon neun Jahre her ... wie die Zeit rast. Also da bin ich hierher gezogen. Das Haus war damals gerade fertig geworden und die Wohnung hat mir gut gefallen. Ich erreiche von hier zu Fuß ja alles. Das ist schon eine schöne Sache. Und meine Freundinnen, viele sind ja inzwischen schon gestorben, die wohnen auch hier in der Innenstadt. Frieda war an dem Sonntag bei mir. Wir kennen uns schon seit der Schulzeit. Ach, das ist ja nun schon wieder so lange her.« Sie überlegte kurz. »Das können

Sie sich gar nicht vorstellen, wann das war. Da waren Sie noch gar nicht geboren. Ach ...«

Batthuber und Hartmann wurden langsam unruhig. Frau Knoller blickte mit verklärtem Blick auf längst vergangene Jahrzehnte. Bevor sie ihre Jugenderinnerungen herauskramte, fragte Hartmann vorsichtig nach. »Und an dem Sonntag vorletzte Woche, da war ihre Freundin Frieda hier zum Kaffee, und da haben Sie was gesehen?«

Sie brauchte einige Sekunden für die Zeitreise. »Ach ja ... Jaja. Also ich habe da den Tisch abgeräumt. Es war ja schon recht spät geworden. Wissen Sie. Da kommen am Nachmittag auf dem Bayrischen Fernsehen immer die schönen alten Filme. An dem Sonntag ... kam ... einer ... mit? ... Victor de Kowa! Ja. Victor de Kowa. Mein Gott ...«

»Und dann?«, fragte Batthuber, um Oma einigermaßen behutsam zu leiten.

»Ja. Ich bin aus der Küche gekommen, mit dem leeren Tablett und habe das da hinten in die Ecke beim Fenster gestellt und dann meine Blumen am Fensterbrett gegossen. Frieda stand auch dabei.»

Sie deutete auf ihr Fensterbrett. »Sehen Sie die Kamelie dort. Jetzt sind schon so viele Blüten aufgegangen. Die habe ich Frieda gezeigt. Ich habe zu den Fenstern gesehen, die gegenüberliegen. Drunten im Hof war es schon recht duster, wissen Sie. Und am Wochenende, wenn die Geschäfte geschlossen haben, gibt es da ja auch nichts zu sehen.«

Sie blickte die beiden Kriminalbeamten ernst an, bevor sie fortfuhr. »Ich habe mich auf alle Fälle gewundert, als ich gesehen habe, wie jemand da unten im Hof stand und dann da drüben, im Treppenhaus nach oben ging ... ohne Licht zu machen, wissen Sie.«

»Und ... der Mann ... der war vorher unten im Hof ...?«, fragte Batthuber.

»Nein, nicht im Hof. Als ich ihn sah, stand er im Durchgang, der nach hinten, zum Römischen Museum, führt. Vielleicht ist er auch von dahinten gekommen. Das weiß ich nicht. Auf alle Fälle ist er dann zur Frau Hengersberg in die Wohnung hochgegangen.«

Hartmann staunte und sah verblüfft zu Batthuber.

Der hakte umgehend nach. »Wie konnten Sie denn feststellen, dass er zu Frau Hengersberg gegangen ist. Ich meine, von hier oben können Sie doch nur den Innenhof sehen. Der Eingang zum gegenüberliegenden Haus ist von hier oben zwar einsehbar, doch es war schon recht dunkel, wie Sie vorher sagten. Und woher wissen Sie, dass dieser Mann in die Wohnung von Maren Hengersberg gegangen ist, Frau Knoller?«

Batthuber stand auf und ging ans Fenster, blickte prüfend in den Innenhof und hinüber zum Fenster von Maren Hengersbergs Wohnung.

»Junger Mann ...«, hörte er entrüstet in seinem Rücken, »ich bin ja gerade dabei, Ihnen das zu erklären.«

Hartmann lächelte entschuldigend und fragte dann. »Kennen Sie denn diesen Mann. Ist er früher schon mal da gewesen?« So ganz traute er dem, was sie gerade gehört hatten, noch nicht.

»Ich kenne ihn natürlich nicht, sonst hätte ich Ihnen den Namen schon gesagt.«

»Sicher«, sagte Hartmann schuldbewusst und nahm einen Schluck Kaffee.

»Noch mal zur Frage von vorhin, Frau Knoller. Wie haben Sie das alles sehen können?«, fragte Batthuber, der noch immer am Fenster stand und voller Zweifel hinaussah.

»Also. Der Mann ist in das Treppenhaus gegangen und hat kein Licht angemacht. So sehr dunkel war es ja auch noch nicht. Eher so dämmrig. Ich habe ja schon noch gesehen, dass da jemand war, und dass es ein Mann war. Von der Statur her und so, wie er gegangen ist. Es wäre mir auch nicht sonderlich aufgefallen, wenn er nicht, ohne Licht zu machen, das Treppenhaus nach oben gegangen wäre. Ich dachte, dass die Beleuchtung vielleicht defekt wäre. Wenn Sie rübersehen, im zweiten Stock, da sieht man durch das Fenster in das Treppenhaus. Ich habe also beobachten können, wie er die Treppe nach oben gelaufen ist. Ich blieb hier stehen und sah eben so hinüber. Wer geht denn schon zu Fuß und nimmt nicht den Aufzug. Und dann noch im Dunkeln?«

»Und wie konnten Sie erkennen, dass er in die Wohnung von Frau Hengersberg gegangen ist?«

»Nicht dass Sie denken, ich sei so ein neugieriges altes Weib. Ich habe da halt am Fenster gestanden und nach drüben auf die Hauswand gesehen. Dann haben sich in der Wohnung von Fräulein Hengersberg die Schatten bewegt. Und am Schatten habe ich den Mann wieder erkannt.«

»Am Schatten?«, stellte Hartmann fragend fest und hakte die Story ab.

»Aber ja«, lachte Frau Knoller.

»Bei Frau Hengersberg brannte schon Licht. Naja, da sieht man dann schon gut in eine Wohnung hinein. Ich habe gesehen, wie sie durch das Wohnzimmer lief. Und dann kam der Mann in die Wohnung. Ich sah ihn so schemenhaft, diesen eindrucksvollen Kopf. Wissen Sie. Vorne überhaupt gar keine Haare mehr und hinten dafür ganz lange, lockige, die so wegstehen. Wie beim Professor Einstein. Das konnte ich schon unten im Treppenhaus erkennen. Fräulein Hengersberg hat ihre Stoffjalousien innen heruntergelassen, als er hereingekommen war. Auf denen habe ich sie und den Mann so im Schattenriss gesehen. Dann hat sie die inneren Vorhänge vorgezogen. Da habe ich dann nichts mehr erkennen können.«

Sie sah die beiden Polizisten erwartungsvoll an.

Batthuber drehte sich zu ihr um. Er war beeindruckt und strahlte sie an.

Hartmann fragte weiter. »Wie haben sich die Schatten denn bewegt, die Sie da sahen?«

»Wie meinen Sie das ... also ... völlig normal halt. Es war ja nur kurz. Sie hat ja dann die Vorhänge vorgezogen. Da war dann gar nichts mehr zu erkennen und ich bin dann wieder hierher zurück und habe aufgeräumt oder so was Ähnliches gemacht. Das weiß ich jetzt gar nicht mehr.«

»Und die Uhrzeit. Können Sie das eingrenzen?«

»Ich würde sagen, so etwas eine halbe Stunde, nachdem der Film aus war. Moment ...« Sie holte aus einem Beistelltischchen einen Stapel alter Zeitschriften hervor und suchte wohl das alte Programmmagazin.

»Ja«, jubelte sie.

»Mit Victor de Kowa. Der war um sechszehn Uhr vierzig zu Ende. Dann muss das so zwischen fünf und halb sechs gewesen sein.«

»Und das alles haben Sie einem unserer Kollegen schon einmal erzählt?«, wollte Batthuber wissen.

»Ja schon ... oder besser gesagt ... Nein. Nicht so ausführlich. Der Polizist, der letzte Woche da war, hat gefragt, ob ich was gesehen habe. Ich habe ihm erzählt, dass ich mit Frieda Kaffee getrunken habe. Dass ich Fräulein Hengersberg am vorigen Sonntag zum letzten Mal gesehen hätte und dass sie Besuch hatte, am späten Nachmittag. Da hat er sich dann bedankt, irgendwas aufgeschrieben und ist wieder gegangen. Habe ich vielleicht etwas falsch gemacht?«, fragte sie besorgt.

»Nein, Nein«, stießen beide gleichzeitig hervor. Hartmann quälte sich aus dem weichen Sessel, ging zum Fenster, sah hinunter in den Hof und hinüber zu Maren Hengersbergs Wohnung. Es war durchaus vorstellbar, was die alte Dame eben erzählt hatte.

Sie notierten die Beschreibung, die Frau Knoller von diesem unbekannten Besucher geben konnte. Dann verabschiedeten sie sich, bedankten sich für ihre Auskunft und meinten, dass sie sicher nochmals vorbeischauen würden.

»Und jetzt?«, fragte Batthuber Hartmann, als sie unten im Hof angekommen waren.

»Mit der Beschreibung können wir schon was anfangen. Der könnte auch noch anderen aufgefallen sein. Aber mit den Kollegen hier müssen wir schon noch ein ernstes Wort reden. Das gibts doch nicht, dass einer so einen Hinweis bekommt, notiert und wir dann in den Akten nichts davon finden!«

Hartmann konnte nicht weiterreden. Sein Handy vibrierte, unangenehm, in der Hosentasche. Bucher war dran und sagte, dass er gerade auf dem Weg zu Magda Sterr sei. Er wollte wissen, wie es bei ihnen stehe. Hartmann erzählte kurz, dass sie einen Hinweis auf einen Mann hatten, der Maren Hengersberg am späten Sonntagnachmittag besucht hatte, und dass sie diesen Hinweis genauer abklären wollten. Bucher war zufrieden, als er hörte, dass eine halbwegs brauchbare Beschreibung des Mannes vorlag. Er bat Hartmann, ihre neuen Erkenntnisse an Lara Saiter weiterzugeben. Hartmann sagte, dass er sie sofort anrufen werde.

»Wie wäre es mit einem Phantombild?«, fragte Batthuber, als Hartmann das Handy wieder in die Hosentasche schob.

»Phantombild ist ja wohl übertrieben. Nein. Noch nicht. Wir warten erst mal ab, ob wir noch weitere Zeugen auftreiben, die ihn gesehen haben. Das mit den Haaren und dem Einsteintyp ist ja wirklich sehr charakteristisch. Gesichtszüge bekommen wir vielleicht nicht, aber mit dem, was wir haben, lässt sich schon was anfangen.«

Sie gingen zu ihrem Auto. Batthuber fragte. »Du, Alex ... noch eine Frage ... wer bitte ist Victor de Kowa?«

Lara Saiter parkte im Halteverbot, direkt vor dem Eingang. Sie hatte keine Lust, lange einen Parkplatz zu suchen, wollte auch nicht unpünktlich sein. Sie hob den Blick und sah an den blanken Glasscheiben nach oben. Eiskalt und langweilig, dachte sie und meinte damit sowohl das Wetter als auch die Architektur. Dabei konnte man mit Glas und Stahl ja wirklich tolle Dinge schaffen. Im Foyer, am Empfang, saßen ein Mann und eine Frau. Er grinste sie an, als sie auf den Tresen zulief. Zwei Zahnreihen blinkten ihr entgegen. Zugegeben perfekt. Sein schmalziges »Na, junge Frau. Was darf ich denn für Sie tun?« in Verbindung mit dem zwinkernden Auge empfand sie als anmaßend.

Sie entgegnete kühl, »Nichts, was Sie überfordern dürfte«, und legte ihren Dienstausweis auf den Tresen, »Verständigen Sie bitte Frau Austen. Ich habe einen Termin mit ihr.«

Sie hasste diese Art Anmache. Nachdem das Grinsen aus seinem Gesicht gewichen war, telefonierte er. Lara Saiter wartete in der Halle auf Sybille Austen, die sie kurz darauf abholte. Auf dem Weg zum Lift sagte Lara Saiter laut, ohne den Blick zu wenden. »Nette Empfangsdamen haben Sie hier, wirklich«. Sybille Austen nickte nur beiläufig. Für sie war der Satz ja auch nicht bestimmt. Sie fuhren ganz nach oben in den sechsten Stock. Dort hatte Sybille Austen ein sehr geräumiges Büro. Da die gesamte Außenwand aus einer einzigen Glasfläche bestand, nur von einigen Stahlstreben unterbrochen, hatte man einen herrlichen Blick auf die Stadt. Während Sybille Austen Kaffee bestellte, sah Lara Saiter auf die Dächer und Türme von Augsburg. Sie dachte, dass es hier ruhiger wäre als in München. Mit Sicherheit war es hier einfacher und auch günstiger, eine ansprechende Wohnung zu finden. Sie wollte sich das mal in Ruhe durch den Kopf gehen lassen. Sybille Austen fragte sie, ob ihr der Blick gefalle, was sie nur mit einem stummen Nicken beantwortete. Sie setzten sich in die bequeme Besprechungsecke und sahen sich eine Weile wortlos an.

»Sie sind die Pressesprecherin hier?«, begann Lara Saiter schließlich und nahm einen Schluck Kaffee, der stark und würzig schmeckte. Ihre Zunge glitt mehrmals noch am

Gaumen entlang, um die noch verbliebenen Aromen zu fangen.

»Ja. Aber denken Sie bitte nicht, meine Aufgabe bestünde darin, ständig mit irgendwelchen Presseleuten zu reden und Interviews zu geben. Im Grunde genommen ist es zu großen Teilen eine sehr statische Tätigkeit.«

Lara Saiter zog ihre Stirn in Falten.

»Ja ... Sie brauchen gar nicht so zu schauen. Der Job ist in Wirklichkeit sehr trocken. Wir designen hier Auswertungen von Statistiken, bereiten Meetings vor, organisieren das Umfeld für Vertragsverhandlungen. Zwar sind wir nur ein mittelständisches Unternehmen, aber weltweit tätig, haben viele Kunden in Asien. Interkulturelle Kommunikation, mein Spezialgebiet, ist eines unserer wichtigsten Themengebiete. Ich lese wahnsinnig viel.«

Sie deutete auf Stapel aus Zeitungen und Magazinen, die den Boden um den Schreibtisch füllten. »Tja. Und dann bereiten wir natürlich alle Presseerklärungen und Pressekonferenzen vor.«

»Was wird hier eigentlich genau gefertigt?«, fragte Lara Saiter.

»Roboter ... Industrieroboter für Fertigungsstraßen ... überwiegend für die Produktion von Fahrzeugen ...«

Es entstand wieder eine Pause. Lara Saiter sah keine Veranlassung, auf die Schnelle einen Fragekatalog abzuarbeiten. Sie ließ sich Zeit.

»Und Sie!? Sind Kommissarin ... oh Entschuldigung, Kriminalhauptkommissarin, wie ich auf Ihrer Visitenkarte lese.«

Lara Saiter lachte. »Ja. Aber denken Sie jetzt bitte nicht, ich arbeite so, wie man es im Tatort sieht. Bei uns ist vieles sehr trocken, Routinearbeit, die ziemlich langweilig sein kann.«

»Aber doch sehr aufregend und spannend. So stelle ich mir das aber schon vor«, fiel Sybille Austen ein.

»Ja. Das schon. Es ist schon sehr abwechslungsreich. Aber weit von der Fernsehwirklichkeit entfernt.«

»Und ... er macht Ihnen Spaß ... Ihr Beruf?«, fragte Sybille Austen.

»Sehr«, antwortete Lara Saiter. Das Leuchten in ihren Augen bestätigte es. Beide Frauen waren einander sympathisch. Es war ein bedächtiges Gespräch.

»Wie geht es Ihnen ... nach Ihren schlimmen Erlebnissen am letzten Wochenende?«, fragte Lara Saiter.

Sybille Austen überlegte eine Weile. Die Antwort bestand zunächst aus einem gedehnten, fast gestöhnten Ausatmen. »Ich weiß gar nicht, was ich darauf antworten soll. Darüber bin ich mir selbst noch nicht im Klaren. Vor mir tauchen immer diese schrecklichen Bilder von Maren auf. Wie sie da am Boden liegt ...«

Sie schüttelte den Kopf. Ihre dichten dunkelblonden Haare schwappten wie leichter Wellengang hin und her. Lara Saiter sah sie an und beneidete sie darum. Überhaupt war Sybille Austen eine sehr attraktive Frau. Hätten ihre Haare auch so schwingen können, wäre sie letzte Woche nicht zum Friseur gegangen.

»Mhm. Wie gehen Sie damit um ... können Sie mit jemandem darüber reden?«, fragte Lara Saiter.

»Das ist das erste Mal, dass ich mit jemandem darüber rede ... aber, wie gehen Sie denn mit den schrecklichen Bildern um, die Sie zu sehen bekommen?«

Lara Saiter musste überlegen. »Ich hatte bisher keine Probleme damit. Daher habe ich mir noch keine Gedanken darüber gemacht, wie ich mit dem, was ich erlebe, zurechtkomme. Ich denke, ich komme damit zurecht.«

Es war gelogen. Sie wollte ihr nicht erzählen, von der Zeit, in der sie über Wochen nicht mehr richtig schlafen konnte. Aus Angst vor den Träumen, in welchen sie von all den Menschen besucht wurde, die sie loswerden wollte, den Zugerichteten, Unlebenden, den Schergen. Sie sagte nichts von ihrer Essstörung, die sie nach Jahren leidlich überwunden hatte, und den unzähligen Sitzungen bei einer Therapeutin. Es hatte sie viel Geld gekostet, denn sie bezahlte es aus eigener Tasche. Auf keinen Fall sollte doch die dienstliche Beihilfe erfahren, dass sie sich therapieren ließ. Wer konnte schon wissen ...?

Sybille Austen musste das nicht erfahren. Niemand. Es ging

nur sie etwas an. Seit gut einem Jahr ging es ihr besser. Vieles hatte sie umgestellt, seither. Sie war klarer im Umgang mit Menschen geworden, zwang sich regelmäßiger zu essen, vermied es, ihren Bekannten- und Freundeskreis überwiegend aus dem Kollegenkreis zusammenzusetzen, und nahm sich mehr Zeit für sich selbst. Nur ab und zu eine Zigarette rauchen, das behielt sie bei. Es war so herrlich unmodern.

»Erzählen Sie mir doch von Maren Hengersberg. Was war sie für ein Mensch ... wie lebte sie, mit welchen Menschen hatte sie zu tun?«, sagte sie zu Sybille Austen, die sich in der Ecke des Ledersofas entspannt zurückgelehnt hatte. Sie hielt ihre Kaffeetasse zwischen den Händen, als wollte sie sie wärmen, und sah durch ihren Gast hindurch, als sie von sich und Maren Hengersberg zu erzählen begann:

»Wir kennen ... Mhm ... kannten uns schon seit dem Studium. Haben sogar mal für ein Jahr zusammen in einer WG gewohnt. Tja ... wie war das mit uns? Nach dem Studium sind wir für ein paar Jahre in eher lockerem Kontakt geblieben. Ich war für vier Jahre im Ausland tätig. Maren ist nach dem Studium auch für ein gutes Jahr im Ausland gewesen. In Südfrankreich, Montpellier. Ich war einmal dort, zusammen mit Heike Korber, einer anderen Freundin, und habe sie besucht. Das war total schön. Ich habe dann, nachdem ich längere Zeit im Ausland war, wieder was in Deutschland gesucht und wollte auch hierher zurück, in die Münchner Gegend.«

»Sie stammen von hier?«, fragte Lara Saiter.

»Ja. Ich bin in Kaufbeuren aufgewachsen. Habe dann in Augsburg und München studiert. Wenn ich es recht bedenke, hatte ich riesiges Glück. Die Stelle hier war ausgeschrieben, ich habe mich beworben und den Job bekommen. Vorher hatte ich in London in der Pressestelle der Deutschen Bank gearbeitet und daher genügend Erfahrung. Wir waren hier sehr oft zusammen ... das heißt Maren, Heike und ich. In der letzten Zeit war Heike Korber etwas seltener mit uns weg ... sie heiratet in ein paar Wochen ...«

Lara Saiter lächelte und meinte, »Da fehlte dann natürlich die Zeit, ja ...«

»Das auch. Der andere Grund, weswegen wir uns nicht mehr so oft getroffen haben, ist Heikes Freund. Sagen wir so ... er war uns beiden, Maren und mir, nicht sonderlich sympathisch. Es gab da keinen Streit, nicht dass Sie das falsch verstehen. Nein ... wir waren nur nicht auf der gleichen Wellenlänge mit Sven. Aber das ist ein anderes Thema. Maren und ich sind eigentlich viel miteinander unterwegs gewesen. Theater, Konzerte ... wir haben Städtereisen sehr gemocht. Wir haben uns gut verstanden und es war sehr schön, mit ihr zusammen zu sein.«

Sybille Austen stand auf, um sich aus einem Schrank ein Päckchen Papiertaschentücher zu holen. Ihr liefen während der letzten Sätze Tränen über die Wangen.

»Frau Austen, wie sah Marens Tagesablauf aus? Mit welchen Leuten hatte sie zu tun?«, fragte Lara Saiter.

Sybille Austen setzte sich wieder und sagte. »Eine Frage noch, Frau Saiter. Wurde Maren ... ist sie ... hat man sie vergewaltigt?«

»Nein. Bisher haben wir dafür keinerlei Erkenntnisse. Wir gehen auch nicht von einem Sexualverbrechen aus. Es spricht, jedenfalls bisher, nichts dafür. Wir versuchen derzeit zu erfahren und zu verstehen, wer Maren Hengersberg war und aus welchem Bereich ihres Lebens der Täter gekommen sein könnte.«

Sybille Austen setzte sich wieder. »Das ist alle irgendwie seltsam. Ja ... wer war Maren? Für mich eine gute, gute Freundin und ich denke, anderen gegenüber ein netter, höflicher Mensch. Sicher, sie war auch ehrgeizig. Ihr Beruf hatte hohe Priorität. Sie hat wahnsinnig viel im Verlag gearbeitet und war seit einigen Monaten für das gesamte Programm zustandig.«

»Gab es da irgendwelche Schwierigkeiten?«, fragte Lara Saiter.

»Ich meine, wenn eine junge Frau in wenigen Jahren in so einem Verlag mehr oder weniger die Führung übernimmt ...«

»Nein. Überhaupt nicht. Da gab es gar keine Probleme. Im Gegenteil. Noch vor einigen Jahren befand sich dieser Verlag ja kurz vor der Schließung. Er gehört zu einer recht großen Verlagsgruppe, wissen Sie. Die schauen zuerst auf die Zahlen. Maren hat das Programm völlig verändert. Qualitativ hochwertige Produktionen gemacht, also teuere Druckverfahren, neue Autoren. Dafür hat sie ... ja ... Massenware aus dem Programm genommen. Das hat zu großem wirtschaftlichem Erfolg geführt und der Enia-Verlag steht heute für qualitativ hochwertige Publikationen.«

»Um welche Publikationen handelt es sich dabei. Bücher, Bildbände?«

»Ein gemischtes Programm. Fotobände, populärwissenschaftliche Werke zu christlichen Themen, sozialethische Sachen. Viel über Randgruppen. Daneben hat sich der Verlag auch einen Namen als Veranstalter von Symposien und Diskussionsrunden gemacht. Das Fernsehen war einige Male hier. Also Maren hat da wirklich etwas bewegt. Die Leute im Verlag konnten froh sein, dass sie sie hatten. Und das waren die auch, soweit ich das beurteilen kann.«

»Hatte sie im Privatleben auch Kontakt zu ihren Kollegen vom Verlag, oder gab es da für sie eine Trennung.«

»Es gab eine sehr klare Trennung. Maren hatte zu niemandem aus dem Verlag eine Verbindung, die über das Berufliche hinausreichte.«

Sybille Austen überlegte.

»Wenn ich so darüber nachdenke ... das ist eigentlich schon eigentümlich ... Mhm.«

»Wie sah ihr Privatleben denn aus ... ich meine damit ihren Tagesablauf ... der Alltag? Welche Menschen spielten da eine Rolle?«

»Natürlich war ich ein Bestandteil ihres Privatlebens. Wie ich schon sagte, wir machten sehr viel zusammen. Daneben war sie noch in ihrer Kirchengemeinde engagiert. Sie hatte da einen Frauentisch gegründet. Die haben sich jede Woche getroffen. Im Gemeindezentrum von St. Blasius. Das liegt nur ein paar Meter von Marens Wohnung entfernt. Da hat sie sehr viel Freizeit investiert. Das war allerdings nichts für mich.«

»War sie religiös?«, fragte Lara Saiter.

»Auf ihre eigene Weise schon. Sie hatte schon ihre Schwierigkeiten mit ihrer Kirche, also der Institution. Wissen Sie. Ich bin eigentlich evangelisch ...«

»Was heißt eigentlich?«, fragte Lara Saiter und zwinkerte mit den Augen. Sybille Austen lachte.

»Na ja, ich zahle meine Kirchensteuern und so ... Sie wissen, wie das ist.«

»Ja, schon«, lachte Lara Saiter.

Sybille Austen erzählte weiter. »Wissen Sie, ich meine das eigentlich anders. Ich glaube, Maren wäre sehr gerne Pastorin geworden. Den Eindruck hatte ich zumindest. Aber das ist ja nicht möglich in der katholischen Kirche. Sie hat dann andere Wege gesucht, in dem Bereich zu arbeiten. Zum einen natürlich in ihrem Beruf. Dann hat sie diesen Frauentisch gegründet und da wurde das Thema schon sehr intensiv behandelt. Welche Rolle die Frau in der katholischen Kirche hat und vor allem haben soll. Soweit ich weiß, gab es da zeitweise ziemlich Zoff ... einige wollten wohl nicht weiter die Räumlichkeiten des Gemeindezentrums für die Gruppe zur Verfügung stellen. Genaues weiß ich aber nicht. Maren hat mir nur mal am Rande von solchen Problemen erzählt. Mit den Leuten aus der Gemeinde hatte sie sicher Kontakt. Aber das war irgendwie auch fast schon beruflich, wenn ich das jetzt so betrachte. Im Grunde waren Heike und ich der enge Freundeskreis ... ja ... schon. Es gab dann noch zwei Freundinnen aus Frankreich. Wir trafen uns aber nur zwei, dreimal im Jahr. In diesem Jahr nur einmal.«

»Und Männer?«, fragte Lara Saiter.

Sybille Austen zuckte die Schulter. »Seit das mit Frank, also Frank Wellberg, zu Ende war ... nichts. Zumindest weiß ich darüber dann nichts.«

»Wissen Sie, aus welchem Grund die Beziehung mit Frank Wellberg auseinander ging? Soweit ich weiß, waren die beiden ja doch einige Jahre zusammen.«

Sybille Austen schüttelte den Kopf.

»Das war eine ganz seltsame Beziehung zwischen den beiden. Frank ... der war unvorstellbar ehrgeizig. Fast krankhaft. Er ist Neurobiologe und will wohl mal den Nobelpreis«, sie lachte. »Für mich ist er ein Verrückter, aber das muss man wohl sein, wenn man ganz nach oben will. Weshalb das mit den beiden letztendlich auseinander ging, weiß ich nicht. Maren hat da nie mit mir darüber gesprochen. Irgendwann habe ich mal nachgefragt, was denn mit Frank sei, weil ich eine Zeit lang nichts mehr von ihm gehört hatte. Maren erzählte auch nichts mehr von ihm. Sie hat mir nur kurz und knapp geantwortet, dass da nichts mehr sei. Ich war ziemlich überrascht. Die Art, wie sie mir das sagte, war sehr ... sagen wir ... energisch. Ich habe deshalb nicht weiter nachgefragt. Das war vor ... ja im vorletzten Sommer etwa. Ein gutes Jahr nun. Ich dachte mir, wenn sie darüber reden wollte, würde sie es schon tun.«

»Was dachten Sie, dass der Grund gewesen sein könnte?«

»Sie hat es mir nie gesagt. Ich kann mir das zwar überhaupt nicht vorstellen, aber ich denke, er hat sie betrogen. Ich kann mir das zwar überhaupt nicht vorstellen, denn das Einzige, wozu Frank fähig ist, ist meiner Meinung nach das Pipettieren irgendwelcher Nukleinsäuren ...«

Die beiden mussten lachen. »Sie haben wirklich nie mit Maren darüber gesprochen, was die Beziehung zu Frank Wellberg ... ja ... beendet hat. Der Grund dafür ...?«, fragte Lara Saiter nach und tat sich schwer, ihre Überraschung zurückzunehmen.

Sybille Austen sah sie ruhig an. »Ich weiß ... es ist schwierig, zu erklären. Wir waren schließlich sehr eng miteinander befreundet. Aber dieses Thema ... wir haben schon darüber gesprochen. Aber ich ... und auch Heike ... also wir hatten den Eindruck, dass Maren etwas mehr Zeit braucht, um darüber zu reden. Es war sehr schwierig. Eines steht aber fest. Was immer Frank Wellberg gemacht haben kann ... es hat Maren getroffen ... sehr getroffen.«

Lara Saiter machte sich einige Notizen und fragte weiter. »Und welche Rolle nahm die Familie im Leben von Maren ein?«

»Uuhh. Schwieriges Thema. Ihre Eltern sind ja getrennt. Maren hat noch einen Bruder, der in Südafrika lebt. Ich habe den nur ein einziges Mal getroffen, als er zu Besuch hier war.

Und auch nur kurz. Er ist ein völlig anderer Mensch als Maren. Die beiden waren grundverschieden und die große Geschwisterliebe bestand zwischen beiden ganz sicher nicht. Maren hatte einen sehr engen und guten Kontakt zu ihrem Vater. Aber es gab da etwas, zu der Zeit, in der die Beziehung mit Frank beendet war ... ab da hatte Maren ein irgendwie ... ja ... vielleicht könnte man sagen ... abgekühltes Verhältnis zu ihrem Vater. Zu ihrer Mutter hatte sie ja sowieso ein sehr problematisches Verhältnis. Das wurde daraufhin nicht besser, eher schlechter. So habe ich es jedenfalls empfunden. Wissen Sie, nicht aus Gesprächen, sondern einfach anhand von ein paar beiläufigen Worten. Die Art der Betonung. Ich denke, Sie verstehen, was ich meine?«

Lara Saiter hatte aufmerksam zugehört und signalisierte, dass sie verstanden hatte.

»Maren sprach zum Beispiel viel seltener von ihr. Sie trafen sich auch nicht mehr so oft. Im Frühjahr, da haben wir uns dann mal bei mir getroffen, zum Essen halt. Heike war dabei, Maren und ihre Mutter. Es war ein recht unterhaltsamer Abend, doch. Aber es bestand so eine merkwürdige Distanz zwischen Maren und ihrer Mutter ... aber vielleicht bilde ich mir das alles auch nur ein.«

Sybille Austen sprach den letzten Satz eher nachdenklich, zu sich selbst, bevor sie weitersprach.

»Es ist sehr schwierig, diese Dinge zu beurteilen oder zu bewerten, zumal wenn ein solches Verbrechen geschehen ist. Wissen Sie, ich möchte Dinge jetzt nicht überbewerten, aber wenn ich recht überlege, hat sich Maren seit der Trennung von Frank schon sehr verändert. Und in den letzten Wochen ... ich war da beruflich viel unterwegs ... im Ausland ... da haben wir uns nicht so oft getroffen. Nur ab und zu mal telefoniert. Irgendwie kam sie mir zurückgezogener vor. Ich habe sie sogar mal gefragt, was mit ihr los sei. Sie sagte, dass sie der Job ziemlich in Anspruch nähme. Ich hielt das allerdings für eine Ausrede. Andererseits habe ich dem keine größere Bedeutung beigemessen. Es ist doch völlig normal. Jeder kennt doch diese Phasen, in denen es einem nicht so gut geht, und das kann man einfach nicht verbergen, oder?«

Lara Saiter nickte ihr zu. Sie dachte über das nach, was sie bisher gehört hatte. Es waren keine außergewöhnlichen Erkenntnisse, die sie gewonnen hatte. Sie fragte nochmals konkret nach:

»Maren hat Ihnen gegenüber von keinen Problemen, Auseinandersetzungen oder Ähnlichem erzählt, Frau Austen?«

»Nein ... ich habe wirklich keine Erklärung. Im Grund genommen bin ich etwas enttäuscht.«

Lara Saiter fragte nach. »Worüber?«

»Darüber, dass ich im Grunde genommen nur sehr wenig von den persönlichen Dingen in Marens Leben weiß. Oder darüber, dass sie mich davon nicht viel wissen ließ. Ich finde das schade.«

In Lara Saiters Jackentasche surrte das Handy und unterbrach das Gespräch. Hartmann war dran. Er berichtete von ihren Ergebnissen und gab die Beschreibung des Mannes durch, wie er von der Zeugin beschrieben worden war. Sie hielt sich kurz und drückte die Verbindung weg.

»Das waren gerade Kollegen von mir. Eine Frau im Haus von Maren hat am Sonntag voriger Woche einen Mann beobachtet, der Maren besucht hat.«

Lara Saiter beschrieb ihn, wie Hartmann ihr das mitgeteilt hatte, und fragte, ob die Beschreibung auf jemanden zutreffen könnte, der ihr bekannt war.

»Nein. Da fällt mir niemand ein. Etwa einsachtzig groß, nicht dick, vorne keine Haare mehr und hinten langes dichtes lockiges Haar. Einstein-Typ? Nein. Absolut nicht. Das ist ja auch eine Beschreibung, die sehr charakteristisch ist ... gerade das mit den Haaren. Nein. Tut mir Leid.«

Lara Saiter durchlief ihre virtuelle Checkliste und machte weiter. »Marens Vater lebt doch im Ausland, oder? In den Staaten, soweit wir gehört haben.«

»Ja. Das stimmt. Sie hatte ein sehr gutes Verhältnis zu ihm. Die beiden haben oft miteinander telefoniert. Sie war ja auch nach ihrem Frankreichaufenthalt für über ein Jahr bei ihm. In Boston war das. Es hat ihr sehr gut gefallen. Ja. Sie mochte ihn sehr.«

»Mehr als ihre Mutter?«

Sybille Austen dachte einen Augenblick nach.

»Vielleicht ... Mhm ... das kann ich nicht beurteilen ... Nein ... Nein, das würde ich nicht so sagen. Es war einfach ein anderes Verhältnis zwischen ihr und ihrem Vater. Irgendwie auf einer anderen Ebene. Er ist auch ein sehr ehrgeiziger und erfolgreicher Mensch. Sie waren sich hier sehr nahe, oder ähnlich.«

Lara Saiter war der Meinung, dass es an der Zeit war, auf das letzte Wochenende zu kommen.

»Wie war das am letzten Samstag, Frau Austen? Können Sie mir das nochmals erzählen?«

»Tja. Schrecklich auf alle Fälle. Am Freitagabend hatte ich mehrmals versucht Maren zu erreichen. Aber sie ging nicht ans Telefon ... nicht an das in der Wohnung und auch nicht ans Handy. Der Anrufbeantworter war ausgeschalten. Ich hatte es mehrfach versucht. Am Samstagvormittag versuchte ich es wieder. Wir hatten ausgemacht, uns zu treffen, wenn sie von dieser Fortbildung zurück wäre. Ich dachte dann, es sei ihr irgendwas dazwischengekommen. Wer denkt denn an so was!? Dann ... Samstag, es war am frühen Abend, rief ihre Mutter bei mir an. Sie hat meine Telefonnummer und wusste ja, dass ich einen Schlüssel für Marens Wohnung habe. Sie sagte mir, dass sie schon seit gestern mehrfach versucht hatte, Maren zu erreichen. Gut. Wir vereinbarten, dass ich mal rüberfahre und nachsehe ... ich bin dann los ... und ... Sie wissen ja, was ich vorgefunden habe. Ich habe erst geklingelt und als sich nichts rührte, bin ich in die Wohnung rein.«

Lara Saiter nickte. »War die Tür verschlossen? Ich meine, war das Schloss gesperrt?«

Sybille Austen musste nachdenken. Dann sagte sie plötzlich überrascht. »Nein ... war sie nicht. Genau! Ich hatte mich ja noch gefreut, als ich merkte, dass ich nicht sperren musste. Ich dachte in diesem Augenblick, dass Maren inzwischen doch da sei ... vielleicht im Bad, oder so. Als ich dann in das Wohnzimmer kam, sah ich sie da liegen. Erst dachte ich ... ja ... ich war verwirrt und aufgeregt. Jedenfalls bin ich raus in den Gang gerannt und habe die Polizei angerufen.«

Ihre Stimme wurde während der letzten Sätze brüchig. Lara Saiter holte ein paar Fotos aus ihrer Handtasche. Mandarina Duck, erkannte Sybille Austen, und wunderte sich über ihre Gedankengänge.

»Frau Austen, ich habe hier ein paar Fotos von der Wohnung. Sie kannten die Wohnung ja besser als irgendwer anders. Schauen Sie sich bitte mal diese Fotos an. Vielleicht fällt Ihnen etwas auf, was unter Umständen verändert worden sein könnte.«

Lara Saiter reichte die Abzüge und Sybille Austen sah die Aufnahmen lange und genau an. Nach einer Weile blickte sie auf und sagte:

»Tut mir Leid. Ich kann da gar nichts erkennen, was vielleicht anders wäre.«

Lara Saiter bedankte sich für das Gespräch und den Kaffee. Dann stand sie auf. Zumindest hatten Hartmann und Batthuber schon etwas herausgefunden. Ein Mann, dessen Beschreibung vorlag, hatte Maren Hengersberg am vermutlichen Tattag aufgesucht. Und! Die Beschreibung war passabel. Unter Einstein konnte man sich wenigstens etwas vorstellen. Wenigsten nicht so ein Allerweltstyp, dachte sie sich, als sie von Sybille Austen nach unten begleitet wurde und dem Typen am Empfangsschalter im Vorübergehen einen kühlen Blick zuwarf.

»Vielleicht melde ich mich nochmals bei Ihnen, Frau Austen. Kann sein, dass wir Ihre Hilfe nochmals in Anspruch nehmen müssen«, sagte sie.

»Aber gerne. Ich hatte mir Vernehmungen der Kripo übrigens ganz anders ... irgendwie schlimmer ... vorgestellt.«

Lara Saiter lachte. »Ich habe Sie auch nicht vernommen, Frau Austen. Vernehmungen verlaufen wirklich anders ... glauben Sie mir. Wir beiden hatten ganz einfach ein Gespräch. Auf Wiedersehen.«

Sie gaben sich die Hand und trennten sich.

Hartmann und Batthuber taten sich schwer, den direkten Weg aus der Augsburger Altstadt zum Enia-Verlag zu finden, der sich im Norden der Stadt befand. In einem dieser seelenlosen Gewerbegebiete mit einfallsloser Containerarchitektur. Gerade Flächen, Aluminium, Glas, Stahl. Moderne Legebatterien des Bruttosozialprodukts. Batthuber fuhr, wurde jedoch von Einbahnstraßen und Umleitungen in seinem Bestreben gehindert, der kürzesten Wegstrecke zu folgen. Schließlich war er so oft abgebogen und hatte so häufig wenden müssen, dass er überhaupt nicht mehr wusste, wo er sich befand. Hartmann verfolgte die Bemühungen ohne jeglichen Kommentar und sah sich als Beifahrer nicht in der Pflicht. Als sie das dritte Mal am Stadttheater und der mächtigen Skulptur Ostern vorbeifuhren, diesmal wieder aus einer anderen Richtung kommend, fragte er, ob die Stadtrundfahrt kostenlos sei, und grinste ein gehässiges Kollegengrinsen. Batthuber antwortete nicht. Er folgte nun den Schildern in Richtung Autobahn und landete nach langem Umweg an der Auffahrt zur Autobahn in Richtung München. Von hier aus kannte er den Weg und fuhr ohne weitere Komplikationen bis vor das gläserne Verlagsgebäude.

Die Verlagsleitung hatte nach dem Tod von Maren Hengersberg ein gewisser Freding übernommen, der die beiden in der Halle begrüßte. Er schien nervös zu sein, als sie ihm erklärten, dass sie nochmals das Büro von Maren Hengersberg durchsehen wollten. Batthuber verlangte, dass der Systemverwalter des Verlages kommen möge. Sie brauchten Zugriff auf die Mails, die Maren Hengersberg geschrieben und erhalten hatte. Freding kümmerte sich darum. Batthuber und Hartmann teilten die Arbeit auf. Sie gingen von Büro zu Büro und befragten die Angestellten. Die übliche Arbeit mit den üblichen Fragen. Wer kannte Maren Hengersberg näher und hatte Kontakt zu ihr, über die Arbeit hinaus? Wie war Maren Hengersberg? Als Vorgesetzte. Privat? Gab es Gerüchte, Konflikte, Streit? Wer hatte sie wann zuletzt gesehen. Batthuber erfuhr im Büro des Lektorats von einer jungen Sekretärin etwas Interessantes. Sie berichtete, nicht ohne eine gewisse Aufregung, dass sie am vorletzten Sonntag noch bei Maren Hengersberg gewesen war und ihr den Vordruck eines Buches vorbeigebracht hatte. Es war erst am Freitagabend aus der Druckerei gekommen. Ein kleines Geschenkbuch, das von Maren Hengersberg noch überprüft und abgenommen werden musste. Die Sekretärin erklärte Batthuber, dass Frau Hengersberg jedes Produkt persönlich abnahm und die Produktion erst begann, wenn sie ihr Okay gab. Batthuber notierte, dass die Sekretärin am Sonntag gegen vierzehn Uhr bei Maren Hengersberg gewesen war. Ihr war nichts Besonderes aufgefallen. Am Abend dann, etwa viertel vor sieben, habe Maren Hengersberg bei ihr zurückgerufen und mitgeteilt, dass das Buch wegen einiger Änderungen, die noch notwendig waren, nicht in die Produktion sollte. Batthuber notierte alles. Er war gerade fertig, als ein junger Mann in Jeans und T-Shirt erschien. Er trug eine Baseballmütze, darauf ein großer gelbschwarzer Pinguin. Es war der Systemverwalter des Verlages und machte keinen besonders kooperativen Eindruck auf Batthuber. Hartmann war inzwischen auch fertig geworden und kam im gleichen Augenblick wie der Pinguinmann. Der erklärte Batthuber, nachdem er sich kurz vorgestellt hatte, dass er der Polizei keinen Zugang zum Mailpostfach von Maren Hengersberg geben wolle. Er bräuchte dafür eine gerichtliche Anordnung.

Batthuber und Hartmann nahmen ihn eng zwischen sich. Batthuber erklärte ihm in gefährlich freundschaftlichem Ton, dass er innerhalb kürzester Zeit einen Beschluss der Staatsanwaltschaft vorliegen habe. Allerdings wäre es ihnen dann möglich, die Server einfach mitzunehmen. Die beiden machten einen sehr entschlossenen Eindruck. Der Pinguin überlegte. Freding stand hinter den dreien und beobachtete die kleine Konfrontation. Er wollte keine Schwierigkeiten und forderte seinen Computerfreak auf, den beiden Beamten die Mails von Maren Hengersberg zugänglich zu machen. Batthuber sah den Computermenschen zufrieden an und ging mit Hartmann zu Maren Hengersbergs Büro. Er entfernte das Siegel von der Türe und sie betraten den nüchternen Raum. Es war das einzige Büro, welches nicht von außen einsehbar war. Alle anderen Büros hatten gläserne Wände. Jeder sah jeden. Niemand konnte sich verstecken. Kein Schutz, keine Nische. Nichts. Hartmann empfand eine solche

Arbeitsumgebung als totalitär und war froh um den 60er-Jahrebau, in welchem sie ihre Büros hatten. Guter alter Beton. Sichtbar.

Batthuber setzte sich an den Schreibtisch von Maren Hengersberg. Der Pinguin startete den PC und loggte sich ein. Die Mails von Maren Hengersberg und der gesamte Schriftverkehr standen jetzt zur Verfügung. Freding und sein Pinguin verließen sogar das Büro. Hartmann schaute die Regale durch und knurrte, dass es Batthuber hoffentlich klar sei, dass sie für die Durchsicht des Schriftverkehrs nicht die geringste Rechtsgrundlage hätten und dies eigentlich der Staatsanwaltschaft vorbehalten war. Bei Gelegenheit solle er sich mal das dicke alte Buch in seinem Büro durchsehen, auf dem StPO stand. Sein junger Kollege zuckte die Schultern und meinte nur, dass er ja nur mal grob drübersehen wolle.

Die grobe Sichtung beanspruchte mehr als eine Stunde. Hartmann hatte derweil das Büro vollständig auf den Kopf gestellt. Als sie mit ihrer Suche fertig waren, suchten sie Freding auf, um ihm noch ein paar Fragen über Maren Hengersberg zu stellen und ihn in Kenntnis zu setzen, dass das Büro nun wieder zur freien Verfügung stand. Fredings Frage, ob ihre Suche denn erfolgreich gewesen sei, ließen sie unbeantwortet. Er schien enttäuscht. Überhaupt war seine Vorstellung von Kriminalbeamten eine völlig andere. Er vermisste bei den beiden Korrektheit, fragte sich aber nicht, was unkorrekt sei. Eigentlich war es die Kleidung der beiden, die ihm missfiel. Der junge, so leger in Jeans, Lederjacke und dann dieser ältere Polizist in dieser unmöglichen Farbkombination. Während seiner Gedanken über die beiden Polizisten vor ihm hörte er sich reden, die Fragen über Maren Hengersberg beantworten. Wie nebenbei hörte er sich plappern, als stünde er neben sich.

Ja, sie war sehr ehrgeizig. Sicher, auch erfolgreich. Natürlich, sie verbrachte viel Zeit hier im Verlag. Nein, Schwierigkeiten oder Konflikte gab es keine. Das Betriebsklima? Bitte. Das ist hier ein christlich orientierter Verlag. Das Betriebsklima ist gut, brüderlich. Er lachte. Sagte dann, geschwisterlich. Lachte wieder.

Die beiden wussten mit seinem Humor nichts anzufangen, sahen ihn bitterernst an. Hintergründig, wie er meinte. Was dachten sie gerade? Was hielten sie von ihm? Er wurde unsicher und flüchtete ins Erzählen. Es wurde Geplapper.

Ja. Maren Hengersberg hatte es in wenigen Jahren geschafft, aus dem Verlagsmauerblümchen Enia einen anerkannten Fachverlag zu machen, der wirtschaftlich und auch inhaltlich erfolgreich war. Inhaltlich sprach er aus, als sei er verwundert darüber. Der Erfolg war auch an der Spitze der Verlagsgruppe nicht unbemerkt geblieben. Sicher hatte Maren Hengersberg eine glänzende Karriere vor sich. Das Verhältnis zwischen ihr und den Mitarbeitern war korrekt.

Batthuber und Hartmann sahen sich an. Beiden war dieses Wort aufgefallen. Korrekt! Er hatte korrekt gesagt. Nicht mehr, aber auch nicht weniger. Und, nein, er hatte keinerlei privaten Kontakte zu Maren Hengersberg. Und andere Mitarbeiter, soweit er das beurteilen könne, auch nicht. Hartmann fragte ihn, ob sich Maren Hengersberg ihm gegenüber auch korrekt verhalten hätte. Freding wunderte sich, wie einfach und zügig ihm das Ja über die Lippen gekommen war. Batthubers Frage, ob es denn nicht schwierig für ihn gewesen sei, in Konkurrenz zu einer so engagierten jungen Frau zu stehen, die ja durch ihre Arbeit den Verlag nach oben gebracht habe, verneinte er. Er schaute sich den gelangweilten Gesichtsausdruck der beiden an und bemühte sich, ebenfalls locker zu bleiben.

Was bildete sich dieser junge Schnösel ein, ihm eine solche Frage zu stellen!? Freding war empört. Er erklärte, dass seine und Maren Hengersbergs Karriereweg auf völlig anderen Fahrspuren verlaufen seien. Da wären sich beide niemals in die Quere gekommen. Freding war zufrieden mit der Antwort und dem Verlauf des Gesprächs. Einzig seine Formulierung mit dem »in die Quere kommen« ärgerte ihn ein wenig. Da hätte er zurückhaltender sein können. Die beiden sind aber auch ein seltsames Team, dachte er. Sie sahen ihn so eigenartig an. Freding begleitete die beiden zum Ausgang. Als er danach die Toilette aufsuchte, um sich frisch zu machen, sah er im Spiegel, dass sich unter den Achseln seines grauen

Jacketts tiefdunkle Schweißflecken gebildet hatten. Wie gelähmt sah er im Glas, wie seine Gesichtsfarbe ins Bleiche wechselte.

Die beiden fuhren zurück nach München. Hartmann saß diesmal am Steuer. Batthuber hatte Bucher am Telefon und berichtete von den Ergebnissen im Verlag.

»Also der Freding hatte die Hose gestrichen voll. Ein Angstschweißer wie aus dem Lehrbuch ... durch Hemd und Jacke hindurch ... so groß wie der Bodensee. Ich glaube aber nicht, dass der was von den Mails weiß. Das kann ich mir nicht vorstellen. Und die andere Sache, die ich dir erzählte habe ... wir haben alles notiert. Sichergestellt haben wir noch nichts. Das erledigen wir in den nächsten Tagen mit einem ordentlichen Beschluss von der Staatsanwaltschaft. Wichtig ist, denke ich, auch die Sache mit dieser Stiftung, die die Hengersberg in den Mails erwähnt hat. Da geht es wohl um viel Geld. Irgendwas hatte sie da vor. Ganz schlau sind wir daraus noch nicht geworden. Aber alles Weitere dann später bei der Besprechung. Vielleicht wissen wir dann schon mehr ... ja ... see you.«

Hartmann war schlecht gelaunt. Er musste konzentriert fahren. Die Autobahn Richtung München war dicht befahren. Er fuhr Batthuber an. »Beschluss von der Staatsanwaltschaft!? Mein Lieber. Halt bloß die Klappe, über das, was du da draußen abgezogen hast, ja! Der Johannes zieht dir die Haut ab. Da versteht der keinen Spaß ... Okay!? Was lernt ihr eigentlich heute auf der Polizeischule!? Psychozeug und Konfliktbewältigungsstrategien, he!?«

Bucher steckte das Handy in die Innentasche seines Jacketts und fuhr mit dem Aufzug in den dritten Stock. Dort befand sich das Büro von Magda Sterr. Durch eine schmucklose Glastüre, auf der in grauer Serifenschrift das Wort ARTIM stand, gelangte er in einen breiten Gang und weiter zu einem offenen Innenraum, voller weichem, natürlichem Licht, welches durch eine milchige Glashaut drang, die an dieser Stelle die Außenwand ersetzte. In der Mitte stand ein großer schwarzer Schreibtisch, hinter dem Magda Sterr saß. Zu beiden Seiten führten große quadratische, türlose Öffnungen in weitere Räume. Die klaren Linien, das unaufdringliche Licht und das Fehlen von Türen gaben dem Büro Weite und trotzdem fühlte Bucher sich auf eigentümliche Weise geborgen. Magda Sterr kam ihm entgegen und leitete ihn durch einen Durchgang in einen der Nebenräume. Den Stühlen und dem langen Tisch nach ein Besprechungsraum. Sie bot Bucher an Platz zu nehmen, während sie an der Kaffeemaschine herumwerkelte und Dampf zischen ließ. Unkompliziert und direkt, wie sie war, schob sie ihm einen Teller mit kleinen gefüllten Teigtaschen zu, den sie aus einem der Schränke entnommen hatte, während sie sich weiter mit der verchromten, sicher sündhaft teuren Espressomaschine beschäftigte, und bemerkte nebenbei, dass die kleinen Dinger mit Schafskäse und Spinat gefüllt seien. Er nahm das Angebot gerne an, wie auch den Cappuccino. Die Teigtaschen waren köstlich. Genau das Richtige. Sie saßen da, einander gegenüber, locker, wie alte Bekannte und aßen schweigend die mediterranen Snacks. Auf die Frage, wofür ARTIM stand, antwortete sie, dass es eine, ihre, Firma sei. Ihr sei kein besserer Name eingefallen. Er stünde für Kunstimport. Bucher blickte sich um. Auf der einen Seite die Fensterfront zum Innenhof hinaus. Die anderen Wände waren holzgetäfelt. Keinerlei Bilder, Fotos, Gemälde oder dergleichen. Sie folgte seinem Blick und erklärte, dass sie zwar Kunst liebend sei, aber der Besprechungsraum sei nun mal zu Besprechungen da. Zudem wäre die Kunst, mit der sie handelte, sehr teuer und sollte nicht so einfach in dem Büro hier herumstehen. Magda Sterr war auf Asiatika spezialisiert, wie er weiter erfuhr.

Sie hatte noch drei weitere Mitarbeiter, die aber mittwochs nur am Vormittag arbeiteten und schon gegangen waren. Bucher bedankte sich für den Imbiss und genoss den kräftigen Cappuccino.

»Das war gestern sehr mutig von Ihnen, Frau Hengersberg zu begleiten«, begann er das Gespräch.

Magda Sterr schob ihren Teller beiseite und antwortete. »Wir sind seit langen Jahren miteinander befreundet. Maria ... ich meine, Frau Hengersberg hat nicht viele Freunde. Zudem wohne ich hier in München.«

Sie ließ eine Pause, bevor sie weitersprach. »Das ist so ein schreckliches Verbrechen. Ich bin immer noch völlig geschockt. So etwas kenne ich ja nur aus dem Fernsehen, oder man liest das in der Zeitung, als Unbeteiligte.«

Sie sah ihm in die Augen. »Haben Sie schon etwas herausgefunden?«

»Nein. Wir sind derzeit noch damit beschäftigt, die Spuren auszuwerten und den Bekannten- und Freundeskreis zu befragen. Deswegen bin ich hier.«

»Aber ich war nicht mit Maren befreundet. Ich kannte sie eigentlich gar nicht so gut«, sagte sie etwas unsicher.

»Aber Sie kennen die Familienverhältnisse. Auch das ist für uns wichtig. Zu wissen, wie Marens familiäres Umfeld beschaffen war, wie ihr Privatleben aussah.«

»Sie hatte keines«, antwortete sie trocken.

»Wie bitte?«, fragte Bucher überrascht nach.

»Maren hatte kein Privatleben«, lautete die deutliche Antwort, und es klang wenig verständnisvoll.

Er bat darum, ihm das näher zu erklären.

»Maren war eine sehr ehrgeizige junge Frau. So könnte man es ausdrücken, sollte man es diplomatisch sagen. Ich bin zwar mit ihrer Mutter befreundet, hatte zu Maren aber keinen sonderlich guten Draht gehabt. Vielleicht liegt das daran, dass auch Maren kein so enges Verhältnis zu ihrer Mutter hatte. Ich weiß nicht. Soweit ich das jedenfalls beurteilen kann, engagierte sie sich sehr für ihr berufliches Fortkommen. Ich denke, sie konnte sehr hart sein. Zu sich, und zu anderen.«

Bucher war von der Offenheit des Gesprächs und dem, was er hörte, überrascht. »Hart? Wie meinen Sie das?«

»Aus Gesprächen mit ihrer Mutter und den Treffen mit ihr. Wie das halt so ist. Man trifft sich mal an Feiertagen oder Familienfeiern.«

»Na ja. Familienfeiern. Die Familie Hengersberg ist ja nun ziemlich in der Welt verstreut. Die Eltern sind geschieden. Gab es da überhaupt so was wie Familienfeiern?«, fragte Bucher nach.

»Oh ja, Herr Bucher. Also ich kenne Maria schon seit über zehn Jahren. Also schon aus der Zeit vor ihrer Scheidung. Ihr Mann hat sich vor etwa zehn Jahren von ihr getrennt und ist in die Staaten gezogen. Maren und ihr Bruder waren damals schon erwachsen und berufstätig, oder schon mitten im Studium. Doch trotz allem hat sich die Familie einmal im Jahr getroffen, und zwar beim Geburtstag einer alten Großtante. Das mag zwar verwunderlich sein, aber es hat tatsächlich funktioniert.«

»Vielleicht eine wichtige Erbtante?«, bemerkte Bucher schelmisch und fragte weiter. »Welche Beziehung hatte Maren denn zu ihrer Mutter ... und zu ihrem Onkel, dem Landtagsabgeordneten.«

»Das Verhältnis zu Maria war sehr problematisch. Trotz meiner Freundschaft zu Maria habe ich eigentlich keine Vorstellung davon, was letztlich die Ursache für diese Schwierigkeiten waren. Und Theo... also Theodor von Schwingenstein. Der hatte ein ganz normales Verhältnis zu Maren. Er war der einzige Onkel und hat sich um seine Nichte gekümmert. Und wo nötig, sicher auch unterstützt. Wie das halt so ist, in einer Familie, die über Beziehungen und Freundschaften verfügt. Aber wie gesagt. Maren war sehr ehrgeizig und hat sich nicht auf solche Beziehungsgeflechte verlassen müssen. Das Verhältnis zwischen Maren und ihrer Mutter hat nochmals gelitten, als die Geschichte mit Frank passierte.«

Sie schaute Bucher fragend an. »Sie wissen von Frank Wellberg ... dem Exfreund von Maren, oder?«

»Ja. Den möchte ich auch noch befragen. Er arbeitet doch hier in München am Max-Planck-Institut als Neurobiologe.«

Magda Sterr lachte. »Na dann mal viel Glück! Ich weiß ja nicht, ob er für Sie Zeit hat?«

Bucher wog den Kopf und fragte. »Auch so ein ehrgeiziger Mensch?«

Sie nickte. »Ja. Maren und er hätten perfekt zusammengepasst.«

»Und wieso haben sie sich dann getrennt, wenn sie so ein perfektes Paar abgegeben haben?«

Sie zögerte einen Augenblick. »Sie haben doch schon mit Frau Hengersberg gesprochen, oder? Hat sie ihnen nichts erzählt?«

Bucher schüttelte den Kopf. »Nein. Gar nichts. Ihr Bruder war heute Morgen ebenfalls anwesend. Auch er hat nichts gesagt. Ich weiß im Moment auch gar nicht, was Sie meinen, Frau Sterr. Frau Hengersberg sagte mir lediglich, sie sei traurig darüber, dass die Beziehung zwischen ihrer Tochter und Frank Wellberg auseinander gegangen sei. Mehr nicht.«

Magda Sterr schaute einen Augenblick zur Decke. »Na gut. Dann erzähle ich es eben.«

»Ich halte Frank Wellberg für einen skrupelloser Ehrgeizling. So viel vorweg.«

Bucher sah sie verblüfft an, unterließ es jedoch, nachzufragen.

»Vor etwa eineinhalb Jahren war Bastian Hengersberg geschäftlich hier in Deutschland. Er besuchte auch Maren, die damals noch mit Frank Wellberg zusammen war. Frank Wellberg arbeitete an irgendeiner Studie. So was mit Genen und so. Dafür hat er ... biologisches Material nennt man das ja ... also er hat biologisches Material in einer seiner Arbeiten verwendet. Soweit ich informiert bin, auch Material von Maren und ihrem Vater. Und zwar, ohne dass die beiden etwas davon wussten. Fragen Sie mich nicht wie und was. Vermutlich Haare oder irgendetwas anderes. Genau weiß ich das nicht. Auf jeden Fall wollte er damit das Tochter-Vater-Verhältnis genetisch nachweisen oder so ... ich kenn mich damit auch nicht so aus ... das ging jedenfalls schief.«

Sie ließ eine längere Pause entstehen und sah Bucher an, der schon ahnte, was kommen würde.

»Das Ergebnis war, dass Maren nicht die Tochter von Bastian ist. Dieser Kerl hat das zunächst mal für sich behalten. Irgendwann, einige Wochen später, hatten Maren und er Streit ... und was denken Sie, was er macht. Er hat ihr das, was er herausgefunden hatte, so richtig vor den Kopf gehauen. Sie können sich vorstellen, was dann los war.«

Bucher konnte es nicht. »Was war denn genau los, Frau Sterr?«

»Zwischen den beiden war es natürlich endgültig aus. Ich denke, das war vorher schon am Ende. Maren hat dann natürlich ihre Mutter mit der Sache konfrontiert. Maria war selbst überrascht.«

»Wie bitte?«

»Ja! Sie wusste das selbst nicht.«

»Das heißt, sie weiß nicht, wer Marens Vater ist!?«

Magda Sterr verzog das Gesicht. »Naja. Sie hat wohl eine gewisse Vorstellung, oder Erinnerung. Allerdings ... sie hat selbst nie in Betracht gezogen, dass Bastian nicht Marens Vater sein könnte. Sie war wirklich selbst davon ausgegangen, dass er Marens Vater wäre, und war von der Information völlig geschockt. Es gab da wohl tatsächlich eine Affäre ... ich weiß nicht wer ... will es auch nicht wissen. Auf jeden Fall hat dieser Wellberg der Familie übel mitgespielt.«

Sie sah nachdenklich auf ihre Tasse. Nach einer Weile fuhr sie fort. »Seit diesem Zeitpunkt bestand ein Bruch in der Familie. Bastian war und ist immer noch tief gekränkt. Gerade weil Maren ihm so ähnlich war. Nicht vom Aussehen her. Eher, was den Charakter angeht. Eine schlimme Geschichte. Maren hat ihrer Mutter das nicht verzeihen können. Es war seither ein sehr angespanntes Verhältnis, wie sie sich vorstellen können. Durch diese Geschichte wurde es ja nicht besser.«

Bucher fand sich noch nicht zurecht, durchdachte das, was er gerade gehört hatte. Die Familiensituation der Hengersbergs erschien ihm grotesk.

Er sagte. »Das sind völlig überraschende Neuigkeiten für mich, Frau Sterr. Nur eine Frage dazu. Wie ich schon sagte. Vor etwa zwei Stunden hatte ich mit Maria Hengersberg und ihrem Bruder ein Gespräch. Und in diesem hat sie von all dem überhaupt nichts erwähnt. Ich verstehe das eigentlich nicht. Zum anderen hatte ich den Eindruck, dass sie ernsthaft traurig über die Trennung zwischen Maren und Frank Wellberg war. Das erscheint mir angesichts dessen, was Sie mir hier berichtet haben, recht eigentümlich. Aber vielleicht habe ich mich in meiner Wahrnehmung getäuscht.«

Magda Sterr schüttelte den Kopf. »Na ja. Dass Maria Ihnen in der derzeitigen Situation davon nichts erzählt hat, kann ich eigentlich verstehen. Gerade jetzt ist es für sie sicher noch schwerer, sich zu dieser unschönen Sache zu äußern. Aber Ihr Gefühl hat Sie nicht getäuscht. Von Frank Wellberg hat sie sehr viel gehalten. Mich hat das sehr gewundert. Allerdings habe ich mich da herausgehalten. Wir haben nur sehr oberflächlich über die Angelegenheit gesprochen. Ich hatte zudem den Eindruck, dass sie nicht in dem Maße von dem, was Wellberg getan hatte, entsetzt war, wie ich es erwartet hätte. Wellberg ist ihrem Mann, Bastian, sehr ähnlich. Ich denke, darin liegt der Grund.«

Bucher war noch immer damit beschäftigt, aufgrund der neuen Informationen die Familienstrukturen zu ordnen. Er musste dringend mit diesem Frank Wellberg reden.

»Sagen Sie, Frau Sterr, können Sie mir den Frank Wellberg kurz beschreiben. Ich meine, wie sieht er aus.«

»Frank Wellberg!? ... Mhm. Anfang, Mitte dreißig. Lang und schlank, blonde glatte Haare, hohe Stirn, kantige Backenknochen. Eine ... ich würde sagen, nordisch-herbe Erscheinung.«

Bucher war vorerst zufrieden. »Vielen Dank, Frau Sterr. Nur noch eine Frage. Meine Kollegen haben mir vorhin mitgeteilt, dass ein Mann gesehen wurde, der Maren aufgesucht hat. Er ist etwa einsachtzig groß. Auffallend sind seine Haare. Vorne eine Glatze und am Hinterkopf lang und lockig. Eine Zeugin sagte, es handele sich um so eine Art Einstein-Typ. Wir konnten der Beschreibung bisher niemanden zuordnen. Fällt Ihnen dazu jemand ein? Dieser Mann muss ja nicht unbedingt aus dem Freundeskreis von Maren gewesen sein.«

Magda Sterr stützte die Ellenbogen auf die Tischplatte und überlegte. Schließlich schüttelte sie den Kopf und sah Bucher an. »Mhm. Nein. Da muss ich Sie leider enttäuschen. Zu dieser Beschreibung fällt mir niemand ein.«

Bucher war nicht enttäuscht, denn einiges Interessante hatte er ja wenigstens in Erfahrung gebracht. Er wusste jedoch noch nicht, an welcher Stelle des Ermittlungsmosaiks er die neuen Informationsbruchstücke einsetzen sollte. Er hatte es nun eilig, denn jetzt wollte er unbedingt noch mit Frank Wellberg sprechen. Er stand schon im Türrahmen, als er sich nochmals zu Magda Sterr herumdrehte. »Ach. Eine kurze Frage noch. Als ich Frau Hengersberg heute Morgen traf, war auch ihr Bruder anwesend. Ich unterhielt mich nicht sehr intensiv mit ihm. Können Sie mir etwas über ihn erzählen?«

Magda Sterr lächelte. »Theodor! Ja, das ist Marias Bruder. Die beiden stehen in engem Kontakt. Geschwister …« Sie ließ das Wort ausgleiten.

Bucher dachte an seine Schwester und fragte dann nach. »Ich verstehe nicht ganz?«

»Das war mir klar, dass Sie da nachfragen würden.« Sie lächelte immer noch.

»Theodor und Maria können wirklich gut miteinander. Sie treffen sich sehr oft. Theodor hat sie nach der Trennung von Bastian sehr unterstützt. Soweit ich weiß, gab oder gibt es weder Schwierigkeiten oder gar Streitereien zwischen den dreien. Also Theo hat nach wie vor ein gutes Verhältnis zu seinem Exschwager. Die beiden, Bastian und Theodor, sind sehr erfolgreich. Alphamännchen. Und sie haben gemeinsame Geschäftsinteressen, die unter der Trennung nicht gelitten haben. Na ja. Details weiß ich allerdings nicht.«

Bucher reichte die Auskunft. Mehr hatte er auch gar nicht erwartet. Auf der Straße angekommen, rief er Hartmann an und teilte ihm in kurzen Sätzen mit, was er herausgebracht hatte. Er sagte, dass sich die Besprechung etwas nach hinten verschieben werde, weil er unbedingt noch mit Frank Wellberg sprechen wollte. Hartmann war nicht böse darüber. Er meinte, dass er die Zeit gut gebrauchen könne, um noch einiges abzuklären.

Nachdem er dieses Telefonat beendet hatte, meldete er sich bei Lara Saiter. Sie befand sich auf dem Rückweg nach München. Gerade hatte sie sich von Heike Korber verabschiedet. Sie war überrascht von dem, was Bucher ihr über Maren Hengersberg erzählte, und sagte ihm, dass die beiden Freundinnen darüber nichts gesagt hatten. Ihrer Meinung nach wussten sie davon auch nichts. Bucher sagte ihr, dass sie sich Zeit nehmen könne, weil er jetzt noch zum Max-Planck-Institut fahren wollte.

Das hatte er sich allerdings anders vorgestellt. Nichts von dem, was er mit dem Namen verband, fand sich in den nüchternen Räumen wieder. Die Krone der deutschen Forschung. Das Institut schlechthin. Aber von weihevoller Stimmung war nichts zu spüren. Die Leute hier schlurften genauso irdisch durch die Gänge wie seine Kollegen im Landeskriminalamt. Weißkittel waren nicht zu sehen. Bisher jedenfalls nicht. Bucher hatte einige Zeit gebraucht, den gelangweilten Pförtner zu bewegen im Institut nach Frank Wellberg zu telefonieren. Bucher hatte es selbst ein paarmal mit dem Handy versucht, als er auf dem Weg hierher war. Wellberg war anscheinend nicht in seinem Zimmer. Jedenfalls ging niemand ans Telefon. Schließlich erreichte man den Forscher in einem der anscheinend unzähligen Laborräume. Bucher irrte nun durch düstere Gänge, bis er schließlich durch eine einfache, ungesicherte Türe das gesuchte Labor betrat. Alles so offen und einfach zugänglich, dachte er sich. Er hatte Sicherheitschecks erwartet. Chipkarten, Irisscans, Gewichtskontrollen, Fingerabdruck-Zugangssysteme. Nichts davon. Stattdessen ein übergewichtiger Pförtner am Eingang, der missmutig den Blick von der Busenschönheit der Coupés abwandte. Anscheinend das einzige Sicherheitssystem hier. Im Laborraum selbst waren zahlreiche elektronische Geräte durch ein unentschlüsselbares Kabelgewirr miteinander verbunden. Aus einer Ecke drangen Piepgeräusche wie von einem EEG oder EKG.

Dumpfes Summen und Surren von Ventilatoren besorgte die Untermahlung. Natürliches Licht drang nur durch vier große Oberlichter in den Raum. Superhelle Neonreihen mischten kaltes Licht hinzu. Hinter einer Bildschirmwand entdeckte Bucher eine über einen Labortisch gebeugte Gestalt. Bucher war enttäuscht. Wieder kein Weißkittel. Braune Lederschuhe, braune Cordhose, kariertes Hemd, darüber ein Pullover mit V-Ausschnitt. Hellbraun.

Bucher rief, während er über den Fliesenboden ging. »Herr Wellberg?!«

Es dauerte einige Sekunden, bis er eine Bewegung in der gekrümmten Gestalt wahrnehmen konnte. Langsam richtete sich der Angerufene auf und sah in Buchers Richtung. Es war Frank Wellberg. Bucher war sich sicher, auch wenn er keine Antwort erhielt. Die Beschreibung, die er von Magda Sterr erhalten hatte, reichte aus, um das zu erkennen. Bucher streckte die Hand dem immer noch Stummen entgegen und stellte sich vor. Frank Wellberg erwiderte die Begrüßung stumm und widerwillig, wie Bucher spürte. Er fühlte sich offensichtlich gestört. Bucher versuchte die aufkommende eisige Stimmung abzuschwächen und fragte, seine Schuld eingestehend. »An welcher Arbeit habe ich Sie denn gerade gehindert?«

Die Antwort kam unverzüglich, kalt und abweisend. »Ich will gar nicht erst versuchen Ihnen das zu erklären. Sie verstehen es sowieso nicht.«

Er beugte sich wieder über eine Platine, die mit hunderten feiner, unisolierter Adern verbunden war. So, wie sie glänzten, konnte es sich gut um Golddrähte handeln. Aber Bucher war sich nicht sicher. Ihm machte das rüde Verhalten von Wellberg zwar nichts aus, er fragte sich aber doch, woher der wissen wollte, was er verstand und was nicht. Schließlich bediente er erfolgreich Waschmaschine und DVD-Rekorder und fand, dies war Qualifikation genug. Er lehnte sich mit der Hüfte an den Labortisch und sah Wellberg stumm dabei zu, wie er mit einer Pinzette und einem sehr teuer aussehenden Gerät, das an eine elektrische Zahnbürste erinnerte, die Golddrähtchen an den Platinenkontakten anbrachte.

Schließlich fragte Wellberg genervt. »Was wollen Sie hier?«

Bucher erinnerte, dass Frau Hengersberg Wellberg von dem Geschehen informiert hatte.

»Es geht um Maren Hengersberg«, sagte er deshalb erst einmal und wartete auf eine Reaktion Wellbergs.

Wellberg ließ sich bei seiner Arbeit nicht im Geringsten stören. Wieder ließ er sich einige lange Sekunden Zeit, bevor er ein »Tja ... schade«, herausbrachte.

Die falsche Antwort. Bucher spürte das Brodeln, das sich zwischen seinen Rippenbögen breit machte. Er kannte sich inzwischen sehr gut. Deshalb überlegte er in aller Ruhe, wie er weitermachen wollte.

Er entschied sich für ein sachliches Vorgehen. Der Kerl allerdings gefiel ihm ganz und gar nicht. Daran würde sich auch nicht mehr viel ändern. Schublade auf, hinein damit, und wieder zu.

»Herr Wellberg. Ich leite die Ermittlungen im Mordfall Maren Hengersberg. Ich möchte Sie nicht länger als notwendig von der Arbeit abhalten. Nur einige wichtige Fragen. Wo waren Sie am vorletzten Sonntag? Am späten Nachmittag und am Abend?«

Es war natürlich die böseste aller Fragen, die keine Zweifel ließ.

Wellberg richtete sich tatsächlich auf und sah Bucher erstaunt an. »Das ist doch wirklich lächerlich, oder. Wieso wollen Sie von mir ein Alibi?«

Bucher war über die Reaktion erfreut. Wellberg war es also nicht wirklich egal.

»Sie sind im Moment nicht in der Position, sich die Fragen auszusuchen, Herr Wellberg. Beantworten Sie sie einfach. Ihr Anwalt hat dann ja noch genügend Zeit, sich mit der Sinnhaftigkeit von Fragen auseinander zu setzen.«

Wellberg schüttelte den Kopf, stieß ein kurzes Lachen aus und sah an Bucher vorbei zur Laborwand, zu der er dann auch sprach. In winselnder Aggressivität.

»Ich war im Labor. Hier. Genau hier, wo wir jetzt stehen. Von früh am Morgen bis tief in die Nacht.«

Bucher lächelte Wellberg an. »Wunderbar. Mehr wollte ich doch gar nicht wissen.«

Wellberg legte ein verzerrtes Grinsen auf, was seine Antwort sein sollte.

»Wo finde ich denn das Büro des Institutsleiters?«, fragte Bucher.

»Was wollen Sie denn vom Institutsleiter?«, kam unverzüglich als Gegenfrage. Wellberg konnte sein Erschrecken nicht ganz verbergen.

»Ich möchte ihn fragen, ob das von Ihnen genannte Alibi zutreffend ist. Nicht mehr und nicht weniger. Routine. Aber vielen Dank. Ich finde das Büro sicher alleine.«

Bucher sah trotz der fahlen Beleuchtung, wie die Farbe aus Wellbergs Gesicht wich. Als er sich umdrehte, um zu gehen, spürte er Wellbergs Hand auf seiner Schulter.

»Lassen Sie das!«, presste der mit belegter Stimme hervor und musste sich räuspern.

Bucher drehte die Schulter aus der aufgelegten Hand Wellbergs heraus.

Das ist also deine größte Angst, dachte er. Der Institutsleiter, das Gerede und vielleicht ein Karriereknick. Er hatte ihn also richtig eingeschätzt. Wellberg sprach jetzt aufgeregt. Keine Spur mehr von akademischer Arroganz und intellektueller Kühle.

»Ich will hier kein Gerede im Institut. Es gibt also keinen Grund für Sie hier, einen Aufstand zu provozieren. Ich habe Maren das letzte Mal vor über einem Dreivierteljahr gesehen. Wir haben seither nicht miteinander telefoniert, hatten keinen Kontakt mehr miteinander. Ich bin seit fast einem Jahr nahezu jeden Sonntag hier im Labor. Jeden verdammten Samstag und Sonntag.«

Es war deutlich zu spüren, wie er diese Tage hasste. Würden sie sich einmal auszahlen, diese vielen einsamen Stunden?

»Zu welcher Zeit ich am vorletzten Sonntag hier herausgegangen bin, weiß ich nicht mehr. Es war aber sicher nicht vor Mitternacht. Wenn Sie unbedingt wollen, dann kann ich Ihnen die Auszüge unseres Zugangssystems geben.«

Je länger er redete, desto hektischer und gepresster sprach er.

»Die Auszüge des Zugangssystems!? Prima. Die hätte ich

wirklich gerne. Und noch etwas. Lassen Sie mir doch bitte die Arbeit zukommen, in welcher Sie die genetischen Daten von Maren Hengersberg und ihrem Vater ... also, Bastian Hengersberg verwendet haben.«

Er wartete nicht auf eine Antwort und verließ das Labor. Das Wohl der Menschheit wird schon nicht von diesem Typen und seiner Arbeit abhängen, dachte er, als er das Institut verließ. Er war sich jedoch nicht so ganz sicher.

Der Besprechungsraum war vom würzigen Duft frischen Kaffees erfüllt. Es war spät am Nachmittag und dämmerte schon wieder. Auf dem Tisch lagen Papiere verstreut herum. Darauf klebten Heere kleiner, gelb leuchtender Heftnotizen, auf denen Rückfragen zu den gewonnenen Informationen festgehalten waren. Bucher berichtete gerade von seinem Gespräch mit Magda Sterr. Alle waren entsetzt über das, was sie von Frank Wellberg erfuhren. Weshalb Maria Hengersberg diesem Kerl nachtrauerte, konnte keiner so recht verstehen.

Schließlich berichtete Lara Saiter von ihren Gesprächen mit Sybille Austen und Heike Korber. Daraus ergab sich das Bild einer sehr ehrgeizigen und zielstrebigen Maren Hengersberg, die neben einem sicher aufreibenden Job im Verlag viel Zeit in ihre ehrenamtliche Tätigkeit in der Kirchengemeinde investierte. Armin Batthuber meinte, das sie eigentlich nur für, von oder durch ihre Arbeit gelebt habe. Auch die anderen stimmten dem zu. Lara Saiter meinte, dass Maren Hengersberg sicher kein Yuppie war. Reich werden war sicher nicht ihr Antrieb gewesen. Letztendlich war sie wohl, trotz allem Engagements, ein sehr einsamer Mensch, meinte Bucher nachdenklich.

Alex Hartmann und Armin Batthuber teilten ihre Erkenntnisse aus der Befragung der Hausbewohner und den Ermittlungen im Verlag mit. Hartmann sagte, dass dieser Hemmer zwar ein Junkie sei und er ihn noch genau abklopfen werde. Er aber zwischen der Tat und Hemmer keinen Bezug sehe. Er meinte, dass er sich da im Moment noch auf sein Gefühl verlasse. Interessant waren zwei Dinge. Einmal die

Aussage der alten Dame, Frau Knoller, über den Besuch eines Mannes, der wie Einstein ausgesehen haben soll, und die Tatsache, dass auch nach nochmaliger Durchsicht der Akten kein Vermerk einer Befragung von Frau Knoller aufzufinden war. Offensichtlich wurde da nicht sauber gearbeitet. Bucher sagte, dass er sich darum kümmern werde.

Dann ging Hartmann auf ihre Erkenntnisse aus dem Verlag ein. Maren Hengersberg hatte einige E-Mails an eine Mia@hotmail.com gesendet. Batthuber hatte die Mails ausdrucken lassen und Hartmann gab eine Zusammenfassung der Inhalte wieder. Maren Hengersberg schrieb sehr emotional über eine Stiftung, ohne deren Namen zu nennen. Es ging ihr darum, dem Empfänger der Mail darzulegen, dass der Stiftungszweck von den Verantwortlichen nicht mehr verfolgt wird. Sie hatte Nachforschungen angestellt und bat Mia um ein Meeting, bei welchem vor allem Transaktionen überprüft werden sollten. Es schien, als handelte es sich bei Mia um jemanden, der sich mit Finanzdingen auskannte, zumindest setzten sie den Begriff Transaktionen in Bezug zu Finanzen.

Hartmann schaute fragend in die Runde und zuckte mit den Schultern. Keiner konnte mit dem Inhalt der Mail etwas anfangen. Bucher fragte, ob man herausbekommen könnte, wer hinter Mia stecken könnte. Batthuber winkte sofort ab und erklärte die Schwierigkeiten:

»Versuchen kann ich es ja. Aber bei E-Mails kann sich auch jemand als Donald Duck ausweisen und es funktioniert. Wir können höchstens probieren, über unsere Kollegen von der forensischen EDV ein technisches Ermittlungsverfahren einzuleiten. Die versuchen das dann über die IP-Adresse rauszubekommen. Da stehen die Chancen aber auch sehr schlecht. Soweit ich weiß, stehen die Mailserver nicht in Deutschland. Wird eine längere Sache.«

Bucher war unzufrieden. Und die anderen sahen es ihm an.

Batthuber fuhr fort. »Was haltet ihr denn davon, wenn wir an den oder die Mia selbst eine Mail schreiben. Ich sehe da kein Problem, oder. Vielleicht erhalten wir sogar eine Antwort?«

Lara Saiter fand den Vorschlag gut. Auch Hartmann meinte, dass das wohl der schnellste Weg sei. Bucher überlegte kurz und gab dann sein Okay. Wenn Maren Hengersberg der Person hinter der Mailadresse Vertrauen schenkte, stand einem Kontakt auf diesem Wege sicher nichts entgegen. Das Risiko schätzte er gering ein.

Hartmann berichtete nun über eine Mail, die an Maren Hengersberg gerichtet war und die sie in der Woche vor ihrem Tod erreichte. Darin wurde ihr von der Geschäftsleitung des Verlagskonzerns mitgeteilt, dass man ihren Vorschlägen zur Umstrukturierung von Enia in den wesentlichen Punkten zustimme. Sie würde die Leitung des neuen Verlages erhalten und sollte bis Anfang Januar das vollständige Konzept vorlegen. Für die zweite Kalenderwoche war eine Besprechung in Berlin geplant.

Lara Saiter meinte, dass das für den bisherigen Verlagsleiter Freding ja ein Tritt in den Hintern bedeutet hätte. Hartmann und Batthuber sahen grinsend in die Runde.

»Und genau das ist der wunde Punkt von Freding. Wir vermuten, dass er von dieser Mail gewusst hat. So wie der von unseren paar läppischen Fragen schon fertig war, muss da was im Busch sein. Und der Systemverwalter vom Verlag steckt da auch mit drin«, sagte Hartmann. Wir werden uns mit den beiden morgen intensiv beschäftigen.

Bucher nickte die Vorschläge ab. Batthuber kramte seinen Notizblock noch mal hervor und berichtete von der Sekretärin, die Maren Hengersberg am Sonntag gegen vierzehn Uhr noch ein Buch vorbeigebracht hatte. Ihr war nichts Ungewöhnliches aufgefallen. Vermutlich war sie sogar diejenige, außer dem Täter, die Maren Hengersberg zuletzt lebend gesehen hatte. Schließlich erwähnte er noch das Telefonat, das die beiden gegen viertel vor sieben miteinander geführt hatten. Bucher bat Batthuber, die Aussage der Sekretärin bei Gelegenheit aktenfähig zu machen.

Die wesentlichen Erkenntnisse waren nun allen bekannt. Es herrschte Stille im Besprechungsraum. Bucher überlegte, wie es weitergehen sollte. Lara Saiter sprach ihn an. »Du bist nicht zufrieden, oder?«

Bucher zuckte stumm mit den Schultern, bevor er antwortete. »Wir haben viel zusammengetragen ... ja, das schon. Aber ich habe das Gefühl ... wie gesagt, das Gefühl ... noch nichts Wegweisendes gefunden zu haben. Ich sehe noch nicht die Spur, die uns zu dem führt, was wir auf den Bildern vom Tatort gesehen haben. Wir haben es gesehen, aber noch nicht als das erkannt, was es ist.

»Was meinst du, was es ist?«, fragte sie.

Bucher hob den Kopf und sah durch die Fenster hinaus auf den Innenhof. »Das weiß ich nicht. Wir werden die zwei oder zweieinhalb Ansätze energisch weiterverfolgen. Aber wir müssen weitersuchen. Ich denke, es gibt da einfach noch etwas ... einen Hinweis, den wir noch nicht haben.«

Hartmann wiegte seinen Kopf und kniff dabei die Augen zusammen. Ein deutliches Zeichen, dass ihm etwas nicht gefiel. »Aber du darfst die Sache mit dem Typen nicht unterbewerten, der am Sonntagabend bei ihr war. Ich denke, das ist unsere derzeit heißeste Spur. Dann noch der Freding im Verlag. Das sind doch vielversprechende Ansätze. Wir sind da schon auf einer heißen Fährte, denke ich. Wo siehst du die Schwierigkeiten?«

Bucher hob seine rechte Hand und winkte ab. »Nein, Alex. Du verstehst mich falsch. Natürlich haben wir zwei ganz passable Ansätze. Die werden wir auch intensiv ermitteln ... keine Frage. Was mich irritiert, sind wieder einmal diese Beziehungsgeflechte zwischen den Personen. Ich bin mir noch nicht im Klaren darüber, was der Grund gewesen sein könnte, an Maren Hengersberg diese Tat zu verüben. Es ist dieser Tatablauf ... also die Art und Weise, wie es geschehen ist. Diese Zielstrebigkeit. Die Brutalität. Die Verstümmelungen, so will ich diese vielen Stiche und Schnitte einmal nennen. Es passt noch nicht zusammen. Sie wurde mit einer so enormen Anwendung von Gewalt und Brutalität getötet und es liegen bisher keinerlei sexuelle Motive vor. Was ist es? Was hat sie getan, dass jemand diese Tat ausführte, so wie sie sich uns darstellt. Ich meine nur, dass wir noch offen bleiben müssen.«

Batthuber fragte in die Runde. »Und wie machen wir jetzt weiter?«

Bucher lehnte sich zurück. Ihm war das weitere Vorgehen klar. Da ihm eine zweifelsfreie Spur noch fehlte, die alle Kräfte auf sich ziehen musste, war Raum für Routinearbeiten.

»Ihr beide werdet eure Spuren verfolgen. Wenn möglich, erstellt ein Phantombild oder etwas in der Richtung, von dem Kerl, den eure Zeugin ... wie hieß sie noch ... Kolle ...?«

»Knoller«, ergänzte Hartmann.

»... gesehen hat. Mit Einstein lässt sich ja eine gewisse Vorstellung verbinden. Befragt die Hausbewohner, diese Frauengruppe in der Kirchengemeinde und so weiter. Klärt die Erkenntnisse mit den Kollegen in Augsburg ab. Brauch ich euch ja nicht im Detail zu sagen. Mit so einer Beschreibung sollten wir bald Erfolg haben. Und diesen Verlagstypen, Freding, da hakt ihr auch noch mal nach.

Batthuber feixte. »Volles Programm also. Bei dem stinkt auch irgendwas. Und der steht das nicht lange durch, wenn wir ihn mal richtig durchgrillen.«

Bucher zog die Brauen zusammen. »Hei, Junger Mann! Vorsichtig mit dem Grillen, ja. Alex! Pass auf ihn auf, dass er nicht zu viel Feuer macht, ja!«

Alex Hartmann nickte und dachte an die Sache mit der Sicherstellung vom Vormittag. Lara Saiter antwortete auf Buchers kurzen Blick. »Ich sammele morgen die ausstehenden Berichte ein. Rechtsmedizin und Spurenbericht. Ich schreibe dann die Zusammenfassung ... solltet ihr morgen Nachmittag vorliegen haben. Wenn was Besonderes dabei ist, ruf ich euch selbstverständlich an.«

»Und was machst du!?« , fragte sie Bucher.

»Ich gehe zur Staatsanwaltschaft. Es ist wohl an der Zeit, die zu informieren. Dann komme ich wieder zurück und schreibe den vorläufigen Ermittlungsstatus für unsere Herrschaften. Es wundert mich sowieso, dass Kundermann noch nicht hier war und gefragt hat, wie lange wir noch brauchen, bis der Fall endlich geklärt ist. Aber noch eine andere Frage, Alex. Wer führt eigentlich den Fall bei der Staatsanwaltschaft in Augsburg? Du warst doch dort?«

»Weiß ich auch nicht, wer das macht. Die hatten noch keine Zuordnung getroffen. Ich habe nur die Geschäftsstelle bekommen. Zimmer 257b. Geh da einfach mal hin. Die sind noch etwas chaotisch organisiert. Sind ja erst in ihr neues Gebäude eingezogen und wissen selbst noch nicht, wo was warum ist.«

Bucher war etwas zufriedener. Erst mal waren sie beschäftigt mit Ermittlungen und liefen nicht leer. Leerlauf war das Schlimmste, was einem Ermittlungsteam passieren konnte. Alle Spuren ausermittelt zu haben und nicht weiterzukommen. Er hatte so etwas schon einige Male erlebt und er wollte eine solche Situation unter allen Umständen vermeiden. Ein gutes Ermittlungsteam ist hungrig. Braucht immer etwas zu fressen. Und sein Job war es, für Fressen zu sorgen.

»Also, Leute. Ich möchte eurem Privatleben nicht weiter im Wege stehen. Wir sehen uns vielleicht morgen. Sicher aber am Freitagmittag zur nächsten Besprechung. Bis dahin viel Erfolg.«

Sie standen auf und verließen den Besprechungsraum.

Batthuber drehte sich am Gang noch mal um und rief Bucher, der auf dem Weg in sein Büro war, zu. »Oh Mann! Johannes! Ich habe noch was vergessen. Diese Journalistin hat angerufen. Die aus der Wohnung ... Du weißt schon. Sie wollte nur mit dir sprechen. Ich wollte ihr aber nicht deine Handynummer geben und habe ihr gesagt, dass du sie zurückrufen wirst. Ihre Telefonnummer liegt auf deinem Schreibtisch.«

Bucher stöhnte. Das hatte ihm gerade noch gefehlt. Stress mit der Presse.

Inzwischen war über der Stadt vollständige Dunkelheit hereingebrochen. Bucher freute sich nun umso mehr auf sein Zuhause. Ein Glas Rotwein, gute Musik, Zeit zum Nachdenken. Er wollte auf alle Fälle rechtzeitig ins Bett kommen. Schlaf war ihm wichtig. Wenn er nur die Nacht durchschlafen konnte und nicht schon in den frühen Stunden vom schmerzenden Rücken geweckt wurde. Diese Schmerzen waren eine neue Erfahrung für ihn. Das Alter? Es waren nicht nur die Bandscheiben, die sich verschoben. Auch seine Gedanken und Ansichten veränderten sich. War das normal?

Wurde er alt? Wenn ja, was war alt, und dann, jetzt schon? Die Schmerzen, die seit einigen Wochen auftraten, trieben ihn manchmal regelrecht aus dem Bett. Ihn ärgerte das vor allem an den Wochenenden, an denen er eigentlich ausschlafen konnte und auch wollte. Schon seit Wochen war er nicht mehr beim Joggen drunten am Lech gewesen, weil ihm die rechte Hüfte wehtat. Er spürte gerade wieder dieses widerlich feine Ziehen, das über den Oberschenkel bis in die Wade hinabreichte. Kein Schmerz. Aber allein diese Empfindung ließ das Hirn lauern. Irgendwann musste er wohl oder übel bei einem Arzt vorbeisehen. Es war stockdunkel, als er zu Hause ankam. Der Kachelofen hatte einen Rest Wärme im Raum halten können. Bucher legte noch ein paar Birkenscheite nach. Gerade war er nach dem Duschen in die Küche, um Tagliatelle in den Topf zu schmeißen, in dem das Wasser schon brodelte, als das Telefon klingelte. Seine Mutter.

»Hallo. Ich habe so lange nichts mehr von dir gehört«, vernahm er, als er den Hörer ans Ohr legte. Es klang vorwurfsvoll und war auch so gemeint. Ein Mantel schlechten Gewissens legte sich sofort über ihn. Auch das ärgerte ihn. Das Gespräch nahm seinen Verlauf.

»Du hast Recht. Ich hätte mich schon längst mal melden sollen. Aber im Moment hab ich einfach viel um die Ohren«, antwortete er ausweichend und entschuldigend.

Sicher. Er hätte sich wirklich mal melden können. Seine Selbstvorwürfe halfen nicht. Er fand heute keine Gnade.

»Wann hast du nicht viel um die Ohren!?«, lautete die wenig versöhnliche Antwort. Bucher schaute auf das Display seines Telefons und die Nummer, die dort angezeigt wurde, war ihm fremd.

»Von wo rufst du eigentlich an?«

»Ich bin in Dresden. Eine Busreise mit Carmen. Wir sind vorgestern angekommen. Schöne Stadt. Nette Menschen, vor allem hier im Hotel. Es tut mir gut.«

»Schön«, sagte Bucher, während er durch die Küche lief, um die Gasflamme zurückzudrehen, die das Nudelwasser brodeln ließ. Dampf hing schon an den Fensterscheiben.

»Störe ich dich?«, fragte sie, als Klappern durch den Hörer drang.

Bloß nicht das jetzt, dachte Bucher und sagte »Nein. Habe nur das Gas zurückgenommen.«

»Du kochst also. Für dich alleine, oder hast du Besuch?«

Kein Entkommen. Er nahm das Rotweinglas mit und fläzte sich in die Kissenecke der Ofenliege. Sicherheit.

Er beantwortete ihre Frage, sehr betont. »Ich koche für mich alleine. Kein Besuch.«

Völlig klar, dass er keine bessere Steilvorlage liefern konnte. Er lehnte sich zurück und biss genussvoll in einen Schluck 89er Fontesteau. Ließ ihn langsam die Kehle hinabgleiten und wartete. Nicht lange.

»Das wundert mich auch nicht. So abgelegen, wie du wohnst, Johannes! Ich glaube nicht, dass das gut für dich ist. Ja. Ich weiß. Es gefällt dir und es ist ja auch ganz nett, da auf dem Dorf. Aber du vereinsamst doch. Das ist doch kein Leben für dich.«

Er lehnte sich zurück und nippte wieder am Wein, bevor er antwortete.

»Mir gefällt es. Ich glaube, wir sprachen schon mal darüber.«

Bucher begann mit dem Weinglas als Taktstock zu dirigieren, denn er wusste, was jetzt kommen würde.

»Ach. Jetzt sei nicht beleidigt. Ich mache mir eben nur Sorgen um dich. Wenn ich mir vorstelle, wie du, bei deinem schweren Beruf, abends so alleine da draußen ... Da ist doch niemand, mit dem du reden kannst. Ich kann mir nicht vorstellen, dass das gut ist, und ich habe ja schließlich auch das Recht, mir Sorgen zu machen.«

»Natürlich«, sagte er, war sich aber nicht sicher.

Er kannte die Argumentation und jede dazugehörige Variation der Variation. Sicher kam jetzt das Frauenthema. Er behielt Recht.

»Ich kann mir nicht vorstellen, dass eine junge, moderne Frau sich in einer solchen Einsamkeit wohl fühlen kann. Da ist doch nichts. Da gibt es nichts. Und dieses große alte Bauernhaus. Nein. Johannes wirklich. Ich mache mir schon Sorgen.«

Bucher stöhnte nur.

»Also Kathrin hätte sich da draußen nicht wohl gefühlt«, sagte seine Mutter kurz angebunden.

Jetzt antwortete er. »Genau! Kathrin. Das ist ja nun wirklich Vergangenheit. Also lassen wir es doch einfach sein, ja. Akzeptiere ganz einfach, dass ich mich hier wohl fühle und es mir gut geht.«

Sie tat ihm eigentlich Leid, denn sie machte sich wirklich Sorgen. Sie mochte Städte, umgeben von Menschen, Menschen, Menschen. Bucher beneidete sie etwas darum. Er war da ganz anders. Es gelang ihm, das Thema geschickt zu wechseln.

»Wie gehts denn Claudia?«

»Gut. Ich war sie letzte Woche kurz besuchen. Sie gibt nach wie vor Musikunterricht und hat jetzt eine halbe Stelle an der Musikhochschule. Unterricht.«

Bucher nickte in sein Weinglas. Claudia, seine Schwester, war Cellistin. Ihr Wunsch, in eines der großen Orchester aufgenommen zu werden, war nicht in Erfüllung gegangen. Sie gab daher Musikunterricht und spielte in wechselnden Besetzungen, ohne festen Vertrag. Immerhin hatte sie schon zwei CDs herausgebracht und kämpfte sich tapfer durch. Er bewunderte sie. Sie telefonierten ein-, zweimal im Monat miteinander und erzählten sich dann die Gesprächsverläufe ihrer Telefonate mit Mutter. Das munterte beide auf.

»Schön, dass es geklappt hat. Sie hat mir erzählt, dass sie sich da bewerben will. Mit der halben Stelle hat sie wenigstens zu einem Teil ein festes Einkommen«, sagte Bucher.

»Ja. Das beruhigt mich auch. Wir müssen uns wieder mal treffen, Johannes. Ihr fehlt mir schon sehr. Telefoniere dich mal mit Claudia zusammen, ja!? Ich muss jetzt gehen. Tilla wartet. Habe hier ja feste Termine und ich möchte nicht zu spät kommen.«

Den Rest des Abends verbrachte er mit Nudeln, Mozart, dem Rest der Flasche Wein und Gedanken an Maren Hengersberg. Über seinen Gedanken war er eingeschlafen. Mitten in der Nacht wachte er auf. Er hatte geträumt, wusste aber nicht mehr was. Er wickelte sich in die dünne, alte

Decke und blieb auf der Ofencouch bis zum Morgen liegen, ohne wieder fest einzuschlafen.

Das Morgenlicht tat sich schwer, durch die Kälte zu kriechen. Er ging duschen, trank heißen Schwarztee und legte noch einige knorrige Scheite in den Kachelofen, bevor er ging. Am dunkelblauen Himmel waren noch die Reste des Sternenhimmels der vergangenen Nacht zu sehen. Es war klirrend kalt.

Er war von der Anzahl der Autos und Lkws überrascht, die sich so früh am Morgen in Richtung Augsburg wälzten. Das neue Justizgebäude war leicht zu finden. Es lag nur wenige hundert Meter vom Polizeipräsidium entfernt. Stahl und Glas empfingen ihn. Baustoffe von hohem Härtegrad. Ihm gefiel diese Art Architektur überhaupt nicht. Vielleicht war sie demokratisch. Ihm war sie zu offen, ließ dem Einzelnen keinen Raum, keinen Platz. Wo war hier noch eine Ecke, in der man sich verkriechen konnte. Nirgends. Fein, nobel, geschleckt, öffentlich. Durchsichten überall, selbst die polierten Stahlstreben spiegelten noch den letzten Winkel wider. Nicht einmal Geruch war feststellbar. Es roch nach nichts, außer nach porentiefer Sauberkeit. Kein Muff, so wie in den alten Justizbauten, die er kennen gelernt hatte. Glas, Stahl und Marmorplatten rochen eben nicht und nahmen den Muff des Lebens niemals an.

In der Geschäftsstelle erhielt er den Namen der zuständigen Staatsanwältin. Eine Frau Szypinski war mit dem Fall beauftragt worden. Er ließ sich den Namen von der Angestellten buchstabieren, dann machte er sich auf den Weg zu ihrem Büro. Sie saß hinter einem schwarzen Holzschreibtisch und studierte Akten. Er war überrascht. Sie war noch sehr jung. Zumindest jünger als er. Gab es das? Waren Staatsanwälte jetzt schon so viel jünger als er?

Er wollte freundlich erscheinen und lächelte. Spürte, dass es unbeholfen wirkte, und ließ es sein. Wer war er denn?.

Sie war schlank und groß, hatte kurze blonde Haare und trug ein edles dunkelgraues Kostüm. Die gläserne Platte des Schreibtisches gab den Blick darauf frei. Bucher dachte, sie sieht aus wie eine Tagesschausprecherin. Porentief reine Schönheit. Er wunderte sich, dass eine Anfängerin mit einem solchen Fall betraut worden war. Denn lange konnte sie noch nicht hier arbeiten. Er stellte sich vor und nahm ihren sanften Händedruck entgegen. Ohne lange Vorreden berichtete er von den Ergebnissen der bisherigen Ermittlungen und erläuterte das geplante Vorgehen. Sie hörte aufmerksam zu, ohne Zwischenfragen zu stellen, kramte aber in einem der Aktenstöße nach dem Fall Hengersberg. Schließlich zog sie aus dem Stapel einen der roten Ordner heraus. Als er geendet hatte, fragte sie, welches er für die Erfolg versprechendste Spur hielt. Bucher mochte sich nicht festlegen. Er sagte, dass es zunächst wichtig war, den Mann zu identifizieren, der an jenem Sonntagnachmittag von der Zeugin Knoller gesehen worden war. Sie notierte einige Zeilen auf ein Blatt Papier, fragte nach Buchers Telefonnummer und schrieb auch die auf. Er hatte wieder keine Visitenkarte mit dabei und ärgerte sich darüber. Er musste endlich mal Zeit finden, Heinz in der Druckerei des LKA zu besuchen und sich neue Visitenkarten drucken lassen. Bucher fragte, wann die Leiche für die Bestattung freigegeben würde. Als sie ihn fragend ansah, sagte er, dass es seiner Ansicht nach keinen Grund gab, eine Freigabe zu verzögern. Sie sagte, dass sie dem Institut noch heute die Freigabe per Fax zuleiten würde. Fertig.

Diese Frau Szypinski verunsicherte ihn. Sicher war sie noch nicht lange im Geschäft, so jung, wie er sie schätzte, doch ihr Verhalten war sehr abgeklärt. Ihre Fragen entbehrten Überflüssiges. Präzise und schnörkellos wie der Bau, die Zimmer und die Einrichtung. Überall nur Geraden. Er war sich nicht sicher, ob es für seine Arbeit eine Erleichterung bedeutete oder nicht. Während er durch die lichten Gänge dem Ausgang zuging, erinnerte er sich an so manche Diskussion mit knorrigen Staatsanwälten oder Richtern. Wie ein Ritual kam es ihm bei manchen vor, wenn man lange um einen Durchsuchungsbeschluss oder Haftbefehl streiten, oder gar saufen musste. An diesen roten Nasen marschierten die Abgründe des alltäglichen Lebens in Form roter Aktendeckel vorbei. In den Zeitungen nahm ein solcher roter Aktenband mal gerade ein paar Zeilen ein. Für Polizei und Justiz bedeutete es oft monatelange, intensive Arbeit in einer schlecht ausgestatteten Behörde und noch schlechter ausgestatteten Büros. Nun gut. Der Neubau hier war zweifelsfrei modern, vielleicht sogar zweckmäßig.

Trotz des blauen Himmels und der prallen Sonnenstrahlen war es bitterkalt. Ein unangenehmer Wind blies beständig, manchmal unwirsch durch die Straßen und ließ einen die Kälte noch heftiger spüren. Bucher rief bei Kundermann an. Als der abnahm, meinte Bucher die Enttäuschung zu spüren, dass Bucher es war, der anrief. Bucher informierte ihn über den Ermittlungsstand. Kundermann stellte diesmal gar keine gescheiten Fragen und meckerte auch nicht herum. Das Telefonat war schnell erledigt. Offensichtlich erwartete Kundermann wirklich einen anderen, wichtigen Anruf. Das Gespräch mit der Staatsanwaltschaft und das Telefonat mit Kundermann ersparten ihm vorerst das Schreiben von Berichten. Bucher war zufrieden. Ein kurzer Sachstand würde genügen.

Die kurze Besprechung verschaffte ihm Zeit – zum Nachdenken und zum Frühstücken. Er fuhr mit dem Auto in Richtung Innenstadt und begab sich in das nur geringfügig auf die Bedürfnisse einer Stadt des 21. Jahrhunderts angepasste mittelalterliche System von Ring- und Einbahnstraßen der Augsburger Altstadt und bei seinen Bemühungen, einen Parkplatz irgendwo in der Nähe des Rathauses zu finden, erfuhr er an sich, dass es gar nicht so schwer war, Menschen in den Zustand von Verzweiflung und Ratlosigkeit zu stürzen. Nach langem Suchen fand er auf einem hässlichen Platz mit dem schönen Namen Obstmarkt einen freien Flecken. Das schwarze Kopfsteinpflaster des Obstmarktes war von stilfreien Zweckbauten der Nachkriegszeit umzingelt. Eine Armada Parkverbotsschilder vor dem schlimmen Verwaltungsbau der Regierung von Schwaben trieben Bucher weiter. Er lief in Richtung Rathaus und atmete durch. Der Platz breitete sich zur Stirnseite der Rathausfassade hin aus und war gefasst von einer Reihe schmucker Bürgerhäuser.

Im Sommer musste es hier herrlich sein, mitten in der Stadt in einem Straßencafé zu sitzen. Jetzt standen Lieferwagen herum, Handwerker sägten Bretter und niemand blieb stehen, um die Pracht der Renaissancefassaden und Türme aufzunehmen. Trotz der von Weihnachtsschmuck überbordenden Schaufenster mochte bei ihm keine Weihnachtsstimmung aufkommen. Die Auslagen einer Buchhandlung waren allesamt in leuchtend rote, goldene und blaue Schleifchen eingewickelt. Sogar die Schleifen selbst schienen noch einmal mit Schleifchen geschmückt. Leuchtdioden in Gelb, Blau und Rot blinkten aus der Dekoration hervor. Puppenstubengemütlichkeit. Es sah Grauen erregend weihnachtlich aus. Er schlenderte am Rathaus vorbei durch die engen Gassen der Marktstände, die hier inzwischen aufgebaut worden waren. Noch waren die Gänge zwischen den Buden leer. Es roch nach einem Gemisch aus Harz, Teer und Diesel, also noch weit entfernt von Glühwein und gebrannten Mandeln. Am Wochenende würde hier sicher kein Durchkommen mehr sein. Bucher beschleunigte seine Schritte und erreichte die dem Rathaus gegenüberliegende Häuserreihe. Hinter der langen Fensterfront, die sich dem Platz und der berühmten Fassade des Rathauses zuwandte, reihten sich Tische und Stühle eines Cafés. Er ergatterte einen der Logenplätze und schnappte sich die „Süddeutsche", die an einem Haken der Garderobe hing, bestellte gleich am Anrichtetresen eine Portion Café und ein Frühstück. Dann machte er es sich hinter der Fensterscheibe bequem und blätterte oberflächlich durch die Zeitung. Die Weltpolitik konnte ihn trotz aller Dramatik nicht fesseln. Zu sehr war er mit seinem Fall beschäftigt. Allein am Reiseteil blieb er intensiver haften. Ein Bericht über eine Schlossertour an der Loîre raubte ihm doch einige Minuten. Versonnen blickte er durch die Scheiben hinaus auf den von Kälte umwehten Platz. Das wäre eigentlich eine gute Idee. Im Frühjahr an die Loîre zu reisen, im Sommer dann an die Atlantikküste. In Gedanken plante er die Reiseroute, und war schon in Lyon angekommen, als er draußen einen Streifenwagen vorbeifahren sah. Dieser holte ihn wieder in die kalte Gegenwart zurück. Direkt im Rathaus war die Polizeiinspektion untergebracht, deren Beamte die Befragung der Nachbarn durchgeführt hatte. Bucher musste auch dort noch vorbei. Zunächst genoss er Streiflicht und Frühstück, bevor er sich auf den Weg hinüber machte.

Eine schwere, wuchtige Holztüre verschaffte Zutritt zu einem engen Vorraum, wo man dann von dicken Glaswänden umgeben war. Die Räume machten einen schmuddeligen Eindruck. Als ein Beamter kam und über den knisternden Lautsprecher nachfragte, was er wolle, zeigte Bucher seinen Dienstausweis vor und fragte nach dem Dienstgruppenleiter. Hineingelassen wurde er nicht. Der Beamte verschwand durch eine Seitentüre und kam mit einem älteren Beamten zurück. Offensichtlich der Dienstgruppenleiter. Bucher zeigte nochmals seinen Dienstausweis vor und sagte, er hätte einige Fragen zu den Ermittlungen im Mordfall Hengersberg. Als der Dienstgruppenleiter durch den Lautsprecher mit einem fragenden »Ja!?« antwortete, wurde Bucher sauer.

»Entweder ihr lasst mich jetzt rein oder ich lade euch nach München vor. Nur dass das klar ist, ja!«, blaffte Bucher in die Glasscheibe.

Ein Surren signalisierte ihm, dass der Türöffner betätigt worden war. Er drückte gegen die schwere Stahltüre, die sich mit einem Klacken öffnete. Er hatte nicht vor, lange herumzutun. Das bisher Erlebte reichte ihm schon. Der Dienstgruppenleiter schlich gelangweilt zu Bucher hin. Graue fettige Haare hingen ihm vom Schädel. Auf dem Namensschild las Bucher den Namen Gergenbauer. Er war etwa Ende vierzig und seiner Körpersprache nach war jegliche Motivation aus seinem Körper gewichen. Offensichtlich von Alkohol ersetzt worden. Bucher teilte ihm kurz und knapp mit, dass er mit den Beamten sprechen wollte, die am vorletzten Wochenende die Nachbarschaftsbefragung durchgeführt hatten und die den Tatort abgesichert hatten. Gergenbauer schlurfte mürrisch davon. Bucher folgte ihm. Durch zwei offen miteinander verbundene Räume gelangte er ins Dienstzimmer der Dienstgruppenleiter. Gergenbauer holte aus einem raumhohen Regal einen Aktenordner, in dem sich die Dienstkladden befanden. Gemächlich suchte er und stellte schließlich fest, dass es seine eigene Schicht gewesen war, die in dieser Nacht Dienst hatte. In Bucher brodelte es. Er dachte, wie jämmerlich es doch war, erst in einem Ordner nachsehen zu müssen, um festzustellen, in der Nacht mit einem Mordfall Dienst gehabt zu haben. Gergenbauer tippte auf zwei Namen. Hemann und Fischel.

Bucher sah ihn verblüfft an und fragte. »Sie waren nicht selbst draußen?«

Gergenbauer schüttelte nur den Kopf. Bucher fragte, ob die beiden Beamten heute im Dienst waren.

»Ich hol die zwoi rein«, war die lustlose Antwort in breitem, bräsigem Dialekt. Gergenbauer verließ das Zimmer und ließ einen um Fassung ringenden Bucher zurück.

Er setzte sich hinter Gergenbauers Schreibtisch und rief ihm nach, dass er es eilig habe und einige Telefonate führen müsse. Eine Antwort erhielt er nicht. Bucher war frustriert und ärgerlich über die Inkompetenz und Lustlosigkeit des Kollegen. Was war wohl erst von den Leuten in dieser Dienstgruppe zu erwarten?

Er nahm sich den Telefonhörer. In seinem Notizbuch suchte er die Telefonnummer des Hotels heraus, in dem Frau Hengersberg wohnte. Er war verwundert, wie schnell sie am Telefon war. Er hatte eigentlich nicht damit gerechnet, sie anzutreffen. Ihre Stimme war dünn, aber fest.

»Frau Hengersberg. Guten Tag. Hier ist Bucher von der Kripo. Sie erinnern sich?«

Nach einer Pause hörte ein »Ja, sicher, Herr Bucher.«

»Schön. Ich hatte Ihnen ja versprochen, Bescheid zu geben ... wegen der Freigabe ... zur Beerdigung. Ich komme gerade von der Staatsanwaltschaft. Es besteht von unserer Seite kein Grund mehr, eine Freigabe hinauszuzögern. Die Rechtsmedizin in München erhält heute per Fax die Mitteilung der Staatsanwaltschaft. Ich möchte Ihnen das hiermit schon mündlich mitteilen, dass Sie die notwendigen Dinge erledigen können. Sie erhalten das aber auch noch schriftlich.«

Am anderen Ende vernahm Bucher zunächst keinen Laut. Es dauerte eine Weile, bis Maria Hengersberg leise antwortete. »Ja. Herr Bucher, vielen Dank.«

Wieder vergingen ein paar Sekunden. Bucher sagte nichts, da er wusste, wie überfordert Angehörige von einer solchen Nachricht waren.

»Ich weiß jetzt gar nicht, Herr Bucher ... was ich ... also was denn die notwendigen Dinge sind, von denen Sie sprachen ...«

»Das kann ich verstehen, Frau Hengersberg. Es geht darum, dass Sie nun die Beerdigung vorbereiten können. Wissen Sie schon, wo Ihre Tochter bestattet werden soll?«

»Natürlich in Lindau. Da lebe ich ja.«

»Sie können sich jetzt mit einem Bestattungsinstitut in Verbindung setzen. Die kennen sich in solchen Dingen aus. Sie können dort angeben, dass eine schriftliche Freigabe der Staatsanwaltschaft in der Rechtsmedizin vorliegt. Die benötigen das für die Formalitäten der Bestattung.«

Das zähe Telefonat mit Maria Hengersberg setzte sich fort. Er hatte das Gefühl, sie hörte ihm gar nicht zu. »Ah ja. Ja ... vielen Dank, Herr Bucher. Ja ... Dann können wir unsere Tochter nun beerdigen ...«

»Ja, Frau Hengersberg. Das wollte ich Ihnen mitteilen.«

Da keine Antwort mehr kam, verabschiedete er sich. Hing noch an, dass er für Fragen gerne zur Verfügung stünde. Als er auflegte, war er froh, dieses Telefonat hinter sich gebracht zu haben. Jetzt hatte er seinen Kopf frei für die Kollegen Hemann und Fischel.

Er sah sich um. Der Putz war schon arg in Mitleidenschaft gezogen. Stellenweise sahen die Wände aus wie die rissigen Krumen in den Trockengebieten dieser Welt. Die Möbel waren alt und abgenutzt. Der angrenzende Raum war größer und diente als Arbeitszimmer der Dienstgruppe. Vier große Schreibtische standen dort. Ständig klingelte eines der Telefone. Bucher sah Gergenbauer draußen stehen, unter dem Arm einen Stoß Schriftstücke. Er verteilte die Post in den Dienstfächern und stand mit dem Rücken zu Bucher, in sich zusammengesunken, vor dem Regal. Die Hose hing flatterig herunter. Das Hemd, viel zu groß, bäumte sich in großen Falten über der Hüfte auf. Ein jämmerlicher Eindruck, der

Mitleid erweckte. Es tat Bucher schon wieder Leid, dass er so harsch aufgetreten war. Er wusste, dass er ungeduldig war, schnell barsch werden konnte und mochte diese Eigenschaften überhaupt nicht. Daher beneidete er andere, die gelassener reagieren konnten. Das Surren des Türöffners verriet ihm, dass Kollegen die Büros betraten. Bucher hörte die belanglos dahingesprochenen Begrüßungsfloskeln. Dann sah er die zwei Kollegen, wie sie ihre Aktentaschen, Kladden und Uniformmäntel auf die Schreibtische draußen legten. Sie blickten nur kurz zu ihm herüber, zeigten aber keine Reaktion. Gergenbauer war nicht zu sehen. Bucher hörte ihn sagen, dass ein Kollege vom LKA sie sprechen wolle, und deutete wohl auf das Büro, denn die beiden kamen nun herüber. Er saß hinter dem Schreibtisch und schaute die beiden an. Der Erste streckte ihm die Hand entgegen und stellte sich als Fischel vor. Der andere Kollege war wohl Hemann. Er gab Bucher über den Schreibtisch hinweg die Hand und hatte nur ein »Hallo« übrig. Sah dabei auch noch zur Seite. Bucher bedeutete den beiden, sich hinzusetzen. Hemann fand kaum Platz in dem Holzstuhl mit Armlehnen. Nicht weil er so füllig gewesen wäre. Sein Gürtel war behangen mit allem, was ein Gürtel nur tragen konnte. Bucher war das schon unangenehm aufgefallen. Hemann war Ende dreißig, nicht groß, auch nicht klein. Unter dem Hemd schienen sich gut trainierte Muskeln zu bewegen, wenngleich seine Bewegungen etwas Linkisches hatten. Er hatte schwarze lockige Haare und präsentierte stolz einen Schnauzer. Er trug keine Dienstjeans, wie eigentlich alle anderen Kollegen, sondern die alte Stoffhose – selbstreinigend, selbststehend, selbstbrennend – mit einer waffenscheinpflichtigen Bügelfalte. Über der Hüfte hing ein moderner Schnellverschlussgürtel. An ihm waren all die Dinge befestigt, die man in einem innerstädtischen Revier am allerwenigsten braucht. Die Pistole hing an der linken Hüftseite mit dem Griff nach vorne. Ein Schnellzieher also, dachte Bucher. Hinter der Pistole befanden sich das Ersatzmagazin, gefolgt von einem Ledertäschchen, in dem sich anscheinend ein Taschenmesser befand. Die Handschellen saßen direkt über dem muskulösen Arsch. Es ging weiter entgegen dem Uhrzeigersinn zur rechten Hüfte mit einer mittelgroßen Mag-Lite. Direkt an der rechten Hüftseite hing die Metallschlaufe für den Schlagstock. Bucher stellte sich vor, wie Hemann in dieser Aufmachung durch Augsburgs Innenstadt patrouillierte. Die seltsamen und höchst theoretischen Diskussionen an den Polizeihochschulen, ob denn das alleinige Anwesendsein von uniformierter Polizei schon einer rechtlichen Grundlage bedurfte oder schlichtweg durch hoheitliches Handeln abgedeckt sei, musste im Fall von Hemann ganz klar mit einem Ja für die Theoretiker beantwortet werden.

Die Fronten waren klar. Bucher hatte sich eine Meinung gebildet und die war kaum noch verrückbar. Vor ihm saß ein Ordnungshüter. Genau das, was Bucher nie sein wollte. Alleine der Begriff war ihm ein Gräuel. Jungen Kollegen hätte er ein solches Erscheinungsbild noch durchgehen lassen. Von einem erfahrenen Beamten jedoch erwartete er ein anderes Auftreten. Aber was ging ihm diese Dienststelle hier an.

Er richtete sich zunächst an Fischel. Einen hoch gewachsenen jungen Burschen mit kurzen blonden Haaren und roten Backen.

»Ich bin hier, weil es noch einige Fragen wegen dem Mord von vorletzter Woche gibt. Da waren Sie beide doch am Tatort eingesetzt, oder?«

Bucher verzichtete bewusst auf das kollegiale Du. Dass er als arroganter LKA'ler in die Analen der Dienststelle eingehen würde, war ihm gleich.

»Ja. In der Nacht waren wir draußen«, antwortete Fischel brav.

Bucher fuhr ruhig fort. »Wir haben inzwischen die Unterlagen der Tatortaufnahme aufgearbeitet, aber von Ihnen beiden dort nichts gefunden. Haben Sie einen Bericht geschrieben, Herr Fischel?«

Fischel sah nach rechts, zu Hemann, der für ihn antwortete.

»Ich war Streifenführer.«

Bucher wandte sich langsam Hemann zu. In dessen Stimme schwang etwas Feindseliges, verborgen. Nun gut. Er hatte auch nichts gesagt, was für Bucher interessant gewesen wäre. Streifenführer!? Bucher ging nicht darauf ein und fragte wieder Fischel.

»Haben Sie einen Bericht geschrieben? Wenn nein, warum nicht, und wenn ja, wo ist der?«

Fischel antwortete nun, ohne vorher mit Hemann Blickkontakt aufzunehmen.

»Ich war an dem Samstagabend ... also es war so später Nachmittag, aber eben schon dunkel ... mit dem Bernie ... äh ... dem Herrn Hemann schon am Tatort. Die Einsatzzentrale hat uns da hingeschickt. Wir haben das ... ich meine, den Tatort gesichert. Herr Hemann hat kurz reingesehen. Wir haben dann die Kollegen vom Kriminaldienst verständigt. Als die da waren, haben die eh alles übernommen. Ich habe nur im Haus rumgefragt, also bei den Leuten, die da waren, ob ihnen was aufgefallen ist. Da war aber nichts. Waren ja viele gar nicht da. Das hab ich dem Kollegen vom KDD auch gesagt.«

»In welchem Hausteil waren Sie?«, fragte Bucher nach.

»In dem mit der Wohnung, die Wohnung von der Toten. Wir hatten uns das aufgeteilt. Bernie ... Herr Hemann ... war im anderen Hausteil drüben.«

Das reichte Bucher erst mal. Er bedeutete Fischel mit einem Lächeln und einer weichen Handbewegung, dass er gehen könne, und drehte sich vollständig in Hemanns Richtung.

»Wir haben bei unserer Befragung im Haus festgestellt, dass Zeugen schon von Kollegen befragt worden waren. In unseren Akten finden sich aber keine Gesprächsnotizen oder Hinweise auf dergleichen. Deswegen bin ich hier. Wir fragen uns, wo die Ergebnisse der Befragung sind. Haben Sie denn einen Bericht geschrieben, Herr Hemann?«

»Nein. Wieso auch?«, antwortete der kurz und trocken.

Bucher merkte schon wieder, wie Ärger in ihm aufstieg. Er bemühte sich daher, ruhig zu bleiben. Es gelang ihm erstaunlich gut.

»Schauen Sie, Herr Hemann. Wir ermitteln in einem Mordfall. Es ist üblich, dass über alle Ermittlungstätigkeiten

Berichte gefertigt werden. Wenn Sie nun bei Ihrer Befragung nichts Wesentliches in Erfahrung gebracht haben, dann wäre es doch vernünftig gewesen, einen kurzen Vermerk zu schreiben, in welchem steht, was sie wann getan haben und was es erbracht hat. Zum Beispiel, welche Personen Sie im Haus angetroffen haben. Was diese zu Ihnen gesagt haben. Welche Feststellungen Sie selbst gemacht haben, Eindrücke. Ja!? Nur als Beispiel. Aber von Ihnen liegt uns leider überhaupt nichts vor. Wir wissen aber, dass Sie eine Befragung durchgeführt haben und Ihnen auch Auskunft gegeben worden ist. Wo ist also Ihr Bericht!«

Hemann blieb ungerührt und das, was er sagte, hatte in keiner Weise einen entschuldigenden Klang.

»Ich habe einige Hausbewohner angetroffen und befragt. Was die mir gesagt haben, war nur unwesentliches Zeug. Ich habe das auch dem Kollegen vom KDD gesagt. Der wollte von mir keinen schriftlichen Bericht, also habe ich auch keinen geschrieben. Was soll das überhaupt. Wenn ihr feinen Herren vom LKA nicht weiterkommt mit euren Ermittlungen, dann ist das doch nicht unsere Schuld, oder?«

Bucher sah ihn nicht an und lächelte die Furnieroberfläche des Schreibtisches an. Dieser Stumpfsinn entsetzte ihn. Mit diesem Hemann brauchte er gar nicht weiterzusprechen. Das mit den »feinen Herren« war deutlich genug. Er stand auf und sagte.

»Vielen Dank. Ich wollte wissen, weshalb uns kein Bericht vorliegt. Jetzt weiß ich es.« Hemann blieb im Stuhl sitzen, als Bucher das Büro verließ. Gergenbauer öffnete ihm die Stahltüre und Bucher trat auf den Rathausplatz hinaus. Die kalte Luft erschreckte ihn. Schnell schmiss er seinen Mantel über und machte sich auf den Weg zum Auto. Was sollte er mit diesen Dilettanten noch mehr Zeit verschwenden.

Er fuhr geradewegs zum Polizeipräsidium, um Dörner einen Besuch abzustatten und ihm von der Sache eben zu erzählen. Zudem schätzte er Dörners Meinung. Der hatte schon beim ersten Gespräch anklingen lassen, dass ihm der Fall irgendwie seltsam erscheine. Er hatte es auch, dieses Gefühl. Wie Bucher.

Er traf Dörner in dessen Büro an. Auf dem Schreibtisch verteilt, lagen Aufnahmen, die einen aufgedunsenen Körper zeigten. Bucher warf einen flüchtigen Blick auf das starre Grauen. Soweit er erkennen konnte, handelte es sich um einen älteren Mann. Dünne graue Haare klebten am fahlen Schädel. Der Leib war schwarz. Verwesungsspuren waren am ganzen Körper zu sehen.

»Ist das dein aktueller Fall?«, fragte Bucher, während Dörner die Bilder zusammenräumte und in ein graues Kartonkuvert steckte.

»Mhm. Ein wohlhabender alter Knabe. Ist vorgestern in seinem Haus von der Putzfrau aufgefunden worden. Polin. War für drei Wochen in der Heimat. Der Notarzt war noch ziemlich jung. Hat sich nicht getraut, „Todesursache geklärt" anzukreuzen. Die Jenny, vom Dauerdienst, hat zwar den Hausarzt des Toten angerufen und der hat ihr gesagt, dass es ihm wie ein Wunder vorkäme, dass sein Patient überhaupt so lange durchgehalten habe. Das Herz.«

Dörner legte seine breiten Handflächen auf den Brustkorb.

»Na ja. Die haben eine gründliche Leichenschau gemacht. Es war überhaupt nichts zu finden, was auf eine äußere Einwirkung hingedeutet hätte. Hat aber alles nichts genutzt. Jetzt habe ich den Kram hier liegen. Wird wohl ein Standardfall, der schnell wegzuschreiben ist. Obduktion ist morgen früh. Wenn die Todesursache feststeht, kurzer Bericht, und ab an die Staatsanwaltschaft.«

Bucher nickte stumm und angelte sich eines der Gummibärchen, die in einem großen Glas auf Dörners Schreibtisch standen.

Der fragte. »Und du. Bist wegen deiner Frauenleiche hier, oder?«

»Ja«, sagte Bucher betont stimmlos.

Dörner grinste ihn an. »Und? Was liegt an? Ihr werdet doch uns Dorfgendarmen nicht brauchen?«

Bucher sah ihn ernst an. »Du weißt, was du wert bist. Also. Aber mach bloß keine Witze über Dorfgendarmen. Das, was ich gerade unten in der Inspektion im Rathaus erlebt habe, war schon von der gröberen Sorte.«

Dörner schaute Bucher fragend an und verzog dann plötzlich das Gesicht zu einer Grimasse und rief. »Au weh. Au weh. Sag nichts. Der Gergenbauer mit seiner Truppe, oder?«

Bucher griff sich nun drei Gummibärchen und nickte. Dörner lehnte sich in seinem Bürostuhl nach hinten. Es schien seine Lieblingsposition zu sein.

»Daran hatte ich gar nicht gedacht. War der Gergenbauer am Tatort?«

»Nein. Er selbst nicht. Aber ein gewisser Hemann ... Streifenführer!«

Dörner lachte, als er hörte, wie Bucher das Wort zerlegte und hart aussprach.

»Das Gürteltier ...«

Bucher prustete los. Die lieben Kollegen fanden doch immer wieder bezeichnende Namen.

»Erzähl mal, was da unten los war«, sagte Dörner.

Bucher berichtete von den Ergebnissen der Befragung im Hause und den fehlenden Aktenvermerken. Dörner verzog sein Gesicht. Er war sichtlich sauer über das, was er gehört hatte.

»Es ist zwar für euch kein Problem, dass die bei der PI unten geschlampt haben, aber eine gute Sache ist das für uns nicht. Sicher nicht. Gerade, wo wir wegen unserem glorreichen Chef eh schon schlecht dastehen.«

»Genau deshalb bin ich zu dir gekommen. Ich habe bisher nur mit dem Gergenbauer und Hemann gesprochen. Der Fischler hat damit nichts zu tun. Ich dachte mir nur, bevor ich da etwas schriftlich mache, rede ich mit dir. Nicht dass ihr das am Ende ausbaden müsst.«

Dörner nickte und fragte Bucher. »Du hast Bedenken, dass noch mehr verschütt gegangen ist, oder?«

»Genau. Dieser Hemann ist ein Dilettant, der sich nur an seinem Gürtel aufrichtet. Wer weiß, was der alles versaut hat. Er war auch als Erster von den Kollegen in der Tatwohnung. Und da liegt nicht mal ein schriftlicher Vermerk drüber vor. Ich fasse das gar nicht. So kann ich das nicht lassen. Sollten wir einen Täter ermitteln, haut jeder Anfängeranwalt genau in diese Kerbe rein. Unsaubere Ermittlungen. Keine

Dokumentationen. Gibts da vielleicht was zu vertuschen? Du kennst die Spielchen ja. Also. Ich möchte eine detaillierte Stellungnahme von den Pfeifen da unten – gleich wie. Was ich nicht möchte, ist, dass ihr in Schwierigkeiten geratet. Euer Kriminaldauerdienst und die Spurensicherung haben nämlich hervorragende Arbeit geleistet. Kannst du das gerade biegen?«

»Mach dir da mal keine Sorgen«, sagte Dörner.

»Ich werde mit dem Chef drunten reden. Wir sind der gleiche Jahrgang, weißt du. Den Bericht bekommst du, verlass dich drauf.«

Bucher war zufrieden. »Prima. Aber noch mal zurück zu Gergenbauer. Erzähl mir mal was über den. Ich hab den ziemlich angefahren, aber das ging dem glatt runter. Er ist da herumgelaufen, als stünde er unter Drogen. Sieht ja auch ziemlich fertig aus.«

Dörner stützte sich auf der Schreibtischplatte auf. »Was soll ich dir da groß erzählen. Gergenbauer ist auf Alk. Schon seit Jahren. Alle wissen es. Die übliche Familiengeschichte. Während dem Dienst fremdgegangen. Die Frau hats irgendwann spitzgekriegt. Auszug mit den Kindern, Scheidung, Selbstmitleid, Alkohol. Dann immer die falschen Weiber. Das hat den Typ eben fertig gemacht. Der war früher gar nicht verkehrt. Aber inzwischen ist er eine richtige Belastung geworden. Das dumme ist nur ... der ist im Dienst nie besoffen. Jedenfalls kommt man ihm da nicht bei. Er ist auch nicht außergewöhnlich oft krank oder so. Er erscheint pünktlich zum Dienst, ist körperlich anwesend, und das wars dann aber auch. Unter den Bedingungen kommen dann die Hemanns, legen ihren Gürtel an und spielen sich als, wie hast du gesagt? – Streifenführer auf.«

Dörner hielt kurz inne. »Auf der anderen Seite. Das ist schon eine üble Dienststelle da unten. Die haben doch nur mit Besoffenen zu tun. Im Sommer vergeht kaum eine Nacht ohne Schlägerei oder Messerstecherei. Das ist kein Innenstadtrevier mehr wie vor zwanzig Jahren. Es ist schon härter geworden. Vielleicht braucht man da solche Leute wie Hemann.«

Bucher sah ihn zweifelnd an. »Meinst du wirklich?«

Dörner schnaufte laut aus und lehnte sich wieder zurück. »Nein. Nicht wirklich.«

»Gut, dann bin ich ja beruhigt ... aber jetzt zu unserer Ermittlung.«

»Unserer?«, fragte Dörner.

»Komm. Du weißt schon, wie ich das meine«, sagte Bucher, winkte ab und informierte ihn in wenigen, kurzen Sätzen. Dörner hörte aufmerksam zu.

»Das läuft doch optimal. Ihr habt zwei ganz gute Ansätze. Die Sache im Verlag und den Besucher, der aussieht wie Einstein. Damit seit ihr gut beschäftigt.«

Bucher nickte langsam, streckte seine beiden Handflächen noch oben und sagte bedächtig. »Das schon.«

Es entstand eine kurze Stille, bevor Dörner wieder fragte. »Was ist dein Problem?«

»Mein Gefühl. Und ich weiß genau, dass es dir genauso geht wie mir. Als wir hier waren, um die Akten zu übernehmen, hast du von einem eigenartigen Gefühl gesprochen. Die Tatausführung und so weiter. Machen wir das alte Spielchen. Sag mir drei Worte, die dir bei dieser Tat in den Sinn kommen.«

Dörner sprach die Worte langsam und überlegt aus. »Kontrolle ... Asexuell ... Gewaltexzess.«

Bucher schlug sich mit der Hand auf den Oberschenkel.

»Siehst du! Genau das ist es! Die drei passen überhaupt nicht zusammen – Tatausführung, Spurenlage ... einfach seltsam, oder!?«

Dörner wiegte seinen Kopf und sagte zurückhaltend. »Das schon. Aber was leitest du daraus ab. Es kommt ja öfters vor, dass der Eindruck, den man am Anfang von einer Tat gewinnt, nicht ganz richtig oder gar falsch ist.«

Bucher sagte ernst. »Mein Problem ist derzeit folgendes. Ich leite daraus ab, dass der Täter – und ich gehe inzwischen von einem Täter aus – eine solche Tat nicht zum ersten Mal verübt hat ... und dass es nicht das letzte Mal gewesen sein wird. Das ist es, was mich beschäftigt.«

»Dann sind wir ja einer Meinung«, sagte Dörner.

Bucher nickte ihm zu. »Danke. Weißt du, ich brauchte ein wenig Orientierung von einem Dorfgendarmen, der die Sache aus einiger Entfernung betrachten kann.«

»Wie geht ihr weiter vor?«, fragte Dörner.

»Klassisch. Alex und Armin krallen sich gerade diesen Freding vom Verlag. Daneben machen wir uns auf die Suche nach Einstein. Es gibt da noch eine E-Mail, die die beiden gefunden haben. Es geht darin um eine Stiftung. Maren Hengersberg schrieb an jemanden, dessen Identität wir derzeit nicht klären können. Es ging um eine Stiftung und Finanztransaktionen. Etwas eigentümlich. Wir haben da noch überhaupt keine Erkenntnisse und müssen es noch abklären. Eine E-Mail-Adresse haben wir zwar, aber es ist anscheinend unmöglich, die dahinterstehende Person zu ermitteln. Die Telefonauswertung steht noch aus. Heute Mittag liegen Spurenberichte und Analysen vor. Da werden wir dann auch offiziell schlauer sein.«

Dörner reckte seine Hände nach vorne und meinte. »Mein Gott, hast du es gut. Das ist ein richtig toller Fall. Eine schöne Tote mit konkreten Tatspuren, eigentümliche E-Mails, Zeugen, die Leute gesehen haben. Davon träume ich. Schau meine traurigen Ermittlungen an. Ein halb verwester Pensionist, der vermutlich einem Herzanfall erlegen ist. Wow!«

»Ja! Ich bemitleide dich!«

Bucher stand grinsend auf und verabschiedete sich.

Die Straßen waren inzwischen angenehm frei. Er wählte die Südroute und fuhr am Ammersee vorbei nach München. Bis Mittag wollte er im Büro sein, um mit Lara Saiter zusammen Spurenberichte und rechtsmedizinisches Gutachten durchzugehen. Dann wollte er noch einen kurzen schriftlichen Status für Staatsanwaltschaft, Weiss und Kundermann fertigen. Zudem war er neugierig, was Armin und Alex bei diesem Freding herausgebracht hatten.

Auf den Gängen des Landeskriminalamtes herrschte reger Betrieb. Mittagszeit. Wer soziale Kontakte haben wollte, musste in den zwei Stunden zwischen elf und ein Uhr nur durch die Gänge laufen. Nachdem Bucher die Sicherheitsschleuse passiert hatte, ging er kurz in das Pförtnerbüro und ratschte ein wenig.

Nach dem Schwatz ging er in sein Büro. Der Weg dorthin war gepflastert von »Grüß dich«, »Mahlzeit« , »Servus« und »Hallo«. Kurz vor dem Treppenhaus begegnete ihm Heinz, der Drucker. Bucher grüßte ihn und war fast schon an diesem vorbei, als ihm die Visitenkarten wieder in den Sinn kamen. »Stopp!«, rief er laut, während er abrupt umdrehte. Der Drucker war kein Mensch für Stress und Hektik. Bucher ging schon auf ihn zu, als der seinen Bauch noch in die Richtung des Rufes drehte. Die Sache mit den Visitenkarten war schnell geklärt. Kein schriftlicher Antrag. Kein langes Warten. Welch armer Mensch, der keine Visitenkarte verteilen kann, dachte er, als er auf den Marmorimitaten nach oben sprang. Endlich im Büro angekommen, sah er in sein Postfach und Gergenbauer kam ihm wieder in den Sinn, wie er am Morgen lustlos die Post verteilt hatte. Für Bucher lag nichts Neues im Fach. Er schaute kurz in die anderen Büros. Alle waren leer. Lara war wohl noch in der Kantine und die anderen beiden noch in Augsburg beschäftigt. Unvorhergesehenes konnte nicht passiert sein, denn das Handy hatte nicht getönt. So ging er in den Besprechungsraum und setzte die Kaffeemaschine in Betrieb. Lara hatte nach dem Mittagessen sicher nichts gegen einen Kaffee. Er selbst nagte an seinen zwei Äpfeln und der Banane herum. Das Kantinenessen tat ihm, besser gesagt, seiner Figur, überhaupt nicht gut. Er konnte gar nicht verstehen, wie die anderen jeden Mittag dort essen konnten und trotzdem so schlank blieben. Nun gut, Alex ausgenommen. Aber selbst der hielt zumindest seine Unfigur und wurde nicht wesentlich unförmiger. Während er auf einem Apfel herumbiss, beschloss er, dass er sich um Einstein kümmern wollte. Alex und Armin waren mit Freding erst mal ausgelastet, Lara erledigte den Schriftkram und er hatte jetzt Zeit und Lust. Es dauerte nicht lange, als es an seiner Bürotüre klopfte. Lara Saiter stand in der Türe.

»Hallo. Ich roch den Kaffee und dachte mir schon, dass du zurück bist. Wie ists gelaufen?«

Bucher erzählte von der coolen Staatsanwältin und von Gergenbauers Schicht. Sie lehnte währenddessen im Türrahmen und hörte zu. Als Bucher geendet hatte, fragte er, ob sie von den anderen gehört habe. Hatte sie nicht.

»Zeit für Kaffee?«, fragte er.

»Immer ... ach übrigens. Ich habe mich noch mal um diesen Theodor von Schwingenstein gekümmert ... der steht im Frühjahr als Kandidat zur Wahl. Und zwar als Präsident für eine amerikanisch-deutsche Handelsorganisation. Ziemlich wichtiger und einflussreicher Posten. Ich kann mir vorstellen, dass er deswegen so Druck gemacht hat, uns den Fall zuzuschanzen. Der will bis März diese Sache mit seiner Nichte weghaben. Und die größte Chance sah er wohl, wenn wir das erledigen. Meinst du, ich liege falsch damit?«

Bucher schüttelte den Kopf. »Nein. Da liegst du überhaupt nicht falsch. Genau so ein Typ ist das. Haken wirs einfach ab.«

Sie stieß sich vom Türrahmen ab und ging. Er blätterte in der Bildmappe, die dem Bericht von der Rechtsmedizin beilag. Er wunderte sich über die technische Brillanz der Fotos. Der tote Körper von Maren Hengersberg war gestochen scharf abgebildet. Jeder Stich, jeder Schnitt und die Wirkung der Schläge waren auf den großen Prints detailliert abgebildet. Pfeile und Textfenster erläuterten jede Verletzung. Es war schon enorm, wie sich in den letzten Jahren Form und Qualität von Dokumentationen verbessert hatten. Lara Saiter ordnete die Aktenhefter und begann mit ihrer Zusammenfassung des Spurengutachtens.

»Keine Neuigkeiten, was den Spurenbericht angeht. Die detaillierte Auswertung hat nichts ergeben, was unseren Ermittlungen eine neue oder andere Richtung geben könnte. Keine Spuren an der Eingangstüre oder in den Zimmern. Und leider, aber wie erwartet, keine Sperma- oder Speichelspuren. Wir haben inzwischen die Ergebnisse der DNA-Untersuchung der gesicherten Speichelproben im Wohnzimmer. Sie stammen von Maren Hengersberg. Also da ist nichts zu holen. Eine interessante, noch nicht abgeklärte Spur haben wir in einem Finger- und Handflächenabdruck auf dem Sofa. Er stammt nicht von Maren Hengersberg. Der Größe nach von einem Mann. Der Abdruck muss relativ frisch gewesen sein, denn, wie die Kollegen mir sagten, haben sie den mit herkömmlichen Puder sichern können. Es war also noch genügend Fett- und Feuchtigkeit vorhanden. Der Abdruck ist maximal zwei bis drei Wochen alt. Das hat mir der Teamchef von den Erkennungsdienstlern am Telefon gesagt. Seine persönliche Meinung, die er aber nicht in das Gutachten schreiben wollte. Es ist nur für uns gedacht, so als Hausnummer.«

Bucher sah seine Kollegin fassungslos an und fragte.

»Hab ich das richtig verstanden, Lara? Die von der Spurensicherung haben weder Fremdhaare, Schuppen noch Hautpartikel finden können!? Auch nicht im direkten Umfeld der Leiche!? Das kann ich nicht glauben!« Er rang nach Luft.

»Mensch. So wie der gewütet hat ... da müssen doch solche Spuren vorhanden sein! Auf Sperma oder Speichel hatte ich ja gar nicht gehofft. Das wäre ja auch zu schön gewesen. Aber das jetzt ...!?«

Lara Saiter schaute ihn mit ihren großen dunklen Augen an und nickte. »Genau. Das habe ich mir auch schon gedacht ... und den Kollegen von der Spurensicherung geht es nicht anders. Ich habe, nachdem ich den Bericht hier durchgearbeitet hatte, mit dem Leiter des Teams telefoniert. Der sagte mir, dass sie schon am Tatort von der Spurenlage überrascht waren. Die haben das Wohnzimmer dreimal durchforstet. Nichts. Gar nichts. Die können das auch nicht verstehen.«

Sie machte ein kurze Pause und sah auf die Akten. »Ich kann dir nur sagen, dass der Spurenbericht vom Feinsten ist. Die haben echt tolle Arbeit geleistet. Also an den Kollegen da drüben liegt es sicher nicht. Da war einfach nichts an verwertbaren Spuren. Die hätten uns ja wirklich gerne eine saubere Fremd-DNA geliefert.«

Bucher schnaubte laut durch die Nase und sah aus dem Fenster und massierte sein Kinn, als er leise, fast wie zu sich selbst sprach. »Na gut. Wir haben zwar keine der erhofften Spuren, aber wir wissen nun auch wieder etwas mehr. Der

Täter weiß offensichtlich, welche individuellen biologischen Spuren man hinterlassen kann, und hat sich darauf vorbereitet. Der muss da ziemlich Aufwand betrieben haben. Und noch etwas ...« Bucher sah jetzt zu Lara.

»Es war keine Raserei. Wenn man wütend, rasend ist, dann macht man Fehler. Irgendwann fliegt doch mal Speichel davon. Nein ... es ist viel schlimmer. Er war nicht tobend und blindwütig nach gängigem Verständnis, als er auf sie einschlug. Er hat das zwar mit großem Kraftaufwand getan, aber ... in völliger emotionaler Kälte. Emotionslose Raserei.«

Er klang, als würde er selbst nicht glauben, was er da aussprach.

Lara Saiter stimmte ihm zu. »Sieht wirklich ganz danach aus. Es wäre nur interessant zu wissen, wie er vermieden hat, genau die Körperzellen zu hinterlassen, die wir eigentlich erwartet hatten?«

»Was sagen die Spurensicherer dazu?«, fragte Bucher.

Lara zuckte mit den Schultern. »Die sind da im Moment auch etwas ratlos. Einen Staubsauger hat er sicher nicht verwendet, denn dann wären auch keine Haare von Maren Hengersberg aufgefunden worden. Aber die waren ja da. Außerdem hat niemand einen solchen Spezialsauger wie die von der Spurensicherung. Ich kann mir eigentlich nur vorstellen, dass er sich irgendwie verpackt hat.«

»Du denkst an so eine Art Ganzkörperkondom, wie unsere weißen Strampelanzüge für die Tatortarbeit?«, fragte Bucher.

»Ja ... wäre doch möglich, oder?«

»Theoretisch schon. Aber das wäre nun wirklich aufgefallen. Und in der Wohnung kann er so ein Ding ja schlecht erst angezogen haben. Nein. Da gibt es wohl eine andere Erklärung. Aber das finden wir schon noch raus.«

Sie blätterte geräuschvoll in der Akte und sagte. »Ganz enttäuschen möchte ich dich ja auch nicht. Interessant ist der Splitter, der im Hausgang gefunden worden ist. Da macht uns Klaus von der Chemie drüben ein Einzelgutachten. Er bringt es uns heute rüber. Eines steht jetzt schon fest. Das Blut daran stammt von Maren Hengersberg. Es könnte ein

Splitter von einem Werkzeug oder Gegenstand sein, mit dem er auf sie eingeschlagen hat. Also das Gutachten kommt in den nächsten Tagen ... und es wurden Fasern gefunden, die äußerst selten sind. Eine auf dem Boden im Gang und eine weitere auf dem Boden direkt am Leichenfundort sowie am Bogendurchgang zum Wohnzimmer. Da hing sie am Durchgang. Auf einer Höhe von einem Meter achtundfünfzig. Könnte ein Abrieb von einem Mantel gewesen sein. Von der Schulter, beim Durchgehen. Die Höhe von einsachtundfünfzig sagt aber auch, dass es nicht von Maren Hengersberg gewesen sein kann. Die wäre dafür zu klein. Zudem fand sich unter ihren Kleidungsstücken kein einziges Stück, das aus einem solchen Stoff gefertigt war, auch nicht in Teilen. Sie hatte auch nichts in der Wäscherei, oder so. Hab ich schon überprüft. Wir hängen uns jetzt an diese Faser. Denn die ist wirklich ausgesprochen selten. Unser Textilingenieur war total von der Qualität begeistert. Was immer daraus hergestellt worden ist, muss ganz schön teuer gewesen sein.«

»Das ist ja schon mal was«, knurrte Bucher und schenkte sich Kaffee nach.

Sie wechselte die Ordner und nahm jetzt die Akte der Rechtsmedizin in die Hand.

»Du warst ja bei der Obduktion dabei und hast uns das Wichtige ja schon mitgeteilt. Was da noch ausstand, war die genaue Bestimmung des Todeszeitpunktes. Den haben wir jetzt. Die haben sich da wieder verkünstelt, sag ich dir. Drei wissenschaftliche Modelle sind wohl zum Einsatz gekommen. In der wissenschaftlichen Darstellung ist die Spanne auf Sonntag fünfzehn Uhr bis Montag drei Uhr festgesetzt. Da aber die Mutter ja noch gegen neunzehn Uhr mit ihrer Tochter telefoniert hat, wurde der Todeszeitpunkt auf Sonntag neunzehn bis ca. Montag drei Uhr festgesetzt ... ist für uns zwar nichts Neues, bestätigt aber unsere bisherige Annahme. Ist ja auch nicht schlecht, oder!?«

»Ganz und gar nicht«, sagte Bucher. »Danke dir für Mühe, Lara. Wir gehen das mit den anderen beiden bei unserer Besprechung morgen durch. Ich kümmere mich jetzt um das Ergebnis von VICLAS und die Telefonauswertung. Die müssten eigentlich schon in der Post liegen. Armin ist mit Alex noch bei diesem Freding zugange Ich bin schon sehr gespannt, was die beiden da rauskramen. Außerdem möchte ich noch die Verkehrsüberwachung in Augsburg anzapfen. Vielleicht haben die was Interessantes für uns.«

»Alles klar. Was ist eigentlich mit diesem Wellberg. Nimmst du ihn dir noch mal vor?«

»Aber sicher. Den habe ich nur erst mal nach hinten gebucht. Ich warte erst noch die Beerdigung ab. Die wird noch vor dem Wochenende sein, denke ich. Da habe ich dann ja alle beisammen, die ich brauche.«

»Du gehst da also hin, oder?«

»Ja. Das habe ich schon vor. Hatte sowieso nichts geplant am Wochenende. Außerdem möchte ich mal die ganze Familie sehen. Den Vater und den Bruder. Ist doch eine eigenartige Familie, irgendwie, oder, was meinst du?«

»Normal ist doch nur, dass jede Familie irgendwie eigenartig ist. Ich kenne keine dieser Musterbuchfamilien. Überall Eigenarten, ohne Ende«, sagte sie.

»Da hast du natürlich Recht.«

Bucher strich ihr kurz über die Schulter, als er an ihr vorbei den Besprechungsraum verließ und in sein Büro ging.

Dort sah er zunächst den Stapel mit Post durch, der sich auf der Schreibtischunterlage türmte. Auf den unzähligen Rundschreiben, die von der Verwaltung des Landeskriminalamtes auf den Weg gebracht wurden, kleckste er geschwind sein Namenskürzel und Datum. Damit bestätigte er, dass er vom Inhalt Kenntnis genommen hatte, wenngleich er meistens nur den Betreff las. Für Parkordnungen, Beihilferegelungen und den ganzen anderen Verwaltungskram hatte er nie Zeit. Und wenn er sie mal hatte, fehlte es an Interesse. Er informierte sich über diese Dinge beim Kaffeetrinken. Wenn da so ein Thema aufkam, erhielt er meistens von Hartmann eine Art Crashkurs. Bis jetzt war Bucher damit gut gefahren und wollte an dem Verfahren auch überhaupt nichts ändern. Von dem Turm aus Schriftstücken wanderten nur wenige in seinen Klappordner. Darunter die Auswertung von Maren Hengersbergs Telefonanschlüssen und der Analyseausdruck der VICLAS-Erfassung. Bevor sich Bucher die Unterlagen ansah, rief er im Augsburger Polizeipräsidium an und ließ sich mit dem Leiter der Verkehrspolizei verbinden. Er kündigte an, eine Liste mit Kennzeichen zu übermitteln, mit der Bitte, diese im Datenbestand für Verkehrsordnungswidrigkeiten abzuklären. Routinearbeiten. Schon oft hatten Radarfallen, Blitzampeln oder Halteverbote gute Hinweise liefern können. Er bekam die Mailadresse eines Sachbearbeiters genannt, der für derartige Ermittlungen zuständig war.

Als er das erledigt hatte, öffnete er das Kuvert, in welchem sich die Listen der Telefonauswertung befanden. Maren Hengersberg hatte Heimtelefon und Handy bei der Telekom. Das vereinfachte die Auswertung ungemein. Bucher entnahm dem Kuvert die beiden Streifen Endlospapier. Zuerst ging er die Anrufe des Haustelefons durch. Am Sonntag, der inzwischen als Tattag feststand, waren mehrere Gespräche verzeichnet. Das letzte fand am Abend von achtzehn Uhr vierundfünfzig bis neunzehn Uhr dreizehn statt. Die aufgeführte Telefonnummer war die von Marens Mutter. Es war das letzte Gespräch der beiden. Bucher musste daran denken, wie bitter Maria Hengersberg davon erzählt hatte. Kurz davor gab es ein Gespräch, das sehr kurz war. Von achtzehn Uhr siebenunddreißig bis achtzehn Uhr vierzig. Drei Minuten. Am Sonntagvormittag waren zwei Telefonate aufgeführt. Das eine hatte nur vier Minuten gedauert. Das andere hingegen zweiundsiebzig Minuten. Bucher überlegte, wann er das letzte Mal über eine Stunde telefoniert hatte. Es fiel ihm nicht ein. Die Aufzeichnung endete mit dem Telefonat von Mutter und Tochter. Am Samstag hatte sie nur dreimal telefoniert. Zweimal nach München, wie die Vorwahl angab. Dann, am späten Nachmittag, ein Ortsgespräch. Bucher stutzte. Einhundertneununddreißig Minuten sollte das Telefon gedauert haben. Mit wem spricht man bitte über zwei Stunden am Telefon, wenn man sich eigentlich auch treffen könnte. Bucher schüttelte den Kopf, doch dann fiel ihm ein, wie lange Kathrin auf dem Sofa liegen konnte und ganze Spätnachmittage mit irgendeiner Freundin verratschte, die nur einige Kilometer entfernt war. Wenn er mit Freunden telefonierte, dauerte das kaum länger als eine Viertelstunde. In dieser Zeit war das Wesentliche besprochen. Gab es mehr zu bereden, dann traf man sich eben.

Er notierte die Telefonnummern, die auf der Liste angegeben waren, auf einem dafür vorgesehenen Formblatt und legte es in den Postauslauf. Der Postgänger, wie das hier bei ihnen hieß, würde am Nachmittag durch die Büros gehen, die Postfächer leeren und die Sendungen auf den Weg bringen.

Jetzt hatte er Zeit für die VICLAS-Analyse. Alex und Armin hatten die bisher bekannten Daten ihres Falles in die internationale Datenbank eingegeben. Bucher breitete die Auswertungen auf seinem Schreibtisch aus. Die Recherche hatte drei Fälle zutage gefördert. Die Opfer, Frauen zwischen dreißig und fünfunddreißig Jahre alt, lebten alleine und es handelte sich nicht um Prostituierte. Sie wurden in ihrer eigenen Wohnung getötet. Tatwaffe war ein Messer und Spuren für ein Sexualdelikt konnten nicht gefunden werden. Bucher nahm sich die Daten vor. Beim ersten Fall handelte es sich um eine neunundzwanzigjährige Frau, die in Bremen erstochen in ihrer Wohnung aufgefunden wurde. Dann eine einunddreißigjährige Frau in Beckenbraake. Bucher hatte den Ortsnamen noch nie gehört. Es musste aus Münchener Sicht aber sehr weit im Norden liegen. Der dritte Fall wies nach Südosten. Eine dreiunddreißigjährige Redakteurin aus St. Pölten in Österreich wurde im Juni des vorletzten Jahres in ihrer Wohnung Opfer eines Messerangriffs. Er ging die einzelnen Merkmale der Fallschilderungen genauestens durch. Die Ergebnisse brachten ihn nicht weiter. Noch waren ihre Erkenntnisse zu allgemein. Der Fall in Bremen war zudem als erledigt gekennzeichnet. Ein Täter saß dort schon in Untersuchungshaft. Bei dem Opfer in Beckenbraake lag zwar auch ein Stich ins Herz vor, doch auch noch eine Durchtrennung der Halsschlagader. Bucher legte die Auswertungen dieser beiden Fälle zur Seite. Er würde sich nicht weiter um sie kümmern. Übrig blieb die ermordete Redakteurin aus St. Pölten. Er sah die tabellarische Auflistung der Tatmerkmale durch. Das Opfer war geschlagen worden. Ein sexueller Hintergrund war nicht dargestellt. Als Todesursache stand der Stich ins Herz fest. Es lagen zahlreiche Schnitt- und Stichverletzungen vor, die jedoch nicht tödlich waren. Auch in diesem Fall waren kaum Tatortspuren des Täters vorhanden. Allerdings lagen einige DNS-Spuren vor, die noch nicht zugeordnet werden konnten. Fingerspuren, Speichel oder Sperma wurden am Tatort nicht aufgefunden. Sobald Batthuber und Hartmann wieder verfügbar waren, sollten sie die VICLAS-Daten ergänzen. Inzwischen wussten sie ja, dass der

Täter bewusst vermied, Spuren zu verursachen, oder unvermeidbare beseitigte. Vielleicht ergab diese neue Erkenntnis einen weiteren Querverweis zu einem anderen Fall. Trotzdem notierte er Aktenzeichen und Sachbearbeiter des St. Pöltener Falls. Den wollte er sich schon mal genauer ansehen. Dann legte er die Unterlagen mit einer Notiz in das Fach von Hartmann. Als er sich umdrehte, stach ein heftiger, ziehender Schmerz, von der Hüfte ausgehend, bis hinunter in den Oberschenkel. Er atmete mit einem Stöhnen aus. Das Telefon läutete und Klaus Becker war dran, Chemiker bei der Kriminaltechnik. Bucher hatte häufig mit ihm zu tun und schätzte seine Arbeit. Becker war gut gelaunt. Überhaupt gehörte er zu denjenigen, die durch Ausgeglichenheit und Höflichkeit auffielen.

»Hallo Chefermittler, wie gehts denn so?«, trällerte er ins Telefon, als Bucher sich mit gequälter Stimme meldete.

»Hi, Chefchemiker, und selbst. Was macht die Forschung. Ist das neue Waschmittel schon fertig? Mit dem bisschen Spurenanalyse für uns Kriminaler seid ihr ja sowieso nicht ausgelastet«, lästerte Bucher ab.

»Warte doch erst mal ab, was ich für dich habe. Ich kenne deinen Fall zwar nicht im Detail, aber ich denke, dass es interessant für dich ist.«

»Erzähl«, forderte er ihn auf.

»Mhm ...«, klang es unschlüssig aus dem Hörer.

»Ich komme lieber rüber zu dir. Dann ist es einfacher, zu erklären. Geht das?«

»Klar. Kennst dich ja aus. Bis gleich.« Bucher legte auf.

Er war gespannt, was Becker da herausgefunden hatte, und räumte seinen Schreibtisch frei. Die Heizung sorgte für trockene Wärme und das beständige Stechen im rechten Bein bewirkte, dass auf Buchers Stirn feiner Schweiß stand. Er ging zu seinem Schrank und nahm einen dünnen schwarzen Rollkragenpullover heraus. Der dickere Lambswool, den er in der Bretagne gekauft hatte, war fürs Büro nicht geeignet. Im kleinen Waschbecken, ehemals Bestandteil eines technischen Labors, wusch er sich den Schweiß aus dem Gesicht. Er wollte etwas frischer wirken, bevor Becker hier sein würde.

Noch während er sich den dünnen Rolli über den Kopf zog und dadurch für einige Sekunden blind zurück zu seinem Schreibtisch lief, klopfte es an der Türe. Mensch ist der schnell, dachte Bucher.

»Ja...aa ... nur herein«, rief er – immer noch damit beschäftigt, sich den Stoff übers Gesicht zu ziehen.

»Du weißt doch, dass in diesem Büro niemand mit der Tippse auf dem Schreibtisch vö...«

Bucher hatte den Rolli nach unten gezogen, sein Gesicht war wieder frei und lächelte in Richtung Türe. Er blickte in drei fragende Augenpaare. Vor ihm standen Lara Saiter, Miriam Weber und Julia Bachmann. Lara Saiter stand im Türrahmen und kniff ihr Gesicht zusammen. Hinter ihr standen die beiden Journalistinnen, mit denen er in der Wohnung zusammengestoßen war. Bucher spürte die Hitze in seinem Gesicht. Miriam Weber sagte entschuldigend: »Wir hatten angeklopft.«

Bucher nickte mehrmals und das »Ja«, das er seinem Hals entwand, klang dumpf. Er räusperte sich und bemerkte das feine Lächeln auf Miriam Webers Gesicht. Er sah Lara Saiter fragend an und das »Bitte?«, welches er an sie richtete, klang schon etwas fester. Lara Saiter sagte, dass Frau Weber und Frau Bachmann gekommen seien, um eine Aussage zu machen. Bucher war vollends verwirrt. Er zog seinen Pulli gerade und bat seine Kollegin, die beiden in den Besprechungsraum zu bringen. Als die drei Frauen sein Büro verlassen hatten, setzte er sich auf den Rand seines Schreibtisches und stieß laut die restliche Luft aus seiner Lunge. Das hatte ihm gerade noch gefehlt, sich so zu blamieren. Hätte er nur seinen Mund gehalten. Gott, war er zornig auf sich selbst. Die Türe schwungvoll aufgestoßen. Es war Klaus Becker, der mit einer Akte unterm Arm in Buchers Büro einfiel.

»Könntest wenigstens anklopfen«, knurrte Bucher ihm entgegen.

Becker entgegnete verwundert. »Wieso denn das?! Muss man hier auch schon Bedenken haben, dass jemand mit der Tipp...«

»Hör auf!«, fiel ihm Bucher energischer dazwischen, als er eigentlich wollte.

Becker stand völlig verdutzt da. »Was ist denn mit dir los? Gerade warst du doch noch völlig normal drauf, als wir telefonierten!?«, sagte er schließlich.

Bucher sah auf und stöhnte.

»Ich erklär dir das ein andermal. Tut mir Leid, aber ich habe gerade zwei Zeugen drüben sitzen, die eine Aussage machen. Macht es dir was aus, wenn wir uns später treffen. Ich komme dann rüber zu dir?«

»Natürlich nicht«, antwortete Becker. »Wenn du mir dann erklärst, was los war …«

Er hob die Hand kurz zum Gruß, drehte sich um und ging.

Bucher schnaufte tief durch, sah in den Spiegel, brachte seine Haare in Form und ging hinüber in den Besprechungsraum. Schon im Gang hörte er Lachen. Die drei schienen sich gut zu unterhalten. Er merkte, wie er nervös wurde, und sprach zunächst Lara Saiter an, als er das Besprechungszimmer betrat. »Habe ich das gerade richtig verstanden. Es geht um eine Aussage?«

Sie hob die Schultern kurz an, nickte und sah dann zu Miriam Weber und Julia Bachmann. Bucher setzte sich Miriam Weber gegenüber. Wieder blieb sein Blick einen Augenschlag zu lange an ihren schwarzen lockigen Haare kleben, deren Locken weich über die Schultern streichelten, wenn sie den Kopf drehte. Auf ihrem Gesicht lag immer noch dieses feine Lächeln und ihre dunklen Augen blitzten.

»Nun. Welche Aussage möchten Sie machen, Frau Weber?«, begann er und war froh, dass ihm die Stimme nicht versagte.

»Das werden Sie sich sicher denken können«, begann sie. »Es geht um Maren Hengersberg. Ich glaube daher, es wäre gut, wenn ich etwas weiter ausholen könnte.«

Bucher breitete die Arme aus und bedeutete ihr, dass er dagegen nichts einzuwenden hätte. Sie sah kurz zu Julia Bachmann und fuhr dann fort. »Wir, also Frau Bachmann und ich, kennen … kannten Maren Hengersberg schon aus früheren Zeiten. Wir haben uns vor über zehn Jahren an der

Uni kennen gelernt und waren öfters miteinander weg. Sind auch mal zusammen in Urlaub gefahren. Kurz und gut. Wir waren befreundet. Allerdings ... nicht so enge Freundinnen. Nach dem Studium haben sich unsere Wege erst mal getrennt ... Wie das eben so ist. Wir blieben aber in lockerem Kontakt, trafen uns immer wieder mal auf einen Kaffee ... so eben.«

Miriam Weber sah kurz zu Julia Bachmann, die ruhig ihrer Erzählung zuhörte, und sprach dann, zu Bucher und Lara Saiter gewandt, weiter. »Vor etwa drei Wochen rief mich Maren in München an und bat mich um ein Treffen. Es ginge um eine Sache, die sie sehr beschäftigte und in der sie meine Hilfe bräuchte, erzählte sie mir damals.«

Bucher fragte kurz. »Weshalb hat sie ausgerechnet Sie angerufen?«

»Also, konkret ging es ja um das finanzielle Gebaren einer Stiftung. Zum einen wollte Maren, dass ich mich inhaltlich mit dem auseinander setze, was sie ... ja ... wohl ... herausgefunden hatte, oder was auch immer. Und dann ging es ihr wohl darum, zu erfahren, was eine eventuelle Veröffentlichung bewirken würde. Ob so etwas ratsam sei, oder nicht.«

»Wo arbeiten Sie als Journalistin?«, fragte Lara Saiter.

»Ich bin freie Journalistin und bekomme von verschiedenen Redaktionen meine Aufträge.«

»Entschuldigung, dass ich Sie da jetzt unterbreche, aber welcher Art Journalismus gehen Sie nach. Auf ihrem Presseausweis stand etwas von cpa, oder so ...?«, fragte Bucher.

Miriam Weber lächelte über den Tisch. »Das hat Sie wohl beeindruckt, die „christian press agency", oder?«

Bucher ging nicht auf die Frage ein.

Sie wies mit einer sanften Handbewegung zu ihrer Freundin. »Frau Bachmann arbeitet als feste Mitarbeiterin für diese Presseagentur. Ich habe da auch schon den ein oder anderen Auftrag erhalten und dafür eben den Presseausweis erhalten. Ich bin aber als freie Wirtschaftsjournalistin tätig.«

Sie überlegte einen Augenblick, bevor sie mit ernstem Gesicht weitersprach. »Das war wohl auch der Grund, weshalb Maren mich anrief. Bei der Sache, die sie mir da erzählte, ging es um eine recht komplizierte Angelegenheit. Transfers und Geschäfte, ein Gemisch aus Geldtransaktionen, Immobilien- und Grundstücksgeschäften.«

Bucher sah zu Lara Saiter. Auch sie hatte aufmerksam verfolgt, was Miriam Weber berichtet hatte.

Bucher fragte. »Das mit der Stiftung ist für uns von großem Interesse. Wir haben da einige E-Mails, die Maren Hengersberg vom Verlag aus versandt hat. Lara, wie war noch mal die Adresse, an die das gesendet wurde, was Armin uns vorgelesen hat?«

Es war Miriam Weber, die antwortete, noch bevor Lara Saiter in ihren Unterlagen nachsah. »Mia@hotmail.com ... wenn es die Adresse war, dann ging die Mail an mich.« Sie sah fragend zu Lara Saiter.

Die sah zu Bucher. »Treffer.«

Bucher wandte sich an Miriam Weber. »Erzählen Sie uns etwas von dieser Stiftung, Frau Weber. Wir haben die Mail gelesen, sind aber nicht recht schlau aus ihr geworden. Es ging offensichtlich darum, dass eine Stiftung irgendwie finanziell ausgeschlachtet werden sollte, oder?«

»So in etwa. Das ist der Kern dessen, was Maren mir mitgeteilt hat. Dass die Organe der Stiftung, wie die entscheidenden Gremien genannt werden, alles daran setzen, die Stiftung zu liquidieren, und sie dann überführen wollen.«

»Was ist unter überführen zu verstehen?«, fragte Lara Saiter.

»Naja. Den Stiftungsbesitz aus der Stiftung herausnehmen. Eine Stiftung dient, wie der Name schon sagt, einem bestimmten Zweck. Soziales, Kultur, Bildung. Unter gewissen Umständen kann dieser Stiftungszweck nicht mehr erfüllt werden.«

»Wie soll so was gehen und vor allem ... welche Stiftung hat Maren Hengersberg denn gemeint. Wir haben leider keinen Namen herausfinden können?«

Miriam Weber sah Bucher traurig an. »Wir wollten uns mit Maren eigentlich am Dienstag dieser Woche treffen. An dem Tag also, an dem wir ... mit Ihnen in der Wohnung ... zusammengetroffen sind. Sie erinnern sich sicher. Da wollte sie uns das gesamte schriftliche Material übergeben, das sie gesammelt hatte. Natürlich auch die Namen von der Stiftung und den Personen. Wir haben nur miteinander telefoniert. Sie hat mir diese Mail geschickt und wollte mir den Namen der Stiftung nicht sagen. Soweit ich mich erinnere, wollte sie erst noch einige Sachen abklären. Es war mehr so eine ... Vorinformation könnte man es nennen.«

Bucher hörte ihr zu und erinnerte sich lebhaft an die Szene in Maren Hengersbergs Wohnung.

Miriam Weber erzählte weiter. »Julia, ... also Frau Bachmann war in die Sache mit eingebunden und wir wollten das, was uns Maren mitgeteilt hatte, gemeinsam recherchieren. Was wir bis dahin telefonisch und per Mail erfahren hatten, war grundsätzlich interessant ... also rein aus journalistischer Sicht.«

Bucher schaute Lara Saiter verwundert an und fragte dann Miriam Weber. »Wenn Sie quasi vom Fach sind und das, was Ihnen Maren Hengersberg mitteilte, für Sie so interessant war, können Sie uns das sicher etwas anschaulicher erklären.«

»Na ja. Es gab in der Vergangenheit schon einige bemerkenswerte Fälle, in denen Stiftungen ausgeplündert wurden. Nehmen wir an, es wurde von einem reichen Menschen in der Vergangenheit eine soziale Stiftung ins Leben gerufen. Kinderheim, Krankenhaus, Hospize oder dergleichen. Der Betrieb wird aus den Gewinnen des Stiftungsvermögens finanziert, also Zinsen aus Geldern, die fest angelegt sind, dann Mieteinnahmen aus Immobilien, Verpachtung von Grundbesitz, der vielleicht bewirtschaftet wird, wie Wälder und Äcker. Das Stiftungsvermögen könnte also aus Bargeld, Aktien, Beteiligungen, Grundbesitz und den Immobilien bestehen. Nehmen wir nun an, die Verantwortlichen ruinieren bewusst die Finanzquellen, aus denen der Stiftungszweck finanziert wird. Irgendwann sind keine Mittel mehr da, um die Stiftungseinrichtung zu finanzieren. Eine Möglichkeit wäre, die Stiftung aufzulösen. Ein juristisch sehr schwieriges Vorhaben. Enorme Mittel könnten aber in den substanziellen Werten der Stiftung stecken. Immobilien und Grundstücke zum Beispiel. Für den Stiftungsbetrieb stellt solcher Besitz totes Kapital dar. Bei Auflösung der Stiftung aber stellen sie einen enormen Wert für denjenigen dar, der frei von einer Zweckbindung, wie es eine Stiftung erfordert, darüber verfügen kann. Befinden sich solche Immobilien in bester Lage, ist man schnell im Bereich zweistelliger Millionenbeträge.«

Miriam Weber machte eine kurze Pause und sah in die Runde.

»Wir vermuten, dass Maren genau auf eine solche Konstellation gestoßen ist. Und deswegen sind wir hier. Also, die Methode scheint ziemlich klar gewesen zu sein. Was uns fehlte, waren die Namen, um exakt recherchieren zu können.«

»Und was uns fehlt, sind die schriftlichen Unterlagen, die Maren Hengersberg an Sie übergeben wollte«, sagte Lara Saiter.

»Wir müssen die Wohnung noch einmal durchsuchen. Gezielt auf solche Unterlagen hin«, sagte Bucher zu Lara Saiter gewandt.

Er sah auf seine Uhr. »Rufst du bitte auch Armin und Alex an. Die könnten noch draußen im Verlag sein. Die sollen sich mal umsehen, obwohl ich denke, dass es den beiden schon auffällt, wenn auf einem Schreiben irgendetwas von Stiftung stünde. Das ist ja nun kein gänzlich unbefleckter Begriff mehr, in diesem Fall.«

Sie verließ für das Telefonat kurz den Besprechungsraum. Bucher saß still da und dachte nach. Das, was er gerade gehört hatte, konnte tatsächlich ein Motiv darstellen. Hatte der Täter die Tat nur so brutal und rücksichtslos durchgeführt, um sie in die Irre zu führen?

Er wischte sich die dünnen Schweißtropfen von der Stirn und spürte den Schmerz, der aus der rechten Hüftseite kam, wie ein glühender, dünner Faden. Sein Oberschenkel fühlte sich taub an. Zeit, etwas zu unternehmen, dache er, doch jetzt war es ein denkbar schlechter Zeitpunkt. Lara Saiter kam zurück und sagte, dass Batthuber und Hartmann schon auf dem Rückweg seien. Sie zwinkerte ihn kurz an. Die beiden mussten also etwas herausgefunden haben.

Miriam Weber legte in einer langsamen Bewegung lautlos die Hände zusammen und sah zu Bucher. »Das ist eigentlich alles, was wir Ihnen sagen wollten. Mehr wissen wir auch nicht. Vielleicht haben wir Ihnen ja helfen können. Ich hoffe es zumindest sehr.«

Bucher nickte. »Vielen Dank, Frau Weber, auch Ihnen, Frau Bachmann. Ihre Mitteilung hat uns sehr viel weitergebracht. Wir wussten mit den Informationen, die wir bisher aus den E-Mails gewonnen hatten, nichts Konkretes anzufangen.«

Er machte ein kurze Pause, bevor er weitersprach. »Vielen Dank ... für Ihr Kommen und Ihre Hilfe.«

»Danke«, antwortete Miriam Weber schlicht.

Bucher stand auf. Lara Saiter sagte, dass sie die beiden zum Ausgang bringen werde. Sie verabschiedeten sich. Freundlich diesmal. Bucher ging in sein Büro und machte sich einige Notizen, die ihm wichtig waren. Er fühlte sich nicht gut und wusch wieder die kleinen Schweißperlen von der Stirn.

Miriam Weber und Julia Bachmann gaben ihre Zutrittskarten beim Pförtner ab und erhielten dafür ihre Personalausweise zurück. Es war spät am Nachmittag und schon dunkel geworden. Beide liefen schweigend von der Maillingerstraße zur Nymphenburger Straße und weiter in Richtung Stiglmaierplatz. Auf der Straße staute der Verkehr. Motorengebrumm erfüllte den kalten Novemberabend.

Julia Bachmann fragte unvermittelt. »Und? Was wissen wir jetzt?«

Miriam Weber schaute nachdenklich auf den schmuddeligen Gehsteig, lief weiter und sagte laut, mehr zu sich selbst als zu ihrer Freundin. »Er vögelt nicht mit der Sekretärin auf dem Schreibtisch«

Julia Bachmann blieb entsetzt stehen. »Du bist unmöglich! Unmöglich!«, rief sie Miriam Weber in den Rücken. Die drehte sich zu ihr um und sagte. »Ich finde, das ist eine sehr wichtige Information!«

Sie grinsten sich an.

Bucher setzte sich wieder an seinen Schreibtisch. Nahm wahr, wie die Schmerzen begannen, ihn zu blockieren. Er rief jetzt den armen Becker an, der gleich am Telefon hing. Bucher sagte, dass er gleich bei ihm vorbeisehen würde. Der Arbeitsplatz von Klaus Becker befand sich in einem erst vor einiger Zeit fertig gestellten neuen Trakt des Landeskriminalamts. Die Laborräume und Büros waren dementsprechend hell und modern ausgestattet. Klaus Becker saß in seinem Chemielabor und zog gerade ein Ausweispapier aus einer violetten Flüssigkeit. Er begrüßte Bucher mit einem kurzen Knurren, hängte das Dokument auf eine Leine über dem Abtropfbecken und schaltete die Absauganlage ein. Ein unangenehm surrendes Geräusch durchdrang den Raum. Nachdem er die Hände gewaschen hatte, winkte er Bucher an den Arbeitstisch heran. Darauf lag in einem durchsichtigen Plastikkästchen der Splitter, den man im Hausgang von Maren Hengersbergs Wohnung gefunden hatte. Becker deutete auf den Splitter und sagte: „Uralt, das Ding“. Bucher sah ihn fragend an. Becker holte den Splitter mit einer Pinzette aus dem Spurenkästchen und hielt ihn unter die helle Laborlampe: Nachdem wir die Blut- und Gewebespuren entfernt hatten, habe ich das Ding gereinigt und mir mal genauer angesehen.«

»Und? Was hast du gesehen?«, fragte Bucher und betrachtete den Splitter genauer.

»Bei dem dunkelbraunen, faserigen Material handelt es sich zweifelsfrei um Rindsleder. Auf diesem sitzt ein Metallstück. Und das ist aus reinem Silber. Rein.«

Er betonte das letzte Wort und sah erwartungsvoll zu Bucher. Der schüttelte den Kopf und meinte. »Klaus. Hilf mir auf die Sprünge. Ich kann im Moment damit nichts anfangen.«

Becker sprach ungerührt weiter.

»Nachdem wir herausbekommen hatten, was das ist, haben wir uns für das Alter interessiert. Und das finde ich noch viel interessanter.«

Er machte ein Pause und legte den Splitter in das Kästchen zurück.«

Bucher sagte. »Komm schon. Spann mich nicht länger auf die Folter. Ihr seid ja immer für eine Überraschung gut. Das weiß ich ja. Also, was ist das für ein Ding?«

»Das Silber ist etwa zweihundert bis dreihundert Jahre alt, ebenso das Leder.«

Bucher zog die Stirn in Falten. Er wusste mit der Information im Moment nichts anzufangen und dachte nach. Als er zu keinem Ergebnis kam fragte er Becker. »Okay. Ich warte auf Deine geniale Analyse?«

Becker war zufrieden. »Wir haben es meiner Meinung nach mit einem Stück aus einem Bucheinband zu tun. Mit der Altersbestimmung befinden wir uns im Ungefähren. Was mich genau auf das Alter bringt, ist die verwendete Legierung des Silbers, eine spezielle Machart, wie sie im 18. Jahrhundert sehr verbreitet war. Einfach wunderbar. Genaueres darüber dann im Gutachten. Ich habe mir den Spurenbericht durchgelesen. Die Gewebe- und Blutreste waren von dem Teil ja schon entfernt, als es bei mir ankam. Also, meiner Meinung nach hat der Täter mit einem alten Buch auf das Opfer eingeschlagen. Dabei hat sich dann der Splitter hier gelöst. Das Leder war an der Abriss-Stelle schon sehr trocken und spröde. Das war sozusagen eine Sollbruchstelle. Silberbeschläge wurden im 18. Jahrhundert recht häufig bei wertvollen Büchern verwendet. Vor allem bei Bibeln und Gebetbüchern.«

Bucher war erstaunt von Beckers ausführlicher Darstellung und fragte. »Der Splitter wurde aber im Gang gefunden. An der Leiche oder im engen Umfeld gab es keine Bezugsspuren, oder? «

»Na das stimmt so nicht. Die Klebeabzüge vom Kopf, besonders die von den Verletzungsrändern, habe ich mir gestern kommen lassen, als ich den Splitter hier ausgewertet habe.«

»Und?«, fragte Bucher ungeduldig.

»Leder, Rindsleder. Ist identisch mit dem an dem Splitter hier.«

Bucher dachte laut. »Du meinst also, der Täter hat mit einem jahrhundertealten Buch auf das Opfer eingeschlagen und ihr damit diese eigenartigen Rissverletzungen am Kopf beigebracht.«

»Genau das meine ich«, sagte Becker.

»Diese alten Bücher darf man nicht unterschätzen, Johannes. Die Dinger sind zum Teil verdammt schwer. Und die Silberbeschläge auf den Einbänden ... mein lieber ... wenn damit jemand zuschlägt, dann führt das schon zu bösen Verletzungen. Ich habe mir den Obduktionsbericht ja auch durchgelesen. Also ich denke, das ist schon möglich.«

»Sicher, Klaus, ich denke da bist du auf dem richtigen Weg«, sagte Bucher nachdenklich und ging einige Schritte rückwärts. Er bewegte seine Arme, so als wenn er zuschlagen würde.

»Ich versuche mir nur gerade vorzustellen, wie der Kerl das gemacht hat. Um mit so einem alten Schinken diese Kraft ausüben zu können, muss er es doch mit beiden Händen gehalten haben, oder?«

»Nicht unbedingt. Es gab auch schmale, dünnere Bücher mit dicken, genieteten Metallverzierungen, die leicht als Griff hätten dienen können. Leider können wir aufgrund der Form des Splitters nicht auf die Größe des Buches schließen.«

»Was für uns absolut interessant ist, das ist die Altersangabe. Wer hat schon so alte Bücher zur Verfügung, oder?«

Becker grinste Bucher an. »Genau, mein Lieber. Ich halte das auch für einen sehr interessanten Hinweis. Damit könnt ihr sicher was anfangen, wenn ihr mal an jemandem dran seid. Lara hat mir gesagt, ihr habt derzeit zwei, na sagen wir, eher lockere Ansätze.«

»Ja. Könnte sein, dass sich da heute noch was verdichtet. Aber einen konkreten Verdacht haben wir noch nicht. Du weißt ja, wie verheerend die Sache bei den Biospuren aussieht.«

Bucher legte seine Hand auf Beckers Schulter. »Aber danke dir. Hast mich wieder einmal tief beeindruckt. Und wegen vorhin. Da ist mir echt was total danebengegangen. Hatte nichts mit dir zu tun, ja.«

»Schon klar. Wie schaut es morgen aus. Halb zehn in der Kantine? Kleiner Ratsch unter Weinliebhabern?«

»Schaut schlecht aus im Moment, aber du hörst von mir. Versprochen.«

Bucher verließ das Labor. Er wollte Lara Saiter von der interessanten Spurenauswertung erzählen. Becker rief ihm nach, dass er erst in der kommenden Woche den Bericht für die Akten erhalten würde.

Bucher ging die Treppe hinunter in den zweiten Stock. Dort war die medizinische und biologische Abteilung untergebracht. In dem neuen Gebäude kannte er sich noch gar nicht aus. Er ging den Gang entlang. Es roch hier wie im Krankenhaus, stellte er fest, während er die Türschilder las. Endlich hatte er den Namen gefunden, den er suchte. Dr. Voolcke, MD, was für Medizinaldirektor stand. Eigentlich wurde er nur *Emdee* genannt. Eine Verwechslung war nicht möglich, denn schließlich war er der Einzige, der diesen Titel trug. Bucher kannte ihn schon viele Jahre. Er klopfte an der Türe an und trat ein, ohne auf einen Laut zu warten.

Emdee saß an einem Seitentisch in dem großen modernen Büro und schaute konzentriert durch ein Mikroskop. Bucher schloss die Türe und wartete still, bis *Emdee* aufsah und sich ihm zudrehte. Ein grobes und zerfurchtes, heute unrasiertes Gesicht sah Bucher an. Die beiden wässrigen Augen leuchteten freundlich über der riesigen roten Nase. Bucher wusste um die Geschichten, die von ihm erzählt wurden. Vor allem die, in denen Alkohol in jeglicher Form eine Rolle spielte. Er maß den Geschichten keine tiefere Bedeutung bei, da er regelmäßig mit ihm zu tun hatte. Seine fachliche Kompetenz stand außer Frage. Das grobschlächtige Aussehen und seine herbe Art machten ihn leider zu einem Ziel teilweise sehr missgünstiger Angriffe oder Verleumdungen. Bucher schätzte ihn als Gutachter und Menschen sehr. Oft hatte er sich mit ihm über seine Ermittlungen ausgetauscht. Und rote Nasen bedeuteten noch überhaupt nichts.

»Ha, die Truppe zu Besuch«, drang der Bass zwischen den fleischigen Lippen hervor.

Bucher grinste, ging auf ihn zu und schüttelte ihm die Hand zur Begrüßung.

»Und? Was liegt an? Schwieriger Fall?«, fragte Voolcke.

»Sehr schwierig«, antwortete Bucher und nickte. »Der Fall bin ich selbst.«

Dr. Voolcke zuckte zurück und zog seinen Kopf ein, so als wolle er einem unsichtbaren Schlag ausweichen.

»Erzähl, Junge!«, lautete die unkomplizierte Aufforderung.

Bucher legte seine Hand auf die rechte Hüfte und strich von oben her nach unten zum Oberschenkel bis zum Wadenansatz.

»Seit geraumer Zeit zieht es vom Arsch her nach unten. Seit etwa drei Wochen ist das echt grob. Da wird es manchmal ein richtig schmerzhaftes Stechen.«

Dr. Voolcke massierte seine Lippen und sah sich Bucher in aller Ruhe von oben nach unten an. »Komm mit!«

Er stand auf und ging durch einen offenen Durchgang in einen fensterlosen Nebenraum. Darin stand ein stählerner Tisch, der Bucher an die Rechtsmedizin erinnerte. *Emdee* legte auf die Stahloberflache ein riesiges Stück Küchenflies und befahl. »Ausziehen.«

Moderne Leuchtstofflampen verbreiteten auf Knopfdruck ein gleichmäßig kaltes Licht im Zimmer. Bucher musste sich gerade hinstellen und wurde eingehend betrachtet. *Emdee* wies ihn an, auf den Zehenspitzen zu gehen, und kommentierte, dass es im Ballett eleganter aussah. Bucher wäre der ein oder andere Konter auf der Lippe gelegen, doch verzichtete er angesichts seiner Situation auf einen verbalen Schlagabtausch. Nachdem er auf den Zehenspitzen einige Schritte gemacht hatte, musste er auf den Fersen gehen. Das funktionierte schmerzfrei. *Emdee* drückte mit seinen mächtigen Daumen von der Hüfte aufwärts die Wirbelsäule ab. Bis hinauf in den Hals und meinte, eine Verkrampfung läge wohl nicht vor. Nach einigen weiteren Übungen musste sich Bucher schließlich auf den Stahltisch legen, wissend, dass sonst nur Teile von Leichen auf der glänzenden Fläche herumlagen. Die wurden hier präpariert oder für besondere Untersuchungen vorbereitet. Überwiegend handelte es sich um Händen, Finger oder Arme, von denen die Haut abgezogen wurde, um daktyloskopische Spuren zu gewinnen. Selten kamen Schädel hier an, um das Gebiss für einen Zahnstatus zu präparieren. Bucher konzentrierte sich wieder auf die Befehle, die er erhielt. Beine anziehen, locker lassen, Druck nach unten, Zug nach oben. Er wurde gedreht, gebogen. Die Beine verschlungen und gezogen, gedrückt, verspannt. Er spürte dabei keinen Schmerz und ärgerte sich.

Als er sich wieder anzog, sah er, wie sein Arzt sich wieder die Lippen massierte. Bucher traute sich, ein »Und?« in den Raum zu werfen, und erntete ein unzufrieden klingendes »Mhm«.

»Also ein Bandscheibenvorfall ist das nicht«, folgte darauf.

»Jedenfalls noch nicht.«

Bucher war nicht sonderlich überrascht. So etwas hatte er schon erwartet.

»Also ich vermute eine Bandscheibenvorwölbung. Die Beschreibung der Schmerzen und der Verlauf sind eigentlich typisch dafür.«

»War das Bein schon mal taub, oder gefühllos, oder war da so ein Kribbeln?«, fragte er.

»Nein. Das hatte ich noch nicht. Nur dieses Ziehen. Besonders bei langen Autofahrten oder wenn ich lange gesessen hatte.«

Dr. Voolcke nickte.

»Also ich kann dir nur empfehlen, einen richtigen Kollegen von mir aufzusuchen.«

Er musste selbst grinsen, als er das sagte. Bucher lachte.

»Das sagte meine Frau immer, weißt du. Wenn die Kinder krank waren, zu Hause, und es war wirklich ernst, da hat meine Frau immer gesagt, sie möchte einen richtigen Doktor holen.«

Bucher grinste ihn an, hatte zugleich fürchterliches Mitleid mit ihm. Diese Bemerkung seiner Frau hatte ihn sicher tief getroffen. Für Bucher war er jedenfalls ein richtiger Doktor.

»Geh also mal zu einem Sportmediziner oder Orthopäden. Die lassen eine Magnet-Resonanzuntersuchung machen. Dann sieht man ganz genau, wie es um die Bandscheiben beschaffen ist. Heute therapiert man das sehr lange konservativ. Krankengymnastik, Massagen und der ganze Kram. Lass dir keine Operation aufschwätzen, ja?! Wenn du die Aufnahmen hast, schaust du einfach noch mal bei mir vorbei.«

Bucher hörte aufmerksam zu, während er seine Schuhe band.

»Nicht schwer heben und Acht geben vor Drehbewegungen unter Belastung. Wenn die Schmerzen zu stark werden, dann hol dir hier ein paar Medikamente ab. Ich kann dir auch ein Rezept schreiben. Bist ja privat, oder?«

Bucher bejahte und war froh, dass er die Idee gehabt hatte, hier vorbeizuschauen. Er fragte. »Branaire Duluc-Ducru, 1994?«

Der Medizinalrat grinste und nickte. Die Augen funkelten. Bucher hatte ihm alleine mit dem Vertrauen in sein ärztliches Wissen eine Freude gemacht. Der Wein war nur ein Zuckerl.

Es war noch dunkel. Batthuber und Hartmann kämpften sich durch das morgendliche München in Richtung Stuttgarter Autobahn. Obwohl sie entgegen der Pendlerrichtung fuhren, hingen sie am Effnerplatz fest. Am türkischen Konsulat fand so etwas Ähnliches wie eine Demonstration statt. Eine Menschenmenge drängte sich vor den Gittertoren. Einige liefen quer über die breiten Fahrstreifen. München verträgt solche Menschenansammlungen während des Berufsverkehrs nicht. Alles stand. Als sie endlich die Autobahn erreicht hatten, ging es zügiger voran.

»Was machen wir eigentlich zuerst?«, fragte Batthuber, der auf dem Beifahrersitz saß und versuchte den passenden Funkkanal einzustellen. Es war mühsam, denn der Kasten mit den Einstellknöpfen war tief in das Handschuhfach eingebaut.

»Fahren wir erst zu Oma Knoller oder in den Verlag, zu Freding und seinem Pinguin?«

Hartmann wiegte den Kopf. »Ich bin schon die ganze Zeit am Überlegen. Mir wäre es lieber, wir würden das mit der Beschreibung von Einstein zuerst erledigen. Was meinst du?«

»Denke ich auch. So gut, wie sie ihn beschrieben hat, dürfte das auch gar nicht so lange dauern, denke ich.«

»Gut«, sagte Hartmann und deutete auf das Handy, das in der Freisprechmuschel hing.

»Ruf sie an und sage, dass wir in einer knappen Stunde bei ihr vorbeikommen möchten. Frage, ob es ihr recht wäre.«

Als Batthuber sie am Hörer hatte, spürte er ihre Freude über den Anruf. Sie fragte gleich, ob sie einen Kaffee aufsetzen sollte. Hartmann, der das Gespräch über den Lautsprecher mitbekam, lächelte zufrieden und nickte. Batthuber sagte ihr, dass sie gerne einen Kaffee trinken würden, und legte auf.

»Die freut sich ja richtig auf unseren Besuch«, sagte er zu Hartmann.

»Was denkst denn du«, erwiderte der.

»Für sie ist das doch eine herrliche Abwechslung. Sie hat Gesprächsstoff, kann ihren Freundinnen davon erzählen. Ich wundere mich nicht. Außerdem ist sie ja wirklich nett und noch gut drauf für ihr Alter.«

Frau Knoller öffnete den beiden Beamten mit einem freundlichen Lächeln die Wohnungstüre. Schon in der dunklen Diele kam den beiden der würzige Duft von frisch aufgebrühtem Kaffee entgegen. Auch der Tisch im Wohnzimmer war schon für die Gäste gedeckt. Hartmann und Batthuber setzten sich und ließen sich von Frau Knoller bedienen. Während sie tiefschwarzen Kaffee eingoss, startete Hartmann das Notebook mit dem Programm „Visage". Damit war die Erstellung von Phantombildern recht komfortabel geworden. Hartmann hatte sich schon ein Muster zurechtgelegt und sich dabei an den bekannten Bildern von Einstein orientiert. Doch schenkten sie zunächst ihrer Gastgeberin die ganze Aufmerksamkeit, die aufgedreht erzählte. Von der Entstehung des Hauses, den Bewohnern und ein wenig aus ihrem Leben. Wie sie nach Augsburg gekommen war. Hartmann hörte professionell zu. Nickte, lächelte, zuckte mit den Schultern, kommentierte mit einem »Ahh«, »Mhm« oder »schön«. Das reichte auch, denn Frau Knoller wollte kein Gespräch im herkömmlichen Sinne. Sie wollte, dass jemand dasaß und ihr zuhörte. Nicht mehr und nicht weniger. Die beiden ließen sie einfach erzählen und genossen den Kaffee, der wirklich vorzüglich war.

Schließlich kam sie selbst auf den Punkt und sagte kokett. »Aber Sie beide sind ja nicht da, um sich die Geschichten einer Alten wie mir anzuhören.« Sie lachte laut und klatschte in die Hände. »Wie geht das denn mit dem Bild, das wir da machen? Wer von Ihnen ist denn der Künstler?«

Hartmann nahm das Notebook und setzte sich neben sie. Er erklärte ihr, dass heute nicht mehr gezeichnet wird, sondern dass die Phantombilder allesamt mit einem Computer erstellt werden. Er zeigte ihr das von ihm bereits erstellte Grundmotiv in der Frontalen. Frau Knoller sah es mit kritischem Blick an, schüttelte sofort den Kopf und sagte. »Nein. So sah er nicht aus. Zu viele Haare. Die waren kürzer. Die Stirn ist viel höher und das Gesicht muss schmaler sein.«

Hartmann war zufrieden. Es würde nicht lange dauern, denn schon die ersten Sätze machten klar, dass Frau Knoller ein relativ genaues Bild des sonntäglichen Besuchers gespeichert hatte. Nach einer knappen halben Stunde war sie mit dem Ergebnis zufrieden. Batthuber und Hartmann waren von der konzentrierten Arbeit der alten Dame überrascht. Beide hofften, dass ihre Vorstellungskraft von der Wirklichkeit nicht zu weit entfernt lag. Sie schenkten ihrer Zeugin noch einige Minuten Plausch, bevor sie sich verabschiedeten. Im Auto angekommen, schickte Batthuber das Bild vom Notebook aus per E-Mail zum LKA.

Aus dem modernen Glasbau des Enia-Verlages drang kühles Licht der Büroleuchten in den Morgen. Hartmann und Batthuber fuhren mit dem Aufzug in den zweiten Stock, wo sich Fredings Büro befand. Batthuber fragte während der kurzen Fahrt. »Wie machen wir's? Verbindlich?« Hartmann blies Luft durch die Spalten zwischen seinen Zähnen, während er überlegte. Batthuber konnte das Geräusch nicht ausstehen und wandte sich mit einem angewiderten »Heiiii!« ab.

Hartmann ließ es noch mal zischen, bevor er sagte. »Ich würde sagen, wir fangen ganz höflich an. Du bleibst immer im Rücken von Freding, das ist ungemütlich, verunsichert. Jeder hat schließlich gerne den Rücken frei. Wenn er unsicher wird, frag ihn was. Belle ihn richtig an. Erst mal wollen wir ihn antesten, aus der Ruhe bringen. Dann schauen wir weiter, wie es läuft. Ich glaube nicht, dass er die coole Tour lange durchhält, so wie der bei unserem lockeren Gespräch beim letzten Mal durchgeschwitzt war.«

»Alles klar«, sagte Batthuber und legte einen eisigen Gesichtsausdruck auf.

»Gib mir gerade noch mal die Daten von diesem Freding«, sagte Hartmann.

Batthuber kramte in einem Wust an Notizzetteln, den er aus seinem alten Lederkoffer holte. Auf einem der schundigen Blätter war Fredings Leben in krakeliger Schrift notiert.

»Wilhelm Freding, einundvierzig Jahre alt, verheiratet seit sechzehn Jahren. Seine Frau heißt Susanne Freding ist neununddreißig Jahre alt. Sie haben zwei Kinder, dreizehn und fünfzehn Jahre alt, und wohnen außerhalb von Augsburg. Seit fast vierzehn Jahren im Verlag tätig. Vielmehr weiß ich über ihn noch nicht. Bisher war dazu noch keine Zeit. Also Hobbys, Vereine und das ganze private Zeug.«

Batthuber sah zu Hartmann hinüber, der seinen Ausführungen interessiert zuhörte, und sagte. »Klingt ja sehr ordentlich und bodenständig. Durchgängig verheiratet, zwei Kinder, keine häufigen Wechsel des Arbeitgebers. Ich bin mal gespannt, was wir rausbekommen?«

Freding sah die beiden Beamten auf sein Büro zukommen und stand gleich von seinem Platz am Schreibtisch auf. Eine

Türe, die er hätte öffnen können, existierte nicht. Er fand das bedauerlich. Nicht nur jetzt, sondern grundsätzlich. Es störte ihn, dass er sein Büro nicht verschließen konnte, wenn er seine Ruhe haben wollte. Die Hengersberg hatte eine Türe, dachte er. Er stand an seinem Schreibtisch und blickte angewidert durch die türbreite Öffnung in der Wand hinaus in den Gang. Diese Offenheit nervte ihn, setzte ihm zu. Er legte ein professionelles Begrüßungslächeln auf, als er den beiden Polizisten die Hand zur Begrüßung reichte, und fragte burschikos, womit er helfen könne. Auf einem Motivationslehrgang hatte er einmal gelernt, wie man sich in verschiedenen Situationen verhalten oder elegant aus der Affäre ziehen kann.

Freding bereute seine Freundlichkeit. Der Ältere der beiden sah ihn einige Sekunden ernst an, bevor er sagte. »Wir müssen miteinander reden, Herr Freding.«

Es klang bedrohlich, gefährlich. Er merkte, wie sich zwischen Kehle und Zunge ein Pfropfen langsam ausbreitete, und verzichtete erst einmal darauf, etwas zu sagen. Er ließ nur ein »Mhm« erklingen, deutete mit seiner Hand in Richtung Gang und schritt wortlos voran. Wenn schon ein Gespräch, dann nur im Besprechungsraum. Der hatte wenigstens eine Türe. Während er ging, versuchte er sein wild schlagendes Herz zu beruhigen und sich eine Strategie zurechtzulegen, mit der er dieses Gespräch überstehen wollte. Es fiel ihm jedoch nichts ein. Eine Frage raste immer wieder durch sein Gehirn. »Was wissen die!«

Im Besprechungsraum angekommen, bot er höflich einen Platz an. Das fragende »Kaffee, meine Herren?« hörte er sehr ruhig und fest. Kein Schwingen. Kein Zittern. Das machte ihm Mut und beruhigte ihn. Die beiden lehnten ab. Schlecht. Polizisten trinken doch immer Kaffee, oder? Sie blickten so konzentriert und ernst. Fast feindselig und aggressiv, wie es ihm schien. Er setzte sich an den Besprechungstisch. Der Ältere der beiden, Hartmann, nahm ihm gegenüber Platz. Wo war der Junge denn? Freding sah sich um. Der Jüngere, Batthuber hieß er, lehnte lässig an der Wand hinter ihm und sah ihm frech in die Augen. Freding sah ihn fragend an, doch der blieb an der Wand gelehnt stehen und zeigte keinerlei Reaktion. Wollte er sich denn nicht an den Tisch setzen. Was war denn das für ein Benehmen?

Er wurde nun wieder nervös und drehte sich Hartmann zu. »Bitte, meine Herren. Welche Fragen haben Sie noch. Ich habe heute sehr viel Arbeit und möchte das hier schnell erledigt haben.« Bestimmtheit. Auch das hatte er im Kurs damals gelernt.

Hartmann lächelte nun erstmals und sagte frostig. »Wir auch, Herr Freding.«

Freding musste schlucken. In der Stille des Besprechungszimmers kam ihm das glucksende Geräusch unendlich laut und entlarvend vor. Er empfand es wie eine Niederlage. Sein Herz pochte und er spürte, wie sich Schweiß auf der Stirn bildete. Dieser Hartmann sagte immer noch nichts. Freding nahm allen Mut zusammen. »Also ... bitte, Herr ... Hartmann.«

Wieder war er von der Festigkeit seiner Stimme überrascht. Wieder beruhigte er sich. Er lehnte sich nun im Stuhl zurück. Das nahm ihm den Schmerz aus der rechten Schulter. Er hatte völlig verkrampft am Tisch gesessen. Dieser Hartmann fing nun endlich an etwas zu sagen.

»Wie war Ihr Verhältnis zu Frau Hengersberg, Herr Freding.«

Freding schaute verwundert und fragte aufgesetzt: »Was meinen Sie denn mit Verhältnis, Herr Hartmann?«

Hartmann beugte sich nach vorne und stieß seinen Kopf in Fredings Richtung. Schnell und eiskalt schoss er ihm entgegen. »Sie haben das sicher schon mal im Fernsehen gesehen, Herr Freding. Da sagt der Polizist in solchen Situationen immer, ›Wir stellen hier die Fragen.‹ Also. Der Unterschied für Sie besteht darin, dass das hier kein Film ist, sondern Realität. Sie sitzen hier und werden von der Polizei vernommen. Beantworten Sie also die Fragen, die wir Ihnen stellen. Klar!?«

Freding war von der Heftigkeit überrascht. Er hätte das dem chaotisch aussehenden Hartmann nicht zugetraut. Wieder konnte er den Schluckreflex nicht unterdrücken. Er dachte nach, wann das letzte Mal jemand in dieser Weise mit ihm geredet hatte. Empörung stieg in ihm auf. Dieser Hartmann lehnte sich bequem im Stuhl zurück, so als ob er zu Hause wäre, und sah ihn wartend an.

Er behielt sich unter Kontrolle und antwortete. »Ich möchte feststellen, dass ich zu Frau Hengersberg ein unter Kollegen übliches Verhältnis hatte. Unser Kontakt zueinander beschränkte sich auf das, was beruflich notwendig war.«

Hartman grinste die Tischplatte an und fragte in ihre Richtung. »Sie hatten also keinerlei privaten Kontakt mit Frau Hengersberg. Wie würden Sie denn Ihre berufliche Zusammenarbeit beschreiben?«

»Wie ich schon sagte. Wir arbeiteten zusammen. Jeder hatte seinen Arbeitsbereich. Jeder von uns tat seine Arbeit. Nicht mehr, aber auch nicht weniger.«

Hartmann nickte, ohne Freding anzusehen. Immer noch schaute er auf die spiegelnde Tischplatte und fragte weiter. »Frau Hengersberg war für Sie also keine ... Konkurrentin?«

Freding schluckte und sagte mit fester Stimme: »Nein. Aber das hatte ich Ihnen ja schon bei Ihrem letzten Besuch erklärt. Sie war eine sehr ehrgeizige und erfolgreiche Frau. Aber wir spielten in unterschiedlichen Klassen.«

Hartmann sah Freding jetzt wieder an. »Finden Sie es eigentlich schade, dass Sie jetzt alleine spielen?«

»Wenn wir beim Wort spielen bleiben wollen, dann spiele ich jetzt genauso alleine wie vorher. Ich sagte ja bereits, unsere Aufgabengebiete waren klar voneinander getrennt. Da kamen wir uns nicht in die Quere.«

»Hat Ihnen der Ehrgeiz von Frau Hengersberg nicht ein wenig Angst gemacht? Ich meine, es ist doch so, dass es das Engagement von Frau Hengersberg war, welches den Verlag aus der Krise gebracht hat. So stellt sich das zumindest im Moment dar.« Hartmann klang fast gelangweilt.

Freding lächelte. »Wissen Sie, Herr Hartmann. Am Erfolg dieses Verlages sind nun wirklich mehr Menschen beteiligt als eine einzelne Person. Frau Hengersberg war sehr engagiert und ehrgeizig. Sicher. Aber unser Erfolg beruht nicht auf der Leistung einer einzelnen Person.« Er machte eine ausladende Handbewegung. »Aber bitte. Ich habe Ihnen das doch schon mal erklärt.«

Hartmann sah Freding ruhig an.

»Das schon, Herr Freding. Was mich an dem, was Sie sagen, stört, ist die Tatsache, dass Ihre Aussagen nicht mit unseren Erkenntnissen übereinstimmen. Es muss für Sie doch ärgerlich gewesen sein, dass Frau Hengersberg Ihre Aufgabe übernehmen sollte.«

Freding lachte: »Wie kommen Sie denn auf diesen Unsinn. Frau Hengersberg hatte ihren Arbeitsbereich, ich sagte ja, sie führte den sehr erfolgreich. Aber meinen Job sollte sie wirklich nicht übernehmen.«

»Doch, Herr Freding. Maren Hengersberg war dafür vorgesehen, zukünftig den Verlag zu leiten. Alleine. Sie sollte die vollständige Leitung übernehmen. Fachlich und organisatorisch. Sie wären damit in die zweite Reihe getreten und Sie wussten davon.«

»Sie reden blanken Unsinn«, presste Freding hervor.

Batthuber bellte wie ausgemacht, sodass selbst Hartmann erschrak. »Den Unsinn hat Dr. Gorrjes von sich gegeben. Den kennen Sie doch, oder!?«

Freding hatte den zweiten Polizisten in seinem Rücken schon verdrängt. Die laute Frage aus dem Hinterhalt und der Name Dr. Gorrjes wirkten auf ihn wie ein Peitschenschlag. Er drehte sich zu Batthuber um und wollte ihm antworten.

Hartmann fuhr ihn an. »Herr Freding! Ich rede mit Ihnen. Schauen Sie mich an, ja! Sie wussten, dass Maren Hengersberg neue Verlagsleiterin werden sollte! Sie wussten es ...!«

Freding drehte sich erschrocken zu Hartmann um. Auf seiner Stirn waren jetzt die Schweißperlen deutlich zu sehen. Die Sätze bröckelten aufgeregt aus ihm heraus.:

»Selbst wenn es stimmt, was Sie da behaupten. Ich wusste von solchen Plänen nichts. Niemand hat mir offiziell eine Information darüber gegeben. Bis heute nicht! Also. Was soll das!?«

Hartmann ließ nicht locker. Sein Ton wurde immer lauter.

»Dass stimmt nur teilweise. Offiziell hatten Sie keine Information darüber. Aber Sie haben die E-Mails von Maren

Hengersberg gelesen. Sie wussten genau, was geplant war. Maren Hengersberg war ein Konkurrentin für Sie. Sie hätte Ihren Job bekommen und Sie wären überflüssig gewesen. So war es doch.«

Hartmann machte eine Pause und sah Freding an. Der rutschte auf seinem Stuhl unruhig herum.

Dann wiederholte er. »So war es doch, Herr Freding, nicht wahr. Der Tod von Maren Hengersberg? Der war doch gar nicht so ungünstig für Sie?«

Freding riss den Kopf hoch und starrte Hartmann mit aufgerissenen Augen an.

»Sie sind ja ...«

Batthuber ließ ihn nicht weiterreden. Er trat von hinten an Freding heran, drückte seinen Mund nahe an Fredings rechtes Ohr heran und hauchte. »Wo waren Sie am Sonntag vorletzter Woche. Und zwar am Nachmittag und Abend. Auf die Minute genau, bitte!?«

Freding versuchte seinen Kopf wegzudrehen. Diese Nähe war ihm zuwider.

Hartmann blaffte ihn an. »Sie haben die Frage verstanden, Herr Freding. Wo waren Sie!?«

Er sah jetzt, dass Freding zitterte. Sein Gesicht war aschfahl. Hartmann warf Batthuber einen Blick zu, der ihm andeutete, dass es nun gut war. Kein weiterer Druck.

Batthuber ging zurück und lehnte sich wieder an die Wand. Beide waren überrascht, wie schnell Freding wegbrach. Sie hatten einen kleinen, plumpen, nur bedingt brutalen Angriff gestartet, mehr so ins Blaue hinein. Die schnelle Wirkung überraschte beide. Hartmann überlegte, wie sie jetzt weitermachen sollten. Er bereute es schon, so schnell in die Eskalation gegangen zu sein, und hoffte, dass sie wenigstens zu einem Ergebnis kommen würden. Freding saß da, starrte zitternd auf die Tischplatte und stützte die Ellbogen auf den Tisch und faltete die Hände zusammen. Er legte seine Stirn auf die gefalteten Hände und sah stumm auf die Tischplatte. Hartmann und Batthuber warteten.

Es dauerte ein oder zwei Minuten, bis Freding wieder sprach. »Woher wissen Sie das.«

»Was!?«, fragte Hartmann und bemühte sich um einen verbindlicheren Ton.

»Das, was Sie mir gerade gesagt haben.«

Hartmann ging nicht darauf ein. Er wollte nicht preisgeben, wie dünn ihr Wissen und dürftig ihre Strategie war.

Er wiederholte daher seine Frage. »Wo waren Sie am vorletzten Sonntag, Herr Freding? Ich denke Ihnen ist klar, weshalb wir fragen. Sie hatten ein Motiv, Frau Hengersberg zu töten.«

Freding lachte, sah auf und fragte. »Darf ich telefonieren?«

Hartmann fragte »Mit wem und warum?«

»Ich denke, es ist besser, wenn ich ab jetzt einen Rechtsanwalt hinzuziehe, meine Herren.«

Hartmann sah ihn an und nickte. Während er sein weiteres Vorgehen plante, sagte er bedächtig, »Das dürfen Sie selbstverständlich, Herr Freding.«

Die Antwort erleichterte Freding sichtlich. Er sank ruhig in seinem Stuhl nach hinten. Hartmann überlegte hektisch, wie er die Situation retten konnte. Er hatte einen großen Fehler gemacht, als er Freding ein Motiv auf den Kopf zusagte. Damit war dieser Beschuldigter und ein Anwalt stand ihm zu.

Er entschied sich für eine etwas riskante Variante und sagte ruhig: »Ich würde Sie dann bitten, uns nach München zu begleiten. Wir teilen Ihrem Anwalt die Anfahrtsmöglichkeit mit ...«, und zu Batthuber gewandt, »... ruf du bitte die Kollegen in Augsburg an. Hole auch eine Kollegin zur Unterstützung und vernimm Frau Freding und die Verlagsangestellten. Vielleicht bekommen wir Klarheit über den Aufenthalt von Herrn Freding am besagten Sonntag. Wenn er dazu schon einen Anwalt braucht, stimmen unsere Vermutungen wohl.«

Aus den Augenwinkeln nahm er wahr, wie ein Zucken durch Fredings Körper lief. Hoffentlich hat er angebissen.

»Was soll das!?«, fragte Freding

»Was?«, fragte Hartmann unschuldig und sah ihn verwundert an.

»Wieso soll ich mit nach München kommen. Weshalb ziehen Sie meine Frau da mit rein und die Leute hier im Verlag!?«

Angebissen, dachte Hartmann und sah ihn kalt an. »Wenn Sie schon nicht in der Lage sind uns zu erklären, wo Sie zu dem Zeitpunkt waren, als Frau Hengersberg ermordet wurde, müssen wir das eben auf unsere Weise versuchen herauszufinden. Anwalt hin oder her. Sie hatten ein Motiv. Jeder Haftrichter wird das nachvollziehen können. Sie haben die Mails von Frau Hengersberg heimlich überprüft. Und Sie haben offensichtlich kein Alibi. Also, bitte. Was glauben Sie, was das hier soll. Da wird Ihnen auch der Anwalt nicht weiterhelfen können.«

Freding dachte nach. Er atmete laut und aufgeregt.

»Ich habe aber ein Alibi.«

»Na prima!« Batthuber klatschte dabei in die Hände und ging wieder nach vorne, an den Tisch. Er beugte sich seitlich zu Freding hinunter. »Dann sagen Sies uns doch ganz einfach.«

Hartmann spürte Fredings Verzweiflung. Er versuchte sich vorzustellen, wie er, dieser akkurat gekleidete Bankangestellte, Maren Hengersberg tötete, sie schlug, traktierte und dann mit dem Messer zustieß. Er stöhnte gelangweilt.

Freding schaute aufgeregt zwischen den beiden hin und her. Wut, Zorn und Selbstmitleid. Wenn. Ja wenn er den Mut gehabt dazu gehabt hätte, wäre er diesem Hartmann mit diesen papageienhaften Klamotten an die Gurgel gegangen. Doch er hatte Angst. Angst vor diesem chaotischen Typen, der ihm gegenübersaß und so brutal mit ihm umsprang. Völlig ohne Skrupel. Woher konnte dieser Kerl nur wissen, dass er die Mails der Hengersberg gelesen hatte?

Hartmann wechselte die Stimmlage wieder und redete nun beruhigend auf Freding ein. »Hören Sie. Ich weiß, wie Sie sich jetzt fühlen.«

Freding brachte keinen Laut hervor. Doch in ihm schrie es. »Einen Dreck weißt du! Du widerlicher Papagei!«

Er starrte Hartmann stumm an. Der erklärte nun fast schon entschuldigend. »Nur um Ihnen nochmals die Situation klar zu machen. Eine junge hübsche Frau wurde ermordet. Wir sind auf der Suche nach ihrem Mörder. Nach unseren bisherigen Erkenntnissen könnte es gut sein, dass Sie ein

Motiv hatten. Maren Hengersberg stand kurz davor, Sie aus Ihrem Job zu drängen. Sie lesen illegalerweise ihre E-Mails und erfahren so davon. Dann haben Sie für den Tatzeitpunkt auch kein Alibi. Zumindest haben Sie uns bisher keines geliefert, das wir überprüfen könnten. Was glauben Sie, würden denn die Fernsehkommissare in einem solchen Fall tun, Mhm!?«

Hartmann beugte sich nach vorne und sprach leise, aber eindringlich weiter. »Ärgerlich. Wissen Sie. Ihre Karriere, Ihr Ansehen, Ihre Familie interessieren uns überhaupt nicht. Wenn Sie nicht schnell mit der Sprache rausrücken, dann führen wir Sie hier in Handschellen raus. In München können Sie dann gerne einen Anwalt anrufen. Also. Jetzt reden Sie endlich. Dann hat diese Quälerei ein Ende!«

Freding wurde schlecht und es war ihm anzusehen. Er hatte das Gefühl, nicht mehr zu sitzen, sondern irgendwo zwischen Stuhl und Decke zu schweben. Die Wände, der Tisch. Sie begannen sich ganz langsam zu neigen. Nach rechts. Nach hinten. Nach vorne. Er fixierte die Movado an der Wand. Es half.

Langsam drehte er sich zu Batthuber herum. »Ein Glas Wasser, bitte.«

Der ging zum Tisch, auf dem kleine Fläschchen mit Cola, Säften und Wasser herumstanden. Er nahm ein stilles Wasser. Das würde Freding das Reden erleichtern. Kohlensäure war schlecht für Geständnisse.

Hartmann fiel ein Stein vom Herzen. Gerade noch mal davongekommen. Und mit Bravour. Denn Freding benahm sich in seinem eigenen Besprechungszimmer, als wäre er hier Gast. Besser konnte es nicht laufen.

Seine Bedenken strich Hartmann beiseite. Freding hatte Angst, aber Hartmann wusste nicht wovor. Sie hatten zwar großen Druck auf ihn ausgeübt und wussten dennoch gar nicht, wo Fredings Schwachstelle lag. Er hatte gar nicht begriffen, dass sie im Nebel stocherten und sehnlichst darauf warteten, Land zu sehen.

Freding trank einen Schluck Wasser, wischte sich mit dem Ärmel seines Jacketts den Schweiß von der Stirn und begann leise zu sprechen.

»Ja. Sie haben Recht. Diese von Hengersberg hat mich wahnsinnig gemacht.«

Er sah auf und blickte Hartmann völlig offen an. »Die hatte nichts anderes im Kopf als ihre Karriere. Sie war brutal. Nicht nur mir gegenüber. Fragen Sie doch die anderen hier im Verlag mal, was Sie von der Baroness gehalten haben. Eines sage ich Ihnen, die Trauer hier ist nicht sonderlich groß.«

Er grinste jetzt und lehnte sich zurück. »Schon seit einigen Monaten weiß ich, was sie vorhatte. Sie wollte mit einem anderen Verlag aus unserer Gruppe fusionieren und die Gesamtleitung übernehmen. Wenn Sie also der Meinung sind, dass ich damit ein Motiv hatte, sie deswegen umzubringen, dann gilt das ja wohl für den Kollegen des anderen Verlages auch, oder!?«

Freding wollte seiner Miene nach lachen, doch er brachte nur ein helles Gurgeln hervor, das in einem kurzen, heftigen Husten erstarb. »Und die fünf Kollegen, die Frau Hengersberg in den letzten zehn Monaten wegrationalisiert hat? Die dürften auch nicht gut auf sie zu sprechen gewesen sein. Sie liegen also völlig falsch mit Ihren Verdächtigungen – alleine – gegen mich.«

Er drehte sich kurz zu Batthuber um, bevor er langsam und leise zu Hartmann gewandt weitersprach. »Ich habe ein Alibi für Sonntag. Bevor ich Ihnen dazu etwas sage, möchte ich jedoch wissen, wie vertraulich Sie meine Aussage behandeln werden?«

Hartmann schob die Lippen nach vorne und wischte mit seinen Fingerkuppen ein paarmal über das lila Jackett.

»Wir sind hier nicht auf dem Aussagebazar. Noch haben wir von Ihnen nichts, aber auch gar nichts an Informationen bekommen, die verwertbar wären. Sagen Sie uns, wo Sie waren und wer das bezeugen kann. Dann sehen wir weiter«, beantwortete er die Frage kurz und hart.

»Was passiert, wenn ich einfach nichts sage?«, fragte Freding und sah Hartmann provozierend an.

Hartmann stand zügig auf und schob den Stuhl mit seinen Oberschenkeln nach hinten. Er nickte Batthuber zu und sagte. »Ruf seine Frau an. Wir sind auf dem Weg nach München. Die kann ihm ja einen Anwalt besorgen. Sag ihr, sie soll direkt nach Stadelheim kommen und ihm Wäsche und so ... das Übliche eben ... mitbringen. Ich hab das Spielchen satt.« Es war wirklich überzeugend.

Fredings Stimme überschlug sich, er rief hysterisch. »Nein, nein. Bleiben Sie. Ich ... es war nur eine Frage. Ich erzähl Ihnen ja, was war. Bitte ... bitte setzen Sie sich wieder ... Herr Hartmann.«

Batthuber hatte sich dicht hinter Freding gestellt und ihm seine Hand auf die Schulter gelegt, um zu verhindern dass er aufstand. Hartmann blieb stehen, drehte sich zu Freding und sagte leise. »Last Exit.«

Er hatte Fredings wirklich wunden Punkt gefunden. Es war das Wort Frau. Seine Frau also, dachte Hartmann und ließ seinen Gedanken freien Lauf. Freding stotterte derweil los.

»Am Sonntag ... also vorletzten Sonntag eben ... bin ich mittags, so gegen halb vier, in die Stadt gefahren. Ich habe mich da mit einem Bekannten getroffen. Wir waren im Café Dichtl. So etwa bis kurz nach fünf. Wir sind dann zusammen hierher in den Verlag. Da waren wir etwa bis kurz nach sieben am Abend. Von hier sind wir nach Landsberg. Ich bin gefahren. Auf der B17 bin ich von Ihren Kollegen geblitzt worden. War zu schnell. Ich bin dann erst am nächsten Morgen von Landsberg zurückgefahren. Direkt hier in den Verlag.« Er schluckte.

Batthuber sah fragend zu Hartmann. Der saß stumm da und blickte Freding kühl an. Ließ sich seine Enttäuschung über das Gehörte nicht anmerken. Ja. Er war enttäuscht von dem, was er gerade gehört hatte. Es passte so gar nicht zu der Aufgeregtheit Fredings.

»Herr Freding. Das klingt doch irgendwie eigenartig. Wenn alles so einfach ist und Sie sogar einen Bekannten haben, der Ihr Alibi bestätigen kann ... ja weshalb wollten Sie denn dann vor ein paar Minuten noch einen Anwalt. Weshalb diese Aufregung? Könnten Sie uns ein paar Details liefern? Wer ist Ihr Bekannter? Was haben Sie am Sonntagabend hier im Verlag gemacht? Wer hat Sie in Landsberg gesehen?«

Freding holte laut hörbar Luft. Hartmann kannte sich mit dem Kerl nicht aus. Wo lag das Problem? Er wartete.

Freding schüttelte heftig den Kopf und sah zu Boden. »Diese Hengersberg ... quält mich auch jetzt noch ...«

Er sah zu Hartmann hinüber. Sah ihm in die Augen. »Ich habe mich an diesem Sonntag mit Achim Bergen getroffen. Er ist Grafiker. Arbeitet und lebt in Landsberg.«

Er gab den beiden die Anschrift und Telefonnummer. Batthuber notierte sich die Daten auf einem zerknitterten Zettel. Hartmann spürte, dass Freding jetzt ruhiger geworden war.

Langsam begann er zu ahnen und fragte in ruhigem Ton. »Wir werden bei Herrn Bergen Ihre Angaben überprüfen. Aber erklären Sie bitte, weshalb es so schwierig für Sie war, uns den Namen Ihres Bekannten zu geben. Was gibt es da noch?«

Freding antwortete mit einer Gegenfrage. »Wie werden Sie verfahren, wenn Herr Bergen meine Angaben bestätigen kann. Wird das dann öffentlich gemacht. Muss ich ... müssen wir vor Gericht erscheinen?«

»Nein«, entgegnete Hartmann bestimmt.

»Wenn das, was Sie gesagt haben, unserer Überprüfung standhält, dann werden wir Sie in Ruhe lassen. Und wenn nicht neuere Erkenntnisse hinzukommen, werden Sie auch nicht vor Gericht erscheinen müssen.«

»Gut.« Freding stand auf.

»Ich habe seit etwa zwei Jahren ein Verhältnis mit Achim Bergen. Wir treffen uns regelmäßig. Wie auch an diesem vorletzten Wochenende. Meine Frau weiß davon bisher nichts. Ich möchte das auch nicht.«

Er sah die beiden an und sagte bitter. »Ich habe Maren Hengersberg nichts getan. Ich habe es mir aber oft ausgemalt, was ich ihr antun könnte, oder was ihr Schlimmes passieren könnte. So ein Unschuldslamm war sie nun weiß Gott nicht. Immer diese soziale und kirchliche Tour. Da kann ich nur lachen. Vor etwa einem Jahr hat sie mich mit Achim hier im Verlag, es war auch an einem Sonntag ... sagen wir ... angetroffen. Sie hat mich nicht direkt erpresst, aber mit Zweideutigkeiten und Anspielungen wissen lassen, dass sie weiß, wo ich verwundbar bin.«

Er drehte sich Hartmann zu und sagte energisch. »Ich werde jetzt nichts mehr zu der Sache sagen und würde Sie bitten zu gehen.«

Hartmann saß mit verschränkten Armen da und hörte sich an, was Freding erzählte. Er hielt es für nachvollziehbar. Er stand langsam auf und sagte.

»Gut, Herr Freding. Wir werden Ihre Angaben überprüfen. Es kann trotzdem sein, dass wir Sie in diesem Fall nochmals befragen müssen. Ihre Familie werden wir nicht belästigen, sollten Ihre Angaben korrekt gewesen sein.«

Freding nickte und ging zur Türe. Er war immer noch bleich. Batthuber fragte ihn, mit welchem Auto er an dem Sonntag geblitzt worden war. Freding nannte ihm das Kennzeichen und wollte gerade in sein Büro zurückkehren, als er innehielt und sich nochmals zu den beiden herumdrehte. »Woher wissen Sie das mit den Mails?«, fragte er Hartmann.

Der zuckte kurz mit den Schultern. »Welche Mails?«

Batthuber sagte, dass sie sich noch mal das Büro von Maren Hengersberg ansehen wollten, doch Freding hatte sich bereits abgewandt, lief mit zornigen Schritten davon und reagierte nicht mehr. Sie ließen ihn gewähren. Als sie das Siegel von Maren Hengersbergs Bürotüre gelöst hatten, durchforsteten sie nochmals alle Akten, Bücher und Schriftstücke. Es fand sich nichts, was in irgendeinem Bezug zu dem Mord an der jungen Frau stand. Es fand sich überhaupt nichts Privates von ihr. Kein Bild, kein Schmuck, keine Fotos. Sie verließen den Verlag. Das erste Stück der Fahrt verlief schweigsam. Nicht einmal das Radio dudelte. Ab und an quäkte eine Stimme am Funk. Beide waren in Gedanken noch bei der Vernehmung. Als sie Augsburg auf dem Weg nach Landsberg hinter sich gelassen hatten, sagte Batthuber zu Hartmann. »Das gibts doch nicht, oder!?«

Hartmann war überhaupt nicht gesprächig und entgegnete nur: »Es gibt noch viel mehr.« Dann nahm er das Handy und wählte die Nummer der Verkehrspolizei in Augsburg an. Er bat den Kollegen, der sich meldete, nachzusehen, ob am betreffenden Sonntag ein Auto mit dem Kennzeichen, das Freding ihm gegeben hatte, in eine Radarfalle gefahren sei und falls ja, ihm die Bilder und Daten per Mail zuzusenden. Der Kollege sagte zu, sich sofort darum zu kümmern.

Die Mittagszeit war inzwischen vorbei. Hartmann hatte den Eindruck, dass es schon wieder begann zu dämmern. Beide hatten Hunger und holten sich in einer Metzgerei ein paar Wurstsemmeln. Hartmann fluchte, als beim Hineinbeißen Senf hervorquoll und auf seine Hose tropfte. Batthuber sparte sich einen Kommentar bezüglich der entstandenen Farbmischung aus Hellgrün und sattem Gelb. Es dauert eine Weile, bis sie die Straße gefunden hatten, in der Achim Bergen lebte. Ein kleiner nobler Vorort von Landsberg mit großen Einfamilienhäusern. Durchgehend oberbayerischer Bauernbarock mit mächtigen Holzbalkonen und breiten, ausladenden Giebeln.

Auf dem Klingelschild an der Gartentüre stand in großen Buchstaben BERGEN. Es ertönte ein Summen und Batthuber drückte die Eisentüre auf. Das Haus lag tief im Garten, entfernt von der Straße, geduckt unter mächtigen Buchen. Im Sommer musste es hier wunderschön sein. Jetzt lag der Rasen grau und zusammengefallen unter der feuchten Kälte. Bäume und Hecken waren kahl. Noch während sie sich im Garten umsahen, öffnete sich die Eingangstüre zum Haus. Ein blonde Frau erschien im Türrahmen. Neben ihr ein Mädchen. Vielleicht zwölf Jahre alt.

Hartmann hatte damit nicht gerechnet und auf den verbliebenen Metern zum Eingang überlegte er, wie die Sache diskret erledigt werden konnte. Er stellte sich und seinen Kollegen vor und fragte, ob hier Achim Bergen wohne. Sie sah den Dienstausweis skeptisch an und sagte, dass das ihr Mann sei. Er arbeite oben in seinem Atelier. Hartmann nickte dem Kind lächelnd zu. Er ärgerte sich, Freding nicht nach Bergens Umfeld gefragt zu haben. Der hätte sie allerdings auch ohne Nachfrage informieren können. Hartmann war beeindruckt, als er schließlich eintrat. Die vordere Hälfte des Erdgeschosses wurde von einem einzigen Raum erfüllt. Cremefarbene Fliesen bedeckten den Boden. Das Dachgebälk lag offen. Welche Verschwendung, dachte er. Den Mittelpunkt bildete eine lederne Sitzgarnitur in mattem Blau. Es sah modern aus. Die Kacheln am Ofen waren sehr expressiv, in kräftigen Blau- und Grüntönen bemalt. Hartmann war es zu wenig gemütlich hier. Frau Bergen ging würdevoll die breite Holztreppe zur Galerie empor und rief, auf halber Höhe angekommen, nach ihrem Mann. Die Tochter verschwand hinter einem Torbogen, der wohl zur Küche führte. Zumindest vermutete Hartmann das. Herr Bergen erschien auf der Galerie. Er schien nicht sehr beeindruckt und kam in flotten Schritten die Treppe herunter. Seine Frau ließ sich damit mehr Zeit. Bergen war ein sportlicher Typ. Schlank, Mitte vierzig, dunkle gewellte Haare, glatt rasiert. Er trug Jeans und einen glatten blauen Pullover. Hartmann stellte sich nochmals vor und fragte Bergen, ob er für eine kurze Befragung Zeit hätte. Bergen nickte mit einem »Mhm« und blieb stehen. Hartmann schwieg und wartete darauf, dass Bergen sie in ein Zimmer bat, in dem sie sich ungestört würden unterhalten können. Nichts dergleichen. Hartmann wurde ärgerlich. Wieso nahm er eigentlich Rücksicht. Er sagte Bergen, dass sie in einem Mordfall ermittelten, und berichtete in groben Zügen die Umstände. Er ignorierte die Bemerkung von Bergen, dass er eine Frau Hengersberg nicht kenne. Frau Bergen war am Treppenaufgang stehen geblieben und sah aufmerksam zu Hartmann. Der erklärte, dass ein Herr Freding angegeben hatte, sich am vorletzten Sonntag mit ihm getroffen zu haben. Bergen blieb ungerührt und fragte, weshalb Herr Freding überhaupt in die Situation käme, ein Alibi liefern zu müssen. Hartmann schaute Bergen freundlich an. Er tat dies, um ein paar Sekunden Zeit zu gewinnen. Mit einer solchen Gegenfrage hatte er nicht gerechnet. Er erklärte schließlich, dass es sich um Routinearbeiten handele. Freding habe nun mal angegeben, mit Bergen zusammen gewesen zu sein. Bergen sagte gelangweilt »Ja«.

Hartmann wartete. Als Bergen nicht weitersprach, sagte er. »Herr Bergen. Sie müssen uns schon genauer sagen, wo und wann Sie die Zeit an jenem Sonntag mit Herrn Freding verbracht haben.«

Bergen blieb völlig gelassen. Er berichtete flüssig und detailliert und bestätigte Fredings Angaben. Er überraschte die beiden jedoch, als er angab, dass seine Frau bestätigen könne, dass er mit Freding die Nacht hier im Haus verbracht habe. Hartmann blickte zum Treppenaufgang. Sie sagte, dass dies richtig sei. Dann, nach kurzer Pause, ergänzte sie noch, dass Herr Freding regelmäßig bei ihnen im Haus übernachten würde. Sie gab an, dass die beiden das Haus betreten hatten, als die Tagesschau gerade begonnen hatte. Hartmann sah mit ernster Miene in ihre traurigen Augen und schwieg. Er fühlte tatsächlich so etwas wie Mitleid. Er sah eine Frau in schönem Gehäuse. Lange blonde Haare, feingliedriges Gesicht, kaum geschminkt. Ihre Augen jedoch waren leer, ohne Ausdruckskraft. In diesem Haus waren die Rollen klar verteilt. Sie durfte den Stoff für Kissen und Gardinen aussuchen. Die Räume gestalten, sich mit Innenarchitektinnen treffen und sich über den neuesten Artikel in „House and Garden“, „Ambiente“ oder „Schöner sterben“ auseinander setzen. Mehr nicht. Falls sich die Frage überhaupt stellte, entschied sie nicht über ihre Stellung im Leben oder sonst wo. Seine Gedanken schweiften ab. Wie konnte das geschehen sein? Zweifelsfrei. Sie war intelligent, hatte sicher einen Beruf, der sie unabhängig hätte machen können, und doch war sie an der Brutalität dieses Mannes, heimtückischer Toleranz und faulen Kompromissen zugrunde gegangen. Zumindest stand sie kurz davor. Er erschrak, denn er merkte, dass er sie länger als notwendig angesehen hatte.

Draußen, am Auto angekommen, atmete er tief aus und sagte zu Batthuber. »Das gibts doch nicht, oder!?«

»Gibts alles«, antwortete der trocken.

Sie fuhren langsam in Richtung München. Hartmann schüttelte während der Fahrt immer wieder den Kopf, ohne etwas zu sagen. Er brachte diese traurigen leeren Augen nicht aus dem Sinn, und diese blonde Frau. Als sie München erreichten, dämmerte es schon. Sie parkten im Innenhof und sahen, dass in den Büros von Johannes Bucher und Lara Saiter Licht brannte. Lara Saiter arbeitete noch an den Spurenberichten und war gespannt auf die Ergebnisse der beiden. Bucher war gerade von Becker zurückgekommen. Hartmann sah schnell seine Post durch und setzte sich dann an den PC, um die Mails abzurufen. Tatsächlich war die Mail von den Kollegen aus Augsburg schon angekommen. Er druckte sie aus, klickte schnell auf „antworten" und bedankte sich mit zwei Worten für die schnelle Erledigung. Draußen waren die Sicherungsscheinwerfer angegangen und leuchteten Innenhof und Torzugänge mit hartem Licht aus. Dagegen erschien das flattrige Leuchten der alten Neonröhren wie Kerzenlicht. Sie fanden sich nach und nach im Besprechungsraum zusammen.

Batthuber räkelte sich und gähnte laut in den Raum. Lara sah ihn strafend an. So recht mochte keiner anfangen zu reden. Auch Bucher war noch damit beschäftigt, die Ereignisse des Tages zu rekapitulieren, um sie möglichst kurz und treffend darstellen zu können. Lara Saiter fragte schließlich, was los sei. Ob keiner Lust habe, endlich was zu erzählen. Hartmann zuckte mit den Schultern und meinte, da sie ja schon angefangen habe zu reden, könne sie schließlich gleich weitermachen. Sie sah ihn mit blitzenden Augen an und sagte messerscharf. »Schönes Jackett heute, Alex! «

Bucher warf ihm einen auffordernden Blick zu. »Ihr habt doch wirklich am meisten zu erzählen. Was war bei euch los? Wie war es bei Frau Knoller? Was macht Einstein? Und wie gehts dem Verlagsmenschen nach eurem Besuch? Wir sind ganz gespannt.«

Hartmann setzte sich zurecht und erzählte von Frau Knoller. Batthuber legte einen Stapel Papiere auf den Tisch. Es waren die Drucke mit dem Phantombild, die schon aus der

Druckerei heraufgebracht worden waren. Bucher war enttäuscht. Es gab kein Gesicht zu sehen, sondern lediglich die Kopfform und die markanten Haare. Bucher schüttelte energisch den Kopf und meinte, dass das für die Öffentlichkeitsfahndung nicht geeignet sei. Vielmehr sollten alle bisher bekannten Personen, die mit Maren Hengersberg in irgendeiner Weise Kontakt hatten, mit dem Phantombild konfrontiert werden. Er hielt das für zielführender, als mit der Aufnahme an die Öffentlichkeit zu gehen. Außerdem konnte man dann die Presse weiterhin außen vor halten. Die anderen stimmten ihm zu. Hartmann kam nun auf Freding zu sprechen. Lara Saiter und Bucher waren von der Wendung überrascht. Batthuber sagte, dass er vom Verlauf der Vernehmung und dem Ergebnis letztendlich mehr enttäuscht als überrascht gewesen war. Er hätte gerne ein Geständnis von Freding gehabt. Lara Saiter sagte ihm, dass er ja schließlich ein Geständnis von Freding erhalten habe. Bucher wollte wissen, wie Hartmann Fredings Geschichte beurteilt. Er ließ das Bild der Verkehrsüberwachungskamera reihum gehen, das er per Mail erhalten hatte. Zwei Männer waren auf dem A4 großen Videoprint in bester Qualität abgebildet. Freding und Bergen waren unzweifelhaft zu erkennen. Hartmann wies auf die im Bild eingeblendeten Daten hin. Die beiden sind am Sonntagabend exakt um neunzehn Uhr siebenundzwanzig kurz vor Kaufering in die Radarfalle geraten. Siebzig war erlaubt. Freding war mit 91 km/h geblitzt worden. Hartmann zeigte auf das Foto und meinte, dass die Gesichter der beiden völlig entspannt und ausdruckslos seien. Auch die Geschwindigkeit selbst deute nicht darauf hin, dass sie sich in wilder Flucht befunden hätten. Lara Saiter sagte nach kurzem Überlegen, dass man von Maren Hengersbergs Wohnung bis zu der Stelle, an der die beiden geblitzt worden seien, etwa dreißig Minuten brauchen würde.

Bucher holte die Zusammenfassung der Telefonauswertung hervor und teilte die vorläufigen Ergebnisse der Telefonlistenauswertung mit. Fest stand demnach, dass Maren Hengersberg um neunzehn Uhr dreizehn noch am Leben war. Nachdenkliche Stille. Schließlich sagte Hartmann, dass das zu knapp wäre. Es war zeitlich einfach nicht zu schaffen. Er war der Meinung, dass sie mit Freding und Bergen nicht die richtige Spur verfolgen würden. Die Umstände waren zwar eigenartig. Aber nur weil Freding schwul war und Bergen mit seinem Liebhaber im eigenen Haus, bei Frau und Kind ... verkehrte, gab es seiner Meinung nach keinen wirklich tauglichen Ansatz.

Lara Saiter sah unschlüssig drein. Sie meinte, dass Freding ja zumindest ein gutes Motiv gehabt hätte. Jedenfalls war er bisher der Einzige, bei dem sie überhaupt einen konkreten Grund gefunden hatten, Maren Hengersberg zu hassen. Bucher betrachtete sich noch mal das Foto, das die Kollegen von Freding und Bergen eingefangen hatten. Er wunderte sich über die hervorragende Qualität. Er fragte Hartmann, wo noch eine Möglichkeit der Manipulation seitens Freding und Bergen bestehen könnte. Hartmann zuckte mit der Schulter und schüttelte mit Gewissheit den Kopf. Nein. Seiner Meinung nach bestand da keine große Chance. Die beiden haben ein wasserdichtes Alibi. Das mit der Radarfalle sei auch nicht planbar gewesen. Bucher hakte nach und fragte, ob es vorstellbar sei, dass Freding alleine oder mit Bergen, noch bevor sie Bergens Haus erreicht hatten, nach Augsburg zurückgefahren seien, dort Maren Hengersberg töteten und dann wieder in Richtung Landsberg gefahren seien. Hartmann verdrehte die Augen zur Decke. Bucher sah in ruhig an. Er mochte es, wenn Alex genervt tat. Hartmann meinte, dass sie das natürlich noch abklären würden. Immerhin bestand da eine theoretische Möglichkeit. Er hatte Frau Bergen zu lange in die Augen gesehen. Er glaubte ihren Angaben. Aber wie sollte er das hier erklären. Daher sagte er nur, dass sie alles nochmals genau überprüfen würden. Batthuber hatte schon eine Liste aller Tankstellen entlang der Strecke zwischen Augsburg und Landsberg aufgestellt. Dort wollten sie mit dem hervorragenden Bildmaterial hausieren gehen. Der übliche langwierige Klinkenputzerjob eben. Vielleicht hatten Freding und sein Liebhaber irgendwo Halt gemacht und waren jemandem aufgefallen.

Während sich Batthuber einige Notizen für die weiteren

Ermittlungen machte, berichtete Lara Saiter von der Auswertung des Spurenprotokolls und des rechtsmedizinischen Gutachtens. Keine Neuigkeiten. Bucher gab ein Foto weiter, auf dem eine drastische Vergrößerung des Silbersplitters mit Anhaftungen von Rindsleder abgebildet war. Er berichtete von dem, was Becker bisher herausgebracht hatte. Sie diskutierten eine Weile die Spurenlage. Bucher erzählte schließlich vom Erscheinen Miriam Webers und Julia Bachmanns. Lara Saiter sah ihn, während er berichtete, mit ihren großen dunklen Augen an und lächelte hinterhältig. Bucher ließ sich nicht irritieren. Lara Saiter fragte, ob ihnen bei der Durchsicht des Büros von Maren Hengersberg Schreiben untergekommen waren, die in Bezug zu einer Stiftung standen. Batthuber sah sie beleidigt an. Schließlich waren er und Hartmann es ja gewesen, die aufgrund der Mails erstmals den Begriff Stiftung in die Ermittlungen eingebracht hatten. Er sagte, dass bei ihnen alle Glöcklein geschrillt hätten, wäre ihnen der Begriff Stiftung begegnet. Sie wurden müde. Zu großen Gedankenflügen war heute keiner von ihnen mehr möglich. Die bisherigen Ergebnisse mussten erst einmal verarbeitet werden. Die Spuren waren zusammengetragen und wenn Freding schon nicht mehr hergab, dann konnte man ihn wenigstens beiseite legen. Bucher spürte eine drückende Mattheit. Trotzdem ging er in Gedanken nochmals alle Erkenntnisse durch. Spurenberichte, Obduktionsberichte, erste Vernehmungen und kam zu dem Schluss, dass die Zeit gekommen war, sich mit der Persönlichkeit des Täters näher zu befassen. Dafür war der Freitagvormittag seiner Meinung nach gut geeignet.

Lara Saiter fror schon beim Gedanken an den langen Nachhauseweg. Es war dunkel, und doch war die Nacht noch weit entfernt. Bucher saß müde im Auto und spürte dem Schmerz nach. Fand ihn nicht, fühlte aber Hunger aufkommen. Er schob Mozart und Alfred Brendel in den Player und schlich langsam auf der rechten Spur nach Westen. Er musste mehr Regelmäßigkeit in sein Leben bringen. Sein Tagesablauf war zerrissen und er gönnte sich und seinem

Körper zu wenig Disziplin. Er spürte, dass seine Mutter in gewisser Weise Recht hatte. Wer wollte schon mit ihm die Zeit teilen. Brendels Spiel nahm die trüben Gedanken von ihm und begleitete ihn bis nach Hause. In der Küche vertrieb er die Gedanken, indem er Spaghetti kochte. Nebenher schnitt er zwei Zwiebeln sehr grob und schmorte sie zusammen mit einigen Pinienkernen in Olivenöl. Dazu Knoblauch, geschälte Tomaten und Herbes de Provence. Fertig. Zumindest esse ich gesundes Zeug, dachte er. Eine Flasche 95er Citran war noch offen und der Wein verströmte bereits beim Eingießen einen herrlich frischen Duft nach Brombeeren und Sommerfrüchten. Bucher genoss das einsame, nächtliche Essen und gestattete sich nicht, darüber nachzudenken, was ihm mehr gefiel: das Essen oder die Einsamkeit. Der Besuch bei Dr. Voolcke hatte ihm gut getan. Alleine die Tatsache, dass sich ein Fachmann damit beschäftigt hatte, wirkte beruhigend auf ihn. Er holte das Honorar, eine Flasche 94er Château Branaire, aus dem Keller und packte sie in seine Tasche. Dann legte er sich hin. Diesmal nicht auf die Liege hinter dem Kachelofen, sondern in das breite, gemütliche Bett. Das einzige Möbelstück aus der gemeinsamen Zeit mit Kathrin.

Er hatte traumlos geschlafen und fühlte sich frisch, als er aufwachte. Die Nacht war wieder sehr kalt gewesen. Aus dem Küchenfenster seiner Nachbarn schien ein trüber Lichtschein. Die Stallarbeit hatte schon begonnen. Bucher stieg in den durchkühlten Wagen und legte ein Kissen an die Rückenlehne, um die Lendenwirbel nicht der eisigen Kälte auszusetzen. Während er sich langsam in den kalten Sitz sinken ließ, träumte er von einer Sitzheizung mit Anschaltautomatik. Winterpaket hatte es der Verkäufer genannt. Doch die Sitzheizung steckte in der Finanzierung der Glasfront im Hausgiebel. Noch im Dunkel war zu sehen, dass Bäume und Weiden entlang des Lechs von einer zentimeterdicken Reifschicht überzogen waren.

Im Innenhof des LKA das übliche, morgendliche Begrüßungsritual. Aus den Mündern wehten weiße Schwaden. Er beeilte sich, in den Bau zu kommen. In der Kälte erstarben lange Worte. Zudem drang sie am Morgen schneller und heftiger in den Körper vor. Lara war schon im Besprechungsraum und setzte gerade Kaffee auf. Sie musste lachen, als sie ihn sah. Er blieb in der Türe stehen. Sie drehte sich weg und lachte die Wand an.

»Entschuldige bitte. Aber ich musste an gestern Nachmittag denken«, erklärte sie und genoss die Schadenfreude.

»Kein Ton, ja!«, sagte er abwehrend und ging in sein Büro.

Während er am PC saß und Berichte tippte, hörte er, wie Hartmann und Batthuber kurz nacheinander erschienen. Als er fertig war, ging auch er hinüber. Die Stimmung war gut. Die anderen schienen auch gut geschlafen zu haben und machten einen aufgeräumten Eindruck.

»Also. Schauen wir uns mal den Kerl ein wenig genauer an«, begann Bucher und warf „Einzeltäter!?" fragend in die Runde. Kein Widerspruch, nur ein stummes Nicken bekam er zur Antwort.

»Wir gehen also von einem Täter aus. Aufgrund der angewandten Kraft sicher ein Mann.«

»Zumindest in der Wohnung nur ein Täter«, ergänzte Lara Saiter.

Bucher nickte und sprach weiter. »Er hat seine Tat geplant. Stellt sich die Frage, welche Teilhandlungen er vorbereitet hat und welche sich aus dem Ablauf der Tat selbst ergaben.«

»Keine klassische Spurenlage am Tatort«, sagte Hartmann.

Bucher sah ihn an und fragte. »So kann man das auch ausdrücken. Und warum nicht? Warum keine Schuhabdrücke, keine Fingerabdrücke, Schuppen, Haare, Speichel, Sperma!?«

»Er weiß, welche Spuren er in welcher Situation, bei welcher Handlung hinterlässt, und hat sich präzise darauf vorbereitet«, sagte Batthuber.

»Das liegt nahe. Wie aber ist es ihm gelungen. Einen Schuhabdruck oder Fingerabdruck nicht zu hinterlassen, das stellt keine große Herausforderung dar. Aber Hautschuppen, Haare, Speichel ...«

»Sperma nicht zu hinterlassen, ist auch nicht schwer«, fiel Lara Saiter ein.

»Jaja. Dazu kommen wir noch«, sagte Bucher und schnitt ihr eine Grimasse, bevor er weitermachte.

»Also, wie geht jemand vor, der keine Haare, Schuppen und ... kein Sperma hinterlassen will? Was ist jetzt mit dem Sperma, Lara!?«

»Für ihn muss sich die Frage gar nicht stellen. Die Tat hat keinen sexuellen Bezug. Das wäre für mich derzeit die zutreffende Version. Wenn er einen Teilantrieb in sexueller Machtausübung gehabt hätte, dann hätten wir Sperma gefunden. Das hat keiner von denen im Griff. Genau das hinterlassen sie ... sozusagen als Duftmarke.« Sie schaute in die Runde. Die anderen waren mit ihrer Begründung einverstanden.

Bucher fragte. »Gut lassen wir das Sperma erst mal außen vor. Er kommt am Sonntagabend, klingelt an der Türe und wird von ihr hineingelassen. Schon draußen, also bevor er in die Wohnung hineinging, muss er ja auf das vorbereitet gewesen sein, was drinnen passierte. Wie hat er es geschafft, keine Abdrücke im Teppich zu hinterlassen? Wo sind seine Haare geblieben, seine Hautschuppen?«

Bucher schüttelte heftig den Kopf. »Denkt mal an die heftigen Schlagbewegungen, die er ausgeführt hat, beim Zuschlagen. Dabei verliert man doch Haare, Schuppen ... Speichel. Wieso er nicht!«

»Kontrollierte Gewalt«, sagte Hartmann, während er nachdenklich zur Decke sah. »Wenn ich mir die Bilder vom Opfer ansehe ... die Verletzungen ... die Auffindesituation, ... dazu der Tatablauf. Der stellt sich mir dar wie eine wilde Raserei. Aber wenn ich mir die Spurenlage betrachte, dann denke ich, war der Ablauf zwar äußerst gewalttätig, der Täter hat immense physische Kräfte aufgebracht, jedoch auf eine unheimliche Art doch sehr kontrolliert. Der hatte keinen Speichel vor dem Mund. Nein. Sicher nicht!«

Bucher stimmte zu. »Genau das denke ich eben auch. Wie er es geschafft hat, keine DNS-Spuren zu hinterlassen, das weiß ich noch nicht. Aber wir wissen zumindest, dass er sich auf das, was er getan hat, gut ... sehr gut vorbereitet haben muss. Entweder er ist vom Fach ...«

»... ein Kollege!?«, fragte Batthuber erschrocken.

»Nein«, entgegnete Bucher und winkte ab.

»Das muss nicht unbedingt sein. Ich will aber im Moment gar nichts ausschließen. Ich meine, er ist entweder ein Mensch, der beruflich mit Spuren im weitesten Sinn zu tun hat, ein Wissenschaftler, Mediziner oder so. Oder er hat sich genau in die Thematik eingelesen. Allein von Fernsehkrimis kann er dieses Wissen jedenfalls nicht haben. Gleichwie. Ich bin der festen Überzeugung, dass er äußerst gefährlich ist.«

Bucher sah in die Runde.

Lara Saiter sagte. »Intelligent.«

Bucher ergänzte. »Gefühlskalt ... völlig ohne Fähigkeit, Gefühle zu empfinden.«

»Organisiert«, steuerte Hartmann bei.

In die kurz eintretende Stille fragte Batthuber. »Klingt ja fast nach einem Serientäter. Ich meine ... das sind die charakteristischen Eigenschaften ... organisierter Gewalttäter, oder?«

Lara Saiter sah ihn von der Seite an und meinte. »In den Handbüchern ist es zumindest so beschrieben.«

Bucher nickte und sagte. »Serie klingt mir im Moment zu heftig. Aber eines scheint mir klar zu sein. Ich bin schon der Meinung, dass er nicht das erste Mal gemordet hat, meiner Meinung nach also kein Ersttäter ist. Er begeht kaum Fehler, jedenfalls keine, die ihm gefährlich werden, geht gut organisiert vor und führt die Tat zielstrebig und kontrolliert aus. Ich kann mir im Moment nicht vorstellen, dass das jemand zustande bringt, der es zum ersten Mal tut. Um es vorwegzunehmen – ich habe schon die internationalen Datenbanken durchforstet. Es geht da nicht viel her. Wir haben noch zu wenig an individuellen Spuren. Vielleicht ermitteln wir noch etwas oder wir finden noch einen Ansatz, der uns bei der VICLASS-Recherche weiterbringt, die Suche noch präzisieren kann.«

Bucher machte eine Pause und sah zu Lara Saiter, die ihre Notizen ordnete. Er dachte an die paar Fälle, die er bei seinen Recherchen ermittelt hatte, und wollte nicht vergessen, wenigsten den einen, der übrig geblieben war, nachzuprüfen.

Während er darüber nachdachte, sagte er. »Aber schauen wir uns zunächst einmal die Fehler an, die uns bisher bekannt sind.«

Lara Saiter zog einen der Notizzettel hervor und begann. »Im Gang wurde der Silbersplitter gefunden. Mit großer Wahrscheinlichkeit stammt er von einem Buch. Rindsledereinband mit Silberbeschlägen. Etwa zweihundert bis dreihundert Jahre alt, wie Becker hier schreibt. In diesen Splitter müssen wir noch einige Arbeit investieren. Es spricht wohl einiges dafür, dass mit einem Buch auf Maren Hengersberg eingeschlagen wurde. Die Art der Verletzungen und dieser Splitter hier lassen dies zumindest als Möglichkeit zu. Diesen Splitter hat er auf keinen Fall absichtlich fallen lassen. Das wäre zu konstruiert. Wenn er das gewollt hätte, wäre der Splitter auf der Leiche oder im direkten Umfeld platziert worden, in einer Art Inszenierung.«

Da keiner widersprach, als sie hochsah, fuhr sie fort. »Im Torbogen vom Gang zum Wohnbereich wurde eine Faser sichergestellt. Ein ebenfalls sehr seltenes Exemplar mit großem individuellem Spurencharakter. Die Textiler sind noch dran. Aber es steht schon fest, dass Maren Hengersberg über kein Kleidungsstück verfügte, welches solche Fasern beinhaltet. Wir gehen davon aus, dass diese Fasern vom Täter an den Tatort verschleppt wurden.«

Hartmann meinte. »Kann aber auch von einem ganz normalen Besucher stammen, oder!?«

Lara Saiter wog den Kopf und ließ ein gepresstes »Mhm« hören, bevor sie weitersprach. »Die Spurensicherung von den Augsburgern hat da klasse Arbeit geleistet. Sie bewerten die Faser als direkt in Tatzusammenhang stehend. Ich habe mit dem Kollegen noch mal telefoniert. Er sagte mir, die hing da nicht so fest. Wenn noch zwei oder dreimal jemand daran vorbeigelaufen wäre, dann hätte sie der Windzug weggeweht. Er ist der Meinung, dass sie vom Täter stammen könnte.«

»Respekt«, sagte Hartmann.

»Genau«, erwiderte seine Kollegin. »Zudem sagen die beiden bisher bekannten Fehler noch etwas.«

Sie machte eine Pause, bevor sie weitersprach. »Unser Täter ist ein Individualist. Sogar ein großer Individualist. Alte Bücher. Exklusive, außergewöhnliche Bekleidung, darauf weist die Faser hin. Das sind Dinge, die grenzen doch ziemlich ein. Und sie sind außergewöhnlich.«

Die anderen stimmten ihr zu. Sie fuhr mit ihrer Analyse fort. »Wenn wir uns die Spurenlage ansehen, dann bekommen wir Informationen ja nicht alleine aus den Fehlern, die er aus unserer kriminaltechnischen Sichtweise gemacht hat. Wir können ja auch Schlüsse aus seinem Verhalten ziehen, das genau solche Fehler vermeidet.«

Hartmann sah sie an und fragte. »Erklär es mir.«

»Nun, Alex. Die Erkennungsdienstler haben auf allen Lichtschaltern, der Klospülung, den Schaltern der Stereoanlage, am Telefon und am Fernseher nach Fingerabdrücken gesucht. Interessant ist, an welchen Stellen Spuren beseitigt worden sind und wo nicht.«

Batthuber schaute auf und folgte gespannt dem, was Lara Saiters zu sagen hatte.

»Wir haben also blank gewischte Lichtschalter im Hausflur, im Gang, im Wohnzimmer und in der Toilette. Auf dem Spülkasten keinerlei Spuren. Am Fernseher auch keine Spuren. An all diesen Stellen wurde definitiv gesäubert. Daraus ergibt sich, dass der Täter sicher in der Toilette zugange war. Maren Hengersberg hat bestimmt nicht den Spülkasten am Sonntagabend geputzt. Dann muss der Fernseher gelaufen sein. Er hat ihn ausgeschaltet, als er ging, nehme ich an. Weshalb sollte er sonst ausgerechnet am Schalter herumwischen und an anderen nicht. Die Mattscheibe selbst war staubig. Zumindest ihre Fingerabdrücke hätte man finden müssen. Wir können auch ein grobes Bewegungsbild des Täters in der Wohnung nachvollziehen. Gang, Wohnzimmer, Toilette, eben dort, wo er nachweisbar Spuren beseitigt hat. Sonst war er nirgends. In allen anderen Räumen fanden sich Maren Hengersbergs Fingerspuren. An den Lichtschaltern, am Radiowecker im Schlafzimmer, auf der Stereoanlage.«

Lara Saiter fügte noch hinzu. »Ach ja. Und am Schalter des Fernsehers wie am Lichtschalter im Wohnzimmer hat man kleine Fettschlieren und Anhaftungen festgestellt. Es handelt sich um Vaseline.«

Hartmann nickte anerkennend und schwieg. Batthuber dachte über das Gehörte nach. Mit Vaseline konnte keiner etwas anfangen.

Bucher meinte. »Wir erfahren zumindest, dass er sich in erstaunlicher Weise unter Kontrolle hat. Keine Aufregung oder Panik, nachdem er Maren Hengersberg erst geschlagen und dann getötet hat. Nein. Er geht in die Toilette, weshalb auch immer. Beseitigt seine Spuren, vergisst nicht, den Fernseher auszuschalten. Schaltet das Licht aus und wischt dabei die Schalter ab. Wenn mir dazu etwas einfällt, dann ... Kontrolle. Er beseitigt die Spuren gezielt, was darauf schließen lässt, dass er wusste, wo er sich in der Wohnung bewegte und an welchen Stellen er Spuren hinterließ. Nur dort hat er nachgearbeitet. Dieser Täter hatte eine genaue Vorstellung von der Tat, und zwar schon während er sie geplant hat. Da hat er schon jede einzelne Phase durchlebt.«

Bucher schaute seine Kollegen an, bevor er weitersprach.

»Aber er begeht noch einen Fehler. Ich denke nicht, dass er ohne Handschuhe „gearbeitet" hat. Aber weshalb wischt er dann noch Lichtschalter ab, die er angefasst hat. Also, ein wenig Ängstlichkeit oder Unsicherheit ist da schon zu erkennen. Und dann Folgendes: Wenn er sich so unter Kontrolle hat, wie es vordergründig den Anschein hat, wieso gönnt er sich dann nicht die Arroganz, uns etwas zu hinterlassen. Eine Botschaft, ein Zeichen. Etwas, mit dem er uns zu erkennen gibt, dass er viel intelligenter ist als wir. Eben ein ganz deutliches Zeichen seiner Macht. Das fehlt mir noch. Ich bin davon überzeugt, dass es vorhanden ist. Wir haben es nur übersehen, oder erkennen es nicht.«

Bucher schaute fragend in die Runde. Sein Blick erntete nur Schulterzucken.

Batthuber fragte. »Was meinst du damit?«

»Er hat die Tat offensichtlich gut vorbereitet und geplant. Die Durchführung verlief nach unseren derzeitigen Kenntnissen problemlos für ihn. Er ist zweifelsfrei sehr intelligent. Hat sich mit unserer Arbeit irgendwie vertraut gemacht. Versucht Fehler zu verhindern. Aber ... für Täter von seinem Kaliber wird die Tat erst wertvoll, kommt es erst zum vollkommenen Genuss ihrer Macht, wenn Sie sogar noch eine Information hinterlassen ... für uns«, antwortete Bucher.

»Ja. Aber dass wissen wir doch schon«, sagte Batthuber.

»Gar nichts wissen wir schon. Wir sind noch nicht mal in der Lage, ein solches Signal zu erkennen.«

»Aber was macht dich so sicher, dass es ein solches Zeichen von ihm gibt?«, fragte Batthuber.

»Reines Gefühl, Armin«, antwortete Bucher.

Lara Saiter nickte und an Alex' Gesicht war zu lesen, dass er auch der Meinung war, dass sie etwas Wesentliches noch nicht gefunden hatten.

Batthuber hakte nach. »Aber was haben wir denn von einem Zeichen, einem Signal, dass er hinterlassen hat. Wenn er so intelligent ist, wie du denkst, dann wird uns doch eine solche Information nicht weiterbringen. Es wäre doch völliger Blödsinn, wenn der Typ sich die Mühe macht, jede Spur, sogar die kleinsten Biospuren zu vermeiden, und nicht vorhandene Fingerspuren abwischt, uns dann aber irgendeine Botschaft oder Nachricht hinterlassen würde. Ich denke, es liegt da eine ganz andere Information für uns vor.«

Bucher fragte ihn. »Was meinst du?«

Batthuber brauchte nicht lange nachzudenken. »Er will verhindern, gefasst zu werden ... und ... es gibt keine Botschaft von ihm. Nichts.«

»Schön formuliert«, ätzte Hartmann.

Bucher sagte. »Genau! Genau das, Armin. Aber nur der erste Teil deiner Analyse trifft zu. Er will nicht, dass wir ihn kriegen. Dass irgendjemand ihn kriegt. Das heißt, er leidet keine Not, empfindet keinerlei Reue über seine Tat. Er will gar nicht, dass seinen Taten ein Ende gesetzt wird. Es ist in diesem Sinn kein „Hilfeschrei", wie das oft bezeichnet wird. Ich halte den Begriff in diesem Zusammenhang übrigens schlichtweg für widerlich.«

Batthuber ließ nicht locker. »Ja, aber was können wir daraus schließen?«

Lara Saiter antwortete ihm. »Vermutlich tötet er in erster Linie um seiner selbst willen, vielleicht um sich ein Problem vom Leib zu schaffen. Eines, welches tatsächlich existent ist und ihn unter Druck setzt, oder er bildet sich ein, dass ein Problem bestünde. Gleich wie. Ich denke nicht, dass es sich um einen Stellvertretermord handelt. Ein Mord, dessen Funktion allein darin besteht, etwas mitzuteilen.«

»Du meinst, Maren Hengersberg war ein Problem für ihn?«, fragte Hartmann nach.

»Ich denke schon. Und zwar sie als Person. Nicht ihr Geld, ihr Besitz oder dergleichen. Entweder war ihre pure Existenz der Grund für die Tat oder ihr Wissen um etwas.«

Batthuber gab nicht nach. »Aber am Anfang war das doch eine ganz normale Sache mit dem Mord. Woher wusste denn ihr Onkel, dass wir mit der Sache besser betraut wären als die Kollegen vom K1 in Augsburg?«

Bucher sagte nichts. Hartmann, Lara Saiter und Bucher sahen sich an. Schließlich sagte er. »Erstens. Eine sehr gute Frage. Zweitens. Politik. Wir werden sehen.«

Er wechselte das Thema. »Was bringt den Täter also dazu, ausgerechnet Maren Hengersberg als Opfer auszusuchen? Wo liegt der Schnittpunkt zwischen beiden? Wo und wann hat er begonnen sie zu beobachten, zu verfolgen? Er muss sie ausgekundschaftet haben, ohne Frage. Er hatte Kontakt zu ihr und sie muss ihn gekannt haben, sonst hätte sie ihn doch niemals in die Wohnung gelassen. Nicht an diesem Sonntag, als sie mitten im Packen war. Nein! Sie kannte ihn.«

Er sah Lara an. Sie zuckte mit den Schultern, was heißen sollte, dass er sie, von dem, was er gerade gesagt hatte, nicht überzeugen musste.

»Da sehe ich schon Licht am Ende des Tunnels. Sie hatte keinen sehr großen Freundes- und Bekanntenkreis.«

Batthuber sagte. »Verlag, Kirche, Familie, diese Journalistinnen. Viel mehr ist da nicht.«

»Verlag ... Kirche«, wiederholte Bucher. »Das reicht wirklich. Da sind genügend Kontakte möglich. Stellt euch nur mal vor, wen man in so einer Kirchengemeinde alles trifft und kennen lernt?«

Batthuber schaute ihn aufreizend fragend an.

Bucher fuhr ihn an. »Du natürlich nicht. Weißt du. Kirchen ... das sind diese seltsamen großen Häuser mit so einem spitzen Ding, das hoch in die Luft reicht. So einem Turm und so ...«

Batthuber grinste frech.

»Ist euch eigentlich noch etwas aufgefallen, was mit unseren Ermittlungen direkt gar nichts zu tun hat, aber doch außergewöhnlich ist?«, fragte Bucher.

Alex schien zwar kurz darüber nachzudenken, meinte aber, dass Bucher doch gleich sagen sollte, was er damit meinte.

Er schmiss das Wort »Presse« in die Runde.

Sie sahen sich an und Lara Saiter sagte, »Stimmt. Keine Anfragen, keine Artikel ... einfach Ruhe. Das ist schon eigenartig.«

Bucher meinte, er sei darüber nicht böse. Es wundere ihn aber schon, dass so gar kein Interesse an dem Fall aufkommen wollte. Da hatten sie schließlich schon anderes erlebt. Sie tauschten kurz ihre Meinung darüber aus. Die Diskussion verlief sich in den immer gleichen Fragen, für die es noch keine Antworten gab. Als alle das Gefühl hatten, dass man nicht weiterkäme, heute, beendete Bucher die Besprechung. Er betonte noch einmal, dass ihnen irgendetwas entgangen war, wollte, dass alle im Team sensibilisiert waren. Dann wurden die weiteren Aufträge besprochen. Bucher kündigte an, dass er zur Beerdigung von Maren Hengersberg nach Lindau fahren würde. Lara Saiter wollte an der Faserspur und am Splitter weiterarbeiten und Batthuber hatte erst einmal genug Arbeit, alle bisherigen Erkenntnisse für die Ermittlungsakten zusammenzustellen und Berichte zu schreiben. Hartmann gab kund, dass er heute pünktlich zu Hause sein musste. Die Betonung legte er dabei auf „pünktlich" und „Hause". Als Bucher ihn fragend ansah, sagte er. »Da brauchst du gar nicht so zu schauen. Ich muss mit meinen Kids heute zum Mülltrennen!«

»Wohin!?«, platzte Bucher überrascht heraus. Auch die beiden anderen sahen Hartmann verdutzt an.

Hartmann lehnte sich im Stuhl zurück, verdrehte die

Augen zur Decke und hob die Arme in die Luft. »Ja. Schaut mich nicht an, als käme ich vom Mars. So ist das heutzutage eben. Ich muss am Freitagnachmittag mit den Kindern zum Wertstoffhof fahren. Da legen die Kids im wahrsten Sinne des Wortes Wert drauf.«

»Hey Alex. Ist alles in Ordnung bei euch. Brauchst du Urlaub oder mal ein paar Tage frei. Kein Problem echt. Aber bitte. Fahr mit deinen Plagen doch wenigstens zum Einkaufen, ins Schwimmbad oder zum Fußball. Mach doch keine Ökodiktatoren aus ihnen!«

Alex grinste. »Rede du nur. Wirst es schon auch noch mitkriegen. Irgendwann. Da hast du keinen Einfluss mehr drauf. Das geht schon im Kindergarten los und in der Schule weiter.«

Er machte eine wegwerfende Handbewegung und stand auf. »Falls wir uns nicht mehr sehen, ein schönes Wochenende. Bis Montag dann.«

Auf dem Weg zum Büro gingen Hartmann und Lara Saiter an Bucher vorbei. Hartmann raunte ihm zu. »Der Kleine wird gut.« Bucher knurrte zustimmend und schwenkte in sein Büro ab. Er wunderte sich, wie viel Papierkram seit gestern schon wieder auf seinem Schreibtisch gelandet war. Er suchte den St. Pöltener Fall heraus und notierte das Aktenzeichen. Bei Gelegenheit wollte er den zuständigen Sachbearbeiter anrufen. Jetzt jedoch wählte er die Telefonnummer von Magda Sterr. Er vernahm ihre sympathische Stimme gleich nach dem ersten Klingeln und entschuldigte sich kurz, dass er sie schon wieder belästigte. Er erklärte es damit, dass er Frau Hengersberg nicht beunruhigen wollte. Er fragte Magda Sterr, ob sie über Ort und Zeitpunkt der Beerdigung informiert sei. Magda Sterr machte nicht den Eindruck, dass sie von Buchers Anruf gestört würde. Sie sagte ihm, dass die Beerdigung am Samstag um vierzehn Uhr auf dem Friedhof in Lindau stattfinden würde.

»Werden Sie bei der Beerdigung dabei sein?«, fragte sie anschließend.

»Ja. Ich werde nach Lindau fahren«, antwortete Bucher.

Ziellos blätterte er nach dem Telefonat in den Akten herum. Er war unzufrieden. Stand dann auf und ging hinüber zu

Lara Saiters Büro. Sie telefonierte gerade und er lehnte sich stumm und aufdringlich in den Türrahmen. Als sie das Telefongespräch beendet hatte, sah sie ihn an und fragte. »Schlecht drauf, Mhm?«

»Schon irgendwie. Ich habe gerade mit einer Zeugin telefoniert. Die Beerdigung ist am Samstagnachmittag. Diese Beerdigung beschäftigt mich irgendwie. Mit der Frau habe ich gar kein vernünftiges Gespräch mehr führen können. Geht das dir manchmal genauso?«

Sie blies ihre Backen ein wenig auf, bevor sie antwortete. »Klar. Kommt bei mir öfters vor. Da mache ich mir dann Gedanken über irgendeine unangenehme Situation und kann mich gar nicht mehr auf meine Arbeit konzentrieren.« Sie sah ihn schweigend an. »Dir graut vor der Beerdigung, oder?«

Er zuckte mit den Schultern. »Ja. Schon. Und ich weiß eigentlich gar nicht warum. Ich war ja schon öfters bei Beerdigungen. Aber diesmal ist es irgendwie anders.«

»Es ist ja auch ein seltsamer Fall. Und vielleicht hast du dir bisher auch mehr Ergebnisse erwartet.«

Sein Blick folgte den Mustern auf dem abgeschabten Linoleumboden.

Sie fuhr fort. »Wenn ich mich recht entsinne, war es bei den vergangenen Fällen so, dass wir auf der Beerdigung erwarteten, etwas Neues zu erfahren. Dort Menschen zu treffen, die in unseren Ermittlungen schon in einem klaren Täterbezug standen. Das haben wir bisher eben noch nicht. Schau dir die Leute einfach an. Vielleicht bringst du ja doch etwas aus Lindau mit, dass uns weiterbringt. Und wenn nicht ... dann mach dir wenigstens ein schönes Wochenende. Du hast doch Freunde da drunten, oder?«

Bucher nickte. »Jaja. Ist schon organisiert. Ich werde das natürlich nutzen, um mich wieder mal mit meinen Schwäbchen zu treffen. Aber ich denke, du hast recht. Mir fehlt eigentlich ein konkreter Ansatz. Im Grunde bin ich zu ungeduldig. Interessant wird wohl sein, ob Wellberg den Weg aus seinem Labor herausfindet und wie Vater und Bruder aussehen ... vielleicht entdecke ich ja unseren Einstein.«

Die letzten Sätze hatte er eher an sich selbst gerichtet.

Er verabschiedete sich mit einem Winken und fand nun tatsächlich die nötige Konzentration, um den Zwischenbericht für die Staatsanwaltschaft fertig zu stellen. Der sollte am Montag noch rausgehen. Heute, am Freitag, würde er es sowieso nicht mehr schaffen. Die Poststelle stellte den Betrieb schon um zwölf Uhr am Mittag ein. Am späten Nachmittag schaute Alex noch durch die Türe in sein Büro und verabschiedete sich. Bucher wünschte viel Spaß beim Mülltrennen. Hartmann winkte ab und sagte, während er sich zum Gehen umdrehte, dass er mal wieder bei ihnen zu Hause vorbeischauen sollte. Bucher rief ihm ein »Gerne ... wenn wir hiermit fertig sind« durch die sich schließende Türe nach und war sofort wieder mit seinen Gedanken beim Schreiben der Berichte. Früher verabscheute er die umfangreichen Schreibarbeiten des Schreibens wegen. Zeitweise hatte er sich auf Diktieren verlegt. Inzwischen tippte er wieder selbst. Er hatte festgestellt, dass das Schreiben die Gedanken klärte und großes Detailwissen vermittelte. Am Nachmittag kam Batthuber in sein Büro, lieferte seine Gesprächsprotokolle ab und verabschiedete sich in das Wochenende. Als Bucher kurze Zeit später einen der roten Aktendeckel mit einem Stapel Berichte füllte und alles für den Versand per Dienstpost an die Staatsanwaltschaft herrichtete, kam noch Lara Saiter ins Büro. Auch sie verabschiedete sich. Informierte ihn aber noch darüber, dass sie am Montag einen Termin in einer Seidenweberei habe. Dort hätte sie die notwendigen Fachleute, die über die aufgefundene Faser nähere Auskunft geben könnten. So hoffte sie wenigstens. Ein Blick, eine kaum wahrnehmbare Handbewegung genügten zur Verabschiedung. Er wollte schon das Büro aufräumen und absperren, als ihm einfiel, noch die Telefonnummer der Kollegen in St. Pölten herauszubekommen. Es war zwar inzwischen schon später Nachmittag. Aber die Telefonzentralen waren bei der Polizei ja rund um die Uhr besetzt. Er legte den Aktenstapel ab und setzte sich ans Telefon. In den Adressbüchern des Informationssystems, die er über seinen PC abrufen konnte, waren zwar alle deutschen Behörden gespeichert. Trotz EU und Schengen hatte er jedoch keinen internen Zugriff auf die Adressdaten der Ermittlungsbehörden in den Nachbarländern. Nur die nächsten Polizeistationen jenseits der Grenzen waren aufgelistet. Er rief die Vermittlung an und bat um eine Freileitung für ein Auslandsgespräch, denn die Telefone waren nicht für direkte Auslandsgespräche berechtigt. Die Dame in der Vermittlung hatte eine sympathische Stimme und war äußerst freundlich. Sie fragte ihn, wohin er telefonieren wolle, und sagte, dass sie ihm direkt die Polizei St. Pölten vermitteln würde. Es dauerte nur wenige Minuten und sein Telefon piepte. Als er abnahm und seinen Namen nannte, antwortete eine Männerstimme mit herrlich breitem und teigigem Wiener Dialekt. Bucher grinste und hörte, wie sein Gehirn dem Gespräch Schrammelmusik, Hufgeklapper und das Rattern von Holzrädern der Pferdedroschken beifügte. Vor zwei Jahren war Bucher für vier Wochen auf einem Lehrgang in Wien gewesen. Abgesehen von dem anstrengenden Kursprogramm verband er sehr angenehme Erinnerungen mit Wien.

Er war gerade in der Zentrale der Schutzpolizei gelandet und erklärte, dass er einen Kollegen von der Mordkommission sprechen wollte. Nach einem langen Schnaufen bekam er in fast beleidigtem Tonfall zu hören, dass sein Gegenüber aber nicht wisse, ob jetzt, so spät am Freitag, noch jemand von den »Tötern« zu erreichen sei. Das seien ja schließlich auch Menschen, »net woa«, die Familie hätten und ihr Wochenende. Bucher erklärte geduldig, dass ihm einstweilen die Telefonnummer der Töter genügen würde. Vielleicht hätte er ja Glück und der Kollege sei zufällig noch im Dienst. Aus dem Telefonhörer drang das Rascheln von Papier. Dann hörte er »Verbindäää « und konnte gerade noch »Stopp!« in den Hörer rufen. Als er merkte, dass der Kollege noch nicht verbunden hatte, sagte er, »Geben Sie mir doch bitte die Durchwahl. Wenn niemand da ist, kann ich es am Montag ja selbst probieren. Wir haben hier kein Telefonverzeichnis.«

Er bekam, was er wollte. Bucher hatte Glück. Nach wenigen Klingelsignalen meldete sich ein Mann, dessen Namen er allerdings nicht genau verstand. Bucher stellte sich kurz vor und erklärte dann, worum es ging. Er gab das Aktenzeichen durch und in St. Pölten wiederholte der Kollege Ziffern, Buchstaben, Binde- und Querstriche. Sehr langsam. Es erschien umständlich und schwerfällig. Nachdem Aktenzeichen und Name des Opfers übermittelt waren, war ein lautes Klack im Hörer zu vernehmen. Buchers Ohr befand sich nun auf dem Schreibtisch in St. Pölten und hörte in räumlicher Ferne, wie der Kollege vom Telefon wegwärts lief. Eine Tür wurde geöffnet und fiel ins Schloss. Dann Stille. Bucher drückte den Hörer ans Ohr und lauschte. Der Kollege würde jetzt in irgendeinen Dachboden oder Kellerraum gehen und die Aktenschränke durchforsten. Entweder waren die Akten nach Namen oder Aktenzeichen geordnet. Manchmal auch nach beiden Kriterien. Das nannte man dann Chaos. Die St. Pöltener Polizei schien sich für eine der beiden ersten Varianten entschieden zu haben, denn bald hörte er, wie sich die Tür öffnete. Schritte und lautes Schnaufen liefen auf den Telefonhörer zu. Das Schnaufen ließ darauf schließen, dass der Kollege fülliger gebaut war und eine oder mehrere Treppen zu bewältigen gehabt hatte. Unterbrochen von Pausen zum Ausatmen und Einatmen gab der St. Pöltener Kriminalist die Daten an Bucher weiter. »Den Fall hat der Höslberger Hermann bearbeitet. Der ist auch noch bei uns. Ist aber schon heim. Wollte zum Skifahren auf den Gletscher. Ist nächste Woche aber wieder da. Ich habe die ganze Akte mit hochgenommen und sie ihm auf den Tisch gelegt, mit einer Memo, dass du angerufen hast. Ich selber kann dir dazu leider keine Auskunft geben. Ist das o. k. so?«

»Aber sicher«, entgegnete Bucher und war hochzufrieden.

Die Außenbeleuchtung des LKA war schon wieder in Betrieb. Die Halogenstrahler beschossen die Betonfassade mit grellem Licht, doch sie schmolzen nicht. Ade Advent, dachte Bucher, der eigentlich geradewegs nach Hause fahren wollte. Doch dann zog es ihn doch noch in die Stadt. Er lief das kurze Stück zur Nymphenburger Straße und fuhr mit der U1 zum Sendlinger Tor. Als er aus den unterirdischen Tunneln nach oben gelangte, sah er in die hell erleuchtete Sendlinger Straße. Die Adventsbeleuchtung war schon vor einigen Tagen angebracht worden. Sterne und Girlanden glänzten zwischen den Häuserreihen. Er zog seinen Mantel zu und ging in Richtung Marienplatz. Das Gedränge wurde immer dichter. Wochenende. Die Menschen schoben zur Innenstadt, voller Sehnsucht nach diesem Gefühl von Weihnachten und Advent, nach den warmen Lichtern, der Kälte und den Gerüchen, die Wärme verhießen und Erinnerungen wachriefen. Bucher erinnerte sich an die Weihnachtsfeiertage, an denen er Nachtdienst leisten musste. Die Rückblicke auf die Erlebnisse und Gerüche daran waren weniger wohlig. Er ging, anders als die anderen, die langsam wallend, wie ein Teig, ferngesteuert zwischen den Häuserreihen dahinschoben. Über der Menge eine Glocke aus Gemurmel, Kichern, Rufen. Bucher folgte seinem Weg wie ein Spürhund der frischen Fährte. Marienplatz, rechts weg, Dienerstraße. Als könnte er es riechen. Es war ihm noch nie gelungen, diesen Laden, den er gerade ansteuerte, ohne Tüte zu verlassen. Diesmal holte er sich ein Stück Salers. Er mochte diesen ruppigen Käse aus dem Zentralmassiv. Im Weinregal entdeckte er einen 88er Pomerol. Ein kleines Döschen Entenleberpastete, mit ganzen grünen Pfefferkörnern gewürzt, fand auch noch locker Platz. Er beachtete den Preis für die Köstlichkeiten nicht bewusst, zahlte und schnüffelte noch ein wenig durch die anderen Abteilungen. Dann ging er zufrieden hinaus in den kühlen Novemberabend. Ein paar verlorene Schneeflocken sanken zu Boden und die Luft war herrlich frisch und kalt. Bucher ging den ganzen Weg zu Fuß zurück. Hunger meldete sich und er rang mit sich, ob er nicht in eines der Restaurants gehen sollte. Er entschloss sich aber, nach Hause zu fahren, die Köstlichkeiten kühl zu stellen und dann in Richtung Lindau weiterzufahren. Seine Freunde hatte er schon informiert, dass er noch am späten Abend ankommen würde.

Das letzte Grau des Himmels war gewichen, als er auf der Autobahn München verließ. Es war angenehm, zu fahren, da er in seiner Fahrtrichtung kaum Begleitung hatte. Auf dem gegenüberliegenden Fahrstreifen hingegen zogen tausende Lichterpaare in Richtung München.

VI.

Das Auto hatte während der sternklaren Nacht vor dem Haus seiner Freunde in Hergensweiler gestanden. Eine widerlich klamme Kälte war tief in die Sitze gedrungen. Er beugte sich nach vorne, saß auf diese Weise ziemlich verklemmt hinter dem Steuer. Nur, um seine Bandscheiben vor der Kältebandage zu schützen. Es schien ihm eine Ewigkeit zu dauern, bis die Heizung ihrer Arbeit nachkam. Nur langsam entspannte sich seine Sitzhaltung. In der Nacht war er lange ohne Schlaf geblieben. Sie waren bis in den frühen Morgen wach, hatten viel geredet und viel getrunken. Es tat ihm gut. Vorhin, beim Anziehen, war ihm eingefallen, dass er die schwarze Krawatte zuletzt zur Beerdigung seines Vaters getragen hatte. Er fuhr die letzten Kilometer bis Lindau. Im Dunst eines letzten Novembertages machte er drunten in der Ferne einige Häuserdächer und Kirchturmspitzen aus. Weit hinten in den morgendlichen Nebelschleiern, dort, wo sonst die schweizerischen Berge über dem Bodensee aufragen, war ein heller Fleck zu erkennen. Vielleicht schaffte es die Sonne ja heute doch noch, wenigstens für ein paar Minuten durch zu dringen. Er lenkte das Auto auf den Parkplatz des alten Cafés, das er noch unter dem Namen Wölfle kannte, und das gleich gegenüber dem Eingang zum Friedhof lag. Gute zwei Stunden hat er noch Zeit. Als er den Gastraum betrat, beschlug seine Brille. Trotzdem nahm er wahr, dass sich überwiegend ältere Damen im Café aufhielten. In Zweier- und Dreiergruppen hatten sie die Mehrheit der Tische an sich gebracht und unterhielten sich angeregt. Einige tranken Kaffee. Auf manchen Tischen machte er Cognacschwenker aus. Er setzte sich an einen freien Tisch am Fenster, entschied sich für Kaffee und sah hinüber zum Friedhof. Am Eingang tat sich gar nichts. Er ging zeitig hinüber in den Friedhof. Unter den kahlen Ästen dreier alter Trauerweiden befand sich gegenüber der kleinen Friedhofskirche eine geschmacklos moderne Leichenhalle. Er machte zwei Gestalten aus, die er in die Schublade Friedhofsarbeiter steckte. Sie richteten gerade einige Tannenzweige her, die wohl als Schmuck an einem Grab dienen sollten. Bucher fragte nach dem Grab von Maren Hengersberg. Der ältere der beiden Männer deutete mit der Hand nach rechts, über Buchers Schulter hinweg und seine Handbewegung wehte Bucher den beißenden Geruch billigen Fusels ins Gesicht. Die Grube war leicht zu finden. Alles war schon vorbereitet. Erdhaufen an beiden Längsseiten der Grube. Kleine Schaufeln mit langen Stielen. Die Grabränder waren mit Bohlen befestigt, auf denen dunkelgrüne Matten lagen, davor ein schlichtes Holzkreuz mit Namen, Geburts- und Sterbedatum, das schief in einem Erdhaufen steckte. Er suchte einen guten Platz und beschloss, sich an die Thuja oben am Hang zu stellen. Von dort würde er sicher einen guten Überblick haben. Auch in der Kirche war alles schon vorbereitet. In den Bänken lagen gefaltete Zettel mit aufwändig gestaltetem Deckblatt. Bucher nahm eines zur Hand und setzte sich in die hinterste Ecke. Er lauschte dem Knacken der Holzbänke und nach einiger Zeit kamen Mesner und Organist. Der eine zündete die Kerzen an, der andere setzte den elektrischen Blasebalg seines Instrumentes in Gang. Ein lautes Piepen hallte im noch leeren Raum wider. Dann begann man mit dem Einspielen. Lange, klare Akkorde, die ruhig machten. Bucher sah auf seine Uhr. Kurz vor zwei Uhr. Draußen war das Knirschen von Schuhen im Kies und leises Gemurmel zu hören. Eine der Glocken begann zu läuten und der Priester zog in die Kirche ein. Gefolgt von einem Trauerzug. Bucher fiel es schwer, jemanden zu erkennen. Dunkle dicke Mäntel hüllten die Gestalten ein, die Kragen waren hochgeschlagen. Einzig die strahlend weiße Kluft des Pfarrers und der beiden Ministranten setzten einen Lichtpunkt. Ansonsten beherrschte tiefes Schwarz die Szenerie. Während eines leisen Orgelspiels nahmen die Trauergäste in den Holzbänken Platz und entledigten sich ihrer Kopfbedeckungen. Bucher konzentrierte sich auf die Trauerandacht. Er konnte den Pfarrer kaum verstehen. Ein von Statur kräftiger Mann, der aber verkrümmt hinter dem Ambo stand und unverständlich nuschelte. Seine Ellbogen klebten an den Rippenbögen und nach einem unbekannten Takt klappte er während seiner Rede die Handflächen nach außen und innen. Es sah verklemmt und peinlich aus. Bucher ärgerte sich, dass er sich hier von Äußerlichkeiten ablenken ließ. Doch er fand keinen Zugang zu der Trauerfeier. Die Trauerpredigt war für ihn eine Enttäuschung. Wenn er nicht gewusst hätte, wer hier beerdigt wird und warum – aus der Ansprache hätte er es nicht erfahren können. Der Vorteil der von theologischen Phrasen strotzenden Predigt bestand wohl darin, dass sie für jede Beerdigung nutzbar war. Bucher wartete geduldig das Ende ab. Als die Trauergemeinde dem Pfarrer zum Friedhof folgte, schloss sich Bucher als einer der Letzten an und ging hinauf zur Thuja. Die protzigen Metalltüren der Aussegnungshalle waren jetzt geöffnet und der Sarg stand auf einem Wagen. Der Wind pfiff und der intensive Geruch von Weihrauch verbreitete sich zwischen Menschen und Grabreihen. Bucher sah jetzt in die Gesichter der Anwesenden. Frau Hengersberg wurde von zwei Männern zum Grab geleitet. Rechts der Ältere war ihr Bruder Theodor von Schwingenstein. Der junge Mann auf der linken Seite musste ihr Sohn sein. Sein stark gebräuntes Gesicht hob sich stark von den bleichen Masken der anderen ab. Hinter ihnen ging ein großer, wirklich gut aussehender Mann, Mitte fünfzig. Unter dem schwarzen Hut schauten die Enden kurzer, grauer Haare hervor. Es war eine kleine Bewegung seines Kopfes, die Bucher wahrnahm und die ihn stutzen ließ. Bastian von Hengersberg schaute mit schräg angewinkeltem Kopf auf den Sarg, der in die Grube hinabgelassen wurde. Dieses Gesicht. Genau dieser ernste Gesichtsausdruck. Der durchdringende Blick der schmalen Augen. Die Falten auf der Stirne. Das hatte Bucher schon einmal gesehen. Auf einem Bild in Maren Hengersbergs Wohnung. Nur war sie darauf abgebildet und nicht dieser Mann, der zusammengesunken am Grab stand. Seltsam. Buchers Blick fand Magda Sterr, die ihn auch schon entdeckt hatte, und ihn mit einem langsamen Senken ihrer Lider begrüßte. Als der Sarg hinabgelassen war und der Pfarrer seine kurze Ansprache beendet hatte, trat ein älterer Mann hervor und hielt eine kurze Rede. Ein Vertreter der Verlagsgesellschaft. Freding war nirgends zu sehen. Mit seinem Erscheinen hatte Bucher auch nicht gerechnet. Frank Wellberg hatte er schon eher erwartet. Doch auch ihn konnte er nicht entdecken. Bucher sah, wie Bastian von Hengersberg ein Papiertaschentuch nahm und sich Tränen aus dem Gesicht wischte. Der Pfarrer war inzwischen abgezogen und ließ die Familie am Grab zurück. Langsam löste sich die Menschengruppe auf. Einzelne schwarze Gestalten gingen langsam durch die Gräberreihen dem Ausgang zu. Letztlich verblieben nur die engsten Familienangehörigen am Grab. Eine überschaubare Gruppe. Bucher erschrak, als er mitten in seinen Beobachtungen leise von hinten angesprochen wurde. Er hatte gar nicht gemerkt, dass sich ihm jemand genähert hatte. Es war ein leises, vorsichtig gehauchtes »Hallo«. Als er sich umsah, blickte er in die dunklen Augen von Miriam Weber. Hinter ihr stand Julia Bachmann. Miriam Weber war bleich im Gesicht. So sah sie seiner Kollegin sehr ähnlich. Der schwarze Schal und ihre schwarzen Haare verstärkten das fahle Aussehen in ihrem Gesicht. Bucher senkte den Kopf zur Begrüßung und wendete sich dann wieder den Angehörigen zu. Neben der Familie von Hengersberg waren nun noch Magda Sterr, eine alte Frau, die Bucher auf weit über neunzig schätzte, und zwei ältere, grauhaarige Männer am Grab zu sehen. Die alte Dame wurde von den beiden Männern gestützt. Einer hielt ihre Krücken in der freien Hand.

Miriam Weber stand traurig an Buchers Seite und sah, wie er unter seinem dicken Wollmantel in den Innentaschen seines Jacketts kramte. Als auch die bisher noch Verbliebenen das Grab verließen, folgte er ihnen bis vor den Friedhof. Bucher wusste, was er wollte. Miriam Weber und ihre Freundin waren bei ihm geblieben. Draußen vor dem Friedhof fragte ihn Miriam Weber. »Haben Sie noch etwas vor?« Sie sah erschöpft aus. Julia Bachmann stand etwas abseits und trat mit den Füßen auf der Stelle. Die nasse Kälte war wohl durch die Stiefel zu den Füßen durchgedrungen. Bucher nickte und bedeutete ihr mit einer Handbewegung, einen Augenblick zu warten. Er musste noch etwas erledigen. Die Familie Hengersberg hatte ihre Autos nicht weit vom Friedhofseingang geparkt. Sie stiegen nacheinander ein. Miriam Weber sah zu ihrer Freundin und verzog das Gesicht. Buchers Verhalten kam ihr eigenartig vor. So konzentriert, wie er zu den Autos hinübersah. Bastian von Hengersberg löste gerade eine Umarmung mit seinem Schwager und tupfte sich anschließend wieder die Tränen vom Gesicht. Trotz der Trennung des Ehepaars von Hengersberg schienen sich die Familienangehörigen nach wie vor gut zu verstehen. Aber das war ja keine Neuigkeit. Bucher wollte sich gerade Miriam Weber zuwenden, als er sah, wie Bastian von Hengersberg zu seinem Auto lief. Er war alleine. Bevor er einstieg, warf er das Papiertaschentuch in einen der Abfallkörbe, die vor dem Eingang des Friedhofs aufgestellt waren. Bucher hätte am liebsten in die Hände geklatscht. Er drehte sich kurz den beiden Frauen zu und sagte, »einen Augenblick noch bitte.« Er ging langsam Richtung Abfallkorb. Bastian von Hengersberg und die anderen fuhren gerade davon. Bucher holte aus der Manteltasche die kleine Plastiktüte, nach der er vorher gesucht hatte, holte das Papiertaschentuch aus dem Mülleimer und verstaute es im Spurensicherungstütchen. Dann ging er zufrieden zurück zu den beiden. Miriam Weber und Julia Bachmann sahen ihn erstaunt an. »Was haben Sie denn aus dem Abfall da drüben geholt?«, fragte ihn Miriam Weber. Bucher zuckte nur mit den Schultern und sah sie ruhig an. »Keine Angst. Ich verdiene genug, um mich anständig ernähren zu können und Sie beide jetzt erst mal zu einem Kaffee einzuladen. Kommen Sie mit?«

Es gab keine Diskussionen. Bucher lief zügig. Der Fensterplatz von vorher war noch frei. Miriam Weber sah übermüdet und verfroren aus.

»Darf es auch ein Cognac sein? Ein kleiner?«, fragte er die beiden mit einem aufmunternden Lächeln. Sie überlegten.

»Sie müssen noch Auto fahren?«, fragte er nach.

»Ach ... zum Café ... ich denke, das tut gut nach dieser traurigen Veranstaltung«, sagte Miriam Weber.

Bucher bestellte drei Kaffee und drei kleine Cognac. Sie schwiegen sich an. Bucher sah schweigend aus dem Fenster. Mit seinen Gedanken war er bereits wieder in München. Auf dem Weg in die Kriminaltechnik. Als die Getränke gebracht wurden, fiel es einfacher, zu reden. Die Scheu war geringer, denn das Geklapper der Kaffeetassen hatte die Stille am Tisch zerrissen.

»Wie weit sind Sie?«, fragte Julia Bachmann.

Bucher wog den Kopf und roch am Cognac und antwortete: »Leider noch gar nicht sehr weit.«

»Hat Ihnen die Beerdigung heute etwas gebracht?«, fragte Miriam Weber

»Das weiß ich noch nicht«, sagte er und sah sie an. Er sah in ihr müdes Gesicht und musste lächeln, als er sich der Szene in Maren Hengersbergs Wohnung erinnerte. Als sie mit funkelnden und blitzenden Augen auf ihn losgegangen war.

»Sie können ja wirklich lächeln«, sagte sie und schüttelte den Kopf. »Ich dachte schon, dass Sie sich das abtrainiert hätten. Der coole, einsame Bulle.« Sie erschrak und entschuldigte sich. »Entschuldigung! Polizist natürlich.«

Bucher verdrehte die Augen.

»Bulle stört mich nicht und so schlimm ist mein Job nun auch nicht.«

Julia Bachmann atmete tief und geräuschvoll aus.

»Bisher war ich auf Beerdigungen von älteren Leuten. Meiner Großmutter und so ... aber das heute war völlig anders. Maren war so alt wie wir. Ich krieg das noch nicht in meinen Kopf rein. Sie liegt jetzt da im Sarg und irgendwelche Leute schaufeln gerade Erde auf sie drauf.«

Sie schüttelte sich und trank das Glas Cognac, an dem sie bisher nur vorsichtig genippt hatte, mit einem Zug leer. Miriam Weber sah sie von der Seite an und grinste.

»Und hats geholfen?«

Julia Bachmann standen Tränen in den Augen. Bucher sah, wie auch Miriam Weber ihren Cognac hinabstürzte. Der Effekt war der gleiche.

Er lehnte sich nach vorne und fragte. »Noch 'ne Runde?«

Beide schüttelten heftig den Kopf und atmeten tief durch. Das Café hatte sich zusehends geleert. Nur noch zwei weitere Tische waren besetzt. An einem davon, hinten in der Ecke, spielten vier Damen Schafkopf und am anderen saß stumm ein Ehepaar und las in irgendwelchen Zeitschriften. Er lenkte das Gespräch auf die Beerdigung. Auch die beiden Frauen waren von der Trauerfeier wenig angetan. Sie hatten sich eine direktere Ansprache erwartet. Julia Bachmann war enttäuscht darüber, dass der Pfarrer nur zweimal den Namen von Maren erwähnt hatte. Sie saßen lange beisammen und redeten. Als Bucher am Abend die Türe zu seinem Haus aufschloss, fühlte er Einsamkeit, doch ohne die Freude, die er bisher verspürt hatte. Diesmal mit einem leichten Schmerz im Herzen.

Duft von Kaffee. Bucher eilte durch den Gang. Die großen Fensterscheiben zum Innenhof hin waren beschlagen. Im Besprechungsraum blubberte die Kaffeemaschine vor sich hin. Alle schienen für einen Montagmorgen außergewöhnlich gut gelaunt zu sein. Vielleicht war der Mond in der letzten Nacht günstig gestanden. Wer weiß. Das übliche Montagsgejammer über die Schlechtigkeit der Welt und das Grauen, mit einem solchen Job sein Geld verdienen zu müssen, blieb diesmal aus. Bucher hielt sich nicht lange mit Smalltalk auf und erzählte von der Beerdigung. Auf die Leistung des Pfarrers ging er nicht ein. Er berichtete, dass er Freding nicht gesehen hatte. Lara Saiter war verwundert, dass Wellberg nicht gekommen war. Bucher sagte, er habe ihn nicht entdecken können. Er habe aber vor, heute noch mal mit Magda Sterr zu telefonieren. Sie konnte ihm sicher definitiv sagen, ob Frank Wellberg anwesend war.

»Waren viele Leute bei der Beerdigung?«, fragte Batthuber.

Bucher überlegte kurz und antwortete: »Ich weiß nicht, was viele wären. Ich schätze, es waren so an die vierzig, fünfzig Leute. Ich habe nur die gekannt, mit denen ich zu tun hatte, oder eben von Bildern her. Unser Typ vom Phantombild war auf jeden Fall nicht dabei. Vom Verlag war ein Vorstand anwesend, der eine kurze Rede hielt. Das Übliche eben. Ob Arbeitskollegen da waren, weiß ich nicht. Sicher waren die beiden Freundinnen von Maren anwesend, die Lara vernommen hat. Die kenne ich aber nicht.«

»Sybille Austen und Heike Korber«, sagte Lara Saiter, als Bucher sich zu ihr wandte.

»Der Vater ... oder besser gesagt, der, der lange dachte, er sei es ... und ihr Bruder ... waren denn die da?«, fragte Hartmann weiter.

»Jaa!«, sagte Bucher in einem Ton, der die anderen aufhorchen ließ.

»Rück schon raus«, sagte Lara Saiter.

Bucher zog aus seiner Tasche den kleinen Plastikbeutel und legte ihn auf den Tisch. Die anderen schauten sich das zerknitterte Papiertaschentuch an.

»Ein Tempo?!«, fragte Alex.

»Genau. Tempo«, entgegnete Bucher. Dann spannte er sie nicht mehr länger auf die Folter.

»Ich habe Bastian von Hengersberg beobachtet. Und in einem Moment ... da kam er mir so bekannt vor. Ist schwierig zu beschreiben. Es war sein Gesichtsausdruck. Ich erinnerte mich an ein Bild in Marens Wohnung. Auf dem war sie abgebildet und hatte genau den gleichen Gesichtsausdruck. Die Augen, die Wangenknochen, die Stirn ...«

Lara zog die Stirn in Falten und sah ihn fragend an. Bucher sprach nach einer kurzen Pause weiter.

»Kurz und gut. Ich gehe dann rüber zu unseren DNS'lern und lasse das Ding da checken.« Er deutete auf den Plastikbeutel, »Es stammt von Bastian von Hengersberg. Ich will das jetzt genau wissen.«

»Du willst eine Abstammungsanalyse?«, fragte Alex jetzt ungläubig, »... da macht die Staatsanwaltschaft doch nie mit.«

»Das muss sie auch nicht«, entgegnete Bucher, »bei der DNS haben sie doch wieder neue Leute bekommen, die rumprobieren. Ich stelle ja nur ein Beprobungsmaterial zur Verfügung und habe nicht vor, das Ergebnis zu den Akten zu nehmen ... vorerst jedenfalls. Aber ich will endlich Bescheid wissen. Und diese ominöse Arbeit oder Studie vom Wellberg lasse ich mir auch kommen.«

Die anderen waren damit zufrieden und sahen sich mit verschwörerischen Blicken an. Sie verabredeten dann, was von wem zu erledigen war. Hartmann machte sich mit Batthuber auf den Weg nach Augsburg. Sie wollten alle bisher bekannten Zeugen aufsuchen und das Phantombild abklären. Vielleicht brachte das ja Erfolg. Lara Saiter würde noch mal mit Sybille Austen und Heike Korber sprechen und hatte dann noch den Termin in dieser Weberei. Sie verließen den Besprechungsraum und nahmen Wolken von Kaffeeduft mit auf den Gang hinaus. Bucher schnappte sich den Plastikbeutel und ging hinüber zum DNS-Labor. Er musste läuten, denn mit seiner Chipkarte erhielt er keinen Zutritt zum Allerheiligsten der Kriminaltechnik. Eine Angestellte öffnete ihm. Im modernen Großraumbüro, das mit Monitoren und teuer aussehenden Gerätschaften voll gestopft war, ging man einer stillen Arbeit nach. Fehne, der Laborchef, saß an seinem penibel geordneten Bürotisch und las gerade ein Gutachten. Bucher wartete, bis die junge Angestellte, die ihn bis hierher begleitet hatte, zurückgegangen war, und begrüßte ihn mit einem vertrauten »Guten Morgen, Molle«.

Molles kleine, grünbraun funkelnden Augen grinsten aus dem dichten Bartwerk heraus, das sich über Hals und Wangen ausbreitete. Bucher gehörte zu den wenigen, die ihn mit seinem Spitznamen anreden durften. Sie waren seit einem denkwürdigen Betriebsausflug, an den sich nur wenige Beteiligte genau erinnern wollten oder konnten, locker befreundet. Bucher wedelte mit dem Plastikbeutel vor Molles Gesicht herum und fragte. »Weil ich zufällig gerade hier vorbeigekommen bin. Braucht ihr nicht Testmaterial für PCR-Tests, oder so?«

»Immer«, war Molles geschäftsmäßige Antwort. Dann fragte er. »Und wo ist der Haken?«

»Kein Haken. Wenn du vielleicht noch Proben aus der Rechtsmedizin besorgen könntest ...«, Bucher legte einen Zettel auf den Schreibtisch, »... hier ist das Aktenzeichen ... Maren Hengersberg.«

»Also doch ein Haken.«

»Neiiin, überhaupt nicht. Wenn ihr ... so als Test ... mal eine Abstammungsanalyse machen könntet ... die neuen

Leute müssen das doch üben, oder? Und bei Gelegenheit kannst du mir ja mal sagen, was ihr so rausbekommen habt.«

»Üben müssen wir immer. Aber wir haben keine neuen Leute, Johannes.«

Molle lehnte sich in seinem Bürostuhl zurück und lächelte Bucher an.

»Ist das eine private Sache von dir, oder steckt die Staatsanwaltschaft mit drin?«

»Beides falsch«, antwortete Bucher. »... hat mit meinem neuen Fall zu tun und ich brauche einfach Gewissheit über die Sache. Ist wichtig für mich, aber einen Beschluss bekomme ich von der Staatsanwaltschaft dafür nie. Kannst du dir ja denken.«

Molle nickte und nahm die Plastiktüte.

»Ist es wenigstens ein einwandfreier Spurenträger?«

»Ja«, antwortete Bucher, »... war ein frisches Taschentuch ... wurde nur vom Probanten benutzt. Habe ich selbst gesehen. Ich habs aus einer Mülltonne geholt. Es dürfte da aber nichts anderes rangekommen sein. Ich lasse dir noch was zukommen. Und zwar eine Studie oder so was. In der steht wohl, dass die beiden Proben, die ihr prüfen sollt, kein Verwandtschaftsverhältnis begründen. Würdest du das nach den Proben mal durchsehen und bewerten. Nur mündlich, für mich?«

»Wird aber teuer«, entgegnete Molle grinsend.

»Wie viel?«, fragte Bucher.

»Mhm. Mindestens ein Grand Cru muss schon rausspringen.«

Bucher machte ein verzweifeltes Gesicht und sagte, »Wir leben in einer korrumpierten Gesellschaft. Ich habe es immer gewusst. Aber ... auch du, ... Molle. Ich bin entsetzt.«

»Ich von mir auch«, bekam Bucher trocken zur Antwort.

»Bis wann brauchst du die Ergebnisse?«

»Eilt vorerst nicht. Ich muss sowieso erst mal diese Studie organisieren und habe derzeit noch anderes zu tun. Irgendwie hängen wir mit dem Fall im Moment fest und ich muss mir Gedanken machen, wie es da weitergehen soll.«

Die beiden wechselten noch einige Sätze miteinander, dann ging Bucher wieder hinüber in sein Büro. Die anderen waren schon weg. Bucher packte die Weinflasche, die er von zu Hause mitgebracht hatte, in ein Paket und schickte es mit der Dienstpost an Dr. Voolcke, als Dank für die Zeit, die er sich für ihn genommen hatte. Nächste Woche würde eine ähnliche Dienstpostsendung an Molle gehen.

Bucher befand sich gerade auf dem Rückweg zu seinem Büro, als ihn die derbe Stimme von Hans Weiss in den Rücken fuhr. Bucher machte augenblicklich kehrt und ging dem alten Knochen entgegen. Hans Weiss wies stumm und mit einer kurzen, heftigen Bewegung seines Kopfes zu seinem Büro und ging voraus. Er wartete an der offen stehenden Türe auf Bucher, bis der eingetreten war. Dann schloss er die Türe und setzte sich hinter seinen Schreibtisch. Er ließ sich Zeit dabei und Bucher wartete. Sein Abteilungsleiter gehörte nicht zu den Menschen, deren Wesen von permanenter Fröhlichkeit geprägt war. Selten die Tage, an denen er gut drauf war. Dieser Montag war offensichtlich ein Tag, an dem das deutlich wurde. Bucher hatte mit dem missmutigen Gesicht vor ihm kein Problem. Er wusste, was er an dem derben Kerl hatte, und kam gut mit ihm zurecht.

Weiss sortierte Fernschreiben und anderen Papierkram auf seinem Schreibtisch. Er sah Bucher, der stumm vor ihm saß, gar nicht an. Immer noch mit Aufräumarbeiten beschäftigt, bellte er ein »Und!«

Bucher berichtete in allen Einzelheiten und ließ sich nicht davon ablenken, dass sein Gegenüber mitunter einen Blick auf eines der Schriftstücke vor ihm auf dem Tisch warf.

»Also du hast noch nichts Handfestes, oder?!«, grummelte Hans Weiss, als Bucher fertig war.

Bucher senkte langsam den Kopf. Er sah, dass Weiss nachdachte. Zu erkennen an den Händen, die er reibend umeinander wickelte, als würde er sich unter einem imaginären Wasserstrahl die Hände waschen. Dann fasste er das Gehörte nochmals zusammen.

»An Spuren haben wir also ein uraltes Stück Leder mit einem Silberbeschlag und ein Faserstück, das wegen seiner hohen Qualität eine engere Gruppenidentifizierung zulässt, vielleicht sogar eine Individualidentifizierung ... die Lara ist da dran ... gut.« Er faltete seine Hände und ließ die Fingerknöchel laut knacken, bevor er weitersprach. Bucher zuckte innerlich zusammen. Dieses Geräusch mochte er überhaupt nicht.

»Dann dieser seltsame Verlagskerl ... Freding ... oder so ... ist verheiratet, Vater von zwei Kindern. Nebenbei homosexuell, hat einen Freund, der wieder eine Frau mit Kind ... dieser Freding hat das Opfer nicht ausstehen können, wegen der Karriere und weil sie das mit der Homosexualität wusste. Er kommt aber für die Tat nicht infrage. Das legen die Ergebnisse der Verkehrsüberwachung nahe und Zeugen hat er ja eigentlich auch ... die Frau von seinem Liebhaber. Der Exfreund des Opfers, dieser Wellberg, ist karrieregeil und hat im Rahmen seiner Arbeit nachgewiesen, dass der Vater des Opfers gar nicht der Vater war. Bei einem Streit hat er seiner Freundin das an den Kopf geschmissen. Unser Opfer hat ihn daraufhin verlassen, oder so, aber die Mutter von ihr scheint ihm nicht sonderlich böse zu sein. Sein Alibi muss noch überprüft werden!? Der Täter hat keine Biospuren am Tatort hinterlassen und ging äußerst kontrolliert vor, was nahe legt, dass er derlei nicht das erste Mal getan hat. Dann haben wir noch den Hinweis auf eine Stiftung, die liquidiert werden soll. Maren Hengersberg hatte Erkenntnisse. Was Genaues ist nicht bekannt, weil Maren Hengersberg vor einem Treffen mit ihrer Journalistenfreundin getötet worden ist. Zusammenhang unklar.«

Bucher hörte zu, ohne zu kommentieren. Weiss machte weiter.

»Letztlich noch das Phantombild, besser die Beschreibung eines Typs von Mann, der am Tattag am späten Nachmittag bei Maren Hengersberg war und dabei von einer Nachbarin beobachtet wurde.«

Weiss zog die Stirn in Falten und fragte. »Das wars, oder?«

»Könnte sein, dass da noch was ist. Ist aber nichts, was du als Vorgesetzter wissen solltest.«

»Gut«, entgegnete Weiss. »Gib mir aber Bescheid, wenn du Näheres weißt.«

Bucher nickte.

»Weiss machte eine Pause. »Das mit diesem Einstein scheint mir doch der interessanteste Ermittlungsansatz zu sein, oder?«

Bucher sah ihn an und sagte, »Derzeit schon.«

»Und was macht ihr?«, fragte Weiss.

»Die anderen sind heute unterwegs und klappern alle Beteiligten mit dem Phantombild ab. Irgendjemand muss ja was gesehen haben.«

»Und Öffentlichkeitsfahndung?«

»Will ich im Moment nicht. Wir haben vor der Presse Ruhe. Mit einer Öffentlichkeitsfahndung würden wir schlafende Hunde wecken. Das kommt noch früh genug«, entgegnete Bucher.

Weiss knurrte zustimmend. Nach einigen Sekunden der Stille fragte er, »Irgendwie scheinst du mir nicht so recht an deine Ermittlungen zu glauben ... oder täusche ich mich da?«, fragte Weiss.

Bucher schwieg zunächst. Nach einem kurzen Räuspern sagte er, »Ich weiß nicht so recht. Wir klären ja noch die Spuren ab. Aber der Tatablauf, die Auffindesituation, kein Raub, kein Sexualdelikt, wenigstens nicht im klassischen Sinn und bisher keine Hinweise auf eine echte Beziehungstat ... ich habe die Befürchtung, da steckt etwas völlig anderes dahinter.« Er blickte hoch und sah Weiss in die Augen. »Dieser Täter hat meiner Überzeugung nach nicht das erste Mal getötet ... zu kalt ... zu perfekt ... zu geradlinig.«

Sie sahen sich einen Augenblick lang still an.

»Dir fehlt noch das Wesentliche. Das Motiv. Stimmt doch, oder?«

»Genau das. Aus dem, was wir haben, kann man schon ein Motiv konstruieren, aber es liegt eben noch nicht klar vor uns, oder ich kann es eben nicht erkennen. Ich habe so ein eigenartiges Gefühl ... du weißt schon ...«

Weiss sagte nichts, senkte nur leicht seinen groben Schädel. Das musste als Zustimmung genügen.

»Zumindest sind die Spurenberichte fertig. Wir werden uns jetzt verstärkt auf das Phantombild konzentrieren und uns noch mal den Freundes- und Bekanntenkreis vornehmen.« Bucher merkte, dass er aufpassen musste, nicht frustriert zu klingen. Aber ein kleiner Zweifel war seinen Ausführungen schon anzumerken.

Doch Weiss war davon weder überrascht noch machte er sich Sorgen. Er kannte diese Phasen bei Ermittlungen und er hatte großes Vertrauen in Bucher.

»Brauchst du mehr Leute?«, fragte er.

»Nein. Derzeit nicht. Wir kommen gut zurecht. Du kennst das Team ja.«

Hans Weiss hatte gehört, was er wissen wollte, und wechselte das Thema.

»Ja ... natürlich. Wie gesagt. Wenn ihr Unterstützung braucht ... Aber jetzt mal eine andere Frage. Wie macht sich eigentlich der Kleine ...?«

»Du meinst den Armin Batthuber?«

»Ja. Genau den. Ist das was mit dem? Scheint mir ziemlich frech zu sein.«

»Sagen wir ... eher ... selbstbewusst. Aber gibts einen Grund für deine Frage?«, wollte Bucher von ihm wissen.

»Nicht direkt. Ich habe so nebenbei gehört, dass er ... wie du sagst ... recht selbstbewusst gegenüber den Leuten im Rechenzentrum aufgetreten ist. Er hat irgendwas gebraucht, weiß nicht was, jedenfalls ... die Schlafmützen da drunten sind nicht in die Gänge gekommen. Die Leiterin des Rechenzentrums hat sich zwar nicht beschwert, es kam aber bei einer Besprechung auf den Tisch.«

Bucher konnte ein Grinsen nicht unterdrücken. Er wusste, dass Weiss gerade die hysterische Art der Leiterin des Rechenzentrums überhaupt nicht leiden konnte. »Er ist halt noch ein ganz junger Bursche und muss noch einiges lernen. Von der Sache im Rechenzentrum weiß ich nichts, weil er selbstständig arbeitet. Keiner, der bei jedem Problemchen zum Chef rennt.«

»Ist schon in Ordnung«, meinte Weiss, dem tatsächlich kurz ein Lächeln über das Gesicht huschte, abwehrend.

Bucher fragte. »Wieso wolltest du eigentlich den Ermittlungsstatus. Du weißt doch, dass ich die Berichte rausgebe. Gibt es Nachfragen ... von oben?«

Weiss schob seinen Stuhl mit den Kniekehlen nach hinten, während er aufstand. »Alles klar, Johannes. Macht so weiter.« Bucher konnte seinem Pokerface keine Information entnehmen, die eine Antwort auf seine Frage ersetzt hätte.

Er ging, wählte jedoch einen Umweg, um Kundermann nicht über den Weg zu laufen. Der hätte ihm gerade noch gefehlt.

Einige Telefonate brannten ihm auf den Nägeln. Bevor er Magda Sterr anrief, war erst mal die Staatsanwaltschaft an der Reihe. Das Gespräch mit Hans Weiss hatte ihn darauf gebracht, dass er seine Informationspflicht jenseits der schriftlichen Ausfertigungen besser beachten sollte. Er wählte die Nummer der Staatsanwältin in Augsburg. Kaum klingelte es, meldete sie sich mit ihrem Namen. Bucher berichtete von den aktuellen Tätigkeiten. Sie stellte ein paar kurze Fragen zum weiteren Vorgehen. Weiter nichts. Nach wenigen Minuten war es erledigt. Er war konsterniert. Die kurz angebundene Art dieser Frau war zwar pflegeleicht, ihm trotzdem nicht ganz angenehm. Auf eine unangreifbare Art unpersönlich. Die Gespräche waren zwar sachlich und nüchtern, was er eigentlich mochte. Aber sie hatte bisher noch nie gefragt: „Was denken Sie denn?“, oder, „Wie schätzen Sie die Sache ein?“ Fragen eben, die einen Einstieg bilden konnten, zusammen nachzudenken, miteinander zu diskutieren. Irgendetwas in dieser Art hätte er erwartet. Stattdessen hatte er das Gefühl, mit jemandem zu reden, der bereits alles wusste und ihn im Kreis laufen ließ. Aber vielleicht war er zurzeit auch etwas überempfindlich. Er zuckte mit den Schultern und während er sich über die junge Staatsanwältin Gedanken machte, tippte er sich durch die Liste der gespeicherten Telefonnummern, bis er bei Magda Sterr angekommen war. Er nahm den Hörer ab und lauschte. Es klingelte. Vielleicht war sie ja auch noch in Lindau geblieben, um ihrer Freundin etwas beizustehen. Ein kurzes Knacken und sie war am Apparat.

»Ich hatte gedacht, Sie könnten noch in Lindau sein«, sagte er.

Ein gestöhntes »Mhm« war die Antwort.

»Ich möchte Sie nicht belästigen, Frau Sterr. Ich hätte nur einige Fragen in Bezug auf die Beerdigung gestern. Die können aber gerne noch warten.«

»Nein, Nein. Fragen Sie nur, Herr Bucher. Ich dachte nur an den gestrigen Tag. Deshalb der unerzogene Laut gerade. Wohin waren Sie denn gestern so schnell verschwunden. Ich dachte eigentlich, Sie würden noch mit in das Hotel kommen ... zum Leichenschmaus ... ein widerliches Wort, nicht!?«

»Also ich dachte wirklich nicht, dass es passend gewesen wäre, als Ermittler zum Leichenschmaus zu erscheinen. Schließlich bin ich kein Angehöriger der Familie. So etwas geht nicht«, antwortete er.

»Verstehe«, sagte sie. »... was möchten Sie denn wissen?«

»Ich habe ja viele der Leute gestern gar nicht gekannt und wegen der kalten Witterung waren auch alle so vermummt, dass ich nur sehr schwer jemanden erkennen konnte. War denn Frank Wellberg auf der Beerdigung?«

Magda Sterr lachte zynisch. »Ja ... das wäre es gewesen ... wenn ausgerechnet dieser Feigling sich hätte blicken lassen. Nein. Frank Wellberg war nicht anwesend. Und es war auch besser so. Wissen Sie. Bastian von Hengersberg ist auf ihn, aus verständlichen Gründen, überhaupt nicht gut zu sprechen. Das hätte vermutlich einen Eklat gegeben.«

»Kann ich mir vorstellen«, sagte Bucher.

»Da fällt mir noch etwas ein. Diese Arbeit von Frank Wellberg, in welcher diese Sache mit der Vaterschaft steht, oder besser gesagt der naturwissenschaftliche Beweis, dass Bastian von Hengersberg nicht der Vater von Maren ist ... wissen Sie, was das genau für eine Arbeit oder Studie war und wo man die bekommen kann?«

Sie überlegte. »Soweit ich mich erinnere, war es eine Arbeit für eine Prüfung oder so. Aber genau kann ich Ihnen das nicht sagen. Aber fragen Sie doch Frank Wellberg selbst. Der muss es ja schließlich wissen, oder?«

»Natürlich. Das werde ich auch. War nur so eine Frage.«

»Nein, Herr Bucher. Da weiß ich leider nichts Genaues. Aber ... warum interessiert Sie das. Gibt es da Neuigkeiten?«

»Nein, nein. Überhaupt nicht. Ich möchte Frank Wellberg noch mal anhören und es ist immer besser, wenn man informiert ist.«

Sie lachte. »Ja toll ... und wen haben Sie befragt, bevor Sie mich angerufen haben?«

»Niemanden. Aber da fällt mir noch etwas ein. Gab es auf der Beerdigung noch irgendetwas. Streit vielleicht. Tut mir

Leid, dass ich solche Fragen an Sie stelle, aber es ist notwendig.«

»Ich verstehe schon. Aber ich muss Sie enttäuschen ... Gott sei Dank.«

Sie schnaufte hörbar laut aus.

»Nein. Es gab da nichts dergleichen. Das sind ja sehr wohl erzogene Leute. Alter Adel und so, wenn Sie verstehen.«

»Nein«, sagte Bucher

»Na ja. Streitigkeiten werden in diesen Kreisen meist über die befreundeten Anwaltskanzleien abgewickelt und nicht auf einer Beerdigung. Meistens jedenfalls.«

»Gibt es denn in dieser Familie Dinge, die in nächster Zeit über Anwaltskanzleien abzuwickeln sind?«, fragte Bucher nach.

Am anderen Ende der Leitung herrschte Schweigen. Dann sagte Magda Sterr unsicher. »Ich weiß es nicht. Aber vielleicht sprechen wir in einigen Tagen noch mal miteinander.«

»Kein Problem. Ich hatte sowieso vor, bei Ihnen vorbeizusehen. Vielleicht schon heute. Sie müssten sich ein Phantombild ansehen, das wir erstellt haben.«

»Um Gottes Willen«, flüsterte sie erschrocken ins Telefon, »ein Phantombild ... so was kenne ich nur von „Aktenzeichen XY ungelöst".«

»Nur ruhig«, beruhigte sie Bucher, »Das ist halb so aufregend, wie Sie sich das vorstellen. Näheres erkläre ich, wenn ich bei Ihnen bin.«

Er wollte das Gespräch schon beenden, da fiel ihm noch eine Frage ein. »Ach ja, gestern ... am Grab. Da war eine ... nun ja ... sehr alte Frau, die von zwei älteren Männern gestützt wurde. Sie stand mit den nächsten Angehörigen am Grab, als die anderen schon gegangen waren. Wissen Sie, wen ich meine?«

»Aber natürlich«, antwortete Sie, »... das war Henriette von Schwingenstein. Die Großtante von Maren. Ich kann Ihnen die verwandtschaftliche Beziehung sogar genau erklären, Herr Bucher. Sie ist die unverheiratete Schwester der Mutter von Martha und Theodor, etwa Mitte neunzig und immer noch eine sehr standesbewusste und energische Frau. Die Einzige, vor der Theodor ... ein wenig zumindest ... Angst hat.«

»Ach«, antwortete Bucher, »da lag ich gar nicht so daneben mit meinen Vorstellungen.«

»Wissen Sie, Herr Bucher, Maren hatte eine sehr enge Beziehung zu ihrer Großtante. Sie besuchte sie sehr oft. Tante Hennie, wie sie in der Familie genannt wird, war für Maren eine Art Ersatzoma. Die Großeltern sind ja schon lange gestorben.«

»Danke, Frau Sterr«, sagte Bucher, »Sie sind eine unersetzliche Informationsquelle für mich.«

»Ist schon recht. Ich möchte schon meinen Teil dazu beitragen, den zu finden, der das getan hat«, sagte sie.

»Danke noch mal«

Bucher war zufrieden mit den Auskünften, die er erhalten hatte, außerdem mochte er diese Magda Sterr. Sie war freundlich und unkompliziert. Vielleicht lag darin der Grund seiner Verwunderung über ihre enge Beziehung zu diesen eigentümlichen Familien Hengersberg und Schwingenstein.

Jetzt war St. Pölten an der Reihe! Erschrocken schaute er auf seine Uhr. Schon fast Mittag. Höslberger wartete sicher schon auf seinen Anruf. Bucher holte sich wieder eine Freileitung und ließ sich direkt auf Höslbergers Apparat durchstellen. Er lauschte. Trotz viel gepriesener Digitaltechnik war ein deutliches Rauschen und metallisches Dröhnen zu hören, das jedoch verschwand, als mit einem Klacken der Hörer in St. Pölten abgenommen wurde und sich eine tiefe Männerstimme mit »Höslberger« meldete. Bucher war froh, den Kollegen erwischt zu haben, und stellte sich kurz vor. Der Kollege aus Österreich atmete tief und schwer. Bucher diagnostizierte aus der Ferne eine Herzschwäche oder Asthma.

Höslberger kam sofort zur Sache und fragte, was Bucher genau wissen wolle.

Bucher fragte, ob er etwas weiter ausholen könne. Höslberger sagte, dass er alle Zeit der Welt hätte. Zudem wäre er stark erkältet und bekäme eh kaum Luft. Da sei es ihm recht, wenn er erst mal zuhören könne. Bucher schämte sich sofort für seine Ferndiagnose, dann schilderte er alles Wesentliche seines Falles. Höslberger hörte zu, ohne eine Frage zu stellen. Bucher vernahm nur angestrengtes Atmen und ab und an das Kratzen eines Stiftes. Vermutlich machte er sich Notizen. Als Bucher geendet hatte, stellte Höslberger eine Frage.

»Kollege. Du bist also der Meinung, dass zwischen unseren beiden Fällen ein Bezug besteht?« Bucher überlegte kurz, bevor er antwortete.

»So weit bin ich noch nicht. Das gibt ja die Auswertung der VICLASS-Daten gar nicht her. Es war nur so, dass ich aus dem, was die Auswertung erbracht hatte, als einzigen Fall deinen überhaupt für wert erachte, nachzufragen. Du weißt, wie das ist. Wir haben derzeit keine ganz so richtig heiße Spur, und da will ich eben das Umfeld erst mal abklären.«

Höslberger sagte nichts, doch Bucher sah ihn förmlich vor sich, wie er stumm in den Telefonhörer nickte.

Er fragte mit breit ausgesprochenen Vokalen. »Wie kann ich dir also helfen?«

Bucher war erleichtert. Diese direkte Art gefiel ihm. Keiner, der Ratschläge erteilte oder anfing von seinen tollen Fällen zu erzählen.

»Wenn du die Zeit hast, schicke mir doch einen kurzen Abriss von eurem Fall. So was wie die Zwischenberichte für die Staatsanwaltschaft würde mir genügen. Und vielleicht ein paar Fotos dazu.«

Er hörte, wie am anderen Ende eine Tastatur klapperte. Höslberger sagte ihm, dass er die Sachen zusammenstellen würde und sie über eine Kurierstaffel an das Landeskriminalamt gingen. Bucher war verwundert, dass es so etwas noch gab. Fast wollte er ablehnen, weil es ein größerer Aufwand war. Doch der Vorteil bestand darin, dass er die Unterlagen schon in zwei, drei Tagen auf dem Tisch haben könnte. Der offizielle Dienstweg würde mindestens vierzehn Tage in Anspruch nehmen. Er sagte daher einfach nur »Danke«. Der direkte Kontakt funktioniert eben doch am besten. Wenn man seine Ruhe will, muss man nur die Formalismen bedienen, und schon geht gar nichts mehr, dachte er. Was wäre bloß geworden, hätte er sein Ersuchen auf dem ordentlichen Dienstweg, über Kundermann, weitergeleitet. Er packte Notizblock, Handy und alles Weitere zusammen, während er sich seine Gedanken machte. Relativ problemlos kam er diesmal zur Stadt hinaus. Auf der Autobahn klingelte plötzlich sein Handy. Er hatte es nicht in die Freisprecheinrichtung geklinkt und griff nach der Tasche auf der Rücksitzbank, in der das piepsende und vibrierende Teil steckte. Dabei steuerte er den Dienstwagen recht verwegen. Endlich hatte er das kleine Ding in der Hand und nahm das Gespräch an. Der Wagen folgte dem Fahrstreifen nun wieder geradewegs. Hartmann war am anderen Ende.

»Wo bist du?«, war seine erste Frage.

»Wieso fragst du?«, konterte Bucher.

»Es klingt so seltsam, es rauscht.«

»Ich bin auf dem Weg nach Augsburg.«

»Ah gut. Ich wollte dir nur kurz sagen, dass wir mit unserem Phantombild bisher nicht sehr erfolgreich waren. Wir waren draußen im Verlag. Fehlanzeige. Jetzt sind wir gerade bei den Kollegen hier bei der Kripo. Bisher auch kein Treffer.«

»Das wird schon noch«, beschwichtigte Bucher und hatte Probleme, das Telefongespräch zu führen und gleichzeitig einen Lkw zu überholen. Purer Stress. Es war zwar verboten, ging aber im Moment eben nicht anders.

»Du wolltest doch auch Klinkenputzen, oder?«, fragte Hartmann.

»Genau. Ich dachte, ich nehme mir mal diese Kirchentruppe vor, in der Maren Hengersberg engagiert war. Wie hieß noch mal der Pfarrer, den ihr da befragt hattet?«

Hartmann überlegte. »Mhm. Fällt mir jetzt nicht mehr ein. Rede ihn doch ganz einfach mit ›Herr Pfarrer‹ an. Da hören alle drauf.«

Klang vernünftig, dachte Bucher und war einverstanden. »Okay. Die Pfarrgemeinde hieß doch St. Blasius, oder?«

»Genau. St. Blasius. Viel Erfolg und bis morgen dann. Wenn sich bei uns was tut, geben wir dir natürlich sofort Bescheid.«

»Alles klar.« Er drückte das Gespräch weg und navigierte mit den für Kleinkinder entwickelten Tasten des Handys durch die Telefonliste. Schließlich ließ er Lara Saiters Handy klingeln. Sie war sofort dran.

Bucher sagte ihr, dass er auf dem Weg nach Augsburg sei und sich in der Kirchengemeinde umhören wollte.

»Wolltest du nicht diesen Wellberg noch mal aufsuchen?«, fragte Sie verwundert.

»Ja. Eigentlich schon. Aber irgendwie war es mir jetzt wichtiger, die Sache in Augsburg zu erledigen. Der Wellberg läuft uns nicht davon.«

»Na hoffentlich nicht«, sagte sie.

»Wo bist du gerade?«, wollte er wissen.

»Bei Heike Korber.«

»Und?«

»Nichts Bedeutendes. Das Phantombild war negativ. Ich gehe dann noch zu Sybille Austen und danach mit meinem Fasergutachten in diese Seidenweberei.«

»Gut. Wir sehen uns dann morgen. Ciao.«

Bucher klickte das Handy jetzt in die Freisprecheinrichtung. Links waren schon wieder die Schlote der Müllverbrennungsanlage zu sehen. Dichte, grauweiße Schwaden drangen aus den Rohren in die kalte Luft des trüben Novembertages. Er fand einen Parkplatz in der Nähe der Kirche St. Blasius. Wieder führte ihn der Weg zu Fuß durch enge Gässchen. Er umrundete den Kirchenbau, an den sich Häuserreihen im Halbrund anschlossen. Anscheinend gehörten sie zum Kirchentrakt. Eine hohe Mauer grenzte den Gebäudekomplex, dort, wo keine Hauswand sich erhob, zur Straße hin ab. Bucher ging eine Weile, bis er vor einem hohen Holztor stand. Daneben, in gleichem Holz gearbeitet, eine mächtige Tür. An der Mauer daneben hing eine Messingtafel. Kirchengemeinde St. Blasius stand da eingraviert. Dann folgte eine Aufzählung der weiteren Einrichtungen. Kindergarten, Altenheim, Liegenschaftsverwaltung, Kirchenbücherei und vieles mehr. Eine lange Liste. Bucher überflog die Inschriften und klingelte. Er wusste nicht, ob das Drücken des Klingelknopfes etwas bewirkte, denn von hier hörte man überhaupt nichts. Er wartete also. Schließlich hörte er ein Surren und eine blecherne Frauenstimme fragte ihn »Jaa...a!?«.

Er sah sich um und gewahrte an der Innenseite des Türbogens einen Lautsprecher. In dessen Richtung rief er nun. »Hallo. Johannes Bucher. Ich komme aus München und hätte gerne den Pfarrer gesprochen.«

»Weswegen!?«

Bucher war verwundert und dachte, dass es hier nicht viel anders war als in Stadelheim.

»Ich bin von der Polizei und muss einige Fragen stellen.«

Das Surren endete abrupt und wurde gleich darauf vom Rattern des Türöffners abgelöst.

Er drückte die schwere Türe auf und betrat den Innenhof. An die Nordseite des Kirchenbaus schlossen sich mehrere Stadthäuser an, die zu beiden Seiten der Seitenstraßen den Innenhof bildeten. Es handelte sich um einen riesigen Gebäudekomplex, dessen wahre Größe von außen überhaupt nicht zu ermessen war. Im Hof standen Autos herum. Drei Kleintransporter parkten gegenüber und wurden gerade mit Wäschekörben beladen. Ihm fiel ein, dass er auf dem Messingschild auch etwas von einer Wäscherei gelesen hatte. Eine ältere Frau mit bläulichen Haaren kam hinkend auf ihn zu. Er nickte ihr ein freundliches »Grüß Gott« entgegen.

Sie stellte sich nicht vor, war weder unfreundlich noch freundlich, entgegnete aber irgendetwas mit Gott und forderte ihn auf, ihr zu folgen. Es ging durch matt beleuchtete Gänge vorbei an Büros. Der Holzboden knarrte unter den Tritten. In den Zimmern wurde rege gearbeitet. Drucker summten, Telefone klingelten. Bucher nahm eine eigentümliche Stimmung wahr. Als sie zum Aufzug gelangten, fiel ihm auf, was so irritierend gewirkt hatte. Die Büros hatten keine Türen. Sie waren alle zum Gang hin offen. Schweigend fuhr er mit der Begleiterin im Aufzug zwei Stockwerke nach oben. Auch sein freundliches Nicken lockte ihr kein Wort hervor. Er war froh, als es endlich klingelte und der Aufzug hielt. Er trat hinaus in einen Gang. Hier war es still. Teppichboden dämpfte die Schritte. Die Wände waren mit grauem

Rauputz belegt. Fotografien von Bischöfen und den Pfarrern der Gemeinde hingen links und rechts des Ganges. Rechts die Bischöfe und links die Pfarrer. Eine Decke gab es nicht. Der Blick stieß bis in das frei liegende Dachgestühl. Seine Begleiterin brachte ihn zu einem kleinen, barocken Tisch an der Stirnseite des Ganges. Darauf lagen einige Kirchenzeitschriften. Ein schlichter Holzstuhl stand daneben. Sie wies ihn mit einer bestimmenden Handbewegung an, Platz zu nehmen, und verschwand. Er stand wieder auf und ging den Gang wieder zurück, um sich die Fotografien anzusehen. Die ersten stammten aus dem späten 19. Jahrhundert. Bucher wunderte sich, wie schnell die Kirchenherren das neue Medium für sich entdeckten. Er vermisste die Gemäldeportraits, die sicher vorhanden waren und noch weiter zurückreichten. Er stellte einen markanten Unterschied in der Physiognomie der Abgebildeten fest. Die Pfarrer von St. Blasius hatten durchweg kantige, zum Teil magere, nicht selten harte Gesichtszüge. Aus den Rahmen der Bischofsfotografien hingegen schauten überwiegend runde Gesichter auf den Betrachter, die auch eine entsprechende Leibesfülle vermuten ließen. Bucher sinnierte gerade über diesen Unterschied, als ihn eine tiefe, sympathische Stimme aus seinen Gedanken riss.

»Interessant, nicht?«

Er drehte sich um. Vor ihm stand ein Mann in ausgewaschenen Jeans. Dazu trug er ein blau-weiß gestreiftes Hemd. Um der Kühle zu trotzen, hing eine Wollweste über den Schultern. Die dunklen Haare waren schon etwas schütter geworden und die Backen leuchteten rot. Die Erscheinung passte zur angenehmen Stimme mit schwäbischem Akzent. Bucher hätte ihn auf die Seite der Bischöfe gehängt. Er streckte seine Hand aus und lächelte ihm entgegen. Der ergriff die dargebotene Hand und Bucher spürte einen angenehm kräftigen Händedruck.

»Peter Manner. Ich bin der Pfarrer hier in St. Blasius. Und Sie sind Herr Johannes Bucher von der Münchener Polizei und möchten mich sprechen?!«

»Genau. Ich komme vom Landeskriminalamt in München und bearbeite den Mord an Frau Hengersberg.«

Manner legte beide Hände erschrocken an sein Kinn.

»Ach Gott. Ja. Frau Hengersberg. Das ist doch furchtbar, oder?«

Die Bestürzung war echt. Bucher war davon überrascht und dachte unwillkürlich an die unpersönliche Beerdigung. Dieser Mensch hier hätte das besser gemacht. Davon war er überzeugt.

»Aber kommen Sie doch bitte mit. Möchten Sie einen Tee?«

»Gerne.«

Bucher folgte ihm in sein Arbeitszimmer und war sofort fasziniert. In dem großen Raum stand in der linken Ecke der Schreibtisch, in der rechten Ecke eine Couch mit Tisch und zwei gemütlichen Sesseln. Ein Regalraumteiler teilte der Sitzecke ein Drittel des Raumes zu. Was Bucher jedoch beeindruckte, war die Menge an Büchern, Zeitschriften, Papieren, Plakaten, Bildern, bedruckten Tüchern und Reiseerinnerungen, die hier Platz fanden. Die Regale quollen über. Die Fächer waren doppelt mit Büchern bestellt. Die Wände hingen voll mit Fotografien, Bildern, Drucken. Auf dem Schreibtisch stapelten sich Akten, Bücher und Schriftstücke. Auf dem Boden standen Grünpflanzen, Kisten, Trommeln und geschnitzte Figuren. Dazwischen wieder Stapel von Zeitschriften und Ausrissen alter Zeitungen. Ein Telefonkabel zeigte, quer hindurch, zum Schreibtisch, mitten hinein in ein papiernes Chaos. Das Telefon selbst war nicht zu sehen. Bucher sah sich satt. Hier gefiel es ihm. Peter Manner stand an seiner Seite, folgte den Blicken seines Besuchers und lachte.

»Ich habe meiner Haushälterin verboten, dieses Zimmer zu betreten. Sie würde versuchen, Ordnung zu schaffen. Bisher habe ich noch immer alles gefunden, was ich brauchte. Ich hoffe, es stört sie nicht.«

»Nein. Überhaupt nicht. Im Gegenteil ... ich fühle mich hier wohl.«

Während Manner aus einer Thermoskanne Tee in zwei Tassen gab, betrachtete Bucher die Fotografien an der Wand. Sie füllten die wenigen Lücken, die die Regale ließen. Auf einigen war ein junger Mann zu sehen, irgendwo im Dschungel. Bucher vermutete, es müsse irgendwo am Amazonas sein. Es war Peter Manner.

Bucher deutete auf eines der Bilder, um sich die Bestätigung für seine Vermutung zu holen. »Sind Sie das?«

»Ja. Schon lange her. Ich war acht Jahre lang in Brasilien.«

Manner lachte wieder dieses tiefe, herzhafte Lachen und seine Augen leuchteten. Bucher nahm auf der Couch Platz, trank Tee.

Nachdem auch Manner sich niedergelassen hatte, fragte er. »Sie kannten Frau Hengersberg gut?«

»Was heißt gut ... ich kannte Sie von der Gemeindearbeit«, lautete die nachdenkliche Antwort.

Bucher fiel ein, dass Alex und Armin nur sehr allgemein von der Befragung berichtet hatten. Er konnte sich kaum an Details erinnern. Wie konnte das sein?

Peter Manner sprach ruhig weiter. »Ich war sehr betroffen, als ich nach meiner Rückkehr von der schrecklichen Tat gehört habe.«

»Sie waren unterwegs?«

»Ja. Ich bin erst vor vier Tagen aus Brasilien zurückgekommen.«

»Ach. Meine Kollegen waren schon mal hier und sagten mir, sie hätten mit dem Pfarrer von St. Blasius gesprochen. Waren Sie das gar nicht?«

»Nein, das war ich nicht. Aber Ihre Kollegen haben trotzdem mit dem Pfarrer von St. Blasius gesprochen ... mehr oder weniger. Wissen Sie, ich bin viel unterwegs. Während meiner Abwesenheit übernimmt ein Kollege des Studienseminars die Amtsgeschäfte hier. Pfarrer Brettacher. Er gehört inzwischen zu unserem Gemeindeinventar. Wir haben ein gutes Verhältnis zueinander und er vertritt mich, wenn ich auf Reisen bin. So ist eine gewisse Kontinuität für die Gemeindemitglieder gewährleistet. Wir betrachten uns beide als die Pfarrer dieser Gemeinde. Mit ihm haben Ihre Kollegen gesprochen. Meine Haushälterin hat mir das schon berichtet.«

»Das ist die ältere Dame, die mich abgeholt hat!?«

»Ja. Fräulein Schneider.«

Da Peter Manner das Wort Fräulein betonte, erlaubte sich Bucher ein breites Grinsen.

»Soweit ich das gesehen habe, ist das hier ja ein richtiger Wirtschaftsbetrieb?«, sagte Bucher, eher fragend. Manner hob beide Hände und lehnte sich in seinem Sessel zurück.

»So kann man es auch sehen. Wir sind eine innerstädtische Gemeinde. Das bedeutet auf wenig Raum sehr viele Gemeindeglieder und auch gute Voraussetzungen, was die Räumlichkeiten angeht.«

Er beschrieb mit der rechten Hand einen Kreis weit um seinen Kopf herum.

»Es war ein sehr großer finanzieller Aufwand, alles zu renovieren. Aber wie Sie ja zum Teil gesehen haben, beherbergen wir die gesamte Kirchenverwaltung. Also nicht nur für unsere Gemeinde, sondern für alle städtischen Kirchengemeinden. Daneben noch die Wäscherei, Schneiderei und einen Kurierdienst ... alles hier bei uns.«

Bucher nickte anerkennend. »Und Sie sind der Chef.«

Peter Manner musste lachen. »Ich bin der Pfarrer hier, ja. Es ist gerade in unserem Beruf sehr schwierig, auch Chef zu sein, wie Sie das gesagt haben. Aber es stimmt natürlich. Eine schwierige Sache, zum einen Seelsorger zu sein ... das will man ja für alle Menschen sein ... und gleichzeitig ist man deren Vorgesetzter. Schwierig ... ja.«

Bucher lächelte und sagte. »Ich denke, Sie kommen damit gut zurecht.«

»Ich hoffe es«, entgegnete Peter Manner.

Bucher betrachtete für einige Zeit die Bilder und Fotografien. Schließlich sagte er, »Erzählen Sie mir doch von Frau Hengersberg. In welcher Weise war sie hier engagiert und mit wem hatte sie da Kontakt.«

Peter Manner sah wieder zu Boden und überlegte. »Frau Hengersberg war in unserer Gemeinde sehr engagiert. Das haben Sie sicher schon erfahren. Es war eine moderne, junge Frau mit eigenen Ideen.«

Er machte eine kurze Pause und sah zu Bucher auf, »Wissen Sie ... davon haben wir zu wenige in unserer Kirche.«

Bucher sah ihn ruhig an und kommentierte nicht.

»Sie ist vor etwa drei Jahren in unserer Gemeinde aktiv geworden. Es gab da so einen Frauenkreis. Frau Hengersberg ist dort in die Organisation mit eingestiegen und hat nach und nach die Leitung ... also mehr oder weniger ... übernommen. Daneben hat sie dann einen Frauentisch gegründet ... der ging aus diesem Frauenkreis hervor, war aber anders besetzt ... also von den Leuten her ... es war ein anderer Typ von Frauen, der daran teilnahm.«

Bucher warf die Stirn in Falten. Manner erklärte.

»Na ja. Es waren eher jüngere Frauen und die äußerten schon deutlicher ihre Meinung.«

»Welche Meinung denn?«, fragte Bucher jetzt nach.

»Kritische Meinungen waren das schon. Es ging zeitweise auch darum, dass Frauen in der katholischen Kirche gewisse Ämter nicht zugänglich sind.«

»Mhm«, war von Bucher zu hören.

»Wissen Sie, ... ich glaube, sie wäre gerne Pfarrerin geworden. Aber das geht nun mal in unserer Kirche nicht.«

»In meiner schon«, entgegnete Bucher.

Peter Manner lachte. »Sie sind evangelisch, oder?«

»Natürlich «, sagte Bucher und bemühte sich, Sicherheit in seine Stimme zu legen. Er dachte nach, wann er zum letzten Mal, ohne dienstlichen Anlass, einen Gottesdienst besucht hatte. Er musste lange nachdenken.

»Sie sind in Ihrer Kirchengemeinde sehr engagiert, oder?«, fragte Manner. Seine Augen leuchteten.

Bucher musste ihn enttäuschen. »Ich zahle meine Kirchensteuern ... ich wohne in einem kleinen Dorf. Die nächste evangelische Kirche ist da weit weg. In Landsberg.«

Manner ließ nicht locker. »Und, fehlt Ihnen was?«

Bucher winkte ab und sagte, »Ja und nein. Aber zurück zu Maren Hengersberg. Sie wollte Pfarrerin werden und konnte das aus den bekannten Gründen nicht.«

Manner hob die Hände beschwichtigend empor. »Natürlich. Entschuldigen Sie. Aber ich muss das immer genau wissen. Da bin ich unmöglich. Ja. Aber ... Maren Hengersberg. Ja. Sie wäre das gerne gewesen, aber konvertieren. Das war kein Thema. Sie fühlte sich in unserer Gemeinde wirklich wohl.«

»Hat sie darüber nachgedacht oder mit Ihnen gesprochen?«

»Ja sicher haben wir darüber gesprochen. Aber es war für Sie keine echte Alternative. Aber ich muss jetzt aufpassen, Herr Bucher. Also dieses Thema beherrschte nicht diese Treffen. Es ging da überwiegend um das Treffen an sich. Frauen mit gleichen Interessen, eingebunden in die Aktivitäten unserer Kirchengemeinde. Da werden Gottesdienste vorbereitet, Ausflüge organisiert, Hilfsaktionen geplant. Das gesamte Spektrum eben.«

»Es muss aber auch Stimmen gegeben haben, die gerade diesen Frauentisch nicht so gerne in ihren Räumen gesehen haben. Ich habe gehört, dass sogar gefordert wurde, für diese Treffen Räumlichkeiten nicht mehr zur Verfügung zu stellen.«

Peter Manner sah Bucher überrascht an. »Da haben Sie aber schon gut recherchiert, bisher.«

»Meine Kollegen, ja.«

»Mhm. Das, was Sie gehört haben, stimmt schon. Allerdings war die Sache nicht ganz so brisant. Im Rahmen der Diskussion um die Abtreibung gab es einige Veranstaltungen, die nicht bei allen in unserer Kirche und Gemeinde auf große Gegenliebe gestoßen waren.«

»Sie meinen Veranstaltungen dieses Frauentisches?«

»Unter anderem, ja. Es ging weniger um Veranstaltungen als um die offene Unterstützung für den neu gegründeten Verein „Donum Vitae" ... Sie haben davon gehört?«

»Ja«, entgegnete Bucher, »dieser Verein stellt diese Beratungsscheine aus, oder?«

»Genau dies. Und Frau Hengersberg war sehr engagiert und eine der Initiatorinnen des Augsburger Donum Vitae. Darum gab es eben heftige Kritik. Unter anderem wurde gefordert, dem Frauentisch in der Gemeinde St. Blasius kein Forum mehr zu geben. Es kam da zu recht hitzigen Diskussionen. Das halte ich übrigens nicht für schlecht. Das Thema ist ja auch zu ernst. Und keiner der beiden Seiten möchte ich Ernsthaftigkeit absprechen.«

Bucher hob beschwichtigend die beiden Hände. Diese Diskussion wollte er nicht führen. Peter Manner fuhr fort.

»Wir haben hier in Augsburg einige sehr konservative, katholische Einrichtungen ... und Personen. Von dort wurde ich aufgefordert, diesen Frauentisch mehr oder weniger aufzulösen.«

»Und?«, fragte Bucher.

»Ja nichts. Ich bin hier der Gemeindepfarrer und ich entscheide, wer sich hier trifft und wer nicht.«

»Sie unterstützten dadurch also direkt Donum Vitae?«

»So haben es manche sehen wollen.«

»Sind Sie selbst denn auch Ziel von Kritik?«

Peter Manner musste bei der Frage laut lachen.

»Hören Sie. Das brauchen Sie einen Pfarrer nicht zu fragen. Die Antwort muss immer Ja lauten. Insofern kann ich Ihre Frage nur mit einem lauten Ja beantworten. Ich bin, was meine kirchenpolitische Ausrichtung angeht, sozusagen ein Spross des II. Vatikanischen Konzils. Geprägt von den aufgestoßenen Fenstern ... Wissen Sie, wovon ich spreche?« Er sprach nicht weiter, sah Bucher nur mit leuchtenden Augen an.

»Also das II. Vatikanische Konzil sagt mir schon etwas ...«, er ließ den Satz ausklingen, denn so sicher klang er nicht.

»Ist schon gut. Vielleicht haben wir mal Gelegenheit, darüber zu sprechen«, sagte Manner.

Es war eine Einladung an Bucher und der verstand es auch so. Gerne würde er sich mit diesem herzerfrischenden Menschen wieder treffen.

»Sehr gerne, wirklich«, sagte Bucher.

Er kramte aus seiner Tasche eine Kopie des Phantombilds heraus und legte sie auf den kleinen Tisch.

»Sagt Ihnen das Gesicht irgendetwas?«

Peter Manner betrachtete das Bild eingehend. Er dachte ernsthaft nach. Nach einer Weile hörte Bucher ein kurzes »Hm!« – »Ich kann Ihnen nicht sagen, wer das sein könnte. Kommt mir schon irgendwie bekannt vor ... Mhm ... ich weiß aber im Moment nicht, wen ich damit verbinden könnte.«

Bucher ließ ihn weiter das Bild betrachten, bis er sich

schließlich aufrichtete und den Kopf schüttelte. »Tut mir Leid. Aber im Moment fällt mir dazu nichts ein.«

»Falls Ihnen noch etwas dazu einfällt, rufen Sie mich einfach an. Egal zu welcher Zeit«, sagte Bucher, während er die Zeichnung wegpackte.

»Jetzt hätte ich doch noch einige Fragen zu Maren Hengersberg ... und könnte ich bitte eine Liste mit den Namen der Frauen haben, die an dem Frauentisch beteiligt sind?«

»Kein Problem.« Peter Manner stand auf, legte einige Stöße Papier zur Seite und förderte ein altes Telefon mit Wählscheibe zutage. Er rief in irgendeinem der Büros mit fehlender Türe an und bat um eine Einladungsliste für den Frauentisch. Dann kehrte er zur Sitzecke zurück.

»Also. Sie möchten, dass ich Ihnen von Frau Hengersberg erzähle?«

»Ja. Das wäre sehr freundlich.«

»Tja. Was fällt mir da ein.« Er ließ einige Zeit vergehen, ehe er wieder aufsah, jedoch an Bucher vorbei an die Wand blickte. »Eine moderne, junge, attraktive Frau ... das hatte ich ja schon gesagt ... ehrgeizig und im Beruf auch erfolgreich ... Mhm ... auf der anderen Seite war sie eine sehr verschlossene Person. Ich weiß kaum etwas über ihr privates Umfeld.« Er zuckte mit den Schultern. »Sie hatte wohl einen festen Freund. Aber das ging vor über einem Jahr auseinander. Ich habe ihn ein-, zweimal gesehen. Bei Gottesdiensten und als wir uns danach trafen. Als ich ihn dann länger nicht mehr sah, fragte ich mal nach ihm. Sie sagte mir nur, dass sie nicht mehr mit ihm zusammen sei. Dann gab es zwei Freundinnen, mit denen sie engeren Kontakt pflegte. Die waren aber nicht aus unserer Gemeinde. Sie war sehr an Musik und Kunst interessiert. Wir waren einige Male zusammen in Konzerten und Ausstellungen.«

Bucher spürte die Veränderung. War Manner vorher freundlich, aufgeschlossen und hatte ihn mit leuchtenden Augen angesehen, wich er jetzt einem direkten Blickkontakt aus. Was er sagte, klang nicht mehr frei und unbeschwert, sondern sehr konzentriert und überlegt. Es kam nicht mehr aus Bauch und Herz. Es waren wohl überlegte, konstruierte Sätze.

»Kennen Sie jemanden aus der Familie?«, fragte Bucher.

»Nein. Aber das war ein schwieriges Thema. Irgendwie war die Beziehung zu ihrer Mutter nicht so einfach. Sie trafen sich aber regelmäßig. Das habe ich schon mitbekommen. Ja.«

Bucher hatte eine Ahnung und fragte nach einigen Sekunden Schweigsamkeit in sehr ruhigem, fast schmeichelndem Ton. »Hat Maren Ihnen das erzählt, oder ist es mehr ein Gefühl gewesen?«

Manner antwortete schnell. Zu schnell. »Ja, Maren hat mir das erzählt.«

Er merkte gar nicht, dass er den Vornamen wie selbstverständlich aufgriff. Bisher hatte er doch peinlich genau von Frau Hengersberg gesprochen. Bucher verspürte Skrupel, ihn so hinterhältig auszufragen. Manner sprach derweil weiter. »Ganz anders war das Verhältnis zu ihrer Tante. Die hieß ...«

Auch Bucher überlegte. Ihm fiel der Name Hennie ein.

»Henriette. Ja, so hieß diese Tante. Sie sprach oft von ihrer Tante Hennie.«

»Traf sie sich regelmäßig mit dieser Tante Henriette?«

»Oh ja. Sie besuchte sie regelmäßig. Eine sehr betagte alte Dame. Aber gesundheitlich wie geistig noch in guter Verfassung. Mit ihr hat sie auch einiges unternommen. Konzerte meistens. Sie sprach von ihr immer sehr ... sehr warmherzig. Eigentlich eher so, als würde sie von ihrer Mutter erzählen. An diesen unterschiedlichen Stimmungen der Gespräche ist mir das aufgefallen. Wissen Sie, was ich meine?«

»Ja. Ich denke, ich weiß genau, was Sie meinen.«

Seit Bucher den Vornamen genannt hatte, antwortete Manner nicht mehr so vorsichtig, tastend. Bucher fragte ihn, ob er wisse, wo diese Tante Henriette wohnt.

»Ja. Das weiß ich schon. Es ist gar nicht weit von hier. Einige Kilometer nördlich von hier, in Holtern. Sie lebt dort in einem noblen Altersheim. Sehr teuer. Es heißt Johannesberg, oder so. Aber fragen Sie mich bitte nicht nach der Adresse. Die kann ich Ihnen nicht sagen.«

Bucher winkte ab. »Nein. Nein. Wenn ich die bräuchte, bekomme ich die schon. Von der Tante hatte ich schon gehört. Ich war am Samstag auf der Beerdigung in Lindau. Da habe ich sie gesehen und mir heute Vormittag erklären lassen, um wen es sich da handelte. Sie ist mir aufgefallen. Wegen des Alters und ihrer Ausstrahlung.«

Nach einer kurzen Pause fragte er: »Sie waren nicht auf der Beerdigung, oder?«

»Nein. Ich bin ja erst seit ein paar Tagen zurück. Und am ersten Wochenende, da hatte ich jede Menge Termine. Gottesdienst ...« Er ließ den Satz unvollendet und sah gedankenverloren zu Boden.

»Verstehe«, sagte Bucher und stellte seine leere Tasse vorsichtig ab, bemüht, es nicht klappern zu lassen. Er wollte Manner in seinen Gedanken nicht stören.

Eine junge Frau kam herein und gab Manner ein Blatt Papier.

»Hier für Sie.« Peter Manner reichte die Liste mit den Frauennamen an Bucher weiter, der sofort einen kurzen Blick darauf warf. Siebzehn Frauen waren aufgelistet mit Namen, Adresse, Telefonnummer und E-Mail. Alle verfügten über einen E-Mail-Anschluss.

»Na. Da habe ich ja erst mal genügend Arbeit«, sagte Bucher.

»Ein mühsamer Beruf, oder?«

»Manchmal schon. Aber immer interessant. Viele Gespräche. Auch viele angenehme Begegnungen. So wie jetzt hier.«

Manner nickte lächelnd und fragte, »Wie wird man eigentlich Kriminalpolizist?«

»Sie meinen den Ausbildungsweg?«

»Nein. Den inneren Antrieb.«

Die Frage überraschte Bucher und er musste ernsthaft nachdenken, bevor er eine für Manner passende Antwort hatte. »Spieltrieb.«

Der sah ihn erstaunt an und Bucher musste lachen. »Tut mir leid. Das war sehr kryptisch. Ich weiß da eigentlich keine vernünftige Antwort. Aber das mit dem Spieltrieb möchte ich Ihnen gerne erklären. Wenn unsere Hundeführer neue, junge Nachwuchshunde aussuchen, dann spielen sie mit denen. Sie werfen irgendwelche Stoffbälle oder sonst was auf einen Tisch. Die jungen Hunde müssen dann da hochhüpfen und den Ball wieder runterholen. Einige holen nun den Stoffball ein-, zwei-, vielleicht vier-, fünfmal zurück. Irgendwann langweilt es sie dann und sie haben keine Lust mehr. Aber manchmal ist einer dabei, der gar nicht genug bekommen kann. Der holt den Ball dann zwanzig-, dreißigmal und wird nicht müde, verliert nicht die Lust. Der ist es und der wird genommen. Das hat mir einmal ein Hundeführer erklärt, als ich ihn fragte, wie sie auswählen. Mir hat die Erklärung sehr gefallen, dass es die sind, die den größten Spieltrieb haben, und ich denke, irgendwie trifft es auch auf ... ja auf uns zu.«

Beide lachten sich an. Bucher wollte Manner jetzt zufrieden lassen. Er hatte fürs Erste genug erfahren und er war sich sicher – sie hatten sich nicht zum letzten Mal gesehen.

Draußen erwartete ihn hässliche Kälte. Wo kommt nur diese Kälte her, überlegte er. Ist sie wirklich so durchdringend, oder liegt es an mir, bin ich so empfindlich? Am Auto angekommen, holte er die Namensliste heraus und telefonierte. Fast die Hälfte erreichte er. Alle wohnten im Innenstadtbereich. Er schnappte sich den Stadtplan und machte sich auf den Weg. In einer Metzgerei holte er sich eine Leberkässemmel. Wenigstens etwas Wärme. Mit dem Stadtplan zog er durch die Innenstadt. Schenkte den alten Patrizierhäusern nur flüchtige Blicke. Nur den Hals nicht aus dem schützenden Kragen recken. Die ersten fünf Treffen war schnell erledigt. Das Phantombild brachte überhaupt nichts. Neues erfuhr Bucher auch nicht. Die Frauen waren kurz angebunden und suchten ihn so schnell wie möglich los zu werden. In einem Café an der Maximilianstraße tankte er Wärme. Die nächsten Termine standen bevor. Um ihn herum saßen redselige Leute, bepackt mit Plastiktüten. Einige hatten sich mit ihren Einkaufstüten richtig kuschelige Ecken gerichtet und er kam sich etwas verloren vor, so unvorweihnachtlich. Die hier hatten schon ihre Weihnachtseinkäufe erledigt. Aus manchen der Tüten, die zwischen den Tischen gestapelt waren, lugte

Geschenkpapier hervor. Was da wohl alles verpackt war? Er machte sich auf den Weg und sah auf dem Handy nach, ob jemand versucht hatte ihn zu erreichen. Fehlanzeige. Er rief Hartmann an und fragte. »Wie schaut es bei euch aus?«

»Keine Neuigkeiten. Wir sind schon wieder auf dem Rückweg. Und bei dir?«

»Auch nichts. Aber ich habe mit dem echten Pfarrer von St. Blasius gesprochen.«

»Hä!?«, grunzte Hartmann in sein Handy.

»Ist schon gut, Alex. Erkläre ich euch morgen. Kein Problem.«

Es fiel ihm zunehmend schwerer, sich in den dunklen Gassen der Altstadt zurechtzufinden. Wie schafften das nur die Japaner. Ihm fiel ein, dass es in Tokio keine Hausnummern gab. Im Licht einer Straßenlampe suchte er die Armenhausgasse. Auch dort blieb er erfolglos. Klinkenputzen eben. Traurig. Keine der Frauentischfrauen hatte er auf der Beerdigung gesehen. Und keine von ihnen konnte ihm etwas über Maren Hengersberg erzählen, was neu für ihn gewesen wäre. Maren Hengersberg war doch engagiert, hatte diese Frauen zusammengebracht? Er verstand es nicht und fror. Müde setzte er sich ins Auto und fuhr nach Süden. Heim. Die entgegenkommenden Lichterpaare strengten ihn an. Er war froh, heil angekommen zu sein, und suchte Entspannung bei einem 94er Labegorce. Die Ergebnisse waren heute mager gewesen. Doch dieser Pfarrer Manner, so sympathisch er ihm war, verbarg etwas. Bucher wusste es im Grunde genommen schon und war sich sicher, dass er es bald bestätigt bekommen würde. Was war auch schon dabei. Er griff sein Telefonbuch und suchte den Ort Holtern. Wenn er schon in Augsburg war, so wollte er wenigstens die Gelegenheit nutzen, mit dieser Tante Henriette zu sprechen. Sie wusste sicher mehr über ihre Großnichte als all die anderen Menschen, die sie bisher befragt hatten. Müde blätterte er die dünnen Seiten durch. Er suchte nach Johannesberg, wie Pfarrer Manner erwähnt hatte. Aber unter „Joh" fand er lediglich zwei Einträge. Ein Familiennamen Johans. Das war nichts. Aus den Lautsprecherboxen drangen die Rhythmen von Buena Vista

Social Club. Chan Chan erinnerte an warme Sommernächte, kühle Getränke und passte so gar nicht zum knackenden Holz im Kachelofen und den von außen anfrierenden Fensterscheiben. Der Wein war inzwischen im Gehirn angekommen. Bucher blätterte ziellos im Telefonbuch. Ein Kloster gab es in Holtern. Er sah unter Altersheim nach, fand aber auch da nichts. Er ließ das Telefonbuch von einem müden Stöhnen begleitet auf den Holzboden gleiten und streckte sich. Binnen Sekunden befand er sich im Halbschlaf. Er musste ins Bett. Nur nicht hier in der Küche einschlafen. Er stand auf und nahm das Telefonbuch vom Boden. Auf dem Weg zum Regal sah er unter „St" wie Stiftung nach. Wie er darauf kam, war ihm gar nicht bewusst. Intuition? Er blieb wie angewurzelt stehen, als er es las. „Stiftung Schloss Johannesberg" – Seniorenresidenz. Er sah auf die Küchenuhr. Es war mitten in der Nacht. Dreiundzwanzig Uhr. Zu spät, um die anderen anzurufen, wenngleich er es am liebsten getan hätte. Er ging auf und ab. Stiftung Johannesberg. Es musste nichts bedeuten. Aber ein Zusammenhang bestand zweifelsohne. Der Alkohol war kein Helfer, klare Gedanken zu fassen. Er überlegte. Es würde nichts bringen, jetzt mitten in der Nacht nach Holtern zu fahren. Was wollte er auch dort? An der Pforte klingeln und einem verschlafenen Heimmitarbeiter sagen, er sei von der Polizei und wollte nur mal schauen, oder Frau Henriette von Schwingenstein sprechen!? Nein. Schlafen. Am besten ausschlafen. Er würde morgen früh in München anrufen und sagen, dass er direkt von hier zur Stiftung fahren würde. Vielleicht konnte Lara Saiter zur Unterstützung kommen. Alex und Armin müssten dann eben die restlichen Frauen von der Liste besuchen und mit dem Phantombild konfrontieren. Ja. Er schlief tief und fest.

VII.

Ein klarer, sonniger Dezembertag hatte die letzten Novembernebel vertrieben. Bucher rasierte sich und sah hinaus in den Morgen. Am klaren Himmel leuchteten die Sterne und am Horizont war schon die erste Morgenröte wahrzunehmen. Ein Zeichen – ein Zeichen!, grinste er der Schaumfratze im Spiegel entgegen. Die Nebel verziehen sich. Wenn es nur bei unseren Ermittlungen genauso läuft. So wie er die Dame einschätzte, die er besuchen wollte, legte sie Wert auf eine gepflegte Erscheinung. Bucher rasierte sich gründlich. Er wählte den dunkelgrauen Anzug, dazu das cremefarbene Hemd und eine dunkle Krawatte. Fertig. Der warme schwarze Mantel war bei diesen Temperaturen obligatorisch. Ebenso der schwarze Kaschmirschal. Herrlich warm. Nur das Rasierwasser brannte wie Feuer. Sein Auto war ein Eisklotz. Er wunderte sich, dass der Motor startete. Im Stall gegenüber brannte Licht. Ketten klirrten. Im Widerschein der Lampen erkannte er Engelbert, der schon fütterte. Die Kälte der sternklaren Nacht hatte die Feuchtigkeit von den Straßen gefressen. Es war jetzt halb sieben. Er rief Lara Saiter an. Das Lenkrad war unvorstellbar kalt und saugte jede Wärme aus seinen Händen. Irgendwann würde er einen dieser hässlichen Lenkradwärmer kaufen, dachte er. Lara Saiters Stimme war aus den Lautsprechern zu hören. Sie klang frisch und munter.

»Guten Morgen, Lara. Du bist schon wach?«, begrüßte er sie.

»Späßle gmacht, was!«, war ihre Antwort. »Was gibt es denn so Dringendes. Lass mich raten ... Du hast den Täter festgenommen ... und ... es war die Gärtnerin! Ich hab es gleich gewusst ... dieses grüne Luder.«

»Mann oh Mann. Wie kann man nur so früh so gut drauf sein. Pass auf. Ich habe zwar niemanden festgenommen, aber etwas anderes rausbekommen.«

»Ich höre«, war nun in ernstem Ton zu hören.

»Marens Tante Henriette ist Bewohner eines Seniorenwohnheims Stiftung Johannesberg in Holtern.«

»Treffer!«, kommentierte Lara Saiter.

»Hoffentlich«, antwortete Bucher, der sich ein wenig mehr Euphorie von ihr erwartet hätte. »Also. Ich bin gerade auf dem Weg dahin. Könntest du den beiden anderen Bescheid geben, was Sache ist, und dann zu mir kommen?«

»Kein Problem.«

»Gut. Dann sag den beiden, dass in unserem Fax eine Liste hängt mit den siebzehn Namen und Adressen dieser Frauengruppe. Zwölf von denen habe ich gestern schon abgeklappert. Die sind markiert. Die restlichen fünf sollten heute noch aufgesucht werden.«

»Okay. Richte ich aus. Ich hatte heute Morgen einen kurzen Besuch bei Sybille Austen angekündigt. Ich fahre auf dem Weg nach Holtern ... wo liegt das eigentlich? ... ist ja egal. Ich fahre auf alle Fälle noch bei ihr vorbei und zeige ihr das Phantombild. Geht doch, oder?«

»Kein Problem. Ich warte dann in Holtern auf dich. Da wird es schon ein Café geben, oder so. Holtern liegt übrigens nördlich von Augsburg. Immer die Bundesstraße 2 entlang. Richtung Donauwörth. Das wirst du schon finden. Wir telefonieren uns dann zusammen.«

»Alles klar, bis später. Ich bin ja schon auf dem Weg. Schätze, dass ich in etwa zwanzig Minuten bei Sybille Austen sein werde.«

»Bis dann.«

Der Tag begann gut. Auf den trockenen Straßen kam er flott voran. Für das kräftig violette Licht, das die aufgehende Sonne über den Reif schmiss, hatte er keinen Sinn. Seine Gedanken waren von Henriette von Schwingenstein und der Stiftung Johannesberg beherrscht. Was könnte es damit nur auf sich haben? Kurz vor Augsburg geriet er doch noch in den morgendlichen Stau des Berufsverkehrs. Ständig zappte er zwischen den Radioprogrammen hin und her. Doch weder Rock noch Klassik vermochte seine Unruhe und Ungeduld zu vertreiben. Er zappelte und fluchte, bis er wieder freie Fahrt hatte, vorbei an hässlichen Industrieansiedlungen. Ödnis. Auf der Bundesstraße ging es geradewegs nach Norden, durch Dörfer, die kein Ende zu nehmen schienen. Außerhalb der Ortsschilder breitete sich eine weite, flache Felderlandschaft aus. Zerrissen von Stromleitungen und Funkmasten. Selbst das zartrosafarbene Morgenlicht vermochte es nicht, dem entseelten Landstrich einen Hauch von Romantik zu verleihen. Er verließ die Bundesstraße und folgte dem Hinweisschild in Richtung Holtern. Die Lechebene blieb hinter ihm und ging langsam in eine sanfte Hügellandschaft über. Die schmale, kurvige Landstraße forderte Buchers Konzentration. Er dachte an den anstehenden Besuch. Wie würde diese Tante auf sein Erscheinen reagieren? Handelte es sich um die ominöse Stiftung, von der Maren Hengersberg schrieb? Dann sollte die Großtante doch darüber informiert sein? Er war gespannt.

Als er über einen Hügel fuhr, sah er am gegenüberliegenden Hang das weitläufige Mauerwerk eines ausgedehnten Gebäudekomplexes. Dahinter stand hell die Sonne. Ein Kirchturm erhob sich an der linken Seite, umgeben von Nebelschwaden, die aus den Schloten der Häuser drangen und sich im gleißenden Gegenlicht verloren. Kloster Holtern. Bucher hielt im Ort nach einem Café Ausschau. Er fand nur eine Bäckerei, in der er sicher auch einen Café bekommen hätte, doch war es ihm jetzt eher nach einer warmen Stube zumute. Wer wusste schon, wie lange er auf Lara Saiter warten musste. Er drehte noch eine Runde und entdeckte gegenüber der Kirche einen Gasthof. Drinnen brannte Licht. Ein dumpfer Mief von fettigem Essen, Rauch und Bier hing in den Wänden, Stühlen, Tischen und Polstern. Am Abend sicher kein Problem, doch zu dieser Stunde eine Zumutung. Eine dralle Bedienung in zu engen Jeans putzte den Schanktisch. Wenigstens keine Leggins, dachte Bucher und bestellte Kaffee. In der hintersten Ecke der Gaststube nahm er Platz. Kaum hatte er sich seines Mantels entledigt, piepte auch schon das Handy. Lara Saiter war dran.

»Bingo!«, rief sie laut und mit einem freudigen Unterton, als Bucher sich mit einem tonlosen »Hallo« meldete.

»Was ... Bingo?«

»Ich stehe gerade auf dem Parkplatz vor Sybille Austens Firma. Ich war schon bei ihr. Sie konnte mit diesem halben

Phantombild tatsächlich etwas anfangen. Diese wilden lockigen Haare ... die sinds einfach.«

»Klasse!«, sagte Bucher laut.

Die Bedienung sah mit einem kritischen Blick zu dem Gast in die Ecke.

»Ich bin jetzt schon hier in Holtern. Soll ich runterkommen?«

»Nein! Nein!«, entgegnete Lara Saiter, »Bleibe mal schön, wo du bist. Ich komme hoch zu dir!«

Bucher war überrascht und schwieg. Sie würde schon erklären, wie sie das meinte.

»Du könntest ja wenigstens fragen, ›Wieso soll ich nicht runterkommen?‹,oder so was, sagte sie, als kein Laut mehr von Bucher zu hören war.

»Wieso soll ich nicht runterkommen?«, sagte er artig.

»Na gut. Sybille Austen hat nur drei Sekunden gebraucht. Dann hat sie gesagt, dass sie sich ziemlich sicher ist, den Kerl auf unserem Bild schon mal gesehen zu haben. Sie war mit Maren so drei- oder viermal zu Besuch bei Henriette von Schwingenstein ... Na! Klickt es!? Dort hat sie einen Mann gesehen, der ihr in Erinnerung geblieben ist. Wegen der wilden Haare und seiner Arroganz. Wie heißt das noch mal? ... Stiftung Johannesberg, oder so? ... ja?«

Bucher war platt. »So langsam wird die Sache. Also. Ich bin hier in einem Gasthaus, direkt hinter der Kirche. Komm hier her. Wir bereden uns. Ich rufe inzwischen Alex und Armin an. Die sollen diese Stiftung unter die Lupe nehmen. Der ganze Schriftkram und so. Was eben an Unterlagen zu bekommen ist.«

Lara sagte, »Ich glaube, die sind schon auf dem Weg nach Augsburg. Die beiden sollten doch diesen Frauenkreis abarbeiten.«

Bucher hörte, wie sie die Autotüre zuschlug und den Motor startete, und sprach deshalb etwas lauter weiter.

»Das mit der Liste hat jetzt erst einmal Zeit«, sagte er.

»Alles klar, Johannes. Ich bin auf dem Weg. Bis gleich.«

Bucher machte es sich auf der Sitzbank bequem und holte seinen Notizblock und das Handy heraus. Die Dralle brachte ihm das Haferl Kaffee und schaute argwöhnisch. Wer trinkt schon zu so früher Stunde in einem Wirtshaus Kaffee?

Batthuber und Hartmann waren schon in Augsburg angekommen und er informierte sie mit wenigen Sätzen. »Holt alle Informationen, die ihr über diese Stiftung bekommen könnt. Entstehung, Finanzen, Beteiligungen, ... was es alles gibt. Wenn nötig, holt euch Unterstützung bei unseren Wirtschaftskriminellen. Ich denke, das kann nicht schaden. Dann brauche ich noch die Namen und Adressen der Führungsleute, oder wie das bei so einer Stiftung heißt. Irgendwas mit Organen lautete der Begriff doch, oder? Und von denen alle Daten. Ihr wisst schon. Verheiratet, geschieden, außereheliche Kinder, finanzielle Verhältnisse, welche Autos fahren die, wo haben sie wie viele Ferienwohnungen, wie oft sind sie dort oder warum nicht. Den ganzen Kram.«

»Jaja, Johannes. Ist schon klar. Großer Empfang eben«, bremste Hartmann die Auftragsflut. »Nur noch eines. Brauchst du einen Zwischenstand von uns und wisst ihr schon, wie ihr das jetzt machen werdet?«

»Nein. Das ist nicht notwendig. Das wird zu viel. Und wie wir an den jetzt rangehen, weiß ich auch noch nicht. Das werde ich mit Lara besprechen. Aber wir halten euch auf dem Laufenden. Wir werden jetzt erst einmal diese Tante aufsuchen. Dann sehen wir weiter.«

»Soll ich die Observation vorinformieren?«

Bucher dachte kurz nach. Die Observationsgruppe wäre unter Umständen eine Hilfe. Doch dann entschied er sich anders.

»Nein, Alex. Gute Idee. Aber ich denke, wir klären diesen Einstein heute ab. Der läuft uns nicht weg, wenn er nicht schon weg ist. Dann wäre die Sache für uns ziemlich klar ... und ... wir kriegen ihn sowieso.«

Bucher beendete das Gespräch. Die beiden würden sicher den ganzen Tag beschäftigt sein. Der Anruf von Lara hatte Schwung in die Ermittlungen gebracht. Er fühlte sich aufgedreht und verspürte so etwas wie Jagdtrieb. Bisher waren sie ja nur mit diesen Routinearbeiten beschäftigt gewesen. Das war ab sofort anders. Die Jagd war eröffnet. Für sich entschied er, an Einstein erst dann heranzutreten, wenn ihm alle Informationen zur Verfügung standen.

Lara Saiter musste auf dem Weg hierher die Verkehrsregeln außer Vollzug gesetzt haben. Bucher kam gar nicht dazu, die Tasse Kaffee zu leeren, da stand sie auch schon im Gastraum. Im Vorübergehen rief sie der Bedienung ein »Kaffee, bitte!« zu. Mit Schwung drehte sie sich einen Wirtshausstuhl zurecht. Eine Wolke herben Parfümdufts wehte um Buchers Nase.

»Gut, oder?«, strahlte sie.

»Das kann man wohl sagen.« Er sah sie zustimmend an.

»Hast du schon überlegt, wie wir weitermachen?«

»Mhm ... eigentlich schon. Und du?«

»Nein. Ich war mit Autofahren so beschäftigt. Da ging nichts mehr nebenher.«

Bucher sah auf seine Uhr und meinte: »Bei der Zeit ... kann ich mir gut vorstellen.«

»Übrigens ... ich war doch in dieser Weberei ...«

Er sah sie fragend an.

»Du weiß schon, wegen dieser Seidenfaser ... also, die waren dort ganz angetan von der Qualität. Aber sie können sich nicht vorstellen, dass diese Seidenfaser alleine verarbeitet wurde. Der Textilingenieur dort war der Meinung, dass sie ein hochwertiger Bestandteil eines Stoffes aus Seide und einem anderen Material war. Wolle oder so. Gut geeignet für leichte, warme Mäntel und so.«

Bucher nickte und wartete, ob sie noch Weiteres zu berichten hätte. Doch dem war nicht so. Vielmehr ließ sie, sehr auffällig, einen prüfenden Blick über ihn gleiten und meinte. »Ganz schön aufgebrezelt ... mein Lieber ... Damenbesuch ...!?«

»Ich möchte eben einen guten Eindruck bei Tante Henriette hinterlassen «, entgegnete er, etwas zu spöttisch, als dass der Hauch von Verlegenheit, der ihn gestriffen hatte, überdeckt werden konnte.

Lara Saiters Kaffee kam. Aus der Durchreiche zur Küche hin sah ein neugieriges Augenpaar zu den beiden. Bucher legte seine Arme auf dem groben Wirtshaustisch auf und beugte sich vor. »Wir statten dieser Tante Henriette einen Besuch ab. Ich hoffe, sie empfängt uns auch. Wir werden dann sehr schnell wissen, wie sich das mit dieser Stiftung darstellt, denke ich. An Einstein gehen wir erst heran, wenn wir über sein Umfeld exakt informiert sind. Alex und Armin sind schon dran. Sie klären alles, was mit der Stiftung zusammenhängt, ab.«

Lara Saiter war einverstanden. »Gut.« Sie zog ihre Armbanduhr unter dem langen Ärmel des schwarzen Rollis hervor. »Die Frühstückszeit ist nun längst vorbei. Ich denke, wir können los.«

Sie trank den letzten Schluck Kaffee, Bucher zahlte, dann gingen sie. Verfolgt von den neugierigen Blicken aus der Küche.

»Wo ist diese Stiftung denn eigentlich untergebracht«, fragte sie, als sie an den Autos angekommen waren. Sie schlug den Kragen ihres Mantels hoch, eine kalte Windbö stob gerade zwischen Kirche und Gasthaus hindurch.

»Es handelt sich um einen Teil des Schlosses. Das liegt auf der anderen Seite des Hanges.« Bucher deutete nach Süden und stieg in seinen Wagen. Lara Saiter fuhr ihm nach.

Ein altes steinernes Tor ermöglichte die Zufahrt in den Innenhof des Schlosses. Drei zweistöckige Barocktrakte umschlossen einen großen Innenhof, der mit Kies befüllt war. Beim Einschlagen des Lenkrades knirschten die Steine laut unter dem Druck der Reifen. Bucher parkte sein Auto vor den ehemaligen Stallungen, die den Innenhof nach Süden hin abschlossen. Sie trafen sich am zentralen Treppenaufgang des Längstraktes. Die breite Holztüre war mit mächtigen Eisenstreben versehen. Ein goldenfarbenes Metallschild, geschützt von einer Glasplatte, trug die Inschrift „Stiftung Schloss Johannesberg – Seniorenresidenz". Bucher pfiff beim Anblick des edlen Stücks und sah zu Lara Saiter, die im Moment auf den Klingelknopf drückte. Weit hinten war ein helles Klingeln zu hören. Sie warteten. Es dauerte nicht lange, dann bewegte sich die riesige Klinke nach unten und die Türe öffnete sich. Ein älterer Mann stand vor ihnen. Etwa sechzig Jahre alt und bekleidet mit einem blauen Hausmeistermantel.

»Guten Morgen«, grüßte Lara Saiter freundlich. »Wir möchten gerne Frau Henriette von Schwingenstein besuchen.«

Erst als er die beiden ausgiebig und wortlos gemustert hatte, trat er wortlos beiseite und gab so die Türe frei. Die Aufforderung einzutreten. Der Gang war mit großen Sandsteinplatten belegt. Die Ausbrüche waren mit gleichfarbigem Zement ausgebessert worden, um Unebenheiten auszugleichen. Die tragenden Balken der Holzdecke lagen frei und die Seitenwände waren mit Rauputz belegt. Kein Geweih, kein Bild oder ein Teil einer Ritterrüstung, wie man es in einem Schloss vielleicht hätte erwarten können. Völlig schmucklos. Stumm ging der Mann voraus. Hinten verbreiterte sich der Gang zu einem Vorraum, in welchem ein Empfangstresen stand, der im Moment nicht besetzt war. Bucher fiel die breite geschwungene Holztreppe auf, die nach oben führte. Der Hausmeistermantel verschwand hinter einer Tür. Bucher und Lara Saiter sahen sich verdutzt an. Keinen Ton hatte der Mensch mit ihnen gewechselt. Sie warteten etwa zwei, drei Minuten. Dann erschien eine Frau in der Türe, hinter welcher zuvor der Stumme verschwunden war.

Eine vornehme Erscheinung in dunklem Kostüm. Eine auffallend schlichte, goldene Kette schmückte das braune Dekolletee. Gleichmäßige Bräune zog sich über Hals und Gesicht. Glatte schwarze Haare fielen samten auf die Schultern. Die einzelnen grauen Haare, ganz wenige nur, die sich ungleichmäßig dazwischenmischten, verstärkten den Eindruck von Stolz. Bucher schätzte sie auf Mitte vierzig.

Sie legte ein professionelles Begrüßungslächeln auf. »Guten Morgen. Womit kann ich Ihnen helfen?«

»Wir hätten gerne Frau Henriette von Schwingenstein gesprochen«, sagte Lara Saiter

»Baronin«, bekam sie zur Antwort.

Lara Saiter war nicht zu beeindrucken. »Baronin«, entgegnete sie ruhig.

»Haben Sie denn einen Termin mit Baronin von Schwingenstein vereinbart?«

»Nein. Dazu hatten wir leider keine Zeit.«

Die Empfangsdame blätterte gelangweilt in irgendwelchen Listen, die jenseits des Tresens nicht einzusehen waren. Bucher hatte den Eindruck, er befände sich an einem Flugschalter und die Dame des Bodenpersonals sah nach, ob noch Plätze frei waren. Sie sah kühl lächelnd von ihren Listen auf. »Darf ich denn fragen, welchen Grund Ihr Besuch hat.«

»Fragen dürfen Sie«, antwortete Bucher. Ihm dauerte das Ganze zu lange. »Geben Sie Frau von Schwingenstein bitte Bescheid, dass Herr Bucher und Frau Saiter hier sind und sie für einen Augenblick sprechen möchten. Bucher sah sich um. »Wo können wir so lange warten?«

Die schwarzen Augen blitzen ihn an. Sie kam mit bedächtigen Schritten hinter dem Tresen hervor und öffnete wortlos eine gegenüberliegende Türe. Dahinter befand sich ein großzügiger Raum. Alte Sofas, gemütliche Ohrensessel, sogar Fußbänke standen herum. Die beiden nahmen an einem kleinen runden Tisch Platz. Die Empfangsdame schloss die Türe und ging. Wortlos.

»Das ist ja widerlich vornehm«, sagte Lara Saiter und ließ einen skeptischen Blick durch den Raum ziehen.

»Ziemlich schwülstig, das alles«, meinte Bucher und sah skeptisch auf die Möbelstücke.

Außer altem Mobiliar und Stuckdecken gab es nicht viel zu entdecken. Schließlich öffnete sich die Türe und ein schwarzer Anzug trat ein. Sein Träger sah alles andere als freundlich drein. Er trug exakt gescheitelte dunkelbraune Haare und blickte finster auf die beiden.

»Sie möchten Frau Baronin von Schwingenstein sprechen«, blaffte er.

»Ja, das werden wir«, sagte Bucher bestimmt und zog, während er auf den schwarzen Anzug zuging, seinen Dienstausweis aus dem Jackett. Er hielt das Dokument vor das Gesicht des Mannes und fragte: »Steht unserem Ansinnen denn irgendetwas entgegen?«

Der schwarze Anzug wich einen Schritt zurück und schaute konsterniert. Er schluckte.

»Bringen Sie uns jetzt bitte zu Frau von Schwingenstein, sofern sie im Hause ist. Wenn nicht, dann sagen Sie uns bitte, wo wir sie finden können!«

Lara Saiter war inzwischen herangekommen und blickte verächtlich drein. Es war ihr schleierhaft, was der Auftritt dieses Kerls sollte.

Der nuschelte ein »Kein Problem« und ging wieder in den Gang hinaus. Am Tresen stand die schwarze Schönheit und sah ihn forschend an.

Bucher hätte gerne sein Gesicht gesehen, als er betont gelassen sagte, »Polizei. Ruf bitte oben an. Ich bringe die beiden in den Salon im ersten.«

Er drehte sich kurz zu den beiden um, was wohl eine Aufforderung sein sollte, ihm zu folgen. Dann ging er die Treppen empor. Bucher und Lara Saiter folgten. Sie wurden in einen herrlichen Saal im ersten Stock gebracht. Die Fensterseite wies zum Hof hinaus und der Blick reichte über die gegenüberliegenden Stallungen hinweg auf die weite Hügellandschaft. Die Sonne warf ihre Strahlen auf die reiche Stuckverzierung der Decke. Die Wände waren mit Landschaftsbildern des 19. Jahrhunderts geschmückt. Wenn es Originale waren, mussten hier enorme Werte vorhanden sein, dachte Bucher. Der schwarze Anzug war sofort wieder verschwunden.

»Was sollte denn der Zinnober«, fragte Lara Saiter.

»Keine Ahnung. Wir werden uns das alles ganz genau anschauen.«

Er drehte sich um und sah sie an. »Was fällt dir auf?«

Lara Saiter sah sich im Raum um und zuckte mit den Schultern. »Nichts ...«

»Nein. Nicht hier drinnen. Ganz allgemein.«

Sie sah ihn ratlos an.

»Na. Das ist hier doch ein Seniorenheim. Aber wo sind bitte die Senioren? So toll belegt scheint mir das hier nicht zu sein. Auf den Gängen sollte man doch mal jemanden sehen. Es ist auch nichts zu hören. Finde ich eigenartig.«

»Stimmt«, pflichtete sie ihm bei.

Sie sahen sich beide um und lauschten. Am Gang waren Schritte zu hören. Henriette von Schwingenstein betrat den

Raum. Sie trug ein graues Kostüm mit weißer Bluse. Dazu eine schlichte Perlenkette. Sie sah misstrauisch zu den beiden ihr unbekannten Besuchern. Trotz ihres hohen Alters blitzten ihre Augen voller Temperament und Stolz. Eine energische Erscheinung. Bucher ging auf sie zu und reichte ihr die Hand. Sie zögerte einen Augenblick, ihm ihre zu reichen, tat es dann aber doch.

»Entschuldigen Sie, Frau von Schwingenstein, dass wir Sie so früh am Tag aufsuchen. Mein Name ist Johannes Bucher.«

Er wandte sich zur Seite, »und das hier ist meine Kollegin Lara Saiter. Wir sind vom Landeskriminalamt in München und beauftragt, den Tod ihrer Großnichte zu untersuchen.«

Sie murmelte etwas Unverständliches und ging langsam auf einen Tisch an der Fensterseite zu und nahm auf dem alten Sofa dahinter Platz. Mit einer bestimmten Handbewegung, die jeden Widerspruch ausschloss, winkte sie die beiden her. Bucher und Lara Saiter setzten sich auf die weich gepolsterten, aber unbequemen Barockstühle.

»Sie meinen, Sie untersuchen diesen schändlichen Mord, oder?!«, kam es unwirsch aus ihrem Mund.

Bucher war von der Klarheit und Festigkeit ihrer Stimme überrascht.

»Ja. Genau.«

»Und wie kann ich Ihnen da weiterhelfen?« Sie sah Lara Saiter durchdringend an und fragte, »Sind Sie Kriminalpolizisten?«

»Ja«, antwortete Lara Saiter.

Wieder war nur ein Murmeln zu vernehmen, das Lara Saiter weniger als Zustimmung deutete.

»Meinen Sie, das ist der richtige Beruf für eine Frau?«

»Das kommt wohl auf die Frau an. Für mich jedenfalls ist es der richtige Beruf. Er macht mir Freude.«

»Das kann ich mir kaum vorstellen, dass ein solcher Beruf überhaupt jemandem Freude macht. Aber ... man braucht Polizei ... keine Frage.«

Bucher sah kurz zu seiner Kollegin. Das konnte ja heiter werden. Aber irgendwie mussten sie die Klippen, die sich hier auftaten, umschiffen. Ihre Gesprächspartnerin trauerte anscheinend vergangenen Zeiten nach, in denen bürgerliche Polizisten sie niemals befragt hätten.

»Was wollen Sie denn wissen?«, fragte die selbstbewusste alte Dame nun.

Lara Saiter stieg sofort ein. »Sie hatten einen sehr engen Kontakt zu Ihrer Großnichte Maren Hengersberg.«

»... von Hengersberg«, wurde sie sofort verbessert.

»Ja ... zu Maren von Hengersberg. Sie hat, soweit wir wissen, auf das von verzichtet ... wie die ganze Familie. Auch Ihre Nichte ...«

»Ja. Ich weiß. Nichtsdestotrotz ist sie eine geborene von Schwingenstein und eine von Hengersberg. Ich weiß auch, dass das heutzutage keinen Menschen mehr interessiert. Aber mich schon. Noch lebe ich ja.«

»Wie stand Ihre Großnichte denn dazu?«

»Ich hatte ihr das Versprechen abgenommen, dass ihre Kinder, sollte sie jemals welche haben ... das ist ja auch nicht selbstverständlich ... also dass diese den ihnen zustehenden Titel wieder tragen würden.«

»Und sie stimmte dem zu?«

Lara Saiter traf ein verächtlicher Blick. »Natürlich.«

»Sie haben sich oft mit ihr getroffen?«

»Regelmäßig ... wir hatten einen festen Termin. In jeder ungeraden Kalenderwoche am Dienstag.«

»Sie trafen sich hier ... in der Stiftung Johannesberg.«

»Meistens. Mir wäre es zu beschwerlich gewesen, woanders hinzukommen. Und um gute Gespräche zu führen, sind die Räumlichkeiten hier gut geeignet und Augsburg liegt ja auch nicht so weit entfernt, dass es unzumutbar gewesen wäre, hierher zu kommen.«

Bucher stutzte, denn so wie sie es ausdrückte, schien es ihm, als wären die Besuche ihrer Großnichte für sie eine Selbstverständlichkeit gewesen. Nichts, wofür man sonderlich hätte dankbar sein müssen. Er hörte Lara Saiters ruhigen Fragen zu.

»Es sind nicht viele Bewohner hier. Wir haben niemanden gesehen hier und waren etwas verwundert darüber?«

»Nicht mehr«, war die kurze Antwort.

»Entschuldigung ... wie bitte?«, fragte Lara Saiter vorsichtig nach.

»Es sind nicht mehr sehr viele Bewohner hier. Es waren einmal mehr. In den letzten zwei Jahren gab es hier ... einen großen ... Schwund.«

»Schwund?«

»Ja, Schwund. Schauen Sie mich doch an. Ist ja ein Wunder, dass ich noch hier bin. Viele sind gestorben und es sind auch viele weggezogen.«

»Heimbewohner?«

»Ja.«

»Weshalb zieht man aus einer so herrlichen Stiftung weg?«

»Weil es vermutlich nicht mehr in dem Maße lebenswert ist, oder?. Auch ich werde nächsten Monat hier ausziehen.«

Bucher und Lara Saiter sahen sich kurz an. Jetzt übernahm Bucher.

»Frau Baronin ... ist das die richtige Anrede?«

»Höre ich gerne, ja, leider nicht mehr oft.«

»Ja ... also ... der Empfang hier war ... eigenartig. Ich will es einmal so nennen. Wir hatten kurzfristig den Eindruck, man wollte uns nicht zu Ihnen lassen. Gibt es hier irgendwelche Probleme?«

»Frau Thonn und ihr Mann sind sehr darauf bedacht, dass nicht ungebetene Gäste die Bewohner belästigen. Das ist in Ordnung so.«

Bucher nickte ihr zu. Das spröde Verhalten am Empfang unten hatte also Methode. Zumindest Leuten gegenüber, die man hier nicht kannte und die keinen Termin hatten.

Er wollte jetzt nicht mehr um den Brei herumreden. »Aus welchen Gründen ziehen Sie hier aus?«

»Es sind nur noch sieben Bewohner hier. Ich fühle mich hier nicht mehr wohl und werde nach Lindau ziehen. In die Nähe meiner Nichte ...« Nach einer kurzen Pause fügte sie hinzu. »... und zum Grab meiner Großnichte«

»Wir haben in den Unterlagen Ihrer Großnichte einige Schriftstücke gefunden, in denen von einer Stiftung die Rede ist ... nun ... in der es wohl Schwierigkeiten geben soll. Hat das mit diesem Haus hier zu tun?«

»Natürlich.«

»Können Sie uns das näher erläutern, Frau Baronin?«, sagte Lara Saiter.

Sie erntete das erste Mal ein zaghaftes Lächeln.

»Ich habe mich vor dreißig Jahren in diese Stiftung hier eingekauft ... und dabei einen nicht unerheblichen Teil meines Vermögens investiert. Das geschah unter bestimmten Voraussetzungen. In den letzten Jahren hat sich zu meiner Enttäuschung und teilweise auch zu meinem Entsetzen sehr viel zum Negativen hin verändert.«

»Was genau hat sich verändert?«, fragte Bucher.

»Einmal ist der Service miserabel geworden, wie ich finde. Sicher. Da kann man auch anderer Meinung sein, wie Service auszusehen hat. Andere sind da toleranter. Für mich ist das aber keine Petitesse, ja!. Zudem sind die Kosten derart in die Höhe geschnellt, dass niemand mehr hierher zieht. Ich kann das verstehen, denn es ist einfach zu teuer. Für uns Bewohner heißt das, es wird einsam. Seit etwa vier Jahren haben wir hier keinen Neuzugang ... nur Abgänge ... wie schon gesagt. Es fehlt da ganz einfach an Ansprache. Es gibt auch kaum noch Veranstaltungen ... Konzerte ... Lesungen ... Dinge, die noch vor Jahren angeboten wurden. Angeblich muss gespart werden ... nur nicht an Verwaltungskosten. Hier rennen ständig irgendwelche Schnösel herum und prüfen und rechnen ... Qualitätsmanagement ... oder wie das heißt. Irgend so eine Zertifizierung. Ich weiß gar nicht, was die genau machen. Sicher kosten die nicht wenig. Der Leitung habe ich mitgeteilt, dass ich von diesen Menschen nicht befragt, ich nenne es belästigt, werden möchte.«

Sie machte eine Pause und sah leer in den Raum, bevor sie weitererzählte.

»Ich habe mich mit meiner Großnichte darüber unterhalten. Sie hat sich der Sache angenommen. Ganz konkret ging es darum, dass ich, wenn ich hier ausziehe, wieder einen Teil des von mir investierten Vermögens zurückhaben will. Es gab darüber unterschiedliche Vorstellungen, über die Höhe dieser Ausgleichszahlung, und meine Großnichte hat die Verhandlungen mit den Verantwortlichen geführt. Nach meinem Kenntnisstand wollte sie einen Anwalt mit der Sache beauftragen.«

Sie machte eine wegwerfende Handbewegung, die sehr elegant aussah. Sicher hatte sie einmal Ballettunterricht. »Jetzt wird sich mein Neffe darum kümmern müssen ... wozu ist er schließlich Anwalt geworden.«

Es schwang etwas Spöttisches, Hämisches in ihrem letzten Satz mit. Bucher war sich sicher, dass sie vom Herrn Landtagsabgeordneten nicht viel zu hielt.

»Maren hat sich also um die Sache mit der Stiftung gekümmert?«, fragte Lara Saiter.

»Ja. Sie war da sehr aktiv ... soweit es ihr Beruf eben zuließ. Sie hat auch den Kontakt mit Lindau hergestellt. Eine sehr schöne Anlage ... mit Blick auf den See ... schade ... es ist so schade.« Sie senkte jetzt den Kopf.

Bucher fiel auf, dass sie der zweite Mensch nach Peter Manner war, bei dem er, trotz der harschen Art, die ihr eigen war, Trauer über den Tod Maren Hengersbergs feststellte.

Er fragte. »Nur noch eine Frage, bitte. Welche Personen tragen hier in der Stiftung die Verantwortung?«

Die beiden merkten, wie sie von einer Sekunde auf die andere müde, ja schwach wurde. Ihre bisher so feste Stimme schwankte, die Festigkeit im Blick war verschwunden. Sie saß zusammengesunken auf dem Sofa. Es dauerte eine Weile, bis sie antwortete.

»Das Ehepaar Thonn leitet hier das Wohnheim. Stiftungsvorsitzender ist Herr Staffer.«

Lara Saiter schaute zu Bucher. Der schüttelte mit dem Kopf. Keine weiteren Fragen mehr. Es war vorerst genug. Sie würden sich noch mit dem Ehepaar Thonn unterhalten.

»Vielen Dank für die Zeit, die Sie für uns hatten«, sagte Bucher.

Er erhielt keine Antwort. Nur ein schwaches Nicken.

Sie warteten am Empfangsschalter auf Thonn, der lächelnd die breite Treppe herunterkam.

»Tut mit Leid ... wegen vorhin. Aber wir hatten in letzter Zeit des Öfteren ungebetenen Besuch. Die Erfahrung hat uns gelehrt, von Anfang an recht energisch aufzutreten.«

Die beiden lächelten professionell und nickten verständnisvoll. Der ist ja wirklich aalglatt, dachte Bucher.

»Wir hätten gerne noch mit Ihnen und Ihrer Frau gesprochen«, sagte er.

»Aber gerne«, antwortete Thonn und es klang einladend.

Er bat die beiden ihm zu folgen. Hinter der Türe des Empfangsschalters verbarg sich ein geräumiges, edel ausgestattetes Büro. Seine Frau saß vor einem modernen Flachbildschirm und schaute überrascht auf.

»Man möchte noch kurz mit uns sprechen«, erklärte ihr Mann und stellte die Stühle am gläsernen Besprechungstisch zurecht.

Man nahm einander gegenüber Platz.

Die beiden erweckten einen gelassenen Eindruck. Er lehnte sich bequem im Stuhl nach hinten. Der rechte Arm fiel locker über die Lehne nach unten, während er den linken Ellbogen auf der Stuhllehne aufstützte und mit dem Zeigefinger seiner linken Hand die Mitte seiner schmalen Lippen abdeckte. Er sah Bucher offen und freundlich an. Doch Bucher spürte die Konzentration, die von diesem Thonn ausging. Er war in keiner Weise locker, sondern stand unter Hochspannung, lauernd. Er sah sich im Raum um. Auch hier kein Kreuz an den Wänden. Bisher hatte er nirgends ein Kreuz hängen sehen. Eigenartig, wie er fand.

Lara rückte ein Stück weg von Bucher. So hatte sie die beiden mehr von der Seite im Blick, während Bucher die Frontale übernahm. Mit solchen Kleinigkeiten ließ sich manchmal eine fruchtbare Unruhe bei Befragungen schaffen. Herr Thonn begann das Gespräch mit einem lockeren Spruch.

»Was bringt uns denn die Polizei ins Haus ... die Baronin wird doch nichts verbrochen haben ... haha.«

Bucher lächelte kalt. Thonn merkte, dass er danebengegriffen hatte. Für einen kleinen Augenblick verlor er seine Selbstsicherheit. Seine Frau rettete ihn.

»Ich denke, wir wissen, was Sie hierher führt. Wir haben

von dem schrecklichen Verbrechen an Maren von Hengersberg gehört.«

»Ja?« Bucher schaute die beiden ernst an und legte die Hände ineinander.

»Deswegen waren wir hier. In diesem Fall gibt es noch einige offene Fragen.«

»Hat die Baronin weiterhelfen können?«, fragte Thonn. Jetzt wieder im Vollbesitz seiner Kühlheit.

»Schon«, sagte Bucher wie nebenbei und nach einem langen tiefen Blick in Thonns Augen, »die Baronin, wie Sie sie nennen, ... sie erzählte uns, dass sie ausziehen würde?«

»Ja, das stimmt.«

Bucher sah die beiden auffordernd an. Die drei Worte alleine genügten ihm nicht.

Wieder antwortete sie.

»Baronin von Schwingenstein hat sich in letzter Zeit nicht mehr wohl gefühlt. Wissen Sie ... sie ist eine sehr alte Frau ... sie lebt ... nun wirklich ... man kann das so sagen ... in einer Welt, die es so nicht mehr gibt.«

»Mhm. Sie nehmen keine neuen Bewohner mehr auf?«, fragte Bucher nach.

»So kann man das nicht sagen.«

»Wie sagt man es dann?«

»Wir befinden uns derzeit in einer Umstrukturierung. Es ist auch schwierig geworden, geeignete Personen zu finden, die hier ihren Lebensabend verbringen möchten.«

»Sie meinen, es mangelt an solventen Bewerbern?«, hakte Lara Saiter ein.

Die Thonns wandten ihre Köpfe etwas erschrocken nach links und sahen Lara Saiter an. Sie hatten sich so sehr auf Bucher konzentriert und nun diese unerwartete Frage von der Seite.

Sie fand als Erste wieder zurück und lächelte gequält. »Ja. So können Sie es auch nennen.«

»Wie ist das denn mit so einer Stiftung. Der Zweck der Stiftung Schloss Johannesberg besteht doch gerade in der Versorgung und Betreuung von Senioren, betuchten Senioren, oder?«

Jetzt antwortete er. »Oh. Das ist eine grobe Vereinfachung. Der Stiftungszweck ist sehr umfassend beschrieben. Wie gesagt. Wir suchen derzeit eine neue Ausrichtung, die dem Sinn der Stiftung entspricht, oder nahe kommt.«

Seine Antwort kam zu schnell und war zu leger formuliert.

Bucher hob beschwichtigend die Arme. »Jaja. Das glaube ich gerne ... Stiftungsrecht ... das wird eine sehr komplexe Angelegenheit sein. Aber sagen Sie ... eines würde mich noch interessieren ... wer hat denn hier eigentlich gestiftet?«

»Ach. Das waren die ehemaligen Besitzer, ... besser gesagt, die letzte Besitzerin des Schlosses. Eine Gräfin von Holtern. Die Linie ist nach dem Krieg erloschen. Ihre beiden Brüder sind in Russland gefallen. Ihre letzten Jahre waren von Krankheit und Einsamkeit geprägt. Nun ja. Sie hat daraufhin einen großen Teil ihres Besitzes in die Stiftung eingebracht.«

»Und wer betreut diese Stiftung jetzt?«

»Eine gute Frage. Die von Holtern waren kirchlich und sozial sehr engagiert. Die Stiftungsverwaltung ist daher dem Kirchenamt in Augsburg übertragen worden. Sie dürfen sicher sein, dass dieser Auftrag auch mit einer entsprechenden Spende versehen war.« Er grinste vielsagend.

»Der Diözese in Augsburg?«, fragte Bucher nach.

»Nein. Dem evangelischen Kirchenamt. Die von Holtern waren alter evangelischer Adel.«

»Ach ja. Es hat zwar nichts mit den von Holtern zu tun, aber Maren von Hengersberg war ja katholisch.«

»Das stimmt. Die von Schwingensteins sind evangelisch. Die von Hengersbergs katholisch.«

»Ach so ... wieder etwas erfahren.« Bucher sah zu Lara Saiter und schmunzelte.

»Dann sind Sie beide sozusagen Angestellte des Kirchenamtes Augsburg.«

Sie sah ihn aufreizend an. Ihre schwarzen Augen bohrten sich regelrecht in ihn. Die Waffen einer schönen Frau ... jetzt wird Klinge gezogen und sie muss ganz schön unter Druck stehen, diese Karte ziehen zu müssen, dachte er.

»Das stimmt so nicht. Wir führen lediglich dieses Stiftungsheim. Die Leitung der Stiftung verantwortet Herr Staffer. Pfarrer Reinhold Staffer.«

Bucher war wirklich überrascht. »Ein Pfarrer!?«, fragte er.

»Ja. Das ist so Tradition. Da die Stiftungsverwaltung damals ... das war in den Fünfzigerjahren ... an das Kirchenamt überging, wurde natürlich aus dem Kreis der Kirche jemand mit der Aufgabe betraut. Anfänglich war das der Dekan von Oettingen. Doch die zusätzliche Arbeit war nicht zu bewältigen. Es wurde daher eine eigene Stelle ... notwendig ... oder geschaffen.«

»Und wer bestellt, oder setzt den Leiter oder ...«

»Stiftungspräses wird das bei uns genannt«, ergänzte sie.

»Mhm. Und wer setzt diesen ... Stiftungspräses ... ein?«

»Das geschieht in einem demokratischen Prozess. Da ist das Kirchenamt in Augsburg beteiligt, die Kirchengemeinde in Oettingen ... eine Menge Leute eigentlich.«

»Das heißt, ein Pfarrer kann sich auf die Stelle, wenn sie ausgeschrieben ist, bewerben?«

»Ja. Genau.«

Bucher lehnte sich nach hinten.

»Mit Stiftung verbinde ich eigentlich so soziale Dinge. Diese Stiftung hier ... das Stiftungsheim. Das ist aber nichts für Mittellose, oder?«

Thonn hob fragend die Schultern. »Was ist sozial!?. Der Stiftungszweck hatte eine andere Zielgruppe. Nennen wir das mal so. Die Stifterin hat einen großen Teil ihres Vermögens auch anderen soziale Einrichtungen vermacht. Krankenhäuser, Kindergärten, Schulen und Hospize. Die Stiftung Johannesberg stellt nur einen Teil dar.«

»Aber den vornehmsten, nehme ich an?«, sagte Lara Saiter.

Sie sagte es eher als Feststellung denn als Frage. So kam von den Thonns auch keine Antwort. Bucher nahm das Gespräch wieder auf.

»Ja. Das war sehr interessant. Vielen Dank für Ihre Geduld.«

Er sah zu Lara Saiter und meinte, »Ich denke, wir sind hier eigentlich am Ende, oder?«

Sie nickte.

Thonn brachte sie zur großen Eingangstüre, wo Sie sich verabschiedeten.

Auf den ersten Treppenstufen drehte sich Bucher noch einmal um und rief. »Ach, Herr Thonn. Doch noch eine Frage.«

Thonn hatte die Türe schon fast geschlossen und drückte sie noch mal auf und sah die Treppe hinunter. »Ja, bitte.«

»Dieser Stiftungspräses, Reinhold Staffer, wenn ich mich recht erinnere ... wohnt der hier ... oder besser gesagt ... wäre er zu sprechen?«

»Nein. Er wohnt nicht hier. Zur Stiftung gehört ein Haus in Oettingen. Dort hat der Stiftungspräses seine Wohnung. Herr Staffer ist derzeit auf einer Tagung in Hannover. Dort tagt das Diakonische Werk. Er wird am Donnerstag wieder hier sein.«

»Alles klar. Vielen Dank noch mal.« Bucher winkte ihm im Umdrehen zu und ging mit Lara Saiter hinüber zu den Stallungen, vor denen sie ihre Autos geparkt hatten.

Thonn traf seine Frau im Besprechungszimmer. Sie saß immer noch am gleichen Platz und sah furchtbar aus. Tränen liefen über ihr Gesicht, die Schminke war verschmiert. Er ließ sich stumm in den Stuhl gegenüber fallen und nahm ihre Hände in die seinen.

»Sie haben gar nichts ... gar nichts.«

Sie reagierte nicht, sah stoisch auf die graue Tischplatte, auf der sich ihre Tränen versammelt hatten. In der klaren Flüssigkeit schwammen schwarze Perlenketten. Die Reste Kajal. Ihre langen Haare hingen über ihre Stirn und er sah ihr Gesicht nicht. Er hörte sie immer wieder leise sagen, »So ein Mist.«

Lara Saiter blieb vor ihrem Auto stehen.

»Und jetzt?«, fragte sie Bucher

»Hier sind wir erst mal fertig. Wir fahren nach München.«

»Das stinkt hier doch, oder!?«

»Natürlich, und wie.«

»Die beiden haben ja mit den Füßen unter dem Tisch gezappelt und gearbeitet, als du deine läppischen Fragen gestellt hast. Das war ja wie aus dem Schulbuch.«

Bucher nickte. »Ja. Da ist was im Busch und wir werden es hervorholen. Staffer geht uns auf alle Fälle nicht verloren. Wir rufen in Hannover an und prüfen, ob er wirklich an der Tagung teilnimmt ... Diakonie, oder so. Vorerst halten wir den Ball noch am Boden.«

Lara Saiter stieg in ihr Auto ein und sagte. »Alex und Armin werden sicher schon einiges herausgefunden haben.«

»Das denke ich auch.«

Sie fuhren vom Hof. Kurz nachdem sie das Schloss hinter sich gelassen hatten, hielt Bucher an, stieg aus und ging zum Wagen von Lara Saiter, die hinter ihm angehalten hatte. Sie ließ die Seitenscheibe herab und hob fragend die Hand.

»Fahr du schon mal nach München. Ich mache noch einen kleinen Umweg über Oettingen. Ich will mir das mal näher ansehen. Danach statte ich den Augsburger Kollegen noch einen Besuch ab. Vielleicht wissen die etwas über diese Stiftung. Okay?«

Sie zog die Stirn in Falten, nickte und ließ die Scheibe wieder nach oben gleiten. Im Ort trennten sich ihre Wege. Sie fuhr nach Süden, zur Autobahn, er folgte weiter der Landstraße nach Norden und verfuhr sich einige Male. Endlich kam er in dem kleinen Städtchen an. Die Sonne ließ die kräftigen gelben, grünen und bordeauxfarbenen Töne, mit denen die Bürgerhäuser gestrichen waren, hell erstrahlen. Bucher schüttelte sich. Erst diese barocke Ausstattung in der Stiftung und jetzt so eine Puppenstubenidylle. Ihm war im Moment eher nach klaren Linien zumute. Er fuhr die Hauptstraße ein paarmal auf und ab. Suchte nach Schildern, die vielleicht zum Pfarramt oder gar zu Staffers Haus weisen würden. Hinweis- und Straßenschilder waren zwar kunstvoll verziert, die von ihm gesuchten Informationen enthielten sie jedoch nicht. Er parkte an der Hauptstraße vor einem Café. Eine Kleinigkeit würde nicht schaden. Er bestellte Spaghetti mit Olivenöl und Knoblauch und drehte versonnen die Nudeln mit der Gabel auf und beobachtete die Bedienungen. Die ältere, hinten an der Durchreiche zur Küche, schien ihm eine geeignete Informationsquelle zu sein. Mitte fünfzig, kräftige Figur, die Haare kunstvoll um den Kopf gewunden und zu einer Halbhochfrisur zurechtgesteckt. Bucher wartete, bis ihre Kolleginnen anderweitig beschäftigt waren. Dann ging er zu ihr an die Theke und bat zahlen zu dürfen. Sie kassierte und er ließ ein beachtliches Trinkgeld. Bucher erklärte, dass er zu einem Herrn Staffer müsste, Stiftung Johannesberg. Sie musterte ihn. Dunkler Anzug, Hemd und Krawatte. Er schien in ihren Augen zu den Leuten zu gehören, die mit Staffer zu tun hatten. Ein Lächeln zog über ihr Gesicht. Sie erklärte ihm den Weg zum Haus von Herrn Präses Staffer.

Bucher folgte der Beschreibung, die ihn an den nördlichen Stadtrand führte. Er bog von einer Ausfallstraße in einen schmalen, von Kastanien gesäumten Teerweg ein. Dieser führte ihn direkt zu einem alten, geschwungenen Eisentor. Er fuhr bis nach vorne und warf einen Blick durch die Gitterstäbe. Die kahlen Bäume, die das Anwesen umstanden, gaben den Blick auf eine schlichte Villa frei. Dem Baustil nach schätzte er Mitte des 19. Jahrhunderts. Ein kleiner Park umgab das zweistöckige Gebäude. Der Putz war strahlend weiß. Die Fenster in leuchtend gelbe Zierrahmen gefasst. Ein Herrenhaus also für Herrn Präses. Er hatte genug gesehen, wendete und fuhr nach Augsburg. Trotz des Sonnenscheins lag eisige Kälte auf den kahlen Feldern und Wiesen. Das Wort Kälte geisterte ihm durch den Sinn und ihm fiel ein Bezug zu seinen Ermittlungen auf. Ein Gefühl, das ihn bei den Begegnungen mit den Familien Hengersberg und Schwingenstein ergriff. Kälte! Es war Kälte. Der Umgang dieser Menschen untereinander war von Kälte geprägt. Er erinnerte sich an das Bild bei der Beerdigung. Sie standen beieinander, aber nicht zusammen.

Ein paarmal versuchte er Dörner zu erreichen, was nicht glückte, entschloss sich aber, dennoch zum Polizeipräsidium zu fahren. Vielleicht würde er ihn im Gebäude irgendwo treffen. Er parkte gegenüber dem Präsidium, im Halteverbot. Auf dem kurzen Fußweg bis zur nächsten Fußgängerampel kam er am Schaufenster eines Reisebüros vorbei. Während er den Hals im Mantelkragen versenkte, um einem kühlen Windzug zu entgehen, blickte er auf ein Poster. Sonnenuntergang an der Pointe du Raz. Das Bild strahlte Wärme aus. Das Wort Bretagne spannte sich in großen, warmen roten Lettern über den unteren Rand des Plakates. Bucher blieb stehen und blickte auf den Leuchtturm, die dunkelroten, in den Schatten schwarzen Wellen des Atlantiks und den kitschig orangen Sonnenball. Sehnsucht. Nach wohliger Wärme, aber nicht zu viel davon. Hitze mochte er nun auch nicht. Es war kompliziert mit dem Wetter. Wann fühlte man sich denn wirklich wohl mit Wind, Sonne, Schnee, Kälte? Vielleicht nur in Erinnerungen.

Die Poster hatten plötzlich andere Bedürfnisse in ihm geweckt. Es verlangte ihm stark nach einem gutem Essen, noch mehr gutem Wein. Vielleicht ein Tisch im Garten, nahe am Meer. Nicht zu nah, doch das Rauschen sollte noch zu hören sein. Er kannte eine Reihe solcher Plätze, vor allem in Frankreich. Trotzdem ging er hinein und holte einige Prospekte. Dann setzte er seinen Weg fort, überquerte bei Rot die Straße und betrat das Polizeipräsidium. Dörners Büro war verwaist. Von zwei Kollegen erfuhr er, dass Dörner bei einer Gerichtsverhandlung war. Bucher war unschlüssig, was er tun sollte, fuhr dann aber nach München zurück.

Die hässliche Betonkonstruktion der Donnersberger Brücke passte inzwischen so gar nicht mehr zu den schnieken silbernen Autos aus Stuttgart, die entlang der Glasfassade der vierstöckigen Prachtseite aufgebaut waren. Bucher schenkte einem Kombi einen längeren Blick, als er vorbeihuschte. Die Präsentation der teuren Fahrzeuge war gut gelungen. Es sah sauber aus, perfekt – und kalt. Schon dieses edle Silber. Wie die Zangen, Messer und Spachteln in der Rechtsmedizin, denen er nie zu nahe kam. Es fröstelte ihn bei diesen Gedanken. Sein Kombi jedenfalls würde ein tiefes Blau oder leuchtendes Rot erhalten. Kurz bevor er zum Landeskriminalamt hin abbiegen musste, entschied er sich anders und fuhr geradeaus weiter, Richtung Innenstadt. Die Gedanken an Rechtsmedizin und Labors hatten Frank Wellberg wieder aus einer Schublade seines Gedächtnisses hervorgeholt. Für den hatte er jetzt noch Zeit. Er wählte die Nummer des Instituts und bog in hanebüchener Weise in die Sandstraße ab. Der Fahrer eines Kleintransporters musste bremsen, hupte zornig und zeigte Bucher alle Vögel dieser Welt. Bucher musste ihm Recht geben. Er konnte es eben nicht, gleichzeitig telefonieren und Auto fahren. Am Empfangsschalter des Instituts fragte er die Sekretärin, ob Herr Wellberg gerade im Hause sei. Sie blickte in ein ultraflaches Computerdisplay und sagte ihm dann, dass Frank Wellberg von fünfzehn bis achtzehn Uhr Labor 23C-I gebucht hatte. Die Frage, ob man Herrn Wellberg etwas bestellen sollte, verneinte Bucher. Das würde er schon selbst erledigen.

Labor 23C-I war schwer zu finden. Jedenfalls für einen Fremden, der sich in den wirren Gängen des Instituts nicht auskannte. Der Wirrwarr beruhte auf einer inzwischen einhundertachtzig Jahre währenden Umbau- und Erneuerungsphase. Hier waren die Hinweisschilder zwar nüchtern gehalten, boten Bucher aber auch nicht die gewünschte Information. Eine in einen weißen Laborkittel gekleidete, äußerst attraktive Schwarzhaarige erklärte Bucher den Weg, als sie ihn an einer Gabelung etwas hilflos rumstehen sah. Bucher hatte sich von der Laborbezeichnung 23C-I etwas mehr erwartete, als dass, was er schließlich vorfand. 23C-I klang so nach ... Atomforschung ... vielen Apparaten. Er erwartete gut rasierte Mittdreißiger, deren glattes, Gel-glänzendes Haar streng nach hinten gekämmt war, um allen anderen die hohe Stirn bieten zu können, oder einsteinsche Wirrköpfe in rot karierten Flanellhemden und braunen Cordhosen. Nichts von alledem fand er vor. Vielmehr ein tristes Räumchen, mager beleuchtet. Zwei PCs standen herum. Sie waren vergleichbar mit dem, was die EDV'ler in Buchers Büro abgestellt hatten. Also alles andere als prickelnde Hightech-Quader. Frank Wellberg saß an einem Seitentisch und ließ eine Papierrolle durch seine Hände gleiten. Bucher hatte es unterlassen, anzuklopfen und den Laborraum, entgegen seiner Art, einfach so betreten. Fast schon mutig, dachte er, könnte ja auch mit Teilchen beschossen werden. Solche Sachen machen die hier ja.

Wellberg ließ sich vom leisen Klacken der Türe nicht in seiner Arbeit stören. Erst Buchers »Grüß Gott« riss ihn aus seiner Konzentration. Wellberg sah kurz zur Türe und fixierte die Person, die da im fahlen Licht stand. Als er Bucher erkannte, legte er den Kopf in den Nacken, schaute zur Decke und stöhnte. Dann widmete er sich wieder seinen Tabellen. Bucher ging langsam auf ihn zu. »Ist es um unseren Wissenschaftshaushalt schon so schlecht bestellt, dass man an geeigneter Beleuchtung sparen muss«, sagte er.

»Geld wäre ausreichend vorhanden. Es sind nur zu viele Polizisten zu bezahlen.« presste Wellberg bissig hervor, ohne aufzusehen.

»Ich glaube, Sie würden die Belange der Inneren Sicherheit als Politiker sehr schlecht vertreten«, sagte Bucher.

»Was lesen Sie da eigentlich?« Auf dem Tabellierband, das durch Wellbergs Hände sauste, sah er endlos lange Kurven wie bei einem EKG. Daneben standen Zahlenreihen. Wellberg schien damit etwas anfangen zu können.

»Verstehen Sie sowieso nicht, wie ich auch bei Ihrem letzten Auftauchen schon bemerkt habe«, lautete die harsche Antwort.

»Mhm. Vielleicht haben Sie Recht ... aber ... es gibt bei uns Leute, die verstehen diese Dinge ... gar nicht mal so schlecht, denke ich.«

»Mag sein«, war der trockene Kommentar.

»Als ich das letzte Mal hier war, bat ich Sie doch um diese Studie, oder wie auch immer das bezeichnet wird, Herr Wellberg. Sie wissen, wovon ich spreche?«

»Ach!«

»Ja. Diese Arbeit, in welcher Sie die genetischen Daten von Bastian und Maren Hengersberg ausgewertet haben.«

»Wofür?« Wellberg verlangsamte den Durchlauf der Papierschlange zwischen seinen Fingern.

Bucher wollte nicht diskutieren. »Herr Wellberg. Ich brauche diese Arbeit und möchte sie mitnehmen ... und zwar jetzt.«

Wellberg schien unbeeindruckt weiterzuarbeiten. Im fahlen Licht sah Bucher jedoch kleine Schweißperlen auf seiner Stirn. Sein Backenmuskel zuckte unregelmäßig.

Wellberg ließ das Tabellierband fallen und wandte sich Bucher zu.

»Und wenn ich nicht bereit bin, Ihnen meine wissenschaftlichen Arbeiten zugänglich zu machen? Schließlich handelt es sich um Daten, die unter einem besonderen gesetzlichen Schutz stehen.«

Das musst du mir gerade sagen!, dachte Bucher.

»Ich möchte hier nicht mit Ihnen diskutieren, Herr Wellberg. Zwei Möglichkeiten! Sie geben mir dieses Papier heute mit. Das wäre die einfachste Lösung. Wenn nicht, komme ich morgen mit einem Beschluss der Staatsanwaltschaft wieder. Nur zur Erinnerung ... ich ermittele nicht wegen Ladendiebstahl, sondern in einem Mordfall. Und noch etwas ... die zweite Variante bereitet mir etwas mehr Verwaltungsaufwand, Ihnen jedoch ungleich mehr Schwierigkeiten.«

Bucher sah Wellberg entschlossen an und hoffte, dass er kippen würde. Denn keinesfalls würde die Staatsanwaltschaft so ohne weiteres mitziehen. Buchers Gefühl alleine reichte für einen Beschluss nicht aus und gerade diese junge, solide Staatsanwältin wäre sicherlich zickig bei einer solchen Angelegenheit. Den alten Dr. Brettschneider hätte er an einem Abend mit gutem irischem Whiskey schon rumgekriegt. Wellberg ging wortlos an Bucher vorbei zur Türe.

Von dort ließ er ein scharfes »Bitte!« hören, als er die Türe öffnete. Bucher folgte ihm. In flotten Schritten eilte Wellberg durch die Gänge. Sein weißer Kittel wehte hysterisch hinterher. Bucher folgte Wellberg in einen namenlosen, fensterlosen Raum. Ein Vorraum, wie Bucher feststellte. Sie standen nun vor einer großen Metalltüre. Wellberg zog eine Chipkarte und wedelte damit vor einem hellgrauen Plastikkästchen herum. Nach einem Piepen ertönte ein Klacken und die Türe sprang einen Spalt weit auf. Das Archiv. Bucher war durchaus beeindruckt. Nicht so chaotisch wie im Aktenkeller bei ihnen im Amt. Hier beinhalteten moderne, computergesteuerte Hydroregale Kästen, Akten, Rollen und Papierstöße. Wellberg ging in einen der Regalgänge, hielt seine Karte vor ein weiteres Kästchen und betätigte dann einen Steuerungsknopf. Die Regalböden setzten sich in Bewegung und fuhren einer nach dem anderen an den beiden vorbei. Wellberg stoppte die Hydraulik, suchte kurz in einem Stapel Akten und zog schließlich ein gebundenes Papierstück heraus. Er reichte es Bucher, ohne ihn dabei anzusehen, und ging zum Ausgang.

Der hob den Papierpacken vor Wellbergs Nase. »Vielen Dank. Sie erhalten es bald wieder zurück.« Dann drehte er sich gut gelaunt um und ging. Von Wellberg hörte er keinen Ton mehr.

Er hatte den Ausgang schon fast erreicht, als er von schräg hinten eine bekannte Stimme hörte. »Und? Haben Sie Dr. Wellberg gefunden?«

Er drehte sich um und blickte in die dunklen Augen der Frau, die ihm den Weg gewiesen hatte, blieb stehen und wartete, bis sie ihn erreicht hatte. Sie gingen gemeinsam weiter.

»Arbeiten Sie mit Dr. Wellberg zusammen?«, konnte er seine Neugier nicht beherrschen. Sie lachte und antwortete mit einem lang gezogenen »Neiiin«.

Bucher sah sie überrascht und fragend an. »Wie soll ich das deuten?«

»Mit Dr. Wellberg kann man nicht zusammenarbeiten«, lautete die spöttisch klingende Antwort.

»Weshalb?«

Sie überlegte einen Augenblick.

»Er ist sehr zielstrebig«, sagte sie, jetzt mit einem zynischen Unterton.

»Den Eindruck habe ich auch gewonnen«, entgegnete Bucher, der merkte, dass sie sich sehr vorsichtig ausgedrückt hatte.

»Welche Stellung hat Dr. Wellberg denn hier im Institut?«

Sie blieb stehen und sah ihn verwundert an.

»Sie wissen nicht viel über ihn, oder? Sie sind kein Wissenschaftler?«

»Nein. Ich bin kein Wissenschaftler. Ich habe ... sagen wir ... nur kurzfristig und am Rande mit Dr. Wellberg zu tun. Eine persönliche Angelegenheit.«

Sie gingen weiter. »Nun. Er ist ein ehrgeiziger Forscher und ist als zukünftiger Institutsleiter im Gespräch. Und er hat tatsächlich gute Chancen ... einer, der alles dafür gäbe.«

Bucher ließ ein »Mhm« hören. Sie liefen auf den großen Lichthof des Ausgangs zu. Er nahm noch einen tiefen Blick aus den herrlich dunklen Augen, die ihn einladend ansahen. Einen Augenblick zögerte er. Nein. Er verabschiedete sich und ging, unzufrieden.

Eile war jetzt angesagt, um noch rechtzeitig im Büro anzukommen. Er wollte Dr. Molle diese Studie wenn möglich noch heute geben, dass der sich schon mal damit beschäftigen konnte. An der Pforte kamen ihm Trauben von Leuten entgegen, die sich bereits auf dem Heimweg befanden. Einige riefen ihm zu, dass er in die falsche Richtung gehen würde. Schnell zwängte er sich durch die automatische Zutrittskontrolle, nahm auf der Treppe zwei Stufen auf einmal und hastete weiter zur Kriminaltechnik. Der Einsatz wurde belohnt. Dr. Molle war schon am Gang. Noch etwas außer Atem übergab er ihm Wellbergs Werk, mit der Bitte, es durchzusehen und ihm mit für einen Polizisten verständlichen Worten näher zu bringen. Molle grumelte etwas Unverständliches, packte die Studie in seine Tasche und machte sich auf den Heimweg.

»Ist übrigens als geheim eingestuft!«, rief Bucher ihm nach und sah nur eine wegwerfende Handbewegung. Er atmete tief aus und lief nun in ruhigeren Schritten hinüber zu seinem Büro. Aus der nur angelehnten Türe zu Lara Saiters Büro drang ein Strahl kalten Neonlichts und Wortfragmente eines ruhigen Gesprächs. Bucher klopfte zweimal kurz an und zog die Türe auf. Lara Saiter saß auf ihrem Stuhl in der hinteren Ecke, eingekeilt vom Schreibtisch vor ihr und von zwei Stühlen, die den Zugang versperrten. Hartmann und Batthuber saßen dort. Beide hatten die Stuhllehne zwischen die Arme genommen.

»Fehlt nur noch die Kerze«, lautete seine Begrüßung. Er warf seinen Mantel über einen Stapel Akten. Die anderen schauten ihn erwartungsvoll an.

Er nahm die Blicke auf. »Ihr braucht gar nicht so zu gucken. Bei mir gibt es keine Neuigkeiten. Der Stiftungspräses wohnt in einem, sagen wir, angemessenen Herrenhaus. Sehr vornehm. Wellbergs Studie habe ich gerade Dr. Molle gegeben. Den habe ich gerade noch am Gang erwischt.«

Er sah sich auf dem Schreibtisch um, »Gibts hier keinen Kaffee, Tee oder Glühwein mehr?«

»Tee?«, fragte Batthuber und stand auf. Bucher nickte. Batthuber ging und holte eine Tasse Tee.

»Mich könntest du auch mal so bedienen ... Kollegchen!?«, nölte Hartmann.

Bucher schlürfte vorsichtig und sah mit neugierigem Blick über den Tassenrand.

Lara Saiter begann. »Staffer ist unser Mann. Er ist als

Tagungsteilnehmer in Hannover gemeldet und hat heute an der Rezeption im Tagungszentrum sein Namensschild abgeholt.«

»Wie sicher können wir sein?«, fragte Bucher in die Runde und setzte die Tasche am Tisch ab.

»Absolut sicher?«, schmunzelte Batthuber.

Bucher zog den Kopf fragend zurück.

»Komma ... weil?«

»Wir haben unser Phantombild den Kollegen von der Kripo Hannover ...«, er sah zu Batthuber, » ... gepostet.«

»Sehr gut, Alex«, sagte der lobend. Bucher wusste mit diesem Insiderdialog nicht viel anzufangen, hatte im Moment auch wenig Interesse für die Kappeleien der beiden.

Hartmann atmete tief und hörbar durch, bevor er weiterinformierte. »Die haben das ausdrucken lassen und eine Kollegin von denen ist ins Tagungszentrum gefahren, hat sich dort ein wenig umgesehen. Sie hat uns inzwischen mitgeteilt, dass erstens das Namensschild abgeholt wurde und zweitens ...« Hartmann ließ eine etwas zu dramatische Pause entstehen, »... auch vom richtigen.«

Bucher blies anerkennend Luft durch die Lippen, dass es ploppte, und sah anerkennend in die Runde. Das war gute Arbeit.

Alex wandte sich an Bucher. »Das Ding mit der Stiftung und dem Präses ist aber auch ein starkes Stück. Was machen wir mit dem Kerl. Fahren wir hoch und nehmen ihn hopps? Das traute Pärchen aus dem Heim ruft den doch jetzt an, das ist doch klar, oder?«

Bucher wog den Kopf und zog die Lippen übereinander. »Das schon«, meinte er nachdenklich, »aber, ... was will er denn. Wenn er sich davonmacht, dann haben wir ihn doch eh gleich. Und er lieferte uns mit einer Flucht ja die Grundlage für einen Haftbefehl. Im Moment haben wir ja noch gar nichts. Wenn er also stiften geht, gebe ich ihm eine Woche und unsere Zielfahnder liefern ihn hier bei uns ab. Diese Kerle reiten ja mit Kamelen durch die Gobi, wenn es darum geht, ihre Zielperson nach Hause zu holen. Also, wir eskalieren die Situation jetzt nicht. Wir warten ... bis er hier ist.«

Hartmann brummte und sah überhaupt nicht begeistert drein.

Lara Saiter war Buchers Meinung und sagte zu ihm: »Alex, wir haben bisher nichts in den Händen außer eurer Zeugin, dieser Frau Knoller. Gut, sie hat das Phantombild geliefert, besser gesagt, diese Typbeschreibung. Auch noch unter schwierigen Verhältnissen ... ihr Alter ... die Sehkraft ... es war dunkel und es gab keine direkte Sicht auf die Person. Eine Gesichtsbeschreibung kann sie nicht liefern. Wenn wir jetzt einen Haftbefehl beantragen, dann müssen wir die Karten auf den Tisch legen. Und wir haben keine Spuren ... keine DNA, keine Fingerabdrücke, nichts!«

Batthuber unterstützte sie mit einem Nicken.

»Das stimmt schon, Lara,«, wandte Hartmann ein, »... aber vergiss nicht, dass unsere Zeugin trotz all der Schwierigkeiten, die du genannt hast, eine ganz passable Beschreibung geliefert hat. Den Kollegen in Hannover hat sie gereicht, um damit die Identifizierung durchführen zu können, sie haben den ... Typ ... herausgefunden. Wenn dieser Staffer kein Alibi hat, dann ist er reif. Da hilft ihm auch kein noch so guter Rechtsanwalt mehr.«

Bucher sagte. »Trotz allem. Wir sind derzeit noch auf ein Geständnis angewiesen. Eine Anklage auf Basis von Indizien können wir vergessen. Jeder vernünftige Staatsanwalt schickt uns damit wieder nach Hause. Unser Verdächtiger hat einen hohen sozialen Status, was eigentlich keine Rolle spielen dürfte, aber trotzdem nicht außer Acht gelassen werden kann. Er wird einen Anwalt nehmen, nichts zur Sache sagen und zwischenzeitlich unsere Zeugin madig machen. Wenn wir also an ihn herantreten, dann wird das eine heiße Sache. Ein Pfarrer, Präses, in hoher Position, mit vielen Verbindungen. Das wird nicht einfach. Daher gehen wir vorsichtig gegen ihn vor.«

Lara Saiter meinte. »Wenn das die Presse mitkriegt, ist es aus mit der Ruhe. Dann müssen wir unsere Struktur verändern.«

Batthuber sah sie fragend an und sie sagte in seine Richtung. »Wir brauchen dann ein, zwei Leute, die sich nur um

Pressearbeit kümmern und uns den Rücken freihalten. Das ist ein schwieriger Job.«

»Was habt ihr denn überhaupt über diese Stiftung?«, wollte Bucher von Hartmann wissen.

Der schüttelte den Kopf. »Noch nichts. Da ist heute nichts gegangen. Morgen dann.«

Bucher gab sich damit zufrieden und fragte nicht nach, was sie gehindert hatte. Er meinte nur. »Vergesst dieses Ehepaar Thonn nicht. Woher kommen die, wie lange sind sie zusammen, seit wann in der Stiftung und so weiter ... ihr wisst schon.«

Hartmann hob beschwichtigend seine Hand. Er wusste schon, was alles nötig sein würde. Bucher entschuldigte sich mit einem kurzen Blick.

»Lara, du übernimmst die Familie Staffer. Wenn ihr fertig seid, setzen wir uns zusammen und schauen uns an, wo wir den Hebel bei unserer Heiligkeit ansetzen können.«

Er unterbrach kurz, bevor er weitersprach. »Wenn er wirklich der Täter ist, dürfen wir uns keine Fehler erlauben.« Die anderen stimmten stumm zu.

»Am Donnerstag ist er also wieder zurück. Wenn wir bis dahin genügend belastende Informationen haben, gehört er uns. Ich hoffe, als Beschuldigter.«

Er stand auf und packte seinen Mantel. »Heute geht sowieso nichts mehr. Ich mache Schluss und lese zu Hause noch ein paar Akten. Wir sehen uns dann morgen.«

Er ging noch kurz in sein Büro, packte seinen Kram zusammen und machte sich auf den Heimweg. Er dachte über die neue Situation nach. Staffer, die Stiftung. Das war ein erster ernsthafter Ansatzpunkt in den Ermittlungen. Ein Pfarrer! Und eine solche Tat? Wie konnte das bitte zusammenpassen?

Zu Hause angekommen, hörte er den Anrufbeantworter ab, aß ein wenig Käse, trank mehr Wein dazu, als notwendig war und gut tat. Dann holte er den Prospekt mit den bretonischen Ferienhäusern hervor und blätterte darin. So rechte Urlaubsstimmung mochte nicht aufkommen. Auf einer Doppelseite fand er eine Landkarte der Bretagne. Darin waren die frühzeitlichen Sehenswürdigkeiten an den entsprechenden Orten eingezeichnet. Bucher betrachtete die Symbole für Dolmen und Menhire und blieb unvermittelt daran hängen. Irgendwie fesselten und beschäftigten ihn diese Darstellungen. Er betrachtete sie eingehend und fragte sich, weshalb er an diesen Zeichen hängen blieb. Er kam nicht vom Fleck. Der Wein wirkte nun zusehends und er schob den Prospekt zur Seite. In der Nacht träumte er von schönen dunklen Augen und alten Steinplatten. Er schlief unruhig.

Die anderen waren schon ausgeflogen, als er im Büro ankam. Auf seinem Tisch fand er nur einen Notizzettel von Lara, auf dem stand, dass der Kaffee alle war. Bucher machte sich auf den Weg durch die Gänge. Erst wollte er bei Weiss vorbeischauen und ihn über die neue Entwicklung informieren. Der war gerade mit Aktenablage beschäftigt. Auf seinem Schreibtisch türmten sich Stapel an Schriftstücken. Bucher fragte ihn, ob das nicht eine Sekretärin machen könnte.

»Gibt es nicht mehr. Das heißt jetzt Assistentin«, brummte Weiss, »außerdem finde ich dann nichts mehr. Mache ich lieber selbst.«

Bucher nahm in einem der Besucherstühle Platz und berichtete über die Stiftung Johannesberg und Staffer. Weiss ordnete ungerührt weiter Schreiben um Schreiben, kritzelte sein Namenszeichen und Datum darauf und heftete sie in einen der Ordner, die seinen Schreibtisch belagerten.

»Das bedeutet, dass wir am Donnerstag ein entscheidendes Stück in dem Fall vorankommen könnten, oder?«, sagte er, als Bucher geschlossen hatte.

Der stimmte zu und meinte. »Das wird unter Umständen zu heftigen Turbulenzen führen, wenn wir einen Pfarrer festnehmen. Die Presse wird sich auf den Fall stürzen wie Fliegen auf ... du weißt schon.«

Weiss presste ein Brummen hervor und blickte kurz zu Bucher auf, bevor er seine Arbeit fortsetzte, und fragte. »An wen hast du gedacht?«

Bucher musste schmunzeln. Der alte Knochen wusste genau, weshalb er gekommen war. »An die Becker-Schwalm von der Pressestelle.«

Weiss hielt kurz inne, nickte kurz, so als ob er mit dem Ergebnis seiner Gedanken zufrieden sie. »Gut. Ich werde das in die Wege leiten.«

»Danke«, antwortete Bucher, »und noch was. Könntest du Kundermann informieren? Ich habe dazu keine Zeit. Ich soll noch Kaffee besorgen.«

Weiss schüttelte den Kopf und brummte die Akten an. Bucher fasste das als Zusage auf, wünschte ihm noch viel Spaß und machte sich auf den Weg in den Keller, wo sich neben der Werkstatt der Hausmeister und Elektriker das Kaffeelager befand. Er packte einen ganzen Karton mit drei unterschiedlichen Geschmacksrichtungen ein, zahlte und ging zurück zum Büro. Auf dem Weg dahin traf er einige Kollegen, die ihn mit Blick auf den Kaffeekarton fragten, ob er mit neuen Aufgaben betraut worden sei. Er ratschte mit dem ein oder anderem. Der übliche Gangfunk eben. Im Büro angekommen, scrollte er durch die Anrufliste seines Telefons. Es war nur eine Nummer gespeichert und es handelte sich dabei um die der Hauptpforte. Er rief sofort zurück und erfuhr, dass zwei Kollegen für ihn an der Pforte warteten. Er machte sich sofort auf den Weg hinunter, wunderte sich noch, wer da wohl auf ihn warten würde. Als er die beiden Uniformierten im Vorraum der Sicherungsschleuse entdeckte, wusste er, worum es ging. So schnell hatte er die Akte aus St. Pölten nicht erwartet. Kaum dass er zurück im Büro war, klingelte das Telefon schon wieder. Dr. Molle war dran und fragte, ob er Zeit hätte vorbeizukommen. Bucher war verwundert und fragte, ob denn schon ein Ergebnis vorliegen würde. Molle wehrte ab und sagte, dass er das nicht am Telefon besprechen könne.

Im Labor wurde ruhig und konzentriert gearbeitet. Das Surren und Summen der Apparate wurde von leiser Musik eines Radios entzerrt. Bucher ging direkt in Molles Büro und setzte sich unaufgefordert in den alten Lederstuhl. »Guten Morgen«, sagte er, »gleich vorneweg, Molle. Ich habe überhaupt nicht damit gerechnet, dass du so schnell zu Ergebnissen kommst. Ich habe auch keinen Wein dabei.«

Molle saß hinter seinem Schreibtisch und blätterte in der Studie Wellbergs. Er sah kurz zu Bucher auf und winkte ab. »Ist schon gut. Erkläre mir bitte noch mal, welchen Zweck meine Untersuchungen für deine Ermittlungen haben.«

Bucher erzählte kurz von Wellberg und seiner Beziehung zu Maren Hengersberg. Dann ging er auf das ein, was ihm Magda Sterr von Wellberg erzählt hatte. Dass dieser für seine Arbeit ohne Wissen der Beteiligen Genmaterial verwendet und analysiert habe und dabei zu dem Ergebnis gekommen sei, dass Bastian von Hengersberg nicht der Vater von

Maren Hengersberg ist. Molle hörte nachdenklich zu. Als Bucher mit seiner kurzen Schilderung zu Ende gekommen war, stand Molle auf, ging hinaus ins Labor und sagte nur kurz, »Komm mit.«

Er ging zu einem langen Labortisch, über dem an der Wand einer der großen Leuchtrahmen hing. Molle schaltete ihn ein und Bucher erkannte die charakteristischen Liniendiagramme der DNS-Analysen, wenngleich sie ihm überhaupt nichts sagten.

Molle fing an zu erklären: »Also, wir haben uns von der Rechtsmedizin genetisches Material des Opfers kommen lassen und analysiert.«

Er deutete auf den linken Analysebogen. »Das hier ist das Ergebnis. Dann hast du uns dieses Taschentuch gegeben. Wir haben tatsächlich verwertbares Material auswerten können, wenngleich es ziemlich schwierig war. Das Ergebnis der Analyse siehst du hier.« Er wies nach rechts auf eine Folie, die im Leuchtrahmen hing. »Wir haben mittels zwei verschiedener, derzeit anerkannter Methoden ein Abstammungsgutachten mit den beiden DNS-Proben durchgeführt.« Er reichte Bucher einen Ausdruck. Bucher überflog kurz den Text, der so voller Fachausdrücke war, dass er überhaupt nichts damit anfangen konnte. Er schaute Molle fragend an. Der grinste, »Tja, mein Lieber. Ohne die moderne Technik währt ihr wirklich aufgeschmissen. Aber nun zum Ergebnis. Beide DNS-Muster wurden in dieser Studie verwendet und dein Opfer ist zweifelsfrei die Tochter desjenigen, der das Material in dem Taschentuch hinterlassen hast.«

Bucher schaute ihn ungläubig an und schüttelte den Kopf. »So langsam verstehe ich gar nichts mehr.«

»Wieso. Wenn du keine Zweifel gehabt hättest, wärst du doch nie auf die Idee gekommen, das noch mal von uns überprüfen zu lassen«, antwortet Molle und packte die Analysebögen zusammen.

»Das schon. Ich hatte aber nur einen leisen Zweifel. Ich wollte einfach nur Sicherheit.«

»Die hast du jetzt.« Molle ging mit den Papieren in der Hand zurück in sein Büro. Bucher folgte ihm.

»Und was ist mit dieser Studie?«, fragte er.

»Ganz interessante Sache. Der Kerl ist wirklich gut. Mit deinem Fall hat die aber wohl weniger zu tun. Die Genanalysen vom Taschentuch habe ich gefunden und auch die von dem Opfer.«

»Und?«

»Noch was. Ich weiß ja nicht, wie vertrauenswürdig deine Informantin ist. Die beiden Proben tauchen nicht innerhalb einer Versuchsreihe auf.«

»Was bedeutet das genau?«

»Dieser Wellberg hat in seiner Arbeit keinen Abstammungsvergleich dieser beiden Proben durchgeführt. Vielleicht hat er ihn durchgeführt und hier nicht erfasst. Wenn er ihn aber gemacht hat, kann niemals herausgekommen sein, dass keine verwandtschaftliche Beziehung besteht.«

Bucher schüttelte den Kopf und sah zur Decke.

»Das bringt dich wohl nicht so entscheidend weiter, oder?«

»Tja. Ich weiß im Moment nicht so recht, was ich damit anfangen soll.«

Molle packte alle Papiere zu einem Stoß zusammen und schob sie Bucher zu.

»Ich habe alles kopiert. Die Studie kannst du diesem Wellberg wieder zurückgeben.«

Bucher nahm den Papierstapel und verabschiedete sich.

Als er schon durch die Tür gegangen war, drehte er sich herum und fragte Molle, der noch hinter seinem Schreibtisch saß. »Geht ein 95er Coufran in Ordnung?«

Molle sah verzückt zur grauen, schmuddeligen Decke.

Bucher lief einen Umweg über den Innenhof. Er wollte sich jetzt nicht einfach so ins Büro setzen. Mit den neuen Informationen konnte er im Moment nicht viel anfangen. Sie passten überhaupt nicht zusammen. Nichts passte hier zusammen! Er lief durch die kalte Dezemberluft, nahm den Eingang zur Tiefgarage und gelangte über die dunklen Katakomben schließlich doch an seinen Schreibtisch. Er suchte die Telefonnummer von Magda Sterr hervor und rief an. Es war inzwischen schon Mittagszeit. Niemand meldete sich. Also beschloss er, selbst dort vorbeizufahren. Magda Sterr war sicher in der Firma anzutreffen. Er packte Handy, Wellbergs Studie und seinen Notizblock. Als er den Klingelknopf unter der Aufschrift ARTIM drückte, surrte gleich darauf der Türöffner. Hatte er doch richtig gelegen. Magda Sterr war überrascht, aber doch erfreut, ihn zu sehen, als sie die Türe zu ihrem Büro öffnete.

»Kaffee?«, war ihre erste Frage.

»Gerne«, seine Antwort. Er zog, während er ihr folgte, seinen Mantel aus und stopfte den schwarzen, warmen Kaschmirschal in den Ärmel.

»Was gibt es?«, fragte Magda Sterr, während sie ihm eine Tasse Kaffe einschenkte.

»Interessante Neuigkeiten, denke ich mal«, sagte Bucher und tat Milch und Zucker in die Tasse.

»Sie erzählten mir, dass Frank Wellberg Maren Hengersberg eröffnete, dass sie nicht die Tochter von Bastian von Hengersberg sein konnte. Und dass daraufhin die Beziehung auseinander ging.«

Magda Sterr bestätigte seine Aussage.

»Nun, Frau Sterr, ich habe das noch mal von unseren DNS-Experten überprüfen lassen und wir sind auf ein interessantes Ergebnis gestoßen. Maren Hengersberg ist zweifelsfrei die Tochter von Bastian von Hengersberg. Wir haben uns auch die Studie von Frank Wellberg angesehen. Er hat die DNS-Daten von Maren und ihrem Vater dort zwar verwendet, jedoch nicht in einem gegenüberstellenden Vergleich zu Zwecken einer Abstammungsanalyse.«

Magda Sterr sah ihn mit großen Augen und offenem Mund an. Sie war sprachlos. Damit hatte sie nicht gerechnet. Bucher saß schweigend da und trank seinen Kaffee. Es dauerte eine Weile, bis Magda Sterr fragte. »Wissen Marens Mutter und ... und Bastian schon davon?«

»Nein. Ich habe es erst heute Morgen erfahren und wollte vorher mit Ihnen darüber sprechen, weil ich aus der Sache nicht schlau werde. Ich bitte Sie auch dringend das für sich zu behalten. Ich möchte mir über diese Sache Gewissheit verschaffen. Ich frage mich nur, welchen Grund könnte Frank Wellberg denn gehabt haben, so eine Aussage in die Welt zu setzen. Er hätte doch damit rechnen müssen, dass Marens Mutter zumindest auf die Idee kommt, seine Behauptung infrage zu stellen.«

Magda Sterr schüttelte den Kopf. »So ein Idiot! Natürlich hat niemand das überprüft. Wäre ja auch zu peinlich. Und Marens Mutter hatte zu der Zeit ja auch ein Verhältnis. Das hätte also von daher wirklich sein können ... so ein verdammter Kerl.«

Sie sah Bucher fassungslos an. »Was kann man denn gegen so jemanden unternehmen. Der hat doch eiskalt gelogen. Das hat der doch nur gemacht, um Maren und ihrer Familie wehzutun, dieser Mistkerl.« Sie geriet richtig in Rage.

»Sie haben also auch keine plausiblere Erklärung dafür?«, fragte Bucher.

»Nein. Absolut nicht. Er hatte doch auch gar nichts davon. Er wollte wohl einfach nur nachtreten, so würde ich das einschätzen.«

»Sie meinen, die Beziehung zwischen den beiden war eigentlich schon keine mehr?«, fragte Bucher nach.

»So in etwa. Ich weiß es nicht genau. Ich kann mir das Ganze auch nicht erklären. Es scheint ihm nur darum gegangen zu sein, Maren zu verletzen. Gleich wie«, antwortete sie, immer noch fassungslos.

Bucher trank den letzten Schluck Kaffee und stand auf.

Sie blieb sitzen und fragte. »Wann werden Sie es Marens Eltern mitteilen?«

»Ich weiß noch nicht. Wir müssen erst noch einige Dinge intern abklären.«

Bucher überlegte, wie er der Staatsanwältin das Ergebnis beiläufig mitteilen könnte, oder ob dies überhaupt geschehen musste.

Sein Weg nächster Weg führte ihn zum Institut. Inzwischen kannte er sich aus. Er holte die Information, welches Labor Frank Wellberg gerade gebucht hatte, und eilte durch die Gänge, bis er vor Wellbergs Arbeitszimmer angekommen war. Ohne anzuklopfen, öffnete er die Türe. In dem überraschend großzügigen Raum saßen einige Personen um einen runden Tisch und waren in einem Wust an Papieren vertieft, der sich über den Tisch verteilte. Am Boden standen Thermoskannen. Sie sahen erstaunt auf, als Bucher plötzlich im Raum stand. Er ging auf Wellberg zu, der noch nicht dazu gekommen war, etwas zu sagen, und warf die Studie auf den Tisch. »Vielen Dank für Ihre Mitarbeit, Herr Wellberg. Leider stimmt der Inhalt Ihrer Arbeit nicht mit dem überein, was Sie der Familie von Hengersberg mitgeteilt haben. Gehen Sie davon aus, dass die Sache Konsequenzen für Sie haben wird. Bastian von Hengersberg wird sicher froh darüber sein, was wir ihm mitteilen werden. Leider ist es für seine Tochter zu spät. Auf Wiedersehen!«

Er drehte sich um und ging, ohne die Tür zum Büro zu schließen. In der Geschäftsstelle des Instituts fragte er nach den Protokollen des Zugangssystems. Eine freundliche Sekretärin erklärte ihm, dass es das so nicht gäbe. Tagsüber habe man einen Pförtnerdienst. Nur nach neunzehn Uhr und an Wochenenden war der Zugang mit einer Chipkarte möglich und wurde dann auch protokolliert. Bucher fragte, ob er erfahren könnte, wann Dr. Wellberg vor drei Wochen zwischen Freitag und Montag durch das Protokollierungssystem erfasst worden sei. Die Sekretärin stutzte und meinte, dass sie keine Daten darüber herausgeben könne. Sie war sich aber nicht sicher, wie Bucher merkte. Er legte seinen Dienstausweis auf den Schreibtisch und erklärte ihr, dass es um Ermittlungen in einem Mordfall ginge und er im Rahmen einer Routineüberprüfung Dr. Wellbergs Zugangsdaten benötige. Es ginge ja nur darum, mittels der Akten festlegen zu können, dass Dr. Wellberg im fraglichen Zeitraum hier im Labor gewesen sei. Sie zögerte einen Augenblick und machte sich dann doch daran, auf ihrer Computertastatur herumzutippen. Während der Drucker sich piepsend warm machte, fragte sie Bucher. »Ich muss den Institutsleiter Prof. Nieber davon informieren.« Während sie das sagte, notierte sie sich Buchers Daten vom Dienstausweis.

»Eine Frage ... « sie flüsterte über den Tresen hinweg, zurückhaltend, zögernd, » ... hat Dr. Wellberg etwa Schwierigkeiten?«

Es klang fast so, als würde sie sich freuen, wenn Bucher ihre Frage bejahte. Er zwinkerte ihr aber nur verschmitzt zu und nahm die Ausdrucke entgegen.

»Vielen Dank. Sie haben mir sehr geholfen. Und grüßen Sie bitte auch Herrn Professor Nieber von mir.«

Er verließ das Institut. Für Gesprächsstoff in den Gängen war gesorgt. Wellberg hatte spätestens jetzt Schwierigkeiten. Bucher beeilte sich, rief noch auf der Rückfahrt die Staatsanwältin an. Sie vereinbarten, dass gegenüber Staffer äußerst vorsichtig ermittelt werden sollte. Man wollte keine Scherereien, solange nicht wirklich handfeste Beweise vorlagen. Er erwähnte die Sache mit Wellbergs Studie und den Kontrollanalysen mit keinem Wort. Dazu war später noch Zeit. Irgendwann später.

Lara Saiter saß vor dem Computer und tippte ihren Bericht, als Bucher eintrat. Sie sah kurz zu ihm auf und schrieb weiter. Keine Neuigkeiten. Er stellte keine Fragen und ging wieder. Er setzte sich vor seinen PC und begann ebenfalls Berichte zu schreiben, was wieder einmal mehr Zeit in Anspruch nahm, als er dafür eingeplant hatte. Die Staatsanwaltschaften und Gerichte wollten einfache, klare Schreiben. Als er endlich fertig war, holte er Wellbergs Zugangsdaten heraus. Am Samstag buchte sich Wellberg um elf Uhr vierunddreißig ein. Zwischen vierzehn Uhr achtunddreißig und fünfzehn Uhr siebzehn hatte er das Institut verlassen, um dann wieder bis dreiundzwanzig Uhr achtunddreißig zu arbeiten. Am Sonntag buchte Wellberg sich um dreizehn Uhr sechzehn ein. Um siebzehn Uhr vierundfünfzig verließ er das Institut und kam wieder um neunzehn Uhr zweiundvierzig und blieb bis Montag früh um zwei Uhr elf. Bucher rechnete. Wie lange brauchte man vom Institut bis zu Marens Wohnung und wieder zurück? Unter optimalen Bedingungen war es zeitlich sicher zu schaffen. Gleich wie. Ein perfektes Alibi sah anders aus. Sie würden an einem Sonntagabend testen müssen, in welcher Zeit die Strecke zu bewältigen war. Wellberg war vorerst noch nicht aus dem Rennen und Bucher wusste nicht, ob er darüber froh sein sollte. Er schmiss die Ausdrucke auf seinen Schreibtisch und ging hinüber zu Lara Saiter. Die heftete gerade Blätter zusammen.

Bucher beneidete sie um die präzise Arbeitsweise. Sie blinzelte ihm zu.

»Wie ging es dir?«

»Nichts Halbes und nichts Ganzes. Und dir?«

Sie zögerte einen Augenblick. »Wie man es nimmt. Ich bin mir noch nicht so ganz im Klaren darüber. Aber lass dich einfach überraschen. Ist Kaffee da?«

»Jaja. Ich habe deinen Auftrag ausgeführt.«

Sie lachte und kniff ihm in den Arm, als sie zum Besprechungsraum ging. Bucher hörte Hartmann und Batthuber laut diskutieren, als sie den Gang entlangkamen. Er ging ihnen entgegen und deutete auf das Besprechungszimmer. Diese ständige Dunkelheit machte ihn langsam nervös. Wann wird es endlich wieder lange, lichte Tage geben!?

Er schaltete die Lampen an und begann von seinen Ergebnissen zu erzählen. Die anderen waren einigermaßen überrascht vom wirren Verhalten Wellbergs. Auch sie fanden, dass die Abwesenheitszeiten, die sich aus dem Zugangsprotokoll ergaben, nicht unbedingt ein stichhaltiges Alibi liefern konnten. Batthuber freute sich schon darauf, in Bestzeit von München nach Augsburg zu rasen. Dann berichtete Lara Saiter von ihren Ermittlungen, die Familie Staffer betreffend.

»Also Leute, macht es euch mal gemütlich. Ich habe mich sehr intensiv mit Reinhold Gottfried Staffer beschäftigt. Kurz zu seiner Person. Er ist dreiundfünfzig Jahre alt. Abitur hat er mit achtzehn Jahren in München am Henisiusgymnasium gemacht, danach sofort Ausbildung zum Pfarrer in Neuendettelsau. Er hat nicht an einer ... normalen ... Universität studiert, sondern in einem so genannten kirchlichen Studienseminar. Das ist wohl da droben, in Neuendettelsau, irgendwo in Franken. Am Ende seines Studiums folgten zwei Jahre als Vikar in Neu-Ulm, dann für weitere zwei Jahre Gemeindepfarrer in so einem kleinen fränkischen Kaff. Hat es da aber nur knapp zwei Jahre ausgehalten. Er kam wohl mit dem Job als Pfarrer oder mit seiner Gemeinde nicht so zurecht. Genaueres habe ich nicht erfahren können. Er ist dann zurück nach München und war im Landeskirchenamt für Liegenschaften und – hört, hört! – Stiftungswesen zuständig. Wurde Kirchenrat und blieb in dieser Funktion, bis er Präses der Stiftung Holtern wurde.«

Sie trank einen Schluck Kaffee. Als keine Fragen von den andern kamen, fuhr sie fort. »Staffer stammt aus einer so genannten Pfarrersdynastie. Sein Vater war ... natürlich auch Pfarrer, ebenso ein Onkel. Ein weiterer enger Verwandter war Theologieprofessor in Erlangen und eine Tante Diakonisse. Staffers Vater ist sehr früh gestorben. Da war Staffer zehn Jahre alt. Er ist dann auf einem Bauernhof aufgewachsen, als Jüngster von vier Geschwistern. Seit neunundzwanzig Jahren ist er mit seiner Frau Anneliese verheiratet. Sie haben drei Kinder. Zwei Töchter und einen Sohn. Alle drei studieren noch. Seine Frau, geb. Kramerbach, stammt aus kleinbäuerlichen, nicht sehr betuchten Verhältnissen und hat noch fünf Geschwister. Von dieser Familie weiß ich nichts Näheres. »Nachdem ich die Standesämter durchforstet hatte, dachte ich mir, dass die Finanzen der Familie ganz interessant wären, und habe da mal nachgehakt. Also. Weder Staffer noch seine Frau stammen aus sehr reichen Verhältnissen. Es gab bei beiden in den letzten Jahren keinerlei größere Erbschaften oder dergleichen. Die Familie wohnt seit fünf Jahren in einem Herrschaftshaus in Oettingen.«

»Wieso erst seit fünf Jahren?«, fiel Bucher ein, »er ist doch schon seit neun Jahren Präses.«

»Das stimmt schon. Das Haus in Oettingen hat ja auch erst Staffer gekauft, für die Stiftung. Es gehörte vorher gar nicht zum Stiftungsbesitz, hatte damit gar nichts zu tun. Lediglich dieser Oettinger Adel war mit der Stiftung irgendwie verquickt. Nein. Staffer hat sich das nette Häuschen, als es zum Verkauf stand, für sechshunderttausend geleistet.«

»Euro!?,«, fragte Hartmann.

»Was sonst, allerdings renovierungsbedürftig!«, sagte sie mitleidsfrei, wissend, dass Hartmann sicher die Finanzierung eines solchen Geschäfts anhand seines Einkommens durchrechnen würde.

»Aber wartet ab, es wird noch spannend. Das Haus in Oettingen gehört also der Stiftung Holtern. Das geht aus den

Grundbucheinträgen eindeutig hervor. Hochinteressant finde ich, dass die Staffers eine große Eigentumswohnung in München besitzen. Sie ist an die ... evangelische Landeskirche vermietet, die da Mitarbeiter unterbringt. Staffer hat diese Wohnung in den ersten vier Jahren seiner Tätigkeit als Präses erworben. Dann geht es weiter. Jedes seiner Kinder besitzt eine eigene Eigentumswohnung. Ihre treu sorgenden Eltern haben in den letzten drei Jahren jedem eine Wohnung gekauft. Zwei ihrer Kids studieren in München, eine Tochter in Nürnberg. In den letzten neun Jahren hat die Familie Staffer insgesamt sechshunderttausend Euro für Immobilien ausgegeben.«

»Zinssatz, Tilgung, Restschuld!?«, fragte Hartmann bissig. Das war sein Thema. Sicher hatte er schon alle Zahlen parat.

»Vergiss es, Alex. Die Eigentumswohnung in München haben die Staffers mit einem Darlehen der Stiftung Holtern erworben. Der Kaufpreis betrug damals gute vierhunderttausend Euro.«

»Und?«, fragte Bucher.

»Tja, bis heute hat Staffer nicht einen Cent an die Stiftung zurückgezahlt. Weder Zinsen noch Tilgung.«

Bucher sah Lara fragend an. »Woher weißt du das?«

Sie zuckte mit den Schultern. »Ich habe die Kontoauszüge der letzen Jahre durchgearbeitet ... es geht aber noch weiter.«

»Du hast was!?«, platzte Bucher erschrocken heraus und sah sie mit offenem Mund an. Lara Saiter machte gelassen weiter. Er erhielt keine Antwort.

»Auch für die drei Appartements, die die Staffers für ihre Kinder erworben haben, existiert kein Hypothekenkredit einer Bank. Die Beträge wurden von Staffer zum Fälligkeitsdatum bezahlt. Und zwar von einem Unterkonto seines Girokontos. Das war erspartes Geld. Fremdzugänge konnte ich nicht finden.«

»Sparsame Familie«, meine Hartmann.

»Fazit!?«, fragte Bucher.

»Liegt meines Erachtens klar auf der Hand. Sie leben ausschließlich von der Stiftung Holtern. Wie genau das funktioniert, weiß ich noch nicht, denn das Steuergeheimnis existiert leider wirklich «, womit sie zum Ausdruck brachte, dass dies für das Bankgeheimnis nicht galt. »Staffer kassiert sein Gehalt, nicht eben gering, nebenbei bemerkt, und muss nichts für Miete, Auto und was weiß ich nicht alles, ausgeben. Erbschaften, Lottogewinne. Da waren keine großen Geldeingänge. Lediglich das Darlehen und eine Art Abräumsparen auf das Unterkonto. Ich sage euch, da ist mir richtig schwindelig geworden bei den Zahlen ... und was noch interessant ist ... die Konten der Familie Staffer befinden sich bei einer Privatbank in Wiesbaden. Also nicht bei einer örtlichen Sparkasse. Ich denke, er wollte damit verhindern, dass jemand aus der Region stutzig wird. Das fällt in einer Bank, die ihre Pappenheimer kennt, doch auf, dass da was nicht stimmt. Was ich noch nicht weiß, ist, wie er die großen Summen verbucht hat, aber das ist im Moment, denke ich, zweitrangig.«

Die andern stimmten ihren Vermutungen und Analysen zu.

Batthuber fragte ungläubig. »Aber bei der Stiftung reden doch noch andere Leute mit. Der Staffer kann doch nicht über das Vermögen verfügen, wie er will.«

»Stimmt«, sagte Lara Saiter und sah zu Hartmann, »aber da habe ich keine Infos ... das mit der Stiftung war ja auch euer Job. Nur noch etwas zu Staffer. Man sagt, er habe hervorragende Beziehungen zu den wichtigen Leuten in der Landeskirche. Das ist die offizielle Version.«

Bucher ging auf die Kunstpause ein und fragte nach der inoffiziellen Version.

»Es gibt Leute, die andere Worte finden. Mich haben die Formulierungen gewundert, die ich zu hören bekommen habe. Die gleichen wie bei uns in der Firma, so manchmal. Blender, Glücksritter, Pressegeilo.«

Alex stieß ein Lachen aus. »Das haben dir Pfarrer gesagt!?«

»Sagen wir eher, Kirchenmitarbeiter.«

»Ja Bravo!«, kommentierte Batthuber.

»Eines muss uns klar sein. Staffer ist mit allen Wassern gewaschen und er hat Leichen im Keller liegen ... und wohl nicht nur zwei, drei.«

»Zum Schluss aber noch eine kleine Überraschung – bitte herhören! Ich bin die ganze Routinekiste durchgegangen und habe tatsächlich die Liste von Staffers Abiturklasse erhalten. Mir ist dabei ein Name aufgefallen ... Thonn ... Jakob Thonn. Es ist übrigens der Thonn, der mit seiner Ehefrau die Leitung draußen in Holtern hat. Und was noch viel schöner ist, es gibt eine Kriminalakte über ihn. Gelobt sei der schlampige Umgang mit den Bestimmungen des Datenschutzes. Die Akte hätte nämlich gar nicht mehr greifbar sein dürfen.«

Sie sah in die erwartungsvollen Gesichter ihrer Kollegen, bevor sie weitersprach. »Also Thonn war bis vor zehn Jahren Geschäftsführer einer Maschinenbaufirma bei Biberach. Die Firma ging Bankrott und Thonn wurde angeklagt wegen Untreue und Konkursverschleppung. Untreue war nicht nachweisbar, aber der zweite Anklagepunkt hat gezogen. Er hat zehn Monate auf Bewährung erhalten und eine saftige Geldstrafe. Die Akte hätte schon vor drei Jahren ausgesondert werden müssen. Ist aber wohl irgendwie hängen geblieben. Ermittelt hat damals die Kripo in Tübingen. Thonn war dann gut drei Jahre arbeitslos und hat dann ... welch glückliche Fügung des Schicksals ... als Geschäftsführer bei seinem alten Schulfreund Staffer angeheuert. Das war vor über sieben Jahren.«

Hartmann sagte, »Lara, du machst mir Angst.«

»Danke. So ... und jetzt will ich was von euch hören, Jungs«, sagte sie zu Hartmann und Batthuber gewandt.

Hartmann sortierte seine Gedanken. »Da können wir schwer mithalten. Aber ein bisschen was haben wir schon auch rausbekommen und es fügt sich gut mit deinen Erkenntnissen zusammen.«

»Die Stiftung ist vor über hundert Jahren von einer allein stehenden Baronin von Holtern gegründet worden. Die Verwaltungsarbeiten erfolgen durch so genannte Stiftungsorgane. Die bestehen aus dem Vorstand, der in diesem Fall Präses genannt wird, also Staffer. Dann ist ein Geschäftsführer erforderlich, der Herr Thonn. Weiter gibt es einen Verwaltungsrat. In diesem sind Staffer und Thonn vertreten, sowie drei weitere Personen. Aktuell ein pensionierter Kreisdekan aus Regensburg, der in Augsburg seinen Ruhestand verbringt und ...«

Lara Saiter unterbrach Hartmann mit der Frage, was denn ein Kreisdekan sei.

Hartmann erklärte, dass es so etwas Ähnliches wie ein Bischof sei, nur auf Evangelisch, dann machte er weiter. »Also dieser Kreisdekan ist schon seit fast zwanzig Jahren Mitglied im Verwaltungsrat und inzwischen dreiundachtzig Jahre alt. Bei den beiden anderen Personen handelt es sich um einen Notar Dr. Altenburg, der inzwischen auch im Ruhestand ist. Sein Sohn hat inzwischen die Kanzlei übernommen. Die ist wiederum die Notarkanzlei, der das Vertrauen der Stiftung Johannesburg gehört.«

Bucher schüttelte den Kopf. »Die kontrollieren sich also selbst. Das ist ja unglaublich.«

Hartmann machte weiter. »Nicht so ganz. Die Angestellte bei der Geschäftsstelle des Registergerichts in Augsburg kannte sich da gut aus. Wie sie uns sagte, gibt es noch einen erweiterten Verwaltungsrat. Der trifft sich einmal im Jahr, wie es in den Statuten festgelegt ist. Bei diesen Treffen werden die großen Vorhaben zur Prüfung und Abstimmung vorgelegt. Aber soweit sie uns erzählt hat, handelt es sich bei diesen Treffen eher um eine Versammlung von inzwischen pensionierten Kirchenmännern, die sich erzählen, was sie alles Tolles geleistet haben, als sie noch in Amt und Würden waren. Inhaltlich werden die Vorlagen des Verwaltungsrates gar nicht diskutiert, sondern wohlwollend abgenickt. Die Brüder und Schwestern der Kirche vertrauen sich eben.«

Hartmann blätterte hektisch in seinen Notizzetteln. Die anderen drei sahen sich stumm und ungläubig an.

Bucher fragte noch mal nach. »Habe ich das gerade richtig verstanden, Alex? ... Staffer und Thonn kontrollieren sich sozusagen selbst?«

»Ja, genau so ist es auch. Es gibt de facto keine Kontrolle«, antwortete Hartmann unbeeindruckt und sortierte weiter seine Zettel.

»Wenn Staffer so viel Geld aus der Stiftung ziehen kann, dann werden die Thonns das auch tun. Habt ihr etwas rausbekommen, wo diese großen Summen eigentlich herkommen?«, fragte Lara Saiter, und zu Bucher gewandt, »das Ehepaar Thonn nehme ich mir noch mal eigens vor.«

Bucher wartete darauf, dass Hartmann weitermachte. Der hatte sein Notizchaos inzwischen in den Griff bekommen.

»Zu den finanziellen Dingen. Also ... die Stiftung finanziert sich grundsätzlich aus einem sehr großen Landbesitz. Dazu gehören einhundertachtzig Hektar landwirtschaftliche Flächen. Die sind allesamt an Bauern verpachtet. Ebenso der Waldbesitz. Das sind noch mal fast dreihundert Hektar. In Augsburg gehört der Stiftung ein Mehrfamilienhaus, dessen Mieteinnahmen natürlich einlaufen, und nicht zuletzt die Zahlungen der Bewohner des Altenstifts sowie Spenden. Diese Einnahmen laufen seit Jahrzehnten auf. Man muss sich die Summen mal vorstellen!«

Er unterbrach und sah in die Runde, dann sprach er bestimmt weiter. »Vor sechs Jahren bekam die Stiftung einen richtig großen Batzen Geld in die Hand. Und zwar aus dem Verkauf eines Grundstücks im Süden von Augsburg. Es hatte eine Größe von etwa zweiunddreißigtausend Quadratmetern. Es entstand damals ein neues Gewerbegebiet und auf dem Grundstück der Stiftung wurde einer dieser gigantischen Möbelmärkte errichtet. Insgesamt kamen etwa sechs Millionen Euro in die Kasse der Stiftung. Das wäre schon mal eine Erklärung, woher das viele Geld gekommen sein kann, von dem Staffer offensichtlich profitiert, oder? Ich denke, die Sache wird jetzt langsam rund.«

Er war mit seinem Bericht am Ende angelangt.

Bucher sah stumm in die Runde. Er brauchte eine Weile, um zu rekapitulieren, was er gehört hatte und auf welchen Sumpf sie da gestoßen waren.

»Also. Wir haben eine Stiftung, die in der Hand von Staffer und seinem ehemaligen Schulfreund Thonn geraten ist. Letzterer kennt sich offensichtlich mit obskuren Geschäften aus, was durch seine Vergangenheit belegt ist. Durch Grundstücksverkäufe kommt Geld in die Stiftung. Daneben gibt es laufende Einnahmen. Gehen wir mal davon aus, dass sich Staffer kräftig an dem Kuchen bedient. Er investiert in ...

ja ... in seine liebe Familie. Immobilien sind ja eine relativ sichere Angelegenheit. Voraussichtlich werden die Nachforschungen bei Thonn das gleiche Bild ergeben. Aber wir suchen ja keine Wirtschaftskriminelle, sondern den Mörder von Maren von Hengersberg. Wo könnte also die Schnittstelle liegen?«

»Also die Frage verstehe ich nicht, Johannes«, sagte Hartmann, »die Hengersberg hatte doch wohl in Sachen Stiftung ermittelt, wenn man das so nennen kann. Das wissen wir. Ich denke, wir können davon ausgehen, dass es die Stiftung Holtern war, die in diesen Mails gemeint war ... und sie hat genau das rausbekommen, was wir auch wissen. Staffer und Thonn bereichern sich.« Er hob die Hände. »Weiß Gott, das war keine schwierige Ermittlungsarbeit. Die fühlen sich so sicher. Die Immobilienkäufe und alles ... da wurde kaum etwas verdeckt oder verschleiert. Keine Luftbuchungen oder so ... die Hengersberg hat das rausbekommen, die Fakten zusammengestellt und Staffer unter Druck gesetzt. Das scheint mir ziemlich klar zu sein.«

»Das klingt zwar alles ziemlich platt und einfach, aber durchaus plausibel«, mischte sich Lara Saiter in das Gespräch.

Bucher hatte seinen Kopf auf die beiden Händen gestützt und sah nachdenklich zu Boden. »Das Motiv sehe ich ja auch. Aber wieso legen sich Staffer und Thonn mit den Bewohnern des Seniorenstifts an? Das sind ja nun nicht irgendwelche Leute. Da stehen ja Familien dahinter, die über Geld, Wissen und Beziehungen verfügen. Wieso dieser Druck? Die beiden hatten den Zugriff auf das Geld der Stiftung doch sowieso. Das Seniorenheim war schließlich auch kein finanzielles Risiko. Doch nicht bei den finanziellen Grundlagen, wie sie Alex gerade aufgezählt hat. Oberflächlich betrachtet ... klar ein Motiv. Aber ich finde das Verhalten von Staffer und Thonn überhaupt nicht plausibel. Und dann dieser Mord. Für mich rückt unter diesen Voraussetzungen auch Thonn in den Kreis der Verdächtigen. Auch wenn die Beschreibung nicht auf ihn passt. Aber denken wir doch noch mal an diese Tatausführung! Vor diesem Hintergrund?«

Er lehnte sich zurück und breitete seine Arme aus.

Zugleich eine fragende und entschuldigende Geste. »Deshalb meine Fragen. Vielleicht bin zu sehr vom Konfirmandenunterricht geprägt und habe einfach Probleme, diese Steinchen, wie sie sich jetzt darstellen, aneinander zu reihen, eins und eins zusammenzuzählen ... auch wenn alles vor uns auf dem Präsentierteller zu liegen scheint.«

Hartmann kratzte sich an der Nase. Lara Saiter spielte mit ihrer Zunge, die sie über die Lippen gleiten ließ. Beide sagten nichts.

»Was machen wir denn jetzt mit dem Staffer?«, fragte schließlich Armin Batthuber.

»Ach ja«, warf Lara Saiter ein, »der fährt übrigens morgen mit dem ICE in Hannover los und wird am Nachmittag in München sein.«

Batthuber schaute erstaunt auf. »Fährt der bis München?«

»Ja. Er hat sich eine Karte, erster Klasse, bis München vom Hotel besorgen lassen. Ankunft ist, wenn man den Fahrplan der Bahn noch ernst nehmen kann, um fünfzehn Uhr siebenundzwanzig am Hauptbahnhof. Vielleicht hat er noch ein berufliches Treffen. Kann ja sein. Am Freitagabend ist er aber ganz sicher in Augsburg, denn da hält er eine Rede. Irgendeine Festrede bei einer Jubiläumsveranstaltung der Diakonie oder so.«

Sie sahen zu Bucher, der entspannt in seinem Stuhl saß und die Tischplatte fixierte. Er war sich über das weitere Vorgehen klar geworden. »Nein. Wir preschen nicht vor. Wir werden ganz vorsichtig mit Staffer verfahren. Druck können wir zu jeder Zeit ausüben. Unser Material ist ja blankes Gift für ihn. Ich möchte daher nichts überstürzen. Was hast du gesagt, Lara!? Er hält eine Rede am Freitag? Vielleicht gehe ich da erst mal hin und höre mir an, was Herr Präses zu sagen hat, was das für ein Typ ist.«

»Das ist aber keine öffentliche Veranstaltung. Ich glaube, da brauchst du eine Einladung«, sagte sie.

Bucher verzog seine Gesicht. »Naja. Mal sehen, wie das gehen könnte.«

Er sah auf seine Uhr, dann zu Hartmann und Batthuber. Schreibt morgen bitte eine Zusammenfassung über eure Ermittlungen von heute. Wenn möglich, Kopien der Register und Grundbuchämter beilegen.«

Er drehte sich zu Lara Saiter. »Und an dich eine Frage. Wie kommst du bitte an die Kontoübersichten von Staffer, Lara!?«

»Altes Familiengeheimnis«, bekam er emotionslos zur Antwort.

»Das dann bitte nicht in den Bericht und noch eine Frage. Kommst du an meine Kontodaten eigentlich auch ran? Wenn ja, kannst du da Änderungen vornehmen ...?«

Sie sah ihn mit einer Pokermiene an. Er ließ weiteres Insistieren sein und schnaubte gespielt resigniert.

»Gut. Wir wissen erst mal genug. Die weiteren Ermittlungen, die die Stiftung betreffen, geben wir an die Spezialisten von der Wirtschaftskriminalität in Augsburg ab. Wir haben genug Material, dass die Staatsanwaltschaft bei unserer Strategie mitzieht. Die sollen den Laden meinetwegen auseinander nehmen. Aber erst dann, wenn wir mit unserer Sache so weit sind und das Okay geben. Unser Fall heißt Maren Hengersberg. Ich spreche das mit der Staatsanwaltschaft ab. Einwände?«

Als sich niemand meldete, hob er die Hände und atmete laut hörbar aus. »Dann erst mal Schluss für heute. Nur noch eine Frage. Falls ich am Freitag in diese Veranstaltung reinkomme, wer von euch will mit?«

Große Begeisterung löste die Frage nicht aus. Batthuber sah sofort weg, als Bucher versuchte Blickkontakt mit ihm aufzunehmen. Hartmann ließ unmotiviertes Murmeln hören, irgendwas von Frau und Kindern war zu verstehen. Lara Saiter sagte schlicht Nein. Sie wollte am Nachmittag zum Einkaufen gehen. Das hatte sie sich schon lange vorgenommen.

VIII.

Später im Büro sah Bucher wieder das Aktenpaket aus St. Pölten auf dem Tisch liegen. Schnell suchte er die Telefonnummer des Kollegen und wählte die Nummer der Vermittlungsstelle, um ein Auslandsgespräch zu bekommen. Er ließ es lange klingeln, doch Höslberger ging nicht mehr ran. Sicher war er schon nach Hause gegangen oder mit Frau und Kind auf einem Christkindlmarkt unterwegs. So stellte Bucher es sich jedenfalls vor. Er steckte die St. Pöltener Akten in seine Ledertasche. Vielleicht hatte er ja heute Abend noch Zeit und Lust, sich in den Fall einzulesen. Bei einem Glas Wein. Der Wein fiel ihm wieder ein, den er Molle für sein Gutachten versprochen hatte. Das durfte er auf keinen Fall vergessen.

Zu Hause flimmerten Unglücksorte und Wetterkapriolen über den Fernsehschirm. Dazu gab es Zucchini und Auberginen in vorher gedünsteten Schalotten, versehen mit einem Hauch Knoblauch. Die Flasche Beaumont stank nach Kork und wanderte in den Abfluss. Das kräftige Pflaumenaroma des 98er Cap de Faugères entschädigte. Die Zapperei ließ er nach einer Viertelstunde sein, denn weder Quizshows noch Schmonzetten vermochten ihn abzulenken. Brendel und Haydn erschienen ihm heute geeignet. Auf der alten Pritsche am Ofen schloss er seine Augen. Nur um die tiefdunklen der Schönheit aus dem Institut auftauchen zu sehen. Gott, war er blöde.

Bevor er sich völlig dem Selbstmitleid hingab, quälte er sich noch mal in den kühlen Gang hinaus und holte seine Ledertasche. Das Aktenpaket aus St. Pölten war noch sorgsam umwickelt. Als Erstes kam eine Ansichtskarte zum Vorschein. Sie enthielt einen Gruß von Höslberger. Nett. Gerade als er begann die einzelnen Papierstücke hervorzukramen, klingelte das Telefon. Leise fluchend ließ er den Wust aus Packpapier, Schnüren und Akten auf den Holzboden fallen. Carola war dran, Buchers Schwester. Er strahlte in den Hörer hinein und sah sie vor sich, beneidenswert schlank, gleich wie viel sie an einem Wochenende mit ihm trank und aß. Die kurzen schwarzen Haare. Sie hätte gut als Französin durchgehen können. Die Vorwürfe, dass er sich überhaupt nicht melden würde, prallten an ihm ab. Er besaß sogar die Chuzpe zu sagen, dass er das nicht nötig hatte, da sie ja eh anrufen würde. Ihr ging es gut und das lange Telefonat mit ihr ließ ihn den Fall tatsächlich für eine Weile vergessen.

Der folgende Morgen dann war schrecklich. Vorweihnachtsdepression. Er hatte das Gefühl, etwas zu verpassen. Nicht etwa den Weihnachtsrummel, eher vermisste er ein Lebensgefühl, Zufriedenheit. Nicht weniger also, als das ganze Leben. Er irrte durch die Wohnung und kam zu der Ansicht, dass ihm vielleicht auch nur ein paar Tage Ruhe fehlten. Faul sein. Wenn es so weiterging, würde er Weihnachten verschlafen. Er schlurfte ins Bad. War es richtig gewesen, hier heraus zu ziehen, auf diese ewige Baustelle, und in diese Einsamkeit?

Es gelang ihm auch während der Fahrt nicht, seine Zweifel zu verdrängen. So begleiteten ihn ein Schneesturm und ein Hauch Düsternis bis München. Schlechte Laune hatte er nicht, aber besondere Lebensfreude ging auch nicht von ihm aus. Schon nach der kurzen Begrüßung sah Lara Saiter ihn prüfend von der Seite an, verzichtete aber darauf, ihn anzusprechen. Niemand im Team musste schließlich immer gut drauf sein. Sie waren ja keine Radiomoderatoren. Bucher meldete sich bei Dörner in Augsburg. Dessen Stimme knarzte rau und kratzend durch die Leitung. Bucher wünschte ihm zur Begrüßung gute Besserung und fragte, weshalb er in seinem Zustand überhaupt im Dienst war. Die Antwort erstickte zunächst in einem Hustenanfall.

»Ich würde gerne zu Hause bleiben ... kannst du mir glauben. Aber das geht im Moment nicht.« Er ließ eine üble schwäbische Fluchkombination auf den Telefonhörer niedergehen, wieder ein Hustenanfall. »Erinnerst du dich an den toten Rentner, von dem ich dir erzählt habe?«

Bucher überlegte kurz und meinte sich dunkel zu erinnern, dass Dörner ihm irgendetwas davon erzählt hatte. »Ja, schon. Aber keine Details mehr.«

»Gab es auch nicht. Den hat die Putzfrau tot in seinem Haus gefunden und der Notarzt, so ein junger Kerl, hat partout auf nicht natürlicher Todesursache bestanden, obwohl eigentlich keine äußere Einwirkung erkennbar war.«

»Und?«, fragte Bucher.

»Na ja. Die Obduktion hat etwas ganz Seltsames ergeben.«

Dörner sprach nicht weiter, um Bucher die Gelegenheit zu geben nachzufragen, was der auch tat.

»Hat er noch gelebt?«

Dörner ging auf den Scherz nicht ein und sagte. »Federn!«

»Was bitte? Federn!?« Dörner hatte sein Interesse geweckt.

»Man hat Federn und Teile davon in der Lunge gefunden.«

»Du meinst Bettfedern?«

»Genau. Aber der hatte kein Federbett, sondern so modernes Kamelhaarzeugs. Die Federn stammen aus einem Kissen, das wir im Schrank gefunden haben. Wir haben das inzwischen bei euch analysieren lassen. Da fanden sich tatsächlich Spuren von Blut.«

»Bei euch in Augsburg gehts ganz schön zu.«

Dörner hustete ein gespieltes Lachen.

»Der arme Kerl hätte es sowieso nicht mehr lange gemacht. War schwerkrank. Aber irgendwem hat das wohl zu lange gedauert. So wie es sich darstellt, hat man ihm das Kopfkissen so lange auf das Gesicht gedrückt, bis er erstickt war. Die Federn sind in die Lunge gekommen, als er mit großer Gewalt versuchte einzuatmen. Ein bisschen Luft war ja im Kissen noch drin.«

»Da werden sich die Erben aber gar nicht freuen«, meinte Bucher.

»Das kannst du laut sagen. Eine Bande von Geiern. Aber gut nun ... wie kann ich dir helfen?«

Bucher gab ihm einen kurzen Abriss. Dörner hatte von der Stiftung Holtern zwar schon gehört, wusste aber nichts Genaueres zu berichten. Bucher erzählte ihm von Staffer und dass er vorhatte, sich mit der Person vertraut zu machen. Er fragte Dörner, ob er wisse, wie er an eine Einladung für die morgige Veranstaltung kommen könnte. Der überlegte und hustete, wusste aber keine Lösung. Er versprach Bucher, sich darum zu kümmern und sich bis Mittag zu melden. Mit dem Ergebnis des Telefonats war Bucher nicht zufrieden. Er spürte Ungeduld. Die Akte aus St. Pölten fiel ihm wieder ein. Sie lag zu Hause unter der Pritsche. Ärgerlich. Jetzt hätte er Zeit gehabt, sie durchzusehen. Er rief aber gleich bei Höslberger an, um sich für die schnelle Erledigung und vor allem den Gruß zu bedanken. Der ruhige Dialekt wirkte wie Balsam auf Buchers nervösen Gemütszustand. Die Frage, ob ihn die Unterlagen schon weitergebracht hätten, konnte Bucher guten Gewissens nicht beantworten. Er sagte ehrlich, dass er noch gar nicht dazu gekommen war, die Dokumente durchzuarbeiten.

Höslberger ließ ein wohlwollendes Knurren hören. Anscheinend war er froh, dass andere Kollegen ähnliche Erfahrungen machten. Bucher versprach, ihn über den Gang der Ermittlungen auf dem Laufenden zu halten. Das kurze Gespräch, so man es als solches bezeichnen konnte, hatte ihn etwas aufgemuntert. Er holte Kaffee und drückte sich dabei auf dem Gang herum. Die anderen hatten die Türen ihrer Büros, wie immer, offen stehen. Batthuber saß da und tippte schnell und gekonnt auf der Computertastatur herum. Hartmann hatte die Beine auf den Schreibtisch gelegt und telefonierte. Batthuber wandte keinen Blick vom PC. Hartmann hingegen winkte Bucher lässig zu, ohne das Telefonat zu unterbrechen. Bucher ging weiter zu Lara Saiter und erzählte ihr, dass er noch nicht wisse, wie er zu einer Einladung kommen würde. Als auch sie keine Lösung parat hatte, machte er sich zurück in sein Büro. Er war so unruhig und kam sich überflüssig vor. Bisher hatte er noch keinen vernünftigen Gedanken entwickelt. Die St. Pöltener Akte hätte ihm jetzt gut helfen können. Er wäre beschäftigt gewesen. Nein. So ging es nicht weiter. Er musste diese Sauferei sein lassen und durfte nicht mehr so oft auf der Liege am Kachelofen einpennen. Auch wenn es in gewisser Weise schön war. Er hatte das Gefühl, etwas zu verloddern.

Lara Saiter stand plötzlich in der Türe und meinte, »Ruf doch mal bei dieser Journalistin an. Die hatte doch so eine

Visitenkarte von einem kirchlichen Presseamt. Die kommen doch sicher bei solchen Veranstaltungen rein.«

Bucher sah sie zweifelnd an. »Das mache ich eigentlich ungern. Wir sind ja froh, dass sich die Presse so wunderbar zurückhält. Dann wäre es doch nicht klug, ausgerechnet eine Journalistin mit der Nase auf unsere Arbeit zu stoßen.«

Sie schüttelte energisch den Kopf. »Ich denke, da liegst du falsch. Wenn die beiden Interesse an der Story hätten, wäre der Fall schon längst veröffentlicht worden. Ich denke, du gehst da kein Risiko ein.«

Er schnaufte laut aus und betrachtete das Chaos auf seinem Schreibtisch.

»War nur ein Vorschlag ... und ... ich finde die beiden übrigens recht nett«, sagte Lara Saiter und verschwand im Gang. Er sah ihr verwundert nach und saß eine Weile unschlüssig herum, meldete sich am PC an und schrieb lustlos an einer kurzen Zusammenfassung. Dann ließ er den Zwischenbericht mehrfach ausdrucken und steckte die Ausdrucke in Kuverts. Er adressierte Weiss als Empfänger und notierte DIENSTPOST in großen roten Buchstaben auf der Vorderseite. Er wusste, dass Kundermann sich ärgerte, nicht direkt als ? aufgeführt zu sein, sondern lediglich als einer von vielen, die „Kenntnis nahmen". Dafür reichte seine Kreativität im Moment aus. Danach rief er die Staatsanwältin an und sagte ihr, dass zwar ein Bericht an sie unterwegs sei, er aber das weitere Vorgehen mit ihr schnell telefonisch besprechen wollte. Ihr war die Stiftung Holtern ein Begriff. Die Bekannte einer entfernten Verwandten hatte dort gelebt. Der Name Staffer war ihr auch schon mal untergekommen. Aber genau wie Dörner konnte sie kein Gesicht oder eine Erscheinung damit in Verbindung bringen. Als Bucher seinen Namen nannte, hörte er, wie sie Luft durch ihre Lippen blies. Anscheinend war ihr klar, an welch regionale Persönlichkeit sie da geraten war. Sympathisch, dachte er. Das war ja ein richtig emotionaler Ausbruch. Die Idee Buchers, Staffer vorerst nicht direkt zu konfrontieren, gefiel ihr. Er merkte, wie er langsam wieder in die Gänge kam und die Lähmung nach und nach abschüttelte. Auch der Vorschlag Laras kam ihm nun nachvollziehbar vor. Aus einem Wust von Visitenkarten suchte er die von Miriam Weber hervor. Genau. Hier stand es: „christian press agency". Gleich drei Telefonnummern waren darauf vermerkt. Bucher wählte die Handyvorwahl. Als abgenommen wurde, hörte er so etwas wie ein Hallo und ein kurzes Lachen. Musik dröhnte durch den Hörer. Er wartete. Wenige Sekunden später wurde die Musik leiser gestellt und er hörte die Stimme. Die von Miriam Weber. »Hallo.«

Er schwieg einige Augenblicke. Die gute Stimmung, die da aus dem Hörer drang, hatte ihn verwirrt. Er sah sie wieder vor sich. Bei ihrem ersten Aufeinandertreffen. Ein bisschen Zicke, ein wenig Arroganz, dazu ein kräftiger Schuss Aggressivität und jede Menge Selbstbewusstsein.

»Hallo, hier ist Miriam Weber!?«, tönte es zum zweiten Mal aus dem Lautsprecher und riss ihn aus seinen Gedanken.

»Und hier ist Johannes Bucher ... Hallo«, antwortete er.

Sie klang erstaunt. »Ah. Sie?«

Er meinte etwas Enttäuschung in ihrer Stimme auszumachen und erklärte den Grund seines Anrufes. Allerdings ohne den Namen Staffer zu erwähnen. Sie antwortete nicht sofort, stellte auch keine weitere Frage, was Bucher nicht verwunderte, denn diese Bitte seinerseits kam nun wirklich unvermittelt. Sie sagte nach kurzem Überlegen. »Gut. Ich werde mich darum kümmern. Aber ich komme mit Ihnen. Das Thema interessiert mich.«

Der Klang ihrer Sätze ließ offen, ob sie die Veranstaltung an sich meinte, oder Buchers Ermittlungen. Denn es war klar, dass es um den Fall Maren Hengersberg gehen würde.

Bucher entschied sich schnell. »Kein Problem. Geben Sie mir Bescheid, wenn Sie diese Karten oder was auch immer man benötigt, besorgt haben. Dann besprechen wir die Einzelheiten ... und ... vielen Dank für Ihre Mühe.«

Er legte auf und biss nachdenklich auf seiner Unterlippe herum. Bevor er zu Lara Saiter ging, rief er in Augsburg an und bat einen Kollegen, Dörner auszurichten, dass der sich nicht mehr um eine Einladung für Bucher kümmern musste. Er würde wissen, was damit gemeint war.

Lara Saiter reichte ihm einen Notizzettel, auf welchen sie

Veranstaltungsort und Beginn notiert hatte. „Diakonie – Dienst am Menschen in Zeiten sozialen Umbruchs".

Hunger meldete sich bei ihm und er fragte laut in den Gang hinein, wer ihn zum Essen begleiten würde. Nur einen Augenblick später waren alle versammelt. Man einigte sich nach kurzer Diskussion auf das neue Imbissrestaurant an der Ecke Nymphenburger Straße. Es hatte zwar einen Namen, den sich keiner merken konnte, Hartmann hatte aber gehört, dass es dort exzellente Currywürste geben sollte. Die Mittagspause zog sich lange hin und Bucher war von sich selbst überrascht. Es ging tatsächlich. Er brachte den Teller Pommes mit rotschwarzer Sauce, in welcher Wurststücke schwammen, ohne Würgen hinunter. Den Glutamatschock überstand er und stellte sich die Frage, weshalb Menschen, ohne Not, ein solches Essen zu sich nahmen. Denn wenn er sich umsah – die Bude war voll.

Sie hatten einen der kleinen eckigen Tische an der Fensterseite zur Nymphenburger Straße hin ergattern können und sahen auf die Menschengruppen, die sich vor dem Schaufenster des Pfandleihers bildeten, direkt am Ausgang der U-Bahn. Uhren, Schmuck, Gemälde und Porzellan. Seit Monaten war das Angebot angewachsen. Bucher dachte darüber nach, welches Gefühl es wohl sei, einen Ehering, Familiensilber oder eine Uhr zu verkaufen. Dinge, an die man einen Teil seines Herzens gehängt hatte. Hoffnungen, Erwartungen, und schlimmer noch, Erinnerungen.

Sie diskutierten, halblaut, manchmal flüsternd, was besonders Hartmann und Batthuber einige Mal schwer fiel. Die beiden waren heiß auf Staffer und konnten Buchers Zurückhaltung nicht verstehen. Batthuber wagte sich weit aus der Deckung und behauptete, dass man jeden anderen schon in Untersuchungshaft genommen hätte. Nur weil es sich um einen Pfarrer handelte, ginge man so vorsichtig zur Sache. Hartmann stand ihm bei. Lara Saiter äußerte sich überhaupt nicht. Hartmann fragte, was er sich davon erhoffe, Staffer in einem Vortrag zu sehen und zu hören. Da er keine ihn selbst befriedigende Antwort darauf wusste, hörte er sich alle weitere Kritik in Ruhe an, ließ sich aber auf keine Diskussionen ein. Mit Argumenten kam er nicht weiter. Das Aussitzen klappte.

Zurück vom Essen, brachte er die Flasche Wein zu Molle. Kurz darauf erhielt er einen Anruf von Kundermann. Es war Anfang Dezember und in zwei Wochen war Haushaltsschluss. Geld, welches noch zur Verfügung stand, musste weg. Es waren noch einige andere Ermittler mit anwesend. All jene, die ihre Etats bisher nicht ausgeschöpft hatten, so wie Bucher. Kundermann drängte, man solle Hightech beschaffen, und sprach von Notebooks, Handys und Druckern. Bucher war dafür nicht zu begeistern. Er blieb nach wie vor bei Aufnahmegeräten, wenn es um wichtige Vernehmungen ging. Tastaturgeklapper und, schlimmer noch, das Warten darauf, dass der Schreibende mit dem Satz fertig war, zerstörte jedes Gespräch. Nicht der Vernehmende diktierte das Tempo einer Befragung, sondern die Fingerfertigkeit des Protokollführers. Neue Handys brauchten sie auch nicht. Bucher war froh, das bedienen zu können, welches er zurzeit hatte, und neue Drucker waren ja erst im Frühjahr gekommen. Nein. Nein. Er sah im Moment keinen Sinn darin, teures Zeug zu beschaffen. Kundermann war von der Haltung seiner Leute unangenehm überrascht, zum Ende hin verzweifelt, aber er setzte sich durch. Als Bucher am Abend das LKA verließ, hatte er vier neue Handys, zwei Notebooks, drei Ventilatoren und vier neue Stehlampen zur Beschaffung beantragt. Bergemann, vom Bereich Wirtschaftskriminalität, bezeichnete die Veranstaltung als kriminellen Akt und erntete entrüstete Statements von Kundermann und den beiden Haushältern. Den meisten jedoch war klar, dass das System idiotisch war. Doch was nutzte es. Der Nachmittag begann zum frühen Abend zu werden, und so stimmte einer nach dem anderen den Beschaffungen zu. Bucher war es schließlich egal. Weshalb sollte er sich eigentlich dagegen wehren, Geld auszugeben, das sowieso nicht ihm gehörte. Auf den Antrag für Stehlampen schrieb er „Tolomeo". Kundermann und die Haushälter unterzeichneten ungeprüft. Einfach irre, dachte Bucher. Die Zimmer mussten eigentlich wieder geweißelt werden, das Gebäude brauchte eine neue Heizanlage,

Stromsparlampen waren nirgends eingesetzt, weil sie zu teuer in der Beschaffung waren. Wann würde es jemanden geben, der diesen Irrsinn beendete? Bucher jedenfalls hatte keine Zeit und Lust. Sein Auftrag lautete anders. Er schaute noch einmal kurz im Büro vorbei. Die Handynummer Miriam Webers stand in seiner Anrufliste. Natürlich hatte sie ihn am Nachmittag zurückgerufen. Ihr Anrufbeantworter meldete sich nach vier Klingeltönen. Er mochte diese Dinger nicht, quälte die kurz Nachricht heraus, dass er morgen Vormittag anrufen werde, und beeilte sich, aus dem Büro zu kommen.

Es hatte geschneit. In der Stadt war davon gar nicht so viel zu sehen, doch zu Hause musste er erst einmal Hof und Gehweg freiräumen. Eine der Arbeiten, deren Zeitbedarf er völlig unterschätzt hatte. Im matten Licht seiner Hofleuchten schippte er Schnee und streute Split und wartete vergeblich darauf, dass ihm sein Rücken wehtat.

Wenigstens hatte der Schneefall die Kälte gemindert. Die kühle Luft und die Bewegung vertrieben die Mattheit. Aus dem Küchenfenster seiner Nachbarn drang ein warmer gelber Schein, der sich schwächer werdend im Schnee vervielfältigte. Fast hätte sich eine kindliche Vorfreude auf Weihnachten bei ihm eingestellt. Doch als er ins Haus ging, stellte er fest, dass er in der letzten Zeit ziemlich geschlampt hatte. Es sah verheerend aus. Ein Aufräum- und Putzwahn ergriff ihn, der bis tief in die Nacht anhielt. Er putzte, wusch, wischte Böden, schmiss Müll weg, ließ die Waschmaschine laufen und räumte Geschirr auf. Schweiß lief ihm über Rücken und Stirne. Niemanden konnte er hier draußen mit dem Klappern und Scheppern stören. Der Freitag war zwei Stunden alt, da stieg er endlich in die Dusche, bekam noch einen Hauch lauwarmen Wassers und schlief danach tief und fest. Auf Lara Saiters Mailbox hatte er zuvor noch gesprochen, dass sie morgen später mit ihm rechnen sollten.

Trotz der kurzen Nacht begann er den Tag zeitig, frühstückte ausgiebig, las Zeitung und hörte nebenbei Radio. Zufriedene, stille Minuten. Er überlegte, ob er überhaupt ins Büro fahren sollte. Schließlich hatte er alles, was er benötigte, hier zu Hause. Er rief Wellbergs Institut an und wurde einige Male hin und her verbunden, bis er ihn endlich an der Strippe hatte. Er teilte ihm mit, dass die Auswertung seiner Anwesenheit im Institut am betreffenden Sonntag eine Fehlzeit am Abend ergeben habe. Er solle bis Montag mitteilen, wo er sich zwischen siebzehn und zwanzig Uhr außerhalb des Instituts aufgehalten habe. Er hörte dessen aggressives Geschrei nicht mehr, denn nach einer kurzen Danksagung für die Mitarbeit hatte er aufgelegt. Dann war Miriam Weber an der Reihe. Bucher entschuldigte sich dafür, am gestrigen Nachmittag nicht erreichbar gewesen zu sein. Sie hatte die Einladungen erhalten.

»Wie und wo treffen wir uns?«, fragte Bucher.

»Mir wäre es recht, wenn Sie mich abholen könnten. Das erspart mir einigen Aufwand. Ich muss sehen, dass ich bis heute Abend noch einen Artikel fertig bekomme, der morgen früh in der Redaktion sein muss.«

»Kein Problem. Wenn Sie mir sagen, wo sich ›bei mir‹ genau befindet, hole ich sie ab.«

Sie wohnte im Münchener Westen und somit recht günstig für ihn. Sie vereinbarten, dass er um neunzehn Uhr bei ihr sein sollte. Der Tipp von Lara war wirklich nicht schlecht gewesen. Er rief sie kurzer Hand an und sagte, dass er heute überhaupt nicht mehr ins Büro kommen werde. Dann bat er sie, Hartmann und Batthuber zu informieren, dass sie am Wochenende unter Umständen verständigt würden, falls er zum Entschluss kommen sollte, Staffer festzunehmen. Sie sollten also erreichbar bleiben. Bucher lief nach den Telefonaten planlos im Haus umher, was ihm half, seine Gedanken zu ordnen und sich auf den Abend vorzubereiten. Er ging noch mal alle Daten durch, die seine Kollegen über die Stiftung und Staffer herausbekommen hatten. Er musste erkennen, dass die Fakten auf eine wirklich heiße Spur hinwiesen. Dieser Staffer war am Tatort von einer Zeugin gesehen worden. Maren Hengersberg hatte gegen eine Stiftung ermittelt, sogar Kontakt zu anderen Personen aufgenommen. Ihre Tante bildete die Verbindung zur Stiftung Johannesberg. Ein Motiv ließ sich durchaus konstruieren, denn Staffer plünderte die Stiftung allem Anschein nach aus.

Doch wo blieb seine Intuition, sein Riecher, auf den er sich sonst verlassen konnte? Diesmal ließ er ihn wohl im Stich. Er kochte Kaffee, aß Morbier mit Weißbrot und dachte nach. Die Familie Hengersberg beschäftigte ihn. Je intensiver er an einem Bild dieser Familie arbeitete, desto mehr verschwammen deren Konturen wie die welligen Farbränder eines Aquarells. Keine Schärfe. Kein Bild einer Gruppe, nur schemenhafte Kleckse, einzelne Gestalten. Wellberg hätte da gar nicht so schlecht reingepasst, dachte er. Dann Maren Hengersberg selbst. Was hatte sie getan oder nicht getan, um den Täter zu aktivieren? Wo hatte sie Kontakt zu einem Täter bekommen, der fähig war, eine solche Tat zu planen und auch auszuführen? Er vergegenwärtigte sich noch einmal den Tatablauf. Würde dieser Staffer, den er heute Abend zu Gesicht bekommen würde, da hineinpassen? Käme dann vielleicht sein Gefühl für den richtigen Ermittlungsweg wieder zum Vorschein? Er war gespannt darauf. Das stete Schlagen eines Wassertropfens auf den äußeren Fenstersims riss ihn aus seinen Überlegungen. Die Wärme des Hauses brachte am Dach den Schnee zum Schmelzen. In exakten Abständen folgte der Aufschlag auf die alte Blechverkleidung und dröhnte laut in den Raum. Man hätte ein Metronom daran ausrichten können. Das Geräusch war aufregend und beruhigend zugleich.

Eine völlig andere Frage beschäftigte ihn plötzlich. Was sollte er heute Abend anziehen? Jeans, Pullover, Jackett? Oder doch Anzug und Krawatte? Was würde man dort erwarten? Es nervte ihn. Noch mehr der Gedanke, sich vor Miriam Weber mit einem unpassenden Outfit zu blamieren. Der Gedanke, sie anzurufen und zu fragen, erstarb, noch ehe er wesentliche Teile seines männlichen Gehirns belasten konnte. Nein, wirklich nicht. Pfarrer und Kirche verband er mit der Farbe Schwarz. Schwarze Jeans, schwarzer Rolli und das schwarze Kaschmirjackett, fertig. Er holte die Wäsche aus dem Keller und tat die Arbeit, die er am meisten hasste. Bügeln! Er bekam Kreuzschmerzen davon und die Schulter tat ihm weh. Als er fertig war, fiel sein Blick auf das breite Fensterbrett. Dort lag die Akte aus St. Pölten. Bügelbrett und Wäsche wurden schnell verstaut. Die Kaffeemaschine blubberte und gluckste schon wieder. Schon dieser Geruch machte munter und er hatte ein gutes Gefühl. Zuversicht. Jetzt war Zeit für die Akte.

Höslberger hatte eine Menge an Berichten und Bildtafeln zusammengestellt. Schon beim groben Sichten der Papiere stellte Bucher fest, dass die Kollegen hervorragende Arbeit geleistet hatten. Er suchte zuerst die Bildmappe. Es waren keine Originalabzüge, sondern halbseitige Farbprints digitaler Fotografien. Die Qualität war gerade noch annehmbar. Bucher hielt nichts von diesen digitalen Kameras. Abzüge waren ihm lieber. Das erste Blatt zeigte zwei Übersichtsaufnahmen. Straße und Mietshäuser. Rote Pfeile wiesen auf die Wohnung des Opfers hin, die sich im zweiten Stock eines modernen Wohnblocks befand. Bucher überblätterte die nächsten Seiten. Er suchte ein Porträt des Opfers, vielleicht ein Passfoto oder Ähnliches. Er fand es auf der letzten Seite. Eine Porträtaufnahme, wie man sie für die Familie machen lässt. Sicher stand das Bild, liebevoll gerahmt, bei Eltern, Geschwistern oder Freunden.

Er stutzte und war sofort wie elektrisiert. Gleich war ihm die Ähnlichkeit mit Maren Hengersberg aufgefallen Der gleiche Typ Frau. Schnell blätterte er weiter und suchte die Personenbeschreibung. Es dauerte, weil er die fremden Formblätter nicht auf den ersten Blick auswerten konnte. Körpergröße und Gewicht waren im Wesentlichen identisch. Er fühlte, wie sein Brustkorb enger wurde. Sein Gefühl hatte ihn da nicht im Stich gelassen. In dieser Akte lag ein Bezug zu Maren Hengersberg verborgen, den er finden musste. Das Opfer hieß Katharina Schwelgner. Er betrachtete lange und aufmerksam die Fotos vom Tatort. Dazu fuhr er mit dem

Zeigefinger, wie ein Lesender, von links nach rechts über das Bild. Beachtete jedes Detail. Er sah einen Körper, der zwischen Tisch und Stühlen lag. Er lag auf der rechten Hüfte. Der Oberkörper war zur Hälfte auf die linke Schulter gedreht. Der Kopf war nach hinten überstreckt und wies mit dem Gesicht zur Decke hin. Die Augen waren weit aufgerissen, das Gesicht durch die aufgedunsenen Lippen entstellt. Die Beine waren leicht angewinkelt. Ein großer schwarzer Blutfleck hatte sich auf dem Linoleumboden auf Höhe der Hüfte gebildet und erschien bei oberflächlichem Hinsehen, wie ein Loch. Gleich im ersten Absatz des Spurenberichtes stieß er auf eine dick unterstrichene Satzstelle. Sein Herz begann heftig zu schlagen. „Kontaktspuren am Opfer nicht vorhanden". So standen die fünf Worte da. Sogar rot unterstrichen. Vermutlich von Höslberger. Bucher fraß die folgenden Absätze und Seiten. Es hätte eine Kopie ihrer Spurensituation sein können. Keine Faserspuren, keinerlei Kratzreste unter den Fingernägeln des Opfers, kein Speichel, Schweiß, Haar oder gar Sperma wurde gefunden. Keinerlei Bruch- oder Hebelspuren an der Wohnungstüre. Das Opfer wurde von ihrem Vater an einem Mittwoch aufgefunden. Der Tatzeitraum lag zwischen Samstag siebzehn Uhr dreißig und Mitternacht. Am Samstagnachmittag führte Katharina Schwelgner ein letztes Telefonat mit ihrer Schwester aus Wien. Danach konnte kein Kontakt mehr ermittelt werden. Die mehrmalige Befragung von Nachbarn erbrachte keine Erkenntnisse. Wenigstens ein Unterschied. Da waren sie mit ihrem Phantombild schon ein Stück weiter.

Er hatte vorerst genug gesehen und es war klar, dass zwischen beiden Fällen ein Zusammenhang, eine Verbindung bestehen musste. Ein Riesenschritt. Die beiden Opfer sahen einander ähnlich, stammten aus einem vergleichbaren sozialen Umfeld, hatten sogar ähnliche Berufe und die Handlungsweise ... des Täters? ... war ähnlich. Durfte er wirklich schon an einen Täter denken? Er zügelte seine Gedanken. Euphorie tat nicht gut, wenngleich er schon eine Vorstellung davon hatte, womit sie es wirklich zu tun hatten. Er sah auf seine Uhr. Zeit, sich fertig zu machen. Er wollte Miriam Weber nicht warten lassen.

Die Erkenntnisse, die er gewonnen hatte, ließen ihn kaum zur Ruhe kommen. Mehrmals verfuhr er sich. Trotzdem erreichte er pünktlich die Wohnung von Miriam Weber. Nachdem er geklingelt hatte, vernahm er ein kurzes »Komme!«. Er musste aufpassen, dass er sie nicht mit offenem Mund anglotzte, als sie kurz darauf aus der Türe trat. Gott, sah diese Frau gut aus! Ihre herrlichen Haare fielen locker auf die Schulter und wippten sanft bei jedem Schritt. Ein bordeauxfarbener Lippenstift betonte den sinnlichen Mund. Ein roter Seidenschal kreiste einmal um ihren Hals, fiel dann weit nach vorne über den dunkelgrünen Mantel. Bucher musste schlucken und wurde verlegen. Sie kam lächelnd auf ihn zu und reichte ihm die Hand mit einem entspannten »Hallo«.

Sie fuhren auf der Autobahn in Richtung Landsberg und dann auf der ausgebauten Bundesstraße in Richtung Augsburg. Die Landstraße über Fürstenfeldbruck war ihm angesichts der Wetterlage zu unsicher.

»Dürfen Sie mir eigentlich verraten, welche Bedeutung die Veranstaltung heute Abend für Ihre Ermittlungen hat?«, fragte sie nach einer Weile, in der sie stumm nebeneinander gesessen hatten.

Bucher antwortete zunächst mit einem »Mhm«. Das verschaffte Zeit zu überlegen und er entschied dann, einiges preiszugeben.

»Wir sind der Meinung, die Stiftung zu kennen, von denen Ihnen Maren Hengersberg berichtet hat. Zusammen mit anderen Ermittlungsergebnissen ergibt sich da ein Bild oder sagen wir besser eine Spur, die wir sehr ernst nehmen. Ich möchte mir eine Vorstellung von einigen Personen verschaffen, die in dieser Stiftung tätig sind, und die sind heute Abend bei dieser Veranstaltung anzutreffen.« Er sah kurz zu ihr hinüber und traf auf ein interessiert blickendes Augenpaar.

»Nur keine Angst. Das wird kein gefährlicher Einsatz heute Abend ...«, er lachte, »wenngleich ... wenn ich an unsere erste Begegnung denke ...«, und sprach nicht weiter. Sie betrachtete ihn von der Seite, lächelte.

»Macht Ihnen Ihr Beruf Freude?«, fragte sie.

»Freude!?«, wiederholte er für sich. Es klang zweifelnd.

»Mhm. Ein schwieriges Wort im Zusammenhang mit meinem Job. Sagen wir ... er befriedigt mich, füllt mich aus ... ja ... er macht mir Spaß.«

Als sie nichts entgegnete, fuhr er fort. »Freude ... Freude beschreibt für mich jedenfalls Dinge, Erlebnisse, Stimmungen, die weniger mit meinem Beruf verbunden sind.«

Er sah kurz zu ihr hinüber, wollte sehen, was sie dazu meinte. Klang er vielleicht zu grüblerisch? Ihre Blicke trafen sich kurz.

»Mhm. Ich denke, ich weiß, was Sie meinen.«

Sie schwiegen für den Rest des Weges. Im Radio Musik von Bach. Goldberg Variationen. Bucher meinte zu spüren, dass sie etwas aufgeregter wurde, je näher sie ihrem Ziel kamen. Er war nur neugierig. Zu viel Routine steckte ihm in den Knochen. Für sie hingegen war es eine völlig neue Erfahrung. Teil eines Krimis.

Er parkte auf einem Seitenstreifen. Von hier waren es nur wenige Meter durch eine schmale Gasse bis zum Eingang zur Kirche St. Anna. Miriam Weber stieg aus und deutete auf einen Metallpfahl mit einer so hohen Anzahl an Verbotsschildern, dass ein vernünftiger Mensch daraus nicht klug werden konnte. Bucher schmiss ein Holzschild mit Polizeistern auf die Frontablage, ging zu ihr, nahm sie am Arm und zog sie mit sich fort. »Wissen Sie, manchmal muss er auch Freude machen, mein Job. Zum Beispiel, hier zu parken!«

Sie schüttelte den Kopf und hakte sich bei ihm ein. Das Kopfsteinpflaster war gefährlich glatt. An der schweren, metallbeschlagenen Holztüre der Kirche haftete ein Flyer, der den Weg zur Veranstaltung wies. Entgegen seinen Berechnungen waren sie sehr früh dran. Er fragte, ob sie Lust hätte, sich noch St. Anna anzusehen. Er hatte gelesen, dass das berühmte Lutherporträt von Lucas Cranach im Westchor der Kirche hing.

Das Kircheninnere wirkte fremd und irritierend auf ihn. Kirchen waren ihm nicht unvertraut, doch hier fehlte die klassische Einteilung. Die Kanzel stand inmitten des Kirchenraumes. Der war allerdings mächtiger, als er das erwartet hatte. Die Bänke waren in drei Gruppen vor der Kanzel gruppiert. Direkt gegenüber dem Prediger und links und rechts davon. Jenseits der zentralen Kanzel befanden sich Altäre. Der eine gleich rechts von ihnen am Eingang. Zwar war dieser Altarraum offen verbunden, vermittelte jedoch auf eigenwillige Weise Eigenständigkeit. Raum im Raum. Sie gingen langsam am Holzgestühl der Außenseiten entlang, darüber die Darstellungen der zwölf Apostel. Düstere Darstellungen, die im fahlen Licht der wenigen Kerzen und Lampen auch nur schemenhaft zu erkennen waren. Er beschleunigte die Schritte. Heute war ihm nur das Luthergemälde wichtig.

»Was meinen Sie«, fragte er Miriam Weber, als er vor dem weltberühmte Portrait stand, »ist das hier wirklich das Original?«

»Kann ich mir eigentlich nicht vorstellen. Sie?«

»Nein. Halte ich für ausgeschlossen. Trotzdem finde ich das spannend.«

Viel Zeit blieb nun nicht mehr. Sie gingen durch die Vorhalle, vorbei an der Lutherstiege, in den Veranstaltungssaal. Der war schon gut gefüllt. Er hatte den Charme der Fünfzigerjahre. Sperrholztäfelungen, schon etwas blättrig, wie bei genauem Hinsehen zu erkennen war. Der Parkettboden wellig, eingefasst von Wänden in ehemals zartem Gelb, das inzwischen einen Stich ins Graue angenommen hatte. An den weit geöffneten Eingangstüren standen beidseits zwei Herren, die die Besucher nach ihrem Namen fragten, diese auf Namenslisten suchten und ausstrichen. Bucher und Miriam Weber erhielten die zwei äußersten Plätze links, in der letzten Reihe. Anscheinend war es wirklich Glück, hier noch hereingekommen zu sein. Auf der Bühne stand ein schlichtes Rednerpult.

Bucher beobachtete die hereinströmenden Besucher. Er und Miriam Weber waren bislang die Jüngsten. Eine beachtliche Leistung. So sah also eine vergreiste Gesellschaft aus, schwirrte durch seinen Kopf. Er ermahnte sich umgehend still, diese lästerlichen Gedanken sein zu lassen, und sah verstohlen nach rechts, zu Miriam Weber. Sie saß aufrecht da, blickte zum Eingang und präsentierte ein beeindruckendes Halbprofil. Dunkles Kostüm, zartbrauner Teint, der schlanke Hals und diese herrlich schlichte Perlenkette. Und sie roch so gut. Es fiel ihm schwer, sich auf seine Arbeit zu konzentrieren. Äußerlich war ihm das sicher nicht anzumerken, denn er hatte seine professionell ernste, konzentriert wirkende Maske aufgelegt. Die reservierten Plätze füllten sich. An Art und Weise der Begrüßungen ließ sich unschwer erkennen, dass es sich um eine Insiderveranstaltung handelte. Man kannte sich, umarmte sich, winkte einander über die Stuhlreihen hinweg zu. Gemurmel, das Knarren des Holzbodens, Lachen, Tritte, Schritte. Alles mischte sich zu einer Geräuschwolke, die sich über die Anwesenden legte und ein fast familiäres Gefühl transportierte. Bucher empfand es als angenehm und hielt nun Ausschau. Er sah gerade auf seine Uhr, als er den Glockenschlag von St. Anna vernahm. Das Gemurmel verstummte, als vier Herren in den Saal traten und zielstrebig nach vorne gingen. Nein. Nicht einfach gingen. Sie zogen ein, geleitet von einer unhörbar erschallenden Intrade. Sehr gekonnt und überzeugend. Profis eben. Zwei setzten sich in der ersten Reihe nieder, die anderen beiden erklommen die Tribüne und wandten sich dem Publikum zu.

Über Buchers Gesicht zog sich ein befriedigtes Lächeln. Mann, ist diese Frau Holle, oder wie sie noch hieß, gut gewesen, dachte er, als er Staffer auf der Bühne erkannte. Seine Haare waren zwar kürzer als auf dem Phantombild gezeichnet, doch Profil und Erscheinungsbild waren erkennbar. Der Typus stimmte tatsächlich. Staffer war gut einsachtzig groß, nicht dick, aber auch nicht schlank und machte einen sehr gepflegten Eindruck. Er strahlte Kraft und Energie aus. Gerne wäre Bucher weiter vorne gesessen. Neben Staffer stand ein Mann im dunklen Anzug, klein und fettleibig. Trotzdem ging seinen Gesichtszügen jene Gemütlichkeit ab, welche Leibesfülle so vielen anderen verschaffte. Er sah mit harter

Miene hinunter auf die Menschenmenge, so lebensfroh wie ein Pilgrim Father. Bucher lehnte sich zu Miriam Weber hin und fragte, ob das der Kreisdekan war. Sie verzog den Mund und sah ihn schelmisch an. »Böser Fehler, Herr Bucher. Sagen Sie nicht Kreisdekan«, flüsterte sie ihm zu.

»Aber auf diesem Flyer stand doch Kirchenamt.«

»Ja schon. Das ist aber auch falsch. Bis vor einiger Zeit nannten sich die Herren ja auch noch Kreisdekane. Doch dann war ihnen das zu wenig aussagekräftig, vermittelte nicht in angemessener Weise die Würde des Amtes. Sie haben sich dann in Regionalbischof umbenannt.«

Bucher sah sie verständnislos an.

»Ja, das stimmt schon, Herr Bucher. Das ist schon schwierig, wenn man den Titel Kreisdekan trägt und organisatorisch so in etwa die Aufgaben eines Bischofs wahrnimmt. Schlimm auch, wenn man mit den katholischen Kollegen, die sich Bischof nennen dürfen, manche gemeinsame Veranstaltung besucht. Da klingt Kreisdekan doch wirklich irgendwie nach dritter Aktensortierer im Dekanat, oder so. Die Herren wollten eben einen Titel, der ihnen angemessen erschien, und haben ihn sich verliehen. So einfach.«

Bucher schüttelte fast unmerklich mit dem Kopf. »Aber Regionalbischof klingt ja nun auch nicht gerade toll.«

Sie grinste und nickte. »Da haben sich ja auch viele lustig gemacht, aber jetzt ist es nun mal so. Wenn Sie in die Verlegenheit kommen sollten, mit diesem fröhlichen Menschen da vorne in Kontakt zu kommen, machen Sie ihm die Freude und sprechen Sie ihn mit Regionalbischof an. Er ist nämlich einer der Initiatoren der Titeländerung.«

Bucher zog eine Grimasse und wendete sich wieder dem Regionalbischof zu. Dessen Begrüßung zog sich in die Länge. Geschwafel. Er betonte wiederholt, wie froh man sei, Herrn Staffer, der als Präses der Stiftung Holtern ja nicht landeskirchlich tätig sei, aber hier ja ein guter Bekannter sei – er ließ hier eine Pause, um dem Publikum Gelegenheit zu geben, geräuschvoll zu lächeln, was von diesem gerne angenommen wurde –, als Referenten gewinnen zu können.

Anscheinend war Staffer hier wohl bekannt. Miriam Weber sah Bucher fragend an, als sie hörte, dass Staffer Präses der Stiftung Holtern war. Bucher erwiderte den Blick nur kurz. Er brauchte ihr nichts mehr zu erklären. Staffer trat jetzt an das Rednerpult und sortierte in Ruhe sein Manuskript, was dem regionalen Bischof Zeit verschaffte, in angemessenen Schritten die Bühne zu verlassen und in der ersten Reihe Platz zu nehmen. Als seine Tritte verhallt waren, wurde es still im Saal. Bucher ließ sich entspannt in den Sitz sinken und fixierte Staffer. Der hob den Kopf, sah von seinem Manuskript auf und ließ einen gelassenen Blick über die Zuhörerschaft schweifen. Dann nickte er leicht, als meinte er sich selbst und begrüßte die Gäste. Bucher war beeindruckt. Welch ein Profi. Diese Geste, die vielen sicher gar nicht aufgefallen war, strahlte ein enormes Selbstbewusstsein aus. Bucher neigte dazu, Arroganz für angebrachter zu halten. Dieser schweigsame Blickkontakt. Es konnte ja auch sein, dass es dazu diente, eine Stimmung der Konzentration zu schaffen. Auf Bucher wirkte es jedoch nicht positiv. Ein schwacher schwäbisch-fränkischer Dialekt färbte die dröhnende, tiefe Stimme Staffers. Er sprach, wie Bucher es erwartet hatte. Laut, mit fester Stimme, dominant. Beide Hände hielten das Rednerpult fest im Griff. Der Oberkörper bewegte sich zu der Melodie des Vortrags in kleinen, kreisrunden Bewegungen. Bucher achtete zunächst auf die Körpersprache Staffers. Die war sehr kontrolliert. Er fuchtelte nicht mit den Händen in der Luft herum, um Aussagen zu verstärken. Er hielt steten Blickkontakt mit den Zuhörern. Bucher versuchte einen direkten Blickaustausch zu provozieren, was ihm aufgrund des ungünstig gelegenen Sitzplatzes in der hinteren Ecke des Saales nicht gelang. Er achtete nun ein wenig mehr auf die Inhalte und stellte fest, dass Staffer nicht referierte, sondern eher erzählte. Es war eigentlich kein Vortrag. Er erzählte Geschichtchen. Von der Tagung in Hannover. Worüber dort diskutiert wurde und welche Vertreter welche Meinungen äußerten. Zwischen den Anekdoten folgten Phrasen und bekanntes professionelles Gejammer. Es war die Rede von kälteren Zeiten, von Ellenbogen, schwindender Solidarität. Die Schwachen der Gesellschaft wurden erwähnt, soziale Ungerechtigkeiten gegeißelt und mehrfach erging der Aufruf, das man dagegen ankämpfen müsse. Oft hörte Bucher die Floskel »man muss«, ohne dass benannt wurde, wer »man« sei. Ein kryptischer Begriff, der für „die anderen" stand, wie Bucher meinte. Zudem vernahm er viel zu häufig das Wörtchen »Ich«. Er hatte anderes erwartet und war irritiert von dem schwachen inhaltlichen Auftritt. Die Stimmung im Saal schien jedoch auf Seiten Staffers zu sein. Soweit es Bucher von seiner Position aus überblicken konnte, hingen die Blicke an Staffers Lippen. Er sprach den Anwesenden wohl aus der Seele, was sicher nicht schwer war. Bucher schnaufte ungewollt laut aus. Es klang genervt. Miriam Weber sah zu ihm herüber, verzog kurz die Lippen und bedeutete ihm damit ihre Solidarität. Der Vortrag zog sich. Bucher versuchte die Gestalt da vorne am Rednerpult mit dem Tatablauf in Verbindung zu bringen. War diese noble Erscheinung fähig, eine solche Tat zu verüben? In Gedanken sah Bucher, wie Staffer auf Maren Hengersberg einschlug, mit dem Messer zustach. Er war sicher in der Lage, die Tat zu planen und Bezüge zu konstruieren. Aber diese Tat auch auszuführen? Er ließ ab von seinen Gedankenspielen und mühte sich, den Inhalten Staffers Rede zu folgen, entdeckte jedoch keine klaren Gedanken, keinen roten Faden, der es einem ermöglicht hätte, dabei zu bleiben, sich damit auseinander zu setzen. Es war Geschwätz und bedauerlicherweise nicht einmal kluges.

Bucher rutschte auf seinem Stuhl herum und sehnte das Ende herbei. Die anderen Anwesenden schienen da mehr Routine mitgebracht zu haben. Allerdings waren die auch aus einem anderen Antrieb hierher gekommen. Endlich beendete Staffer seine Rede mit ein paar warmen Worten. Seine Dramaturgie ließ nun Platz für Gott und den Auftrag der Kirche. Artiger Applaus folgte. Wie schön, dachte Bucher, das sind also unsere geistigen Führer. Der Regionalbischof trat wieder ans Mikrofon, bedankte den Redner mit blumigen Worten. Wenigstens folgte eine Einladung zu einem Imbiss, der draußen in der Vorhalle bereitet war. Tatsächlich war dort während der letzten eineinhalb Stunden völlig geräuschlos ein ausladendes Buffet bereitet worden. Bucher hatte inzwischen Hunger bekommen. Er und Miriam Weber ergatterten einen der kleinen runden Stehtische und aßen Miniomelettes und Fleischbällchen. Wirklich feine Sachen. Nur der Sekt war Bucher zu süß und er stieg auf Wasser um.

»Der Schwätzer ist also Ihr Verdächtiger«, sagte Miriam Weber unvermittelt.

Bucher sah sie strafend an, blickte nach links und rechts.

»Leiser!«, flüsterte er ihr zu.

Sie zuckte unbeeindruckt mit den Schultern.

Bucher erklärte weiter in flüsterndem Ton. »Nein, er ist nicht Verdächtiger. Wir werden uns in den nächsten Tagen aber intensiv mit ihm befassen.«

»Wieso sind wir dann hergekommen, wenn er kein Verdächtiger ist?«

»Ist bei Ihnen plötzlich Jagdfieber ausgebrochen?«, fragte er und stach grimmig auf ein Fleischbällchen ein. Er erinnerte sich wieder an ihr vehementes Auftreten in der Wohnung.

Eine dunkle Männerstimme drang aus nächster Nähe an sein Ohr und er hörte, wie sein Name genannt wurde. Erschrocken drehte er sich um. Wer kannte ihn hier? Es dauerte einen Augenblick, bis er Manner gewahrte, der ihm die Hand zur Begrüßung entgegenstreckte. Bucher blickte in das herzlich lächelnde Gesicht mit den lebendigen Augen und roten Backen und schüttelte ihm die Hand. Noch bevor er Miriam Weber hätte vorstellen können, fragte Manner, »Was treibt denn die Kriminalpolizei hierher, in eine solche Veranstaltung. Sie werden doch hier nicht etwa ermitteln!?«

Er lachte unverfänglich über seinen Witz.

Bucher musste schlucken. Einige Umstehenden hatten Kriminalpolizei gehört und sahen herüber. Miriam Weber übernahm. Sie streckte Manner ihre Hand entgegen und begrüßte ihn. »Ich bin beruflich als Journalistin hier und Herr Bucher begleitet mich.«

»Ach. Das ist schön.« Manner lächelte beide an.

Bucher war klar, dass er sie für ein Paar hielt, sagte aber gar nichts.

Manner fragte: »Ich weiß, dass es unpassend ist, aber gibt es im Fall von Maren ... Maren Hengersberg denn schon neue Erkenntnisse?« Seine Augen hatten ihre Sprühkraft, ihre Herzlichkeit urplötzlich verloren und blickten Bucher traurig an.

Der verneinte und erklärte, dass man einige Spuren verfolge, aber noch nicht entscheidend vorangekommen sei. Nach einigen belanglosen Sätzen klang das Gespräch aus und Manner verabschiedete sich.

Bucher warf Miriam Weber einen dankbaren Blick zu und fragte dann. »Woher kennen Sie sich eigentlich so gut mit diesen Kirchendingen aus. Ich meine das mit den Bischöfen und so. Das ist doch sehr speziell, denke ich?«

Sie winkte ab. »Nein. Ich kenne mich da nicht so aus. Ich weiß das aus Gesprächen mit Julia, meiner Freundin. Sie erinnern sich doch.«

»Mhm. Ja, sicher.«

»Also sie hat damit mehr zu tun, weil sie auch noch für diese christlich orientierte Agentur tätig ist. Wir unterhalten uns dann eben über solche Themen.«

»Und woran arbeiten Sie hauptsächlich?«

»Wirtschaft. Mein Spezialgebiet sind Banken. Ich bin freie Journalistin und schreibe Artikel über Banken, Geldwirtschaft, Fusionen und so weiter und so fort.«

»Klingt interessant«, sagte er. Es klang jedoch nicht sehr überzeugend.

Sie wog den Kopf. »Nun ja. Manchmal schon, aber eher weniger investigativer Journalismus. Es geht ja weniger darum, Skandale aufzudecken. Eher eine nüchterne Betrachtung ... oder besser gesagt, eine journalistische Begleitung des Geschehens im Bankenbereich ... so in etwa.«

Bucher verzog das Gesicht und angelte ein weiteres Omelette.

Sie lachte. »Ja klar. So aufregend wie bei Ihnen geht es nicht her, aber mir macht meine Arbeit schon auch Spaß.«

Ein älterer Herr und zwei Damen fragten, ob sie sich mit

an den Tisch stellen durften, was natürlich kein Problem war. Bucher lehnte sich an die Holzvertäfelung und lauschte den Gesprächen.

Ihm fiel auf, dass alle von ihrer Arbeit erzählten. Es handelte sich wohl überwiegend um Pfarrer. Sie zählten auf, wie viele Gottesdienste sie gehalten hatten und was sie für Weihnachten schon alles vorbereitet hatten. Ein kleiner dicker mit dunklem Wuschelkopf erzählte seinem Gegenüber wie nebenbei, dass er mit seinem Krippenspiel schon im Oktober fertig gewesen sei und auch die Predigten für die Feiertage schon geschrieben seien. Sein Gesprächspartner, schmächtig und schon in der Haltung devot, war sichtlich sprachlos. Er konnte da wohl nicht mithalten. Das Krippenspiel schon im Oktober fertig, dachte Bucher. Und da regen sich diese Leute auf, dass ab Oktober schon Nikoläuse verkauft wurden? Er hielt nach Staffer Ausschau. Der stand, wie konnte es auch anders sein, inmitten des Vorraums, in zentraler Position. Sein dröhnendes Lachen war ebenso dominant wie sein gesamtes Auftreten. Einer, der sich selbst und seiner Sache absolut sicher war. Heimspiel. Ab und an ließ er seinen Blick durch den Raum ziehen und diesmal traf er auf Buchers kalt sezierenden Blick. Bucher nahm die kurze Irritation Staffers mit Genugtuung wahr. Sicher dachte der, wer ist das bloß, der da so kühl herschaut? Inmitten der familiären Wärme waren ihm diese fremden, kalten Augen sichtlich unangenehm. Staffer sah weg und stieg wieder in das Gespräch ein. Bucher blickte für einige Sekunden noch auf das Stück Raum, aus welchem ihm gerade noch Staffers Gesicht entgegengekommen war. Seine eiserne Miene wandelte sich zu einem Lächeln. Staffers Selbstsicherheit hatte seinem Blick nicht standgehalten. Eine interessante Erfahrung.

Miriam Weber, die inzwischen neben ihm an der Holzvertäfelung lehnte, hatte die Szene beobachtet. »Sie mögen ihn nicht sonderlich, oder?«

»Es geht nicht darum, ob ich ihn mag oder nicht«, antwortete er, ohne sie anzusehen. Er schwenkte nachdenklich sein Sektglas.

Mit ernster Stimme fragte sie. »War er es?«

Er sah in den leeren Raum, zwischen Köpfen und Decke, dort, wo sich Ausdünstung, Worte, Satzfetzen, Lachen und das Geklapper des Geschirrs verdichteten, und sagte, »Ich weiß es nicht«, und nach einer kurzen Pause. »... noch nicht.«

Dann sah er zu ihr hinüber und legte den Zeigefinger über seine geschlossene Lippen. Sie nickte. Dann gingen sie.

»Wie war's!?« Julia Bachmanns Stimme klang neugierig und aufgeregt.

Miriam Weber war nur widerwillig ans Telefon gegangen. Zwar war der Samstagvormittag schon weit fortgeschritten. Trotzdem war sie müde und unmotiviert. Eigentlich hätte sie zum Einkaufen gehen müssen, Mülltrennung stand an und auf der Post lagen noch zwei Pakete, die sie eigentlich abholen sollte.

»Neugierig bist du gar nicht, oder?«, fragte sie unleidig zurück. »Ich bin erst um vier Uhr ins Bett gekommen und noch hundemüde. Du hättest wenigstens noch ein Weilchen warten können und mich schlafen lassen.«

Julia Bachmann ließ sich nicht beeindrucken. »Erwarte kein Mitleid von mir. Da besorge ich dir Einladungen für eine schon ausgebuchte Veranstaltung, nur dass du zusammen mit der Kripo Mörder jagen kannst. Etwas Spannenderes kann es gar nicht geben. Und dann soll ich, ausgerechnet noch am Wochenende, hier herumsitzen und geduldig darauf warten, bis du irgendwann mal anrufst. Ja. Ich bin neugierig! Wahnsinnig neugierig.«

Sie bettelte jetzt. »Bitte, Miriam. Erzähl schon.«

»ChChCh!«, fauchte Miriam Weber in den Hörer. »Wir sind doch erwachsene Frauen, oder ...«, ließ sich aber doch erweichen, »also Mörder haben wir nicht gejagt ...«

Sie wurde sofort wieder unterbrochen. »Wir!? Wie das schon klingt! Wir haben keine Mörder gejagt«, äffte Julia Bachmann in beleidigtem Ton nach.

Miriam Weber sprach weiter. »Es war aber trotzdem spannend. Allerdings ganz anders, als man sich das so vorstellt ... gar nicht krimiesk ...«

»Und wie stellt sich ein nichtkrimiesker Krimi dar?«, ließ Julia Bachmann nicht locker.

»Du. Das war ganz unspektakulär. Er hat eigentlich nur die Leute beobachtet. War sehr konzentriert. Mehr war das wirklich nicht.

Der Vortrag des Referenten war eine Katastrophe. Das war übrigens der Vorsitzende der Stiftung, über die uns Maren Unterlagen geben wollte.«

»Pah. Die haben die Stiftung rausbekommen? Das ist ja ein Ding!« Julia Bachmann war beeindruckt.

»Ja schon. Aber konkrete Erkenntnisse haben die noch nicht, oder er hat eben nichts sagen wollen. Natürlich kannst du davon ausgehen, dass die schon viel mehr wissen ... wenn sich Commisario persönlich am Freitagabend auf den Weg macht, um diesen Präses da zu beobachten. Na ja. Aber, wie gesagt. Alles sehr unauffällig und wenig spektakulär. Aber eines ist mir doch klar geworden. Ich möchte nicht von ihm verfolgt werden.«

»Von diesem Bucher?«, fragte Julia Bachmann nach.

»Ja. Der hat diesen Stiftungspräses in einen Blickkontakt verwickelt ... aber hallo! ... also, das war schon sehr bedrohlich. Ich glaube, der gute Mann ist ganz schön erschrocken.«

»Und?«

»Ja nichts und. Ich denke, es ging eher darum, diesen Präses unter die Lupe zu nehmen, denke ich, um sich ein Bild von seiner Persönlichkeit zu machen. Sie werden ihn in den nächsten Tagen sicher befragen oder vernehmen. Das ist aber nur Spekulation. Mehr weiß ich darüber wirklich nicht. Er hat mir über den Fall natürlich gar nichts erzählt. Das hatte ich ja auch nicht erwartet. Ich würde es an seiner Stelle ja auch so machen.«

»Ist ja auch nicht so wichtig«, wechselte Julia Bachmann abrupt das Thema.

»Was interessieren auch Mörder ... mal was anderes, Wichtigeres ... was hattest du an?«

»Du bist doof!«

»Sag schon«, bellte sie gekünstelt ins Telefon und ließ ein gehässiges Lachen folgen.

Miriam Weber schnaufte laut. »Das schwarze Kostüm.«

»Oh. Passend. Bei dem kalten Wetter. Und ... hat es was gebracht?«

»Du nervst.«

»Ja, ich weiß ... aber ich stehe dazu«, konterte Julia Bachmann unbeeindruckt.

»Was verstehst du eigentlich unter ›gebracht‹?«, fragte Miriam Weber.

»Das weißt du ganz genau!«

»Liebe Julia, das war kein Rendezvouz, sondern ein ... ein Arbeitstreffen.«

»Ach, so.«

»Ja ... ach so!«

Für einige Sekunden herrschte Schweigen. Dann lachten beide laut los.

»Wann trefft ihr euch wieder?«, fragte Julia Bachmann, diesmal ohne zu flachsen, mit ernsthaftem Interesse.

Bucher saß am Küchentisch und beobachtete, wie sich auf der Butter, die er gerade aus dem Kühlschrank geholt hatte, kleine Wassertropfen bildeten. Auch eine Möglichkeit, an einem freien Wochenende die Zeit totzuschlagen. Er hatte lange geschlafen, war trotzdem noch müde. Wie in Zeitlupe hatte er den Frühstückstisch gedeckt. Eigentlich hätte er einkaufen müssen, der Müll im Keller musste endlich weg und auf der Post lag ein Paket, das auf Abholung wartete. Nicht daran zu denken. Er schmierte lustlos Butter aufs Brot. Dann nahm er das Telefon und läutete bei Miriam Weber an. Er ließ es einige Male klingeln und wollte beinahe schon auflegen, als er die missmutige Stimme von Miriam Weber zischen hörte. »Du nervst jetzt wirklich!«

Er war verdutzt und zog es vor, erst einmal zu schweigen.

»Mhm ...«, rang er schließlich hervor, als vom anderen Ende keine Antwort zu hören war. Dann vernahm er eine verlegen klingende Entschuldigung. Sie erklärte, sie hätte gerade erst mit einer Freundin telefoniert.

»Sehen Sie denn auf dem Display nicht, wer anruft?«, fragte Bucher und ärgerte sich gleich über die dumme Frage. Schließlich wurde ja seine Nummer nicht an andere Telefone übertragen. So verquer denkt nur ein Polizist, dachte er. Und weshalb stellte er überhaupt so eine Frage. Er bog ab.

»Ähm ... weswegen ich anrufe ... ich wollte Ihnen nur noch einmal sagen, dass es für mich sehr wichtig war, diesen Präses zu sehen ... und ... ja ... ich habe mich gestern Abend gar nicht für Ihre Mühe bedankt.«

»Doch. Haben Sie«, sagte Miriam Weber und brachte Bucher kurzfristig aus dem Konzept.

»Ach ja ... habe ich ...«, sagte er verunsichert.

»Mhm. Egal, dann bedanke ich mich hiermit eben noch mal ... ausdrücklich. Außerdem habe ich Ihnen ja auch einen kostbaren freien Freitagabend geraubt, mit dieser fürchterlichen Veranstaltung.« Er spürte, wie sein Kopf immer heißer wurde angesichts seines peinlichen Gestammels.

»So schlimm war das nun auch nicht. Für mich war es sogar sehr spannend«, sagte sie ruhig.

Am liebsten hätte er aufgelegt.

»Mhm. Ja schön ... also ich möchte Sie einfach einladen ... in der Nymphenburger Straße gibt es ein grandioses Restaurant, wie ich finde. Das sind Grazer, die französische Küche mit steyrischer mischen. Wenn Sie Lust haben?

Er wartete.

»Klingt gut ... und ... wann dachten Sie?«

Dachten Sie, wiederholte er ihre Worte still. Genau. Gedacht hatte er noch überhaupt nichts. Er hätte es sein lassen sollen, heute Morgen, in diesem Zustand bei ihr anzurufen.

»Ich habe mir noch keine Gedanken darüber gemacht. Im Moment geht es wegen den Ermittlungen, was Termine anbelangt, drunter und drüber. Ich möchte da noch gar nichts fest ausmachen, um dann nicht absagen zu müssen.«

Miriam Weber ließ ein verständnisvolles »Mhm« hören.

»Ich rufe Sie wieder an, ja?«

»Aber natürlich, kein Problem. Meine Nummer haben Sie ja.«

»Ja ... die habe ich.«

»Wie geht es Ihnen«, fragte sie.

»Wie ... wie bitte.« Die Frage kam überraschend. Ihm fiel auf, dass er schon lange nicht mehr gefragt worden war, wie es ihm ginge. Zumindest nicht in einem solchen Ton.

»Wie es Ihnen heute geht?«, fragte sie wieder und lachte.

Am liebsten hätte er gesagt, dass es ihm jetzt, wo er mit ihr telefonierte, schon viel besser ging. Er ließ es sein. Feigheit.

»Naja. Müde. Und im Haus habe ich noch so viel zu tun, aber da fehlt mir absolut die Lust dazu. Im Grunde genommen hänge ich im Moment hier rum und grübele, wie es mit den Ermittlungen weitergehen soll.«

»Ich komme heute auch nicht in Schwung«, sagte sie.

Sie wechselten noch einige belanglose Sätze und einigten sich darauf, dass das Wetter für ihre eigentümliche Stimmung verantwortlich sei. Beide wussten, dass das Wetter ausschließlich für das Wetter verantwortlich war.

Bucher klatschte Marmelade auf die Butterbrote und frühstückte. Danach fuhr er einkaufen, schwatzte mit seinen Nachbarn lange draußen in der Kälte. Er hatte es sogar geschafft, noch auf der Post das Paket abzuholen. Ein Weihnachtspäckchen seiner Schwester, das ihm wahnsinnig Freude bereitete. Am Nachmittag legte er sich auf die Pritsche, ließ Miles Davis jammern und nahm sich die Akte St. Pölten vor. Er sah noch mal kurz über die Bildmappe mit den Tatortaufnahmen, ging den Spurenbericht durch und las dann eine Zusammenfassung des Ermittlungsberichts. Katharina Schwelgner war dreiunddreißig Jahre alt, lebte alleine in ihrer neuen Dreizimmerwohnung im zweiten Stock, hatte sich vor gut einem Jahr vor ihrem Tod von ihrem langjährigen Partner getrennt. Zum Tatzeitpunkt bestand keine feste Beziehung. Sie arbeitete als Redakteurin bei einem regionalen Tourismusmagazin. Als einzige fest angestellte Kraft war sie de facto Chefin des Blattes. Erkenntnisse über häufig wechselnde Sexualkontakte lagen nicht vor. Sie war sozial sehr engagiert, unterstützte in ihrer Freizeit eine Obdachlosenzeitung und war aktives Mitglied der Kirchengemeinde. Keine Vorstrafen, keine Schulden, keine ausgefallenen Hobbys und bei ihren Nachbarn war sie wohl gelitten. Es gab keinen Streit.

Bucher legte den Bericht zur Seite. Die Parallelen konnten zufällig sein, waren jedoch sehr auffällig. Dazu kam die frappierende Ähnlichkeit der beiden. Das konnte doch kein Zufall sein. Zwei Frauen, etwas im gleichen Alter, selbstständig, unabhängig, ohne partnerschaftliche Bindung, sozial und kirchlich engagiert. Beide in geordneten Lebensverhältnissen, wie das genannt wurde. Was verdammt noch mal steckte hinter diesen Morden?

Er legte die die Akte beiseite, streckte sich ausgiebig und legte ein paar Scheiter nach, bevor er weiterlas. Die Ermittlungen der Kollegen aus St. Pölten erbrachten keinen konkreten Tatverdacht. Ein Täterprofil war nicht erstellt worden. Die unergiebigen Personenermittlungen und die aus kriminalistischer Sicht verheerend dürftige Spurenlage führten zur frühzeitigen Einstellung der Ermittlungen. Höslberger hatte handschriftlich auf einem orangenen Post-it-Zettel vermerkt, dass seine Datenbankabfrage ergeben hatte, dass eine Tat mit vergleichbarem Tatmuster seither in Österreicher nicht mehr registriert worden war. Bucher legte die Akte auf den Fußboden und dachte, aber wir haben jetzt eine exakte Kopie von deinem Fall hier liegen. Das wird dich sicher interessieren, Kollege.

Was hatten sie bisher in Händen? Staffer! Der war intelligent, arrogant und skrupellos. Er hüllte sich in den Mantel eines Wohltäters, des Hirten und Schutz glaubte er wohl in der Würde seines Berufes zu finden. Pfarrer, Präses. Wer würde sich da schon rantrauen. Allerdings! Batthuber und Hartmann hatten eine hervorragende Zeugin ausfindig gemacht und Staffer würde ein wasserdichtes Alibi benötigen. Aber ein objektiver Beweis, die klassische kriminalistische Spur, hatten sie nicht gegen ihn in die Hand bekommen. Zumindest noch nicht. Das würde das Vorgehen gegen ihn erschweren. Und sein sozialer Status konnte nicht außer Acht gelassen werden. Ein richtig heißes Eisen, das Bucher da schmieden musste. Das Thema Wellberg war angesichts der Konzentration auf Staffer nur Nebenschauplatz. Dann dieser Mord aus St. Pölten. Fast ein Abziehbild der Tat an Maren Hengersberg. Wo konnte die Schnittstelle liegen?

Bucher überlegte lange. Dann entschied er sich, Staffer am Montag mit den Ermittlungen zu konfrontieren. Weiteres Zuwarten brachte ja auch nichts. Mehr Spuren waren nicht zu bekommen. Vielleicht war es möglich, ihn mit den gewonnenen Erkenntnissen über die Stiftung Johannesberg unter Druck zu setzen. Alleine auf die Zeugin Knoller konnten sie sich nicht verlassen. Bucher war der Meinung, genügend Druckmittel gegen Staffer in der Hand zu haben, und kam zu dem Ergebnis, dass Staffer niemals das Risiko eingehen würde, als Tatverdächtiger festgenommen zu werden. Beim Durchspielen der verschiedenen Varianten stolperte er immer wieder über eine Hürde. Die Vorstellung, dass ein Pfarrer eine solch brutale Tat verübt haben könnte, fiel ihm nicht leicht. Wenn es sich herausstellte, dass er im Zeitraum des Mordes an Katharina Schwelgner im Raum St. Pölten gewesen war, würde es für Staffer kein Entrinnen mehr geben. Da war sich Bucher sicher. Es hing also alles von den Alibis ab, die Staffer vorzuweisen hätte. Hartmann und Batthuber würden sich freuen. Jetzt war Zeit für ein bisschen Entspannung. Er schaltete den Fernseher ein und verfolgte den letzten Spieltag der Bundesliga. Keine gute Entscheidung. Freiburg verlor an diesem Samstag im Dezember.

Den Sonntag verbrachte er mit Fernsehen, Lesen, Musikhören und Dösen. Am Nachmittag kam Engelbert, sein Nachbar, herüber. Er brachte zwei Stücke Kuchen und Stallgeruch mit. Sie tranken Kaffee und redeten über das Haus, Geschichten aus dem Dorf. Es war schön. Am Abend räumte er auf und bereitete sich auf den Montag vor. Er holte sich die Akte und ordnete die Papiere. Ihm fiel ein, dass er die Bildtafeln noch gar nicht alle durchgesehen hatte. Er blätterte sie durch und stieß auf die Fotos der Obduktion. Eher oberflächlich ließ er die Bögen durch die Hände gleiten. Die erste Aufnahme zeigte den entkleideten Leichnam auf einem Stahltisch. Bucher betrachtete die Aufnahme der Leiche. Irgendetwas war da. Er nahm die Blätter noch mal aus dem Ordner und setzte sich an den Küchentisch. Er betrachtete die Übersichtsaufnahme, die Details der Verletzungen. Schließlich holte er noch einmal die Tatortfotos heraus. Die brachten ihn nicht weiter. Er schmiss die Blätter auf den Tisch und wanderte aufgewühlt in der Küche umher. »Was ist da!?«, rief er mehrmals laut in den Raum. Er setzte sich wieder hin und wählte eine andere Methode. Quadratzentimeter für Quadratzentimeter arbeitete er ab. Verringerte oder vergrößerte seinen Betrachtungsabstand. Es ermüdete ihn zusehends. Er quälte sich, glaubte nicht, dass ein anderer mehr erkennen würde. Er sah etwas, was nur er sehen konnte. Er trank den Wein wie Wasser. Das Denken fiel ihm immer schwerer und eine Mattigkeit drückte ihn schließlich nieder. Er döste auf der Pritsche ein und wachte nach zwei, drei Stunden wieder auf. Er ging zur Spüle und schmiss sich kaltes Wasser ins Gesicht, dann setzte er sich wieder an den Tisch, auf dem die Bögen mit den grausigen Aufnahmen verstreut lagen. Er schloss die Augen, versuchte zu sich zu kommen und wartete bis Atem und Herz in Gleichklang waren. Dann betrachtete er nochmal die Aufnahmen.

Jetzt endlich sah er es. Ganz deutlich. Und er erkannte es auch – wieder.

Die Nacht war keine Nacht für ihn. Zu keiner Minute fand er Schlaf oder wenigstens Ruhe. Schon früh war er losgefahren. Die Gänge im LKA waren noch einsam, voller Stille und Dunkelheit. Ein so krasser Gegensatz zu den grellen Lichtkegeln der Sicherheitsbeleuchtung. Beim Pförtner im Vorraum brannte ein kleines schwaches Notlicht. Bucher eilte in sein Büro und holte die Akten von Maren Hengersberg. Er suchte die Fotografien heraus, die bei der Obduktion gefertigt worden waren, und verglich sie mit den Aufnahmen aus St. Pölten. Kein Zweifel! Aber es wird schwierig sein, das darzustellen, dachte er. Batthuber würde das machen müssen. Vielleicht war noch einiges an Technik zu beschaffen. Gut, dass noch Geld da war. Er schrieb eine Mail an Kundermann, in der er mitteilte, dass sie in der aktuellen Ermittlung auf Haushaltsmittel zugreifen würden. Dann schaltete er Licht und Monitor des PCs aus. Saß im Dunkel des Büros und fing an zu konstruieren. Die Dinge wurden komplizierter, mysteriöser. Was hatte das alles zu bedeuten? Noch fand er keine Antwort darauf. Er setzte Kaffee auf und wartete, bis die anderen erschienen waren. Batthuber war als Letzter gekommen und machte einen äußerst müden Eindruck. Bucher erzählte kurz von seinem Ausflug am Freitag. Über seine Entdeckung verlor er kein Wort. Er erklärte den anderen, dass sie heute zu Staffer fahren würden, um ihn mit den Vorwürfen zu konfrontieren. Er erläuterte seine Gedankengänge vom Wochenende und dass er auf eine Kooperation Staffers hoffte. Wenn Staffer nicht mitmachte und sich hinter einem Rechtsanwalt verstecken wollte, dann würde unverzüglich Haftbefehl beantragt werden. Die Diskussion war kurz. Batthuber und Hartmann waren sowieso scharf darauf, endlich den Zugriff zu machen. Lara Saiter war in dieser Sache emotionslos. Bucher ging auf die Akte der Kollegen aus St. Pölten ein und erläuterte die auffällige Ähnlichkeit der beiden Mordopfer. Batthuber war ganz begeistert und konnte gar nicht verstehen, weshalb die anderen so gar nicht freudig reagierten. Hartmann erklärte ihm, dass dieser Fall aus St. Pölten unter Umständen auch zu einer Fußangel werden konnte. Wenn Staffer kein Alibi für den Tatzeitraum des Mordes an Maren Hengersberg aufbieten konnte, andererseits aber eindeutig nachweisen würde, dass er im Zeitraum des Mordes an Katharina Schwelgner nicht in St. Pölten war, dann hätten sie ein Problem. Jeder Rechtsanwalt würde auf dem St. Pöltner Fall herumhacken. Es würde sehr schwierig für sie werden, denn der große unbekannte Täter würde viel Raum einnehmen, in der Verhandlung, in der Presse. Eine schwierige Situation. Bucher stimmte dem zu. Er erwähnte jedoch nach wie vor keine Silbe über seine Entdeckung auf den Obduktionsfotos. Er wollte ganz sichergehen und brauchte die ganze Aufmerksamkeit des Teams für die bevorstehende Arbeit mit Staffer. Nach der Besprechung ging er zu Batthuber und gab ihm die Obduktionsfotos beider Fälle. Er bat ihn, sie hochauflösend zu scannen. Ihm waren vor allem die Bereiche der Verletzungen wichtig. Batthuber war überhaupt nicht begeistert, denn er wollte mit dabei sein, wenn sie Staffer vernahmen. Bucher blieb hart. Doch er wusste, wie er den Kleinen entschädigen konnte.

»Hör zu, Armin. Wir brauchen die Aufnahmen, sie sind wichtig. Du gehst heute Vormittag noch in die Schillerstraße und kaufst uns ein Notebook. Wenn notwendig, auch einen Scanner dazu, wenn du auf die Schnelle hier nicht an so ein Ding rankommst. Kundermann weiß Bescheid, das geht klar. Ruf bei Eichi an ... der sagt dir, in welchen Geschäften du auf Rechnung kaufen kannst.«

Batthuber schaute ihn erstaunt an und fragte. »Ich kann also kaufen, was ich möchte!?«

»Ja. Wichtig ist nur, dass es was taugt und dass man einen Beamer anschließen kann. Ich will euch was zeigen.«

»Das mit dem Beamer funktioniert bei allen. Wie viel darf ich ausgeben?«

»Du musst es nicht übertreiben. Ich will keinen Schnickschnack, sondern was Solides, ja!«

Bucher sah, dass sich Batthubers Enttäuschung darüber, nicht bei Staffer dabei sein zu können, langsam zerstreute.

»Scanne die Fotos ein und bereite Notebook und Beamer schon mal vor. Im Besprechungsraum.«

Batthuber machte sich auf den Weg zum Geschäftszimmer, um sich über die geeigneten Shops zu informieren, da rief ihn Bucher auf dem Gang noch mal zurück.

»Warte kurz, Armin.« Er ging in sein Büro, holte ein ausgerissenes Blatt Papier und gab es Batthuber. »Das bitte auch scannen, ja. Und wir brauchen eine Software, mit der man die Fotos verändern kann, also drehen und so.«

Batthuber sah entgeistert auf das Blatt, welches Bucher ihm in die Hand gedrückt hatte, und fragte:

»Du meinst eine Bildbearbeitungssoftware?«

»Genau. Kümmere dich drum. Ach, und noch was. Rufe bitte bei dem Kollegen Höslberger in St. Pölten an, die Nummer ist noch in meinem Wiederwahlspeicher. Wir müssen wissen, ob Staffer im Tatzeitraum in St. Pölten war. Die müssen die Meldelisten der Hotels und Pensionen durchgehen. Ganz wichtig ist, dass die abklären, ob Katharina Schwelgner irgendetwas mit einer Stiftung zu tun hatte und ob in ihrem Umfeld die Namen Staffer und Hengersberg auftauchen. Also, auch die Arbeiten, die wir auch noch erledigen müssen. Du kannst ihm ja kurz erläutern, was sich bei uns tut. Und richte ihm aus, dass ich mich noch bei ihm melden werde.«

Bucher eilte in sein Büro und ließ Batthuber etwas verloren am Gang zurück. Er hatte jetzt keine Zeit für weitere Erklärungen. Gerade als er weiterwollte, klingelte das Telefon. Kundermanns Nummer erschien im Display. Bucher nahm ab. Kundermann schnaufte aufgeregt ins Telefon, dass man sich sofort bei Weiss treffen werde. Auf Buchers Frage, weshalb, folgte keine Antwort. Kundermann hatte bereits aufgelegt. Bucher überlegte, was wohl los sein konnte. Er gab den anderen Bescheid, dass er noch zu Kundermann und Weiss müsse, und meinte, dass sie ja schon mal losfahren könnten. Man träfe sich dann bei Staffer.

Kundermann war bereits in Weiss' Büro. Weiss saß hinter seinem Schreibtisch, winkte ihn heran und reichte ihm wortlos die Kopie eines Briefes. Der Briefkopf stammte vom Kirchenamt in Augsburg. Bucher entfuhr ein kurzer, verwundertes »Ah!«.

Während er las, schnaubte Kundermann laut und rutschte aufgeregt auf seinem Stuhl herum. Als Bucher alles gelesen hatte, gab er den Brief an Weiss zurück und sagte gelassen. »Dann sind wir ja offensichtlich auf dem richtigen Weg.«

Kundermann war sichtlich sprachlos.

Weiss zog eine fragende Grimasse und fragte, »Meinst du wirklich?«

Er deutete auf das Schreiben. »Das ist ein Frontalangriff, zwar gut getarnt und ziemlich hinterhältig, aber ... ist er begründet?«

Kundermann hob an zu reden, bevor Bucher antworten konnte. »Auf jeden Fall kann man Ermittlungen so nicht führen ...«, er legte Entrüstung in seine Stimme, »... dass ein Bischof sich beschwert. Da muss man doch sensibler vorgehen, Bucher. Das muss ich Ihnen schon sagen. Jetzt haben wir riesige Schwierigkeiten am Halse hängen und Sie sind mit Ihren Ermittlungen noch keinen Schritt weiter gekommen!«

Bucher hätte ihn fressen können, für diesen charakterlosen Angriff, aber er ging überhaupt nicht darauf ein, ignorierte den Kerl neben sich und sprach zu Weiss.

»Zum einen ... es ist nur ein Regionalbischof ... bis vor kurzem noch Kreisdekan genannt. Und dann ... diesem Schreiben entnehme ich keinerlei Kritik. So wie ich es verstehe, handelt es sich um die Anfrage, weshalb die Stiftung Holtern zum Ziel der Ermittlungen in einem Mordfall wird. Die Besorgnis, die sich da zwischen den Zeilen herauslesen lässt, ist allerdings begründet, wie das unsere bisherigen Erkenntnisse auch darlegen. Die Frage, die sich mir stellt, lautet: Wie kommen die dazu, sich schriftlich an das Ministerium zu wenden und solche Fragen zu stellen? Das Kirchenamt Augsburg hat weder organisatorisch noch sonst wie etwas mit dieser Stiftung zu tun. Das ist eine völlig eigenständige

Körperschaft. Die einzige Verbindung besteht darin, dass ein Pfarrer die Stelle des Präses übernimmt und ein Mitglied des Kirchenamtes Augsburg im Verwaltungsbeirat sitzt. Ich denke eher, da ist etwas falsch verstanden worden, im Kirchenamt. Dieser Brief ist unklug, einfach unklug. Wie kommt der überhaupt in deine Hände?«

Er schaute Weiss fordernd an. Der tat, als hätte er die Frage nicht gehört.

Bucher ließ sich von dem Brief nicht beeindrucken. »Unsere Ermittlungen werden weitergeführt wie bisher auch. Wir werden nichts ändern.«

»Das werden Sie wohl oder übel müssen!«, schnaubte Kundermann.

»Sicher nicht!«, fegte Bucher zu ihm hinüber. Etwas zu aggressiv, wie es ihm selbst vorkam. »Noch leitet die Staatsanwaltschaft die Ermittlungen. Ich werde sie von dem Schreiben selbstverständlich in Kenntnis setzen. Aber wir machen unsere Arbeit so weiter, wie bisher!«, dann drosselte er die Bestimmtheit seiner Worte etwas und sprach ruhig, dennoch entschieden weiter. »Die anderen sind gerade auf dem Weg nach Oettingen, zu diesem Präses Staffer. Wir werden ihn heute in die Mangel nehmen.«

Kundermann blickte Bucher entsetzt an. Weiss blieb unbeeindruckt. Er deutete auf den Brief und fragte. »Worin liegt der Grund für dieses Schreiben ... ich meine, ich kenne den Zwischenbericht ... über diesen Staffer. Aber was war der Auslöser für das hier?«

Bucher zuckte mit den Schultern. »Wir waren am letzten Dienstag bei einem Ehepaar Thonn. Die beiden leiten das Seniorenheim. Natürlich haben wir die üblichen Fragen gestellt und das mag lästig gewesen sein. Aber das alleine rechtfertigt so ein Schreiben nicht.«

Er sah kurz mit einem verächtlichen Blick zu Kundermann. »Ich denke, dass Staffer da seine guten Beziehungen missbraucht hat und die Verantwortlichen im Kirchenamt dieses Schreiben sehr bald als peinlich empfinden werden. Unsere Beweislage ist äußerst stabil. Wir haben eine Zeugin für Staffers Anwesenheit am Tatort, etwas wackelig zwar, aber immerhin. Und wir haben ein Motiv. Maren Hengersberg hat gegen die Stiftung belastendes Material zusammengetragen und bereits Kontakt mit der Presse aufgenommen. Sie wollte Unterlagen über diese Sache zwei Journalistinnen übergeben. Diese Akte ist bis heute verschwunden. Weder in der Wohnung noch an ihrer Arbeitsstelle haben wir etwas finden können. Ist doch seltsam, oder?«

Bucher sah Weiss nachdenklich an. »Was mich aber wirklich wundert, ist, das ist der Absender dieses Briefes. Wie gesagt, die Stiftung ist schließlich autark. Wenn sich einer über mich hätte beschweren wollen, dann Staffer. Aber der bleibt in Deckung. Vielleicht gibt es da eine Verbindung, die uns bisher noch nicht aufgefallen ist ...« Er schüttelte nachdenklich den Kopf. »Ich denke aber, wir haben da den Nerv getroffen. Das Ding hier ist eine Panikreaktion. Wenig durchdacht und einfach peinlich. Ein Politiker im Ministerium steigt doch da nicht ein. Nicht bei einem Mord! Nein. Da liegen die Nerven blank. Das lässt mich unbeeindruckt.«

Weiss hatte stumm zugehört und nun war er es, der unfair war. »Wie beurteilen denn Sie die Ermittlungslage in Bezug auf diesen Staffer, Herr Kundermann?«

Bucher hatte keinerlei Mitleid. Es war vollkommen klar, dass Kundermann die Zwischenberichte überhaupt nicht gelesen hatte. Aber der zog sich elegant aus der Affäre. Das wenigstens konnte er.

»Na ja. Wie Bucher schon sagte, solange die Staatsanwaltschaft mitspielt, geht alles den normalen Gang. Ich denke aber trotzdem, dass die Ermittlungen so geführt werden sollten, dass es erst gar nicht zu solchen Irritationen kommen kann!«

Bucher dachte, du kannst mich mal, und sagte zu Weiss. »Ich muss los. Staffer wartet.«

Vom Auto aus telefonierte er mit der Staatsanwältin, erzählte ihr von der Anfrage des Kirchenamts und legte ihr dar, wie er vorgehen wollte. Sie hatte Zweifel, ob Staffer sich unter Druck setzen lassen würde, stimmte der von Bucher vorgeschlagenen Vorgehensweise aber zu. Sollte Staffer nicht kooperieren, sagte sie zu, einen Haftbefehl zu erlassen. Obwohl Bucher wegen der Besprechung bei Weiss später losgefahren war, fand er sich alleine auf dem Parkplatz vor Staffers Haus in Oettingen. Lara Saiter und Alex Hartmann hatten sich verfahren und trafen erst einige Minuten später ein. Sie hatten während der Fahrt bei Staffer angeklingelt. Als der abgenommen hatte, legten sie wieder auf. Er war also zu Hause. Bucher unterrichtete beide über das eigentümliche Schriftstück, das in Weiss' Hände gelangt war, und sie vereinbarten, gegenüber Staffer gar nicht darauf einzugehen.

Das Eisentor war nur angelehnt. Heftige Böen, die unregelmäßig über den gefrorenen Boden tobten, verfingen sich in den Windungen des Schmiedeeisens. Ein feines Jaulen begleitete dann das Rauschen des Windes. Sie gingen auf dem Kiesweg zum Eingang des alten Herrschaftshauses und klingelten. Es war Staffers Frau, die öffnete. Sie stand im Türrahmen und blickte die drei zunächst freundlich fragend an. Lara Saiter übernahm die Begrüßung und bat Herrn Staffer sprechen zu dürfen. Dessen Frau schien jetzt verunsichert. Sie war klein und zierlich. Die lockigen Haare fielen bis zur Schulter und waren schon stark ergraut. Es machte sie älter, als sie wirklich war. Ihre Haltung vermittelte Anspannung, so leicht gebeugt. Fast hätte Bucher ein wenig Mitleid empfunden, mit ihr, obwohl er sie gar nicht kannte. Doch sein Blick in ihr braun gebranntes Gesicht mit den aztekischen Zügen, vor allem der markanten Hakennase, vertrieb diese Anwandlung. Hinter dieser kleinen, gebeugten Gestalt mit der leisen Stimme lauerte eine zähe Persönlichkeit. Wie war das noch mal. Hinter jedem starken Mann steht eine starke Frau. Und wer stand hinter einem brutalen Mann?

Mit Kriminalpolizei hatte sie nicht gerechnet. Zögernd bat sie die Beamten hereinzukommen und ging zum Büro ihres Mannes. Er saß gerade hinter einem wuchtigen Schreibtisch und las, als sie die Türe öffnete. Die drei waren dicht hinter ihr geblieben und sahen in das Büro. Sie sagte, dass Kriminalpolizei hier sei, die ihn sprechen wollte. Ihre Stimme klang flattrig und aufgeregt. Staffer selbst blieb völlig gelassen. Bucher sah, wie er sich langsam erhob und ihm entgegenging. Er bat Bucher und seine Kollegen mit einer stummen, einladenden Geste in sein Arbeitszimmer. Seiner Frau widmete er keinen Blick, bedachte sie lediglich mit einem »Ist schon gut«, was für sie bedeutete, wieder zu gehen. Er schloss die Türe hinter sich und wies zu einem ovalen Besprechungstisch in der rechten Ecke des riesigen Raumes. Er selbst setzte sich an die Stirnseite, so als würde er einer Besprechung vorsitzen. Lara Saiter und Alex Hartmann nahmen an den Längsseiten Platz. Bucher wollte Staffer nicht so einfach eine dominierende Position erlauben und wählte die ihm gegenüberliegende Stirnseite des Tisches.

Staffer saß leicht vornübergebeugt und hatte die Unterarme auf die Tischplatte gelegt, um sich abzustützen. Er begann das Gespräch offensiv.

»Sie kommen wegen Maren Hengersberg.«

»Wir kommen wegen dem Mord an Maren Hengersberg«, entgegnete Bucher.

Staffer sah ernst und nachdenklich auf die Einlegearbeiten der Tischplatte und ließ nur ein halblautes Grummeln hören. Bucher sprach nicht weiter. Er wollte hören, was Staffer von sich aus sagen würde.

»Herr Thonn hat mich angerufen und mir mitgeteilt, dass Polizei oben in der Stiftung gewesen sei und Frau von Schwingenstein befragt habe. Ich gehe davon aus, dass Sie das waren. Wie er mir weiter mitteilte, fand das Gespräch zwischen Ihnen und dem Ehepaar Thonn in einer ... sagen wir ... etwas angespannten Atmosphäre statt.«

Er blickte freundlich in die Runde.

Bucher lächelte und sagte. »Das passiert schon mal, wenn wir unserer Arbeit nachgehen. Dass Menschen diese Situation für sich als angespannt empfinden.«

Staffers Mienenspiel wechselte hin zu einer professionell ernsten Betroffenheit. Er gab die Gesprächsführung nicht aus der Hand, indem er die Sache mit Thonn sein ließ und das Thema wechselte.

»Das ist ein sehr trauriges und tragisches Geschehen. Wir waren sehr erschüttert, als wir erfuhren, was Frau Hengersberg widerfahren ist. Wissen Sie, wir trafen uns öfter, oben, im Stiftungsheim. Sie hat sich sehr intensiv um ihre Tante gekümmert. So, wie man sich das eigentlich vorstellt. Die beiden haben sehr viel gemeinsam unternommen. Vor allem kulturelle Dinge. An Konzertbesuche erinnere ich mich da hauptsächlich. Sehr schade. Gerade für Frau von Schwingenstein.«

»Sicher«, entgegnete Bucher emotionslos. Staffer sah ihn durchdringend, fast lauernd an. Bucher war sicher, dass er ihn bereits als denjenigen wiedererkannt hatte, der ihn am Freitag so intensiv mit Blicken fixiert hatte.

Staffer richtete sich im Stuhl auf. Er drehte seine Handflächen öffnend nach oben. »Nun. Was führt Sie zu mir und wie kann ich Ihnen bei Ihrer Arbeit helfen? Aber zuvor noch eine Frage meinerseits. Entschuldigen Sie bitte meine Neugier, aber ... Mhm ... weshalb ermittelt eigentlich das Landeskriminalamt in diesem Fall. Werden solche Fälle denn nicht von den Kriminalpolizisten vor Ort bearbeitet? In Augsburg gibt es doch auch eine Kriminalpolizei, oder? Liege ich da falsch?«

Bucher lächelte ihm offen zu und ging auf seine Fragen nicht ein.

Er sagte lapidar. »Ja. Natürlich. Wir ermitteln in diesem Fall.«

»Aber Herr Staffer, nun zu Ihrer Frage, wie Sie bei unseren Ermittlungen helfen könnten. Unsere bisherigen Nachforschungen haben Erkenntnisse hervorgebracht, die zwar noch weiter verifiziert werden müssen. Aber es stellen sich einige Fragen, die im Zusammenhang mit Ihnen stehen. Mein Kollege, Herr Hartmann, wird Ihnen näher erläutern, was uns zu Ihnen führt.«

Hartmann zog ein gefaltetes Blatt Papier aus seinem gelben Jackett, faltete es langsam auf, betrachtete es für ein, zwei Sekunden und schob es wortlos dem links von ihm sitzenden Staffer zu. Es handelte sich um das Phantombild. Staffer nahm das Blatt in die Hände und betrachtete es ausgiebig. Natürlich konnte er feststellen, dass zwar eine Darstellung des Gesichtes fehlte, eine Ähnlichkeit mit ihm aber durchaus bestand. Bucher ließ ihm Zeit. Staffer schob das

Phantombild in Richtung Hartmann. Ihm war keinerlei Regung anzumerken. »Wo haben Sie denn dieses Bildchen her?«, fragte er und lächelte Bucher fast belustigt an.

Hartmann ließ sich seinen Part nicht so einfach wegnehmen. »Herr Staffer, die Frage lautet, wie kommt es, dass Zeugen bei der Erstellung dieser, nennen wir es Beschreibung, mitgewirkt haben und damit die Aussage verknüpfen, dass die dargestellte Person im infrage kommenden Tatzeitraum Maren Hengersberg besucht hat.«

Staffer benötigte keine Sekunde zum Nachdenken. Er sah Bucher an, während er Hartmanns Frage beantwortete. »Wie Ihre Zeugen darauf kommen, weiß ich auch nicht.«

Hartmann war dadurch nicht zu beeindrucken. »Wo waren Sie am Sonntag, den 19. November zwischen fünfzehn und einundzwanzig Uhr, Herr Staffer?«

Staffer sah auf die Tischplatte und schüttelte den Kopf. Er sagte. »Entschuldigen Sie bitte, Herr ... Hartmann. Ich war noch nie in einer solchen Situation. Sie legen mir hier ein Phantombild vor, wenn man das überhaupt so nennen kann, und fragen mich nach einem Alibi. Also bitte! Ja!« Seine Stimme wechselte bei den letzten Worten schlagartig in einen scharfen, herrischen Ton. Dann setzte er nicht weniger aggressiv seinen Angriff fort. »Ich bin doch der Meinung, dass in einem Rechtsstaat wie dem unseren vor einer solchen Frage eine Belehrung erfolgen sollte. Wollen Sie mir vielleicht unterstellen, ich stehe in irgendeinem Zusammenhang mit der schrecklichen Tat an Frau Hengersberg!?«

»Niemand wirft Ihnen etwas vor. Ich habe eine einfache Frage gestellt. Wo waren Sie zum genannten Zeitpunkt? Wenn Sie eine nachvollziehbare Antwort auf diese Frage haben, können wir weiterreden«, entgegnete Alex Hartmann ruhig.

»Was weiß denn ich, was ich vor drei oder vier Wochen gemacht habe. Was fällt Ihnen ein! Das ist eine Unverschämtheit. Sind Sie sich überhaupt darüber im Klaren, in welchem Haus Sie sind? Ich möchte sofort meinen Rechtsanwalt sprechen!«, bellte Staffer. Nun in Richtung Hartmann.

Der lehnte sich ruhig nach hinten und sah seine Kollegin gelangweilt an. Als Staffer fertig war, sagte er. »Gehen Sie an ihren Schreibtisch holen Sie Ihren Terminkalender, ich gehe davon aus, Sie haben so etwas, und dann erarbeiten wir uns gemeinsam ein Zeitdiagramm.«

»Vergessen Sie das.« Staffer stand auf.

»Bitte gehen Sie! So geht das nicht!«

Hartmann sah Bucher an. Der sah zu Staffer und sagte. »Setzen Sie sich wieder hin, Herr Staffer. Sie haben die Wahl. Entweder Sie führen Ihren Konfrontationskurs weiter. Gut. Dann werden wir Sie hier festnehmen und mit nach München nehmen und Sie können die nächste Zeit in Stadelheim verbringen. Die Staatsanwaltschaft hat einem Haftbefehl bereits zugestimmt. Ich darf Ihnen weiter versichern, dass uns sehr wohl bekannt ist, in welchem Haus wir uns hier befinden. Wir haben das sehr genau recherchiert, Herr Staffer.«

Er betonte den letzten Satz derart, dass eine Zweideutigkeit unüberhörbar war. Dann bedeutete er Staffer, sich wieder zu setzen, und sprach in eindringlicher Weise weiter.

»Die Alternative wäre, Sie liefern uns für den von meinem Kollegen genannten Zeitraum ein nachprüfbares Alibi. Da lagen Sie gar nicht falsch. Ja. Wir wollen ein Alibi von Ihnen. Wie Sie sehen, liegt uns eine recht akzeptable Beschreibung vor. Zugegeben. Eine eindeutige Identifizierung ist damit nicht möglich. Aber es ist die Summe dessen, was wir ermittelt haben, und rückt Sie in das Zentrum unseres Interesses. Sie hatten Kontakt zu Maren Hengersberg. Das alleine wäre gar nicht so von Gewicht. Aber es gibt einen weiteren Ansatz, der uns hierher führt. Maren Hengersberg hat über die Stiftung Holtern Erkundigungen eingezogen.«

Bis zum letzten Satz Buchers beharrte Staffer in seiner drohenden Haltung. Als Bucher jedoch erwähnte, dass Maren Hengersberg die Stiftung Holtern im Visier hatte, veränderte sich seine Haltung. Zwar war sein Oberkörper immer noch in aggressiver Weise nach vorne gebeugt und seine Augen loderten Bucher entgegen. Doch ein wenig Schärfe war bereits gewichen. Bucher schwieg und ließ keinen Blick von Staffer. Der fixierte einen imaginären Punkt an der Wand. Irgendwo. Wie im Rücken Buchers.

»Gelte ich als Tatverdächtiger im Mordfall Maren Hengersberg?«, fragte Staffer. Die Stimme war nach wie vor fest. Angst hatte Staffer nicht, aber eine leicht entspannte Haltung und der Klang seiner letzten Worte ließ erkennen, dass er einlenken würde.

Bucher antwortete ihm. »Wie schon gesagt, Sie stehen derzeit im Zentrum unserer Ermittlungen. Über andere Personen, die in diesem Verfahren eine Rolle spielen, werde ich selbstverständlich nichts sagen.

Wieder kam die Antwort prompt. »Gut. Ich werde mich äußern. Allerdings bestehe ich darauf, dass mich ein Anwalt während des Gespräches berät. Wenn Sie mir dieses Recht nicht zugestehen, dann nehmen Sie mich bitte fest. Ich werde keinen Ton sagen.« Es klang entschlossen.

»Kein Problem«, sagte Bucher. Rufen Sie ihren Anwalt an. Ich nehme an, er kennt sich in München aus. Wir werden die Vernehmung im Landeskriminalamt machen.« Zu Lara Saiter gewandt, sagte er. »Gibst du bitte Frau Staffer Bescheid, dass wir ihren Mann mitnehmen werden. Sie soll einige Sachen zurechtmachen, du weißt schon.«

Lara Saiter stand auf und ging Richtung Türe.

»Halt!«, rief Staffer. Ein leichtes Schwingen war zu vernehmen. Er atmete tief. Das erste Mal wirkte er unsicher. Lara Saiter hatte die Türklinke schon in der Hand, drehte sich herum und sah ihn fragend an.

»Ich ... ich möchte, dass mein Anwalt hierher kommt. Dann können wir die Befragung doch hier fortsetzen.«

Bucher überlegte kurz. »Gut, Herr Staffer. Können Sie mir bitte erklären, weshalb Sie einen Anwalt brauchen, nur um uns zu sagen, was Sie vor drei Wochen am Sonntagabend gemacht haben?«

»Staffer ging zu seinem Schreibtisch und holte seinen Terminkalender. Ein großes, in edles Leder gebundenes Buch. Auf der Titelseite waren die Initialen Staffers in geschwungenen, goldenen Lettern eingedruckt.

Er blätterte einige Male, bis er den 19. November aufgeschlagen hatte. Er atmete schwer vor Angespanntheit, als er zu reden begann:

»Am Vormittag war ich hier im Gottesdienst. Zusammen mit meiner Frau und einer meiner Töchter, die zu Besuch über das Wochenende hier war. Danach sind wir zusammen zum Essen gegangen. Wir waren in einem Landgasthof in Ursenbach.« Er sah zu Bucher auf.

Hartmann linste in den Terminkalender und fragte. »Und das steht wirklich da drin?« Staffer hob das Buch etwas an, um Hartmann keine Einsicht zu ermöglichen, und sagte mit aggressiver Miene. »Wirklich nicht.«

Bei Hartmann war er an den Falschen geraten. »Sie wissen schon, Herr Staffer, dass wir das Buch da sowieso sicherstellen werden«, er sah sich im Raum um, »und was sonst noch für uns interessant ist«, er machte eine kurze Pause, um dann attackierend hervorzuschießen. »Haben Sie das verstanden!« Staffer wich vor Schreck zurück.

»Geben Sie den Terminkalender herüber«, forderte Bucher Staffer auf, ohne an das kleine Wörtchen „bitte" auch nur zu denken.

Der war vom kurzen Bellen Hartmanns noch so beeindruckt, dass er das kostbare Stück ohne Widerrede über den Tisch schob.

Bucher las die Termine des 19. November nach. Da stand: „10.00 Uhr GD Pfr. Kriebich. In der Zeile darunter 11.30 Uhr res. Best. Essen." Dann folgten leere Zeilen bis „16.00". Hinter dieser Uhrzeit stand „M.H".

Durch Buchers Körper fuhr ein Ruck, als er die Initialen las.

»Hier steht „16.00 Uhr M.H.", Herr Staffer. Sie waren also am Nachmittag mit Maren Hengersberg verabredet.«

»Nein. War ich nicht. M.H. steht für Moritz Halterer. Es ist der Referent unseres Kreisdek... Mhm ... Regionalbischofs. Ich hatte bei ihm einen Termin und habe den auch wahrgenommen. Nach dem Mittagessen war ich mit meiner Frau und meiner Tochter noch spazieren gegangen. Danach bin ich direkt nach Augsburg zu Moritz Halterer gefahren. Meine Frau fuhr mit meiner Tochter hierher zurück. Ich war etwa eine knappe Stunde bei Moritz Halterer. So ganz genau weiß ich das nicht mehr. Aber das können Sie ja überprüfen.«

»Das werden wir auch ... alles werden wir überprüfen«, sagte Bucher.

»Wo haben Sie sich mit ihm getroffen?«, fragte er weiter.

»In seiner Wohnung.«

»Wo liegt die?«

»In Göggingen.«

»Gut. Der nächste Eintrag ist „20.30 Reg.Schw. VBS WG"?«

»Das steht für Regierung von Schwaben. Ich hatte kurz nach zwanzig Uhr ein Treffen mit einem Juristen ... Dr. Mellenberg ... das dauerte bis ... Moment ... bis etwa um Mitternacht. Ich war auf jeden Fall um kurz nach ein Uhr wieder zurück.«

»Was, bitte, gibt es denn mit einem Juristen des Bezirkes am Sonntagabend so Wichtiges zu besprechen? Und woher wissen Sie so genau, dass sie kurz nach ein Uhr wieder hier waren?«

Staffer sah Bucher geringschätzig an. »Was ich in meiner Eigenschaft als Präses der Stiftung mit der zuständigen Regierung bespreche, und wann ich das mache, geht Sie nichts an. Zu Ihrer zweiten Frage ... meine Tochter und meine Frau waren noch nicht zu Bett gegangen, als ich nach Hause kam. Wir tranken dann noch zusammen ein Glas Wein. Deshalb erinnere ich mich so genau.«

Bucher war sich nicht mehr sicher, was er von diesem Staffer halten sollte. Er hob fragend die Schultern und sah ihn ausdruckslos an. Bucher war klar, dass Staffer schwere Zeiten bevorstehen würden. Auf den Titel Präses würde er zukünftig verzichten müssen. Und auch auf die schmucken Räume hier. Das war sicher. Aber was war mit ihrem Fall? Da Bucher nichts mehr sagte, übernahm nun Lara Saiter.

»Gut. Wir werden also Dr. Mellenberg befragen.« Sie notierte die betreffenden Daten.

»Jetzt erklären Sie uns doch bitte, was Sie in der Zeit von etwa siebzehn Uhr und zwanzig Uhr dreißig gemacht haben? Von da, wo dieser Halterer wohnt, in Göggingen, sind es nur etwa zehn Minuten bis zur Wohnung von Maren Hengersberg. Und wo haben Sie sich noch mal mit Dr. Mellenberg getroffen?«

»Wir waren bei ihm zu Hause verabredet.«

»Und wo ist das, bitte?«

»In Diedorf. Eine Randgemeinde im Westen von Augsburg.«

»Danke, Herr Staffer. Wo waren Sie also zwischen siebzehn Uhr und zwanzig Uhr dreißig? Das ist ein sehr wesentlicher Zeitraum. Mit wem haben Sie sich getroffen? Wen können Sie als Zeugen für diesen Zeitraum aufführen?«

Staffer überlegte. Die Antwort kam nicht, wie aus der Pistole geschossen. Er schluckte. Bucher spürte, dass er unter Hochspannung stand. Staffer war auf die Situation nicht vorbereitet und dachte krampfhaft darüber nach, wie er ihr entrinnen konnte.

»Herr Staffer«, sagte Lara Saiter in geschmeidigem, einfühlsamem Ton. »Vielleicht kann sich ja Ihre Frau erinnern. Sollen wir sie hinzuziehen?«

Das tat weh. Der bittere Blick, den er Lara Saiter zuwarf, machte klar, dass er erstens seine Frau nicht dabeihaben wollte und sie ihm zweitens nicht helfen konnte.

»Ich habe Maren Hengersberg nicht getötet«, sagte er schließlich unwirsch, hatte seine Arroganz und Beherrschung wiedergefunden.

Hartmann fuhr sofort in das letzte Schwingen seines Satzes. »Das war nicht die Frage, Herr Staffer. Solche Phrasen können Sie erzählen, wem Sie wollen. Aber nicht uns, und schon gar nicht dem Richter. Der wird sich an die Fakten halten, die wir liefern werden. Und die sprechen bisher eine eindeutige Sprache ... und zwar gegen Sie. Also! Wo waren Sie zwischen siebzehn Uhr und zwanzig Uhr dreißig!?«

Staffer stützte den Kopf auf die zusammengefalteten Hände und überlegte. Bucher merkte, dass sein Gegenüber erkannt hatte, in welchen Schwierigkeiten er sich befand, und war gespannt darauf, wie er sich weiter verhalten würde und was er letztlich für das geringere Übel halten würde.

Hartmann ließ ihm keine Zeit, in Ruhe zu überlegen. »Sie wurden bei Maren Hengersberg gesehen. Es existiert eine

Zeichnung. Man hat Sie erkannt. Sie haben kein Alibi. Weshalb haben Sie Maren Hengersberg getötet!? Was hat Sie über die Stiftung und Sie herausgefunden!? War es das wert?«

Staffer schnaufte tief und sagte mit belegter Stimme. »Ich möchte ohne Anwalte keine weiteren Aussagen mehr treffen.«

»Bitte«, sagte Bucher ruhig und war überrascht, dass Staffer die Kontrolle so weit behielt, sich auf diese, erst einmal halbwegs sichere, Position zurückzuziehen. Er machte nicht den Fehler, zu erzählen und von einem Widerspruch in den anderen zu geraten. Er versuchte auch unter großem Druck die Kontrolle zu behalten. Und es gelang ihm auch. Bisher hatte er keinen Fehler begangen.

Er stand auf und nahm das Telefon und telefonierte mit seinem Rechtsanwalt. Hartmann sah Bucher fragend an. Der schüttelte nur kurz den Kopf. Staffer kam ihnen hier nicht mehr aus. Gleich ob mit oder ohne Rechtsanwalt. Schweigend saßen sie im Arbeitszimmer und warteten. Es dauerte jedoch nicht lange. Frau Staffer war kreidebleich, als sie den Anwalt ins Arbeitszimmer brachte. Sie suchte Blickkontakt zu ihrem Mann. Der stand aber am Fenster, sah hinaus in den Park und drehte sich nicht um. Sie schloss die Türe. Staffer nahm neben seinem Anwalt Platz. Lara Saiter erläuterte in klaren Sätzen den Ermittlungsansatz gegen Staffer und zeigte die Konsequenzen auf, die sich aus seinem weiteren Schweigen, ihre zentralen Fragen betreffend, ergaben. Anwalt Hoppenstedt hatte eine füllige Figur, trug einen schwarzen Anzug, Hemd, Krawatte. So, wie es sich gehörte. Ein seriös erscheinender, älterer Herr, der von dem, was ihm Lara Saiter berichtete, sichtlich überrascht war. Sicher hatte er bisher eher mit Zivilstreitigkeiten, Scheidungen und kleineren Strafverfahren zu tun. Nachdem Lara Saiter ihre Zusammenfassung beendet hatte, dachte er eine Weile nach und bat dann um ein kurzes Gespräch mit seinem Mandanten. Bucher war einverstanden und verließ mit seinen Kollegen das Zimmer. Sie warteten im Treppenhaus. Frau Staffer klapperte mit Geschirr in der Küche. Die Unterredung Staffers mit seinem Rechtsanwalt dauerte etwa zehn Minuten.

Dann bat Hoppenstedt die wartenden Beamten wieder in Staffers Arbeitszimmer.

»Mein Mandant möchte eine Erklärung abgeben.«

»Wir hören«, sagte Hartmann ungeduldig.

Staffer stand am Fenster. Er hatte die Hände hinter seinem Rücken verschränkt und sah wieder hinaus in den Park, durch den immer noch eisige Böen pfiffen. Bucher empfand es als eine ungemein arrogante Geste, als Staffer, ohne den Blick vom Fenster zu wenden, anhob zu sprechen. Das, was Staffer zu sagen hatte, verwunderte ihn hingegen nicht. Er erzählte in ruhigen, überlegt klingenden Sätzen der Fensterscheibe vor ihm, dass er an jenem Sonntag bei Maren Hengersberg gewesen sei. Er habe sich in ihrer Wohnung jedoch nur wenige Minuten aufgehalten, weil er nur etwas abgeholt habe. Für die Zeit danach habe er kein Alibi. Er betonte nochmals, dass er Maren Hengersberg nicht getötet habe. Er fühlte sich, seiner festen Stimme nach zu urteilen, recht sicher. Als er sich endlich umdrehte, sah er in drei mitleidsfreie Gesichter. Bucher blickte kurz zu Hartmann. Kaum jemand nahm das kurze Nicken war.

Hartmann wusste, was gemeint war: »Herr Staffer, Sie sind hiermit vorläufig festgenommen, wegen des Verdachts, Maren Hengersberg getötet zu haben. Wir werden Sie mit nach München nehmen.«

Staffer sah stumm und regungslos auf Hartmann. Er sagte während der Zeit, die sie noch im Hause verblieben, kein Wort mehr. Auch nicht zu seiner Frau, die verunsichert durch die Zimmer lief. Überfordert. Bucher war sich nicht im Klaren darüber, ob sie wusste, oder nicht wissen wollte, welche Geschäfte ihr Mann unterhielt. Staffer warf sich den langen schwarzen Mantel über, strich fast zärtlich einige Faltenwürfe glatt und folgte mit düsterem Gesicht Bucher und Hartmann, die ihn direkt nach Stadelheim brachten. Untersuchungshaft. Lara Saiter war nach Augsburg vorausgefahren, um zwischenzeitlich die Herren Halterer und Dr. Mellenberg zu vernehmen.

IX.

Es war schon Abend, als sich das Team im Besprechungsraum traf. Lara Saiter erzählte, dass Staffers Angaben vom Vormittag zutrafen, soweit sie Halterer und Mellenberg betrafen. Die beiden bestätigten, was Staffer zu seinem Alibi angegeben hatte. Sie berichtete weiter, dass die beiden in außergewöhnlicher Weise nervös wirkten. Es war auffälliger als jene völlig normale Nervosität, die bei Zeugen zu beobachten war, wenn sie in Zusammenhang mit einem Tötungsdelikt von der Polizei vernommen werden. Bucher und Hartmann hatten bereits alle notwendigen Schriftstücke für den Erlass des Haftbefehls zusammengestellt und per Mail an die Staatsanwaltschaft gesandt. Für morgen Nachmittag war die Vorführung beim Haftrichter vorgesehen. Hartmann und Lara Saiter waren mit dem Verlauf der Ermittlungen zufrieden und sahen zu Bucher, der zu Boden starrte.

»Was ist los mit dir?«, fragte Lara Saiter. »Das ist doch heute gut gelaufen, oder? Staffer hat kein Alibi. Er hätte uns doch sicher eines präsentiert, um die Festnahme zu verhindern ... in seiner Position!?«

»Sicher«, antwortete Bucher knapp und ohne aufzusehen. Seine Kollegen hatten mehr Begeisterung erwartet.

»Und was sollte das heute Morgen mit dem Notebook?«, fragte Batthuber genervt. Ein edles silbernes Ding stand auf der vergilbten Pressspanplatte des Tisches. Ein Beamer warf Tiefseeblau an die weiße Wandtafel gegenüber. Bucher wurde von Batthubers Hinweis aus seiner Nachdenklichkeit gerissen. Die anderen tauschten fragende Blicke.

»Prima. Dann zeig uns mal die Aufnahmen, die du eingescannt hast, ... hast du übrigens Höslberger erreicht?«

»Ja. Ich habe ihm den Namen Staffer gegeben. Er kümmert sich darum. Er hat unsere E-Mail, sodass er uns schnell informieren kann. Bisher ist noch keine Nachricht von ihm angekommen.«

»Gut, dann schauen wir uns jetzt mal die Aufnahmen hier an.«

Als er hinzufügte, »Schaut bitte genau hin«, meinte Hartmann gereizt, »wir schauen immer genau hin.«

Der Beamer warf das Bild von Maren Hengersbergs Leiche an die weiße Wand. Sie lag auf dem Obduktionstisch. Nach der Übersichtsaufnahme, folgten verschiedene Detailaufnahmen. Schnitte, Stiche, Platzwunden. Niemand sagte etwas zu dem, was da an der Wand zu sehen war. Schließlich handelte es sich um nichts Neues. Den anderen fiel jedoch auf, dass Bucher die Aufnahmen sehr konzentriert betrachtete. Batthuber wartete jedes Mal auf ein Kopfnicken, um zum nächsten Bild zu wechseln. Als alle Fotos von Maren Hengersberg gezeigt waren, folgte ein weiterer Durchlauf. Diesmal mit Aufnahmen der Leiche von Katharina Schwelgner. Als auch diese Serie durchlaufen war, folgte als allerletzte Aufnahme die gescannte Landkarte der Bretagne aus Buchers Reiseprospekt. Es war die, auf der die Standorte der Dolmen und Menhire mit Symbolen eingezeichnet war.

Hartmann musste lachen. Auch Lara Saiter grinste. »Also, Armin. Die Testscanns musst du schon rausnehmen.«

Bucher nickte dem Bild an der Wand zu und sagte leise. »Das ist kein Test. Ich habe ihm das gegeben. Und nach dem, was ich jetzt gesehen habe, bin ich mir sogar noch sicherer.«

Er ging auf die fragenden Blicke nicht ein. »Armin, kannst du die Stich- und Schnittwunden noch etwa um das Vierfache vergrößern und die Aufnahmen dann übereinander legen ... also die von beiden Opfern?«

Batthuber sah ihn verwundert an, folgte dann aber seinen Hinweisen. Suchte die gewünschten Bilder hervor. Drehte, vergrößerte, schob zur Seite, nach oben und diagonal, bis alles so positioniert war, wie Bucher es wünschte. Der war froh, jemanden im Team zu haben, der mit derlei Technik so selbstverständlich umgehen konnte. Lara Saiter und Hartmann beobachteten interessiert das Schauspiel, welches sich an der Wand vollzog. Sie sahen, wie Batthuber die Details der Schnitte, die sich über Maren Hengersbergs Oberkörper und Rücken verteilten, extrahierte und vergrößerte. Und wie er das Gleiche mit den Verletzungsmustern auf Katharina Schwelgners Körper tat.

»Gut. Ja. So ... und jetzt dreh doch bitte das darüberliegende Bild ... ich glaube, das ist Maren Hengersberg, ja ... drehe das so, dass es zu dieser Stelle hier passt.«

Bucher war jetzt aufgestanden und zur Wand vorgegangen. Dort zeigte er Batthuber genau, wie er die Scanns drehen sollte. Es war Millimeterarbeit. Hartmann schüttelte den Kopf, denn er konnte jetzt nichts mehr erkennen, weil Bucher immer wieder in den Lichtstrahl trat und Schatten warf.

Er wurde ungeduldig. »Johannes, was machst du da?«, sagte er.

»Warte doch noch ein wenig«, bekam er zur Antwort.

Als Bucher schließlich zufrieden war, nahm er wieder Platz. »Und jetzt!?«, fragte er seine Kollegen. Die saßen still da und betrachteten verwundert die zwei nebeneinander gestellten Fotos mit den Schnitten auf Maren Hengersbergs Oberkörper und Katharina Schwelgners rechter Rückenseite.

Lara Saiter fand als Erste wieder Worte. »Das gibts doch nicht ...«, flüsterte sie.

Hartmann sah Bucher an und meinte, »Also Zufall kann das wirklich nicht sein ...«

Auf beiden Bildern war ein identisches Muster zu erkennen, welches, wenn man die Fotos übereinander legte, bis auf wenige, marginale Details, zusammenpasste.

»Wie bist du darauf gekommen?«, fragte Lara Saiter.

»Es ist mir irgendwie aufgefallen«, antwortete Bucher, »aber wir sind noch nicht fertig.«

Er wies Batthuber an, eines der Megalithensymbole so herauszuvergrößern, dass es zu einem der Zeichen, die auf den Körpern eingeschnitten waren, passte. Es war gar nicht schwierig. Das Symbol passte genau in ein Zeichen, das sich mehrmals wiederholte.

»Was ist das für ein Zeichen oder Symbol. Dieses Dach, oder was das ist?«, fragte Batthuber.

Bucher erklärte. »Das ist ein Symbol für Standorte frühzeitlicher Gräber, Steinsäulen und Steinreihen. Diese Megalithen und Menhire stammen so etwa aus dem 3. Jahrtausend vor Christus. Jedenfalls, was diese Kulturen hier in Europa betrifft. Ich bin darauf gestoßen, als ich einen Bretagneführer gelesen habe. Da stehen diese Teile ja massenhaft herum.«

Hartmann deutete mit dem Kopf nach vorne, zu den Bildern und meinte. »Du meinst, da hat jemand geschrieben?«

»Das meine ich nicht ... es ist so. Ich bin mir da ganz sicher.«

Hartmann stand auf und ging nun ebenfalls ein Stück nach vorne, um das, was da abgebildet war, noch besser betrachten zu können.

Bucher stützte sich am Tisch auf. Dann sagte er ruhig, »Maren Hengersberg und Katharina Schwelgner wurden von ein und demselben Täter getötet. Und. Er hinterlässt eine Botschaft.«

»So wie es scheint, ist es immer die gleiche«, sagte Lara Saiter.

»Staffer!?«, fragte Batthuber in die Runde.

»Das werden wir in den nächsten Tagen schon rausbekommen«, beantwortete Hartmann die Frage.

Sie diskutierten die neuen Erkenntnisse. Batthuber isolierte die eingeschnittenen Symbole und zeichnete sie am Notebook nach. So hatten sie eine Reihe von Hieroglyphen, von der sie wussten, dass ein Zeichen davon ein Megalithensymbol darstellte. Sie vereinbarten, Staffer im Moment noch nicht mit diesen Erkenntnissen zu konfrontieren. Erst mussten sie versuchen zu entschlüsseln, was es mit den Symbolen auf sich hatte.

Es war spät geworden. Bucher ließ sich Ausdrucke der Fotos und der zwei Symbolreihen von Batthuber machen. Bucher hatte vor, mit den Drucken zu den Spezialisten der Kriminaltechnik zu gehen. Irgendjemand da drüben würde sich sicher mit Symbolen auskennen.

»Das ist schon wieder so ein ekelhaft kalter Fall«, sagte Lara Saiter und schüttelte sich.

Bucher antwortete, während er die Ausdrucke betrachtete. »Ja. Wenn unsere Analyse zutrifft, dann haben wir es mit einem sehr gefährlichen Täter zu tun. Das war uns allerdings auch schon vorher klar, dass er genau weiß, was er will. Neu ist allerdings, dass er auf sich zeigt.«

»Bist du dir sicher, dass er es darauf anlegt, gefasst zu werden?«, fragte sie. »Mir erscheint das nämlich nicht so logisch zu sein. Weshalb betreibt er denn dann einen so enormen Aufwand, um keine Spuren zu hinterlassen? Nur um dann eine Botschaft in die Körper zu schneiden, die zu ihm führen soll!?«

Bucher entgegnete. »Ich habe ja nicht gesagt, dass er es deshalb macht, um letztendlich erwischt zu werden. Ich sagte, dass diese Botschaft auf ihn zeigt. Vielleicht ist es ja auch eine Botschaft, die überhaupt nicht für uns bestimmt ist. Aber mein Gefühl sagt mir, dass er das, zumindest unterbewusst, auch gemacht hat, um eine Spur zu legen. Einfach so ein Gefühl.«

»Kann sein«, sagte Lara Saiter und zuckte mit den Schultern.

Sie nahmen die Unterlagen der beiden Fälle und arbeiteten die Details durch. Wo lagen Berührungspunkte der beiden Frauen? Was verband beide?

Batthuber notierte die Schlagworte, die er der Diskussion entnahm. Persönliche Merkmale standen auf gelben Zetteln, die des Opferumfeldes auf orangen und die Tatmerkmale auf weißen. Als sie fertig waren, wurden Begriffe, die in anderen aufgingen, ausgesondert. Übrig blieben vier gelbe Zettel mit den Begriffen: „Aussehen", „Erscheinung", „ungebunden", „unabhängig". Es blieben nur jeweils ein weißer und ein oranger Zettel übrig. Auf dem weißen stand „MO" für modus operandi und auf dem orangen „Kirche/Kirchengemeinde".

Als sie mit der Auswertung fertig waren, betrachteten sie mit müden Augen die Schlagworte. Bucher heftete Zettel, Drucke und Fotos an die Pinnwand.

»Wir werden morgen Frau Becker-Schwalm von der Pressestelle zur Unterstützung hinzuziehen. Wenn bekannt wird, dass es eine Festnahme gibt und um wen es sich dabei handelt, können wir sie gut gebrauchen.«

Kurz vor Mitternacht verließen sie erschöpft ihre Büros. Der nächste Tag würde anstrengend werden.

Als Bucher am folgender Morgen im Büro ankam, stellte er fest, dass die anderen schon mitten in der Arbeit steckten. Er hatte in der Nacht kaum geschlafen. Es waren nicht allein die Erkenntnisse, die ihn nicht zur Ruhe hatten kommen lassen. Die Bandscheiben hatten sich wieder gemeldet. Das Drehen von einer Liegeposition in die andere verschaffte ihm immer nur für kurze Zeit Linderung.

Hartmann telefonierte, Lara Saiter schrieb und Batthuber legte Berichte und Gutachten auf drei verschiedene Stöße. Er hatte dafür Platz auf seinem Schreibtisch freigeräumt. Bucher grüßte durch die offen stehenden Bürotüren mit einem kurzen Winken. Zuerst schaute er nach, ob schon eine Nachricht von Höslberger eingegangen war. Fehlanzeige. Auf dem Weg zur Kaffeemaschine machte er an Lara Saiters Büro Halt und fragte, ob schon alles laufe, was man gestern vereinbart habe. Er lehnte wieder mal im Türrahmen und schlürfte den noch heißen Kaffee.

Sie sah nur kurz vom Bildschirm auf. »Der Erkennungsdienst ist bereits auf dem Weg zu Staffers Haus. Wir haben den Augsburgern die Spurengutachten der Faser aus dem Hausgang und die des Metallsplitters per Kurier rausgeschickt. Höslberger hat uns da alte Wege wieder in Erinnerung gerufen. Die Kollegen ziehen Faserabzüge von der Kleidung Staffers. Die Bibliothek wird durchsucht. Vielleicht findet man ja ein altes Buch, das eine fehlende Ecke hat. Wäre zu schön. Ein zweites Team kümmert sich um die Stiftung Holtern, mit gleichem Auftrag.« Sie wandte keinen Blick vom Bildschirm und fragte Bucher, ob aus St. Pölten schon etwas eingetroffen sei. Auch sie war enttäuscht, dass bisher noch kein Ergebnis vorlag. »Jetzt ist genau das eingetreten, was wir befürchtet haben, oder?«

Bucher stimmte zu.

Sie meinte. »Nach dem, was wir an Erkenntnissen haben, müssen wir Staffer auch die Sache in St. Pölten nachweisen.«

»Das sehe ich auch so«, sagte er.

»Wie verhalten wir uns heute beim Hafttermin?«

Bucher war sich über das Vorgehen schon klar geworden. »Der Fall aus St. Pölten ist heute noch kein Thema. Staffer war bei Maren Hengersberg und hat für die Tatzeit kein Alibi. Das ist der entscheidende Punkt, auf den wir uns konzentrieren werden. St. Pölten spielt daher keine Rolle. Ich denke, dass es für Staffer derzeit ein Nachteil ist, dass es keine eindeutigen objektiven Spuren gibt. Denn die könnten ihn ja auch entlasten.«

Als Bucher den letzten Schluck Kaffee hinuntergekippt hatte, holte er die Ausdrucke von gestern und machte sich auf den Weg zur Kriminaltechnik. Er hatte zuvor mit einem Gutachter für Formspuren telefoniert. Der hatte ihm sagen können, dass seit einiger Zeit zwei Psychologen mit Handschriftenerkennungen befasst seien. Vielleicht konnten die ihm weiterhelfen. Er brauchte ein Weile, um das Büro zu finden. Ihm fiel auf, dass er diesen Bereich der Kriminaltechnik bei seinen bisherigen Ermittlungen noch nie benötigt hatte. Zuständig waren die Doktoren Kelter und Mangger. Als er den Raum endlich gefunden hatte, traf er auf Dr. Kelter, einer dunkelhaarigen Mittvierzigerin mit flottem Kurzhaarschnitt. Sie war sehr freundlich und versuchte gar nicht Bucher abzuwimmeln und auf den Dienstweg zu verweisen. Er schilderte in kurzen Zügen die bisherigen Ermittlungen und legte ihr dann die Fotoabzüge der Verletzungen vor. Danach die Ausdrucke der Symbole, die Batthuber erstellt hatte. Sie betrachtete die Vorlagen lange, drehte und kippte die Blätter. Die Aufnahmen der Leichen entsetzten sie sichtlich. Sie sagte, dass sie sich die Vorlagen in Ruhe ansehen und sich noch im Laufe des Tages bei Bucher melden würde.

Als Bucher wieder im Gang vor seinem Büro ankam, kam ihm Batthuber entgegen. »Gut, dass du da bist. Unten an der Pforte wartet Wellberg mit seinem Anwalt.«

Batthuber schüttelte seine rechte Hand so, als hätte er sie gerade verbrannt. Bucher klopfte ihm im Vorübergehen kurz auf die Schulter, bat ihn die Pinnwand im Besprechungsraum abzudecken und holte den überraschenden Besuch unten ab. Wellberg machte keinen gesunden Eindruck. Ein nervös zuckender Kiefermuskel war das einzige Lebenszeichen in seinem bleichen Gesicht. Er selbst sprach keinen Ton, warf Bucher nur ab und an grimmige Blicke zu. Sein Anwalt erklärte Unverständnis darüber, dass sein Mandant ein Alibi vorweisen müsse und verlangte eine Erklärung, ob Wellberg als Tatverdächtiger betrachtet werde. Dann ließ er anklingen, dass er der Meinung sei, dass Bucher die Ermittlungen sehr rüde führe. Es klang durch, dass er den Verdacht hegte, seinem Mandaten würden bewusst berufliche Schwierigkeiten gemacht. Bucher hörte aufmerksam zu. Er mochte sich auf fruchtlose Diskussionen nicht einlassen und legte kurz die Situation Wellbergs dar.

»Herr Wellberg hat ohne Wissen von Maren Hengersberg deren Genmaterial für eine wissenschaftliche Arbeit verwendet. Auch Material von ihrem Vater. In einem Beziehungsstreit hat er gegenüber der Familie Hengersberg die Behauptung aufgestellt, Maren Hengersberg sei nicht die Tochter von Bastian Hengersberg, und dies konkret mit seiner Arbeit begründet. Diese Aussage entbehrt nach unseren bisherigen Überprüfungen jeglicher Grundlage. Das, was Ihr Mandant da getan hat, wird von uns nicht verfolgt. Aber wir müssen uns natürlich damit auseinander setzen. Wie Sie sicher wissen, gehört bei Ermittlungen von Tötungsdelikten die Frage nach einem Alibi zur routinemäßigen Überprüfung. Aufgrund des Verhaltens Ihres Mandanten gegenüber Maren Hengersberg zählt er genau zu jenem Personenkreis, von dem wir ein schlüssiges Alibi erwarten. Ich gehe davon aus, dass Sie heute gekommen sind, um genau diese Frage zu beantworten. Denn bisher hat sich Ihr Mandant nicht sehr kooperativ gezeigt.«

»Es besteht keine Pflicht zur Kooperation, Herr Bucher«, entgegnete Wellbergs Anwalt.

»Da haben Sie Recht. Nur muss Herr Wellberg in diesem Fall damit rechnen, dass wir die für unsere Ermittlungen notwendigen Informationen beschaffen ... auch gegen den Willen des Betroffenen.«

»Trotzdem, die Art und Weise ...«

Bucher fiel ihm ins Wort.

»Hören Sie. Ich habe eine Haftprüfung vorzubereiten. Sie haben leider keinen Termin vereinbart. Wir benötigen eine klare Aussage von Herrn Wellberg, wo er sich in dem Zeitraum, in welchem er nicht im Zugangssystem erfasst war, aufgehalten hat. Schön wäre es, wenn er Zeugen nennen könnte. Die Art und Weise meiner Ermittlungen möchte ich hier nicht diskutieren. Es steht Ihnen aber frei, sich darüber zu beschweren.« Bucher stand auf.

Wellbergs Rechtsanwalt zog ein Papier aus seiner Aktentasche und legte es auf den Tisch. »Hier ist eine Auflistung über die Orte, an denen sich Herr Wellberg im betreffenden Zeitraum aufgehalten hat. Sie finden hier die Namen der Personen, die dies bestätigen können, und die dazugehörigen Kontaktadressen.«

Bucher nahm das Schriftstück zur Hand und überflog es. Wellbergs Rechtsanwalt schloss seine Tasche und erhob sich.

»Wir hoffen, dass hiermit die Ermittlungen gegen Herrn Wellberg beendet sind und es zu keinerlei weiteren Nachfragen, vor allem nicht im Institut, kommen wird.«

Bucher nickte. »Wenn die Angaben hier schlüssig sind, dann wird dies sicher nicht notwendig sein.«

Als die beiden gegangen waren, gab Bucher das Papier an Batthuber weiter, mit dem Auftrag, die Angaben zu überprüfen.

Keiner von ihnen mochte den Knast. Und Stadelheim war schlimmer als Knast. Schon dieser Geruch von vergilbtem, brüchigem Putz und die dumpfe Note der zeitlos hässlichen Fliesen, die einen in der Eingangshalle erwarteten. Bucher fühlte sich hier wie in einem Schlachthaus. Staatsanwältin Szypinski wartete schon am Kontrollschalter, als Bucher mit seinem Team erschien. Sie lächelte tatsächlich einmal kurz, als sie sich begrüßten. Nachdem Waffen und Dienstausweise hinterlegt waren, wurden sie von einem Justizangestellen in einen der Vorführräume geleitet. Grauer Linoleumboden, grauer Putz bis zur Hälfte der Wandhöhe, ein großes vergittertes Fenster über Kopfhöhe an der Stirnseite und mitten im Raum ein langer Tisch mit brüchiger Resopalplatte. Darum gruppiert, harte Holzstühle mit abgewetzten Sitzflächen. Wie viele mochten darauf schon herumgerutscht sein?

Sie nahmen Platz und warteten stumm, bis der Haftrichter bald darauf erschien. Kurzer, geschäftsmäßiger Händedruck ohne Blickkontakt. Er bereitete seine Unterlagen vor. Niemand sprach. Wenige Minuten später wurde Staffer gebracht. Hinter ihm ein Mann in Jeans, blauem Hemd, dezent goldfarbener Krawatte und schwarzem Jackett. Bucher war überrascht, dass Hoppenstedt gar nicht mitgekommen war. Wie sich bei der Begrüßung herausstellte, hatte Staffer einen neuen Anwalt. Wenn er sprach, klang dezent ein hessischer Dialekt durch. Er machte auf Bucher einen sympathischen Eindruck. Martens, wie er hieß, nahm neben Staffer Platz und ordnete seine Unterlagen, während der Haftrichter den Antrag der Staatsanwaltschaft vorlas und Staffer nach seinen Personalien befragte. Staffer schien von dem Geschehen um ihn herum kaum beunruhigt zu sein. Bucher wunderte sich über die Selbstsicherheit, die er noch hier, in dieser grauenvollen Umgebung, zeigte. Es musste ihn doch schockieren!? Dieser Raum, dieses Gefängnis. Gerade ihn. Den, der in einem Herrenhaus residierte, einem Kleinod großbürgerlicher Eleganz. Der Haftrichter ging in geschäftsmäßigem Ton auf die Ermittlungen ein, betrachtete das vorliegende Phantombild und gab das vorliegende Zeitdiagramm wieder sowie die dazugehörigen Aussagen der vernommenen Zeugen. Als er geendet hatte, sah er Martens mit einem fragenden Blick an.

»So, wie es sich darstellt, konzentriert sich die Frage auf den Aufenthaltsort Ihres Mandanten zwischen siebzehn und zwanzig Uhr dreißig …«

»Genau, das ist der Punkt«, antwortete Martens gelassen, ohne erwarten zu lassen, die Frage befriedigend zu beantworten.

Der Haftrichter wartete einige Augenblicke verdutzt, bevor er weitersprach. »Können Sie sich zu dieser Frage äußern, die ja berechtigt gestellt werden muss?«

Martens lehnte gelangweilt schräg im Stuhl und kritzelte mit seinem Stift auf einem Aktendeckel herum. »Die Frage, die Sie stellen, Herr Richter, mag nach Aktenlage vordringlich sein. Hat jedoch keine Bedeutung für uns.« Er richtete sich auf und fixierte Bucher. »Sie haben hier ein Phantombild vorgelegt, wenngleich ich diesen Begriff für diese Art der Darstellung gar nicht verwenden möchte. Tatsächlich ließe sich eine gewisse Ähnlichkeit konstruieren, die auf meinen Mandanten verweist. Wie ich den Akten entnehme, stammt es von einer Zeugin mit Namen Knoller.«

Der Haftrichter blätterte in seinen Unterlagen und bestätigte mit einem »Mhm«.

»Diese Frau Knoller steht in ihrem neunundsiebzigsten Lebensjahr und hat an einem trüben, stürmischen Novembertag gegen siebzehn Uhr aus dem Fenster ihrer Wohnung geblickt, die im dritten Stock liegt. Das Fenster richtet sich auf ein gegenüberliegendes Haus mit Fenstern. Die Gebäudetrakte bilden einen Innenhof. Sie hat nun angeblich im Innenhof einen Mann gesehen, der durch das Treppenhaus in Maren Hengersberg Wohnung gegangen ist. Im Durchschein der Wohnzimmerbeleuchtung will sie im Profil diesen Mann gesehen haben. Aufgrund dieser Beobachtungen ist dieses Bild hier zustande gekommen. Ich bin wirklich beeindruckt!«

Er sah in die Runde und sprach weiter. »An diesem Tag war die Dämmerung um siebzehn Uhr schon weit fortgeschritten. Unten im Innenhof herrschte nahezu Dunkelheit. Ich kann mir beim besten Willen nicht erklären, wie die alte Dame unter den geschilderten Bedingungen eine solche Beschreibung zustande bringen kann, und halte es daher für das Ergebnis einer sehr lebhaften Fantasie. Vielleicht hat sie einige Tage vorher ein Bild von Herrn Staffer in der Zeitung gesehen und es dann auf diesen ominösen Mann projiziert. In der Woche vorher erschien ein Pressebericht mit einem Bild meines Mandanten in der Augsburger Allgemeinen.«

Bucher war nicht sehr überrascht von dieser Strategie. Er hätte als Anwalt ebenso verfahren.

Die Staatsanwältin antwortete dem Richter zugewandt. »Wie den Akten aber auch zu entnehmen ist, hat der Verdächtige, Herr Staffer, in Anwesenheit seines Anwalts erklärt, dass er sich zum genannten Zeitpunkt für einige Minuten bei Maren Hengersberg aufgehalten hatte, um etwas abzuholen. Daher ist der Versuch des Herrn Rechtsanwalts, die Zeugin hier in Misskredit zu bringen, überhaupt nicht mehr relevant.«

Der Haftrichter blätterte in den Akten und suchte die betreffende Stelle. Sie half ihm, indem sie ihm die Blattnummer nannte: »43c Mitte!« Bucher war beeindruckt. Sie kannte sich in den Akten perfekt aus.

Martens wartete ab, bis der Haftrichter die Stelle gefunden und nachgelesen hatte. Dann sprach er weiter. »Da muss ich Ihnen zustimmen, Frau Kollegin. Nur ... diese Angabe hat mein Mandant in einem Zustand höchster psychischer Erregung getroffen. Das plötzliche Auftauchen der drei Ermittlungsbeamten in seiner Wohnung und ihr massives, bedrängendes Vorgehen haben bei ihm eine Art Black-out bewirkt. Er wusste sich nicht mehr anders zu helfen, dem Druck zu entziehen, als mit dieser für ihn sehr belastenden Aussage ...«

Frau Kollegin fiel ihm ins Wort. »Ich bitte Sie, Herr Kollege!. Er hat diese Aussage nach Rücksprache und im Beisein seines Anwalts getroffen. Sicher war dies eine Situation, die ihn unter Druck setzte. Es war aber keineswegs so, dass er ohne Rechtsbeistand und Beratung zu dieser Aussage gedrängt wurde«, sie lachte mit einem höhnischen Unterton und ließ ihren Waterman auf den Schreibblock fallen.

»Wäre ich dabei gewesen, hätte es eine solche Aussage niemals gegeben. Ich gebe hier zu Protokoll, dass mein Mandant zu dem genannten Zeitpunkt nicht in der Wohnung von Maren Hengersberg war und aus den von mir vorgenannt dargelegten Gründen seine Behauptung widerruft. Zudem möchte ich den Antrag stellen, die Sehkraft der Zeugin Knoller gutachterlich zu überprüfen. Angesichts der geschilderten Umstände und der Tatsache, dass es sich bei dem Phantombild um den einzigen Beweis gegen meinen Mandanten handelt, erachte ich dies als angemessen und objektive Spuren liegen auch nicht vor.«

Er wartete einen Moment, sah zum Haftrichter und fuhr fort. »Ich bitte ebenso die soziale Stellung meines Mandanten bei der Bewertung zu berücksichtigen. Er nimmt ein hohes, angesehenes Amt wahr und steht zumindest regional im

Blickpunkt der Öffentlichkeit. Angesichts der dürftigen, ja wackeligen Beweislage halte ich ein Aufrechterhalten des Haftbefehls für nicht geboten. Mein Mandant hat enge familiäre und soziale Bindungen. Eine Fluchtgefahr besteht in keiner Weise. Ebenso sehen wir keine Gründe für die Annahme von Verdunkelungsgefahr.«

Interessant, dachte Bucher. Die Verteidigungsstrategie lag zwar brachial daneben, doch die ruhige, aber dennoch eindringliche Argumentation von Martens hinterließ tatsächlich ihre Wirkung. Bucher spürte, wie der Haftrichter schwankte. Vermutlich war er eher mit Familiensachen beschäftigt. Er griff in das Gespräch ein.

»Herr Richter, wie den Akten zu entnehmen ist, geht es nicht alleine um die Anwesenheit. Entscheidend ist in diesem Fall auch, ob ein Tatverdächtiger auch über ein Motiv für eine solche Tat verfügt. Zudem setzt die Ausführung und Planung der Tat eine hohe Intelligenz voraus. Ich möchte aber auf das vermutliche Motiv eingehen. Wir haben ermittelt, dass das Tatopfer gegen eine Stiftung Ermittlungen durchgeführt hat. Es muss sich, wie von uns dargelegt, um die Stiftung Holtern gehandelt haben. Dort wohnt eine Tante des Opfers im Seniorenstift. Maren Hengersberg hat eine Akte mit belastendem Material zusammengestellt, wie aus unseren Ermittlungen bekannt geworden ist. Diese Akte wollte sie an Journalisten übergeben. Diese sehr belastenden Unterlagen sind weder in der Wohnung des Opfers noch an ihrem Arbeitsplatz auffindbar gewesen. Herr Staffer gab an, er hätte an jenem Sonntag etwas bei Maren Hengersberg abgeholt. Wir gehen davon aus, dass es sich um jene belastende Akte handelt.«

Martens lächelte. »Herr Bucher, Ihre Bemühungen in Ehren. Jedoch ... Sie sprechen von ›müsste sich gehandelt haben‹ und von Akten, die es gab, jetzt aber bedauerlicherweise sicher verschwunden wären. Das mag ja alles sein. Aber hier geht es um Beweise. Klare ... Beweise ... und ... Fakten.« Er betonte jedes Wort. »Und da sehe ich nichts, aber auch gar nichts Stichhaltiges. Ebenso wie die Behauptung, es gäbe belastendes Material. Wo ist es denn!? Was haben Sie denn herausgefunden und woher wissen Sie denn von einer angeblichen Akte?«

»Sie haben teilweise Recht, Herr Martens. Die Ermittlungen in Sachen Stiftung Holtern sind noch im Gange. Wir werden morgen, spätestens übermorgen die vollständigen Unterlagen vorlegen. Sie werden darlegen, dass sich Ihr Mandant persönlich in hohem Maße an der Stiftung bereichert hat. Andere Personen übrigens auch. Maren Hengersberg hatte kurz vor ihrem gewaltsamen Tod Kontakt zu zwei Journalisten aufgenommen. Sie hat ihnen über ihre Ermittlungen berichtet und es wurde ein Termin vereinbart, an welchem Maren Hengersberg die Akte mit den Unterlagen an die beiden übergeben wollte. Leider fiel sie vorher dem Mord zum Opfer. Von der Existenz dieser Akte erfuhren wir durch die Information der Journalisten und dass Maren Hengersberg verwerflichen Vorgängen in einer Stiftung auf der Spur war, ist ihren E-Mails zu entnehmen, die sich in den Ermittlungsakten finden. Für uns steht der Bezug zu Ihrem Mandanten außer Frage.«

Martens sah kurz zu Staffer, der jetzt kreidebleich in seinem Stuhl saß.

»Von zwei Journalisten ist in den Akten nichts zu lesen«, sagte Martens, »allerdings hatte ich nur wenig Zeit, mich mit den Unterlagen zu beschäftigen.«

»Es gab keine Vernehmung. Aber auf Blatt 56b finden Sie den Aktenvermerk dazu«, antwortete Bucher.

Der Haftrichter fragte in Richtung Szypinski und Bucher, »In welcher Größenordnung bewegen sich die finanziellen Unregelmäßigkeiten bei dieser Stiftung ... Holtern ... und weshalb liegen die Unterlagen noch nicht vollständig vor?«

Sie antwortete. »Wir müssen auf Unterlagen bei einem Notar zugreifen, der eine zentrale Rolle innehat. Die Auswertung dieser sehr komplexen Unterlagen, es geht um Immobiliengeschäfte, dauert seine Zeit. Der Umfang der persönlichen Bereicherung der beteiligten Personen dürfte sicher über einer Millionen Euro liegen. Nach jetzigem Kenntnisstand. Aber dies sind Ermittlungen, die vom Kommissariat für Wirtschaftskriminalität der Kriminalpolizei in

Augsburg geführt werden. Eine Zusammenführung der Verfahren ist von unserer Seite her nicht vorgesehen. Lediglich das Einbringen der Bezüge zum Mord und dem Beschuldigten Staffer.«

»Sie können also keinen Alibibeweis für Ihren Mandanten vorbringen?«, fragte der Haftrichter Martens. Der schüttelte den Kopf und lehnte sich wieder nach hinten.

Der Haftbefehl wurde aufrechterhalten.

Martens wandte sich noch einmal an den Richter. »Wir bitten aufgrund der vorgetragenen Gründe von einer Pressemitteilung in diesem Fall abzusehen. Nach wie vor halten wir die Beweise für sehr dünn. Die Öffentlichkeit würde sich in Zusammenhang mit dem Mord an dieser jungen Frau auf meinen Mandanten und seine Familie stürzen. Solange nichts Stichhaltigeres vorliegt, bitte ich daher um Zurückhaltung.«

»Das ist Sache der Frau Staatsanwältin«, sagte der Haftrichter, nachdem er die letzten Zeilen seines Beschlusses diktiert hatte.

Die sah kurz zu Bucher und nickte dann zustimmend. »Von unserer Seite wird es – vorläufig – kein aktives Herantreten an die Presse geben. Allerdings wird es sich schon schnell herumsprechen. Ihr Mandant lebt in einer Kleinstadt. Heute Morgen fand eine Durchsuchung seines Wohnhauses statt. Ebenso von Räumen in der Stiftung Holtern«, sie zog laut Luft durch ihre Lippen, »wir haben da wenig Einfluss ... Sie wissen ja ...«

Martens nickte nur. Staffer wurde von einem Justizbeamten abgeholt und verließ wort- und grußlos den Raum. Wieder draußen an der kalten Dezemberluft, unterhielten sich Bucher und seine Kollegen noch mit der Staatsanwältin. Sie wies darauf hin, dass das heute knapp gewesen sei und es durchaus sein könnte, dass die Aussage von Frau Knoller nicht halten könnte. Sie machte deutlich, dass dem Verfahren ein paar stichhaltige, objektive Beweis gut täten. Keine Neuigkeiten für das Team. Sie verabschiedeten sich.

Bucher war nicht zufrieden. Einerseits war er froh, dass Staffer hinter Gittern saß. Andererseits war es auch ihm zu wenig, was sie an objektiven Beweisen zusammengetragen hatten. Es langte im Moment für einen Haftbefehl, auf dünnem Eis, jedoch niemals für eine Verurteilung. Das war ihm klar. Zu wenig Indizien. Auf der Tastatur seines PCs lag ein kleiner Notizzettel von Dr. Kelter. Dr. Kelter?, dachte er und sah auf seine Uhr. Ach ja, die Handschriftenerkennung. Es hatte lange gedauert, bis sie im abendlichen Berufsverkehr durch die Stadt gekommen waren. Die Straßen waren ein einziger langer stinkender Stau gewesen. Jetzt war es schon nach halb sechs. Er versuchte trotzdem sein Glück und wurde belohnt. Dr. Kelter saß noch an ihrem Schreibtisch. »Ich habe mir schon gedacht, dass Sie noch kommen würden. Deswegen bin ich etwas länger geblieben.«

Er legte seine dankbarste Miene auf, nahm Platz und wartete. Sie klemmte seine Ausdrucke an eine Wandleiste und legte einige neue Drucke vor sich auf die Tischplatte.

»Also«, begann sie langsam und noch überlegend, »ich habe mir Ihre Symbole mal genau angesehen. Ihre Erkenntnis mit dem Megalithensymbol ist wirklich gut. Ich habe es selbst nachvollzogen und tatsächlich, es gleicht absolut diesem einen zentralen Zeichen, welches der Täter auf seinen Opfern eingeritzt hat.« Sie schauderte kurz zusammen.

»Gut. Ich habe also nochmals einen Scann von den Fotovorlagen gemacht, habe die Symbolik isoliert, wie das Ihr Kollege auch schon gemacht hat. Übrigens sehr gut, wenn man die bescheidenen Mittel betrachtet.«

Bucher freute das Lob.

»Sehen Sie hier. Ich habe die Symbole stark vergrößert dargestellt und mit einem speziellen Programm die Ränder reduziert. Es ergeben sich da leichte Unterschiede in der Darstellung gegenüber Ihrer Ausfertigung. Und zwar kommen hier«, sie deutete auf einen ihrer Ausdrucke, »weitere Zeichenfragmente hinzu, ähnlich einem Apostroph, die neben diesen Megalithensymbolen liegen. Sehen Sie den Unterschied?« Bucher nickte.

»Ich habe mit einigen Kollegen telefoniert, denen ich einen Abzug per Mail habe zukommen lassen. Letztendlich sind wir zur Überzeugung gekommen, dass es sich nicht um Symbole handelt, sondern eher um eine Schrift.«

Bucher sah sie konsterniert an. »Schrift!?«

»Ja. Es gibt verschiedene Meinungen. Ich persönlich tippe auf Hebräisch.«

Bucher schüttelte den Kopf und wiederholte »Hebräisch?«

»Mhm. Ein Kollege meinte, es könnte auch Sanskrit sein. Nun bin ich Psychologin und auf Handschriften spezialisiert. Ich bin aber der festen Überzeugung, dass es sich hier bei den Symbolen um hebräische Schriftzeichen handelt. Ich habe Ihnen einige Ausdrucke gemacht, die die wesentlichen Variationen beinhalten. Gehen Sie damit zu einem Sprachforscher. Da erfahren Sie ganz sicher Genaueres.«

Sie packte drei Ausdrucke in der Größe A3 in einen Kartonhalter ? und schob ihn Bucher zu. Der war noch immer überrascht. Doch so langsam lichtete sich Nebelschleier um Nebelschleier. Das, was mit Maren Hengersberg und Katharina Schwelgner geschehen war, bekam zusehends Kontur. Er merkte plötzlich, dass er stumm und in Gedanken versunken neben Dr. Kelter saß. Er entschuldigte sich. Sie lachte nur und bat darum, über die Ergebnisse der Ermittlungen informiert zu werden. Bucher eilte sofort zurück ins Büro. Die anderen saßen im Besprechungsraum und diskutierten heftig. Bucher reichte Hartmann den Karton mit den Ausdrucken und informierte sie von dem, was er gerade erfahren hatte.

Sie sahen ihn ungläubig an.

»Und jetzt?«, fragte Batthuber.

Er erhielt seine Antwort prompt. »Du fährst morgen mit Alex zu Frau Staffer. Ihr kommt nicht zurück, ohne genau sagen zu können, wo Staffer war, als Katharina Schwelgner ermordet wurde. Und du, Lara, versuchst den Höslberger zu erreichen, wenn es sein muss, auch zu Hause. Informiere ihn über unsere Erkenntnisse bis auf die Sache mit diesem Hebräisch, das ist noch nicht so ganz sicher. Versuche zu erfahren, was sie rausbekommen haben in Sachen Staffer. Ob der in der Gegend war oder nicht. Ich kümmere mich um diese Schriftzeichen hier und kläre noch ab, ob Wellbergs Alibi passt.«

»Hebräisch!«, wiederholte Lara Saiter, »Pfarrer müssen doch Hebräisch können, oder?« Sie erhielt keine Antwort.

Hartmann sagte wie nebenbei, dass die Kollegin Becker-Schwalm hier gewesen sei.

Bucher hob die Hände zur Decke. »Ahhh. Die habe ich total vergessen. Aber ist nicht so schlimm. Vorerst halten wir das ja zurück. Trotzdem. Lara, kannst du das übernehmen? Gleich morgen früh?«

Sie sagte zu. Bucher spürte die Unruhe. Er war sich sicher, dass sie nahe an einer Lösung des Falles Maren Hengersberg waren.

»Die Durchsuchungen in Augsburg sind übrigens glatt verlaufen«, sagte sie zu Bucher. »Sie haben Kleidung sichergestellt und jede Menge Fasern abgeklebt. Das wird in den nächsten Tagen bei uns analysiert.«

»Und die Bibliotheken?«, wollte Bucher noch wissen.

»Nichts!«

»Mist!«

Er hatte die Drucke von Dr. Kelter mitgenommen. Eigentlich war ihm gar nicht klar weshalb. Auf den Verkehr konnte er sich überhaupt nicht konzentrieren. Deshalb fuhr er kurz vor Landsberg auf einen Parkplatz, stellte das Radio ab und hörte nur das Surren von Windböen, die sich in den Blechwinkeln der Karosse und an der Antenne verfingen. Ab und an wackelte das Auto sanft, wenn eine Bö stärker auftraf. Einige einsame Schneeflocken fielen auf die Motorhaube und vergingen sofort zu kleinen Wassertropfen. Bucher beobachtete ihr Sterben im matten Licht einer Außenleuchte, die den Weg zu den Toiletten kenntlich machen sollte. Ein trauriger Ort, der gut Kulisse in einem französischen Krimi hätte sein können – am Ende aller Hoffnung.

Hebräisch, Hebräisch, Hebräisch, dachte Bucher immer wieder. Es war aber keine Frage mehr. Er fühlte, dass Dr. Kelter mit ihrer Vermutung richtig lag. Und Lara lag auch richtig, wenn sie bemerkte, dass Hebräisch zur Ausbildung von Pfarrern und Theologen gehörte. Wer konnte ihm also mit seinen Ausdrucken weiterhelfen? Ihm fiel nur eine einzige Person ein, die dafür im Augenblick infrage kam. Manner. Er kramte in seinem Notizbuch und fand nach langem Suchen die Stelle, wo er dessen Telefonnummer notiert hatte, und wählte. Er war ungeduldig und jeder nicht von einem Hallo oder Ähnlichem beantwortete Klingelton aus dem Hörer machte ihn noch ungeduldiger. Er würde nicht schlafen können, wenn er nicht ein Stück in dieser Sache weiterkommen würde. Das kurze »Manner!« erschreckte ihn so, dass er sich erst nach einem weiteren nachfragenden »Hallo!?« mit seinem Namen meldete. Er hielt sich nicht lange mit Vorreden oder Erklärungen auf, sondern fragte, ob Manner Zeit hätte für ein Gespräch, und spürte die Erleichterung, als er die Zusage erhielt. In Landsberg bog er nach Norden ab und fuhr in Richtung Augsburg.

Manner öffnete die Türe und Bucher sah ein besorgt dreinblickendes Gesicht. Er setzte eine bewusst ausgeglichene, freundliche Miene auf, um Manner zu vermitteln, dass er sich nicht in einer Notlage befand. Sicher hatte sein Telefonat einen solchen Eindruck erwecken können. Sie gingen ins Büro, welches Bucher schon vertraut war. Während Manner einen Tee aufgoss, sah Bucher sich in den Bücherregalen um. Vielleicht würde er ja eine hebräische Bibel finden. Er merkte, wie wohl er sich hier fühlte, nicht mehr fror. Er mochte diesen Manner. Die kräftige Statur, die feste ausdrucksvolle Stimme. Er wirkte beruhigend und vermittelte schon in den ersten Augenblicken die Fähigkeit, zuhören zu können, verbreitete keine Unruhe. Bucher war überzeugt, dass er ein guter Seelsorger war. Als der Tee fertig war und sie gemeinsam am Tisch saßen, holte Bucher die Drucke hervor und reichte sie Manner mit der Bitte, sie sich in Ruhe anzusehen. Der schaute verwundert auf die handgroßen Zeichen auf dem dicken Papier. Er sah sich jedes der Blätter sorgfältig an und blickte schließlich mit einem kurzen fragenden Lachen zu Bucher auf. »Ja ... Herr Bucher ... und deswegen klangen Sie vorhin so aufgeregt.«

»Klang ich aufgeregt?«, fragte Bucher und blickte grinsend über den Rand seiner Tasse.

»Ja schon, ich empfand es jedenfalls so und hatte mir schon Sorgen gemacht«, antwortete Manner.

Bucher wurde tatsächlich etwas verlegen. »Eigentlich schön zu hören, wenn sich jemand um einen sorgt ... aber das war unbegründet. Aber sehen Sie ... hier«, er deutete auf die Ausdrucke, die Manner in der Hand hielt. »Wissen Sie, was das bedeutet, Herr Manner?«

»Natürlich«, antwortete der mit einem verwunderten Schulterzucken und warf zur Kontrolle noch einmal einen kurzen Blick auf das erste Blatt. Hatte er etwas übersehen?

Bucher beugte sich nach vorne und sagte ruhig, aber eindringlich. »Aber wir wissen leider nicht, was es ist. Eine unserer Wissenschaftlerinnen ist der Meinung, es handele sich um hebräische Schriftzeichen.«

Manner sah ihn erstaunt an. »Ja ... Genau.«

Er breitete die drei Blätter auf dem Tisch aus und beugte sich darüber. »Es ist auf den beiden äußeren Ausdrucken nicht so deutlich zu erkennen. Aber der hier ... ganz klar und eindeutig.« Er zog das mittlere Blatt hervor.

»Und können Sie auch lesen, was da steht?«, fragte Bucher.

Manner lachte jetzt laut und herzlich. »Herr Bucher. Natürlich. Ich denke doch, Sie sind zu mir gekommen, weil Sie darüber informiert sind, dass genau das mein Spezialgebiet ist. Sie haben das doch sicher irgendwie erfahren, oder?«

Bucher war ehrlich überrascht. »Nein. Das wusste ich bis jetzt nicht. Ich bin zu Ihnen gekommen, weil Sie Pfarrer sind und ich dachte, Sie können ein wenig Hebräisch ... und weil ich Vertrauen zu Ihnen habe.«

Manner nickte ihm zu und sah auf die Ausdrucke. »Also. Ich bin ein, wie es in unseren Kreisen heißt, Alttestamentler. Ich habe über einen Text aus der Genesis promoviert.«

»Oh. Sie sind also Dr. Manner«, meinte Bucher.

»Ja und nein. Das Doktor hat bei der Arbeit in der Gemeinde nichts verloren. Da bin ich Pfarrer Manner.« Er schüttelte den Kopf. »Aber zurück zu Ihrem Text da.« Es klang neugierig.

Er legte die zwei äußeren Blätter auf den Boden und drehte das mittlere zu Bucher hin.

»Sehen Sie her. Diese Zeichen hier bedeuten „JHWH“, das wird ›Jahwe‹ gesprochen.«

Bucher sah Manner überrascht an und fragte: »Der hebräische Name für Gott?«

Manner verzog das Gesicht und wog nachdenklich seinen Kopf. »Mhm ... das ist ein sehr schwieriges und komplexes Thema ... also ... nehmen Sie mir das bitte nicht krumm ... aber für einen Laien, der Sie in dieser Sache nun mal sind, ist nur sehr schwer zu verstehen, was sich hinter dem Begriff JHWH verbirgt.«

»Können Sie mir den Inhalt dieser Worte vielleicht näher bringen ... es wäre wichtig für mich, das verstehen zu können«, bat Bucher.

Manner sah ihn ernst an. »Hat das mit Maren ... Hengersberg ... zu tun?«

»Ja.«

»Und ... können oder dürfen Sie mir auch erläutern, in welchem Bezug?«

Bucher sah ihm ernst in die Augen. Er hatte nicht vergessen, wie betroffen Manner bei seinem ersten Besuch war und welche Gedanken Bucher durch den Kopf gingen. Bevor er ihn näher in den Fall einbezog, wollte er etwas Klarheit gewinnen und fragte deshalb sehr direkt. »Welches Verhältnis hatten Sie zu Maren Hengersberg, Herr Manner?«

Manner lehnte sich müde zurück und sah an Bucher vorbei auf ein Bild an der Wand.

»Ein sehr ... ein sehr enges Verhältnis, Herr Bucher. Das haben Sie sicher auch schon herausgefunden, oder?«

»Nein. Wir haben gar nichts herausgefunden. Als ich vor einigen Tagen hier bei Ihnen war und mich mit Ihnen unterhielt, hatte ich das Gefühl, sie seien der einzige Mensch, oder einer der wenigen Menschen, die ehrlich und tief um Maren Hengersberg trauern.«

Manner ließ den Blick nicht von der Wand, als er zu erzählen begann.

»Wir trafen uns in letzter Zeit relativ oft. Ich war einige Male bei Ihr in der Wohnung. Aber überwiegend war sie hier bei mir. Das war für mich einfacher. Sie wissen ... bei meinem Beruf. Es war einfacher, unter Kontrolle zu halten. Vor Leuten, die das Wissen darum vielleicht gegen mich verwendet hätten. Es ist nun mal so. Solange ein Verhältnis nicht in die Öffentlichkeit gelangt, ist es auch kein Problem. Grotesk, oder?«

Bucher antwortete nicht, weil ihm nichts dazu einfiel. Sie schwiegen eine Weile. Manner richtete sich mit einem Stöhnen gerade und ließ seine Hand über die Ausdrucke fahren.

»Was hat das hier mit Marens Tod zu tun?«

Bucher war die Situation unangenehm. Er hatte also die richtige Vermutung gehabt. Doch jetzt fluchte er im Stillen, dass er Manner und sich in eine solche Situation gebracht hatte. Seine Stimme klang belegt.

»Ich weiß nicht ... Sie standen ihr so nahe ... und ... ich ...«

»Sagen Sie schon. Vermutlich kann ich Ihnen am ehesten weiterhelfen.«

Bucher deutete nach kurzem Überlegen auf die Schriftzeichen. »Das hier war auf ihrem Rücken eingeschnitten. Wir haben es erst in den letzten beiden Tagen herausgefunden.«

Manner sah Bucher mit weit aufgerissenen Augen an und wurde blass. Bucher wartete einen Augenblick, bevor er ruhig weitererzählte.

»Es gibt noch ein zweites Opfer mit den gleichen ... Spuren. Sie stammt aus Österreich. Wir müssen wissen, was das hier bedeutet.«

Manner brauchte eine Weile, um zu sich zu kommen. Dann stand er abrupt auf, ging zu einem der großen Wandregale und kam nach kurzem Suchen mit drei großen Büchern zurück. Er schien sein Entsetzen für den Augenblick überwunden zu haben und machte nun einen entschlossenen Eindruck.

»Sie wollen also Informationen über die Bedeutung des Begriffes Jahwe?«

Bucher nickte entschlossen.

»Gut. Ein sehr schönes Thema! Wenn Sie etwas nicht verstehen, fragen Sie einfach nach.«

»Kein Problem«, sagte Bucher und es klang nicht mehr ganz so sicher.

Manner setzte sich und sah Bucher ernst an. »Sie werden viel nicht verstehen und es kann eine lange Nacht werden. Haben Sie Hunger?«

»Im Moment nicht ... Hunger nach Information schon eher«, wehrte Bucher ab.

Sicher hatte er Hunger, doch gieriger war er auf das, was Manner zu erzählen hatte. Er holte seinen Notizblock heraus und wartete auf Manners Vortrag. Der setzte sich zurecht und schlug eines der Bücher auf. Soweit Bucher erkennen konnte, waren die Seiten mit hebräischen und griechischen Lettern gefüllt.

»Also fangen wir an.«

»Zu Beginn etwas Grundsätzliches zu diesem Wort Jahwe im Alten Testament. Es handelt es ich bei Jahwe um den Gottesnamen«, das ist Ihnen ja bereits bekannt.

»Über alle chronologischen Bereiche der Bibel Israels hinweg begegnet einem dieser Name. Allerdings sind hiervon spätere Schriften ausgenommen, denn ab einer bestimmten

Zeit war es verboten, den Namen Jahwe zu verwenden. Das fing etwa ab dem 3. Jahrhundert vor Christus an. Ab da wurde der Gottesname aus Scheu vor einer möglichen Verletzung des zweiten Gebotes nur noch vom Hohen Priester ausgesprochen. Und dies geschah nur einmal im Jahr, am Versöhnungstag.«

Manner sah mit feinem, fast hinterhältigem Lächeln zu Bucher und fragte. »Das zweite Gebot ... ist bekannt oder?«

Bucher überlegte und konnte den Schluckreflex nicht unterdrücken.

»Du sollst ...«

»Gar nicht schlecht bis jetzt ...«, unterbrach ihn Manner. Sein Lächeln war zum Grinsen geworden, welches ihm Bucher gar nicht zugetraut hätte.

Er ließ sich jedoch nicht beeindrucken. »... den Namen des Herren, deines Gottes, nicht missbrauchen«, brachte er nach kurzem Überlegen heraus. In welchen Schluchten seines Gedächtnisses hatte er dies nur aufbewahren können?

Manner zog die Stirn in Falten. Das hätte er nicht erwartet. »Genau. Sie überraschen mich. Die Zehn Gebote kommen übrigens an zwei Stellen in der Bibel vor. Einmal bei Mose 2, 20 und dann noch bei Mose 5, 5. Dort können Sie den ausführlichen Text nachlesen. Den Imperativ der Gebote, also das „Du sollst" ist eine Übersetzungsweise, die inzwischen umstritten ist. Heutige Übersetzungen sprechen von „Du wirst ...". Eine solche Übersetzung hätte natürlich Konsequenzen. Aber das ist eine rein theologische Betrachtungsweise, auf die ich jetzt nicht eingehen möchte. Ich sehe schon. Ich muss mich etwas bremsen.«

Manner blätterte eines der Bücher auf. Es war eine alte Bibel, ausgeschmückt mit herrlichen Stichen, wie Bucher erkennen konnte, als Manner sie ihm reichte und auf die Stelle deutete, an welcher das zweite Gebot aufgeführt war.

Es handelte sich um einen mehrzeiligen Absatz. War also weit länger als der kurze Satz, der Bucher noch aus dem Konfirmandenunterricht haften geblieben war. Während er den vollständigen Text las, fuhr Manner mit seiner Privatvorlesung fort.

»In den späten Büchern Kohelet und Ester wird der Name Jahwe also nicht mehr verwendet. In anderen Texten hat man Jahwe offensichtlich durch Aelohim ersetzt. Aelohim steht für Gott. Wenn man die Sache statistisch angeht, begegnet einem der Gottesname in der Bibel überall. Wissenschaftler haben gezählt, dass er über sechstausendmal im Alten Testament verwendet wird. Dazu kommt fünfundzwanzigmal die Kurzform«.

Manner machte mit einem Wink auf sich aufmerksam und deutete auf das Zeichen יה. Bucher erkannte es wieder. Es handelte sich um das Zeichen, welches er als Symbol für Menhire angesehen hatte.

Manner fuhr fort. »Das wird ›jah‹ ausgesprochen. Es gibt den Begriff Jahwe in der Langform, also so, wie er hier auf Ihren Ausdrucken abgebildet ist, auch außerhalb der Bibel. Zum Beispiel auf der moabitschen Mescha-Stele, die aus der Zeit um 850 vor Christus stammt. Die Langform sieht nun so: יהוה aus und steht für JHWH, also Jahwe.«

Bucher sah auf ein Blatt Papier, das Manner hochhielt. Tatsächlich waren da genau die gleichen Symbole zu sehen wie auf den Ausdrucken, die er mitgebracht hatte. Zweimal das Menhirsymbol, getrennt von einem Strich. Als Bucher die Zeichen betrachtete, kam er zu der Ansicht, dass er mit seiner Assoziation gar nicht so falsch gelegen hatte. Er legte jetzt die schwere Bibel zur Seite und sah Manner nach, der aufgestanden war und im Regal nach weiteren Unterlagen suchte.

Bucher sagte, »Ich hielt diese Zeichen für Megalithensymbole. Die sehen ja so ähnlich aus.«

Manner drehte sich um und sah Bucher stirnrunzelnd an. »Megalithensymbole? Weiß jetzt gar nicht, wie die aussehen. Aber das ist schon möglich. Das, was uns hier vorliegt, sind jedoch eindeutig hebräische Schriftzeichen.«

Er stand nachdenkend vor dem Regal und hielt inne, um seine Gedanken zu sammeln. »Machen wir am besten mit der Aussprache weiter.

»Also. Wie ich vorher schon erwähnt hatte, wurde Jahwe seit dem 3. Jahrhundert vor Christus aus religiösen Gründen nicht mehr ausgesprochen. Um dieses Problem beim Lesen des biblischen Textes irgendwie zu lösen, wurde Jahwe in aller Regel durch das Wort „Adonaj" ersetzt. Das bedeutet „mein Herr". Um diese veränderte Lesart anzuzeigen, haben die Massoreten bei der Punktierung des hebräischen Konsonantentextes die Vokale von Adonaj unter das Tetragramm יהוה, Jahwe, geschrieben. Von den Christen wurde dies ab etwa dem 12. Jahrhundert nach Christus völlig missverstanden. Sie lasen das Tetragramm dann tatsächlich mit den Vokalen von Adonaj.«

Bucher musste bei den letzten Sätzen entsetzt geschaut haben, denn Manner lachte laut, als er zu ihm hinübersah und entschuldigend sagte. »Macht nichts. Vergessen Sie das mit den Massoreten und so. Aber ... auf diese Weise ist übrigens die falsche Lesart „Jehowah" entstanden. Das hört man ja heute immer noch und die Zeugen Jehovas gründen sich, wenn man es böse ausdrücken möchte, auf einen Übersetzungsfehler.«

Bucher war beeindruckt, mit welcher Leichtigkeit Manner durch dieses Thema sprang. Der machte unbeirrt weiter. Es war unschwer, zu erkennen, dass er bei diesem Thema in seinem Element war. Bucher wollte ihn nicht bremsen. Schließlich musste er Einblick in die Bedeutung des Wortes erhalten, das durch diese ominösen Zeichen dargestellt war. Was sollte man nur mit diesem Jahwe anfangen?

Manner sagte, »Ich möchte gar nicht zu tief auf die ursprünglichen Lesarten von Jahwe eingehen oder gar auf die Herkunft der Kurzformen, weil ich denke, dass für Sie die Bedeutung des Begriffes Jahwe viel interessanter sein wird.«

Bucher stimmte zu und beobachtete, wie Manner lose Blätter und Zeitschriften, die er vor sich auf den Boden gelegt hatte, sortierte.

»Überliefert ist uns diese Namensoffenbarung aus Exodus 3,13-17. Sie beginnt mit der Frage des Mose: „Wenn ich zu den Söhnen Israels komme mit dem Wort: ‚Der Gott unserer Väter hat mich zu euch gesandt', und sie mich dann fragen: Welches ist sein Name? – was soll ich ihnen dann antworten?'"

Manner sah sichtlich fasziniert zu Bucher, stellte aber an dessen Gesichtsausdruck fest, dass ihm das Wissen fehlte, seine Begeisterung zu teilen. Er überlegte einen Augenblick, fuhr vorsichtig mit den oberen Schneidezähnen über seine Unterlippe. »Ich weiß, das alles erscheint Ihnen völlig fremd. Aber wir müssen einige Grundlagen klären, um die genaue Bedeutung klären zu können«, erklärte er. Dann wiederholte er nochmals die Frage des Mose.

»Also ... diese Frage bekommt ein ganz eigenes Gewicht, wenn man sich mit folgenden Tatbeständen vertraut macht: Im Orient haben Namen nicht nur eine Kennzeichnungsfunktion oder dienen als Unterscheidungsmerkmal von Personen. Vielmehr dienen sie gerade auch als Hinweis auf das Wesen, besser gesagt, der Wesenserschließung. Bei den Ägyptern wurde der oberste Gott „Ammon-Re" als „der Gott mit dem verborgenen Namen" bezeichnet. Dadurch wollte er dem magischen Zugriff durch die Menschen entzogen bleiben. Wenn nun ausgerechnet der Gott des Sklavenvolkes, also der Juden, diesem seinen Namen kundtut und anvertraut, dann ist schon allein das ein eindrucksvolles Zeugnis seiner Zuwendung zum Volk Israel. Dies alleine ist schon eine Sensation. Aber es kommt noch härter. Denn wesentlich ist das, was dieser Name über das Wesen dieses Gottes zum Ausdruck bringt.«

Bucher ließ sich von der ruhigen, dennoch eindringlichen Art, in der Manner jetzt mit ihm sprach, einfangen und lauschte. Jetzt interessierte ihn die Antwort, die Mose erhalten hatte. Er ließ es sein, jedes Wort Manners in Bezug zum Fall Maren Hengersberg zu setzen.

»Die Übertragung von „jahjah" gründet auf die Stelle unter Exodus 3,14. Dort wird der Name Jahwe mit den Worten „æhjæh aschær æhjæh" erklärt. Die Übersetzung ist äußerst schwierig. Bekannt ist folgende Übertragung, die Sie vielleicht schon einmal gehört haben: **Ich bin der ich bin.**«

Bucher deutete ein Nicken an.

»Diese Übersetzung ist aber unzureichend«, fuhr Manner fort, »das Wort „hajah" bedeutet im Hebräischen nicht einfach sein. Es heißt darüber hinaus auch werden, geschehen, sich ereignen, da sein. Im seltensten Fall bedeutet dieses Wort einfach sein in unserem Sinne. Aus vielen Gründen, die ich nun gar nicht darlegen will, scheinen folgende Übersetzungen sinngemäßer zu sein:

„Ich werde da sein, der ich da sein werde", oder: „Ich bin der, der da sein wird."

Die letzte Form ist mir persönlich übrigens am nähesten.«

Bucher versuchte zu verstehen, was Manner sagte. Er wiederholte still, für sich, die verschiedenen Auslegungen, die Manner genannt hatte. Er tat sich schwer. Schließlich notierte er die unterschiedlichen Deutungen.

Manner fuhr mit der Handfläche seiner rechten Hand geradezu zärtlich über die Seiten der hebräischen Bibel, die aufgeschlagen auf seinen Oberschenkeln lag, und machte weiter.

»An diese Übersetzung binden sich viele theologische Thesen. Zum Beispiel die der Verweigerung einer Antwort. Dass also Gott mehr oder weniger gesagt hätte, ›ich heiße halt so, wie ich heiße.‹ Aber das ist eine Mindermeinung. Als Fazit würde ich sagen, handelt es sich in der Namensoffenbarung nicht um Gottes „metaphysisches Wesen". Inhalt ist vielmehr jene Selbstverfassung Gottes, die er als absolut freie Person sich selbst gegeben hat. In ihr hat er sich entschlossen, den Menschen – und hier zuerst Israel – sein Angesicht zuzuwenden. Gott verbindet sich also mit Israel in einem besonderen, jeden menschlichen Anspruch weit übersteigenden, personalen Verhältnis.«

Bucher fuhr sich mit beiden Händen durch die Haare und ließ sich erschöpft nach hinten sinken.

Er sah zu Manner und sagte, »Tut mir Leid, aber das ist schwerverdauliche Kost. Ich kann Ihnen gar nicht mehr folgen. Ich verstehe das alles nicht.«

»Machen Sie sich nichts draus. Die theologische Bedeutung kapieren Studenten meist auch nicht ... manche erst später, andere nie. Und ... wichtig ... es gibt unterschiedliche Denkweisen. Ich habe Ihnen nur versucht auf Basis unserer Wissenschaft, der Theologie, die Inhalte des Namens Jahwe nahe zu bringen. Und die haben Sie ja notiert, wie ich gesehen habe. Aber jetzt machen wir uns was zu essen. Es ist zwar schon spät, aber ich habe mächtigen Hunger bekommen.«

Es gab Spaghetti mit Pesto und einer Extraportion Olivenöl. Bucher aß schweigend und genoss den schweren Gigondas. Im Moment war er in der Stimmung, sich in die Ecke zu legen und langsam den Wein in sich hineinlaufen zu lassen. Sein Hirn war einerseits voll mit all den fremden Gedanken und Worten, über die Manner referiert hatte, und dann doch wie leer geblasen. Er schien überhaupt nichts verstanden zu haben. Trotzdem beschäftigte ihn das Gehörte und die ein oder andere Frage fiel ihm zwischen Spaghetti und Wein doch noch ein.

»Also, wie ich das verstanden habe, spielt sich das ... Drama ... um den Gottesnamen im Alten Testament ab. Wo bleiben da wir ... Christen?«

»Sie haben schon mehr kapiert, als Sie glauben«, sagte Manner und nahm einen kräftigen Schluck Wein.

»Springen wir mal ganz schnell zu Paulus ...«

Bucher stöhnte lautlos, versuchte aber Manner zu folgen. Wenigstens haftete er seine Augen an dessen Lippen.

»... Paulus sagt nämlich im ersten Korintherbrief, dass Gott am Ende alles in allem sein wird. Gott selbst ist die Zukunft seines Volkes, die Zukunft der Menschen. Dem Christentum ist der Jahwe-Name ansonsten fremd geworden. Es gibt noch einige kleine Stellen, den Philipper-Hymnus, ich gebe Ihnen mal die dazugehörigen Bibelstellen. Dann können Sie das in aller Ruhe nachlesen, wenn Sie möchten. Wo anders finden wir, etwas verschlüsselt zwar, Jahwe auch noch.«

Er sah Bucher fragend an, erkannte aber, dass er gar nicht auf eine Antwort hoffen brauchte. »Tja ... im Namen Jesus selbst ist der Gottesname nämlich noch verborgen ... aber uns gar nicht mehr so bewusst. Wissen Sie, Jesus war im Judentum ein durchaus gebräuchlicher Name, so wie Thomas und Jürgen heute bei uns. Nach Matthäus und Lukas ist Jesus der gottbestimmte Name für den endgültigen Heilbringer. In seiner hebräischen Form heißt er aber Jeschua und das bedeutet nichts anderes als „Jahwe ist Heil". Bei Matthäus wird der Name ... unter ... 1, 21 glaube ich ... so erklärt: „Denn er wird sein Volk erlösen von seinen Sünden". Das heißt aber nichts anderes, als dass der zukünftige Äon ...«, Manner sah, wie sich Buchers Augen weiteten, und erklärte sofort, »das bedeutet in diesem Zusammenhang etwa so viel wie „das zukünftige Weltalter".«

»Ah so«, sagte Bucher tonlos.

Manner fuhr fort, »Also, das zukünftige Weltalter oder Weltensein, auf welchen der Jahwe-Name verweist, ist in Jesus bereits angebrochen.«

Manner schwieg jetzt und grinste. »So und jetzt ist Schluss. Ich habe Hunger. Das hat mir richtig Spaß gemacht, wissen Sie das?!«

»Irgendwie hatte ich schon den Eindruck, ja«, antwortete Bucher.

»Also, das war für Sie schon ein ziemlicher Brocken Hardcoretheologie, denke ich.«

Bucher schnaufte laut aus und meinte: »Also mal ehrlich, Herr Manner ... das kapiert doch nun wirklich kein ... normaler ... Mensch.«

Manner holte einen Teller mit Käse und setzte einen Kaffee auf. »Das ist ja die Kunst von Theologen, solche komplexen Zusammenhänge in Worte und Sätze zu fassen, die die Menschen verstehen.

Bucher war vom Gehörten und Nichtverstandenen wie erschlagen und sortierte seine Ausdrucke und Notizzettel. Eigentlich war er enttäuscht. Er hatte sich Klärung erwartet und sah im dichten Nebel der theologischen Deutungen keinen Weg, der ihn weitergebracht hätte. Es tauchten eigentlich mehr Fragen auf, dabei hatte er Antworten erhofft. In der Küche klapperte Manner mit Geschirr. Er kam bald zurück und sie aßen schweigend. Manner entschuldigte sich für die eigentümliche Mischung von Käse, Wurst, Wein und Kaffee. Doch Bucher war zufrieden und winkte ab. Beide waren mit ihren eigenen Gedanken zu beschäftigt, als dass sich ein fruchtbares Gespräch hätte entwickeln können. Es dauerte eine Weile.

»Neulich, da ... in diesem Vortrag. War das ihre ...?« Manner ließ die Frage unvollendet und nahm ein vereinsamtes Stück Käse vom Teller.

Bucher schluckte die letzten Bissen hinunter und fragte, »Wer?«

»Sie haben den Jahwe noch im Kopf«, meinte Manner. »Ich weiß, dass es neugierig ist, aber es interessiert mich ganz einfach. Sie waren doch am letzten Wochenende in diesem Vortrag ...«

Bucher brauchte einige Sekunden, um den Zusammenhang herstellen zu können. »Ah, jetzt weiß ich, was Sie meinen.

Dann sagte er schlicht »Nein!«

Manner konzentrierte seinen Blick auf ein Stück Käse und fragte mehr durch seinen Blick als durch das folgende, fragende „Nein?" nochmals nach. Bucher war verunsichert.

»Dass ich nicht mit ihr ... äh ... also wir sind kein ... Paar. Wir waren nur gemeinsam auf dieser Veranstaltung ... mehr nicht.«

Manner nickte mit einem »Mhm« und sah versonnen auf Teller und Holzbretter. Nur noch einige Krümel waren übrig geblieben. Er fragte nicht weiter nach und es entstand eine Pause. Bucher saß da und dachte nach. Nicht nur über seinen Fall und Manner.

»Habe ich Ihnen weiterhelfen können?«, fragte der nach einer Weile.

Bucher atmete gequält aus und ihm entfuhr dabei ein halblautes Stöhnen.

»Sicher. Ich weiß jetzt zumindest, was sich hinter diesen Zeichen verbirgt. Leider kann ich den Inhalt dessen, was Sie mir dargelegt haben, noch nicht mit der Tat und dem Täter in Verbindung bringen. Ich denke zwar ständig darüber nach. Aber ehrlich gesagt, habe ich noch keine Vorstellung davon, worin der Sinn dieser Zeichen liegen soll.«

»Muss es denn Sinn machen?«, fragte Manner.

»Ja. Als Unsinn würde ich es nicht bezeichnen. Ich denke, es handelt sich um so etwas wie eine Botschaft. Fragt sich nur, für wen diese Botschaft bestimmt ist. Aber eine wichtige

Erkenntnis haben wir schon. Wer immer diese Zeichen verwendet hat, ist mit Hebräisch vertraut und wohl auch mit der Bedeutung dieser Schriftzeichen. Er hat sie ja schon einmal verwendet.«

»Wie werden Sie jetzt weiter vorgehen?«, wollte Manner wissen.

Bucher überlegte. »Tja ... wir werden versuchen ein Täterpsychogramm zu entwickeln. Das war bisher nur bedingt möglich. Mit den nun vorhandenen Erkenntnissen ist das sicher Erfolg versprechend.«

»Ah. Sie sind also ... Profiler ... so nennt man das, oder?«

Bucher wehrte ab. »Oh nein. Das ist ein Begriff, der im Fernsehen maßlos überstrapaziert wird. Wir nennen das operative Fallanalyse. Klingt nicht so cool, aber kommt den Arbeitsabläufen viel näher als Profiling. In den letzten Jahren konnte man ja den Eindruck gewinnen, dass Kriminalfälle zukünftig nur noch von Profilern gelöst werden, wenn man die Presse so verfolgt hat.«

»Und ... ist das nicht so?«, fragte Manner.

Bucher lehnte sich zurück und streckte seine Beine aus. »Dieses so genannte Profiling ist ein ... nur ein ... Bestandteil unserer Arbeit. Nach wie vor sind Spurenauswertung, Tatortarbeit, intensive Befragungen ... und so weiter und so fort ... wichtig wie eh und je. Zum Beispiel das, was wir hier gerade machen. Irgendwann liegt dann genügend Material aus allen Bereichen vor. Und dann ist es durchaus sinnvoll, ein Täterpsychogramm zu entwickeln.«

»Und ... wie schaut das in etwa aus? ... Sie haben doch schon ein ... wenigstens grobes ... Muster im Kopf, Herr Bucher, oder!?.«

»Mhm. Das schon, aber nur ein sehr dürftiges. Eines zeigt sich sehr deutlich. Der Täter ist kalt, beherrscht und zielstrebig. Er geht ohne Skrupel vor. Dieses Jahwe jedoch. Das verstärkt meinen bisherigen Eindruck noch, wenngleich ich nicht weiß, wo genau ich es hinpacken soll.«

»Wie meinen Sie das?«, fragte Manner.

»Naja. Bezieht der Täter eine der Auslegungen von Jahwe auf sich und liegt darin ein Grund für die Tat? Oder verwendet er diese Zeichen als Botschaft für andere? Für uns Ermittler, oder gibt er sie dem Opfer mit auf den Weg, wohin auch immer?«

Manner verstand und schnaufte tief. »Ich möchte Ihren Beruf nicht ausüben wollen.« Er stand auf und räumte den Tisch ab. In Buchers Kopf schwirrten Alkohol und Gedanken munter durcheinander.

Manner kam zurück und hielt zwei gut gefüllte Cognacschwenker. »Sie fahren heute sowieso nicht mehr zurück«, sagte er in bestimmtem Ton, die jede weitere Diskussion ausschloss. Er deutete mit dem Kopf zur Türe. »Hier sind immer zwei Gästezimmer für überraschenden Besuch gerichtet, oder für Menschen, die wir kurzfristig unterbringen müssen.«

Bucher hielt seine Nase in den Schwenker. Herrlicher Duft von Eiche und Pflaumen drang über die Schleimhäute bis in sein Hirn vor. Er meinte, sehen zu können, wie der Schluck, den er dann nahm, langsam und ölig den Rachen hinunterlief. Wie in Zeitlupe. Welch ein Genuss. Er schloss die Augen und ließ ein wohliges, tiefes »Mhm« hören.

»Wie meinten Sie das, als Sie von einer Botschaft sprachen?«, fragte Manner.

Bucher richtete sich auf und öffnete die Augen. Er brauchte einen Augenblick, um zu realisieren, wo er war und worum es ging.

»Ach ja. Die Botschaft. Ohne erst einmal den Inhalt zu bewerten, stellt die alleinige Existenz dieser ... ja ... dieser Schriftzüge ... eine Botschaft für sich alleine dar. Das wird uns schon einiges über den Täter verraten. Wenn wir wissen wollen, in welchem Kontext er diesen ... ja Text ... versteht, ihn eingesetzt hat, dann müssen wir selbst natürlich erst einmal den Inhalt verstehen können. Und das hatte ich mir ehrlich gesagt einfacher vorgestellt.«

Bucher überlegte und fragte dann. »Eine Übersetzung hat mich sehr angesprochen, gleich die erste«, er sah in seinen Notizen nach. »Sie sagten, dass JHWH übersetzt wird mit „Ich bin der ich bin" oder?«

Manner stimmte zu. »Ja. Das ist eine sehr gebräuchliche

Übersetzung, aber inzwischen gibt es hier auch andere Übersetzungen oder weitergehende Deutungen. Zum Beispiel hat Martin Buber dieses Fragment des Gottesnamen mit „Ich-bin-wo-du-bist" übersetzt. Eine sehr gelungene Deutung, wie ich finde.«

Bucher hob eine Hand. Er wollte Manner jetzt doch ein wenig bremsen. »Dieses doch sehr konsequente „Ich bin der ich bin" ist doch aber theologisch nicht falsch?«, fragte Bucher nach.

»Nein, Nein. Überhaupt nicht«, antwortete Manner und sah zu Bucher, der nachdenklich sprach. »Gehen wir einmal davon aus, der Täter verwendet den Gottesnamen in der Deutung von „Ich bin der ich bin" ...«

»Sie meinen, er hält sich für Gott?«, fragte Manner. Er schien von Buchers Ansatz wenig überzeugt.

Bucher sagte nachdenklich. »Nein. Das wirklich nicht. Genau das meine ich nicht, auch wenn es nahe liegt. Denn wenn er sich für Gott halten würde, müsste er sich nicht diese Mühe geben, sich zu verbergen.«

Manner musste nicht fragen. Sein Blick genügte.

»Na ja ... er hat keine Spuren am Tatort hinterlassen ... er hat großen Aufwand betrieben, um keine Spuren zu verursachen, und die Spuren, die unvermeidbar waren, hat er beseitigt. Ein sehr überlegtes Vorgehen«, erklärte Bucher.

Manner schüttelte den Kopf. »Das ... das ist doch ein richtiger Teufel ...«, entfuhr es ihm. Er stand auf und ging aufgeregt zu seinem Bürotisch, atmete ein paarmal hörbar tief. Dann setzte er sich wieder zu Bucher. »Entschuldigung. Aber ich war mit ... persönlich ... also persönlich noch nicht von einem solchen Geschehen betroffen.«

Bucher spürte die Wirkung des Alkohols immer stärker. »Ich bin der ich bin«, murmelte er vor sich hin. Es fiel ihm immer schwerer, klare Gedanken zu fassen und strukturiert abarbeiten zu können. Manner saß vor ihm im Sessel und nippte am letzten Schluck Cognac.

»Ich glaube nicht, Herr Bucher, dass Sie mit der Übersetzung dieser hebräischen Zeichen so recht weiterkommen. Ich kann Ihnen hier nur bruchstückhaft einige theologische Ansätze aufzeigen. Aber in diesen Worten steckt so viel mehr an Bedeutung, Symbolik und philosophischer Kraft. Viele haben sich damit auseinander gesetzt. Dichter, Maler, Musiker, Philosophen ...«

Bucher hörte still zu, denn Manner sprach eigentlich zu sich selbst, als würde er ein Gedicht vortragen. »„Möchte ich irgendjemand anderes sein!, so seufzt dieser Blick. Aber da ist keine Hoffnung. Ich bin der ich bin. Wie käme ich von mir selber los? Und doch habe ich mich satt!"«

Bucher nahm die Worte noch wahr. In der Nacht wachte er auf, weil er fror. Er war im Sessel eingeschlafen und fühlte sich elend. Eine Stehlampe warf noch Licht in den Raum. Manner war nirgends zu sehen. In der Küche draußen klapperte Geschirr. Das Fenster am Schreibtisch war geöffnet und kalte Dezemberluft strömte in das Arbeitszimmer. Er stand auf, dehnte sich und folgte dem Geklapper. Manner war in der Küche zugange und deckte gerade den Tisch. Die Kaffeemaschine blubberte laut vor sich hin und verströmte herzhaften Geruch, der alleine schon die Lebensgeister weckte. Er lehnte im Türrahmen, seinem Lieblingsplatz, und sah Manner zu, der frisch und aufgeräumt wirkte.

»Na. Gut geschlafen?«, fragte er Bucher.

»Wunderbar«, antwortete Bucher mit kratziger, belegter Stimme.

Nach dem Frühstück, das aus mehreren Tassen schwarzem Kaffee und einer trockenen Scheibe Brot bestand, fuhr Bucher erst einmal nach Hause. Unterwegs rief er Lara Saiter im Büro an, sagte, dass er später kommen würde, und bat sie Alex und Armin Bescheid zu geben, dass sie sich noch am Vormittag treffen müssten. Sie sollte alle Akten dafür bereitlegen. Sie meinte, Bucher klänge irgendwie ziemlich fertig, und sagte, dass Staffer über seinen Anwalt um ein Gespräch gebeten hatte. Bucher meinte, dass eine Nacht im Knast doch immer wieder Wirkung zeige, und sagte ihr noch, dass er inzwischen wisse, was die Schriftzeichen bedeuteten, ging auf Details aber nicht ein. Für Staffer würde er erst sehr spät Zeit haben. Zu Hause angekommen, duschte er, zog frische Sachen an und machte sich auf den Weg nach München.

Zwischendurch überlegte er, wie viel er gestern Abend wohl getrunken haben mochte und welche Menge Alkohol noch in seinem Hirn lauerte. Er fuhr sehr vorsichtig.

Trotz der Dusche sahen sie ihm an, dass die Nacht sehr kurz gewesen war. Auf dem Tisch lagen Akten und Bildmappen verteilt. Bucher erzählte von seinem Gespräch mit Pfarrer Manner und dem, was er über die Symbole erfahren hatte.

Seine Kollegen waren ratlos. Bucher meinte, dass mit den neuen, zusätzlichen Informationen ein Täterpsychogramm Erfolg versprechend zu erstellen sei. Hartmann sah ihn skeptisch an.

»Wieso ein Täterpsychogramm? Wir haben doch den Täter schon festgesetzt. Der Haftbefehl hat Bestand. Wir müssen also nicht mehr suchen.«

Batthuber ergänzte. »Und das, was du heute Nacht herausgebracht hast, passt doch voll und ganz auf den Staffer. Der ist Pfarrer und kann doch Hebräisch, kennt sich mit diesem theologischen Gottesnamenszeug aus. Der wars! Er hatte ein Motiv, so groß wie sein Arbeitszimmer, er ist als Pfarrer mit Hebräisch vertraut ... er hat die Intelligenz, die Tat zu planen und ... ich bin der Meinung, er besitzt auch die Kaltblütigkeit, die notwendig ist. Der Typ wars.«

Lara Saiter hörte zu und sagte keinen Ton.

»Ihr habt ja nicht Unrecht und ich bewerte die Erkenntnisse genau wie ihr. Nur ... wir haben keinerlei objektiven Beweis und wenn Staffer so cool ist, wie wir ihn einschätzen, dann bekommen wir kein Geständnis von ihm. Wir müssen die Beweisführung anders angehen.«

»Und was ist, wenn das Täterpsychogramm nicht auf Staffer passt?«, fragte Lara Saiter.

Bucher überlegte kurz. »Dann ...«

Hartmann ließ seinen Kopf in den Schoß fallen und stöhnte laut.

Bucher klatschte in die Hände. »Dann wissen wir auf jeden Fall schon wieder ein wenig mehr als jetzt. Es hilft alles nichts. Wir müssen da jetzt ran. Vor Gericht helfen keine Gefühle, Meinungen, oder „ich dachte". Und ich will Klarheit. Also auf!«

Er schob die Akten beiseite und holte seinen Notizblock hervor. Hartmann und Batthuber drehten sich widerwillig dem Tisch zu. Es dauerte einige Zeit, bis sie in die Arbeit hineinfanden.

Bucher hatte in Gedanken schon den Fragenkatalog vorbereitet und begann.

»Klären wir erst einmal, ob der Täter organisiert vorgeht, oder ob es sich um einen nicht organisierten Täter handelt.«

Lara Saiter arbeitete das Schema ab. »Also folgende Erkenntnisse sprechen für einen organisierten Täter. Klar ist, dass die Tat geplant war. Der Tatort zeigt, dass der Täter sehr überlegt und kontrolliert vorging. Ein weiteres Merkmal ist, dass er Maren Hengersberg vor der Tat misshandelte. Er ließ die Tatwaffe nicht am Tatort zurück und der Fundort der Leiche ist unzweifelhaft auch Tatort. Somit haben wir einen – eigentlich – organisierten Täter vor uns.«

»Aber dagegen spricht, dass die Leiche postmortal verstümmelt wurde. Das ist ein klassisches Vorgehen nicht organisierter Täter. Zudem suchen sich organisierte Täter ihnen unbekannte Opfer und führen in fast allen Fällen sexuelle Handlungen am lebenden Opfer aus. Das scheidet in unserem Fall jedoch aus«, sagte Hartmann.

»Das stimmt schon«, sagte Bucher, »jedoch positionieren diese nicht organisierten Täter ihre Opfer nach der Tat und das fehlt hier völlig. Es gibt auch keinen Anhaltspunkt für sexuelle Handlungen am Leichnam, was für nicht organisierte Täter spricht.«

Sie kamen überein, dass die Merkmale für einen organisierten Täter überwogen.

»Schauen wir uns den Handlungsablauf der Tat noch einmal genauer an.«

Bucher zu Lara Saiter, die in den Akten blätterte und ohne Blickkontakt zu Bucher wusste, dass sie gemeint war. »Der Täter verfiel nicht in Panik und war durch den Anblick der sterbenden oder toten Maren Hengersberg in keiner Weise schockiert. Nach der Tat beseitigte er die Spuren, die von vorneherein nicht vermeidbar waren. Er verfügt also zum einen über ein hohes kriminalistisches Wissen und er fühlte sich am Tatort sicher. Er veränderte den Tatort nur in Hinsicht auf Spuren, die er verursacht hat. Eine Zurschaustellung der Leiche liegt nicht vor. Somit zweifelsfrei ein durchgängig geplanter Handlungsablauf. Ein Täter, der sich und das Geschehen unter Kontrolle hat. Er ist durch die Tathandlung gefahren, wie auf Schienen.«

Bucher sagte, »Und letztlich die Botschaft. Der Sterbenden schneidet er diese hebräischen Schriftzeichen in den Rücken. Und nicht irgendetwas, sondern ausgerechnet eine Bibelstelle von großer theologischer Bedeutung, wie ich gestern erfahren habe. Für den Täter ist sie aber auch von großer persönlicher Bedeutung. Da bin ich mir inzwischen sicher. Neben all den Auslegungen, die ich gestern gehört habe, ist die zutreffende „Ich bin der ich bin".«

»Warum?«, fragte ihn Lara Saiter.

Bucher beantwortete ihre Frage. »Ich bin der Meinung, dass es sich nicht um eine theologische Botschaft handelt. Ich habe mir den Obduktionsbericht vorhin noch mal durchgesehen. Die Schnitte, die diese Zeichen hervorbrachten, waren mit großem Druck ausgeführt worden. Die Rippen waren sogar eingeschnitten und dort, wo der Klinge kein Widerstand entgegengesetzt wurde, rutschte das Messer tief ins Fleisch ein. Der Entschluss, diese Zeichen einzuschneiden, erfolgte zwar kontrolliert. Aber der Vorgang selbst war schon sehr von Gewalt und Hass geprägt. So als würde er es hineinschreien. Versteht ihr, was ich meine? Ich bin der ich bin! Ich bin der ich bin!«

Die anderen verstanden. Bucher sprach weiter. »Manner hat im Verlauf einen Text rezitiert. Irgendwas von „Ich bin der ich bin, komme nicht von mir los und habe mich doch satt". Ziemlich traurig eigentlich. Ich denke, das passt ganz gut auf unseren Täter.«

Hartmann meinte, »Vergesst nicht die Wahl der Tatwaffe. Er hat sie nicht erschlagen, was ja auch möglich gewesen wäre. Nein. Erst schlug er und dann wechselte er zum Messer. Da steht ja eine Entscheidung hinter. Eine sehr persönliche Art und Weise, jemanden zu töten. Und. Er muss sie dabei angesehen haben. Auch beim Sterben.«

»Jetzt sag schon, Johannes ...«, sagte Lara Saiter und sah Bucher ernst an, »wir sitzen hier und diskutieren Dinge, die wir eigentlich schon wissen. Du bist doch schon einen Schritt weiter, oder?«

Bucher wartete einen Augenblick und sammelte die Gedanken zusammen, die ihn seit der langen Dusche heute Morgen bis zur Besprechung umgetrieben hatten. Natürlich hatte er ein grobes Profil des Täters schon zurechtgelegt. Aber er traute diesen Schubladen nicht. Dennoch ging er auf ihre Frage ein.

»Unser Täter ist organisiert, hat Kontrolle über sein Handeln. Er plant die Tat bis ins Detail. Intelligenz. Er tötet völlig ohne Skrupel und gerät nicht in Panik. Kein Mitleid, kein Gewissen, das ihn plagt. Er hinterlässt eine Botschaft in hebräischen Schriftzeichen. Jemand, der mit Theologie zu tun hat? Liegt nahe. Er muss über eine gewisse körperliche Kraft verfügen, um die Tat auszuführen, was an den Schlägen und dem heftigen Stich zu sehen ist. Er übt keine primär sexuellen Handlungen aus, weder vor der Tötung noch danach. Jedenfalls keine, die erkennbar oder nachweisbar wären. Also steht ein sexuelles Bedürfnis nicht unmittelbar im Vordergrund. Er tötet Frauen, die sich sehr ähnlich sind, wenn wir uns die Fotos und das Umfeld der beiden Opfer ansehen. Also haben wir damit einen Hasstypus. Es tut mir Leid, dass ich euch schon wieder damit kommen muss, aber am Begriff Mutter werden wir nicht vorbeikommen. Die Planung einer solchen Tat erfordert geregelte Lebensumstände. Er ist nicht auf einen Ort beschränkt. Er musste seine Opfer auskundschaften. Ein Durchreisender schafft das nicht. Ich denke, dass er, zumindest zeitweise, im Umfeld der Opfer gelebt hat. Der Tatort wurde nicht manipuliert im Sinne einer Positionierung der Leiche, somit legt er ... vordergründig ... keinen Wert auf Kommunikation. Ich sage ... unser Täter ist Kommunikation nicht gewohnt. Er ist einsam. Ich vermute, weil er sich isoliert, aus Angst und Selbstschutz. Vermutlich lebt er mit anderen Menschen zusammen, aber nicht in einer Partnerschaft. Dann die Botschaft in Gestalt der Schriftzeichen. Sie ist, denke ich, gar nicht für uns gedacht. Er will damit nicht uns ansprechen. Vielmehr bestätigt er sich selbst „Ich bin der ich bin“. Er hat die Tat akkurat geplant und durchgeführt. Bisher haben wir kaum Fehler entdecken können. Nur diese Faser und der Lederfetzen von diesem alten Buch. Das heißt, er hat Erfahrungen gesammelt und sein Handeln aufgrund früherer Taten optimiert. Planung, Aggression, Kontrolle und Dominanz. Das sind die Säulen seiner Tat. Wer so etwas zum ersten Mal begeht, macht ganz andere Fehler. Aber das wird erst dann von Bedeutung, wenn wir ihn haben.«

Bucher hatte sehr engagiert gesprochen, hielt jetzt kurz inne und sah seine Kollegen an. Er sammelte seine Gedanken, bevor er ruhiger und leise weitersprach. Mit jedem Mord vervollkommnet er seine Fähigkeiten und erlangt von Tat zu Tat eine immer größere und ausgereiftere, aggressive Handlungskompetenz. Die Tat an Maren Hengersberg verlief aus Sicht unseres Täters perfekt. Das wird die Hemmschwelle, sofern man diesen Begriff überhaupt noch verwenden kann, noch weiter absenken. Bei einer geeigneten Auslösesituation spult er sein Programm wieder ab.«

Die anderen hörten nachdenklich zu. Bucher machte weiter.

»Er hat sicher eine akademische, vermutlich eine theologische Ausbildung, ist etwa einsachtzig groß. Das ergibt sich aus der Position der Einstiche. Sein Alter liegt um die dreißig Jahre ... und ... er ist Rechtshänder.«

Hartmann sah Bucher kopfschüttelnd an. »Wie kommst du bitte auf das Alter von ›um die dreißig‹?«

»Wir haben es nicht mit einer individuellen Tat zu tun, Alex, sondern sie ist Teil einer Serie, von welcher wir als weiteres Fragment den Fall aus St. Pölten kennen. Wenn wir es also mit einem Serientäter zu tun haben, dann gehe ich davon aus, dass ... wenigstens in Teilbereichen ... die Schemata anwendbar sind. Demnach verüben nahezu alle Serientäter ihren ersten Mord im Alter von etwa fünfundzwanzig bis achtundzwanzig Jahren. Der letzte Mord unserer Serie fand in St. Pölten statt. Das ist nun knapp zwei Jahre her. Wenn ich davon ausgehe, dass unser Täter schon vorher etwas „geübt" hat, dann komme ich auf das Alter von Anfang dreißig. Ich gehe also davon aus, dass er schon vor St.

Pölten getötet hat. Ganz sicher ist er auffällig geworden, irgendwie. Es muss über ihn etwas geben.«

Batthuber war aufgeregt und rutschte unruhig auf seinem Stuhl herum. Er wollte endlich zu Wort kommen. »Passt denn das auf Staffer?« , presste er heraus und sah seine Kollegen an.

Bucher sagte nichts. Lara Saiter sagte:

»Er war am Tatort und das am Tag, als Maren Hengersberg getötet wurde. Er hatte eine Motiv. Ich bin gespannt, was er heute Abend zu erzählen hat. Er mag raffgierig sein, oder geworden sein. Ich weiß es nicht. Sicher ist er arrogant und hat jegliche Bodenhaftung verloren.«

»Ja, und jetzt?«, fragte Batthuber, sichtlich von den neuen Erkenntnissen überrascht.

Bucher antwortete ihm. »Ich gehe mit unseren Ergebnissen rüber zur forensischen Psychologie und lasse prüfen, ob wir richtig liegen, oder ob sich irgendwo ein Fehler eingeschlichen hat.«

Lara Saiter fragte. »Gehen wir mal davon aus, dass du richtig liegst. Ich jedenfalls halte es für nachvollziehbar. Was dann? Wie machen wir weiter?«

»Dann fragen wir uns, wo wir in der Umgebung von Maren Hengersberg einen Tätertyp finden können, der unserem Profil entspricht. Und wenn wir eine Zusammenstellung haben, gleichen wir das mit dem Fall aus St. Pölten ab. Also, sucht bitte im Umfeld von Maren Hengersberg. Ich hoffe, dass ich recht schnell wieder zurück bin.«

»Was machen wir mit Staffer?«, fragte Hartmann.

»Ach ja. Ruft seinen Rechtsanwalt an. Wir machen einen Termin für heute Abend aus. Ich würde sagen so gegen achtzehn Uhr, oder?«

Alle waren einverstanden. Bucher sammelte seine Notizen und machte sich auf den Weg. Inzwischen war es Mittag. Im Institut für forensische Psychologie traf er niemanden mehr in den Büros an. Eine Sekretärin, die er alleine in einem Mehrplatzbüro, im Schutz eines Ficus, entdeckte, meinte, er müsse sich schon bis zum Ende der Mittagspause gedulden.

Bucher folgte den Hinweisschildern und fand den Weg in die Kantine. Dampfküchengeruch klebte an Wänden und Möbeln. Die Stühle im Design der 70er ließen ihn seine Bandscheiben schnell wieder spüren. Die Resopaltischplatten waren verkratzt und an den Kanten aufgebrochen. Es sah aus, als hätten manche Besucher Stücke herausgebissen. Ob das für die Küche sprach? Er holte einen Teller Spagetti und aß lustlos in sich hinein. Jetzt kroch Müdigkeit in seinen Körper. Die Angst, eine Tomatenspur über Hemd und Jackett zu schleudern, und ein doppelter Espresso halfen über den toten Punkt hinweg. Als sich der Saal leerte, kehrte er zurück und traf Dr. Kerbensen in seinem Büro an. Der schlaksige, immer vornehm gekleidete Hanseat war Bucher vor einigen Jahren in einem Prozess als Gutachter begegnet. Er hatte ihn kennen und schätzen gelernt. Seither holte er sich immer wieder Unterstützung. Im letzten Jahr arbeitete Kerbensen sogar für einige Zeit im Team mit. Bucher berichtete über den Fall Maren Hengersberg und diskutierte seine Einschätzung der Täterpersönlichkeit mit ihm. Zufrieden kehrte er am späten Nachmittag zurück ins Büro. Er begegnete Hartmann auf dem Gang.

»Du kannst gleich mal zu uns kommen«, rief der Bucher zu. »Wir sind mit unserer Auswertung schon ziemlich weit.«

Bucher holte Kaffee und ging in Hartmanns Büro. Lara Saiter kam kurz darauf nach.

»Und? Was habt ihr?«, fragte Bucher.

Batthuber reichte ihm eine Blatt Papier mit einer Tabelle, die aus zwei Spalten bestand. Die linke Spalte trug die Überschrift Augsburg, die rechte St. Pölten. Darunter standen jeweils etwa zehn Bezeichnungen. Bucher sah Hartmann an.

»Jetzt lies es dir wenigstens durch«, sagte der. »Es war gar nicht so wenig Arbeit, das da zusammenzustellen.«

»Glaube ich dir ja«, antwortete Bucher und las die Einträge. Ein Begriff, der in beiden Spalten vorkam, war rot unterstrichen.

Bucher pfiff kurz und sah seine Kollegen an. »Schaut gut aus, oder?«

Während Bucher las, erklärte Lara Saiter, »Wir haben alle Bereiche aufgelistet, in denen Maren Hengersberg Kontakt zu anderen Menschen hatte. Dann gruppiert in private, berufliche und kirchliche Bereiche. Das Gleiche dann auf Basis dessen, was wir aus St. Pölten wissen. Es hat sich wirklich alles auf den Bereich der Kirche verdichtet.

Wir haben schließlich alle kirchlichen Einrichtungen aufgelistet, die in Augsburg und die in St. Pölten. Das grobe Raster unseres Täters darübergelegt.« Sie deutete auf die Listen. »Rausgekommen ist dann das hier. Ein Priesterseminar gibt es in beiden Städten. Zwar auch jede Menge anderer Einrichtungen, aber das schien uns am interessantesten zu sein. Wir sollten also mit dem auch anfangen.«

Hartmann packte Notizblock und Aktenkopien zusammen, die er in Stadelheim brauchen würde. »Wie ging es denn beim Psychoonkel?«, fragte er nebenbei.

Bucher sah immer noch auf das Blatt mit der Tabelle. Seine Gedanken kreisten noch um das Wort, das da unterstrichen war, während er Hartmann antwortete. »Kerbensen stimmt dem zu, was ich vermute. Allerdings legt er Wert darauf, dass das keine gutachterliche Auskunft sei. Aber das wollte ich ja auch nicht. Mir kam es nur darauf an, überprüfen zu lassen, ob wir uns nicht auf einem völlig falschen Weg befinden.«

Hartmann rief laut nach Batthuber. »Na dann wird das ja ein heftiges Tänzchen werden, wenn wir da ermitteln.« Er deutete mit dem Kopf auf das Blatt, das Bucher in der Hand hielt, und verließ das Zimmer.

Auch Lara Saiter traf letzte Vorbereitungen für die Vernehmung Staffers. Bucher telefonierte derweil mit Manner und kam gleich zur Sache.

»Sie haben mich neulich Abend gefragt, wie man Polizist wird. Ich hätte jetzt eine Gegenfrage. Wie wird man katholischer Pfarrer, Herr Manner? „Man" ist ja in diesem Fall auch ... korrekt, oder?«

Manner antwortete mit einem boshaften Unterton. »Jaja. Der Alkohol. Aber Sie sind doch evangelisch, Herr Bucher. Außerdem denke ich, haben Sie einen Beruf, den sie mögen, oder?«

Bucher erwiderte das Lachen. »Okay. Es ist nicht für mich, sondern meine Kollegin hat da Interesse.«

Manner lachte laut auf. »Oh. Das tut mir Leid für sie?«

»Also, wie wird man das?«, hakte Bucher nach.

»Na ja. Es ist eigentlich ganz einfach. Nach dem Abitur treten sie in ein Priesterseminar ein. Danach folgt ein Studium, entweder an einer kirchlichen Fakultät oder einer freien Universität. Das Studium schließt man gemeinhin mit einem Universitätsdiplom ab. Danach folgt ein Pastoralkurs und darauf dann die Priesterweihe.«

»Ist das Abitur eine zwingende Voraussetzung ... ich habe da mal was gehört ...«

»Nein. Es gibt auch noch die Möglichkeit ... ja ... entweder das Abitur nachzuholen ... oder in ein so genanntes Studienhaus des dritten Bildungsweges einzutreten.«

»Was ist das genau?«, wollte Bucher wissen.

»Ja ... dort werden sie auf das Studium der Theologie vorbereitet. Allerdings können sie dann nur an einer kirchlichen Fakultät studieren, somit auch nur einen kirchlichen Abschluss erhalten. Danach folgt der gleiche Weg. Pastoralkurs und Priesterweihe«, erklärte Manner.

»Mhm.«

»Also es reicht nicht aus, nach dem Abitur einfach an eine Uni zu gehen und Theologie zu studieren?«

»Jedenfalls nicht, um Priester zu werden ... sehen Sie ... im Priesterseminar geht es um die geistliche Ausbildung, an der Hochschule steht die Vermittlung rein akademischen Wissens im Vordergrund. Bibelstudium, Sprachen ... Sie erinnern sich an gestern Abend ... Exegese, Dogmatik. Das alleinige Studium der Theologie an einer Uni reicht nicht aus. Der Pastoralkurs und das Priesterseminar erwartet alle. Die einen länger, andere für kürzere Zeit.«

»Mhm ja. Nur noch eine Frage dazu. Wer leitet denn diese Priesterseminare?«

»Für die Ausbildung ist die jeweilige Diözese zuständig. Sie stellt Räume, Personal ... eben alles, was benötigt wird.«

Nach einer kurzen Pause fügte er hinzu. »Auch die geistige, oder besser ausgedrückt, die kirchenpolitische Ausrichtung eines Priesterseminars ...«

»Mhm. Gut ... Vielen Dank, Herr Manner, und nochmals vielen Dank für Ihre Mühe heute Nacht.«

»Sie waren ein angenehmer Gast und werden es hoffentlich wieder mal sein. Rufen Sie einfach an«, entgegnete Manner.

»Das werde ich«, sagte Bucher und wusste, dass es keine Floskeln waren, die sie da austauschten. Dann legte er auf und starrte auf das Blatt mit der Tabelle. Er las wieder die beiden unterstrichenen Worte und versuchte ihrer Verbindung zu seinem Fall nachzuspüren.

Dann hörte er, wie Lara Saiter rief, dass alles erledigt sei und sie losfahren könnten. Bucher sah auf die Uhr. Höslberger war vielleicht noch im Büro. Den wollte er unbedingt noch sprechen. Er sagte ihr, dass sie noch einen Augenblick warten solle, und wählte Höslbergers Nummer. Der meldete sich tatsächlich. Seine Stimme strahlte Ruhe aus.

Bucher setzte ihn mit einem kurzen Bericht zum Stand der Ermittlungen in Kenntnis. Höslberger verschlug es regelrecht die Sprache und es dauerte eine Weile, bis er wieder Worte fand. Bucher war klar, dass er die Ermittlungen im Fall Katharina Schwelgner jetzt wieder aufnehmen würde, ja musste. Bucher hatte es eilig, deshalb vereinbarten sie, morgen wieder miteinander zu telefonieren und das weitere Vorgehen zu besprechen.

Dann fuhr Bucher mit Lara Saiter nach Stadelheim.

X.

Ein später Dezembernachmittag. Einzelne Regentropfen zwischen mickrigen Schneeflocken, die nicht schwebten, sondern geradewegs und viel zu schnell herniederplumpsten. Kein Niedersinken, keine Leichtigkeit. Nirgends. Sie standen im Stau. Bucher war zu sehr in Gedanken und merkte zu spät, dass es ein mühseliges Vorhaben war, München auf dem Mittleren Ring zu umfahren. Gleich hinter dem Trappentreutunnel verließ er die olympische Errungenschaft Münchens und kämpfte sich Straße für Straße, Ampel um Ampel durch die Innenstadt. Lara Saiter saß still daneben. Irgendwann einmal war Bucher aufgefallen, dass es nur wenige Menschen gab, mit denen es ihm möglich war, still in einem Raum zu sein, nicht zu sprechen, nicht auf andere Weise beschäftigt, abgelenkt zu sein. Durch Musik etwa. Und dann noch, ohne dass eine bedrückende, beklemmende Stimmung entstand. Mit Lara Saiter war dies möglich. Die Ampel an der Einsteinstraße kostete ihn Nerven. In Stadelheim angekommen, parkte er auf einem für Einsatzfahrzeuge reservierten Parkplatz, direkt am Eingang zum Gefängnis. Lara Saiter schnallte sich ab, lächelte ihn kopfschüttelnd an. Es klang ironisch, als sie beim Aussteigen meinte. »Eine der schönsten Stadtrundfahrten, die ich jemals gemacht habe. Vor allem die Unterhaltung mit dir war so interessant.« Bucher entgegnete nichts.

Im kahlen Vernehmungszimmer wartete man nur auf sie. Alle anderen waren schon eingetroffen. Bucher entschuldigte sich für die Verspätung. Batthuber und Hartmann hatten an der zur Türe hin gewandten Stirnseite des Tisches Position bezogen. Bucher und Lara Saiter saßen Staffer und seinem Anwalt gegenüber. Bucher legte einige Aktenhefter auf den Tisch und fragte in Richtung Martens. »Sie sind mit einer Tonbandaufzeichnung einverstanden?«

Martens nickte stumm.

Batthuber hatte das Aufzeichnungsgerät bereits vorbereitet, notierte Datum, Uhrzeit und sprach schnell und professionell das Intro auf Band. »12. Dezember, siebzehn Uhr fünfundvierzig, Vernehmungsraum IIc, JVA Stadelheim. Vernehmung des Beschuldigten Staffer ... Personalien nach Akte ... Anwesend sind Beschuldigter mit seinem RA, Martens, weiter die Ermittlungsbeamten Bucher, Saiter, Hartmann und Batthuber. Auf Nachfrage erklärte sich der Anwalt des Beschuldigten mit der Tonbandaufzeichnung einverstanden.«

Bucher beobachtete Staffer, der ihm direkt gegenübersaß und gelangweilt über die Tischplatte hinweg auf den Heizkörper in der Ecke blickte. Er blickte keinen der Anwesenden an. Bucher hatte sich von den knapp zwei Tagen Untersuchungshaft einen regelrechten Wirkungstreffer bei Staffer versprochen und war von dem, was er wahrnahm, verblüfft. Staffer wirkte zwar bleich und müde, doch es saß nach wie vor ein selbstgerechter, arroganter Kerl gegenüber.

Bucher eröffnete das Gespräch mit einem »Und!?«, in Richtung Martens.

»Mein Mandant möchte eine Erklärung abgeben«, gab der wie unbeteiligt zurück.

Bucher sah fragend auf Staffer, der nach wie vor den Kopf gesenkt hielt und stur auf die Tischplatte blickte.

Martens fuhr fort. »Ich werde die Erklärung abgeben.«

Bucher sah zu Martens. Dieser Staffer machte ihn so langsam wütend. Er stierte die Tischplatte nicht deshalb an, weil die Situation ihm unangenehm gewesen wäre. Nein. Seine Körperhaltung und Ausstrahlung vermittelten blanke Verachtung.

Bucher wandte sich Martens zu. »Ja. Bitte. Wir warten«, sagte er in scharfem Ton. Martens war dergleichen gewohnt, nahm gelassen ein Blatt Papier auf und begann in sachlichem Ton.

»Mein Mandant war am betreffenden Sonntagnachmittag gegen siebzehn Uhr fünfzehn bei Maren Hengersberg.«

»Das ist keine große Neuigkeit!«, fiel ihm Lara Saiter ins Wort, die von dem Gehabe der beiden ebenfalls wenig angetan schien.

Marten hob die rechte Hand. Er spürte, dass es Not tat, zu

beschwichtigen. Staffers Ausstrahlung ließ eine sehr gespannte Atmosphäre entstehen.

»Wie gesagt. Mein Mandant war zum genannten Zeitpunkt bei Maren Hengersberg. Er hielt sich etwa fünf Minuten in der Wohnung auf.« Martens sah in die Runde, ehe er fortfuhr.

»Es kam zu keinerlei Streit oder Auseinandersetzung zwischen meinem Mandanten und Frau Hengersberg.«

»Weshalb war Herr Staffer denn bei Frau Hengersberg?«, fragte Hartmann. Die Art, wie er die Frage stellte, veranlasste Martens, von seinem Manuskript abzuweichen.

»Er hatte sich mit Frau Hengersberg verabredet, um etwas abzuholen«, antwortete Martens.

»Und was war das, was er abholte?«, fragte Lara Saiter.

Martens ließ ihre Frage unbeantwortet und sah sie mit offener Miene an.

Bucher schüttelte den Kopf. »Etwas mehr Fleisch hätte ich mir aber schon erwartet, Herr Martens. Das sind wirklich keine großen Neuigkeiten. Sie werfen uns ein paar Knochen hin. Das, was Sie uns hier erzählen, wissen wir schon lange. In Stadelheim nichts Neues!«

Martens blieb äußerlich unbeeindruckt, es schien jedoch, dass er in sein Manuskript flüchtete, als er weitermachte. »Mein Mandant verließ noch vor siebzehn Uhr dreißig die Wohnung von Frau Hengersberg.«

»Schön. Und wo hielt sich Ihr Mandant in der Zeit zwischen siebzehn Uhr dreißig und zwanzig Uhr dreißig auf? Denn genau dies ist für uns der entscheidende Zeitraum. Jetzt kommen Sie schon auf den Punkt«, hakte Lara Saiter wieder ein.

»Mein Mandant traf sich mit einer Bekannten.«

Lara Saiter sah Bucher kurz an. Sie warteten, dass Martens weitersprach. Bucher empfand die Pausen, die er nach jedem Satz wirken ließ, als provozierend.

»Also, Herr Martens. Jetzt kommen Sie endlich mal zum Punkt. Wir haben keine Lust, hier Geschichtchen zu hören.«

»Wir wissen und können nachweisen, dass Ihr Mandant genau in dem Zeitraum in Maren Hengersbergs Wohnung war, in welcher der Mord verübt wurde. Jetzt kommen Sie plötzlich mit einer Bekannten an, die sich angeblich mit ihm getroffen haben will. Weshalb fällt ihm das erst jetzt ein, nachdem er schon nahezu zwei Tage in Untersuchungshaft gesessen hat!? Das kommt mir schon sehr konstruiert vor.«

Lara Saiter ging wieder zu Werke. »Um wen handelt es sich bei der Bekannten? Liegt eine eidesstattliche Erklärung von ihr vor? Wann können wir sie vernehmen?« hämmerte sie über den Tisch.

»Die Angelegenheit ist etwas komplexer. Uns ist daran gelegen, eine Absprache mit Ihnen zu treffen«, sagte Martens.

Bucher sah ihn verwundert an. »Absprache? ... Worüber bitte ein Absprache?«

»Mein Mandant steht in einer hohen sozialen Position. Wir können nachweisen, dass er als Täter nicht in Betracht kommt. Jedoch ist uns daran gelegen, dass die Alibizeugin nicht ... nicht in der Öffentlichkeit bekannt wird.«

»Werden Sie deutlicher!?«, fragte Bucher hart nach, obwohl er bereits ahnte, worauf es hinauslief.

Lara Saiter grinste böse über den Tisch. Sie sah Staffer angewidert an und sagte in seine Richtung. »Verehrter Herr Rechtsanwalt. Sie ... wollen etwas von uns und nicht wir von Ihnen. Erklären Sie das mal Ihrem Mandanten und vergessen Sie alle Absprachen. Heute Abend geht die Pressemeldung raus.«

Bucher sah Martens an und nickte. »Wir ermitteln in einem Mordfall. Absprachen gibt es da keine. Schon gar keine, wenn es um Alibizeugen geht. Ihr Mandant war bisher in keiner Weise kooperativ. Wir brauchen den Namen, die Anschrift und werden diese ... Bekannte ... dann vernehmen. Ganz offiziell. Wie es sich gehört. Keine Absprache.«

Lara Saiter fragte. »Welche Sprache beherrscht sie denn, die Bekannte. Polnisch, Tschechisch oder eher etwas Asiatisches ... Thailand, Philippinen!?«

Martens ging nicht darauf ein. Staffer zeigte keine Reaktion.

Sein Anwalt überlegte. »Gut. Das Problem, das wir haben, besteht darin, dass wir lediglich den Vornamen dieser Bekannten kennen.«

»Jacqueline, vielleicht. Danuta ist doch auch ein schöner Name!?«, ätzte Lara Saiter.

»Bitte«, sagte Martens und es klang wirklich wie eine Bitte.

Bucher war sauer. »Was heißt hier ›Bitte!‹?«, fuhr er ihn an, »... wir kommen hierher und ziehen Ihnen jedes Wort mühsam heraus. Sie wollen doch eine Erklärung abgeben. Entweder das funktioniert jetzt so, wie wir uns das vorstellen, oder Sie werden morgen einen wunderbaren Artikel in der Zeitung lesen können. Soll Ihr Mandant endlich mit der Sache rausrücken. Lückenlos und offen. Dann sind wir bereit, uns überhaupt erst über das weitere Verfahren zu unterhalten. So jedoch auf keinen Fall!«

Martens erkannte, dass es nicht viel Sinn machte, weiter herumzulavieren. »Mein Mandant verließ gegen siebzehn Uhr fünfzehn die Wohnung von Maren Hengersberg und ging zu Fuß in ein privates Etablissement. Es befindet sich in der Armenhausgasse. Dort traf er sich mit einer Frau ... namens Desirée.«

»Welch schöner Name!«, bemerkte Lara Saiter spöttisch. »Eine Desirée aus der Armenhausgasse.«

Martens überhörte es. Gedacht war es ja auch für Staffer.

»Mein Mandant verließ das Etablissement gegen zwanzig Uhr und traf sich dann mit Dr. Mellenberg.«

Und zu Bucher gewandt sagte er. »Ihre Anspielung auf den Zeitungsartikel möchte ich überhört haben. Wir haben heute schon mit der zuständigen Staatsanwältin Kontakt aufgenommen und sie informiert. Wir kamen überein, dass die Pressesperre aufrechterhalten bleibt.«

Hartmann übernahm jetzt. Er bemühte sich, seine Frage nicht spöttisch klingen zu lassen. »Und diese Desirée, Herr Staffer, wissen Sie denn vielleicht, wie sie aussieht?«

Martens holte ein Blatt Papier hervor und schob es über den Tisch zu Bucher. »Hier steht alles, was meinem Mandanten über diese Frau bekannt ist. Er trifft sich zwei, dreimal im Monat mit ihr, seit etwa eineinhalb Jahren.«

»Immer in der Armenhausgasse?«, fragte Hartmann nach.

Martens sah zu Staffer und wartete auf eine Antwort. Endlich bequemte sich Staffer aufzusehen.

»Ja«, sagte er kurz und aggressiv.

»Zahlen Sie in Cash oder per Bankeinzug, wie bei einem Abo?«, schoss Lara Saiter ihre Frage ab.

Wirkungstreffer, dachte Bucher, als er Staffer beobachtete. Der hatte zu tun, seine Wut hinunterzuschlucken. Er empfand das Ganze sicher als Demütigung und hatte noch immer nicht realisiert, dass er in eine Mordermittlung geraten war und dass sein Amt und seine soziale Stellung ihm keinen Schutz mehr boten. Schon gar nicht vor Lara Saiter. Welch eine Mauer an falschem Stolz, Arroganz und Überheblichkeit musste er aufgebaut haben, dass er noch immer meinte, durch sein Amt oder seine Position geschützt zu sein. Vielleicht war es aber auch so, dass es immer noch etwas gab, was Staffer versuchte zu verbergen, nicht preiszugeben. Doch Bucher hatte im Moment keine Idee, was es denn sein könnte.

»Bar«, antwortete Staffer endlich gepresst auf Lara Saiters Frage.

»Und welche Summe haben Sie jeweils bezahlt?«, fragte sie ruhig nach.

Staffer sah zu Martens und fragte. »Was sollen diese Fragen?«

Martens sah ihn an und zuckte mit den Schultern. »Ich hatte Ihnen gesagt, dass Sie Details werden darlegen müssen.« Er schien von der Bockigkeit seines Mandanten inzwischen auch genervt zu sein.

Bucher merkte, dass Staffer von der Frage nach dem Entgelt für die Hure irritiert zu sein schien. Er schaute zwar mit großem Selbstbewusstsein auf Lara Saiter, doch seine Verunsicherung war spürbar.

»Zweihundert Euro«, sagte Staffer schließlich.

»Das ist sehr viel Geld«, meinte Lara Saiter.

»Ist es bei Ihnen billiger?«, presste Staffer hervor.

Lara Saiter hatte sich schon ganz andere Dinge anhören müssen, um durch diese Bemerkung provoziert zu werden. Martens hatte sich erschrocken in seinem Stuhl aufgerichtet.

Sie sah auf den Zettel, den Marten gereicht hatte, und fragte unbeeindruckt weiter. »Ich finde hier keine Altersangabe. Aber wenn Sie so viel Geld zahlen, für gerade mal eine gute Stunde ... wie alt ist denn diese Desirée?«

»Ich habe sie nie nach ihrem Alter gefragt«, antwortete Staffer.

Lara Saiter lehnte sich in ihrem Stuhl zurück. »Zu wenig, Herr Staffer. Das ist zu wenig.«

Sie sah Martens an. »Sie haben also mit der Staatsanwaltschaft gesprochen, dieses Papierchen hier vorbereitet, aber über die Prostituierte, die Herrn Staffer angeblich ein Alibi verschaffen könnte, wissen Sie nicht mehr als diese paar Zeilen hier. Wieso haben Sie diese Desirée denn nicht aufgesucht, ihre Adresse ermittelt, eine Telefonnummer?«

»Ich wollte mich nicht in Ihre Aufgaben einmischen«, entgegnete Martens und wusste, dass er falsch lag.

Bucher bedeutete Batthuber, ihm das Mikrofon über den Tisch zu schieben, in das er dann sprach. »Achtzehn Uhr acht Ende der Vernehmung des Beschuldigten. Abschrift in dreifacher Ausführung. Original auf Dienstpost an Staatsanwaltschaft Augsburg, sachbearbeitende Staatsanwältin gem. Aktenzeichen.«

Hartmann packte unaufgefordert zusammen. Batthuber verständigte die beiden Justizbeamten, die vor dem Vernehmungszimmer gewartet hatten. Staffer wurde in seine Zelle gebracht.

Martens war sichtlich unzufrieden. »Wie werden Sie weiter vorgehen?«, fragte er Bucher.

»Ihr Mandant bleibt vorerst in Haft. Das dürfte Ihnen klar sein. Was glauben Sie eigentlich, was dieses Alibi, ausgestellt von einer Prostituierten, wert ist. Noch dazu, wenn er sie seit eineinhalb Jahren regelmäßig aufsucht, jedoch nur ihren Vornamen wissen will ... Desirée ... also ... hören Sie doch auf ... Herr Martens ...«

Der sagte nichts mehr.

Bucher war mit der Situation sehr zufrieden. Staffer musste in seiner Zelle bleiben und sie hatten weiterhin Zeit, ihre neue Spur zu verfolgen.

»Wir werden versuchen diese Desirée zu finden. Die Festnahme Ihres Mandanten fällt nicht weiter unter Presseschutz. Wir sind Ihnen da bisher schon sehr weit entgegengekommen.«

Martens nickte, packte seine Tasche und sah Bucher ausdruckslos an. »Sicher. Ich habe damit kein Problem. Nur ... ein paar mehr objektive Beweise brauchen auch Sie. Und mein Mandant hätte nicht zugeben müssen, dass er in der Wohnung des Opfers war.«

»Das mag sein. Aber Ihr Mandant hat noch nicht erfasst, in welcher Tretmühle er sich in Wirklichkeit befindet«, sagte Bucher.

»Das ist Ihre Einschätzung«, entgegnete Martens und verabschiedete sich per Handschlag.

Für Bucher und sein Team war nach dem relativ fruchtlosen Termin in Stadelheim der Arbeitstag noch nicht zu Ende. Sie besprachen die Ergebnisse der Vernehmung und überlegten, wie sie weiter vorgehen wollten. Nach kurzer Diskussion kamen sie überein, dass Batthuber und Hartmann noch heute das Bordell aufsuchen sollten, in welchem sich Staffer mit dieser Desirée traf. Sie vereinbarten, zuvor Kontakt mit den Kollegen in Augsburg aufzunehmen. Vielleicht konnte ja jemand von der Sitte mit der dürftigen Beschreibung etwas anfangen, die Staffer nach einigem Zögern herausgerückt hatte. Alle ärgerten sich darüber, dass ausgerechnet ihre Ermittlungen Staffer zunehmend entlasteten und er selbst nichts dazu beitrug. Bucher ging noch mal auf die Frage nach dem Preis für die Dienste dieser ominösen Desirée ein. Er schilderte, wie er Staffers Verunsicherung bemerkt hatte. Er war der Meinung, dass Staffer gar nicht wusste, was er antworten sollte. Den anderen war nichts aufgefallen. Bucher bat Hartmann und Batthuber ausdrücklich, diese Frage zu klären, falls sie diese Desirée auftreiben sollten. Sie sollten zudem das Umfeld des Etablissements genau ausleuchten. Auf die süffisante Frage Hartmanns, wie er das genau meine, ging er nicht weiter ein. Bucher selbst wollte sich noch heute mit Manner treffen. Er war sich noch nicht im Klaren darüber, wie er die Ermittlungen in die Richtung vorantreiben wollte, die sich heute Vormittag eröffnet hatte. Lara Saiter bereitete die Presseakte vor, um für eventuelle Anfragen gewappnet zu sein.

Manner hob nicht ab. Es hob niemand ab und auf den Anrufbeantworter, der sich nach einigen Klingeltönen meldete, wollte Bucher nicht sprechen. Es war ihm zwar peinlich, schon wieder unvermittelt bei Manner aufzukreuzen, doch es war zu wichtig. Der Personenkreis, mit dem Maren Hengersberg in der Gemeinde zusammentraf, konnte inzwischen eingegrenzt werden. Er brauchte die Namensliste. Noch heute.

Er hatte Hunger und suchte das Bruscetta in der Nymphenburger Straße auf. Ein kleiner Vorspeisenteller mit gebratenen Auberginen, Paprika, gefüllt mit Schafskäse, dazu Zucchinistreifen, bekämpften den ersten Hunger. Es folgten Fettucine mit weißem Trüffel und ein Glas Cabernet. Bucher war nun satt und müde. Zufriedenheit stellte sich hingegen nicht ein. "Ich muss aufpassen, kein Eigenbrötler zu werden", dachte er, zahlte und fuhr nach Augsburg. Je mehr er über die Sache nachdachte, desto wacher wurde er. Vor allem die Ahnung, dass sie sich inzwischen auf dem richtigen Weg befanden, machte ihn freier vom Druck. Manner war für die Ermittlungen wichtig geworden. Er verfügte über Insiderwissen und konnte helfen Fehler zu vermeiden. Staffer war aufgrund seiner Arroganz und Unvorsichtigkeit ein leichter Gegner gewesen. Er hielt sich für unangreifbar und würde nun Stück um Stück erkennen müssen, wie wenig Schutz ihm sein Amt gewähren konnte, vor allem, wie wenig echte Freunde man hatte. Viel schwieriger würde es jedoch in dem Umfeld werden, in das Bucher nun versuchen musste einzudringen. Die Welt der Theologen, Geistlichen. Sie war ihm verschlossen, denn er kannte weder ihre Sprache, ihren Umgang untereinander noch ihre Regeln. Das war ihm am ersten Abend bei Manner klar geworden. Wie also sollte er sich dann dem Denken dieser Welt nähern. Selbst Manner, den er als ungemein sympathisch empfand, selbst ihn verstand er nicht, wenn er ihm scheinbar Grundsätzliches erklärte. Aber wer sonst außer Manner konnte ihm hier weiterhelfen? Ihm fiel niemand sonst ein, dem er vertraut hätte. Er bog am Autobahnkreuz Augsburg-West vorsichtig ab und fuhr Richtung Innenstadt. Ein Weg, der ihm inzwischen fast schon vertraut war. Inzwischen fiel leichter Nieselregen, sodass er den Scheibenwischer ständig laufen lassen musste. Keine Schneeflocke hatte den Abend überlebt. Trotz des Regens war es weiterhin kalt geblieben und es konnte glatt sein. Vor dem Pfarramt hatte er keinen Parkplatz bekommen. So musste er einige Meter durch die nasskalte Nacht laufen.

Es war einsam geworden in den Straßen. Eine Turmuhr schlug zehn, als er bei Manner klingelte. Er zog den Mantel höher. Ein kalter Hauch hatte seinen Nacken gestreift und ein kalter Schauer rieselte den Rücken hinab. Er schüttelte sich und wartete. Nach einer Weile klingelte er noch mal, jedoch ohne Hoffnung, dass Manner sich noch melden würde. Er wollte sich gerade enttäuscht abwenden, als er Manners Stimme aus dem Lautsprecher der Sprechanlage vernahm und den Türöffner surren hörte. Bucher schüttelte den Kopf und sprach in das Türmikrofon, dass es nicht gut sei, zu fragen, wer denn an der Türe klingele, und gleichzeitig die Tür zu öffnen. Er ging hinein und wurde im Gang von Manner in Empfang genommen. Die Begrüßung war herzlich.

»Ich hoffe, ich störe nicht, und möchte Sie auch nicht wieder in Beschlag nehmen, so wie in der letzten Nacht«, sagte Bucher.

»Das ginge heute auch nicht.«. Manner deutete mit dem Kopf in Richtung Arbeitszimmer. »Ich habe gerade ein Arbeitstreffen mit einigen Leuten. Wir bereiten einen Gottesdienst vor. Aber womit kann ich Ihnen helfen?«

Bucher holte ein leeres Blatt Papier hervor und hielt es ihm hin. »Ich bräuchte die Namen derjenigen Pfarrer und Studenten aus Gemeinde und Priesterseminar, von denen Sie wissen, dass sie mit Maren Hengersberg zusammengetroffen waren.«

Manner war perplex. Er ging zunächst mit ihm in die Küche und stellte ihm ein Glas Wasser auf den kleinen runden Tisch. »Warten Sie hier einen Augenblick.«

Er ging in sein Arbeitszimmer. Nach etwa fünf Minuten kam er wieder zurück und gab Bucher ein Blatt Papier. Bucher überflog es und zählte zwölf Namen. Hinter den Namen standen die jeweiligen Berufsbezeichnungen und die Organisation, bei welcher die Person beschäftigt war. Bucher bedankte sich. »Jetzt hätte ich noch ein Bitte.«

»Ja?« Manner schaute ihn freundlich an.

»Wo bekomme ich eine Namensliste aller Personen, die am Priesterseminar hier in Augsburg ein Studium begonnen haben. Und zwar über den Zeitraum der letzten beiden Jahre?«

»Natürlich im Seminar selbst. Sie wissen, wo das ist, oder?«

»Ja, das weiß ich«, antwortete Bucher und sprach nicht weiter. Blieb aber stehen und sah Manner freundlich an.

Manner verstand.

»Kein Problem. Ich kenne den Regens. Er ist in Ordnung und wird sehr kooperativ sein.«

Bucher neigte mit einem leicht verlegenen Blick den Kopf und fragte vorsichtig.

»Wen?«

Manner fasste sich an den Kopf. »Entschuldigung ... Regens ... so nennt man den Leiter des Priesterseminars. Sein Vertreter wird übrigens Subregens genannt. Dann gibt es noch den so genannten Spiritual... alles fremde Begriffe für Sie, oder? Das ist eben wie eine eigene Welt. Schwierig für außen Stehende, sich da zurechtzufinden.«.

Bucher musste lächeln. »Ja schon. Es ist eben eine eigene Welt, wie die meine auch. Aber vielen Dank für Ihre Mühe. Jetzt möchte ich Sie aber nicht länger aufhalten«, antwortete Bucher und verabschiedete sich.

Den Zettel steckte er in seine Manteltasche. Wieder auf der Straße, blieb er kurz stehen und dachte kurz darüber nach, ob er in die Armenhausgasse schauen sollte. Doch er ließ es sein. Er wollte Hartmann und Batthuber nicht ins Handwerk pfuschen. War dieser Staffer wirklich so skrupellos? Er zweifelte und lief zurück zum Auto, wo er versuchte Lara Saiter auf dem Handy zu erreichen. Vergeblich. Den Heimweg wählte er auf einer Strecke, die ihn am Priesterseminar vorbeiführte. Er konnte im Dunkeln nichts weiter erkennen als eine lange, helle Mauer, die neugierige Blicke von dem großzügigen Anwesen fernhielt. Kahle Äste alter Bäume ragten dahinter in die Nacht, spärlich vom verirrten Licht einsamer Lampen beschienen. Morgen würde ihm die Mauer den Blick dahinter nicht mehr verwehren. Er gab Gas.

Wieder ein lange unruhige Nacht. Im Halbschlaf drehte er sich von einer Seite auf die andere, doch es wurde nicht besser. Lange bevor der Wecker klingelte, lag er fast wach im Bett. Dunkelheit und Kälte. Kein Vogel, der sang wie im Frühjahr. Er machte Licht und quälte sich aus dem Bett. Bewegung tat gut. Der Schmerz reichte wieder bis in die Wade hinunter. In den letzten Tagen war er von Kreuzschmerzen verschont geblieben, doch die zeitlichen Abstände, in denen die Schmerzen auftraten, wurden immer kürzer und es lag auf der Hand, dass er dringend etwas unternehmen musste. Aber Krankengymnastik? Das machten doch nur Kranke. Er kochte Kaffee und sah zum Fenster hinaus. Der Regen war in der Nacht wieder in Schnee übergegangen. Am dunkelblauen Himmel leuchteten die Sterne. Keine Spur mehr von den Wolken, die den Schnee gebracht hatten. Er ging hinaus in die eisige Kälte und räumte die Schneeschicht vor Hauseingang und Gehweg. Drüben, bei Engelbert, im Stall brannte schon wieder Licht. Aus einem Belüftungsschlitz drang Dampf, Ketten klirrten, ab und zu war ein dumpfes Muhen zu hören. Beißende Kälte. Bucher flüchtete in die Wärme der Küche und frühstückte.

Es war Schlag acht Uhr, als er an der Pforte zum Priesterseminar auf den Klingelknopf drückte. Ob es tatsächlich läutete, konnte er nicht feststellen, denn die Pforte lag direkt an der sechsspurigen Straße, die stadteinwärts führte. Und da tobte gerade der morgendliche Berufsverkehr. Bucher hielt daher sein Ohr an die Rillen, hinter denen er den Lautsprecher der Sprechanlage vermutete. Als er nach kurzer Zeit des Wartens in dieser devoten Haltung endlich ein »Bitte!?«

hörte, nannte er zuerst seinen Dienstgrad und dann den Namen. Er wollte Diskussionen, die über diese Sprechanlage geführt würden, von vorneherein aus dem Wege gehen. Seine Befürchtung war unbegründet, denn gleich hörte er das Scheppern des Toröffners.

Ein breiter gewundener Kiesweg führte durch einen riesigen Park, voll mit uralten Ahornbäumen, Buchen und Eichen. So wie er es schon vermutet hatte. Die Gebäude des Priesterseminars waren allerdings weitaus größer, als Bucher das erwartet hatte. Der moderne dreistöckige Gebäudetrakt war kreisförmig angelegt. Aus der Mitte dieses Kreises ragte eine Art Kirchturm hervor. Bucher lag richtig mit dem Gedanken, dass eine Kapelle das Zentrum der Anlage bildete. Er kam an einen Wegweiser und stellte fest, dass er sich auf dem Weg zur Seminarverwaltung befand. Neben der Türe, auf die er zulief, erblickte er hinter der gläsernen Wand eines Rondells Schreibtische. Bucher wurde ein wenig neidisch, denn es musste ein ganz wunderbares Gefühl sein, in diesem Büro zu arbeiten und wann immer einem danach war, den Blick in diesen herrlichen Park schweifen lassen zu können – Bäume, Büsche, Stauden, Vögel. Worauf blickte denn er, wenn er aus seinem Büro sah? In einen hässlichen Innenhof, der als Parkplatz diente und zum zentralen Standort der Mülltonnen verkommen war.

Er öffnete die Türe und trat ein. Vergessen der Verkehrslärm, der es noch über die Mauer hinweg geschafft hatte. Hier war die Stille zu Hause. Es roch reinlich. Eine Frau, so um die fünfzig, stand im lichtdurchfluteten Eintrittsbereich und erwartete ihn schon. Wenn sie vom Auftauchen eines Polizisten überrascht war, so zeigte sie es nicht. Ohne Umstände leitete sie ihn durch helle, freundliche Gänge bis vor die Türe des Regens. Bucher schmunzelte, als er die Bezeichnung auf dem Türschild las. Sie ging voran und bedeutete Bucher mit einer ruhigen Handbewegen, einstweilen noch zu warten. Er wartete nicht lange. Der Regens war von seinem Schreibtisch aufgestanden und begrüßte ihn mit freundlicher Miene. Er stand mitten im großzügigen Büro, das mit modernen Möbeln ausgestattet war, und streckte Bucher die Hand entgegen.

Bucher schätzte ihn auf etwa sechzig Jahre. Nur noch wenige graue Haare bedeckten die Seiten seines mächtigen Schädels. Er war groß, kräftig gebaut, trug einen einfachen schwarzen Anzug, unter dem Jackett eine dunkelgraue Wollweste und darunter ein weißes Hemd und eine schwarze Krawatte. Er strahlte Autorität aus, auch Würde. Es lag aber auch ein leichter Anflug von Herablassung in seinem Verhalten, als er sich mit »Dr. Strehle« vorstellte.

»Kriminalpolizei?«, fragte er freundlich und deutete in eine Raumecke, in welcher ein runder Besprechungstisch stand. Sie setzten sich.

»Ja. Kriminalpolizei«, bestätigte Bucher und legte seinen Notizblock auf den Tisch.

»Wie kann ich Ihnen helfen?«, fragte Strehle mit besorgtem Gesichtsausdruck.

»Wir ermitteln in einem Mordfall, der sich vor einigen Wochen hier in Augsburg ereignet hat. Eine junge Frau wurde in ihrer Wohnung erstochen aufgefunden.«

Strehle sah Bucher ernst an und nickte. »Ja. Ich habe davon gehört. Es war für einige Tage Gespräch. Auch hier bei uns im Priesterseminar.«

Nach einer kurzen Pause fügte er hinzu. »Ich wundere mich gerade, denn jetzt, wo Sie hier sitzen, fällt mir auf, dass ich seither gar nichts mehr von diesem schrecklichen Ereignis gehört oder gelesen habe.«

»Wie Sie sehen, laufen die Ermittlungen noch. Das Opfer hieß übrigens Maren Hengersberg. Ist Ihnen der Name irgendwoher bekannt?«, fragte Bucher.

Strehle dachte nach. Er zog dabei die Unterlippe leicht nach vorne. »Nein ... der Name weckt keinerlei Erinnerungen oder Assoziationen bei mir ... Nein. Tut mir Leid.«

Bucher erklärte, weshalb er gekommen war. »Sie war ein sehr engagierter Mensch und hatte viele Kontakte zur Kirchengemeinde, war beteiligt in verschiedenen Kreisen und bei Veranstaltungen. Es gehört zu unserer Routinearbeit, mit allen Personen, mit denen sie zu tun hatte,

Kontakt aufzunehmen. Deshalb bin ich heute hierher gekommen.«

»Sie wollen mit allen Beschäftigten hier sprechen?«, fragte Strehle überrascht.

Bucher beschwichtigte. »Nein. Ich hätte gerne eine Namensliste mit allen Seminaristen ... nennt man das so? ... aus den letzten ... zwei ... besser, drei Jahren.«

Strehle, der bisher nach vorne gebeugt saß, lehnte sich nun in seinem Stuhl zurück und fixierte Bucher mit strengem Blick. Dann fragte er in kühlem und abweisendem Ton. »Haben Sie einen konkreten Verdacht gegen einen unserer Seminaristen.«

»Nein. Dann würde ich Sie nicht um die Namensliste bitten«, entgegnete Bucher ruhig.

»Ist es denn eine Bitte?«, fragte Strehle ernst.

Bucher sah ihn mit ausdrucksloser Miene an und ließ die Frage unbeantwortet. Strehle faltete seine Hände unter dem Kinn und stützte seinen mächtigen Schädel darauf. Er wusste im Moment nicht, wie er reagieren sollte.

Nach einer Weile sagte er zu Bucher. »Bitte verstehen Sie mich nicht falsch, Herr Bucher. Ich möchte Ihnen schon helfen, soweit mir das möglich ist. Doch kann ich Ihnen die Namensliste nicht geben. Jedenfalls nicht jetzt sofort. Ich bin mir über die Konsequenzen nicht im Klaren und möchte daher erst Rücksprache nehmen.«

Bucher sah auf seine Uhr und meinte. »Sicher, Herr Strehle. Ich würde sagen, ich komme gegen Mittag wieder hier vorbei.«

Die Zielstrebigkeit überraschte Strehle, der Bucher erstaunt ansah und nur ein »Mhm« verlauten ließ. Bucher verließ das Seminar und hinterließ seine Handynummer mit der Bitte, ihn unverzüglich anzurufen, wenn die Namensliste bereitläge. Er ließ keinen Zweifel darüber, dass er noch heute die Informationen erhalten würde.

Er war unschlüssig, was er jetzt tun sollte. Dörner fiel ihm ein und so fuhr er in die Stadt zurück. Vielleicht hatte er ja Glück und der hatte Zeit für einen kurzen Ratsch bei einer Tasse Kaffee. Ziellos lief er durch die Gänge des modernen, unzweckmäßigen Polizeipräsidiums, auf der Suche nach einem ruhigen Ort. Die Fensternische eines Ganges erachtete er als geeignet. Er rief Höslberger an und sie erörterten den Sachstand. Bucher bat seinen österreichischen Kollegen eine Namensliste aller Seminaristen, die in den letzten drei Jahren im St. Pöltener Priesterseminar eingeschrieben waren, zu besorgen. Dann brauchte er noch Erkenntnisse in Bezug auf Kontakte zu kirchlichen Einrichtungen. Zeugenvernehmungen, Aktenvermerke, Notizen aus den Handakten der Ermittler. Höslberger schnaufte und meinte, dass das St. Pöltener Priesterseminar eine sehr eigenwillige Institution sei und er davon ausgehe, dass es sicher nicht einfach sein werde, dort kooperative Partner zu finden. Bucher war zuversichtlich, dass er das schon irgendwie schaffen werde. So wie er Höslberger einschätzte, würde er sehr bald über die gewünschten Informationen erhalten.

Dörner war wieder mal nicht anzutreffen. Ungeduld und Nervosität ergriffen Besitz von ihm. Leerlauf tat nicht gut. Er brauchte jetzt diese verdammte Namensliste. Genervt verließ er das Präsidium und fuhr in die Innenstadt. In der Annastraße sah er die neuesten Uhrenkollektionen in einem Schaufenster an. Ohne Freude. Wieder musste er feststellen, dass zwischen seinem Geschmack und seinen finanziellen Möglichkeiten ein zu großer Unterschied bestand. Erst im letzten Jahr hatte er schweren Herzens auf die Innenisolierung eines Zimmers im Obergeschoss verzichtet, um sich die Omega zu kaufen, die er jetzt am Armgelenk trug.

Selbst die herrlichen Uhren hier konnten ihn nicht ablenken. Er spürte, dass er auf dem richtigen Weg war, und ärgerte sich darüber, Strehle den gesamten Vormittag eingeräumt zu haben. Nur kurz schoss ihm der Gedanke durch den Kopf, die Staatsanwältin aufzusuchen. Nein. Er war sowieso noch sauer, dass sie ihn nicht von dem Telefonat mit Staffers Anwalt informiert hatte. Zudem konnte er sich nicht vorstellen, dass Strehle wirklich Schwierigkeiten machen würde. Er ging weiter und stieß an einem Torbogen auf den Eingang zum Stadtmarkt. Gutes Essen war immer gut. Ein italienischer Feinkosthändler bot gerade frische schwarze Trüffel an. Für sündhaft teueres Geld kaufte Bucher den kleinsten. Dazu eine Packung Fettucine. Der Abend war gerettet. In einer kleinen dunklen Nebengasse zwischen Annastraße und Rathausplatz trank er noch einen Espresso. Das Mettlochgässchen verströmte in seiner Enge und Dunkelheit annähernd venezianisches Flair. Die Preise der italienischen Kaffeebar spiegelten dies leider auch wider. Bucher ging zurück zum Auto. Auf dem Weg dorthin besann er sich auf die Angaben Staffers. Das Bordell, in welchem sich Staffer regelmäßig bedienen ließ, konnte ja gar nicht weit entfernt sein. Bucher machte einen Umweg und fand nach einigem Suchen die Armenhausgasse. Sie lag nur wenige Minuten von Maren Hengersbergs Wohnung entfernt. In der Mitte der Gasse fand er das Haus. Ein unscheinbarer, schmaler Bau, fünf Stockwerke hoch.

Anhand der Einträge auf den Klingelschildern war ein Bordell hier nicht zu vermuten. Alles deutete auf Büros hin. Zwei Rechtsanwälte, eine psychosoziale Beratungsstelle gleich im Erdgeschoss, ein Immobilienmakler, ein Planungsbüro, eine „Pension Club" und ein Notar. Bucher stutzte, als er dessen Namen ein zweites Mal las. Altenburg. Irgendwie kam ihm der bekannt vor. Er ging nun weiter, um zu seinem Auto zu gelangen, und fragte sich, hinter welchem Eintrag sich wohl das Etablissement verbergen konnte. Am ehesten wohl unter dem Namen Pension Club. Und Altenburg? Wer war das noch mal? Nach einigem Nachdenken fiel ihm wieder ein, dass es der Notar war, der für die Stiftung Holtern arbeitete. Hartmann und Batthuber würden sicher Genaueres über diese Geschichte herausgebracht haben. Am Auto angekommen, legte er Nudeln und den Trüffel vorsichtig auf den Rücksitz. Gerade als er sich in den morgendlichen Innenstadtverkehr begeben hatte, klingelte das Handy. Er hatte es noch in der rechten Hosentasche und der Vibrationsalarm verteilte unangenehme Schwingungen in der Leistengegend. Bucher bekam das blöde Ding nicht aus der Tasche, weil der Sicherheitsgurt eng darüberlag. Er fluchte und schlug zornig auf das Lenkrad. An der nächsten Haltestelle für Stadtbusse fuhr er zur Seite, löste den Gurt und holte das Handy aus der Tasche. Inzwischen hatte es aufgehört zu klingeln und vibrieren. Bucher konnte den Anruf wegen der fehlenden Rufnummerübermittlung nicht identifizieren. Er stöhnte laut und wartete einige Minuten. Vielleicht würde es der Anrufer nochmals versuchen. Als er schließlich im Rückspiegel einen Bus herankommen sah, fuhr er weiter. Ziellos. Er folgte zunächst dem Straßenverlauf, der ihn vorbei an einem Siemenswerk in ein hässliches Industriegebiet brachte. Möbelhäuser, Getränkemärkte, Autohäuser vorwiegend japanischer Marken und Heimwerkerparadiese. All diese hässlichen, angeblich zweckmäßigen Containerbauten bepflasterten fruchtbaren Boden. Nachdem er auch das angrenzende Wohnviertel durchfahren hatte, entschloss er sich zum Priesterseminar zurückzukehren. Strehle hatte genug Zeit gehabt, wie er fand. Er parkte gerade ein, als das Handy klingelte. Rasch nahm er das Gespräch diesmal an. Hartmann war dran. Er meldete sich mit »Hallo. Interessante Neuigkeiten«.

»Leg los.«

»Wir waren ja gestern Abend noch in diesem Etablissement.«

Bucher nutzte die kurze Pause, die Hartmann ließ, nicht dazu, nachzufragen, wie es denn gewesen sei. Hartmann erzählte weiter.

»War gar nicht so einfach, da reinzukommen. Das ist nämlich ein absoluter Nobelpuff, der sich hinter einer Pension Club verbirgt. Wir haben es aber nach einigem Hin und Her doch geschafft. Ich kann dir sagen ... sehr gepflegt ... wirklich.«

Bucher war ungeduldig. »Alex. Komm schon!«

»Ist ja gut, Johannes. Also. Diese Desirée heißt Natascha. Den Nachnamen will ich gar nicht erst aussprechen. Wir haben sie noch in der Nacht vernommen. Entgegen dem, was wir erwartet haben, war sie sehr zugänglich ... also ich meine in Bezug auf unsere Fragen.«

Er ließ wieder eine Pause entstehen, nur um feststellen zu müssen, dass Bucher heute überhaupt nicht derart gelaunt war, das Thema zum Flachsen zu nutzen. Er fühlte durch den Hörer einen gefährlich stummen Bucher, der die Einladung zur Nachfrage bezüglich der Zugänglichkeit nicht nutzte, wieder nicht. Hartmann sprach flugs weiter.

»Sie hat das, was Staffer angegeben hat, bestätigt. Wir haben ein handschriftliches Protokoll der Vernehmung. Also das ist alles klar.«

»Und weiter?«, fragte Bucher ungerührt.

»Mensch! Du bist ja heute vielleicht drauf«, blaffte Hartmann jetzt. »Wir haben uns mal näher mit diesem Unternehmen beschäftigt. Ich bin gerade mit Armin hier am Augsburger Amtsgericht. Grundbuchamt.«

Bucher wurde hellhörig.

»Grundbuchamt?«, fragte er zurück.

»Genau. Also. In diesem Haus in der Armenhausgasse wohnt unter anderem auch der Notar Altenburg. Das ist derjenige, der auch für die Stiftung Holtern den Geschäftsverkehr regelt. Uns kam das irgendwie eigentümlich vor.«

Bucher sagte nichts, war aber durchaus beeindruckt von der Aufmerksamkeit der beiden.

»Das Haus, in welchem sich diese Pension Club, also das Bordell, befindet, gehört einer Immobilienvermittlungs- und Verwaltungs-GmbH. Die hat ihr Büro auch in diesem Haus.«

»Ah ja«, sagte Bucher und wartete gespannt auf Hartmanns weiteren Bericht.

»Und die Gesellschafter dieser Immobilienfirma sind ... jetzt rate mal.«

»Alex, bitte. Quäl mich nicht.«

»Ein gewisses Ehepaar Thonn und ein Notar Altenburg.«

Bucher war platt. »Das gibts doch nicht!«

»Aber wie es das gibt! Wir sind da schon ziemlich weit durch«, sagte Hartmann triumphierend. »Die haben mit Stiftungsgeldern das Haus gekauft und vermietet. Und eines will ich dir auch gleich sagen. Die betreiben auch den Puff auf eigene Rechnung. Das kriegen wir schon auch noch raus, warte nur. Du hast schon richtig gelegen, als dir aufgefallen war, dass Staffer so seltsam reagiert hatte, als ihn Lara nach den Tarifen ... du weißt schon ... gefragt hatte. Der hat da nie was zahlen müssen, weil es sozusagen sein Schuppen ist. Teilhaber, oder so.«

Bucher knurrte ins Telefon. »Habt ihr schon mit den Kollegen hier von der Wirtschaftskriminalität darüber gesprochen?«

»Ja. Die sind informiert und werden das auch weiterbearbeiten. Du ... da tut sich ein gewaltiges schwarzes Loch auf.«

»Das Gefühl bekomme ich so langsam auch.«

»Was sollen wir jetzt weiter machen?«, fragte Hartmann.

Bucher überlegte kurz. »Holt die Informationen, die ihr noch braucht, und schaut, dass ihr noch heute einen Termin bei der Staatsanwältin bekommt. Legt ihr eure Erkenntnisse vor. Sie soll dann entscheiden, was mit Staffer weiter geschehen soll. Den Haftbefehl in unserer Sache wird sie wohl aufheben müssen. Aber redet mit den Kollegen. In dem neuen Ermittlungsansatz sollte vielleicht was wegen Verdunkelungsgefahr gehen. Der Staffer soll ruhig noch länger ...«

Hartmann wartete, dann rief er in den Hörer »Hallo!? Johannes!?«.

Bevor er noch einmal nachfragen konnte, hörte er Bucher rufen: »Scheiiiiße!«

Ihm war klar, dass irgendetwas geschehen sein musste, was von Bedeutung war, denn Bucher bemühte sich gerade, dieses Wort nicht zu verwenden. Jedenfalls nicht zu häufig.

»Was ist los, Johannes?«, rief Hartmann besorgt in den Hörer.

Bucher wäre auf der anderen Seite dieser fast aus den Händen gefallen, als er die Szene vor sich sah, wie Staffer seinen Anwalt angerufen hatte. Diese Szene war ihm gerade wieder ins Gedächtnis geraten. Bucher stand da, wie gelähmt, und ließ sein Gehirn die Erinnerungen immer wieder abspulen. Wütend trat er in den Kies.

»Er ist Linkshänder, Alex! Staffer ist Linkshänder!«

Es wühlte ihn auf. Ein solch kapitaler Fehler hätte ihnen nicht unterlaufen dürfen. Hartmann war sprachlos. Sie hielten die Leitung zwar aufrecht, doch jeder war für den Augenblick mit seinen Gedanken zu sehr beschäftigt, als dass sie sich hätten unterhalten können. Nachdem er noch einige Male die Kiessteine malträtiert hatte, bat Bucher Hartmann, die anderen zu informieren. Sie vereinbarten, dass sie die Ermittlungen vorerst so weiterführen wollten. Es half nichts.

Hartmann versprach, »Wir kümmern uns drum. Ach übrigens ... sehen wir uns heute noch?«

»Weiß ich jetzt nicht. Ich bin noch mit dem Priesterseminar beschäftigt und kann noch nicht abschätzen, wie lange das dauern wird. Wir bleiben per Handy in Kontakt. Wenn ihr fertig seid, fahrt ihr zurück. Vielleicht brauche ich euch heute noch mal.«

Sie beendeten das Gespräch und Bucher klingelte wieder am Tor des Priesterseminars. Er wurde sofort eingelassen und fand diesmal keine Zeit, den Park zu bewundern. Strehle saß in seinem Büro und begrüßte ihn kurz und förmlich, jedoch ohne Handschlag.

»Ich hatte schon versucht Sie zu erreichen, Herr Bucher«, kam er sofort zur Sache.

Bucher entgegnete ihm nichts. Strehle war sichtlich erregt. Er hantierte nervös mit verschiedenen Papieren, die auf seinem Schreibtisch verteilt lagen. Endlich nahm er einen Aktenhefter und reichte ihn Bucher. Der nahm ihn wortlos auf, öffnete den Deckel und fand ein Blatt. Es standen Namen darauf. Bucher überflog die Liste und sah Strehle verwundert an.

Der nahm Buchers Blick auf und fragte irritiert. »Sie wollten doch die Namensliste unserer Seminaristen, oder?«

»Ja ... schon«, antwortete der. »Aber ... sind das alle!?«

Strehle ließ sich im Stuhl zurücksinken und sagte in bedauerndem Ton. »Die Zeiten, in denen ich Ihnen drei oder vier solcher Blätter voller Namen überreichen hätte können, sind schon lange vorbei, Herr Bucher. Es sind alle Seminaristen, die wir in den letzten drei Jahren bei uns aufgenommen haben.«

Bucher sah auf das Blatt und zählte kurz die Zeilen. Er kam auf neunzehn Namen. Er hatte zwar mehr erwartet, war aber gar nicht so sehr enttäuscht. Je weniger Namen auf der Liste standen, desto schneller waren sie mit der Überprüfung fertig. Strehle schien im Moment wesentlich enttäuschter zu sein, so teilnahmslos, wie er in seinem Stuhl saß und sich wohl an bessere Zeiten erinnerte. Bucher fragte sich, wie sich ein solch großer Gebäudekomplex für so wenige Leute rechnen mochte. Strehle schien Gedanken lesen zu können, denn er sagte plötzlich:

»Hier sind nicht nur Seminaristen untergebracht. Es finden auch Gottesdienste, Tagungen und Veranstaltungen der gesamten Diözese statt. Die Räumlichkeiten sind ja wirklich ansprechend und sollten daher auch intensiv genutzt werden.«

Bucher sah sich um, bestätigte Strehles Bemerkung und stand auf. Er bedankte sich und kündigte an, vielleicht noch mal auf ihn zuzukommen, falls noch Fragen bestünden. Strehle meinte, er hoffe, dass dies nicht passieren möge. Es war ihm anzumerken, wie unangenehm ihm die Anwesenheit des Polizisten war. Mordermittlungen im Priesterseminar. Um Gottes Willen.

Auf dem Weg nach München waren ihm des Öfteren die Verkehrsregeln im Weg. Er hatte Hartman und Lara Saiter bereits mitgeteilt, dass er die Namensliste habe und sie die Namen noch heute überprüfen mussten. Vielleicht war ja einer darunter, der schon einmal aufgetreten war. Es wäre zu schön gewesen, um wahr zu sein, aber manchmal führten ja gerade die Routinearbeiten zum Erfolg. Lara Saiter erwartete ihn schon. Sie wedelte mit zwei Blättern vor Buchers Nase herum. »Schöne Grüße aus Österreich.«

»Nein. Das gibts doch nicht, oder!?«, entfuhr es Bucher und er versuchte die Blätter zu erwischen.

Doch sie zog sie schnell weg. »Mit schönen Grüßen von Höslberger und ... diese Liste hier existiert offiziell nicht, lässt er ausrichten. Er hat sie nie gesehen und ihn gibt es auch nicht.«

Bucher mimte ein schmerzverzerrtes Gesicht und sog zischend Luft durch seine Zahnreihen. »Au. Da hat der sich aber weit aus dem Fenster gelehnt. Ich möchte gar nicht wissen, wie er da rangekommen ist. Wir haben ja erst heute Morgen miteinander telefoniert. Und da klang er gar nicht so zuversichtlich, als ich ihm sagte, was wir bräuchten. Er meinte, das Priesterseminar St. Pölten sei eine sehr eigenwillige Institution. Aber Respekt.«

»Und jetzt?«

Bucher schnappte sich die zwei Blätter. Er spürte seine Aufregung. »Schauen!«

Er setzte sich an seinen Schreibtisch und legte die beiden Namenslisten nebeneinander. Die St. Pöltener hatten noch genügend Priesternachwuchs, wie Bucher anhand der Liste sofort feststellte. Höslberger hatte insgesamt dreiundvierzig Namen aufgelistet, mit Geburtsdatum und Eintrittsmonat ins Seminar. Er verglich Namen für Namen. Lara Saiter schaute ihm über die Schulter. Dreimal ging er beide Listen Reihe für Reihe durch. Schließlich schmiss er sich in seinem Stuhl nach hinten und fluchte. » Mist.«

Lara Saiter lehnte sich mit verschränkten Armen an die Wand. »Wäre auch zu schön gewesen, oder?«

Bucher schüttelte den Kopf und sah ärgerlich auf die drei Blätter, die vor ihm lagen. Nachdenklich massierte er sich Nase und Lippe. »Irgendwo hier gibt es eine Verbindung. Es kann gar nicht anders sein. Alles passt zusammen.«

Er atmete tief durch. Draußen auf dem Gang waren Hartmann und Batthuber zu hören. Sie kamen gerade aus Augsburg zurück. Als sie in Buchers Büro sahen, merkten sie sofort, dass die Stimmung nicht sonderlich gut war.

»Was ist los?«, fragte Batthuber.

»Wir haben die Namenslisten vom Priesterseminar in Augsburg mit der aus St. Pölten verglichen. Leider kein Treffer«, erklärte Lara Saiter. Bucher sah weiter an die gegenüberliegende Wand und dachte nach.

»Das ging aber schnell«, sagte Hartmann.

Bucher war enttäuscht und wie abwesend, sah durch ihn hindurch. Dann sagte er energisch. »Okay. Keine Übereinstimmung. Aber wir werden erst mal jeden der hier aufgeführten Namen überprüfen. Vielleicht geht da ja was.«

Nach einer kurzen Pause fügte er hinzu. »Das heißt, ihr werdet das überprüfen.«

Wortlos reichte er Hartmann die Blätter, der sie schulterzuckend entgegennahm.

Er schloss die Türe, als er alleine war, und versuchte seine Gedanken zu sammeln. Ratlosigkeit. Er fühlte sich leer, ausgelaugt und unfähig. Im Moment befanden sich die Ermittlungen nicht mehr auf geradem Weg. In welche Richtung sollte er sich wenden? Immer wieder spulte er ab, was sie bereits wussten, auf der Suche nach der Lücke, dem fehlenden Steinchen im Mosaik. Die Analyse der sozialen Kontakte der beiden Opfer deutete ganz eindeutig in Richtung Kirche. Die Auswertung vom Tatort und die operative Fallanalyse wiesen auf einen Mann um die dreißig hin. Maren Hengersberg stand in engem Bezug zu ihrer Kirchengemeinde. Auch Katharina Schwelger war kirchlich sehr engagiert. Augsburg, St. Pölten und Kirche mussten irgendwie in Bezug zueinander stehen. Auf der Liste kirchlicher Einrichtungen, die sie erstellt hatten, gab es nur eine einzige, wirklich markante Übereinstimmung. In beiden Städten gab es ein Priesterseminar. Bucher spürte, dass hier der Punkt liegen musste, an welchem alle Fäden zusammentrafen. Trotzdem hatte er Sorge, sich in eine Sackgasse zu begeben. Sie brauchten jetzt endlich die ersehnte heiße Spur – entweder um Staffer endgültig fest zunageln, oder ... ja, oder?

Er sah auf die Uhr. Es war zwar schon kurz vor sechs, doch so wie er Strehle einschätzte, war der sicher noch in seinem Büro erreichbar. Er wählte die Nummer der Vermittlung im Priesterseminar. Lange ließ er es klingeln. Als nach fünfzehn Rufsignalen abgeschaltet wurde, wählte er noch mal und ließ es wieder klingeln. Seine Hartnäckigkeit hatte Erfolg. Strehle selbst war am Apparat. Er klang schlecht gelaunt und der harsche Klang in seiner Stimme wich auch dann nicht, als er feststellte, dass Bucher am Apparat war. In dessen Kopf schwirrten die Gedankenfetzen derart durcheinander, so wild durcheinander, dass er für den Moment vergessen hatte, was er von Strehle eigentlich wollte. Er bedankte sich noch mal in umständlicher Weise für die Mithilfe, um Zeit zu gewinnen und derweil nachzudenken. Strehle ließ sich in kein Gespräch verwickeln und antwortete immer nur mit einem kurzen »Ja« oder »Mhm«. Bucher sah über seinen Schreibtisch und überlegte, was er vermisste. Endlich fiel es ihm ein.

»Entschuldigung, Herr Strehle, bitte bleiben Sie kurz am Apparat.« Er legte den Hörer auf den Schreibtisch und eilte hinüber in Hartmanns Büro. Der saß am PC und hämmerte gerade Namen der Listen in eine Suchmaske. Als Bucher seinem überraschten Kollegen die Liste aus St. Pölten wegnahm, sah er, dass Hartmann gerade eine Überprüfung im Einwohnermeldesystem durchführte. Keine schlechte Idee, dachte er, und ging schnell zurück ins Büro.

»So ... Herr Strehle, sind Sie noch da?«

Strehle antwortete mit einem ungehaltenen Knurren. Bucher schnaufte aus, bevor er weitersprach.

»Wie gesagt, Ihre Mitarbeit hat uns sehr weitergeholfen. Wir haben hier inzwischen noch weitere Zeugen und Kontaktpersonen vorliegen und es wäre uns eine große Hilfe, wenn ich Ihnen kurz die Namen vorlesen dürfte.«

»Warum denn das?«, fragte Strehle überrascht. In den drei kleinen Worten ließ er deutlich mitschwingen, dass er das Telefonat als unnötig und lästig empfand. Bucher ging weder auf die Frage noch auf Strehles Befindlichkeiten ein. Er nahm sich die Namensliste und begann die ersten Namen vorzulesen. Nach den ersten zehn Namen fragte Strehle genervt. »Wie viele Namen haben Sie denn da!?«

»Bitte, Herr Strehle, es sind insgesamt dreiundvierzig Namen. Es ist wirklich wichtig für uns. Sagen Sie einfach, wenn Ihnen ein Name bekannt vorkommt.«

Strehle schwieg und hörte still in den Hörer. Bucher hatte schon zwei Drittel der Namen abgearbeitet und seine Stimme hatte inzwischen einen deutlichen Klang von Frustration. Das plötzliche und harte »Ja« von Strehle erschrak ihn. Er zuckte zusammen und musste erst einmal überlegen, bei welchem Namen er gerade gewesen war. Während er den auf der Liste fixierte, fragte er. »Sie kennen diesen Namen?«

Es dauerte einen Augenblick, ehe Strehle langsam und überlegt antwortete. Bucher spürte, dass Strehle nachdachte, während er den Namen aussprach.

»Gregor Brettler. Ja ... den Namen kenne ich«, bestätigte Strehle noch einmal.

Bucher wartete, ob Strehle von sich aus noch etwas dazu zu sagen hatte. Als nichts mehr kam, fragte Bucher nach. »Woher?«

Es ging zäh. Strehle benötigte wieder einige Sekunden, bis er antwortete. Bucher rutschte aufgeregt auf dem Bürostuhl herum. Er spürte sein Herz klopfen. Es pochte heftig. Er atmete mit einem Pfeifen durch die Nase aus. Wieso stand dieser Name nicht auf der Liste, die ihm Strehle gegeben hatte, fragte er sich.

»Gregor Brettler war vor einigen Jahren einmal einer unserer Seminaristen«, sagte Strehle schließlich. Es klang zurückhaltend und vorsichtig. Er wartete auf eine Reaktion Buchers.

»Wann war das?«, fragte der schnell, fast in Befehlston.

»Das weiß ich nicht mehr so genau. Da müsste ich nachsehen.«

»In etwa?«, ließ Bucher nicht locker.

»Mhm ... so etwa vor drei Jahren.«

»Wieso steht Gregor Brettler nicht auf Ihrer Liste«, hakte Bucher jetzt in aggressivem Ton nach.

Er hörte Strehle schlucken.

»Vielleicht war das Ganze ja auch schon länger her«, sagte Strehle.

»Das Ganze?«, fragte Bucher und in seine Stimme vibrierte Bedrohliches. Er konnte Strehles Aufregung und Nervosität, vielleicht auch seine Angst, spüren.

»Ich bin in einer knappen Stunde bei Ihnen, Herr Strehle. Dann will ich alle Unterlagen über Brettler. Klar!?«

Er wartete keine Antwort ab, legte auf, unterstrich den Namen auf Höslbergers Liste und ging hinüber zu Hartmann. Im Gang rief er nach Lara Saiter, die schon an seiner Stimme hörte, dass etwas geschehen sein musste. Sie trafen sich in Hartmanns Büro. Bucher erzählte von seinem Gespräch mit Strehle. Aufregung bei allen.

Bucher musste sich zwingen, koordiniert vorzugehen. Sie einigten sich, dass Hartmann und Batthuber hier die Überprüfung von Brettler vornehmen würden. Lara Saiter und er machten sich sofort auf den Weg. Bucher hielt sich diesmal an keine Verkehrsregeln. Er raste. Sie schwiegen während der gesamten Fahrt.

Strehle empfing sie und leitete sie in sein Büro. Die Selbstsicherheit war aus seinem Körper gewichen. Sein Gesicht war fahl und gezeichnet von Furcht.

Im Büro saß zu Buchers Überraschung ein weiterer Mann. Strehle stellte ihn als juristischen Beauftragten der Diözese vor. Bucher hatte nichts dagegen. Was denn auch? Strehles Beistand war hager, trug einen mausgrauen Anzug, hatte graue Haare und ein graues Gesicht. Er sagte keinen Ton, gab Bucher und seiner Kollegin wortlos die Hand zur Begrüßung.

Sie nahmen Platz. Bucher begann umgehend mit einem »Und!?«.

Strehle schien sich wieder gefangen zu haben. Er saß aufrecht und hatte die gefalteten Hände auf seinen Oberschenkeln abgelegt. Lara Saiter holte ihren Notizblock aus der Handtasche und blickte Strehle erwartungsvoll an.

»Tja. Also Gregor Brettler verließ vor zweieinhalb Jahren unser Seminar«, sagte Strehle. Jedoch nicht zu Bucher oder Lara Saiter, sondern in Richtung des juristischen Beauftragten. Der hingegen glotzte völlig regungslos auf die graue Tischplatte.

Sie warf Bucher einen kurzen Blick zu, verzog den Mund und schüttelte fast unmerklich mit dem Kopf. Er senkte den Kopf leicht und fixierte Strehle. Was war das für eine eigenartige Veranstaltung hier? Wieso sprach Strehle nicht zu ihnen? Es hatte den Eindruck, als ließ er das Gesagte von diesem Beistand absegnen.

»Gregor Brettler beendete sein Studium nicht. Er verließ das Seminar vorher auf eigenen Wunsch. Deshalb stand er auch nicht auf der Liste, die wir Ihnen heute Morgen gaben.«

Bei den letzten Worten sah Strehle endlich zu Bucher. Der wartete auf weitere Informationen, doch Strehle sprach nicht weiter.

Lara Saiter verhehlte ihre Ungeduld nicht, als sie fragte. »Wann kam er in Ihr Seminar, woher kam er, weshalb kam er in Ihr Seminar, warum ging er, wohin ging er, was ist er für ein ... Mensch?«

Strehle war solchen Ton nicht gewohnt. Schon gleich nicht von einer Frau. Konsterniert sah er zu Bucher und merkte sofort, dass er von da keine Hilfe zu erwarten hatte. Weshalb auch. So antwortete er.

»Gregor Brettler stammt aus einem Dorf hier ganz aus der Nähe. Die Adresse kann ich Ihnen gerne geben. Er kam vor etwa fünf Jahren hierher und machte im Seminar das Abitur nach, weil er Priester werden wollte. Er kam mit den Anforderungen jedoch nicht zurecht, weshalb er die Ausbildung aufgab. Wohin er ging, nachdem er unser Seminar verlassen hatte, kann ich Ihnen leider nicht sagen.«

Lara Saiter fragte nach. »Da gibt es also einen Seminaristen, Gregor Brettler, der über zwei Jahre in Ihrem Seminar studiert. Sie müssen über diesen Menschen doch ein bisschen mehr wissen, oder!? Welchen Anforderungen entsprach Brettler denn nicht.«

»Es gab Schwierigkeiten«, sagte Strehle bemüht und schluckte. »Er hat zwar die Prüfungen bestanden, doch kamen wir zur Ansicht, dass er aufgrund seiner ... sozialen ... Schwierigkeiten nicht für den Beruf geeignet war. Es gab schon nach einigen Monaten mehrere Gespräche ... wegen seines Verhaltens.«

»Mhm ... worin bestand denn konkret das Problem?« Lara Saiter klang jetzt etwas versöhnlicher.

»Gregor Brettlers sehnlichster Wunsch war der, Priester zu werden. Sein Glaube war fest genug dafür. Wirklich. Auch seine Einstellung, Motivation und Engagement stimmten. Er hat sehr hart gearbeitet ... studiert. Leider kam es einige Male zu Auseinandersetzungen mit anderen Seminaristen.«

»Das ist ja eigentlich nichts Ungewöhnliches«, sagte Lara Saiter und sah Strehle fragend an.

»Das nicht, nur kam es auch zu tätlichen Auseinandersetzungen. Gregor Brettler ist zwei, dreimal ... nun ja ... man nennt es wohl ... ausgerastet.«

»Ausgerastet«, wiederholte Lara Saiter tonlos. Es klang weniger fragend als bedrohlich.

»Ja. Er war einfach nicht in der Lage, andere Meinungen zu akzeptieren, und er hatte enorme Kommunikationsprobleme.«

Bucher fragte, »Und das war der Grund, ihn auszuschließen?«

»Nein«, sagte Strehle streng. »Wir haben ihn nicht ausgeschlossen. Er hat das Seminar aufgrund eigener Entscheidung verlassen. Allerdings nach sehr ... ja ... doch ... intensiven Gesprächen, die wir mit ihm geführt haben.«

Lara Saiter sah Strehle mitleidsfrei an. »Was ist passiert?!«

Strehle blieb stumm.

»Was ist wirklich passiert, Herr Strehle?«, wiederholte sie. Bucher war über die Härte, die sie in die Fragestellung legte, verwundert und dann über die Formulierung ›was ist wirklich passiert‹. Spürte sie da mehr?

»Es gab ein Vorkommnis ... ein unglückliches Geschehen. Unsere damalige Putzfrau bezichtigte Gregor Brettler, er habe sie bedrängt.«

»Bedrängt«, wiederholte Lara Saiter und es klang sarkastisch.

»Wie bedrängt?«, wollte sie wissen.

»Körperlich«, antwortete Strehle.

Lara Saiter beugte sich nach vorne und flüsterte fast. »Was verstehen Sie denn bitte unter einem ›unglücklichen Geschehen‹. Hat er sie vergewaltigt, sexuell genötigt, wurde Anzeige erstattet, wenn nicht, warum ... wie heißt die Putzfrau, wo wohnt sie ... lassen Sie sich doch nicht alles aus der Nase ziehen!?«

Strehle wich zurück, soweit es die Stuhllehne eben zuließ, antwortete geflissentlich, wobei er gelegentlich in einen fast flehenden Ton verfiel.

»Nein. Nicht. Es gab keine ... keine sexuelle ... Bedrängung, nein. Daher auch keine Anzeige. Es kam zu einer internen Regelung. Wie gesagt. Es stand dieser Vorwurf im Raum und Gregor Brettler verließ kurze Zeit später unser Seminar. Wohin er ging, ist mir nicht bekannt. Das war vor drei Jahren im Sommer. Ich denke, Sie liegen mit Ihren Verdächtigungen falsch. Er ist ein sehr ernster, gläubiger junger Mann, der in manchen Situationen nicht so reagieren kann, wie es das Amt eines Priesters erfordert. Das war der Grund, intensive Gespräche mit ihm zu führen. Wir haben ihm versucht Alternativen aufzuzeigen, im sozialen Bereich zu arbeiten, aber das kam für ihn nicht infrage. Der Vorfall mit dieser Putzfrau war letztendlich nur ein kleines Mosaiksteinchen. Aber rein juristisch gab es keinerlei Aktivitäten unsererseits. Das wäre auch übertrieben gewesen. Wir haben immer wieder mal Seminaristen, die sich aus dem ein oder anderen Grund nicht für den Beruf eignen.«

»Diese Putzfrau, Frau ...«, fing Lara Saiter an.

»... ist nicht mehr bei uns beschäftigt«, fiel Strehle ein.

»Ich verstehe. Interne Lösung. Sie hat das Priesterseminar auch freiwillig verlassen, oder!? Gab es mit ihr auch ... Gespräche?«, sagte Lara Saiter und warf ein bitteres Lächeln über den Tisch.

Strehle zuckte mit den Schultern. »Wie gesagt.«

Sie fragte. »Haben Sie Gregor Brettler nach seinem Weggang nochmals getroffen?«, Strehle brauchte nicht zu überlegen.

»Ja. Vor etwa einem Jahr. Im Advent. Es fand eine Veranstaltung hier bei uns im Hause statt. Unter den Zuhörern war Brettler. Ich habe ihn natürlich begrüßt und wir haben uns kurz unterhalten.«

»Und? Was hat er Ihnen erzählt?«

Strehle stutze, denn so, wie sie die Frage gestellt hatte, klang es, dass er wohl belogen worden sei.

»Er machte einen sehr positiven Eindruck auf mich. Er sah gut aus und erzählte, dass er in Österreich gewesen sei. Den Ort hat er wohl genannt. Ich habe es aber vergessen. Wir haben uns über das Thema des Vortrages kurz unterhalten. An mehr kann ich mich nicht erinnern. Nur, dass ich einen wirklich guten Eindruck hatte. Ja. Ich war zufrieden, über die Entwicklung, die er genommen hatte.«

Bucher sah zu Lara Saiter und fragte dann in Richtung Strehle. »Was ist Brettler für ein Mensch ... oder anders erst einmal ... wie sieht er denn aus? Haben Sie vielleicht ein Foto? So etwas muss es doch geben. Ein Jahrgangsfoto, oder so?«

»Sicher.« Strehle ging zu seinem Schreibtisch und holte einen Aktenhefter, in dem sich ein Foto des Seminarjahrgangs befand. Er legte es vor sich auf den Tisch und deutete auf Gregor Brettler.

Fünf junge Männer standen auf einem Stück Rasen. Den Hintergrund bildeten Büsche und Bäume. Durch die Lücken der Äste und Blätter blitzten die Reflexionen der großflächigen Glasscheiben eines Rondells. Das Foto war im Park gemacht worden. Gregor Brettler stand rechts außen im Bild. Bucher fiel auf, dass die anderen vier relativ eng beieinander standen. Gregor Brettler hielt einen größeren Abstand zu der Vierergruppe. Er stand allein und anders als die anderen blickte er ernst in das Objektiv.

Bucher sagte zu Strehle. »Wir brauchen das. Und die Namen der vier anderen auf diesem Foto.«

»Und den Namen der Putzfrau«, fügte Lara Saiter hinzu.

Strehle antwortete nicht.

Nach einigen Sekunden Stille erhob sich Bucher. Auch Lara Saiter stellte keine Fragen mehr. Sie verabschiedeten sich von Strehle und seinem bleichen Schatten. Lara Saiter notierte die letzte Adresse, die von Brettler bekannt war.

Als sie die Mauern des Priesterseminars hinter sich gelassen hatten, stöhnte Lara Saiter verärgert und schimpfte auf Strehle und den »großen Schweiger«, wie sie ihn nannte. Bucher hatte Hartmann bereits am Telefon. Er sollte Brettlers Meldeort irgendwie herausbekommen. Hartmann fragte beleidigt, was er denn meinte, was er in den letzten Stunden, die er nicht bei Frau und Kind verbringen konnte, gemacht hätte. Bucher verstand erst, als Hartmann eine Adresse vorlas. Sie verglichen sie mit der, die sie von Strehle erhalten hatten. Bucher und gab Lara Saiter das Handy und sie wechselte einige Sätze mit Hartmann. Bucher war ungeduldig, aber an ihrem Lachen stellte er fest, dass es Hartmann wieder einmal gelungen war, sie aufzuheitern.

»Und?«, fragte er, als sie ihm das Handy zurückgab.

»Passt«, war die knappe Antwort.

»Was passt«, giftete Bucher.

»Die beiden Adressen stimmen überein. Alex hat den gesamten Augsburger Kreis überprüft und diesen Brettler tatsächlich gefunden. Er ist seit einem Jahr wieder unter der Anschrift in Holzegg gemeldet. Die gleiche Anschrift, wie sie auch das Priesterseminar hatte.«

Eine kalte Bö stürmte jäh die Straße entlang und fuhr den beiden ins Gesicht. Bucher schlug den Kragen seines Mantels hoch und packte seine Kollegin am Arm. Sie liefen zurück zum Auto.

»Was meinst du?«, fragte Bucher, als sie im Auto saßen und er unter dem trüben Licht der Innenbeleuchtung auf der Landkarte den Ort Holzegg suchte. Er musste mehrmals gähnen, lehnte sich zurück und schloss die Augen. Die letzten Nächte waren alles andere als erholsam gewesen. Auch die Kälte hätte ihn nicht am Einschlafen hindern können.

Sie meinte. »Es wird wenig bringen, wenn wir da heute noch was unternehmen. Es ist schon so spät.«

Bucher richtete sich mühsam auf. Alles, was er jetzt nicht brauchen konnte, war ein Nickerchen im kalten unbequemen Autositz. Diese Zeiten waren für ihn endgültig vorbei.

»Okay. Dieses Holzegg liegt auf dem Weg. Ich schlage vor, wir fahren da wenigstens noch vorbei. Vielleicht brennt ja Licht, oder so. Morgen machen wir Ernst. Du übernachtest bei mir, das ist näher und das Gästezimmer ist inzwischen noch etwas wohnlicher geworden als beim letzten Mal. Einverstanden?«

Sie nickte und fragte. »Staffer?«

»Der ist mir so was von egal«, sagte Bucher, startete den Motor und fuhr los.

Lara Saiter telefonierte noch einmal mit Hartmann und richtete aus, dass sie sich morgen früh bei Bucher treffen würden. Bucher wusste nicht, wie Lara es hinbrachte, aber sie versprach ihm ein opulentes Frühstück mit Nahrungsmitteln, die ganz sicher nicht im Haus vorrätig waren. Lara Saiter navigierte ihn durch die Nacht. Auf schmalen Weidewegen erreichten sie Holzegg. Sie fuhren langsam die Hauptstraße entlang und hielten nach Baacher Ausschau. Im Anwesen Nummer drei war Brettler gemeldet. Nach einigem Suchen entdeckten sie im Scheinwerferlicht ein verrostetes Schild, das schief an einem alten Scheunentor hing. Die erhabenen, ehemals weißgrauen Buchstaben strahlten im Scheinwerferlicht noch so hell, dass Baacher zu lesen war. Jenseits der Scheune und des anschließenden Hofraumes waren die Umrisse eines kleinen Bauernhauses zu erkennen. Das einzige Gehöft auf dieser Seite des Teerweges, im unsichtbaren Schatten des Kirchturm. Kein einziger Lichtstrahl drang aus dem dunklen Gemäuer nach außen. Bucher gab sich nicht lange ab. Sie wussten jetzt, wo sie morgen erscheinen würden.

XI.

Als er am nächsten Morgen aufwachte, drangen graue Lichtschleier durch das beschlagene Fenster nach innen. Und noch etwas war anders als sonst. Es roch. Nein. Es duftete – nach Kaffee. Ein wohliges Gefühl begann Bucher zu erfassen. Er ließ ihm keinen Raum, drehte sich nicht noch mal um, sondern stand auf. Lara Saiter saß in der Küche und hielt eine Kaffeetasse in beiden Händen. Das Radio dudelte leise. Sie begrüßte ihn mit einem ironischen Lächeln, welches er nicht zu deuten wusste. Hartmann und Batthuber tauchten eine halbe Stunde später auf. Sie hatten alles dabei, was das Informationssystem über Brettler hergegeben hatte. Nicht viel, allerdings. Im Einwohnermeldesystem hatte er die Meldeanschriften herausgefunden. Brettler schien sich ordentlich an- und abgemeldet zu haben, wenn er umgezogen war. Lara Saiter begann auf einem Blatt ein sehr grobes Zeitdiagramm zu skizzieren. So wie Alex Hartmann es vortrug.

»Vor fünf Jahren, im März, ist Brettler nach Augsburg in das Priesterseminar gezogen. Er hat es brav, wie er wohl ist, als Zweitwohnsitz eintragen lassen. Der nächste Eintrag folgt knapp zweieinhalb Jahre später. Da kam der Ausstieg aus dem Priesterseminar Augsburg und der Wegzug nach St. Pölten. Hier steht „verzogen ins Ausland", aber wir wissen ja, dass sein Ziel St. Pölten war, werden das aber in Österreich noch überprüfen lassen. Er blieb dann zwei Jahre und drei Monate in St. Pölten und kam im letzten Jahr, September, wieder zurück nach Deutschland. Ab diesem Zeitpunkt ist er wieder in Holzegg gemeldet.«

Bucher versuchte Höslberger zu erreichen. Er wollte wissen, ob Brettler in St. Pölten den Abschluss gemacht hatte und ob man dort von der Vorgeschichte aus Augsburg wusste. Auf die Befindlichkeiten der Seminarleitung in St. Pölten konnte jetzt keine Rücksicht mehr genommen werden. Höslberger war nicht zu erreichen. Sie fuhren los.

Ein idyllisches Dorf, wie Bucher jetzt, im noch etwas trüben Morgenlicht sehen konnte. Gründlich renovierte Bauernhäuser mit kleinen ordentlichen Hausgärten, eingefasst von Holzzäunen. Im Sommer sicher ein idyllischer Anblick. Der Löschweiher war von Trauerweiden umstanden und zugefroren. Es gab ein Wirtshaus, einen Dorfladen und einen Briefkasten. Die Straßen waren leer. Aus der Ferne war das Kreischen einer Kreissäge zu hören. Sie hatten die Autos an der Scheune geparkt. Bucher ging mit Lara Saiter zum Hofeingang. Hartmann und Batthuber erkundeten die Rückseite des Anwesens. Das alte Bauernhaus war im Gegensatz zu den anderen Häusern im Dorf in bejammernswertem Zustand. An der Rückseite des Wohnhauses schloss sich im rechten Winkel das Stallgebäude an. Daran wieder die Scheune. So bildeten die drei Gebäudetrakte den Hofraum, der von einem verrosteten Metallzaun zur Straße hin abgeschirmt wurde. Der Hof stand leer. Kein Auto, kein Fahrrad. Nichts. Auf der dünnen Schneedecke waren keine Tritt- oder Fahrspuren zu sehen. Eigentümlich. Autos waren hier länger nicht mehr geparkt worden. Ein Stück verrosteter Draht schloss das Hoftor. Die Fenster des Hauses waren von Fensterläden verdeckt. Der Briefkasten hing schief neben der Haustüre. Er war leer. Auch auf dem Weg dahin keine Trittspuren im Schnee. Weder Postbote noch ein Zeitungsträger kamen demnach hierher. Bucher sah zu Lara Saiter und zog die Augenbrauen hoch. »Schaut aber sehr verlassen aus«, meinte er.

Sie öffneten das Drahtgebinde und traten in den Hof. Bucher zog die Fensterläden eines Fensters auf und versuchte nach innen zu sehen. Alte Zeitungen und Kartons waren an die Innenseite des Fensters gelegt. Nichts zu erkennen. Die Scheiben beschlugen sofort durch den warmen Atem.

Ein alter verlassener Bauernhof, der in sich zusammenfiel. Nichts Außergewöhnliches, eigentlich. Lara Saiter raunte ihm zu, dass sie sich unwohl fühlte. Ihm ging es nicht anders. Feine Schauer liefen ihm über den Rücken und er fragte sich, ob es von der Kälte kam oder von der bedrohlichen Ausstrahlung dieses morschen, verkommenen Hauses. Von wegen morbider Charme, dachte er, als er die Löcher in

Fensterläden und im Putz des Mauerwerks betrachtete. Hartmann und Batthuber kamen um die Ecke. Sie hatten nichts Außergewöhnliches feststellen können. Unschlüssig standen sie im Hof herum. Ein Auto fuhr langsam vorbei, Richtung Dorf. Die Frau am Steuer blickte neugierig und überrascht, als sie die vier Gestalten wahrnahm. Lara Saiter holte sofort ihr Handy heraus und rief die Kollegen der zuständigen Dienststelle an und teilte mit, wo sie sich gerade aufhielten. Sicher würde die Fahrerin, wenn sie aus dem Dorf war, bei der Polizei anrufen und vier verdächtige Personen melden.

»Was machen wir?«, fragte Batthuber und erschrak genauso wie Hartmann, kaum dass er die Frage gestellt hatte. Ein hässliches Krachen und Knirschen war der Grund. Bucher hatte seine Schulter mit etwas Schwung gegen die morsche Holztüre geschmissen. Sie hatte ohne jeglichen Widerstand nachgegeben und das Schloss brach aus der verrotteten Türfassung. Sie gingen hinein. Lara Saiter kramte eine Taschenlampe aus ihrer Handtasche. Es war duster und roch streng nach Moder und Fäulnis. Wände, Boden und Decken waren von Schimmel und Pilzen bedeckt. Die Zimmer war noch vollständig eingerichtet. In der Wohnstube standen noch Tisch, Stühle und ein altes zerrissenes Sofa herum. Fingerdicke Roßhaarstreifen hingen aus den Rissen wie Eingeweide. In der Ecke ein Holzschrank, dessen Türen offen standen. Geschirr stand noch in den Regalen. Der Holzboden war unter den Temperaturschwankungen und der Feuchtigkeit aufgequollen und rissig. Auf dem Boden lagen vermoderte Zeitungen. Bucher sah sich um. Sein Blick blieb an einem Bilderrahmen haften. Dem einzigen im Raum. Er ging näher und sah, dass eine verquollene Fotografie hinter dem bleichen Glas steckte. Ein Familienfoto. Eltern mit zwei Töchtern. Keiner lächelte. Bucher holte die anderen heran und deutete auf die Aufnahme. Auch die anderen erkannten, was er meinte. Eine der beiden Töchter, vor dem Vater stehend. Ihr Gesicht war noch gut zu erkennen. Es hätte Maren Hengersberg sein können, oder Katharina Schwelgner. Bucher nahm das Foto von der Wand. Sie gingen weiter. In der Küche hatten sich Fäulnis, Schwämme und Schimmel der Einrichtung vollständig bemächtigt. Ein bissiger, jauchegleicher Gestank drang in die Nasen. Bucher brauchte Frischluft und ging hinaus in den Hof. Hier hatte in den letzten Jahren niemand mehr gelebt. Brettler mochte hier gemeldet sein. Eine Formalie, mehr nicht.

Die anderen kamen nach und nach heraus in den Hof. Batthuber versuchte sich daran, die aufgebrochen Türe wieder zu schließen.

Bucher sagte zu Hartmann, der damit beschäftigt war, seinen rosafarbenen Winterwollmantel von Staub zu säubern, »Ihr fahrt nach Augsburg und versucht dort etwas über Brettler herauszubringen. Standesamt, Grundbuchamt ... und so weiter. Ihr kennt euch ja inzwischen bestens aus. Lara und ich fragen hier im Ort herum.«

Er vermied es, Alex auf die Farbe des Mantels anzusprechen. Nachdem Hartmann und Batthuber gefahren waren, lief er zurück zur Dorfstraße und blickte nach links und nach rechts. Einen direkten Nachbarhof zum „Baacher 3" gab es nicht. Dorfstraße und der Weideweg in Richtung Felder trennten den Hof zur Kirche und zum Platz um den Löschweiher hin ab. Hinter der Scheune und den Stallungen grenzte ein ausgedehnter Obstgarten an. Es schien so, als hielten alle anderen Gebäude gebührenden Abstand zu dem verfallenen Gehöft. Nur der Schatten des Kirchturms erreichte den Hofraum. Bucher sah auf das Haus gegenüber, auf das Lara Saiter zulief. Der Vorhang am linken Eckfenster hatte gewackelt. Sie wurden also schon beobachtet. Fremde im Dorf. Bucher folgte seiner Kollegin, die schon die Hoftüre geöffnet hatte und an der Haustüre auf ihn wartete. Sie klingelte. Vorsichtig wurde die Türe geöffnet. Nur einen Spalt. Eine alte Frau spitzte heraus. Bucher lächelte sein freundlichstes Lächeln und kam sich vor wie ein Teppichhändler. Drinnen hielten sie ihn sicher für einen. Lara Saiter stellte sich vor und hielt ihren Dienstausweis hoch. Zaghaft wurde der Türspalt größer. Die alte Frau blickte nach hinten, als wartete sie noch auf jemanden. Ein zähes Schlurfen kam näher. Ihr Mann. Erst als der im Hausgang angekommen war, öffnete sie die Türe vollständig.

»Polizei«, sagte Lara Saiter nochmals zu ihm und es klang fast entschuldigend. Er blieb stumm.

Sie reichte dem Alten die Hand. Er drückte sie, immer noch wortlos und ging voraus zur Stube. Geschafft, dachte Bucher, und folgte. Es roch angenehm würzig nach Holzfeuerung. In der Küche, wo sich alle am Tisch niederließen, stand tatsächlich noch ein richtiger Holzofen mit Wasserreservoir. Es war wohlig warm und gemütlich in der einfachen Stube.

Lara Saiter deutete aus dem Fenster, hinüber in Richtung Kirche. »Wir hätten einige Fragen zu dem Anwesen da drüben, gegenüber der Kirche.«

»Was ist denn passiert?«, fragte der Alte und konnte die Neugierde in seiner Frage nicht ganz unterdrücken. Bucher schätzte ihn auf knapp achtzig Jahre. Er trug einen Blaumann und über dem graubraunen Pullover noch eine Wollweste. Seine Frau war etwa im gleichen Alter und sah in ihrer Kittelschürze mit den ausgewaschenen Farben und den bläulich gefärbten Dauerwellen wie der Prototyp einer Bauernhofoma aus.

»Passiert ist dort drüben nichts. Wir wollten uns nur mit dem Eigentümer unterhalten«, antwortete Lara Saiter und zog umständlich einen Notizblock heraus, um den Namen abzulesen, den sie natürlich im Kopf hatte. Keiner der beiden Alten rückte aber vorher mit dem Namen heraus. So sagte sie schließlich: »Gregor Brettler.«

»Das ist nicht der Eigentümer«, sagte sie.

»Aber nach dem, was wir wissen, ist er unter der Adresse dort drüben gemeldet. Wir bräuchten ihn ...« Sie ließ offen wofür.

»Der Gregor. Der war doch schon Jahre nicht mehr hier«, sagte der Alte mit einer hellen, knittrigen Stimme, die so gar nicht zu seiner stattlichen Figur passte.

Von Lara Saiter war nur ein erstauntes, gleichzeitig fragendes »Oh« zu hören.

»Der Gregor ... wissen Sie, der ist Priester geworden. Der ist schon lange weg von hier«, bekam sie von ihm zur Antwort.

»Mhm. Wissen Sie denn vielleicht, wo er ist?«, fragte Bucher.

»Nein«, kam es unverzüglich und eindeutig.

Lara Saiter fragte, was denn mit dem Anwesen geschehen würde. Es sei ja doch ein großer Besitz, der jetzt ziemlich verfalle. Bucher konnte nicht glauben, dass sie nichts über Gregor Brettler wussten. Sie waren schließlich Nachbarn. Und wenn sich ein Bursche aus einem solchen Dorf entschloss, Priester zu werden, das dann auch schaffte, das war doch Gesprächsthema, war bekannt. Da waren die Leute doch stolz darauf. Gerade in einem so kleinen Dorf wie hier? Doch davon war überhaupt nichts zu spüren. Gregor Brettler war seit Jahren weg, sein Elternhof ging zugrunde und niemand wusste hier, wo er war. Ungewöhnlich.

Das, was die beiden von dem Hof erzählten, brachte sie im Moment nicht weiter, daher unterbrach Bucher und fragte.

»Leben denn die Eltern von Gregor Brettler nicht mehr?«

Der Alte grummelte und knurrte kaum hörbar. Die Frage schien ihm nicht recht zu sein.

»Er hat nur eine Mutter gehabt«, sagte er schließlich, mit Betonung auf dem Wörtchen nur.

»Die ist letztes Jahr im Herbst gestorben«, ergänzte seine Frau.

»Letztes Jahr im Herbst!?«, fragte Bucher überrascht nach. »Hat sie denn noch da drüben im Haus gelebt?«

»Ja. Bis zuletzt«, bekam er zur Antwort.

Er sah Lara Saiter an, die das Gleiche dachte wie er. Was muss das für ein Leben gewesen sein, wenn noch vor eineinhalb Jahren jemand in dem verfallenen Haus lebte. Der baufällige Zustand konnte nicht erst innerhalb des letzten Jahres eingetreten sein.

»War der Gregor Brettler denn zur Beerdigung seiner Mutter hier?«, fragte Bucher.

»Nein.« Wieder antwortete der Alte sofort. Und sein Nein drückte diesmal Ärger und Zorn aus.

Jetzt war es an der Zeit, tiefer einzusteigen, dachte Bucher.

»Können Sie uns etwas über den Gregor Brettler erzählen. Und von seiner Mutter?«

Die Antwort ließ eine Weile auf sich warten. Die beiden Alten drucksten erst mit ein paar Phrasen herum. Dass es ja überall mal Schwierigkeiten gäbe. In jeder Familie sei das so. Man wolle eigentlich darüber nicht reden. Und überhaupt. Mit der Polizei. Bucher ließ nicht locker. Er sagte jetzt, dass er und seine Kollegin vom Landeskriminalamt kommen würden und dringend mit Gregor Brettler sprechen müssten.«

Die Antwort der Frau bestand in einer Gegenfrage.

»Was hat er denn wieder angestellt?«

»Wieder?«, fragten Bucher und Lara gleichzeitig.

Ihr Mann schien mit der Bemerkung seiner Frau nicht zufrieden zu sein. Er knurrte kurz über den Tisch. Sie ließ sich davon jedoch in keiner Weise beeindrucken.

»Naja. Der Gregor. Das muss man schon sagen. Der ist mit seiner Mutter nicht gut umgegangen. Hat sich überhaupt nicht gekümmert. Sich nie blicken lassen. Ihr ging es nicht gut. Und bei allem, was war, aber das hat sie nicht verdient, dass er sich gar nicht mehr hat sehen lassen.«

»Was hat der Gregor denn angestellt?«, fragte Bucher noch mal nach. Auf das ›bei allem, was da war‹ würde er auch noch zurückkommen.

»Das ist halt schon immer ein komischer Kerl gewesen. Schon immer«, sagte jetzt der Alte, ohne jemanden dabei anzusehen.

»Wie ... komisch?«, fragte Lara Saiter.

»Ich hab dem nie getraut. Und dass ausgerechnet der Priester wird ...«, er schüttelte den Kopf.

»Was ist denn vorgefallen, oder was hat er denn angestellt?«, wollte Bucher wieder wissen und verhindern, dass die beiden Alten sich wieder in Allgemeinplätzen verloren und zum Schluss gar nichts mehr herauszubekommen war.

»Naja. Was heißt ›angestellt‹. Die Polizei hat da nie kommen müssen. Das hat man alles hier im Dorf so geregelt.«

Bucher gab nicht auf. »Was hat man denn geregelt?«

Schweigen. Bucher sah, dass den beiden die Fragen unangenehm waren. Er versuchte es jetzt anders. Er zog das Gruppenbild, das er von Strehle erhalten hat, und legte es auf den Tisch. »Erkennen Sie den Gregor Brettler darauf?«

Der Alte nahm das Bild in die Hand und hielt es weit weg. Als er nichts erkennen konnte, fingerte er umständlich seine Brille aus der Westentasche. Jetzt sah er.

»Ja. Da. Rechts draußen. Das ist der Gregor.« Er reichte das Bild seiner Frau. »Schau. Gut schaut er aus, da auf dem Bild.«

Seine Frau warf einen Blick darauf und bestätigte wortlos.

Bucher wollte nicht zu schnell vorgehen und fragte vorsichtig weiter.

»Was ist denn mit dem Hof da drüben eigentlich? Da gehören doch sicher auch Felder und Wald dazu. Wer kümmert sich denn da drum? Gibt es noch andere Verwandte?«

Es war sicher einfacher für ihn, über Wald und Felder zu reden. Bucher lag richtig, denn der Alte fing nach nur kurzem Zögern an zu erzählen.

»Den Hof hat die Else von ihren Eltern. Ein großer Hof. So schad', wie der jetzt zusammengeht.« Er zuckte mit den Schultern und sein Bedauern war ehrlich.

»Wer ist Else?«, fragte Lara Saiter nach.

»Seine Mutter«, bekam sie von ihr zur Antwort.

Ihr Mann fuhr in seinem Satz fort, als sich Lara Saiter und seine Frau noch unterhielten. So als gäbe es sie gar nicht.

»Die Else hat den Hof bekommen, weil sie da geblieben ist. Ihre Schwester, die Hannelore, ist gleich nach der Schule in die Stadt. Hat da in der Fabrik gearbeitet. Die ist aber schon vor ... na ja ... das sind jetzt bald zehn Jahre ... gestorben. Und die Else ... ja die hatte den Buben.«

»Ohne Mann dazu«, sagte Lara Saiter.

»Ja. Ohne Mann.«

»Wer ist denn der Vater. Ist der ... bekannt?«

Die falsche Frage, als Bucher feststellte, dass damit wieder Schweigen in die Küche eingekehrt war.

»Die Felder und der Wald sind alle schon lange verpachtet. Hier im Dorf und ein paar Pläne auch auswärtig. Die Else hat das alles verpachtet, wie der Gregor weggegangen ist«, sprach der Mann weiter.

»Ist er weggegangen, weil er was angestellt hatte?«, fragte Bucher vorsichtig.

»Nein. Deswegen nicht. Er war halt schwierig. Es gab da öfters Streitigkeiten im Dorf ... unter den Burschen halt. Und er, der Gregor, war eben irgendwie ... komisch ... ein komischer Kauz.«

»Können Sie uns vielleicht ein Beispiel geben ... für das, was Sie als komisch bezeichnen?«, fragte Lara Saiter.

Es war ihm anzusehen, dass er mit sich rang. Mehrmals holte er Luft, stoppte dann aber wieder. Doch schließlich fand er Worte. »Ich bin mal vom Wald heimgekommen und habe drüben bei der Else gehalten. Sie wollte ein paar Stangen für den Garten, die habe ich ihr in den Hof gelegt. Im Stall habe ich ein lautes Gekreische gehört. Von den Schweinen. Das kann schon manchmal sein, dass die raufen. Und da bin halt in den Stall gegangen, weil ich nachsehen wollte, was da los ist.« Er machte eine Pause.

»Und. Was war da los?«, fragte Bucher.

»Der Gregor stand auf dem Futtertrog vom Schweinestall und hat mit der Mistgabel immer wieder reingestochen.«

Bucher grauste, als er sich die Szene vorstellte.

Er fragte daher betont sachlich. »Auf die Schweine? Weshalb?«

»Auf eines halt. Warum, weiß ich nicht. Der hat das halt so gemacht«, war die Antwort.

Lara Saiter fragte. »Und was haben Sie gemacht?«

»Ich habe ihm eine Schellen gegeben und die Mistgabel abgenommen.«

Er schnaufte und hustete kurz, bevor er weitersprach. »Die Sau musste geschlachtet werden, so hat er sie zugerichtet.«

»Und?«

»Ja nichts und. Ich habe das natürlich der Else sagen müssen. Die hat mich inständig gebeten nichts weiterzusagen. Habe ich auch nicht gemacht. Sie ist schon recht grob mit ihm verfahren. Das schon. Aber es hat halt nichts genutzt.«

»Wie alt war er denn damals?«

»Na. So ein junger Bursch halt. Ich weiß nicht mehr genau ... vielleicht so vierzehn rum.«

»Wie war das denn so im Dorf, mit dem Gregor?«, fragte Bucher nach.

»Ich hab doch schon gesagt, dass er komisch war. Der war immer alleine unterwegs. Die haben alle einen Bogen um ihn rum gemacht. Der war eben ein Einzelner und hatte keine Freunde.«

»Und seine Mutter?«

»Das war ein armes Luder«, sagte sie jetzt.

»Die hat die Eltern lange gepflegt und ist hier nicht rausgekommen. Hat immer gearbeitet und geschafft. Der Großvater vom Gregor hat gesoffen und war dazu noch jähzornig. Ein richtiger Zwider. Der hat im Suff alle geschlagen. Richtig geschlagen. Die Else ist manchmal grün und blau gewesen.«

»Der hat die auch geschlagen, wenn er nicht besoffen war. Und die Else hat den Gregor schon auch hergenommen. So war das nicht. Der hat schon auch seine Schläg von ihr bekommen«, schmiss ihr Mann ein.

»Wovon hat die Familie denn gelebt?«, fragte Bucher den Alten.

»Von der Landwirtschaft. Das war schon ein großer Hof. Die Brettlers waren noch nach dem Krieg die reichsten Bauern hier im Dorf. Aber die zwei Buben sind im Krieg gefallen und er, der alte Brettler hat dann das Saufen angefangen. Wissen Sie. Das geht schon lange Jahre, bis man vom Saufen fertig ist. Zuerst ist seine Frau gestorben und dann er.«

»Und dann war die Else plötzlich schwanger«, sagte seine Frau.

Bucher musste lachen. »Plötzlich?«, fragte er nach.

»Naja. Das Trauerjahr war jedenfalls noch nicht vorbei.« So, wie sie klang, war deutlich, was sie davon gehalten hatte und immer noch hielt.

»Die Else war ja damals auch schon älter. Sicher so Ende dreißig«, ergänzte er.

»Und sie lebte dann vom Hof.«

»Ja. Ein paar Felder hat sie selbst noch gehabt und die Viecher eben. Den größten Teil hat sie verpachtet und ab und an, wenn Geld reinmusste, verkauft. In der Stadt hat sie auch noch eine Arbeit gehabt. Ich glaube, geputzt hat sie. Bei einem Notar, in der Stadt, oder so.«

»In Augsburg«, sagte Bucher.

»Nein, in Landsberg drunten.«

Seine Frau sagte in die darauf folgende Stille: »Und beim Pfarrer hat sie auch gearbeitet.«

Sie sah zu Lara Saiter, als sie nach einer kurzen Pause weitersprach. »Wissen Sie. Sie war die Mesnerin. Das Haus liegt ja gleich neben der Kirche. Da hatten sie es ja nicht weit ... rüber.«

Sie betonte jedes Wort und wandte sich Bucher bei den letzten Silben zu. Er nickte ihr zu und überlegte. Eine dunkle Ahnung hatte er schon. Ebenfalls Lara Saiter, die ihm einen wissenden Blick zuwarf. Da hatten sie es nicht weit ...

»Und ihr Sohn, der Gregor ...?«, fragte Bucher und brachte das Gespräch weiter.

»Der ist nach der Schule weggegangen. Erst hat er irgendwo in der Fabrik gearbeitet. Und als wir dann gehört haben, dass er Priester wird ... ja ... das war schon eine Überraschung.«

»Mhm ... ja, wenn die Mutter in der Kirche so engagiert war ...«

Bucher beobachtete die beiden aufmerksam. Der Alte sagte keinen Ton. Seine Frau verzog die Lippen zu einem kurzen spöttischen Grinsen.

»Die Sache mit dem Schwein. Gab es da andere Vorkommnisse auch?«, fragte Lara Saiter.

Er überlegte kurz und spielte mit seinen klobigen Händen. »Schon. Da gab es immer wieder Gerede über den Gregor. Aber ich weiß selbst nur von dieser einen Sache, weil ich die selbst erlebt habe.«

»Sie wissen also nicht, wo wir den Gregor Brettler finden könnten, oder?«, wollte Bucher noch mal wissen.

»Nein. Überhaupt nicht. Ich wüsste hier im Dorf auch sonst keinen, der da was wissen könnte?«, sagte der Alte.

»Und der Pfarrer. Der müsste doch eigentlich darüber Bescheid wissen?«, meinte Lara Saiter in Richtung der Frau.

Sie schüttelte nur den Kopf. »Nein. Wir haben keinen Pfarrer mehr. Das macht jetzt ein Inder aus Schwabmünchen mit.«

»Und ... der ehemalige Pfarrer ... bei dem die Frau Brettler Mesnerin war ...?«, hakte Lara Saiter nach.

»Ach der Greissler. Der ist auch schon einige Jahre tot«, war die trockene, wenig mitleidige Antwort der Frau.

Bucher sah zu Lara Saiter und nickte ihr zu. Sie standen auf und verabschiedeten sich. Bucher schritt in flotten Schritten zum Auto. Das, was sie hier erfahren hatten, lag in den Mienen der beiden Alten versteckt, zwischen den Zeilen und in Andeutungen.

»Was rennst du denn so?«, rief sie ihm in den Rücken.

Er drehte sich ruckartig um. »Wir müssen diesen Kerl finden. Komm!«

Dann eilte er weiter. Allerdings war das nicht alleine der Grund. Die Puppenstuben- Bauernidylle schnürte ihm die Kehle zu. Wie lange würde es dauern, und das Haus, in dem er gerade die Wärme genossen hatte, sah genauso aus wie die stinkende Müllhalde gegenüber? Die Dörfer starben. Je großkotziger die geschnitzten Holzbalkone an den neuen protzigen Häusern in den Neubaugebieten waren, desto kaputter die dörflichen Strukturen. Wer wohnte denn noch draußen, im Umland von München. Zunehmend Ärzte, mittleres Management, die berühmten Architekten, die Frauchen einen Bauernhof schenkten, zum Einrichten und Selbstverwirklichen. Genügend Raum für „Schöner Wohnen", „Ambiente" und „Landhouse-Style". Dann blieben noch ein paar Verrückte, die ihre Kröten in so eine alte Bude steckten, aus der die Letzten herausgestorben waren, die noch mit Mist in Berührung gekommen waren. Wie er. Ein Beamter, Kriminaler. War aufs Dorf gezogen, in ein Bauernhaus. Völlig irre. Bauern gehören in Bauernhäuser.

»Meinst du, es macht Sinn, hier im Dorf noch mal zu fragen?«, wollte Lara Saiter wissen, als sie im Auto saßen.

Bucher schüttelte den Kopf und startete den Motor. »Nein. Wir fahren nach Augsburg und treffen uns mit den anderen beiden. Vielleicht haben die Neuigkeiten für uns.«

Er fuhr an der Kirche vorbei und hielt abrupt. Sie sah ihn überrascht an. Bucher stieg aus, holte seinen Mantel von der Rückbank und sagte nur »Friedhof«.

Gleich an der Kirche, wie es üblich war, erstreckte sich der Dorffriedhof. Er suchte das Grab von Else Brettler. Sie gingen vorbei an schlichten Grabsteinen. Unter den frischeren Gräbern dominierten zunehmend überbordende Steinmetzarbeiten, die auf Bucher abstoßend wirkten. Da rankten sich Weinreben um Grabsteinränder, Trauerweiden mit mächtigem Stamm ließen ihre kahlen Äste niedersinken und umschwirrten die eingemeißelten Namen und Geburtsdaten mit krakenhaften Schlingen. In der vordersten Reihe waren die neueren Gräber angelegt. Die Reihe war fast voll. Eines der ersten Gräber war das von Else Brettler. Es war von schlichten Granitsteinen gefasst. Ein einfaches schmiedeeisernes Kreuz stand da. Darauf der Name und das Geburtsdatum. Eine Schneedecke legte sich über die Erde. Keine Grableuchte, kein verwelkter Blumenstrauß. Nichts. Bucher hatte genug gesehen. Also auch hierher, an das Grab, war Gregor Brettler nicht gekommen.

Sie fuhren weiter. Kurz vor der Stadt klingelte Lara Saiters Handy. Hartmann war dran. Bucher versuchte anhand der Bemerkungen seiner Kollegin herauszubekommen, was der zu berichten hatte. Anhand der wenigen Ahas und Mhms war das aber nicht zu entschlüsseln.

»Was haben die beiden?«, fragte er, gleich nachdem sie aufgelegt hatte.

»Sie haben vom Nachlassgericht aus angerufen.«

Bucher schüttelte den Kopf. »Vom Nachlassgericht!? Was machen die denn da?«

Sie antwortete. »Die beiden sind schon fix, Johannes. Sie haben im Grundbuchamt die Unterlagen über den Bauernhof rausgesucht. Alex sagte, dass die Schwester von Else Brettler vor etwa zwanzig Jahren fast die Hälfte der Felder überschrieben bekommen hat. Ihr Erbteil sozusagen. Sie hat diese Felder behalten und verpachtet. Nach ihrem Tod ging alles wieder an ihre Schwester Else zurück.«

Bucher wusste nicht so recht, was er damit anfangen sollte. Er warf Lara Saiter einen kurzen fragenden Blick zu.

»Diese Schwester hat sich in Augsburg eine kleine Zweizimmerwohnung gekauft. Eine Eigentumswohnung. Alex und Armin haben im Nachlassgericht nachgeforscht und herausbekommen, dass Gregor Brettler den Hof, die Felder und auch diese Eigentumswohnung geerbt hat, als seine Mutter gestorben war. Er hat die Urkunden unterschrieben.«

Bucher schnalzte mit der Zunge. »Und ... die beiden haben die Einwohnermeldedaten dieser Wohnung geprüft?«

»Das haben sie. Und das Ergebnis ist, dass die Wohnung leer steht. Da ist niemand gemeldet.«

»Was nicht bedeuten muss, dass da niemand wohnt.«

»Genau«, ergänzte seine Kollegin.

Bucher überlegte. Dann sagte er zu ihr. »Ruf den Alex noch mal an. Die haben doch im Grundbuchamt sicher die Namen derer registriert, die die Felder gepachtet haben. Alex oder Armin sollen bei denen vorbeischauen und feststellen, auf welches Konto das Geld überwiesen wird. Dann prüfen wir mal, ob und wann da Abhebungen oder Abbuchungen erfolgen. Und ... frage mal, ob die inzwischen den Höslberger erreicht haben.«

Lara Saiter rief zurück. Sie war wohl überrascht von dem, was Hartmann sagte, denn sie holte ihren Notizblock heraus, notierte etwas, sagte dann, dass Hartmann sich einen Beschluss holen solle, und legte auf.

»In den Unterlagen stehen die Bankverbindung und der Pachtzins. Das hat mir Alex gesagt. Die sollen sich für die Bank ... es ist die Augustabank ... einen Beschluss von der Staatsanwaltschaft holen. Dann geht das schneller. Den Höslberger hat der Armin erreicht. Er wollte dich direkt anrufen. Armin hat ihm deine Handynummer noch mal gegeben. Ich habe übrigens die Adresse dieser Tantenwohnung notiert. Wir fahren da vorbei, oder?«

»Ja«, sagte er, »aber wir halten uns noch zurück.«

»Wir sind nahe dran, oder?«, sagte sie.

»Ja. Ich bin davon überzeugt. Es passt zu viel zusammen. Sorgen machen mir nur unsere mageren Beweise.«

»Mhm«, war die nachdenkliche Antwort.

Sie hatten Hunger bekommen. Die nasse Kälte weckte bei Bucher die Gier nach etwas Heißem, Fettigem. Lara Saiter war überhaupt nicht nach Schweinshaxe oder Ähnlichem. Sie überredete ihn zu Pasta mit verschiedenen Käsesorten.

Bucher war nicht sehr gesprächig. Er sah sich selbst beim Drehen der Nudeln zu.

»Du suchst nach einem Motiv?«, fragte Lara Saiter.

»Ja.«

»Ich denke, wir werden es in diesem Fall erst bekommen, wenn wir den Täter haben.«

»Das befürchte ich auch.«

Bucher hatte den Stadtplan mitgenommen. Sie stellten fest, dass die gesuchte Wohnung am Rande der Innenstadt lag. Von hier aus waren es vielleicht gute zehn Minuten zu Fuß. Auch die Wohnung von Maren Hengersberg war von hier in wenigen Minuten zu Fuß erreichbar. Die Altstadt war voll mit Menschen. Viele trugen schwer an den prall gefüllten Taschen. Bucher raste wieder einmal durch die Adventszeit und würde sich an Silvester wundern, dass Weihnachten schon wieder vorbei war. Sie gingen gerade den Judenberg hinunter und er sah flüchtig auf die Exponate einer Galerie, als sein Handy klingelte. Höslberger war dran. Sie kamen gleich zur Sache.

»Ich habe im Priesterseminar nachgefragt. Also dieser Gregor Brettler scheint zwar ein sehr eigenwilliger Kerl zu sein. Aber sehr beflissen und zielstrebig. Er hat das Studium mit Erfolg abgeschlossen. Ihm wurde seine Studienzeit in Augsburg angerechnet. Er hat nach dem Studiendiplom den Pastoralkurs belegt und wurde im August des letzten Jahres zum Priester geweiht. Hier in St. Pölten. Danach ist er nach Deutschland verzogen. So steht es in unseren Meldeunterlagen.«

»Das stimmt so weit«, sagte Bucher und fragte weiter. »Du hast gesagt, er sei ein eigenwilliger Kerl. Was hast du in Bezug darauf erfahren?«

»Naja. Noch nichts Konkretes. Ich habe mit einem der Leute gesprochen, die mit ihm im Pastoralkurs waren. Und der hat mir erzählt, dass der Brettler ein rechter Einzelgänger war. Er muss wohl sehr konservative Meinungen vertreten haben ... besser gesagt, ultrakonservative Meinungen. Es kam wohl zu heftigen Diskussionen. Der, mit dem ich gesprochen habe, meinte, er hatte den Eindruck, dass Brettler voller Aggressivität gesteckt habe und dass er in mancher Diskussion kurz vor der Eskalation gestanden habe, weil er seine Positionen sehr vehement gegenüber anderen vertrat. Wohl ein etwas hysterischer Typ. Dann wieder sei er wie apathisch gewesen. Also dieser Kollege von Brettler sagte, er wäre der Meinung gewesen, dass Brettler überwiegend unter Medikamenten gestanden habe.«

»Das mit den Medikamenten ist mir neu. Aber das, was du da herausgebracht hast, passt zu dem, was wir auch erfahren haben. Fest steht auf jeden Fall, dass Brettler katholischer Priester ist.«

»Ja. Da habe ich auch die Unterlagen hier bei mir«, sagte Höslberger.

»Wieso ist der denn nicht in Österreich geblieben und hat da eine Pfarrei übernommen. So wie sich das darstellt, kann man doch auf katholischer Seite froh um jeden Pfarrer sein, den die Gläubigen verstehen?«

Höslberger lachte kurz. »Also ich habe mit einer Sekretärin im Priesterseminar gesprochen. Die hat so direkt nichts rausgelassen. Aber so zwischen den Worten ist deutlich geworden, dass sie froh war, mit Brettler nichts mehr zu schaffen zu haben. Viele Freunde hatte der hier nicht. Eine Pfarrstelle hätte er sicher bekommen, wenn er gewollt hätte. So viel Nachwuchs gibts ja nicht mehr. Verwundert war aber offensichtlich niemand, als er wieder nach Deutschland zurückging. Soweit ich herausgebracht habe, wollte er weiterstudieren. Vielleicht promovieren, oder so. Das weiß hier aber niemand so genau. Wie gesagt. Ich habe bisher niemanden auftreiben können, der näher mit ihm zusammen gewesen war.«

»Da wirst du auch niemanden finden«, sagte Bucher. »Ich bitte dich nur, die Akten und die Spuren im Fall Katharina Schwelgner noch mal herauszuholen. Gleiche den Fall mit dem Namen Gregor Brettler ab. Das ist unser Mann. Mhm ... noch eine Frage ... wie bist du so schnell an diese Namensliste gekommen?«

»Ich bin ein treuer Kirchgänger und räuchere Forellen«, bekam Bucher zur Antwort und gab sich damit zufrieden.

Lara Saiter fror und wartete ungeduldig auf Bucher. Sie mussten eine Weile suchen, bis sie die Barfüßerstraße gefunden hatten. Sie lag gar nicht weit vom Rathaus entfernt. Die angeblich leer stehende Wohnung befand sich im dritten Stock. Lara Saiter kontrollierte die Klingelschilder. Tatsächlich war eines ohne Namensangabe. Von innen hörten sie Schritte und ein Schleifen. Irgendetwas wurde am Boden entlanggezogen. Als sich die Tür öffnete, erkannten sie eine junge Frau mit Kinderwagen, die zwei Wasserkästen über die Fliesen zog. Lara Saiter hielt die Türe auf und Bucher half gerne beim Tragen. So kamen sie unauffällig ins Haus. Er sah, dass ein Briefkasten im Erdgeschoss ohne Namen war. Das Klappfach war mit Tesafilm verklebt. Lara Saiter war den Gang nach hinten gegangen. Eine breite Holztüre führte in einen Innenhof. Rechts befand sich ein Tor, geschlossen, durch das man auch mit einem Auto in den Hof einfahren konnte. Sie ging wieder zurück zu Bucher und notierte die Nummer eines breiten, verplombten Stromzählerkastens, den sie unter dem Treppenaufgang entdeckt hatte. Eine breite, alte Holztreppe schwang sich elegant nach oben. Wo wurden heute noch solche Treppen gebaut? Zwei Wohnungstüren lagen auf jedem Stockwerk gegenüber. Im dritten Stock blieben sie stehen. Vor der linken Türe standen Schuhe, ein Schirmständer und einige leere Weinflaschen. „Lemann“ stand auf dem Klingelschild. Von innen drangen Musikfetzen ins Treppenhaus. Lara Saiter notierte den Namen. Der Eingang gegenüber war verwaist. Kein Name am Klingelschild. Nichts stand vor der Türe herum. Bucher lauschte angestrengt in die rechte Wohnung hinein. Nichts zu hören. Sie gingen wieder und sahen sich vor dem Haus um. Wo konnte man hier unauffällig Position beziehen, um die Wohnung zu beobachten und gleichzeitig beide Eingänge im Blick zu haben. Sie gingen um die Ecke und stellten fest, dass die Zufahrt zum Innenhof über einen Stichweg erfolgte, was die Sache vereinfachte. Die Barfüßerstraße stieg zum Rathaus hin an. Wenn man sich gute hundert Meter weiter positionierte, hatte man den Eingang im Blick und konnte feststellen, ob in der Wohnung im dritten Stock Licht angemacht wurde.

Lara Saiter rief bei Hartmann an. Als der nicht abnahm, versuchte sie es bei Batthuber. Der schien schlecht gelaunt zu sein.

»Was ist denn mit dir los?«, fragte sie.

»Bin bei der Staatsanwaltschaft und fülle diese elenden Formblätter für den Beschluss aus. Diese Banksache da.«, sagte er sauer.

»Wo ist Alex?«

»Der ist schon in der Bank und geht die Unterlagen durch. Er hat mich hier abgesetzt, um den Schriftkram zu erledigen. Ich habe denen den Beschluss gerade per Fax durchgegeben.«

Das war also der Grund für seine Übellaune. Schriftkram erledigen.

»Wie lange brauchst du noch?«, fragte sie.

»Bin eigentlich gerade fertig geworden«, sagte er schon etwas beruhigter.

»Schreib mal mit.« Sie gab Adresse und Stockwerk durch. Dann diktierte sie ihm die Nummer des Sicherungskastens und den Namen Lemann. »Ludwig, Emil, Marta, Anton, Nordpol, Nordpol. Ohne Heinrich. Rufe bei den Stadtwerken an, oder wer immer das hier macht. Versuche mal rauszubekommen, ob die Wohnung im dritten Stock angeschlossen ist und welcher Stromverbrauch da aufläuft. Dann prüfe bitte nach, um wen es sich bei Lemann handelt. Und wenn du schon dabei bist, versuche rauszubekommen, ob ein Telefonanschluss für die Wohnung existiert. Die von Brettler natürlich. Alles klar!?«

»Wieso fragte ihr denn nicht diesen Lemann, der gegenüber wohnt?«, wollte Batthuber wissen.

»Ist uns im Moment noch zu riskant. Ich wollte da oben nicht klingeln, das hätte man ja gegenüber gehört. Und anrufen!? Nein. Wer weiß, wer das ist. Also. Wenn du fertig bist, rufst du zurück. Wir holen dich dann ab, falls Alex nicht schon vorher vorbeikommt. Ciao. Bis dann.«

Batthuber war nun schon besser gelaunt. Endlich wieder interessantere Ermittlungsaufträge. Er murmelte ein Ja. Sie drückte das Gespräch weg und ging mit Bucher, um das Auto zu holen. Eine Weile blieben sie im Halteverbot stehen und warteten, bis sie an einer idealen Stelle eine Möglichkeit zum Parken erhielten. Unauffällig. Jetzt hieß es warten. Sie vereinbarten einstündige Wechsel. Zu viert war das gut zu machen. Lara Saiter übernahm die erste Tour. Als Erstes schaltete sie die Standheizung ein. Bucher machte sich auf die Suche nach einem Kopiershop. Er fand einen modern ausgestatteten und ließ das Bild Brettlers von der Gruppenaufnahme auf DIN A4 herausvergrößern. Er war beeindruckt, was moderne Technik alles zu leisten imstande war. Mit den Kopien ging er zurück, nicht ohne vorher noch Kaffee im Plastikbecher zu organisieren. Er leistete Lara Saiter Gesellschaft. Gemeinsam warteten sie auf die Dunkelheit. Auf den Gehsteigen herrschte Gedränge. Jetzt, kurz vor Geschäftsschluss, war es am schlimmsten, fand Bucher.

Sie beobachteten die Wohnung. Nichts tat sich. Als Buchers Handy klingelte, erschraken sie beide. Es war so still und friedlich. Nur ab und an lief das Gebläse, um die beschlagenen Scheiben frei zu bekommen. Hartmann war dran. Er klang aufgeregt. Bucher hängte das Handy in die Freisprecheinrichtung, dass Lara Saiter auch mithören konnte.

»Was ist denn los, Alex?«, fragte Bucher.

»Das mit der Bank war ein Volltreffer, Mensch.«

»Erzähl!«

»Das Konto existiert schon seit Jahrzehnten. Derzeit ist der allein Berechtigte Gregor Brettler.«

»Das war zu erwarten«, sagte Lara Saiter.

»Das schon«, entgegnete Hartmann.

»Aber auf dem Konto gehen nicht nur die Beträge für die Pacht alleine ein. Das ist zwar auch ein ganz ansehnlicher Betrag. Insgesamt sind gut dreißig Hektar Land verpachtet. Das bringt derzeit im Jahr siebtausendachthundert Euro. Interessanter sind aber ganz andere Zahlungen. Bis vor drei Jahren wurden auf das Konto zu jedem Monatsersten fünfhundertelf Euro achtundzwanzig eingezahlt. Das waren früher genau eintausend Deutschmärker.«

»Weißt du, woher das Geld kam?«, fragte Bucher.

»Ja. Von der Commerzbank Niederstetten. Und den Auftraggeber habe ich auch schon rausbekommen. Nur am Rande. Also das mit dem Bankgeheimnis muss ein Märchen sein. Du sagst nur Mord, Landeskriminalamt, Ermittlungen, Beschluss kommt per Fax, und schon liegen die Akten vor einem. Die haben anscheinend Angst, dass man ganz andere Unterlagen auch noch durchsehen könnte ...«

»Von wem stammt die Kohle, Alex?«

»Ist ja gut. Der Typ heißt Ortwin Greissler.«

Bucher sah Lara Saiter an. Er überlegte laut. »Greissler, Greissler ... den Namen kenne ich doch ... woher kenne ich den Namen!?«, murmelte Bucher.

»Der Pfarrer«, sagte sie schließlich.

»Mensch, natürlich! Diese Bauernhofoma hat ja gesagt, dass der Greissler gestorben ist.«

Bucher hieb sich auf den Oberschenkel. »Ich fall so langsam vom Glauben ab. Wo leben wir denn hier. Mensch. Da hat Herr Pfarrer doch Alimente gezahlt, aber gar nicht wenig.«

»Das waren nicht nur Alimente, Johannes«, sagte Lara Saiter. Ich möchte nicht wissen, für was der noch gezahlt hat.«

Hartmann meldete sich wieder. »Es gibt regelmäßige Abhebungen von dem Konto. Jeden Monat ein paar hundert Euro. Derzeit besteht ein Guthaben von siebenundachtzigtausendfünfhundertsiebenundachtzig Euro.«

»Schönes Erbe«, meinte Bucher. »Da kann man gut einige Zeit von leben, wenn man bescheiden ist.«

»Und keine Miete zahlen muss«, ergänzte seine Kollegin.

Sie baten Hartmann zur Staatsanwaltschaft zu fahren, um Batthuber abzuholen und dann in die Barfüßerstraße zu kommen. Es dauerte noch eine knappe Stunde, bis die beiden eintrafen und wenige Meter entfernt parkten. Sie tauschten die Informationen aus. Batthuber hatte herausgebracht, dass in der Wohnung beständig Strom verbraucht wurde. Zwar nicht sehr hoch, aber es deutete ziemlich sicher auf einen Bewohner hin. Sie hatten beschlossen, nicht weiter zuzuwarten, sondern bei der ersten sich bietenden Möglichkeit die Festnahme durchzuführen. Bucher ließ die drei einstweilen alleine. Er nahm eine der Kopien mit und eilte durch das dunkle Augsburg, vorbei am Rathaus, die angebliche Prachtstraße der Stadt hinunter, die eigentlich nur ein riesiger Parkplatz war, in Richtung Manners Pfarramt. Er erwischte Manner, als der gerade auf dem Weg zu einer der unzähligen Besprechungen war, die das Leben eines Pfarrers zerfaserten. Im fahlen Licht der Hofbeleuchtung zeigte er ihm die Kopie und fragte, ob Manner den Abgebildeten kenne. Manner nahm die Fotokopie und drehte sich ein wenig mehr dem Licht zu. Nach wenigen Sekunden drehte er sich Bucher zu. »Das ist der Gregor. Gregor Brettler. Was ist mit dem?«

Bucher war nun wirklich überrascht. »Sie kennen ihn?«

»Ja. Sicher. Er ist Priester und wohnt hier im Gemeindegebiet. Er hat im Moment keine Pfarrstelle, oder will keine. Er widmet sich irgendwelchen theologischen Studien. Er hat an einigen Veranstaltungen bei uns teilgenommen und wohl auch einige Male eine Kasualie übernommen, wenn es bei uns personell eng war.«

»Eine was?«, fragte Bucher.

»Kasualie ... Taufe, Trauung, Beerdigung«, kam als Erklärung.

»Er schien Sie genervt zu haben«, sagte Bucher.

»Genervt nicht. Aber er ist halt ein ganz komischer Kerl. Sehr introvertiert, kontaktscheu.«

»Kannte er Maren Hengersberg?«

Manner überlegte. »Das weiß ich jetzt nicht so genau. Das könnte aber gut sein. Also wundern würde es mich nicht. Wieso haben Sie dieses seltsame Foto von ihm ... Sie ermitteln doch wohl nicht gegen Gregor Brettler!?«

Bucher reichte Manner die Hand. »Danke für die Hilfe. Ich muss wieder los.«

Er ließ ihn stehen, ohne auf seine Frage eingegangen zu sein. Er hatte genug erfahren. Brettler war in der Kirchengemeinde aktiv, zumindest tauchte er da manchmal auf. Er konnte Maren Hengersberg da kennen gelernt haben. Die Spur wurde immer breiter. Gerade als er aus der dunklen Gasse heraus in die Maximilianstraße trat, klingelte sein Handy. Lara Saiter war dran.

»Licht!«, hörte er sie sagen und es war einer der seltenen Augenblicke, in denen Aufregung in ihrer Stimme deutlich wurde.

»Wartet, ich bin schon auf dem Weg.« Bucher beschleunigte die Schritte. Die Aufforderung zu warten hätte er sich sparen können. Er war etwas außer Atem, als er am Auto ankam. Sein Herz schlug heftig, nicht alleine vom Laufen. Der Hals tat ihm noch weh, von der kalten Luft, die er eingeatmet hatte. Die anderen saßen schon bereit und warteten. Lara Saiter hatte bereits bei den Augsburger Kollegen angerufen und ein Team von der Spurensicherung angefordert.

»Die arbeiten hier gut. Da brauchen wir unsere Leute nicht rauszuholen, am Freitagabend.«

Bucher hatte schon einen Plan. Er sagte, was er vorhatte. Sie stiegen aus und gingen zum Haus hinunter. Batthuber klingelte im Erdgeschoss. Es war gut, dass keine Sprechanlage installiert war. Der Türöffner klapperte. Batthuber ging zur Türe im Erdgeschoss, die offen stand und in der ein junger Mann auf den wartete, der geklingelt hatte. Bucher und Lara Saiter gingen direkt hinauf in den dritten Stock. Hartmann wartete im zweiten Stock auf Batthuber. Bucher kontrollierte den Sitz seiner Dienstwaffe. Lara Saiter hatte eine Schließe der Handschellen locker in den seitlichen Hosenbund gesteckt. Sie wurde vom dunklen Jackett verdeckt. Sie warteten einige Sekunden, bis sich im Erdgeschoss die Türe schloss. Bucher atmete durch und konzentrierte sich, dann klingelte er. Laut schepperte die Blechklingel im Innern der Wohnung. Es hallte bis in das Treppenhaus. Ohne dass Geräusche von Schritten zu hören gewesen wären, öffnete sich langsam und vorsichtig die Wohnungstüre. Brettler! Er stand im Türrahmen und sah in die kalten Augen von Bucher und das ernste, entschlossene Gesicht Lara Saiters. Bucher betrachtete für den Bruchteil einer Sekunde das jämmerliche Bübchen, dass da vor ihm stand. In grauschwarzen Bundfaltenhosen. Wollstrümpfe über die Hosenbeine gezogen. Ein weißes Kolarhemd hing teils aus dem Hosenbund. Darüber eine Trachtenweste. Ungekämmte Haare. Ja. Er war es.

»Herr Brettler. Kriminalpolizei. Wir ermitteln in den Tötungsfällen Maren Hengersberg und Katharina Schwelgner. Wir müssen mit Ihnen reden.«

Brettler sah sie ruhig an. Teilnahmslos. Er wurde weder blass, schwankte nicht und zeigte keinen Schluckreflex. Er schien ungerührt, und doch spürte Bucher den Schreck, der ihn durchzuckte, als er die Namen der Opfer nannte. Beiden war klar, was dieser Augenblick bedeutete.

Vorbei.

Hartmann und Batthuber kamen die Treppe herauf. Brettler wurde nicht mehr zurück in die Wohnung gelassen. In dem jämmerlichen Zustand, in dem er die Türe geöffnet hatte, wurde er abgeführt.

Die Tage waren schnell vergangen, seit sie Brettler festgenommen hatten. Staffer war am Montag aus der Haft entlassen worden. Allerdings musste er eine hohe Kaution hinterlegen. Die Presse war inzwischen auf den Fall aufmerksam geworden. Bereits am Dienstag schlugen einem an den Zeitungsständen die Titelseiten mit dem Aufmacher „Pfarrer als Zuhälter" entgegen. Von so einer Schlagzeile mussten die Blattmacher ja träumen. Die Kollegen in Augsburg hatten jede Menge Arbeit mit Pressekonferenzen. Bucher war es recht, denn sie hatten dadurch Ruhe für die Ermittlungen. Brettlers Wohnung war fast vollständig leer geräumt worden. Alles wurde durchgesehen. Akten, Bücher, Unterlagen. Anstrengend. Sie wechselten sich ab und trugen Stück für Stück zusammen. Nach fünf Tagen saß Brettler immer noch teilnahmslos und gelangweilt im Vernehmungsraum. Er hatte bisher nur ein einziges Mal gesprochen. Das war, als er einen Anwalt verlangte. Danach folgte sein ermüdendes Schweigen. Unbeeindruckt von Tatortfotos, Drohungen, Angeboten, Versprechungen. Er strahlte Beharrlichkeit aus, wirkte kühl, abweisend. Unnahbar. Als sei er sich seiner Sache sicher. Keine Reue.

Doch sie waren sich einig, dass hinter diesem demonstrativen Desinteresse ein wacher Kopf war, der aufmerksam verfolgte, was vor sich ging. Sie schlossen es aus der Tatsache, dass er sich nicht einmal zu einem Augenzwinkern oder

Kopfnicken, einer kleinen Unaufmerksamkeit eben, hinreißen ließ. Konzentration. Während er also schwieg, trugen sie die Fakten zusammen. Allein Batthuber wurde zusehends unruhiger.

Es war Donnerstag. Am Morgen hatte heftiger Schneefall eingesetzt. Überall lagen hohe Schneehaufen. Eisiger Wind danach hatte die Wolken vertrieben und jetzt am Mittag reflektierten Sonnenstrahlen von den weißen Flecken. Draußen trugen die Menschen Sonnenbrillen. Lara Saiter und Hartmann waren seit der Frühe im Vernehmungszimmer. Stellten Fragen. Batthuber und Bucher ordneten Gutachten der kriminaltechnischen Untersuchungen, die heute Morgen gekommen waren. Am Mittag trafen sie sich und berieten. Vielleicht wurde Brettler zugänglicher, wenn ihm klar wurde, welche Spuren inzwischen gegen ihn sprachen. Sie wollten es versuchen und ließen Brettler von der Tageszelle wieder in das Vernehmungszimmer bringen. Die Nächte verbrachte er in Stadelheim. Seit Tagen wurde er morgens ins Landeskriminalamt gebracht und am Abend wieder zurück. Sein Verteidiger war ein junger Münchner Anwalt aus einer vornehmen Kanzlei in der Nymphenburger Straße. Er hatte es nicht weit zum Landeskriminalamt und war zum ersten Mal mit einem solchen Fall befasst. Unerfahren. Brettler sprach auch mit ihm kein Wort. Jedenfalls nicht, wenn einer vom Team anwesend war. Heute war sein Anwalt nicht pünktlich. Sie warteten jedoch nicht.

Der alte Tisch im fensterlosen Kellerraum, der als Vernehmungszimmer genutzt wurde, stand inmitten des kahlen Raumes. Hartmann nahm in Brettlers Rücken auf einem einfachen Holzstuhl Platz, Lara saß mit Batthuber links vor Brettler, an der kahlen Wand. Batthuber hatte zuvor einen Karton mit Beweismitteln neben Bucher abgestellt und das Tonbandgerät in Gang gesetzt.

Buchers Augen brauchten eine Weile, um sich an das Licht zu gewöhnen. Erst vor kurzem waren neue Neonröhren eingesetzt worden. Sie verteilten einen Schleier gelbgrüner Lichtstrahlen. Kälte. Überall Kälte. Er verstand die Sehnsucht der Menschen nach Kerzenlicht. Er sah Brettler an. Der wich seinem Blick nicht aus, wie immer. Bucher spielte mit einer klarsichtigen Plastiktüte, in welcher sich ein kleines Buch befand. Eines jener kleinformatigen Geschenkbücher, wie sie massenhaft in Buchhandlungen vertrieben werden. Schöne Fotos, kluge, geistreiche, zumeist biblische Sprüche. Bucher drehte das Buch in seiner Hand und betrachtete das Einbandfoto. Strahlend blauer Himmel überzog die oberen zwei Drittel des Einbandes. Im unteren Drittel eine blühende Frühlingswiese. Aus den saftigen Gräsern lugten die Zehen zweier Paar Füße hervor. Liebe? Glück? Im blauen Himmel war in leicht schwingender, weißer Schrift der Titel des Buches zu lesen: »Stunden wie diese ...«. Bucher betrachtete das sommerliche Idyll, die satten kräftigen Farben, fast spürte er die Wärme, lauen Wind, roch das Gras. Fast. Unerwartet schmiss er mit einer leichten Bewegung aus dem Handgelenk das Buch vor Brettler auf den Tisch. Der wich erschrocken zurück.

»Kennen Sie das!?«, fuhr er Brettler an.

Brettler hatte sich schnell von seinem ersten Schreck erholt. Er vermied, das Buch auf den Tisch anzusehen. Bucher spürte das erste Mal Unsicherheit bei seinem Gegenüber. Was konnte das kleine Büchlein schon für eine Gefahr darstellen? Nach einigen Sekunden richtete Brettler den Blick doch für einen Augenblick auf das Sommeridyll. Schweigen.

Bucher zuckte mit den Schultern. »Wir haben es in Ihrer Wohnung gefunden. Es fiel uns gleich auf, denn es handelte sich um das einzig Farbige, Fröhliche. Dort, in den kahlen grauen Räumen.«

Nach einer Weile fügte er in beißendem Ton hinzu. »Es gehörte ja auch nicht Ihnen!«

Brettler legte den Kopf leicht zur Seite. Er folgte Buchers Worten aufmerksam.

Bucher holte eine Fotografie von Maren Hengersberg aus dem Karton und schob sie Brettler über den Tisch hin zu. Sie lag jetzt neben dem Buch.

»Kennen Sie sie?«, fragte Bucher und seine Stimme klang warm und freundlich, ein wenig auffordernd nur. »Maren Hengersberg«, fuhr er fort, als Brettler dem Foto nur ein

Blinzeln geschenkt hatte. »Sie haben sie vor vier Wochen getötet. Mit einem Messer. Wie schon eineinhalb Jahre zuvor Katharina Schwelgner. Sie erinnern sich?«

Er legte jetzt ein Foto von Katharina Schwelgner auf den Tisch. Brettler sah hin. Kein Mienenspiel. Nicht einmal ein Zucken. Bucher machte weiter und legte nun eine dritte Fotografie auf den Tisch. Das Foto aus dem Haus in Holzegg. Über sein ernstes Gesicht legte sich ein feines Lächeln, denn Brettlers Augen rasten für den Bruchteil einer Sekunde zwischen dem dritten Foto und Bucher hin und her. Das Portrait von Brettlers Mutter zeigte also doch Wirkung.

»Was mich wundert, Herr Brettler, ist, dass sie dem dritten Bild überhaupt die kurze Aufmerksamkeit geschenkt haben. Dazu aber später.«

»Sie werden heute noch nach Stadelheim gebracht, wo Sie sicher die nächsten Jahre verbringen werden.«

Brettler blickte Bucher an, ohne eine Emotion erkennen zu lassen. Wie tot. Er hob dabei jedoch den Kopf leicht an. Eine Geste, die ein zynisches „Ach so" bedeuten sollte. Diese kleine Interaktion gerade war zumindest eine erste Kommunikation. Dann hörte er Brettler zum ersten Mal sprechen. Eine hohe Knabenstimme. »Beweise?«

Buchers Herz schlug heftig. Auf eine solche Frage war er gar nicht vorbereitet. Es war eine Einladung zum Gespräch. Brettlers angespannte Körperhaltung löste sich auf.

Bucher sprach eindringlich. »Wir können das beweisen.«

Er nahm das Büchlein von der Tischplatte und hielt es schweigend hoch.

»Ein Büchlein mit Bibelsprüchen. Millionen gibt es davon«, antwortete Brettler.

»Stimmt«, entgegnete Bucher, steckte das Buch in den Plastikbeutel und schmiss es wie Abfall zurück in den Karton neben seinem Stuhl.

Er sagte. »Die schauen ja auch alle gleich aus. Hunderte verschiedenen Ausführungen ... Finde dein Glück , euer Glück, das Glück. Genieße die Zeit, die Stunden, den Sommer, das Essen ... Millionen von diesen Dingern gibt es!«

Brettler blickte Bucher ruhig an. Er hatte die Hände gefaltet und auf der Tischkante abgelegt. Sein Gesicht eine Maske. Kein Lächeln, kein Ernst, kein Gefühl zu erkennen. Bucher spürte, dass Brettler sich überlegen fühlte.

»Möchten Sie ein Glas Wasser«, fragte Lara Saiter. Betont freundlich, beinahe warmherzig. Sie hatte die Muskelbewegung im Hals von Brettler wahrgenommen. Schlucken. Er wusste nicht, was es mit dem blöden Buch auf sich hatte.

Brettler sah kurz nach links, zu ihr. Die Frage aus dieser Richtung überraschte ihn. Batthuber wartete auf keine Antwort, sondern stand auf und holte einen Plastikbecher mit Wasser vom Waschbecken.

Hartmann ließ keine Pause eintreten. Er sprach in Brettlers Rücken. »Alle machen Fehler, so sehr sie sich auch Mühe geben. Alle.«

Ein kurzes Zucken. Brettler wollte sich nach hinten umdrehen. Ließ es jedoch sein.

Umzingelt.

Bucher ließ ein-, zweimal seine Schultern zufrieden kreisen. Es vermittelte Behaglichkeit. Er war zufrieden, denn sie hatten ihn zumindest schon verunsichert.

Es klopfte an der Türe und Brettlers Anwalt wurde hereingebracht. Er nahm rechts neben seinem Mandanten Platz und murrte, dass schon mit der Vernehmung begonnen worden war. Er stieß auf taube Ohren.

Lara entgegnete ihm kühl. »Ihr Mandant äußert sich bisher ja nicht. Informative Vorgespräche sind nicht untersagt.«

Der Anwalt sah auf die drei Fotos, die noch auf dem Tisch lagen, und sagte: »Informative Vorgespräche?«

»Die drei Opfer«, erklärte Bucher und sah Brettler dabei provozierend an. Dann führte er die Vernehmung fort.

»Wir sprachen von Fehlern, Herr Brettler.«

»Aber zunächst zu dem Mord an Maren Hengersberg.«

Er sah, wie Brettler mit dem Zeigefinger seiner rechten Hand beständig über den Handrücken fuhr. War er vielleicht gelangweilt? Bucher ließ sich nicht beeindrucken, denn ein kleines, altes Spielchen von Vernehmern hatte noch vor wenigen Minuten genügt, um ihn aus der Balance zu bringen. Vielleicht brachten sie ihn ja noch zum Taumeln.

»Eine junge, hübsche und erfolgreiche Frau. Sie kannten sie, ja!?«. Bucher wartete gar nicht auf erst eine Antwort.

»Der Täter, der sie tötete, unternahm enorme Anstrengungen, um zum einen den idealen Zeitpunkt für seine Tat zu finden. Genau an dem Abend vor der Abreise zu einer Fortbildung, die eine Woche dauern sollte. Also ein geringes Risiko, dass sie vermisst würde. Der Täter ging außerordentlich brutal vor. Er hat einen für uns erstaunlichen Aufwand betrieben, um mögliche individuelle Spuren zu verhindern und, wo dies nicht möglich war, entstandene Spuren zu beseitigen.«

Bucher unterbrach kurz und sah seinem Gegenüber in die Augen. Sah er da Neugierde?

»Wir stellen uns den Tatablauf so vor. Am Sonntagabend klingelte der Täter an der Wohnungstüre von Maren Hengersberg. Sie öffnete und ließ ihn in ihre Wohnung. Sie muss ihn also gekannt haben. Vertraute ihm. Sicher hat sie vorher durch den Spion gesehen, denn sie war kein leichtfertiger Mensch. Ich denke, sie ist nichts ahnend vorangegangen und hat gar nicht bemerkt, was sich hinter ihrem Rücken abgespielt hat. Ihr Mörder trug einen langen schwarzen Mantel. Hergestellt aus einem sehr teuren Seidenstoff. Er hat ihn noch im Gang abgelegt und fallen lassen.«

Bucher trank einen Schluck Wasser.

»Unter dem Mantel trug er einen Kämmerer Kunststoffoverall, Farbe Blau, Größe 56. Vermutlich wirklich nur diesen Anzug und sonst nichts weiter. Keine Unterwäsche oder dergleichen. Dieses Plastikzeug raschelt ungemein. Daher hat der Seidenmantel sehr gute Dienste geleistet. Zum einen verdeckte er den Plastikanzug und er unterdrückte zugleich dieses nervöse, auffällige Rascheln. Perfekt, oder? Maren Hengersberg muss fürchterlich erschrocken sein, als sie diese fremde Gestalt wahrgenommen hat. Aber für sie war es da schon zu spät, nicht wahr!? Kaum dass sie sich umgedreht hatte, taumelte sie auch schon unter den ersten Schlägen, flog gegen die Wand. Die ersten Hiebe erfolgten mit einem Buch. Wir haben lange überlegt, woher die seltsamen Verletzungen stammen. Wir wissen jetzt, dass sie vom beschlagenen Einband eines Buches verursacht wurden. Dann nahm er das Messer, das er mitgebracht hatte, und stach auf sie ein. Es waren drei schnelle, gezielte Stiche. Der Mörder hat dies vorher zigmal durchlebt. Als er das erste Mal zustach, muss er Maren Hengersberg angesehen, ihr in die Augen gesehen haben. Als sie am Boden lag, noch sterbend, schnitt er durch die Kleidung hindurch Symbole in die Haut.«

Bucher verzichtete vorerst darauf, preiszugeben, dass sie die Zeichen entschlüsselt hatten.

»Trotz der heftigen Bewegungen, die der Täter ausführte, blieben keine Spuren am Tatort zurück. Kein Speichel, kein Schweiß, keine Haare, Schuppen und kein Sperma. Nun ja ... das mit dem Sperma lässt sich erklären. Und das mit den übrigen Spuren auch. Der Täter hat sich kurz vor der Tat einer Ganzkörperrasur unterzogen. Sehr sorgfältig. Danach ausgiebig geduscht und sich dann vollständig mit Vaseline eingecremt. Wir haben bei Ihnen zwei Kübel Vaseline gefunden. Von den eineinhalb Kilogramm waren nur noch ein paar hundert Gramm übrig. Ich muss sagen, gar nicht so schlecht, diese Idee.«

»Als er mit seinem Opfer fertig war, hat er die Spuren von den Lichtschaltern beseitigt, Türklinken geputzt. Was er in der Toilette getrieben hat, wissen wir nicht. Aber er muss dort gewesen sein, denn dort fanden wir keine Fingerabdrücke mehr. Er hat da also geputzt. Dann hat er den Fernseher ausgemacht. Die Tat sollte ja schließlich nicht so schnell entdeckt werden. Er verließ die Wohnung, als draußen im Hausgang kein Licht mehr brannte, und kam unentdeckt durch die hintere Türe in Richtung Römisches Museum. Von dort war er auch gekommen.«

Brettler zeigte sich von der Schilderung Buchers in keiner Weise beeindruckt. Kein Zucken, kein Zeichen der Überraschung.

»Erkläre das mit dem Overall«, sagte Bucher zu Hartmann und blickte Brettler in die Augen.

Hartmann erzählte emotionsfrei. »Sie verfügen über eine sehr ordentliche Aktenführung, Herr Brettler. In Ihren Unterlagen ist uns eine Rechnung aufgefallen. Eine Rechnung, oder besser gesagt, die Firma und das, was Sie da kauften, passte irgendwie nicht zu ... Ihnen. Sie haben vor etwa zwei Monaten, im Oktober, in einem Geschäft für Berufsbekleidung, einen Overall telefonisch bestellt. Er wurde Ihnen wenige Tage später, per Kurierdienst GSL geliefert. Sie haben die Rechnung noch am gleichen Tag über Ihre Bank angewiesen. Diesen hellblauen Overall haben wir in Ihrer Wohnung leider nicht gefunden.«

Brettler hielt Buchers Blick im Verlauf dessen, was Hartmann berichtete, unbeeindruckt Stand.

Bucher war nicht verwundert. Wieso sollte Brettler beeindruckt sein? Schließlich hatten sie den Overall nicht gefunden. Nicht finden können.

Bucher holte die Plastiktüte mit dem Geschenkbuch wieder aus dem Karton hervor und behielt es in seiner Hand.

»Herr Brettler. Sie haben an alles gedacht. Warum!? Warum haben Sie dann dieses Buch hier aus Maren Hengersbergs Wohnung mitgenommen? Das ist die Frage, die mich wirklich interessiert. Sie waren so kaltblütig, hatten so intensiv geplant, die Tat in Ihrer Fantasie durchgespielt ... und dann das ... und dann ... ein billiges kleines Büchlein mit netten Bildern und noch netteren Texten. Grausam, oder?«

Brettlers Anwalt sagte. »Aber bitte, Herr Bucher. Diese Dinger gibt es doch überall. Selbst wenn Spuren von Maren Hengersberg an dem Buch zu finden sind. Mein Mandant kannte Frau Hengersberg ja. Das ist ja nichts Neues.«

Brettler blickte zufrieden.

Bucher nickte mehrmals, bevor er antwortete. »Ja. Sicher, Herr Anwalt. Ich gehe davon aus, dass auch Ihr Mandant das so sieht. Er hat das auch schon angedeutet.«

»Es ist nur so, dass es genau dieses Buch hier ... nur einmal ... nur ein einziges Mal auf Erden gibt.«

Brettlers Anwalt war perplex. Brettlers Miene versteinerte sich. Bucher hätte jedoch Entsetzen erwartet. Er erklärte in ruhigen Worten. »Es handelt sich um einen Probeandruck.

Eine Sekretärin hat es Maren Hengersberg am Sonntagnachmittag noch vorbeigebracht, weil es am Freitag erst sehr spät aus der Druckerei gekommen war. Da hatte Maren Hengersberg den Verlag aber schon verlassen. Sie wollte das Buch unbedingt noch am Sonntag durchsehen, um die Freigabe für die Produktion zu erteilen. Allerdings nur dann, wenn sie mit allem einverstanden war. Aus diesem Grund hat es ihr eine Angestellte des Verlages am Sonntagnachmittag in die Wohnung gebracht. Und Sie haben Recht. Das Buch weist tatsächlich Maren Hengersbergs Fingerabdrücke auf. Das ist ja nachvollziehbar. Aber auch die Ihres Mandanten. Und das führt zu Fragen, die nur eine Antwort haben können. Maren Hengersberg hat ihre Wohnung nicht mehr verlassen. Also, war Ihr Mandant am Sonntag bei ihr in der Wohnung. Und zwar am späten Nachmittag. Wir haben das Telefonprotokoll ausgewertet. An diesem Sonntag, genau um achtzehn Uhr siebenunddreißig hatte Maren Hengersberg bei ihrer Sekretärin angerufen und mitgeteilt, dass das Buch noch nicht in den Druck gehen sollte, weil noch einige Änderungen notwendig waren. Das heißt für uns, dass Ihr Mandant das Buch definitiv nach achtzehn Uhr siebenunddreißig aus der Wohnung von Maren Hengersberg mitgenommen haben muss. Vielleicht fällt ihm dazu etwas ein.«

Brettler schluckte. Es war das erste Mal. Er sah mit leerem Blick auf den Tisch. Vor ihm lagen noch immer die Fotos. Bucher wartete eine Weile. Als keine Antwort von Brettler zu erwarten war, sprach er weiter.

»Schade, dass Ihr Mandant nicht den Mut findet zu reden. Vielleicht möchten Sie sich kurz mit ihm besprechen. Wir würden sie dann kurz alleine lassen.«

Brettler sah zuerst Bucher an, dann seinen Verteidiger. Er war überfordert. Jetzt musste er irgendwie reagieren. Er schüttelte den Kopf, blieb stumm.

Bucher war es gleich. Er wollte die Sache jetzt schnell beenden.

Er sah zu Lara Saiter, die jetzt weitermachte.

»Im Hausgang wurde eine Faser gefunden. Schwarze Seide, sehr teuer. Es handelt sich um exakt den gleichen Stoff, wie der, aus welchem der Mantel gefertigt ist, den wir in Ihrer Wohnung sichergestellt haben, Herr Brettler. Uns liegt ein Gutachten vor, welches exakt die Stelle in Ihrem Mantel bezeichnet, von welcher diese Faser ausgerissen wurde. Es handelt sich um den Kirchenmantel des ehemaligen Pfarrers von Holzegg, Ihrem Vater. Sie sehen, wir haben auch das schon herausgefunden. Und dann gibt es da noch das Buch, mit dem auf Maren Hengersberg eingeschlagen wurde. Ein Psalmenbuch. Ausgabe 1878. Ein Splitter der Silberbeschläge hat sich gelöst, als Sie mit ersten Schlägen voller Wut und Hass auf Maren Hengersberg eingeschlagen haben. Allerdings ist der Splitter wohl erst abgefallen, als sie den Mantel im Gang wieder aufgehoben und sich übergezogen haben. Wir haben übrigens auch das Buch gefunden. Auf die Spuren, Blut und Gewebe, die wir darin gefunden haben, brauche ich hier wohl nicht einzugehen. Der Splitter den wir gefunden haben, lässt sich passgenau einfügen.«

Bucher sagte halblaut, ohne jemanden im Raum dabei anzusehen, wie zu sich selbst: »Ich bin der ich bin.«

Brettler, der bislang die Tischplatte angestiert hatte, hob den Kopf und sah Bucher entsetzt an. Bucher wiederholte. »Ich bin der ich bin.

Sie sind derjenige, der zwei Frauen getötet hat. Ich weiß, es muss grauenvoll für Sie gewesen sein, wenn der Pfarrer Greissler Ihre Mutter aufsuchte. Im ganzen Dorf waren sie der Pfaffenbastard. So hat man Sie doch genannt. Pfaffebua. Heimlich, flüsternd, aber doch so, dass sie es hören konnten. Und dann jeden Sonntag brav in die Kirche. Spießrutenlauf durch die Blicke der Heuchler und Pharisäer. Ihre Mutter war ja die Mesnerin. Demütigungen überall. Ihre Mutter hat es sich bezahlen lassen, von Greissler. Mehr, als er hätte müssen. Für das, was er verlangte, war es aber immer noch zu wenig. Schweigegeld. Sein schwarzer Seidenumhang, in dem ist er nachts immer die paar Meter vom Pfarrhaus herübergekommen. Gute Tarnung, oder? Wie sind Sie eigentlich an den Mantel gekommen? Das ist uns noch ein Rätsel. Ihre Nachbarn haben Greissler übrigens auch manchmal beobachtet, wie er so heimlich zum Haus Ihrer

Mutter geschlichen ist. Aber wer redet schon offen über den Priester.«

Bucher sah ein feines Glitzern auf Brettlers Stirn. Schweiß.

»Selbst Pfarrer werden. Das war es doch für Sie. Befreiung. Wenn Sie schon den Vater nicht hatten, dann wenigstens so sein wie er. Aber dann kamen diese Frauen. Diese wunderbaren, herrlichen, hübschen Frauen. Sie haben sich ... ich denke, Sie haben sich verliebt. Erst die Putzfrau im Priesterseminar Augsburg. Dann Katharina Schwelgner in St. Pölten und schließlich hier Maren Hengersberg. Aber sie wollten nicht so sein wie Pfarrer Greissler. Sie haben eine andere Vorstellung von Ihrem Amt, nicht wahr? Und dem standen diese Wesen im Wege. Und dann noch die Ähnlichkeit mit Ihrer Mutter. Wissen Sie. Nach allem, was wir herausgefunden haben, war Ihre Mutter eine starke Persönlichkeit. Sehr dominant und stark. An diese Frau hat sich keiner rangetraut. Im ganzen Dorf nicht. Nicht der gröbste Bauer. Nur der Herr Pfarrer. Und sie gab nichts auf das Geschwätz im Dorf. Es war ihr gleich. Wir sind der Meinung, sie liebte Greissler vermutlich wirklich. Schade. Nur? Was wusste der kleine Gregor davon. Nichts. Von solchen Frauen drohte Gefahr für Beruf und Karriere. Sie wollten sicher nicht als Dorfpfarrer enden und sich nachts in irgendeinen Hof schleichen, heimlich. Nein. Wir haben Ihre Unterlagen durchgesehen. So wie es aussieht, hatten Sie sogar vor, zu promovieren. Sie haben sich auch intensiv mit dem Konzil von Soissons beschäftigt. 7. Jahrhundert. Es ist uns nicht ganz klar, ob Sie dem dort gefassten Beschluss zustimmen, dass Frauen die Seele eines Tieres haben?. Leider sind Sie durch unser Tätigwerden nicht mehr zum Ende gekommen. Aber ich muss sagen, Ihr Ergebnis interessiert mich auch nicht sonderlich. Sooft Sie auch Ihre Rechtfertigung, dass Sie ja nur seien, der Sie eben sind, in Ihre Opfer geschnitten haben – Sie sind ein Mörder.«

»Eine Frage habe ich aber an Sie. Weshalb ausgerechnet diese hebräischen Zeichen „Ich bin der ich bin"?«

Brettler sah durch Bucher hindurch. Sein Gesicht glich einer Maske. Alle warteten auf eine Antwort. Was sie zu hören bekamen, war ein eigenartig nachgeäfftes „Ja was bist denn du für einer?", mit dem keiner etwas anfangen konnte, denn sie dachten, er meinte Bucher damit. Ab diesem Zeitpunkt schwieg Brettler. Bucher stand auf, wandte den Kopf kurz in Richtung Brettler und sagte. »Bringt ihn weg.«

Bucher stand am Fenster. Die Sonne war schon lange untergegangen. Er war müde und ausgelaugt. Weihnachten stand kurz bevor. Er beschloss, über die Feiertage hinweg freizunehmen. Er zog Mantel und Schal über und machte sich auf in die Stadt. Die U1 brachte ihn zum Bahnhof. Von dort lief er zum Marienplatz. Lichter überall. Er genoss die Schaufenster, die Weihnachtsbeleuchtung und die Düfte. Bratwürste, gebrannte Mandeln und Glühwein. Er wanderte zwischen den Ständen umher, holte sich einige Anregungen für Geschenke. Im Schaufenster einer Buchhandlung hingen Kalender für das neue Jahr. Darunter Bildbände, Romane und auch ein Band mit einer vollformatigen Blüte auf dem Einband. Der Titel lautete „Genieße den Augenblick ...". Bucher drehte sich schnell um und ging weiter, kaufte im Unterschoss des Stachus bei Straßenhändlern die „Süddeutsche" für den folgenden Tag, frisch aus der Druckerpresse, und verzog sich in ein Restaurant. Im Münchner Teil fiel ihm eine Randnotiz unter Personalien auf. Das Max-Planck-Institut für Neurobiologie war froh, einen gewissen Professor Grugg mit der zukünftigen Leitung des Instituts betrauen zu können. Seine Vertretung würde eine Frau Dr. Meesen übernehmen. Der Name Wellberg tauchte nirgends auf. Bucher legte die Zeitung zur Seite. Genug gute Nachrichten. Trotz einer gut halben Flasche Chasse Spleen schlief er unruhig in dieser folgenden Nacht. Träume quälten ihn und sein rechtes Bein war wieder halb taub. Wieso hielten die glücklichen oder zufriedenen Augenblicke nur einen Augenblick lang an? Bevor er am nächsten Tag ins Büro ging, fuhr er wieder in die Stadt. Bei Dallmayr und am Viktualienmarkt deckte er sich mit dem ein, was er für das Wochenende vorgesehen hatte. Später traf er sich mit Lara Saiter im Büro. Auch sie schien müde zu sein. Ihr Gespräch verlief wenig zielführend. Hartmann und Batthuber waren irgendwo im Haus unterwegs. Bucher räumte im Verlauf des Vormittags seinen Schreibtisch auf, um wenigstens ein wenig das Gefühl zu haben, etwas Sinnvolles geleistet zu haben. Als das Telefon schellte, nahm er den Hörer nach einigem Überlegen ab. Miriam Weber war am anderen Ende. Sie beglückwünschte ihn. In den Zeitungen wurde seit gestern nicht mehr über Staffer und sein Bordell berichtet. Jetzt sorgte der Killerpriester für Auflage. Sie fragte Bucher, was er denn jetzt machen würde.

»Kochen«, antwortete er.

»Mhm. Kochen«, wiederholte sie etwas belustigt. Er ging nicht auf darauf ein.

»Was kochen Sie denn?«, frage sie nach. »Rührei?«

Bucher blieb cool. »Also zu essen beginne ich immer schon beim Vorbereiten. Es gibt Dinkelweißbrot mit Gänseleberpastete, auch wenn das politisch nicht korrekt ist. Dazu einen Petit Chablis. Dann geht es weiter mit Feldsalat. Darüber gedünstete Schalotten und eine Sauce aus Olivenöl, Weinessig und ein großer Löffel flüssiger ... na ... das bleibt ein Geheimnis. Dazu immer noch den Chablis. Dann folgt eine Quiche. Spinat, Lauch und ein wenig Speck. Da kommt dann ein Roter hinzu. Ich denke an einen 97er Troplong Mondot. Ich könnte stattdessen aber auch Tagliatelle mit Trüffel in Sahnesauce machen. Die Entscheidung ist noch nicht gefallen. Als Hauptgang dann Rinderfilet mit Bohnen im Speckmantel. Dazu Kartoffeln oder Dinkelreis. Auf den Nachtisch verzichte ich. Mit dem Backen habe ich es nicht so. Es gibt dann noch ein wenig Käse. Und zum Abschluss einen Cognac.«

Mein Gott, klang das arrogant. Er lauschte in den Hörer. Hatte er zu sehr auf den Putz gehauen? Stille. Seit auf diese digitale Technik umgestellt war, konnte man nicht mal mehr ein Rauschen wahrnehmen. Kein Raum für Interpretationen. Schließlich vernahm er ein verblüfftes »Sie ... machen Witze?«.

»Es reicht für zwei«, sagte er. Ja!